MEMORY HOUSE
记忆坊文化

镇香令

绝杀

ZHEN XIANG LING

Ⅲ

沐水游 著

江苏凤凰文艺出版社
JIANGSU PHOENIX LITERATURE AND ART PUBLISHING, LTD

目录

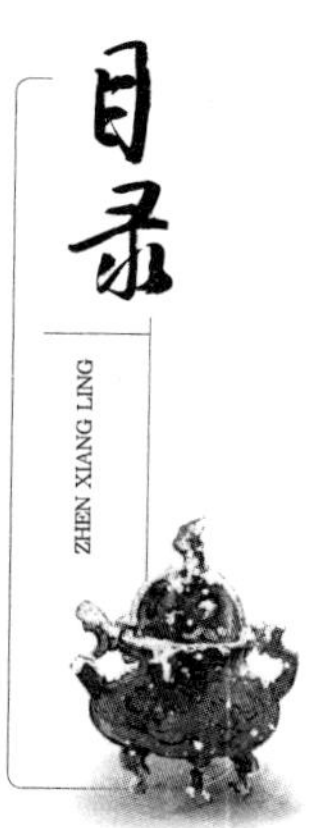

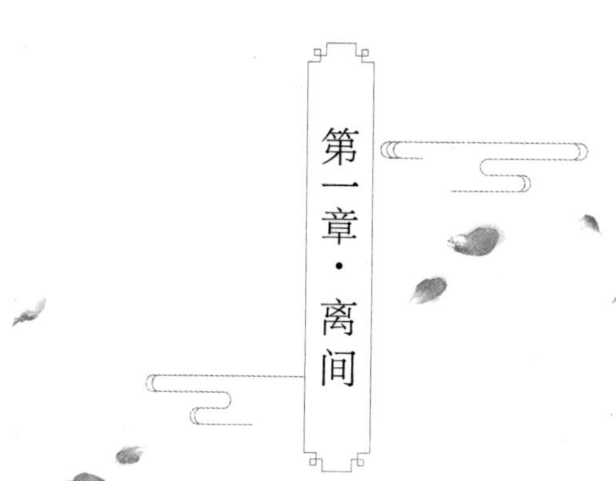

第一章·离间

乌金西坠，血色晚霞染红了整个枫林山庄，风愈冷，庄子愈是寂静，落叶带出一种沁入肌骨的寒凉。

蓝靛站在屋外的高檐下已有数个时辰，唇色冻得有些发紫，但她一直没有离开这里，其间她有数次想走进那个房间，却又忍住了。眼下长安城那边并没有什么异样，香殿亦是一切如旧，但她嗅到了潜藏在这平静表象下面，蠢蠢欲动的气息，先生也一样早有感知。

先生似乎并不急，她却不能不急。

能让这一切爆发出来的关键之处，就是香境、香蛊，以及镇香令这三者之间的关系。她不知道鹿源能不能从那位老蛊师嘴里问出答案，或者，鹿源也另外藏了私心，他的过往令她无法完全信任他，若他真藏有私心，此事会更加麻烦；还有镇香使，当真没有二心吗？她始终不能相信那个人真能放下以往的一切，一心一意地辅佐先生。最令她担忧的是，先生如此信任他们，若真有万一……

就在她思虑这些的时候，忽然传来开门的声音，蓝靛转过脸，看到鹿源从屋里走出来，脸色苍白，神色略有惊忧。

蓝靛面无表情地走过去："你在里面待了三个时辰，都问出了什么？"

鹿源看了一眼天色，就往外走，并开口问："现在是什么时候了？"

蓝靛很少看到鹿源有如此急切的时候，微微蹙眉："酉时刚过。"她说着就往前两步，旋身，胳膊一挡，就拦住了鹿源的去路，冷着声道，"你还未回答我的问题，你问出什么了？"

鹿源却似乎没瞧见蓝靛面上的不悦，接着又问一句："从这里回长安城，最快要多长时间？"

蓝靛道："源侍香，我的耐心有限！"

鹿源道："给我鞴一匹快马，我需要马上回去见先生。"

蓝靛盯着他道："你不说清楚，别说是给你鞴快马，就是你，也别想踏出这里一步。"

鹿源看着她道："先生有危险！"

蓝靛微微眯了眯眼，鹿源接着道："蓝掌事同我一起回吧，时间紧迫，此事我路上与你说。"

蓝靛慢慢放下胳膊："和香蛊有关？"

鹿源点头。

蓝靛定定看了他一会儿，然后抬手打了个响指。

今日的晚霞异常鲜艳，整个景府都似被罩上一层红纱，天边的云彩美得惊心动魄，就连府里的下人也都不时抬起脸，一边悄悄偷懒，一边和身边的人低声赞叹如此景象。

只是这样的美景几乎是转瞬即逝，安岚站在院子里仅看了片刻，那云霞就以眼见的速度褪去，夜幕降下，灯火亮起，侍女小心翼翼地走至她身后："先生，晚膳已备好。"

天色一暗，风就更冷了几分，安岚轻轻呵了口气，转身回了房间。只是进屋前，她脚步顿了一顿，忽然回头看了一眼。

跟在她身边的侍女遂问："先生可是有什么吩咐？"

安岚思忖片刻，微微摇头，刚刚那一瞬，她莫名觉得有些心神不宁。

用完晚膳后，她问了一句："源侍香还没回来？"

侍女摇头。

"蓝掌事可有消息送回？"

侍女还是摇头。

安岚便道："你们都下去吧。"

屋里只剩下她一人后，这房间一下静得出奇，她抱着暖炉倚着熏笼，看着香炉上袅袅升起又慢慢消散的轻烟，不觉微微蹙起眉头。往日她一人独处时，心境向来是平静的，但今日不知为何，她越是一个人待着，就越觉得心绪不宁，甚至有些烦躁。

那炉香焚尽后，她站起身，披上斗篷往外走。

候在外屋的侍女有些惊讶她这个时候出来，忙站起身：“先生要出去？可需备车？”

“不用。”安岚一边往外走，一边道，“你们不必跟着。”

侍女应了声“是”，待安岚出去后，赶紧往前院去，瞧着候在前院的殿侍们亦都不见了踪影，才稍稍放了心。

安岚漫步在夜色下的长安城内，她也不知道自己为什么忽然在这个时候出来，刚刚在白园内看着那炉香，有那么几个瞬间，她感知到外面出了事，似乎有点危险，同时又令她无比在意。这样的感觉很清晰，清晰到她无法置之不理，于是她不得不起身，冒着冬夜的寒风出来。

跟在她身后的那几名殿侍并不清楚她究竟要去哪儿，但他们不会多想，这不是他们需要考虑的事情，他们只是尽职尽责地跟着。

安岚走到西市大街的路口时停下了，停在一块微微凸起的大青石板前。

此时街上已空无一人，就连两边的店铺也都关了门，只有远处教坊内的歌声和琴声不时顺着夜风传来，隐隐约约，更显这寒夜的冷寂。

她垂下脸，看着那块大青石板，面色略有凝重。

她刚刚的感觉没有错，有大香师在附近起了香境，并且是一位她熟悉的人。

这香境带着很浓的杀气，是柳璇玑，出什么事了？

大香师间有些不成文的规矩，双方之间非敌非友，并且也没有触及自己的利益时，若碰上对方起了香境，最适当的做法就是旁观，或者避开。如果不经允许硬闯进去，一般等同于是抱有敌意，会给自己招来麻烦，也会在双方之间引起不必要的误会。

柳璇玑不算是她的敌人，但要说是朋友，似乎也还称不上。

之前柳璇玑虽有表示过站在她这一边，但那也仅仅是一个态度而已，并未和她交底，故还称不上是真正的同盟。柳璇玑若忽然改变主意，偏向南疆香谷那边，她也不会有多惊讶。

安岚停在那儿，面带犹豫。

而就在这会儿，她突然感觉那危险的气息朝她袭来，宛若一把利剑，她后背瞬间汗湿。不等柳璇玑的香境将她卷进去，她即开出了自己的香境世界，在那块大青石板沙化前，她抬步踩了上去。

就在这一抬脚一落地间，整个长安城都消失了，她进入了大漠狂沙的世界，除了她脚下的那块大青石板，周围的一切都化成了流沙，罡风在周身怒号，远处一个穿着红裙的女人侧身坐在一匹白骆驼上，驼铃叮当，缓缓朝她走来。

那张容颜在风沙中慢慢显现，只见那女人眉眼张扬，嘴角含笑，肆无忌惮，颠倒众生。

“我说是谁这么不长眼呢。”柳璇玑令骆驼停下，看着安岚，“原来是岚丫头。”

“柳先生。”安岚微微颔首，“您这是……”

柳璇玑道：“杀个人而已，你若是敢插手，别怪我对你也不客气。”

她的话一落，安岚遂看到风沙后面，是川连的身影。

安岚微有诧异，便又问一句：“柳先生为何要杀她？”

柳璇玑坐在雪白色的骆驼上，居高临下地看着安岚，长眉若飞，神情倨傲：“与你何干，难不成你想插手？”

敌意，很明显的敌意，没有丝毫的掩饰，直冲她而来。

安岚更是诧异，心生警惕：“我无意插手，只是她手里的香蛊对我还有用，柳先生若能留下她手中的香蛊，此事我自当旁观。”她说到这里，顿了顿，又道，“我再多嘴一句，川连已经向长香殿下了战帖，在挑战发起之前，您若是先对她下了杀手，事后的麻烦，柳先生难道不曾想过？”

柳璇玑却是一声嗤笑，冷嘲地看着安岚：“我的事，由得你来多嘴？我想杀谁，还由得你定？”

安岚微微眯起眼，仔细打量眼前的女人，然而，千真万确，她是柳璇玑没错。

但是为什么？为什么她会对自己有如此大的敌意，此时甚至已然显露了杀气！

再看川连，她依旧站在刚刚那个地方，像是被流沙困住了，但是似乎因她身上带着香蛊，柳璇玑的流沙香境一直在被香谷吞噬，并且柳璇玑也还没有下杀手，所以川连暂时没有危险。

安岚再问：“柳先生到底是要杀川连，还是要杀那只香蛊？”

“真是啰唆！”柳璇玑眉眼一冷，说着就拿起挂在骆驼背上的琵琶，反手一拨，宛若玉石相撞的声音接连而出，瞬间带起一阵恐怖的沙暴，粒粒沙尘皆是杀意，犹如无数细小的利器铺天盖地而来！人若触之，定会霎时化成一团血雾！

安岚虽早有准备，却还是不免大惊，她未想柳璇玑竟真对她动手，并且一出手就是这样的杀招，不留分毫余地。

这个女人，性情之古怪，实在叫人难以琢磨。

安岚依旧站在那块大青石板上，一动未动，但风乍起，云突涌，天空被撕开，大雨瞬间倾盆，风沙止，流沙静，长街以安岚为中心往周围铺开，城墙垒起，城门闭合，城楼上兵马显现，千年雄城镇压而来。

柳璇玑被长街隔开了十余丈之远，随即传来她的厉喝：“岚丫头，为了一只臭虫子，你竟敢将一座城挡在我面前！你疯了不成？”

安岚沉默地看着远处那个红裙飞扬，说翻脸就翻脸的女人，微微抬手，雨声稍弱。

“是柳先生您先出的手，如此您就不该怪我。”

柳璇玑大怒：“不知天高地厚的小丫头，我让着你简直是多余！”

伴着她的怒斥，尖锐的琴声再次响起，狂暴的风沙再次卷起，随即天上浓云翻滚大涨，城内霎时间泥水横流，雨声如鼓，战马嘶鸣！

安岚看着远处依旧一动不动的川连，再看着已然不顾一切的柳璇玑，心里甚是恼火，大声道：“柳先生当真要与我为敌？！”

柳璇玑冷笑道：“小丫头得了便宜还卖乖，不好好教训你一下，你当真以为谁都不如你？”

正说着，一小片沙粒割破雨帘，穿透旋风，化为利器直冲安岚而来。

安岚心头微惊，不得不转了一下脚尖，侧身，躲开了面门，却还是被划破了左脸。鲜红的血珠顿时从皮肤里渗出，混着冰凉的雨水滑落，滴在青石板上，溅出一朵红色的水花。

柳璇玑是真的要杀她！

安岚垂下眼，看着石板上被雨水冲刷得慢慢淡去的血迹，再抬手往脸颊上摸了一下，有微微的刺痛感，指尖黏黏的，又有新的血珠从皮肤内渗出。

难不成之前是她误会了？

柳璇玑，那个那么骄傲、那样眼高于顶睥睨一切的女人，其实早就已经选择和香谷及道门联手？难道柳璇玑也在觊觎那个最高的位置，也想收服七殿，所以之前对她的种种表态，只是为了迷惑她？

远处川连的身影还是没有动，但安岚能感觉到香蛊已经停止了吞噬柳璇玑的香境，转而往她这边注意了。

安岚心里的警惕和疑惑越来越重，今日柳璇玑忽然对川连和香蛊出手，只是为了引她出来？然后她们再联手一起对付她？

柳璇玑当真会如此煞费苦心？

不容她多想，那几乎能钻入毛孔的沙粒又化为利器，气势汹汹，铺天盖地而来！

安岚抬起脸，脚步微转，又站回原先的位置，脚下还是那块古朴的大青石板。她将目光投向前方时，面前即出现一片薄薄的水幕，那水幕十分坚硬，飞刺过来的沙粒一触到水幕，即被带着往下落，落到青石板前面，再顺着细细的流水流向四周，转眼化为无形。

然而飞刺过来沙粒并不仅仅是这些，它们几乎是无穷无尽，并且那层水幕因沙粒的撞击正在不停地抖动扭曲着，喷溅出无数细小的水珠，水幕似随时会破开，到时安岚将无处可躲，瞬间就会被沙粒吞噬。

水幕后面，再次传来柳璇玑的呵斥："岚丫头，你还不识趣？再不收起你的香境，我当真不会再留情面！"

安岚淡淡地道："柳先生从一开始就对我起了杀心，此时还说这等话，未免太虚伪。"

柳璇玑抱着琵琶坐在骆驼上，听了安岚的话，神色愈加冷峻，涂着丹蔻的玉指用力拨了一个弦音，顿见沙粒瞬间增了数倍，其音不止，水幕眼见要被破开。但就在这一刻，一条黑色的长鞭忽然穿过沙暴，悄无声息地飞到柳璇玑身后，啪地一下缠上她手里的琵琶，瞬间就将那把琵琶从她怀里卷走！

下一瞬，那把琵琶出现在了安岚手里。

"螺钿琵琶。"安岚轻轻抚了抚琵琶上的琴弦，"这还是我送给柳先生的，想不到今日你却用它来对付我。"

然而她的话才落，便见琵琶上的琴弦噌地一下弹起，安岚早有所察，脸微微一侧，就躲开了。她再往前看去，原来有一根琴弦一直握在柳璇玑的手里，也由此，水幕被割破了。

柳璇玑冷笑道："小丫头，你终究是太嫩！"

"是吗？"安岚手指轻轻拨了一下那根琴弦，遂见琴弦化成了长鞭，嗖地缠紧了柳璇玑的手指，咔的一下，那根芊芊玉指即被切断！

血线喷射而出，染红了黄沙。

不等柳璇玑暴怒，雨幕随之碎成无数细小的水珠，每一滴都包裹着一粒沙，不同的物质在这既虚幻又真实的世界里对抗着，那是两种香境，是两个世界的较量，具化的力量漫天漫地铺散而开。无穷无尽的水珠折射出茫茫星光，宛若全新诞生的宇宙星辰。

这是棋逢对手，将遇良才。

不停扩张的空间，令任何人身处其中，都会霎时变得无比渺小，川连压住心头的震惊与狂喜，趁着她们全心全意地对战的时候，看准香蛊撕开的一条裂缝，悄无声息地往后退。

可就在她将从那条裂缝中脱身时，一层水幕忽然挡住了她的退路，随即安岚的身影紧随而至，她脚下依旧踩着那块大青石板，身姿挺拔，衣裳齐整，面无表情："你想走？"

川连忽然朝她露出一个诡异的笑，然后目光落到安岚身后，微微抬手，似在给安岚身后的人一个信号。

安岚随即侧过身，可就在这一瞬，香蛊吞噬了她的一滴水珠，柳璇玑的沙粒即朝她飞刺袭来！她不得不往后退了一步，同时脸上出现了一层水雾，那粒沙终于在离她的脸仅一根头发丝的距离时停下，然而那粒沙的杀意却还是穿透了水雾，攻向她的眉心！

柳璇玑看着自己缺了一根手指的右手，冰冷的水汽已顺着伤口进入她的心脉，她心里的震怒压过了身体传来的剧痛，抬眼再看站在一起的那两个人，当下决定今日要大开杀戒。

川连趁着安岚被柳璇玑伤到的那一瞬，令香蛊另外撕开一个口，再次往后退。可即便安岚此时已经顾不上拦她，柳璇玑也不可能让她跑了，香蛊撕开的那个口，不等川连退过去，就被无数细沙填补上。

此时川连面上终于露出了几分急色，这毕竟是大香师的世界，这只香蛊再怎么强壮，其能力也十分有限，不可能再撕开第三个口。

眼见那个口子就要被完全填补好，忽然一只修长的手从那缝隙间伸了进来，穿透沙尘雨雾，准确无误地抓住川连的胳膊，猛地拽了一下，就将她拉至那道缝隙前。

柳璇玑哧地冷笑一声，手里的琴弦化作利刃甩过去，眼看就要将川连和她身上的香蛊切成无数块。安岚此时已稳住神，巨大的危机感令她强忍住精神上的不适，几乎是下意识地，她的长鞭即追过去，一下缠住了柳璇玑的琴弦。川连就趁着这个机会，从那条还未完全闭合的缝隙中逃了出去！

"还有来坏事的！"柳璇玑惊怒交加，半个世界瞬间沙化，狂风龙卷，琴音大作，天地变色，那片消失的地方一下被吸收进来，逐渐显现出一个人的身影，其身量颀长，容貌俊秀，一双眼珠子宛若琉璃般清透澄亮。

柳璇玑微微眯起眼："谢蓝河！"

安岚沉默地看着这一幕，心里略有不解，之前她怀疑柳璇玑和川连暗中联手算计她，可是刚刚柳璇玑却又要杀川连，并且那杀心是如此之重，这究竟是怎么回事？

如果柳璇玑并未同川连联手，那她和柳璇玑的这一战，又是怎么回事？

谢蓝河看了她们俩一眼，未言语，并且也只是片刻，他的身影就变得越来越淡。

安岚的长鞭已经收回，柳璇玑手里的琴弦即弹过去，直接甩到谢蓝河身上，但他未被伤到分毫，只是身影碎成了无数片，宛若平静的湖面忽然泛起圈圈涟漪，缓缓散开之后，又慢慢合拢。

那竟只是他的一个虚影，安岚微惊，这就是谢蓝河的香境世界?

一场镜花水月？！

谢蓝河的身影消失了，柳璇玑若想追上他，除非抛下安岚这边。但谢蓝河现在没有受伤，她和安岚此时皆有损伤，故柳璇玑当下放弃去追谢蓝河，再次转向安岚。

手上的痛还那么清晰，冰冷的水汽在不停地侵蚀着她的神经，她再不废话，数个龙卷风刮起的沙暴直接冲向安岚。然而安岚此时已不愿再与她多做纠缠，瞬间一退千里，石屋连排而起，街道显现，城墙高筑，大雨瓢泼……

已然分不清这究竟是风沙在吞噬这座巍峨的雄城，还是这城内卷起的风雨在征服那片黄沙。

安岚想停手，但柳璇玑根本没有给她喘息的机会，安岚退一步，柳璇玑就进两步。

这样下去，一定会两败俱伤!

“阿弥陀佛！”就在这会儿，天外忽然传来一声佛号，声音悲悯，带着叹息。

安岚遂放开自己的香境，净尘踩着雨水走进来，雨幕下，他僧衣飘飘，步步生莲。

净尘走到安岚身边，看了安岚一眼，又远远地看了柳璇玑一眼，见这两个女人都冷着一张脸，他便双手合十，眼观鼻鼻观心地道了一句：“两位何事动如此大的火，伤肝啊！”

柳璇玑一声呵斥：“滚！”

卷过来的风暴被一朵莲花接住了，净尘又小心翼翼地念了一声阿弥陀佛，然后转过脸看向安岚：“安先生，这里太危险，小僧实在不想多得罪她，小僧也得罪不起啊，咱们还是先走吧。”

安岚问：“你怎么过来了？”

净尘道：“阿弥陀佛，小僧是被镇香使押着过来的，镇香使在外头等着您呢，快走吧。”他说着又低声道了一句，“安先生您也太不客气了，真敢伤她，要知道那女人疯起来阎王都要让三分的。”

安岚又往柳璇玑那儿看了一眼，净尘只得又道：“还要再打一场不成？”

安岚便收回目光：“走！”

七朵莲花暂时将柳璇玑困住了，净尘和安岚联手，柳璇玑除非真的豁出命，否则就只能眼睁睁地看着他们离开。

风停雨歇，安岚一抬脚一落地，就从那块大青石板上下来了。

入夜的长安城无比安宁寂静，寒风吹落她斗篷上的帽子，冰冷的空气令她眉心一阵刺痛，柳璇玑刚刚那记杀招，已经伤到了她。

白焰从马车上下来，走到她身边握住她冰冷的手，低声道："上车。"

"阿弥陀佛。"净尘在一旁双手合十，"两位好走，小僧先告辞。"

白焰却道："你一起来。"

净尘叹了口气，乖乖跟上。

柳璇玑带着满身的怒气回到天璇殿，侍女捧着茶水进来，小心翼翼地递给她，她伸手去接时，手指不慎在杯子上碰了一下，顿时感到一阵钻心的疼，那痛楚几乎瞬间穿透全身！柳璇玑脸色一变，怒气更盛，当即将那杯茶掀翻，茶水泼到侍女身上，薄玉般的瓷杯啪地落到地上，碎成数片。

侍茶的侍女慌忙跪了下去，殿内候着的几位侍女和侍香人亦都跟着跪下，殿外侍女也都吓得不敢做声。

"滚出去！"柳璇玑深呼吸了两下，才勉强压住心头的戾气。

侍茶的侍女赶紧将地上的碎瓷片都收了，旁边的侍女赶紧过来，将地上的茶水全都擦拭干净，然后低着头，弓着身，快步退了出去。

正好这会儿金雀往这边过来，瞧着这番动静，便拉住那位刚退出来的侍茶侍女问："这是怎么了？你们怎么都出来了？"

那侍茶侍女不敢多嘴，只是轻轻摇头，最后一位从里边退出来的侍香人流夕看到金雀，想了想，便走过来低声道："先生刚回来，正累着，她们又笨手笨脚的，没伺候好，先生动怒了。"

金雀微诧，柳先生平日里可不是多苛刻的人，少有因一点小事而大动肝火的，而且能在柳先生寝殿内伺候的侍女，哪个不是心灵手巧、眼疾手快。于是她便问："先生是从哪儿回来的？"

流夕道："先生今日是下山去赴一个香宴，路上碰到安先生，后来先生回来的这一路上，心情都极不好。"

今天是她随柳璇玑下山去的，只是柳璇玑碰到了川连，以及后来跟安岚交手的时候，她并未在一旁，故并不知详情，所以她也很想知道，那个时候究竟发生了什么事，能令先生如此动怒。但这个时候，就是再借她几个胆子，她也不敢去问柳璇玑。

"安岚？"金雀更是诧异，"柳先生是碰到安先生后，心情就不好了？是出什么事了吗？”

流夕摇头：“这个我也不清楚，当时先生并未让我过去。”

金雀问：“你看到安先生了？”

流夕道：“远远看到一个身影，确实是安先生没错。”

金雀眉头紧蹙，柳先生和安岚之间的关系一直很不错啊，柳先生怎么可能见了安岚后，心情就忽然不好了？是发生了什么事？越琢磨，她就越是按捺不住，在门口踌躇了好一会儿，就提起裙子，轻轻抬起脚，迈了进去。

流夕没有拦她，默不作声地看着金雀进去后，就微微抬手，让旁边的侍女都退下。

殿内，柳璇玑倚在美人靠上，垂着眼，看着自己的右手。她这只手还是那么纤细漂亮，肌肤如玉，手指修长，骨肉匀停。她并没有少一根手指，就连手上的指甲也都是完美的，不见一点损伤。可是，刚刚在香境内，她被切断的那根手指，其痛楚一直未消，她手上没有伤口，但疼痛和伤害是真实存在的，并且比起真正被切断手指的伤害，此时她心理受到的伤害还要更大。

臭丫头！当真是小瞧了她！

柳璇玑忍住疼，用力握了一下手，然后微微勾起嘴角，不过那丫头也没得什么便宜，此时定不会比她好受。

金雀蹑手蹑脚地走进来时，正好看到柳璇玑面上露出这等似笑非笑的表情，且那双眼睛里还带着一丝戾气，她顿时一慌，但同时心头的担忧也随之加重了几分。

柳璇玑早知道她进来了，懒洋洋地抬起眼，瞥向她，冷声道：“缩头缩脑地在那儿做什么？”

金雀不觉缩了缩脖子，硬着头皮走过去，讨好地笑道：“听说先生回来了，我心里惦记着先生，就过来看看。”

柳璇玑打量了她一眼：“你惦记着我？”

金雀往前蹭了两步：“是啊，也有几天没见着先生了，年底的事情多，怕先生累着了，就过来看看，想着能不能帮先生捏捏肩膀？”

柳璇玑在美人靠上换了个姿势：“那就过来给我捏捏。”

“是。”金雀即快步过去，如往常般给她捏肩膀。

流夕在外面仔细听了一会儿，见里面一直没有什么呵斥的声音传出，金雀也没有被撵出来，心里的感觉略有些复杂。本以为柳先生和安先生有了什么矛盾，柳先生多半会因此迁怒于金雀，却不想金雀在先生心里的地位，竟如此稳固。柳璇玑慢慢闭上眼，没说话。

但金雀小心翼翼地捏了一会儿后，发现柳璇玑和平时似乎真有些不一样，她迟疑了一下，还是忍不住开口："先生，是不是我捏得不好？是力道不对吗？"

柳璇玑没有睁眼："怎么？"

金雀小声道："您一直蹙着眉头呢，还是……您身体不舒服？要不要我去给您喊大夫来？"

又一阵痛楚从手指那儿传过全身，柳璇玑即坐起身，睁开眼，皱着眉头道："不必！"

"可您的脸色真的……"金雀绕到她面前，只是话说了一半，就被柳璇玑的眼神给冻住了。

半晌，直到柳璇玑的脸色瞧着好了一些后，金雀才跪坐在她跟前，小心翼翼地问："先生今日出去，是去找安岚的？"

柳璇玑看了金雀好一会儿，眼神冷冷的，表情让人琢磨不透。

金雀并没有费心去琢磨柳璇玑到底在想什么，也没有掩饰自己的担忧，接着又道："我听说您回来的路上碰到安岚了，你们，是出什么事了吗？"

柳璇玑见金雀那双眼睛依旧清澈，看着自己时眼里透出的担忧也是真真切切的，跟那个两面三刀的丫头完全不一样，便深吸了口气，身体再往后一靠，然后冷哼一声："我今日并非是去找她，不过路上确实碰到她了。"

见柳璇玑的态度有所松动，金雀赶紧问："当真是发生了什么事？安岚怎么了？"

柳璇玑微微眯了眯眼，脸色刚刚才缓了几分，此刻又冻上了："你倒是真关心她！"

"我……"金雀被柳璇玑的一记眼神压得蔫了回去，"先生和安岚，我都很关心的。"

柳璇玑冷笑，片刻后，才缓缓地道："确实是出了点事，她要杀我，还真出手了，丁点迟疑也没有！"

"这不可能！"几乎是不假思索，金雀张口就蹦出这句话。

柳璇玑冷着脸，沉默地看着金雀，她手上传来的痛楚一直没消，这令她的心情越来越糟，眼里的戾气也越来越明显。

金雀说出那句话后才反应过来，无论她和安岚的私交如何，她毕竟是天璇殿的人，是柳璇玑的侍女，面对这等事，特别是柳璇玑亲口说出来的，她听了后，应当毫不犹豫地站在柳璇玑这边才对。再怎么，都不能马上就为安岚说话。

"先、先生……"金雀噤声了好一会儿后，咬了咬唇，见柳璇玑到底没有发怒，就小心翼翼地道，"我觉得，是不是有什么误会，安岚她怎么可能会对您不利，她没道理这么做啊。”

柳璇玑蹙着眉头闭上眼，强压住身体里传来的痛，深呼吸了一下才缓缓开口：“确实没有道理，但她也确实动手了。”

金雀怔怔地看着柳璇玑，迟疑着开口：“先生，您、您是不是受伤了？”

柳璇玑没说话，只是眉头用力皱了一下。

金雀一下慌了，忙起身：“先生您伤到哪儿了？我看看，严不严重啊？我、我这就去给您喊大夫！”

柳璇玑睁开眼：“回来！”

金雀站住，面上却进退两难：“先生，您的伤……”

“大夫看不了。”柳璇玑又吐了口气，淡淡地道，“你过来，给我捶捶腿。”

金雀便又跪坐回去，一边给她捶腿，一边低声道：“是香境里带出的伤吗？”

柳璇玑没说话，只是垂下眼，看着自己的手。

金雀便也将目光落到柳璇玑的右手上，她虽不是大香师，但跟在大香师身边这么多年，又是和安岚一块长大的，对香境的了解比一般的侍香人还多。所以一看柳璇玑这神态，她便知道自己说对了，可正因如此，她心里的担忧更重了。

香境里带出的伤，那必定是安岚和柳先生动了手才导致的，这可怎么办，她们之前不是还好好的吗，还喝酒聊天来着，怎么忽然就了出这么大的事情？

捶了一会儿腿后，金雀憋得不行，又小心翼翼地开口问：“先生，到底出了什么事？”

柳璇玑倚在美人靠上，左手支着脑袋，垂下眼看着金雀，良久，她才将刚刚的事略提了几句。

她赴宴回来的路上碰到川连，当时天已入夜，她想早点回香殿，便未搭理，不料川连却忽然拦住她的车，如此无礼的做派，她当时心里就已不快，不想川连竟得寸进尺，在与她打招呼时，竟暗算她，失手后马上就逃，她如何能放？只是她刚布下香境，将川连困住时，安岚就找了过来，并且强行闯入她的香境，不由分说就对她出手，甚至和川连联手，想直接吞噬她的香境！

金雀听得呆住，半晌才道：“您是说安岚和川连暗中联手对付您？”

柳璇玑微微眯了眯眼：“原本我也不信，只是川连被我困住的时候，她为了救川连，可谓是不遗余力。小雀儿，香境里的杀意，是无法假装的，你那位安先生，当时确实是要杀我，若非我早有准备……”她说到这儿，顿了顿，冷哼了一声，才接着道，“后来谢蓝河出现，将川连带出香境后，她又被我伤了，所以才没有恋战。”

金雀还是不敢相信，可她的脑瓜子没那么厉害，一时间实在找不出什么疑点，于是怔了好一会儿才有些结结巴巴地道：“安、安岚也受伤了？她、她伤得怎样，严不严……”只是这话越往后，她声音越低，最后都说不出来了，脸憋得红红的。

柳璇玑冷冷地打量了她几眼：“能去她半条命。”

金雀的眼圈顿时红了，却是紧紧地抿着唇，不敢吭声。

柳璇玑闭上眼：“这件事我不可能就这么算了，她嘛，若真的跟香谷的人暗中勾搭上了，也不可能就这么善了。小雀儿，你自个儿可得想好了，你是要跟在哪一边。看在你伺候我多年的分上，我可以让你自行选择，你若想去她那边，我不拦着，只是日后你再不能踏入这里半步，往日的情分，也就到此为止。”

金雀的眼圈中顿时砸下泪，她慌忙张口：“先生，不至于、不至于到此地步的，一定是有什么误会，一定是那川连在搞什么鬼，南疆香谷有那么多神神怪怪的事呢，这件事一定跟他们离不了关系的，您先、先别着急好不好！您等我去问一问安岚，问问她这到底是怎么回事，好不好？”

柳璇玑没应声，金雀抬手拿袖子擦了擦眼泪，接着低声恳求：“先生，我这就去找安岚问清楚，好不好？我天亮之前一定回来。”

柳璇玑侧身躺下，依旧闭着眼睛。

没有她的应允，金雀不敢起来，直直地跪在那儿，哭也不敢哭出声，只是不时拿袖子擦着眼泪，像个满腹委屈的孩子。

柳璇玑忍过一阵痛楚后，再睁开眼，见金雀还在自个儿跟前抽着鼻子，一张小脸被弄得脏兮兮的，她看得直皱眉头：“滚出去！”

金雀抬起眼，直愣愣地瞅了柳璇玑好一会儿，慢慢站起身，小心翼翼地道：“先生，我、我天亮之前一定回来！”

“滚！”

金雀赶紧低着头，猫着腰，滚了出去。

安岚刚踏上马车，就差点直接跪了下去，好在白焰及时从后面抓住了她。

“伤到哪儿了？”将她抱进车厢后，白焰即解开她的斗篷，在她四肢上面轻轻摸了摸，“可有外伤？”

安岚缓过了一口气，摇头：“是香境。”

白焰便松开她的胳膊，但依旧揽着她，仔细打量她的脸色：“伤得很重？”

安岚抬手碰了碰自己的眉心，那里似乎一直在突突地跳：“回去再说，你怎么来了？”

“鸽子楼一直盯着川连，她今日行踪诡异，似特意在此等人。”白焰一边说，一边拿开她放在眉心的手，再用自己的手掌轻轻按住她的额头上，“柳先生今日正好下山，回去必定会走这条路，我猜她等的人十有八九会是柳先生，为防万一，便让净尘先生也下山了。”

他掌心的温度令她觉得好受了些，便闭上眼，许久，她才轻轻地叹了口气：“我不知道柳先生是怎么了。”

夜里寒凉，白焰替她重新披上斗篷，再让她靠着自己：“你们在香境里出了何事？”

安岚将脸贴在他胸膛上，眉头紧蹙，脑子一时间没法思考，待眉心那股尖锐的痛楚过去后，她才开口将刚刚发生的事简单说了一遍。

白焰又仔细看了她一眼，轻轻抚摸她的胳膊，沉吟片刻才道：“柳先生的香境本是要对付川连的，却忽然转而对付你，所以你才抢先一步，进入她的香境？”

如何进入大香师的香境，是有讲究的。

如刚刚安岚自行打开香境，让净尘进来，是最和平，也是最充满善意的法子，差不多等同于开门迎客；而若是大香师在没有任何警示的情况下，突然将人卷入自己的香境，则等同于绑架偷袭，自然带有极强的敌意；另外，若有人在没有大香师许可的情况下，强行进入其香境，等同于破门擅闯，绝非善意之行。

刚刚安岚虽是先行闯入了柳璇玑的香境，但其实是因为她察觉到柳璇玑要将她强行卷入香境，所以抢先一步占了主动权。如此，她在入了柳璇玑的香境后，才能保证自己的香境不会受到对方的压制。

安岚微微点头：“我本怀疑这是她和川连暗中勾结设下的陷阱，后又觉得不像。”

白焰低头在她额上轻吻了一下：“不用想了，这件事的问题应当是出在川连身上。”

安岚轻轻叹了口气：“她被谢蓝河带走了。”

白焰安抚地轻拍她的胳膊：“我知道，现在找谢蓝河也没用，我们没有适当的理由让他把人交出来，伤你的人毕竟是柳先生。”

安岚微微蹙眉：“柳先生为何忽然对川连动手？”

白焰道：“柳先生性格桀骜，目下无尘，若真是川连早设计好的，今日在此等候故意激怒柳先生，柳先生自然会对川连动手。”

安岚头疼得厉害，想了许久才又道：“川连究竟有什么倚仗？若不是我刚好碰上，她不可能在柳先生手里脱身……还是，谢蓝河？”

白焰心里隐隐猜到一个答案，眉头轻轻皱了皱：“谢蓝河若真打算对付柳璇玑，刚刚就不会走。”他说话的时候眼睛一直没有离开安岚，见她此时的脸色又不好了，便打住，替她拉了拉斗篷，柔声道，“好了，现在先别想这些，休息要紧。”

他们的马车刚走到白园门口，鹿源和蓝靛也赶到了。

“先生！”鹿源看那辆虽是镇香使的马车，但马车后面跟着的却是安先生的殿侍，即翻身下马，急步过去，“可是先生在里面？”

白焰打开车门，鹿源着急地往里一看，看到安岚后，终于松了口气：“先生没事就好。”

安岚扶着白焰的手下车，白焰要抱她进去，她轻轻摇头，只是让他扶着，然后看向鹿源：“你怎么知道我会有事？”

鹿源这才看清安岚的脸色不同平常，心里一惊：“先生是不是……”

“进去再说。”白焰打断他的话，然后不由分说地就将安岚打横抱起，白园的角门已经开了，香殿的侍女提着灯笼鱼贯而出，个个小心翼翼的。景府那边则没有丝毫动静，静悄悄的，似乎没人知道一墙之隔的这边，发生了什么事。

入了园子，进了寝屋，白焰将她放到软榻上，将熏笼放到她身侧让她倚着，然后去将香炉里的香换成了主安神的夜无思。

侍女将汤婆子放到她脚下，替她脱了斗篷，捧上热水和棉巾，伺候她敷了脸，洗了手，再给她盖上柔软的羊绒毯，然后才轻轻退了出去，一切都做得井然有序，无声无息。

安岚微微抬眼，看向鹿源，又看了看蓝靛。蓝靛在进白园之前，已从殿侍那儿了解到今夜发生了什么事，故此时的脸色略显凝重。

鹿源往前两步，不顾尊卑之别，仔细打量着安岚，迟疑地开口：“先生，伤得重吗？”

白焰盖上香炉，往他这儿看了一眼，安岚问：“你不是在山庄那边，为何会知道今晚发生了什么事？”

鹿源张了张口，震惊于安岚真的受伤了，也自责来得晚了，一时间竟不知该如何开口。蓝靛在同鹿源赶回来的路上，已从鹿源口中大致听说了他从胡巴口中问出的事，故开口道：“先生，川连让您饲养的那只香蛊，其实是……南疆的一种种蛊之法，而且较一般的种蛊更为神秘阴毒。”

“什么？”安岚一时没听明白，加上眉心一直在隐隐作痛，并时不时有一股尖锐的痛感在撕裂她的神经，她忍不住皱起眉头，手紧紧地抓着羊绒毯，咬着牙，脸色苍白。

净尘在一旁轻轻念了句阿弥陀佛，叹息声长。

鹿源心里一急，就要过去，白焰却已先一步坐到她身边，将她揽过来让她靠在自己怀里，轻轻安抚，片刻后才抬起眼，看向鹿源：“你的意思是，川连将那只香蛊种在安先生身上了？”

鹿源不得不收住脚，眼睛一直看着安岚，两手不自觉握紧：“不是，种蛊只能用在一般人身上，先生是大香师，香境是依先生的神魂而生的。川连让先生以香境饲养香蛊，其目的是在香蛊和先生之间生出一种联系，那是一种比血缘关系还要牢靠，还要难以斩断的联系！”

蓝靛神色凝重，连呼吸都重了些许。白焰却是眉头都不见动一下，在安岚胳膊上轻轻安抚的动作亦平稳如常：“此等联系会有什么样的表现？”

鹿源道：“当香蛊有危险时，先生会感同身受，且无法分清那份危险究竟是针对香蛊的，还是针对先生的，而那份危险经由香蛊传来后，先生的感受会翻倍。”

“难怪……”安岚从白焰怀里起身，“如此说来，我和那只香蛊的这等联系，是已经生成了。”

鹿源顿了顿，才艰难地点头：“以先生今夜的行径判断，确是如此。”

安岚问：“可有解法？”

鹿源几乎不敢看安岚的眼睛：“这等事，知道的人极少，只存在于古书的记载中，书中并未留下解法。”

安岚沉默许久，才又道：“川连还让谢蓝河接手饲养那只香蛊，难不成，日后谢蓝河也会与它产生这等联系？”

鹿源道：“香蛊一旦与大香师生成这等联系，就如同血缘关系一般不可割断，也无法被分割。谢先生接手饲养香蛊，如果确实是您饲养过的那只香蛊，那么便不会对他产生任何影响。”

安岚听完后只是皱了一下眉头，也不知是因为这个答案，还是因为身上的不适所致。

蓝靛不死心：“当真没有法子能解？”

鹿源沉默了片刻，微微垂下眼，隐去目中的痛苦和挣扎：“对于被种了蛊的一般人而言，若想挣脱这等桎梏，要么是去求种蛊之人来解除，要么是自己降服体内的蛊虫。而蛊虫的特性是，只要饲主开始反抗，如果不能降服它，就只能与它同归于尽。”他说到这儿，才抬起眼，“先生的情况，不同于一般的种蛊，但以我浅见，如果先生能试着降服那只香蛊，兴许就是解除之法。”

蓝靛即看向安岚，安岚面露沉思，随后摇头：“要如何降服？”

鹿源当然给不出答案，怕是就连胡巴也没法给出恰当的答案。

白焰问：“对被种蛊的人而言，会用何种法子降服体内的蛊虫？”

鹿源道：“习武者可令真气逆转，非习武之人可请医术高明的大夫在身上几处大穴上行针，如此体内的蛊虫便会有所反应，只是此举带来的痛苦更胜于酷刑加身，生不如死。而痛苦持续的时间也因人而异，身体素质越好的人，时间就越长，故几乎无人能承受。如若能熬过去，便算是降服了蛊虫。”

蓝靛问：“曾有人降服过蛊虫吗？”

鹿源道：“我未曾见过，据胡巴说，他至今也只见过三个人降服过蛊虫。”

蓝靛接着问：“你可知那三个人如今在哪儿？”

鹿源淡淡地道：“都死了，有两位是在降服蛊虫后，身体已油尽灯枯，解开桎梏的次日就咽气了，另外一位……则由此失去了听力和视力，身体亦大不如前，苟延残喘了五年，也归西了。那三人都曾是一方之雄，性格之坚毅，非一般人能及。”

蓝靛怔住，一时不能言语。

白焰轻轻抚了抚安岚的头发，语气轻轻，唇边甚至噙着一丝笑：“这和你的情况不同，那三人拼的是力气，你不是，所以无须为此烦恼。即便最后真的无法解除这等联系，那也无关紧要，我们将那只香蛊抢来便是，日后好吃好喝地供着它，一只虫子而已，又不是养不起。”

蓝靛：“……”

鹿源：“……”

安岚即便头还疼着，却还是不由得笑了笑，只是一会儿后，她又看向鹿源：“香谷的人为什么要找山魂？”

鹿源道：“据胡巴所说，是因为山魂能让香蛊顺利产卵。”

安岚微怔，就看了白焰一眼：“香蛊不是香蝶产卵孵化后，以养蛊之法养出来的东西吗？香蛊也能产卵？”

白焰同样有些诧异，他知道蛊虫会产卵，但香蛊却不同，香蛊是蛊虫里最特别的一种。它们在幼虫时若没有被培育成香蛊，任其自然生长的话，最终也会变为香蝶。

鹿源道：“香蛊有产卵的能力，但如果没有山魂，香蛊产下的卵都是死的，无法孵化。”

安岚问：“香蛊的卵若能孵化，那孵化出来的会是什么？”

鹿源道：“天然的香蛊，并且特性很可能比母蛊还要强壮，吞噬香境的能力会更强。”

安岚微微蹙眉：“天然的香蛊？”

鹿源点头：“是的，蛊虫之所以珍贵，就是因为培育的成功率太低，并且太耗时，五百只幼虫，用上一年到两年时间，才能出一只蛊虫；而香蛊，则需要五千颗香蝶的卵，再加上至少三年的时间，才能培育出一只。”

难怪南疆香谷的人会那么费尽心机地寻找山魂，若他们有了足够的香蛊，大香师的香境对他们而言，或许真的不再是威胁。

安岚看向白焰，又想起了景炎公子留下的那句话：山魂以淬之，可夺天地造化，灭神坛！

如今，全明白了。

难怪南疆香谷的人有如此底气，敢让川连上香殿挑战大香师，入主长香殿。

安岚又问：“香蛊产卵后，孵化需要多长时间？”

鹿源道：“半个月左右。”

安岚再问：“香蛊幼虫可有吞噬香境的能力？”

鹿源摇头：“至今还未有人见过真正的天然香蛊，据胡巴推测，幼虫应当也有吞噬香境的能力，只是能力不强，不过从幼虫到成虫，一般也需要半个月，但若是在大祭司手里，兴许十天就够了。”

半个月，再加十天，那就是明年春天了，正好是川连准备挑战大香师的时间。

而眼下，她和柳璇玑都受了伤，并且伤得不轻，一个月的时间能否养好很难说。谢蓝河已经站在香谷那边了，崔飞飞似乎保持中立的态度，两不相帮，唯一剩下的——安岚看向坐在香炉旁边，老僧入定般的净尘。蓝靛等人也纷纷转头看向净尘，净尘无奈地叹了口气：“阿弥陀佛，即便小僧豁出命赢了她和那些虫子，但各位别忘了，挑战的规则是，川连需要挑战至少两位大香师。一位是我们定，一位由她来选，她完全可以选谢蓝河。由此看来，结果必定是一胜一负，难以下结论，她便可以再加一场挑战，诸位以为，届时她会选择谁？”

若是崔飞飞，到时崔飞飞是听自己的，还是听崔家的？

安岚抬手按了按眉心，且不想那些，眼下无论如何，她也不可能任由那些虫子无限繁衍下去。

既然现在什么都清楚了，那就可以收网了。

唯一没料到的是，她和那只香蛊会生出这样的联系，本以为最多是消耗她的精力，她甚至做过最坏的打算，就是被香蛊所伤，却没想到伤她的人是柳璇玑，更没想到她也伤了柳璇玑，并且她们下手的时候都挺狠的。

房间刚陷入沉默，侍女就在外面报："先生，金雀姑娘求见。"

安岚正好又是一阵头疼，闻言抬起脸，下意识地看向净尘："金雀？"

净尘道："应当是柳先生让她过来的。"

柳璇玑到底没真的发疯。

安岚朝蓝靛点头，蓝靛颔首，然后转身出去了。

片刻后，金雀红着眼睛和鼻头，也不顾什么形象，慌里慌张地跑进来："安岚，安岚你没事吧？"

只是金雀跑进来后，才发现这屋里人不少，更意外的是净尘也在，她不由得就收住了脚，表情有些愣怔。

安岚坐起身，招呼她过来："柳先生让你来的？"

金雀从净尘那儿收回目光，有些惴惴地走到安岚身边，仔细打量她，压低了声音："你怎么样了？"

她刚走到安岚身旁，就有侍女将绣墩放在她旁边，待她坐下后，再给她递上一杯热茶："姑娘喝口茶暖暖身子。"

金雀接过，急急地喝了一口，茶温适中，正好缓了些许她身上的寒气。

待她将茶盏放下后，安岚便将自个儿手里的暖炉递给她："柳先生都跟你说什么了？"

鹿源将一个粉彩暖炉拿过来，放到安岚手中。

金雀张口要说，却又顿了顿，瞅了屋里这几个人一眼。

"没事，你说吧。"安岚道，"我知道柳先生今晚定是要气疯了。"

金雀抱着手炉，瞅着安岚，脸色暗淡："先生说你要杀她，还真跟她动手了……先生回了香殿后发了好大的火，我问了几句后，先生便说这件事绝不可能就这么算了，还说她也让你去了半条命。"她说到这里，就微微皱起眉头，面上露出为难，"安岚，你们到底出了什么事？我求先生先别急，这其中一定有什么误会。"

安岚却是先问一句："柳先生回去后，可有就此事迁怒于你？"

金雀摇头，一脸着急："你倒是说啊，这究竟是怎么了，你和柳先生怎么就打起来了呢？"

安岚叹了口气："这说来就话长了，不过今晚之事，确实是个误会。严格来说，也确实是我的不对，柳先生那边，改日我会亲自过去赔罪的，今晚你就先替我转达此意。"

金雀微微一怔，随即就缓了面上的紧张，抬手不自觉地拍了拍正抱着的手炉："我就知道一定是个误会，这好好的，怎么可能就变得你死我活起来了？果真是个误会，是个误会。”

安岚笑了笑，只是此时她精神委实不好，时不时一阵尖锐的痛感就会穿透眉心，再传遍全身，她再没多余的精力做解释，便道：“柳先生那边定是等得着急，就先让净尘先生送你回去吧，今晚的事因，净尘先生路上会跟你说。”

金雀察觉到她说这些话时，脸色越来越不好，慌忙起身：“柳先生当真重伤你了？这……你伤、伤到哪儿了？怎么样？现在很难受吗？”

安岚苦笑：“还好，休息几日便无碍了，有蓝靛和镇香使他们在，你别担心。”

金雀的眼圈顿时有些红，她知道香境里带出来的伤是看不见的，别说是她，就是大夫也无能为力，只能靠大香师自己去化解。安岚瞧着她这样，便又笑了笑：“小伤而已，柳先生要面子，自然会往大了说，你别多想了，快回去吧。夜路不好走，待你再回到香殿，怕是天也快亮了。”

金雀还是满脸担心，也还有满肚子的话想问，但亦是明白安岚此时确实应当多休息，于是犹豫了一会儿，便咬了咬牙道：“好，那我就先回香殿，替你和柳先生把这误会解开。你好好休息，再有什么事，一定要让人告诉我，可别瞒着我！”

安岚微笑点头，看向净尘：“有劳净尘先生了。”

净尘站起身，双手合十：“阿弥陀佛，安先生好好休息，小僧告辞。”

安岚让鹿源送他们出去，蓝靛便也退了出去，最后这屋里就只剩下安岚和白焰。

白焰又坐回她身边，抬手在她眉心上轻轻抚摸着：“不用想太多，天下无香那条街的民宅已经谈妥了一半，剩下的，十天时间也差不多了。无论如何，我都会在你需要的时候，让那里的百姓先离开此处。”

安岚微微点头，靠在他怀里，闭上眼休息了好一会儿，才又睁开眼，目光看向虚空，落到时光的另一边：“自成为大香师后，我还不曾被香境这么伤过，此刻方知，这是什么滋味。”

“还很难受？去床上躺着。”白焰说着就要将她抱起来。

安岚却挡住他的手，轻轻摇头，看了他一眼：“你不记得了吧？”

白焰：“……”

安岚轻叹般地道：“当年你几乎日日都要忍受这等痛楚，除此外，还要一人担起两人的身份，并且要事事算无遗策，令我，即便知道那是你特意设下的温柔陷阱，也心甘情愿地往下跳！”

白焰：“……”

安岚待身上那阵痛楚过去后，抬眼，见他还是沉默，便微微挑眉，眼里带着一丝挑衅：“你不喜欢我提起从前？”

白焰伸出食指在她眉心上点了点，有些无奈地道：“谈不上不喜，只是前尘往事我已尽数忘却，你所说的我，于我而言却是个陌生人，那些感情与记忆我未有丁点承接，所以倒不知该如何去回应你这些回忆。”

安岚看了他片刻，抬手抚上他的脸，淡淡一笑：“不对，你是自欺欺人。”

白焰：“……”

安岚看着他道：“我知道你是涅槃重生，你现在是白焰，不是景炎，也不是白广寒，你以往的一切，都已经被香境里的那场天火焚烧殆尽。但，它们，那些感情，那些在你心里刻下痕迹的东西，其实并没有真的消失，你知道，你知道它们都在，都在你心里。”

白焰沉默片刻，在她眉心轻轻吻了一下：“兴许你说得也没错，但我是白焰，无论如何，也再不可能是白广寒，也不会是景炎。”

安岚笑了：“我知道，我并没有失望，你是知道的。”

白焰亦是轻轻一笑：“你是个聪明的姑娘。”

安岚道：“所以，你也没有失望？”

白焰顿了顿，轻轻抚摸她的头发，低声道：“超出想象的好。”

安岚道：“嗯，广寒先生留下的那封信，你该交给我了吧？”

白焰：“……”

安岚微微皱眉：“你想反悔？”

白焰叹了口气：“待确定孔雀就是司徒镜，同时亦是川连后，再给你。”

安岚满意了，闭上眼，眉头还轻轻蹙着，必定是又忍着新一轮的痛楚。白焰有些无奈地看了她一眼，就要将她抱起来回床上歇息，只是安岚却又开口道：“你去让鹿源进来，我还有些话要交代他。”

白焰道：“什么事要着急在这会儿交代，你就不能先好好休息这一晚？”

“你去转告吧，我要见一见那位老蛊师，让鹿源明日将他带过来。”安岚想了想，又道，“还有，明日该由谢蓝河接手饲养那只香蛊了，如果他不打算变卦的话，明日他和川连应当会一块过来。”

白焰道：“你打算明日留下那只香蛊？如此，谢蓝河跟在她身边，便是个麻烦。”

安岚皱了皱眉头：“明日如果川连真的来了，我估计她的倚仗不只是谢蓝河，且看看吧。”

次日，安岚虽是早早就醒了，但精神明显不好，脸色亦比平日暗淡了几分。

花容伺候她盥洗的时候，有些担忧地道："先生再歇歇吧，天还早呢。"

安岚看着镜子里的自己，拿起梳子轻轻梳了几下头发，然后将梳子递给花容："我是不是憔悴了许多？镇香使呢？"

昨晚白焰在她屋里留宿，但她一早起来，却不见他的影。

"天才微微亮，镇香使就出去了，还特意交代要让先生多睡会儿。"花容接过梳子，一边给她梳头一边道，"先生依旧是花容月貌，只是比往日清减了些，您最近是太费心神了，您该多保重自个儿的身体。"

安岚想了好一会儿，才记起白焰昨晚和她说过，今早要去鸽子楼。她怔了怔，心里轻轻叹了口气，这次的伤，对她的影响当真不小。

片刻后，她又问："源侍香呢？"

花容道："天还未亮，源侍香就出去了。"

安岚轻轻按了按眉心："蓝掌事也不在？"

"蓝掌事是和源侍香一块出去的。"花容说话间就已经替她梳好头发，然后拿起胭脂盒，"先生要不要抹点口脂？"

安岚看着那盒打开的胭脂，想起昨晚是她交代鹿源去将老蛊师带来，还有司徒镜安插在蓝靛身边的眼线，也要早日查出……良久，她叹了口气，接过胭脂盒，自己用手指沾了一点，轻轻涂在唇上。

那镜中的人顿时变得鲜艳起来，苍白的脸色亦因此生出一种奇异的光泽。她放下胭脂盒后，又仔细看了一会儿镜中的自己，觉得眉毛似乎有些淡，便拿起眉黛，顺着眉形轻轻扫了几下。

花容在一旁道："您只是略施粉黛，看起来就像是变了个人。"

安岚放下眉黛："以往是太寡淡了？"

花容笑着道："以往您即便不施粉黛，也像那九天玄女，清雅脱俗，叫人不敢直视，如今您略施粉黛……"

安岚接着她的话："便是仙女下凡了。"

花容笑了："说您是仙女，我也是信的。"

安岚瞥了她一眼："你倒是会哄我开心。"

这话才落，外头就有一个声音接着她的话问："是谁会哄你开心？"

花容转头，遂微微欠身："镇香使。"

白焰带着一身的寒气进屋，说话间就先脱了外面的大氅交给侍女，再去火盆那儿烤了烤，待身上的寒气都退了，才走到安岚身边。

花容领着屋里的侍女退了出去。

白焰仔细看了她两眼，又轻轻抬起她的下巴，良久，才问："感觉可好些了？"

安岚道："似乎不怎么好。"

白焰微微蹙眉，安岚便笑了笑："但也不至于太糟糕。"她说着就站起身，走到软榻上坐下，推开窗户看着外面，"只是头一直有些沉罢了，而且也不是不能起香境，我想川连今日是一定会来的，她定是要看我昨晚到底伤得如何。"

是能起香境，只是起香境时，她的头会更疼，估计柳璇玑也是一样。如果这段时间她们强行起香境，这伤怕是就更难养得好，川连或许不清楚这一点，不过她应该会有所猜测，谢蓝河也有可能会告诉她，到时，川连定会想出各种法子逼她再起香境。

白焰道："你不用出去。"

安岚沉吟片刻，便道："景孝昨儿已醒，不用我看着也行，不过川连今日只要过来了，就一定会找借口见上我一面才会罢休。我见一见她倒不要紧，也可顺便探一探她那只香蛊，只是不能一同见她和谢蓝河。"

这个时候，谢蓝河一眼就能看出她伤得有多重。

白焰道："我会拦住他。"

安岚抬眼看他："他可是大香师。"

白焰笑了笑："至少就目前而言，谢蓝河还不想真的与你为敌。"

正说着，花容就在外头报了一句："先生，景府那边传了话，川连和谢先生已经到门口了。"

安岚便又看了白焰一眼："这么早就过来，她果真很急。"

白焰道："你好好歇着，我去看看。"

安岚点头，白焰俯身在她额头上吻了一下，就转身往外去，只是走到门口时他又回头，眼角眉梢都含着笑意："下次我给你画眉。"

果然，川连和谢蓝河进了景明的院子后，只见白焰，不见安岚，即问："怎么不见安先生？"

景明是一早才听说昨晚发生了些事，但具体是什么事，他又不是很清楚，只知道安先生现在不便见客，于是便道："小儿劳累了安先生多日，心里甚是不安，今日既然有谢先生代劳，景某便不敢再劳烦安先生。"

川连看了白焰一眼："当日毕竟是安先生去请的谢先生，今日谢先生依约过来了，安先生怎么也该出来见一见，还是安先生有什么不便之处？"

白焰淡淡一笑："安先生有什么事是次要，今日两位过来，主要是为孝哥儿清理余毒的。”他说着就看向谢蓝河：“有劳谢先生了。”

谢蓝河看了他一会儿，才微微颔首，随后看向川连。

川连打量了他们一眼，倒也没多做纠缠，转身随景明进了景孝的房间。

不到一刻钟，川连就出来了，接着谢蓝河也跟着出来，房间内传来景明和景孝低低的说话声。仔细一听，景孝的声音似乎真比昨日精神了好些，白焰便笑了笑：“我送两位出去。”

川连却道：“不急，劳烦镇香使领路，我想见一见安先生。”

白焰道：“安先生今日不想见客。”

川连道：“镇香使不必担心，我去见安先生，主要是想亲自给安先生道谢，多谢她昨晚仗义出手，今日我才能安然无恙。”

白焰道：“姑娘的谢意，我一会儿会代为转达。”

“救命之恩，需得亲自过去表示方显诚意。”川连说着就打量了白焰一眼，迟疑了一下，又开口，“还是……安先生此时不是不便见客，而是已经不能见客了？”

白焰淡淡一笑：“姑娘多虑了，既然姑娘执意要见安先生，那就让景府的下人领姑娘过去吧，我先送谢先生出去。”

谢蓝河却道：“既然来了，我自当也去看一看安先生。”

白焰含笑地看着他，温和又坚定地道：“这恐怕不行。”

谢蓝河问：“为什么？”

白焰道：“因为谢先生已经做出了选择。”

谢蓝河神色平静，只是沉默了一会儿，又问：“仅是如此？”

白焰道：“仅是如此。”

谢蓝河道：“但我认为，这并不影响我去探望安先生。”

白焰道：“白某却不这么认为，谢先生，请吧。”

谢蓝河依旧未动，沉默地站在那儿看着白焰，白焰亦是神色不变，淡淡回视，带着礼貌和疏离。

谢蓝河的心绪有些复杂，其实今日，是他第一次如此近距离地面对这个曾经像山一样高的男人。他亦听说如今的镇香使之所以为镇香使，是因为失去了过往了一切，譬如以往的记忆，譬如香境的能力，但他对此一直抱有怀疑。

片刻后，谢蓝河开口：“如果我执意要去见一见安先生呢？”

白焰道：“那白某就只好拦着。”

谢蓝河目中露出几分探究：“镇香使觉得自己能拦得住？”

白焰面带浅笑，并未作答。

此时天忽然下起雪，只是细小的雪粒，稀稀疏疏的，看着很像盐花，片刻就在台阶和地面上浅浅盖了一层。

谢蓝河依旧没有动，起风了，虽不大，却是刺骨的冷。

白焰微微抬起脸，慢慢闭上眼，片刻后忽然又睁开，但他看也不看站在他面前的谢蓝河，而是转身往院门处走去，同时从袖中抽出一把匕首，握紧，拇指在手柄顶端按了一下，遂见那匕首突然弹了出去，他亦跟着轻轻一跃，白色的披风猛地展开，宛若仙鹤在雪中起舞，被带起的雪花骤然化成了一场浓雾，回旋着聚散，白茫茫的，天地无比干净。

那柄匕首虽是弹了出去，但其实刀刃末端却连着一条细细的金丝链，金丝链的另一端握在白焰手里，刀刃飞到院门口的下一瞬，白焰也跃了过去，毫无停顿地旋身，手指牵引着金丝链，匕首在虚空划出几道优美的弧线，金色的链子在雪雾中闪着华丽的光。

白焰的脚尖着地，白色的披风垂下，匕首收回，雪花散去，原先站在台阶前的谢蓝河忽然间化成无数碎片，宛若湖面上的粼粼水波，无声无息地散去，随后，白焰的面前出现了谢蓝河的身影。

雪依然在下，但并未有风。

谢蓝河神色平静，只是眼里已然露出怀疑："镇香使是如何识破的？"

白焰之前和安岚说得没错，谢蓝河确实还不想真的与她为敌，至少不想在这个时候和他们撕破脸。他母亲尚在病危中，香谷和道门也还没有真正占得先机，故在没有十足的把握之前，他不会做出太过激的事。所以刚刚那场香境只是为迷惑白焰，并无敌意。

白焰重新将匕首收回袖中，依旧是那副和风霁月的模样，看着谢蓝河，却没有回答他的问题，只是道了一句："镜花水月皆是空，谢先生这一生求的是什么，竟以空成境？"

谢蓝河定定地看着白焰，良久，才开口："镇香使能看破我的香境，兴许我也应当尊称你一声'先生'。"

白焰未置可否，只是如刚刚一般礼貌地微笑着，英俊的面容令这院中的雪色都添了别样的光彩："今日有劳谢先生了，请吧。"

谢蓝河垂下眼，轻轻抖了抖落在披风上的雪花，然后抬步往外走了出去。

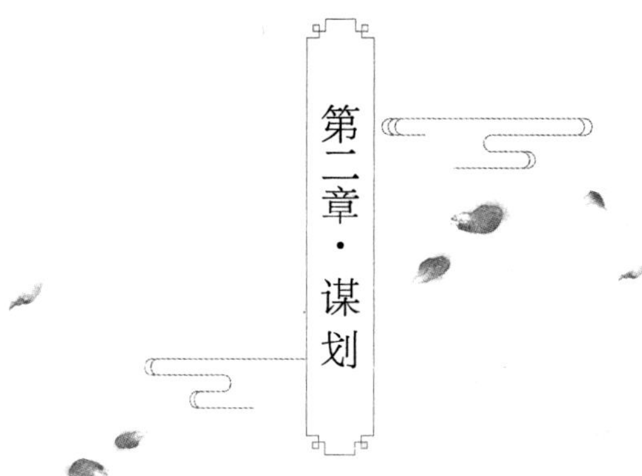

第二章·谋划

川连随景府的丫鬟走至白园，见那园子的院门是关着的，那丫鬟上前去敲门，在等里面的人出来开门的时候，川连问了一句："平日里，这门也都是锁着的？还是就今日上了锁？"

那丫鬟笑着道："白园是我们大香师的地方，可不是随便什么人都能过来的，即便不锁门，也不是能随意进去的。"

不多会儿，侍女出来开门，瞧着川连和那丫鬟后，面上露出疑问。

那丫鬟遂道："这位是川连姑娘，是特意来探望安先生的。"

侍女打量了川连两眼，面上的表情带着香殿侍女特有的矜持："我先去通报先生。"她说完，又将院门给关上了。

那丫鬟面上依旧带着笑，不是礼貌的笑，而是发至内心的笑容。对很多人而言，能站至安先生门外，就已是一件无比荣耀之事。

川连面无表情地看了那丫鬟一眼，又问一句："即便是景府的人想要见安先生一面，也得在这门口等着？"

那丫鬟点头："当然，安先生可是大香师呢。"

川连无话了，眼睛看着那扇紧闭的院门。

片刻后，院门又开了，却也只是半开，还是之前那位侍女，她看了川连一眼，淡淡地道："你请进来，安先生愿意见你。"

川连抿着唇，一言不发地走了进去。

白园不小，不过主屋的方向一眼就能看到，川连进了白园后，理所当然地往主屋的方向走去，让她进来的那个侍女却在她旁边道："先生不在屋里，你随我来。"

川连微异，转头："她在外头？"

那侍女一边带路，一边道："先生觉得梅花开得好，便出来看看。"

梅树的花枝密密丛丛，川连随那个侍女拐了几个弯后，果真看到不远处，背对着她的安岚。此时安岚站在一株开得正盛的梅花树下，手里拿着把剪子，旁边还站在两个侍女，手里各捧着一个春瓶，其中一个瓶子里已经插上一枝俊俏的梅花。

川连走过去的时候，安岚正好挑中一枝令她满意的梅花，然后拿着剪子剪下，随手插进那个空着的春瓶内："这个送去三少爷那儿，这个拿去我的房间，找个合适的地方摆上。"

"是。"两侍女异口同声地应下，再往后退了几步，才转身离开。

领着川连过来的那名侍女遂上前，接过安岚手里的剪刀。安岚这才转过身，只见白雪和梅花的映衬下，那张脸愈加显得鲜艳娇嫩，那双眸子亦是黑得发亮，只是看过来的时候，却是清冷冷的，直逼人心魄。

"川连姑娘。"安岚打量了她一眼，才淡淡一笑，"怎么过来了？"

川连亦是看了她一会儿，才微微颔首："我是来向安先生道谢的。"

安岚问："为什么道谢？"

川连道："为昨晚之事道谢。"

安岚抬手轻轻抚了抚飘起的发丝："是吗，我还以为川连姑娘会为昨晚之事或是狂喜，或是懊恼，却没想到姑娘还会有感谢之意。"

川连面色如常地道："安先生说得也没错。"

安岚接住一朵飘落的梅花，夹在指间，放置鼻前，那动作带着几许漫不经心，纤纤玉指，肌肤如霜似雪，连梅花也要逊色三分。

她拈着那朵梅花，也不看川连，只是道了一句："你倒是一点都不掩饰。"

川连道："安先生心里明镜似的，我再掩饰，反倒显得自作聪明，惹您笑话。"

安岚打量了她一眼："既如此，你怎么还敢只身来找我？"

川连道："我有何不敢？"

她这句话亦是说得清清淡淡的，好似平常叙话般，带着些许随意，但就是因此，反更让人觉得这句话里带着极大的自信。

"姑娘费尽心机让我饲养香蛊，并如愿达成目的，就不怕到头来功亏一篑？"

“对于香蛊，我还不曾有过此等担忧。”

“姑娘身上带着那只香蛊吧？”安岚说着就又看了她一眼，她能感觉到那只香蛊在川连身上，此等感觉似乎从昨晚后，就一下子清晰了起来。

川连道：“先生的感觉真敏锐。”

安岚淡淡一笑：“你这究竟是在夸我呢，还是在打我的脸？”

川连没有接话，面无表情。

安岚看着也不像是生气的样子，往前走了几步，抬手握住一枝垂下来的梅花，轻轻抖落那上面的雪，看着纷纷扬扬的雪花道：“你就不怕我将你扣下，抢走香蛊？”

川连道：“就是为免安先生会做这等傻事，我才特意来告诉先生，最好是放弃这个念头。”

安岚转头看向她：“哦？”

川连道：“我是蛊师，如若安先生抢走香蛊，我随时可以杀了这只香蛊，即便它不在我身边，我也一样能做到。”

安岚问：“你杀了它，对我有何损害？”

川连道：“这对您的损害，也是您绝对不想看到的，安先生若是不信，尽可一试。当然，首先安先生要有能耐，从我手中抢走香蛊。”

她说完后，还是垂手站在那儿，似乎在等着安岚动手。

安岚道：“既如此，你何不直接杀了那只香蛊，也算是帮你除去一个障碍？”

川连道：“因为还不到时候。”

安岚问：“何时才算是到时候？”

川连没有回答，安岚朝她走近两步，打量着她那张面无表情的脸：“你这张脸，也是南疆香谷的秘法？”

川连神色未变，只是看着那张清丽无双的容颜，慢慢往后退了一步：“安先生何以对我的脸也感兴趣？”

安岚道：“大祭司的真面目，有谁不感兴趣呢？”

川连淡淡地道：“安先生怕是误会了。”

安岚道：“是不是误会，得看了才知道。”

话还未落，她指间的那朵梅花就飞了出去，连带着满园的梅花都离枝而起，霎时间分不清那漫天的雪白究竟是雪花还是梅花，片片都对了准川连。只见川连面上露出凝重，准备应战，只是下一瞬，忽一股浓郁的花香袭来，漫天的梅花化了水化了雾，团团聚拢，令她堕入其中，一时间迷失了方向也迷失了观感。

这并非是带有敌意和攻击性的香境，而是探寻真相的香境，所以香蛊没有什么反应，而且它刚刚才被喂饱。

可是，就在川连才堕入水雾花香中时，鹿源和蓝靛却回来了。

安岚便撤去香境，川连明显怔了一下，不自觉地抬手碰了一下自己的脸，然后才探究地看了安岚一眼，她没想到安岚竟还能起香境，并且刚刚那场香境，她甚至不知安岚到底从中看到了什么。

难不成，昨晚柳璇玑给安岚的伤害，并没有她想象中那么严重？

安岚开口时，往蓝靛那儿示意了一下："今日怕是不能招待姑娘了。"

川连亦是往那儿看了一眼，便道："能见上安先生一面，也算是尽了心意，告辞。"

安岚微微点头，命侍女送她出去："代我向谢先生问声好。"

川连走出白园时，鹿源正好就站在白园门口，那样美貌卓绝的男人，无论站在哪儿，都是目光的焦点，可她竟一眼都没看过去，目不斜视地出去了。鹿源却不自觉地将目光落到她身上，一直看着她的背影，微微蹙眉。

"有什么问题？"蓝靛注意到鹿源神色微异，待川连出去后，便问了一句。

鹿源并未回答，也顾不上回答，川连的身影刚消失，安岚的脸色就明显不对了，他早就留意着，即急步走过去："先生！"

安岚差点直接瘫到地上，扶着侍女的手咬着牙硬撑着，轻轻摇头。

刚刚她勉力起香境，此时的伤明显又加重了几分。

可是那场香境她少不了，不然接下来川连定会无所顾忌，谢蓝河亦不会再隐忍，她需要先稳住他们，才好盘算接下来的事。这也是她昨儿就决定好的事，只是连白焰都不清楚，为这场香境，她要承受多大的痛楚。接下来的十天，甚至半个月，她都再不能强行起香境了，再小的香境都不能，不然怕是会直接晕过去。

"人带过来了？"安岚在房间里坐下，勉强歇过一口气后，才问，"人呢？"

鹿源道："已经接过来了，知道川连在这里，就没带他进来。"

安岚皱着眉头："现在去安排一下，把人带进来。"

鹿源面上却露出几分为难："先生先休息一会儿，天色暗下后，我再去将他领进来见先生。"

安岚垂下眼，微微蹙眉，好一会儿后才道："就歇半日，你下午将人带来。"

鹿源和蓝靛对视了一眼，迟疑片刻，才轻轻应下。

安岚又问："谢先生也回去了？"

蓝靛道："我回来时，正好看到镇香使送谢先生从景府出来。"

"他们面上是何等神色？"

"如往常一般，并无异样。"

"镇香使可还在？"

才说着，外头的侍女就报镇香使来了。

安岚轻轻嘘了口气，往榻上一靠，闭上眼。

鹿源和蓝靛知道她要休息了，便退了出去，在门口看到白焰时，鹿源停下，微微颔首。白焰从他身边走过，进了里面后，他顿了顿，才重新迈开脚步。

昨夜长安城内出的事，以及柳璇玑回香殿后忽然发了一通脾气的事，传得很快，天还未亮，就传到了崔飞飞这里，清耀夫人也差不多在同一时间收到了这个消息。

"可打听出来了？"崔飞飞用完早膳，见梅侍香回来了，便放下刚刚拿起的茶盏。

梅侍香小步走到崔飞飞身边，轻轻摇头："天璇殿的口风很紧，而且似乎他们也不清楚究竟是怎么回事，不过我倒是听说昨儿金雀连夜下山，好似是去了景府，天将亮时又匆匆赶回，净尘先生也跟着一道回来了。"

崔飞飞微诧，金雀连夜下山去找安岚，看来此事闹得不小，那两人动手应当不仅仅是点到为止的切磋，只是……

她沉吟片刻，微微蹙眉："金雀连夜下山去了景府，必定去找安先生，如若柳先生当真和安先生生了矛盾，柳先生断无可能让金雀下山去，这里头定有内情。"

梅侍香道："我也是这么想的，刚刚本是想找金雀打听一下，只是她一回香殿就去了柳先生那儿，半晌不见出来，天璇殿的人又看得紧，我不好多停留，只得先回来。"

崔飞飞问："昨晚是净尘先生送金雀回来的，还是两人正巧在路上碰到一起回的？"

梅侍香道："应当是净尘先生特意送金雀回来的，两人回来时坐了同一辆马车。"

崔飞飞道："如此说来，昨儿的事情，净尘先生也参与了，事后还跟着去了景府。安先生和柳先生动了手，净尘先生却还送金雀回香殿，看来这事也不值得担心，那两位估计也没出什么大事。"

若柳璇玑当真和安岚反目，金雀不可能下得了山，怕是连殿门都出不得，净尘也不可能再将金雀送回香殿。

只是梅侍香却迟疑着道：“可我总觉得，天璇殿内的气氛不大对劲。我刚刚悄悄听了一耳朵，昨儿夜里，柳先生就一个人在寝殿内，一个伺候的人都没留，直到金雀回来，才让金雀进去。”

大香师的寝殿，夜里一般都有五六个人当差的，即便是内殿不留人，外殿也一定要有人看着各处的烛火和香炉，以及保证茶水始终是温的，同时还要支棱着耳朵听先生会不会半夜起来唤人，不留人看夜怎么行？

昨夜柳璇玑将人都赶出去，有可能确实是心情不好，却也有可能不便留人在殿内。

“昨儿陪柳先生出去的是谁？”

“是流夕侍香，我本也想找她打听消息的，但她早早就避开了，不得寻。”

崔飞飞迟疑着，今日是不是去柳璇玑那儿看看，眼下香殿似乎进入了多事之秋，香谷和道门才领着人上山下战书，香殿的几位大香师就接二连三地出了大大小小的事。

只是不及她做决定，外头的侍女就往里报了一声：“先生，佟嬷嬷求见。”

佟嬷嬷是清耀夫人身边的嬷嬷，一般只有发生重要事情的时候，清耀夫人才会派佟嬷嬷上香殿找她。并且看着时间，佟嬷嬷必定是天才亮，就起身往长香殿这边来了。

崔飞飞心里纳罕，让人请佟嬷嬷进来后，先问一句：“这么早，嬷嬷忽然找来，可是母亲那儿出了什么事？”

佟嬷嬷规规矩矩地行了礼后，才直起身道：“夫人是让老奴过来请先生下山的，说是有要事商量。”

崔飞飞不解：“是什么事如此之急？”

佟嬷嬷微微垂着脸道：“具体什么事老奴也不清楚，不过听夫人之意，此事与先生大有关系，夫人甚为看重，先生若是不忙，还请下山一趟。”

崔飞飞更是诧异，思忖片刻，便起身去更衣。

就在崔飞飞下山去往长安城的路上，崔氏的别院内，清耀夫人正轻轻拨着茶碗盖，淡淡地道：“你这步棋，也不过是让她们都受了点伤，并未能让她们真正反目，而且她们的伤情究竟如何，你也打听不出个真假。”

李道长摇头：“香谷的人没怎么和长香殿打过交道，不清楚大香师的深浅，自是容易被如今白园里的那位给糊弄过去。但老道即便昨儿未有亲眼所见，却是敢断言，她们两位定是都伤得不轻。至于她们会不会反目，如今倒在其次……要知道这老虎要是没了牙，可就连猫都不如。”

清耀夫人笑了一笑，放下茶盏："您老一早过来跟我说这些，是为什么？"

李道长道："夫人是个明白人，又是最懂得审时度势的，不然您天还未亮，就让人去香殿，又是为什么？"

清耀夫人将旁边的手炉拿起，两手捂着，嘲讽地道了一句："您这把年纪了，还能眼观六路耳听八方，倒真叫人佩服。"

李道长叹了一声："师妹何必说这样的话，我今日过来也是抱着一片好意，这对崔先生而言，亦是最好的时机，您只要把握住了这个时机，难道还怕崔氏不能稳坐长安城？"

清耀夫人道："道长难道忘了香谷和谢氏？昨晚之事，他们可是首功。"

李道长道："南疆人胃口大，可是在这长安城，到底根基浅，想吃下长香殿，可没他们想得那么简单。至于谢氏，昨晚之事，他算是彻底得罪了那两位，你以为那两位会善罢甘休？到时你我只做壁上观，只瞧着适当的时候帮把手即可。"

清耀夫人摸着手上的红宝石戒指："你明面上是同南疆香谷结盟，暗地里却也将他们算计了，我难道不担心你也把我给算计进去？"

"师妹是聪明人，算计之事，不过是利弊权衡之下的必然，走到了这一步，谁又能免得了？"李道长说到这儿，就站起身揖手，"崔先生应当也快到了，不好打扰您母女叙话，老道先告辞。"

清耀夫人没有留人，也没有让人去送，就那么看着李道长走了出去。

然后她将目光落到跟前的案几上，上面放着一封已经拆开的信，是崔老太爷寄来的，早几日她就收到了，不过今日才拿出来。

不多会儿，侍女进来报，崔先生到了。

"母亲一早就让佟嬷嬷去香殿找我，说是有要事要与我商量？"崔飞飞在清耀夫人跟前坐下，一边打量清耀夫人的脸色，一边问，"是何事？"

清耀夫人先是有些复杂地看了她一眼，后才将刚刚那封信拿出来，推到崔飞飞跟前："这是你祖父的信，昨儿夜里才送到的，你看看。"

崔飞飞有些疑惑清耀夫人为何是这等神色，等了片刻见清耀夫人未说，便也不问，拿起那封信，展开，只是刚看了一半，她就微微蹙起眉头，脸上多了几分肃穆。

她定亲了，家里老太爷做的主，将她许配给了云家云老太爷的嫡孙儿云宫，并且两家已交换了庚帖，接下来就是看皇历订大日子。

崔飞飞看完信后，收好，慢慢放下，脸色不大好，但也不算难看，目光沉沉的，叫人有些琢磨不透她此时的心思。

清耀夫人道："我本以为这事怎么也得等到年后，我回了清河再慢慢商议，未曾想老太爷直接就定了。"

崔飞飞问："云家是许了崔氏什么样的事？难道能比香殿给崔氏带来的利益更大？"

"老太爷那性子，向来是说一不二的主，你也不是不知。"清耀夫人说着就叹了口气，"老太爷这次让我过来，主要也是为了和你说这事，只是我知道你心里不乐意，所以一直拖着，迟迟没有给老太爷回话。其实在这封信之前，老太爷就已经让人带了话过来，句句是训斥，我以为让老太爷说几句就是了，哪里想到……"

崔飞飞也知道她母亲虽然能干，但在崔氏那样的大家族里，再能干的女人也不可能越得过男人去，更何况老太爷本就是一家之主，积威深重，从不许有人忤逆他的意思，这件事若真是老太爷的主意，母亲又不在清河，确实是不好左右。

犹豫片刻，崔飞飞便道："既如此，也不叫母亲为难，我稍候便修书一封让人送到清河，请老太爷退了这门亲便是。"

清耀夫人眼皮微微一跳，忙道："怎么还是这直性子，你难道不知老太爷若真收到你这样的信，会是什么反应？到底是你亲祖父呢，怎能这般打他的脸？"

崔飞飞道："这么些年，我一直学不会母亲的聪慧灵巧，思虑也不如母亲周全，拖得越久就越容易瞻前顾后，以至于最后寸步难行，所以这件事还是照我的意思简单着来吧。我明白祖父知道我的态度后，定会大发雷霆，不过没关系，如今我也不再是那个靠家族荫庇的小郡主了。母亲，我是玉衡殿的大香师，我在香殿的地位所代表的利益，老太爷那样精明的人，心里肯定比我更清楚，我提出退婚，他老人家再恼火，也不会将我如何。"

孩子真的长大了，心里有了自个儿的主意，果真不再像以前那么听话了。

清耀夫人听她说完这一通后，沉默了片刻，然后苦笑："我本还想替你周旋一下的，到底是你亲祖父，总不好把关系闹得那么僵。只是既然你都想好了怎么办，那我替你受着些也好，唉，谁叫我就这么一个可心的闺女。"

崔飞飞微顿，略一思忖，就慢慢垂下眼。

她这么一闹，祖父虽不能拿她如何，但这股火还是要发作的，最后会发作在谁身上呢？母亲这趟来长安既是为了这事，如今事情没办好，回了清河后，祖父怎会给她好脸色？在大家族里生活，人人都是会看眼色的，她叔婶那边也不是好相与的。

母亲虽自小就对她要求严厉，但一直以来疼她护她那也是实实在在的，当年她执意要进长香殿，最终还是母亲说服了祖父，顺了她的心意。眼下为这件事，让母亲回去后替她承受祖父的怒火，她实在难以忍心，故沉默了一会儿，她便抬起眼问："母亲，可有别的法子，平平顺顺地退了这门亲？"

清耀夫人面上露出和煦的笑："你若是愿意听我的，我就能让老太爷心甘情愿地退了这门亲，还不会恼火任何人。云家那边呢，也不敢有任何不满。"

崔飞飞问："母亲打算如何做？"

清耀夫人却又叹了口气，看了她一眼，才道："其实，怎么做主要不在我，还是得看你。"

崔飞飞不解："母亲此话是何意？"

清耀夫人将那封信拿过来，放到一边，手指在上面轻轻叩了叩："你心里也明白，这件事无论你怎么闹，老太爷不管多生气，也都不会将你如何，凭的是什么？"

崔飞飞不语，清耀夫人接着道："凭的就是你大香师的身份。"

清耀夫人说到这儿，就抬手，招呼崔飞飞到她身边坐下，然后才道："因为有玉衡殿，所以这些年来，崔氏在长安城里行走办事，差不多都能做得妥帖。但再往上一层，再想多开几条路，却就不那么容易了，明里暗里总会受阻。这事谁心里都明白，毕竟还有其他几个香殿掌握在别的人手里，香殿和香殿之间在制衡，家族和家族之间也是一样，而且崔氏的根毕竟不在长安，所以论起来，在这个局里，咱崔氏反倒是最弱的。云家在南郡是有势力，但跟长安城比起来，区区一个南郡又算得了什么呢，老太爷可不糊涂。"

崔飞飞迟疑着开口："母亲的意思，是要让我参与这场争夺？"

"不！"清耀夫人却摇头，"我还是要你什么都别参与，让他们打去，你只需记住，你姓崔，你是崔家人。"

崔飞飞正要张口，清耀夫人却在她手背上轻轻拍了拍："我生的女儿我怎么会不了解，你心地善良，很多时候嘴上说不帮，其实心里已经偏过去了。接下来要是人家再找你说上几句好话，面上装着和你亲近几分，你也就乖乖地被人给哄了过去。以往旁的事也就罢了，唯眼下这件事，你万不可由着自己的喜好来。"

崔飞飞道："母亲以为我偏向谁了？"

清耀夫人唇边勾起一抹笑，说不清究竟是自嘲还是嘲讽："你和姓安的那丫头当年是一块儿进的香殿，还相处过一段时间，后来又因你姑姑跟她之间的关系，你心里就一直顾念着这份情。眼下出了这么多事，你的心多多少少就偏向了她那边。其实我也不是阻止你和她走得近，只是你心里要分得清，谁才是真正为你着想的，你心里顾念着她，焉知她心里是如何看待你的？当年我就看得出，那丫头不是个简单货色，这么几年过去了，那些算计人的心思手段，想必被她玩得更加炉火纯青。”

崔飞飞其实并不认同清耀夫人这些话，但她也并未反驳，只是沉默地听着。

此时已近中午，只是可惜今儿没有太阳，天阴沉沉的，早上还下了场小雪，虽没起风，但还是出奇的冷。

屋里的光线一直有些昏暗，火盆里的炭火似乎有些不够了，满屋锦绣，却透着丝丝寒意。崔飞飞往炭盆那儿看了一眼，旁边的佟嬷嬷正命丫鬟去添些银炭，并将崔飞飞跟前那盏已冷的茶换上热的，做完这一切后，又轻轻退到一边。

崔飞飞端起那杯热茶轻轻吹了几下，小心地喝了一口，待身上的寒意略退几分后才问：“那退亲之事，母亲有什么对策？”

清耀夫人笑了笑：“你只要照我说的做，把长香殿真正握在了手里，到时老太爷还不什么都依你？要体面些的说法，便说你们俩八字相冲，老太爷只要不坚持，这件事自然就算了。”

崔飞飞慢慢放下茶盏，心里轻轻叹了口气，语气依旧轻缓有度：“其实，家里就是要我听话，只要能顺着家里的意思，就可以允许我任性一些，但我若是有一丁点不听从，家里就会再多找个人来压制我。”她说到这儿，略停了一停，眼里露出几分追忆，“以前听姑姑说，崔家的女儿，若是没什么本事，性子又软，就得事事听话，如此即便是活得糊里糊涂，好歹也能保证一生富贵，日子也能过得体面些。”

清耀夫人微诧，打量了崔飞飞一眼，语气依旧软和，但神情里已带了三分责备：“怎么说话呢，这都是为你好，男大当婚女大当嫁，即便老太爷给你挑的人你不满意，也不可是如此态度。再说这等事也搬你姑姑出来，除了都是大香师、都是崔家的女儿外，你们有哪点一样？她若不是那等不听人劝的性子，何至于当年那么轻易就将自己的性命交代出去？那些年她但凡听我一句，这长香殿兴许早就姓崔了！”

崔飞飞微微点头：“我和姑姑确实不一样，我没姑姑活得明白，也没有姑姑那般坚韧强大。我到底是娇养出来的，一路有母亲扶持，即便入主玉衡殿，成了大香师，许多事情却还是不敢自己做主。有时想想，我这样，真对不起姑姑临终前的托付和信任。”

清耀夫人很是诧异，崔飞飞这一番话，分明是示弱，但此时她听着，心里反而生出一种难以把握的失控感。

这还是自己的闺女，她说话时还是那样端庄平静的神态，但，确实有什么不一样了。

崔飞飞问：“母亲可知，我为什么一直很仰慕姑姑？”

清耀夫人顿了顿，才道："你自小就喜欢香，她又是大香师，她那样的身份和才名，崔家仰慕她的人并非只有你一个。"

"大家都以为，我是因为姑姑的身份地位，以及她那样不可一世的才名，才会如此仰慕她。"崔飞飞说着就淡淡一笑，唇边带着几分自嘲，但眼神却越来越清晰，"其实都不是，母亲，我仰慕姑姑，愿意追随她的脚步，是因为我从姑姑身上看到，原来在这世间，女人可以活成她那样。"

"活成她那样？"清耀夫人先是皱了一下眉头，随后唇边露出一抹冷笑，"难不成你以为她这一生都过得很好？且不说她和家里关系如何，就从她进入香殿开始，你以为她有哪一天是过得宽心的？一开始就识人不清，结果被自己姐妹抢了男人，接着又被抢了孩子。家里本是给她找了一门好亲，她却不知珍惜，一意孤行，到头来自己把自己给耽误了。更可悲的是，她找了十几年的孩子，最终都到她面前了，却也没能真正团聚。她这辈子，从始至终都是孤零零的一个人，即便坐上了大香师的位置，却也是空有身份地位，一生都受着煎熬！"

崔飞飞道："原来在母亲眼里，姑姑竟是这般可怜可悲吗？"

清耀夫人不禁又皱了一下眉头。

崔飞飞道："崔家的女儿，或者……这天下的女子，怕是大都一样。我们从小就被耳提面命，要知道宽容与大度，要学会牺牲与奉献，这些训诫，清清楚楚地画出一条路，只要踏上了这条路，就不敢有一丁点行差错步。"

清耀夫人问："这有何不好，有何不对？"

崔飞飞道："我并非觉得这不好或不对，只是……"

"只是什么？"

"只是从未敢想过，没有走这条路的女子，会是什么样，直到我看到了姑姑。"崔飞飞说到这儿，轻轻一笑，那笑容里有点羡慕，又有点怀念，"姑姑自私，护短，爱恨分明。只要是她不喜的，无论旁人如何游说，都不能令她为难自己。若是惹恼了她，无论对方是谁，她也都不会客气，她和我们都不一样，并且她毫不忌讳地展现自己这样的特性。"

清耀夫人冷嘲道："说白了，不过是个任性的人，当真稀罕了？"

崔飞飞道："是啊，是任性，只是母亲不觉得，能活得那样任性，本身就是一种幸福？姑姑这一生，仰无愧于天，俯无愧于地，行无愧于人，止无愧于心。"

清耀夫人微微挑眉，她从来就不认同崔文君那样的女人，更不认同她的活法，即便对方是大香师。因此当自己养出来的闺女，如今端出这样的态度，她心头的不悦再难压住，脸色微微沉了下去："所以，你如今是想学你姑姑了？和家

里对着干？”

崔飞飞道：“我学不来，可是有些事，我还是想顺着自己的心意来。”

清耀夫人压了压嘴角，才又开口：“你不愿听我的？”

崔飞飞道：“母亲的苦心，我感激不尽，只是这件事并非家事。”

清耀夫人几乎是恨铁不成钢地看着她：“这当然不是家事，若是家事，我何须与你费这么多口舌？飞儿，你自己心里难道不明白，这无论是对玉衡殿还是对你，都是绝好的机会！云家在南郡的势力极大，你得了云家的帮助，便可在需要的时候牵制住南疆香谷的人，就连道门也会因此站在你这边。至于天枢殿和天玑殿，还有天璇殿那些人，用不了多久，他们便会打成一团，最后两败俱伤，正好给你机会……”

然而不等清耀夫人说完，崔飞飞就开口：“香殿的事，香殿会自己解决。”

清耀夫人被打断了，面上露出明显的不快。

崔飞飞却接着又问一句：“母亲可知，长香殿为何能存活千年之久？以往并非没有世俗的力量，甚至是皇权的力量想要推倒长香殿，但为何没能成功？”

清耀夫人顿了顿，打量了她一眼，眉头微蹙：“怎么忽然问这个？这与眼下之事有何关系？”

崔飞飞抬起眼，看着清耀夫人：“长香殿自建立之始，就设了七个大香师之位，七位大香师分别归属不同的势力，其各自独立，又相互制衡。开始我也不解，创始者为何要立下这样的规矩，直到入了香殿，自古书中看到香殿曾发生过的事，才隐约明白那位前辈的苦心。”

清耀夫人没有追问，只是沉默地看着崔飞飞，眉头依旧没有舒展。

崔飞飞道：“江北姜氏，母亲应当听说过，最古老的家族之一，其声名享誉中原大地数百年，就连皇族的继任，都曾被姜氏左右。母亲可知道，姜氏后来为何忽然间就没落了，当年无论朝野，只要是姜氏子弟，都相续出事，听说姜氏嫡系一脉，早在两百多年前就已经断绝了。”

清耀夫人淡淡地道：“姜氏出过一位大香师，你难不成是想说，就因为这位姜大香师，所以姜氏一族才忽然间没落了？”

崔飞飞道：“看来母亲也知道那个故事。”

清耀夫人微微挑眉：“姜家那位大香师曾统领过整个长香殿，由此给姜氏带来的尊荣无人可及，然而姜家会没落，却不是因为这位大香师的付出，而是姜家当时的家主能力不足，又藏不住野心，才遭来灭顶之灾。”

崔飞飞微微点头，就着她的话道：“母亲说得没错，但当时的长香殿可以说是姜家的一部分，姜家败落了，为何长香殿却没有随之分崩离析，消失于历史的洪流中？”

清耀夫人微微皱眉。

崔飞飞道：“母亲只知其一不知其二，当年姜家之败，其实也是长香殿有史以来最大的危机，长香殿差点就随之覆灭。之所以能躲过此劫，是因为那位姜大香师最后终于醒悟，强行把长香殿自姜家分离出来，再将手中的权力归还给长香殿。姜先生临终时留下几句话：再强大的家族都会没落，再伟大的皇朝也都会覆灭，唯长香殿能永存。长香殿的存在在于大香师，在于人心中的情和欲，即便时光无情，大雁山上的巍巍殿宇化了尘土，沧海变了桑田，长香殿也会以各种各样的方式流于人世，无论千年万万年。”

清耀夫人听到这儿，眉头明显皱了一下：“你想跟我说的不是姜家。”

崔飞飞道：“是的，我跟您说的一直就是长香殿。”

清耀夫人目中露出一丝嘲讽，随后摇头，看着崔飞飞，那眼神像是在看一个长不大的孩子：“真不知该说你是狂妄还是无知，你以为崔家助你将七殿归一后，长香殿就会由此走向衰败，崔氏也会像当年的姜家一样，全族覆灭？”

崔飞飞道：“母亲，我不敢与那位姜大香师比，七殿归一亦非我能力所及。我只是想告诉您，长香殿从来不会，也不可能独属于某个人或是某个家族。至于崔家日后会如何，亦非我所能决定的。”

清耀夫人道：“你是崔家的女儿！”

崔飞飞道：“崔家有很多个女儿，但玉衡殿只有一位大香师；崔家是我的出身，但玉衡殿才是我的归宿，是我自己选择的归宿。母亲，我是学不来姑姑，但我也不会学您。”

清耀夫人半晌无言，直至侍女进来添茶水后，她才微微闭了一下眼睛，轻轻吐了口气：“所以，你这是敞开了表明，要脱离崔家，学当年那位姜大香师最后的做派，背叛整个家族？”

最后那句话，她说得很重，旁边的侍女甚至整个身子都颤抖了一下，手里的茶水差点就洒了出来。

崔飞飞默了默，接过侍女手里的茶壶，倾身给清耀夫人倒茶：“母亲言重了，我是崔家的女儿，这一点飞飞绝不敢忘。若崔氏只满足于玉衡殿，即便眼下长香殿风雨已至，为安祖父和您的心，我也绝不会沾惹此事，只做壁上观，并保证崔氏的权益不受侵损。”

清耀夫人道：“真是愚蠢至极！你不想要，难道旁人也都和你一样？”

崔飞飞放下茶壶：“母亲说的旁人，是指谁？”

清耀夫人道：“你心里何尝不知，景府的野心也非一日半日了，原本我以为白广寒死了，景炎也消失了，景府是再没什么能耐，谁知如今又出来个镇香使。那个白焰，你以为他换了个名字，就真的不姓景了？”

崔飞飞道：“镇香使是什么心思我猜不透，但是，安先生绝非是会听命于景府的人。”

清耀夫人冷笑：“待白焰重新掌控景府，她待景府自然就不会是如今这样的态度。”

崔飞飞道：“镇香使和景府的关系如何，怕是除了安先生，谁都不清楚。即便真如母亲所说，那也只是天枢殿一殿之事。”

清耀夫人定定地看了崔飞飞好一会儿，似真的被气到了，又不好真的发火，只得拿起茶杯，慢慢地喝了半杯茶后，才轻轻吐了口气：“我且问你，如果安岚和白焰也想借着眼下的事态密谋七殿归一，你当如何？”

崔飞飞道：“母亲多虑了，净尘先生兴许不会计较，但柳先生那样的性情，怎么可能会居于他人之下？谢蓝河亦不可能听之任之。”

清耀夫人道：“我问的是你。”

崔飞飞道：“我先前就说过，七大香殿各自独立，相互制衡。所以任谁有这份心思，我都不会答应。”

清耀夫人收了面上的愠色，闭上眼睛，片刻后，再睁眼，唇边已然浮起一抹浅笑：“好，好，你想走你的路也好。你是我的女儿，你可以不帮家里，但绝不可帮着外人对付家里人……娘老了，这辈子还能图什么。”

见清耀夫人态度软了下来，崔飞飞心里不由得生出几分愧疚，垂下眼：“是我让您失望了。”

清耀夫人摇头：“你是大香师，会这么想也是应当的，娘可以理解。”她说着就站起身，崔飞飞忙去扶她。

清耀夫人在饭桌前坐下，拿起筷子时，叹了一句：“吃了午饭，娘随你去玉衡殿看看，陪你住几天，然后就回清河。”

崔飞飞一愣：“母亲这么快就要回去了？”

将动身去香殿时，佟嬷嬷为清耀夫人更衣，忍不住低声问了一句：“夫人当真准备回清河了？”

清耀夫人微微抬起下颌，让佟嬷嬷为她系领子，眼睛看着高几上华光暗敛的兽纹香炉：“女儿长大了，有了自己的想法，她如今又是有身份的人，我总不好跟她硬着来，平白叫外人看了笑话。”

佟嬷嬷为她系好领子后，往后退了一步，依旧弯着腰，话里有几分担忧：

“那老太爷那边，夫人怎么交代？”

清耀夫人轻轻抚了抚大氅上的风毛，淡淡地道：“总不会让老太爷失望就是。”

佟嬷嬷不由得抬起眼：“夫人是已经有了对策？”

清耀夫人却什么也没说，只是面上露出浅笑，然后转身往外走去。

白焰一进来就发现安岚的脸色比早上的时候更差了，他目中露出担忧，在她身旁坐下，手指轻轻抚平她紧蹙的眉头。

安岚勉强睁开眼：“谢蓝河起了香境，你是怎么拦住他的？”

谢蓝河是在景府起的香境，瞒不过她，只是她不知具体情况，只知那香境持续的时间并不长，不到半炷香的时间就消失了。

白焰道：“他没有动真格的，不过是一场镜花水月，被我识破了，那香境自然就起不了作用。”

安岚看了他一眼：“你能识破香境？”

白焰道：“能。”

安岚打量他：“如何做到的？”

白焰笑了笑，轻轻捏了一下她的下巴：“这对我而言就像是吃饭喝水一样自然的事。”

安岚微怔：“……你……能起香境了？”

白焰摇头：“不能。”

安岚沉默片刻，闭上眼幽幽地叹了口气。

白焰又在她微蹙的眉头上抚了抚：“你这样强行起香境，川连如何？”

“谢蓝河没有强闯进来，应当是哄住了她，不过……”

“不过什么？”

安岚微微睁开眼，却没有看他：“她那张脸，当真是雌雄莫辨，倒让我想起一个人。”

刚刚她的那场香境不仅是为了迷惑川连，还有一个目的，就是想看一看川连的真面目。她一直知道那张脸是假的，但这段时间，她前后十几次将川连拉进她的香境里，却没有哪一次能真正看穿那张脸。她不明白为什么，就好像有一层看不见的障碍，挡在那张脸面前，以至于她的香境都难以冲破。

直到昨晚香蛊真正影响到她，今日川连又带着那只香蛊来找她，她当时在园子里就已心有所感，那种感觉难以描述，宛若那些虚幻的、神秘莫测的香境规则里突然生出了新的东西，不，应该是她发现了藏在更深处的规则，所以那一刻她强行起了香境。

白焰问："谁？"

安岚道："天玑殿上一任大香师，百里翎。"

白焰侧身和她靠在一起，手支着脑袋看她："一样的脸？"

他听说过百里翎的过往，也听说过，那个男人有着怎样妖娆风流的一张脸。

安岚换了个姿势，靠在他怀里："不是，不一样，只是那种感觉很像。我只是在想，如果她真的是孔雀，当年你怎么会找上她？后来你终止了与她的合作，究竟是因为我，还是还有别的原因？"

白焰："……"

安岚又问了一句："广寒先生留下的那封信里，是不是有答案？"

白焰道："没有。"

安岚唇边勾起一抹笑，在他怀里抬起眼看他："没有吗？白公子，你到底想要什么？"

白焰有些无奈地捏了捏她的脸蛋："你又在想什么？好好休息，别再伤神了。"

安岚唇边依旧噙着笑："你不说，是还没想好自己究竟想要什么吗？"

白焰叹了口气："你啊……思虑如此之多，身体怎么好得起来？"

"都是和你学的。"安岚闭上眼睛，其实还有许多事，但她是真的累了，不能再继续想下去，便道，"我睡一会儿，一个时辰后叫我起来。"

白焰将她抱到床上，替她盖好被子，又在旁边看了一会儿，才起身离开。

谢蓝河在回去的路上，问了川连一句："你不能确定她的情况？"

川连微微点头："她确实是受了伤，这点我能肯定，但是，似乎又出了一点小意外。"

"什么意外？"

川连摇头，面上露出沉思："我也不清楚。"

谢蓝河不由得皱了一下眉头："三掌柜此言是何意？"

川连看了他一眼，也不在意他是否已经动怒，依旧用那不带任何感情的声音道："我说不清大香师的能耐究竟有多大，兴许您亲自去看一看，便能明白。"

谢蓝河问："她对你起的究竟是什么样的香境？威胁到你，让你感觉到了危险？"

川连还是摇头："没有任何感觉。"

谢蓝河道："没有任何感觉？"

川连点头，于她而言，没有任何感觉才是最可怕的感觉，因为她不知道对方究竟做了什么，又看到了什么，她自身所有的感官都失去了作用，那一瞬，她甚至感觉不到自己！

谢蓝河沉默片刻，打量了川连一眼："你心有怯意。"

他对旁人的情绪起伏和心境变化的感觉非常敏锐，所以他这句话不是疑问，而是肯定。但他说出这句话时，心里却又有些许疑惑，在香谷和道门的每一步谋算，都进行得如此顺利的情况下，川连反而心生怯意，实在让人难以理解。

川连顿了一下，才道："面对大香师，心有怯意很正常。"

谢蓝河看着她，琥珀色的眼睛里带着些许冷意："你之前并无怯意。"

川连道："我不否认，只是谢先生为何如此关心我的心境？"

谢蓝河道："我只关心你的允诺能否实现。"

川连道："您尽管放心，令堂只要能再撑半个月，谢先生亦不食言，我定能让香蛊为令堂续命。"

谢蓝河没有说话，只是看了她片刻，才转身。

川连回了天下无香后，拿出那只香蛊，轻轻放入水池中央的桃木盘上。她能感觉到这小东西比以前强壮了很多，并且果真对安岚造成了难以抗拒的影响，只是，不知为何，今日她心里却莫名地生出了一丝不安。

刚刚在白园，她以为安岚会强行抢走她身上的香蛊，或是将她扣下，却没想到对方并没有那么做，只是对她起了一场香境，然后就放她离开了。

安岚为什么不留下香蛊？

申时，花容进来喊了三声，安岚才醒。此时窗外的雪已经停了，但天还是阴沉沉的，房间里更是昏暗，她初一睁眼，竟然分不清这究竟是白天还是晚上。

侍女点上灯后，她才坐起身，一边抬手按了按隐隐作痛的额头，一边问："什么时候了？"

花容捧上热水和棉巾，小心地伺候她擦脸："刚到申时，源侍香已经候在外头了。"

"镇香使走了？"

"先生睡下不久，镇香使就离开了。"

擦了脸，精神些后，她也没下床，亦没让侍女替她重新梳妆，依旧躺在床上："让源侍香进来。"

花容递给她热茶："源侍香带了位姓胡的老者过来，先生要见吗？"

安岚微微点头，花容接过茶盏，放在一边的几上，将床两边的纱幔放下，然后出去，将前面的月影纱大插屏推过来。

只是安岚却道了一句："不用。"

花容一怔，安岚道："把那个撤了，纱帘也挂起来。"

花容微诧，大香师的面容岂是随便什么人都能见的？而且安先生眼下精神明显有些不济，源侍香带来的那位看起来还那么怪异！

只是先生已经开口吩咐，她自是不敢违背，也不敢多问一句，小心地应了声"是"，就命侍女过来将屏风推开，她则走回去把床两边的纱幔重新挂起来。

领着侍女退了出来，看到候在外面的鹿源，又看了一眼站在鹿源旁边，浑身上下透着一股腐臭味的老头，花容忍不住嫌恶地皱了下眉头，走过去道："这样的人你也往先生跟前带！带就带了，之前就不能好好洗洗，先去一去他身上那味？"

胡巴忽然桀桀笑了两声，那声音怪异得很，好似无数虫子在吞噬食物，湿滑冰冷且贪婪，花容身上顿时起了一身鸡皮疙瘩，连脸色都跟着微变。

鹿源问："先生让进去了？"

花容有些不敢看胡巴，只是瞪了鹿源一眼，有些不甘愿地点了点头。

看着他们进去后，好一会儿，花容才慢慢松了口气。

却这会儿，身后忽然传来一个声音："你怕他？"

花容冷不丁被吓一跳，转身瞧见是蓝靛后，才缓了面上的神色："原来是蓝掌事。"

蓝靛看向里面："先生怎么样了？"

花容顿了顿，没有说话。

蓝靛明白这是什么意思，如果先生看起来很好的话，花容就不会什么也不说。

迟疑了一下，花容低声问："源侍香带来的那位……是什么人？先生见他连屏风都不用，纱帘也没有放下。"

"香谷的人。"蓝靛淡淡地道了一句，又问，"先生特意吩咐收起纱帘的？"

花容点头："本已经摆上屏风了，先生又命我收了起来。"

"是吗……"蓝靛面上露出沉思，安先生眼下的精神显然不如往日，照理这个时候见人，应当是隔着屏风更合适。但先生此举，显然并不在意对方会不会看出自己此时的状态，是先生心里已然有了盘算，还是，有别的原因？

鹿源领着胡巴进去后，看到安岚就躺在床上，既没有落下纱帘，也没有摆上屏风，亦是诧异。而胡巴却在看到安岚后，突然就要上前去，鹿源吓一跳，忙抬手压住他的肩膀："休得无礼！"

安岚打量了胡巴一眼，将床头的香盒打开，用指甲挑起一点香粉，往前轻轻一弹，那股异味随之消散，然后她才开口："这味道，实在难闻得紧。"

鹿源两手压住胡巴，将他往后拖了十余步，尽量离那张床远一些后，才道："先生受惊了，这位就是胡巴蛊师。"

胡巴又桀桀笑了起来："她可没有受惊，这丫头，啧啧，真是了不得！你放手，让我走近些看看她！"

鹿源低呵："放肆！"

不想安岚却道："无碍，让他过来，你先出去。"

鹿源惊得抬起眼："先生？"

安岚道："你去外面候着，有事我会叫你。"

鹿源怔了怔，看了安岚一会儿，见她没有改变主意，才慢慢放开压在胡巴肩上的手："属下就在外面候着。"

而鹿源刚放开手，胡巴立马就朝安岚奔过去，就好似濒死的人忽然看到希望般急切，鹿源瞳孔猛地一缩，狠狠地咬了咬牙，才忍住没有返身回去。

安岚面上依旧波澜不兴，看着胡巴在离自己约三步远的地方停下，任他打量了有半炷香的时间后才开口："你想要什么？"

胡巴的两眼还是紧紧地盯着安岚："你，和影子的命。"

安岚问："影子是川连？"

胡巴道："不管他叫什么，影子就是影子！"

安岚道："我的命你要不起，川连的命，我倒是可以送给你。"

胡巴笑了："小丫头好大的口气，他的命我不用你送我，我也不要你的命，只要你对我言听计从一个月的时间就行，我让你做什么，你就做什么。"

安岚微微偏着脑袋看他，那表情有些天真，但眼里却带着几分讥诮："你觉得我会答应？"

胡巴似真被问住了，认真地想了想，突然问了句和安岚刚刚一模一样的话："你想要什么？"

安岚只是看着他，没有回答。

胡巴实在想马上把她捆起来，但他直觉这丫头不是善茬儿，他如今也不比年轻时候了，所以不敢轻举妄动，只得耐着性子道："小丫头，想杀影子不是件容易的事，小心事没办成反而把自个儿赔进去。老朽若是没猜错的话，你应当还不清楚那只香蛊是怎么回事。不过没关系，这些事我都可以帮你，只要你答应我的条件。"他说到这儿，脸上忽然露出个意味不明的笑，"你也别有什么顾虑，让你跟着我，我绝不会像影子折磨那小子那般，做那么些不讲究的事！”

安岚放在被子上的手微微一动，眉毛跟着一挑：“那小子？”

胡巴道：“就是站在外头的那娃儿。”

“鹿源？”安岚迟疑了一下，才问，“你以前认识他？”

胡巴看了安岚一会儿，忽然咧开嘴笑了，眼里带着一丝笃定：“你想知道那娃儿以前的事？”

安岚看着他，淡淡一笑：“不想。”

胡巴：“……”

安岚打量了他一眼，不急不缓地道：“你兴许是会错意了，你我手上的筹码并不对等，所以我让你过来，并非是要和你谈交易。”

胡巴将两手藏在袖子里搁在身前，歪着头抖着脚站在那儿，老树皮般的脸上，那双混浊的眼睛微微眯起：“小丫头，你还不死心呢，拿我的命威胁我是没用的。”

安岚侧过身，手支着脑袋靠在床头的大引枕上，乌黑的长发自一边脸垂泻而下，柔顺地落在锦被上，细白修长的手指漫不经心地圈起一撮头发把玩：“昨夜之前，你这条命确实是我手里唯一的筹码，但眼下，我手中的筹码已变，再不仅仅是你这条命。”

胡巴不自觉地将脑袋微微正过来一点：“变成什么？”

安岚唇边带着戏谑，眼神却很是淡漠：“你不知道？”

胡巴将脑袋完全正过来：“我不知道，你说说。”

安岚微微勾起嘴角：“你若不知道，今日怎么会答应和鹿源过来见我？”

胡巴打量了她一会儿，不自觉地舔了舔唇：“小丫头，你当真被种了香蛊？！”

安岚看着他：“你觉得呢？”

胡巴试着往前：“把你的手给我看看，就一会儿……”

只是他刚抬起脚，小腿就被一条近乎透明的丝线给缠住了，令他半步都前进不得。

胡巴往后一看，这才发现那角落处不知什么时候站着位侍女，那侍女整个身子都没在阴影中，若不是她此番动作，他怕是一直都不会知道那里还站着个人。

胡巴故意用小腿拽了两下那丝线，发现自己根本拽不动，心里恼恨，藏在袖子里的手正要抽出，安岚突然开口道：“你最好乖乖地站着别动，也最好收好你身上的那些虫子，不然不仅你这条腿保不住，你的命我也不会再留着。”

她的语气好似聊家常般，但就是这样不急不缓的声音，却透着一股冷意，令人头皮发麻。胡巴顿了顿，咳了一声，收起面上的怒容，只是眼睛还是死死地盯着安岚，好似狼盯着肉一般：“丫头，你既然心里都有数，又特意找我过来，应当不是为了跟老头我在这儿兜圈子。”

安岚道：“南疆香谷想借香殿之手，在长安繁殖蛊虫，进而将长香殿收入囊中，这等事我不能容忍。总归你们带来的东西，你们负责收回去，否则我会让你们再也回不去。”

胡巴嘴里嘿嘿一乐：“安先生是不能容忍香蛊在长安城内无限繁殖，还是不能容忍手中的权力被人觊觎，领地被人侵犯？”

安岚道：“两者对我而言有区别吗？”

胡巴正色道：“当然有，若是更在意前者，安先生是先忧他人之忧，心底纯善正直，令人敬佩；若真正在意的是后者，那安先生就不必太过费心前者了，兴许还能就此借力立威。”

安岚问：“你希望我更在意哪个？”

胡巴道：“后者。”

“为何是后者？”

胡巴眼里透着藏不住的兴奋，两只手从袖子里拿出来，不自觉地搓了两下：“安先生若真是被种了香蛊，那同先生有联系的那只香蛊极可能就是母蛊，并且此蛊亦极可能会成为蛊王，只要安先生能征服此蛊，到时天下无香里正繁殖的那些虫卵，可不就是安先生你的子子孙孙了？”

安岚听他如此描述，只觉恶心之极，脸色当即一沉。

只是胡巴却接着道：“不过安先生想要征服那只香蛊，以及以后想让那些小幺儿听你的话，必须要我的帮助才行。”

安岚自引枕上慢慢起身，赤脚下床，白玉般的赤足踩着几乎没入脚踝的地毯，一步一步朝胡巴走去：“你想将整个长安变成你的练蛊场？”

她身上分明带着迷人的香味，胡巴却有些害怕那味道，不敢让她身上的香味沾了自己的蛊虫，赶紧往后退了两步：“这么想的不只是我，影子已经这么做了，安先生此时才察觉吗？”

她进，他退，安岚在离他一丈远的地方停下，只见她乌发如漆，又长又直，衬着一身逶迤于地的白裙，明明勾勒出来的是柔软的曲线，却透出了冷硬的味道。

她漂亮得让人不敢直视，胡巴微微垂下眼，接着道：“安先生若真喜欢权力，何不借此机会，将整个长安变成你的领地？”

安岚恍悟：“原来这才是南疆香谷的真正目的，香谷想要的不只是长香殿，而是整个长安城，当真是让我意外！”

仅一句话的工夫，她就敛去了身上的怒意，胡巴有些意外，拿不准她的心思，探究地打量了她一眼：“安先生，咱们现在可以谈交易了吗？”

他一生痴迷于蛊，无论是养蛊练蛊种蛊解蛊，都难不倒他；这天下的蛊，只要是说得出来的，他都有办法弄得到养得熟。唯一种蛊，他一直无缘见识，更无缘去饲养和了解，那便是真正的香蛊。

没有经过香境的饲养，并成功同大香师建立联系的香蛊，其实都算不上真正的香蛊。在此之前，他一直以为这所谓的香蛊，只是个传说，是蛊师们的妄想，却没想到居然是真的！更让他意外的是，养出香蛊的人居然是司徒镜的影子，不是司徒镜，不是大祭司！他知道自己已经时日无多，所以一定要在闭眼前，将这两件心愿了了。

杀了影子，拿到香蛊。

安岚转身，走到香几那儿，打开香炉盖子，给香炉里添了两勺香，再轻轻盖上，才道：“第一，能不能征服那只香蛊，主要在我，不在你；第二，即便没有你，我一样可以全杀了天下无香里的那些东西。”

她不是非他不可，但他想要的，唯有她能给。

胡巴道：“你并没有十成的把握。”

安岚道：“你也没有。”

胡巴打量了她好一会儿，忽然说了句不相干的话：“小丫头，你还真像那个人。”

安岚看了他一眼：“谁？”

胡巴嘿嘿一笑：“他也是位大香师，那张脸也是俊得不像话，与人说话时心里同样满是算计，一言一行总要占上风。”

安岚听出了他说的人是谁，默了默，才道：“你什么时候见过他？”

胡巴道：“久了，估摸着有十年了吧。”

“在哪儿见的？南疆？”

“也只能在南疆，十年前老头我还没来长安。”

十年前景炎公子果真去过南疆，找过影子，也见了胡巴，当初他究竟谋划着什么，事后为何又放弃了？

见安岚沉默下去，胡巴又道：“影子就是影子，影子想要翻身做主人是不可能的，依我看，他现在之所以能搅出这么多风雨，必定是因为他有了新的主子。”

安岚瞥了他一眼，面上露出淡淡的嘲讽：“难不成你想告诉我，川连如今的主子就是当年你见过的那位大香师？”

胡巴眼里露出几分狡猾：“这就得安先生自个儿去查探了，老头我只懂得蛊。”

良久，安岚才道：“我会把你送去天下无香，你若能从那里出来，再与我谈条件。”

胡巴两手重新放回袖子里，看着安岚，微微眯起眼：“安先生不先从我这儿打听香蛊之事，就把我送去天下无香？”

安岚道：“关于那只香蛊，你知道的未必有我多。”

在她之前，无人被种过真正的，被大香师以香境饲养出来的香蛊，所以没有人知道那玄妙的联系，究竟是什么感觉。她确信，即便是川连，对那样的感觉也不尽清楚。

胡巴默了一会儿，低低地笑了：“安先生果真……不简单！不过，能这般干脆就把老朽送过去，你还真是极看重那小子。”

天枢殿的人抓他，是为问清楚川连给安先生种下那只香蛊的利害，而安先生把他送去天下无香，却是为了鹿源不再受制于人。

安岚瞥了他一眼，眉目淡然：“你真以为我很在意香蛊？”

“安先生很强大，也很自信，只是……”胡巴顿了顿，桀桀地笑了一声，“安先生难道不知，影子既然给他种下了蛊王，就能随时控制他的生死，而他又得你如此看重，仅凭我，可换不回他的自由。”

安岚面色如常，只是眼睑微垂，慢慢放下手里的香匙，往旁示意了一下，藏在阴影里的侍女遂走出来，朝胡巴做了个往外请的手势。她表现得太淡漠了，胡巴倒拿不定她究竟是知道还是不知道，不过他也不在意，转身前又道了一句：“安先生，小心你身边的人，现在最不希望你出事的人，是老朽。”

有鹿源这枚这么好的棋子，司徒镜真正想要的，当然是她的命。

胡巴出去后，安岚看着香炉内袅袅升起的轻烟，沉思片刻，开口道：“蓝靛可还在？”

“蓝掌事一直在外候着。”

“让她进来。”

“是。”

蓝靛从外走进来，便看到安岚穿着一身素白长袍，有些懒散地坐在临窗大炕上，侧身倚着秋香色的大引枕。因背着光，房间里的光线又有些暗，她一时看不出安岚脸色如何，便大步往前走了几步，站到安岚面前，声音低下几分：“先生可还好？”

安岚抬起脸，看了她一眼："现在景府这儿，你安排了多少人？"

蓝靛道："白园里十二人，都是刑院一堂的，除此外，景府各院也都有人，共有十四个，其中八人是女子，是二堂的人。"

景府的一举一动，都逃不过她的眼睛。

安岚道："一堂的人再加十二个，不用入住白园，找个离白园近点的地方，暗中安排他们。"

蓝靛微怔，但还是马上应下，只是同时隐隐有些担忧，先生忽然增添人手，是为以防万一，还是……身子当真不好了？想到这儿，她心头猛然一惊，倘若先生真是身子有恙，南疆和道门那边万一知晓……

安岚又问："可查出了那内奸是谁？"

蓝靛神色凝重，半跪下去："查清楚了，是一堂的一位女侍，叫雨燕，一年前被选派到天枢殿，她此次也随先生入住了白园……属下失职，请先生责罚。"

安岚想了想，那个叫雨燕的女侍一直就在外屋，还没资格到她跟前。

"她可知道自己已经暴露？"

蓝靛摇头："属下未打草惊蛇，等先生示下。"

"让外人混入一堂确实是你失职，此事先记下。"安岚说着就示意她起来，手里把玩着玉佩上的穗子，慢悠悠地道，"现在无须动她，就让她待在那儿，往常是如何，现在还是一样。"

蓝靛诧异，抬起眼，却见安岚面上神色依旧淡淡的，几根手指来回挑着玉佩上的流苏，那动作不大，但给人一种轻巧而优美的感觉，屋内暖香清幽，一派静好，她刚刚微微悬起的那颗心，没来由地，就安放了下去。

"这段时间，属下是否暗中候在先生左右？"蓝靛应下后又问一句，不过此刻她语气里已没有刚刚那等隐藏不住的疑虑和担忧。

安岚道："不用，你今日就回香殿，然后替我去玉衡殿一趟。"

蓝靛问："玉衡殿？先生是要找崔先生？"

安岚点头："你过来，我交代你几句话，到时你转述给她即可。"

蓝靛遂上前弯下腰，只是听完安岚的交代后，她愣了一下才道："先生，如此……崔先生必会以为您受了重伤，身子已然不行。属下认为，崔先生或许可信，但眼下那清耀夫人一直在崔先生身边，此举保不准会被清耀夫人知道，倘若清耀夫人知道了，道门那边就不可能不知道。"

安岚看了她一眼："没错。"

蓝靛顿了顿，随后眼神微微一变："属下明白了。"

"去吧。"

蓝靛告辞，只是将转身时，想了想，又收住脚步："既然先生想让他们以为您已身受重伤，为何今早还要对川连出手？您今早以香境震慑她，难道不是想告诉她，您其实并无大碍？"

"人嘛，当面临的答案不是唯一时，最终都会偏向自己愿意相信的那个，特别是自认为那是由自个儿细心探查后发现的，如此便会以为别的答案，都是对方使出来的烟雾，从而更加确信那个对自己有利的答案。"安岚说着就轻轻一笑，看向蓝靛，目中带着了然，"你问问你自己，是不是如此。"

蓝靛怔了一下，回想起刚刚自己的心态，即惊觉确实如此。先生什么确切的话都没说，她仅凭自己观察先生的几个动作，就已经相信先生的身体并无大碍，如今不过是将计就计。

安岚把手放在引枕上，支着脑袋："鹿源还在外面吧，你去让他进来。"

蓝靛不敢再多问，带着敬畏退出去，片刻后，鹿源走了进来。

安岚放下手里的穗子，要去拿旁边的茶盏："你想好怎么将他送过去了？"

鹿源即上前，亲手端起那杯茶送到安岚跟前："属下只需送回去便可，余的无须多说。"

安岚接过茶盏："司徒镜不会问？"

"大祭司知道我不愿说的，问了也无用，除非杀了我，更何况有胡巴，他会更愿意问胡巴。"

安岚看着他："你当真不怕死？"

鹿源对上安岚的眼睛，然后又慢慢垂下，不敢多看，似每多看一眼，他就会多贪心一分。

"怕。"他的声音很平静，干净得不带一丝杂质，却又饱含了千言万语。

安岚的目光停在他脸上，鹿源依旧垂着眼睛，但他能感觉到安岚的目光。无论何时，即便是闭上眼，他都能想象那样的目光，清澈、淡漠，似一泓清凌凌的月光，让人忍不住抬头仰望，渴望靠近。

安岚的目光往下移，落在他放在身体两侧，微微颤抖的手上。

他是个花一样玉一般的美男子，有如此容貌，如若位卑人微，必遭灾难，狼豺虎豹皆难以抗拒这样的诱惑。不是在地狱里滚过一回，他生不出这样的心肝脾性。所以她许他高位，还他尊严，给他希望，换他忠心，得他长袖善舞，替她周旋高官巨贾，见他事无巨细，为她打理香殿上下。

"你知道，我一直就很清楚，你当初为什么到我身边。"

"是。"

"我也知道，后来你为什么一直不走。"

鹿源张了张口，又慢慢闭上，连脸都比刚刚垂得低了几分，似更不敢看安岚，明显感觉得到他此时很局促、很紧张。

“当初我曾允诺过你两件事，一是不会对你起香境探查你的内心，二是不会过问你过往之事。”

鹿源垂着脸，几乎有些认命地道：“先生……想问什么？”

安岚道：“我从不违背自己的承诺。”

鹿源似怔了一下，却还是没有抬起脸，只是沉默着，沉默中透着淡淡的悲凉。

安岚接着道：“我只是想告诉你两件事，其一，他必败，我必胜；其二，我能救你。”

她的声音依旧是那么清淡且轻缓，但落在他心里，却宛若惊雷。

鹿源不由得抬起脸，怔怔地看着安岚。

第一件事，他不算多惊讶，因为无论最终结果如何，他都是这么相信着。但第二件事，第二件事所指的事情，先生既没有问他详细的缘由，也没有问他司徒镜究竟以此要挟他做什么，而是……而是如此直截了当，用那样简短的言语、平静的态度，蛮横地展现出她的自信与强大，一下斩断了司徒镜对他的所有影响。

如她与他初遇时，我许你康庄大道，你可愿为我披荆斩棘?

鹿源咬着牙，抑制住起伏得有些厉害的胸腔，握紧颤抖的双手，半跪下去：“鹿源此生只追随先生一人，愿为先生赴汤蹈火，绝无悔意。”

安岚道：“你过来。”

鹿源顿了顿，慢慢站起身，走过去。

“你感觉一下，现在它在哪里？”她指的是被种在他身体里的那只蛊王，他是习武之身，真气能感知到体内蛊虫的位置。

鹿源沉默了片刻才道：“一直……就在脖子上的动脉处。”

这是最危险的地方之一，所以他毫无反抗之力，只要司徒镜下杀手，他在半刻钟内，必死无疑。

安岚从榻上站起身：“我看看。”

鹿源愣了一下，随后就垂下眼，拉开自己的衣领，白玉般的肌肤上浮起一层浅淡的绯色。

安岚抬起手，伸出食指和中指，贴在他脖子动脉处。

他那里很烫，血管跳动得很有规律，虽随着他心跳的频率在加快，但并未觉得有任何异于常人之处，只是过了十几息后，她感觉到他的动脉突然猛地跳了一下，那跳动似乎已经脱离了心脏的频率，并且肌肤有微微的抖动感，她几乎能感觉她手指贴着的地方，他的肌肤下面有非常可怕的东西，但这种感觉也仅仅只有几息时间，就消失了。

鹿源觉得贴在脖子上的那点微凉，简直比刀刃还要令他心悸，他眼睛一直盯着地面，无法控制心跳，只能控制着自己的身体一动不动。

安岚微蹙了蹙眉头，然后收回手，淡淡地道："到时你会受些苦。"

那冰凉的触感离开后，鹿源心里隐隐有些怅然若失，他状若无事地整理好衣领，然后沉默地点头，即便再长袖善舞，此刻的他竟也有点不知道该说什么。

安岚转身走到香几那儿，揭开香炉盖，此时香炉里的香已焚尽，里面只剩一小撮香灰。她取出一张芸香纸，将香炉里的香灰倒在芸香纸上，包好，递给鹿源："你将这个送到谢府，交给谢蓝河，让他放在他母亲枕边。明日他必会再次要求见我，我会让镇香使拦住他。"

鹿源接过那包香灰，也不问为什么，只问："若谢先生硬闯，当如何？"

安岚道："那就看镇香使了。"

鹿源微诧，先生此言，似乎有点试探镇香使之意。

安岚却不再多说别的，只道："你去吧，这个时候谢蓝河应该还在谢府。"

"是。"鹿源行礼退下。

随后安岚往外吩咐，她要歇下了，无事莫来扰她。只是她这话才说出去没多会儿，侍女就在外头小心翼翼地询问："先生，金雀姑娘来了，先生要不要见？"

安岚正倚在榻上玩香，听了这话，想了想，就道："请她进来。"

不多会儿，就瞧着金雀轻手轻脚地走了进来。

安岚坐起身，笑了笑："昨晚才回去，怎么这会儿又跑过来了？"

"我有些担心你，正好有件差事能随长史进城来，我便顺道过来看看你。"金雀说着就快步走到她跟前，"我是不是打扰到你歇息了？"

"没有，正好我也想找你。"安岚说着就让她坐到自个儿对面，"柳先生如何了？可有大碍？"

金雀微微蹙着眉头道："先生也没说身子如何，昨儿我回去将你的情况说了后，先生似乎更加气恼了，不过不是对你，而是对川连。"

安岚问："依柳先生的性情，怕是要去找川连算这笔账？"

金雀忙点头："没错，我估计过不了今晚，先生就得动身，我也不知道该不该劝，所以赶紧下来问问你。"

安岚叹一声："我就知道会这样，你不过来找我，我也会让人给你送话过去的。"

金雀赶紧倾身向前："你说，我该如何？"

安岚道："此事，你替我回去劝住柳先生，这段时间她不仅不能去找川连的麻烦，而且要在天璇殿内闭门谢客，年底的一应祭祀都要从简。"

金雀不解："这……这是为何？"

安岚道："柳先生此时闭门谢客，自然是因为需要静养。"

金雀眨了眨眼，迟疑地道："你是想让人以为柳先生……伤得很重？"

安岚点头，金雀更是不解："这又是为何？"

安岚道："柳先生若是伤得重，我又怎么可能讨得什么好？到底，她是比我成名早许多年的大香师。"

金雀更是晕了，微微张着嘴看着安岚，绕了一圈，却是为了让人以为真正伤得重的人是她。

"你能跟我说说是怎么回事吗？"金雀凑近去，压低了声音，"不然我回去这般没头没脑地，就让先生闭门谢客，先生非揭了我的皮不可。"

安岚笑了，也将上身靠在炕几上："不如此，他们不会着急，他们只要急了，就肯定会乱。"

生死博弈，心若乱了，就等于是露了败迹。

可是金雀皱起眉头，认真地看了安岚一会儿，目中露出担忧："你……你是装的？还是真的？"

只是不等安岚开口，她就用力皱了一下眉头，又接着道："你还是别说了，我就当你是真的。"

她知道自己不善于伪装情绪，若心里真的担忧，就一定会写在脸上，反之亦然。而眼下的香殿，谁都不敢保证什么地方藏着哪里的眼睛，她不得不防。

安岚顿了顿，轻轻笑了，目中露出安心和淡淡的无奈。

"这段时间，定会有人去柳先生那里探一探虚实，到时还得麻烦柳先生替我周全。"

"我明白。"金雀点头，只是又道，"不过……万一柳先生就是咽不下这口气，一定要去找川连的麻烦，我怕我劝不住，这可怎么办？"

柳先生那样的人，嬉笑怒骂是全由着自个儿的喜好来的，即便安岚是有求于她，但她能不能答应，还得两说。

安岚手里拿着香箸轻轻拨弄香炉里的灰："你只需将我的意思带到，柳先生是个聪明绝顶的人，无论她决定做什么，都不会让川连占到便宜的。"

金雀呆呆地想了一会儿，不禁叹了口气："我要是能有你这般聪明就好了，这么大的事，我什么忙都帮不上。"

安岚抬起眼："我和柳先生之间，这些话，我只能让你传达，怎么不是帮忙？这件事，除了你，谁都做不了。"

金雀琢磨了一下，就笑了："倒也是。"

安岚放下手里的香箸，手托着下巴，看着窗外："我只不过是比别人想得多，这就和下棋一样，尽量多算几步，胜负往往就决定于那一步半步。"

金雀把胳膊肘放在炕几上，两手捧着脸看着安岚："你这样，会不会累？"

安岚瞟了她一眼，唇边浮现一抹笑意，懒懒的、淡淡的："何以保平安，无他，唯战尔。"

金雀顿住，一会儿后慢慢放下手："你似乎和以前有些不一样了呢！"

现在的她，少了以往那种虽千万人吾往矣的悲壮，取而代之的是一种说不出的从容潇洒。她的前路依旧遍布荆棘、步步惊心，但她已学会举重若轻。

以前，她是在各种困境里挣扎，现在，她当然依旧要面对新的困境，但不再是挣扎，而是进行一场对等的，甚至是略高于对手的，真正的博弈。

安岚转头看了金雀一眼："嗯？"

金雀眼里露出笑，同时目中又慢慢涌上泪："我觉得……挺好的。"

至少看着现在的安岚，她不再觉得心疼，她以前那等不敢表现出来的欲泪的心酸，似乎就在安岚刚刚那一瞟一笑间，被轻轻抹去了。这微妙的改变，宣告了一个女子，真正自心里强大起来，并确确实实地影响到了身边的人。

安岚不禁失笑，打量着她道："你今儿是怎么了？"

"我、我也不知道。"金雀赶紧擦了擦眼睛，"我这不是难过。"

金雀只要一掉眼泪，眼睛和鼻子就都明显红成一片，安岚看着她道："不过你这么一哭，出去时倒是正合了我意。"

雨燕还在外候着呢，金雀这般出去，指不定她心里会怎么想。

金雀假意瞪了她一眼，然后站起身："我先回去了，不敢待太久。"

安岚点头："去吧，我就不送你出去了。"

"你好好歇着。"只是金雀走了两步，又回头，"安岚，你……真的没事吧？"

安岚只是对她露出一个微笑，还是什么都没有说。

"你一定不能出什么事！"金雀咬了咬唇，说完这句话后，才真的转身出去了。

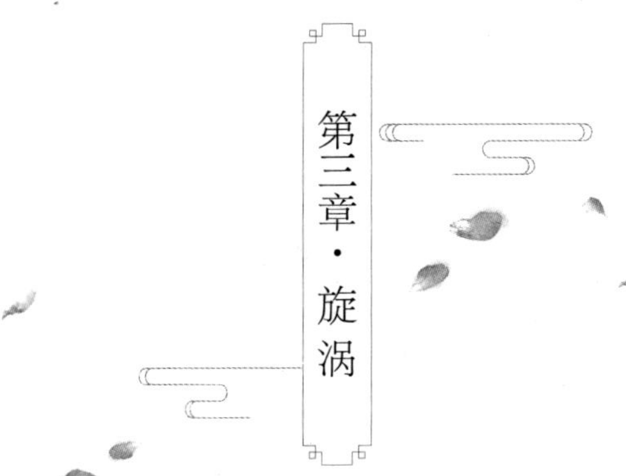

第三章·旋涡

谢府，鹿源见到谢蓝河后，便将那包香灰拿出来，轻轻放在谢蓝河前面的桌上："这是安先生让我送来的，先生还交代了一句，请谢先生将此物放在令堂枕边。"

谢蓝河看了那包香灰一眼，没有去碰："何意？"

鹿源摇头："先生只交代了这么一句，在下东西已送到，告辞。"

谢蓝河道："既然她不说，此物我留不得，你拿回去吧。"

鹿源看了谢蓝河一眼："安先生没有必要害令堂，谢先生不妨一试。"他说完，微微欠了欠身，往后退了几步，然后就转身离开了。

与此同时，玉衡殿内，崔飞飞听完蓝靛的转述后，沉默了片刻才道："此事我无法马上给予她答复，我有我的难处，不过你且让她放心，香殿上下的庶务，我都会给天枢殿方便。"

蓝靛没有多说，点了点头，随后告辞。

清耀夫人站在玉衡殿偏殿的露台上看着蓝靛慢慢远去的背影，微微蹙着眉头道："不是说刑院的大掌事很少在别的香殿露面吗，这会儿却亲自过来，是为何事？"

"多半是天枢殿那位当真不好了，咱家郡主到底是个心软的人儿，夫人怕是要多费心了。"

清耀夫人的眉头皱得比刚刚深了几分："她那种人，是最会算计的，这个时候来拉拢飞飞倒也不奇怪，却不知她究竟想要飞飞做什么，又许了什么。"

“夫人一会儿问一问郡主便知。”

“我问了，她不一定会说，到时我们母女真的生分了，反全了那边的痴心妄想。”清耀夫人摇头冷笑，“我岂能如她的意？”

鹿源将胡巴送到天下无香门口时，站住，抬头往上看了一眼。也不知他是在看头上的天，还是在看楼上窗户边那个阴沉的人影。

胡巴是被两个侍卫搀扶着下车的，他颤颤巍巍地走到鹿源身边后，咧开嘴无声地笑了一笑：“害怕了？”

鹿源收回目光，什么也没说，抬步走了进去。

天下无香的店铺内只有二掌柜川谷在，鹿源带着胡巴进去时，他脸色微变，盯着胡巴看了片刻才从柜台后面走出来：“大祭司就在楼上，请。”

鹿源微微颔首，就领着胡巴往楼梯那儿走，川谷眯着眼看着鹿源的背影，面上不觉露出那等似笑非笑的表情，好似想起了什么有趣的事。正好这会儿大掌柜川乌从外回来，看到停在外头的那辆马车，问一句：“天枢殿的人过来了？”

川谷便往楼上示意了一下：“源侍香将人送来了。”

川乌却没往楼上看，而是警告地看了川谷一眼：“他不比以前，收起你的小心思，别在这节骨眼上惹事。”

川谷细长的眼睛中露出贪婪，语气里又带着几分不屑：“连生死都由不得他自己，还不是跟以前一样……”

只是他话还没说完，鹿源就从楼上下来了，楼梯设在店铺转角处，墙上挂着充满异域风情的纱帘，旁边陈设着许多琉璃饰品。此时已近傍晚，夕阳的余晖无比艳丽，金粉一样的光穿过精美的窗棂折射进来，落到那男子肩上，衬得那张脸愈加绝色倾城，纱帘飘起，带出梦一般的奢靡和慵懒，让人恍惚。

川谷一下住了嘴，就连川乌也忍不住多看了两眼，怔然无声。

鹿源却未看他们，下了楼梯就直接往外走。川谷回过神，即往前两步侧过身挡住他，似笑非笑地道：“源侍香这是得了新人忘旧人了，这都见了面，怎么连问候一声都没有？”

鹿源站住，却只是斜视地瞥了他一眼，问了一句：“足下是哪位？”

川谷一顿，随后眼里隐隐露出几分恼羞，他冷笑一声，抬手就要往鹿源肩上拍，只是还没等他的手掌碰到鹿源的衣服，就被鹿源错开，同时他的肩膀反被鹿源制住了。川谷心里一惊，面上却还是那副似笑非笑的表情，打量着鹿源道：“源侍香这是想起……”

跟刚刚一样，他的话同样没能说完，就被咔嚓的一声微响给打断！

就那一瞬，鹿源已经把他一边的胳膊给卸了！

川谷咬住牙才没喊出声，川乌大惊，完全没想到鹿源竟会一言不合就直接下手，动作快得他们连反应都没反应过来。

“下贱的东西——”川谷震怒，就要出手，可鹿源又先一步松开手，川谷被力的惯性推得往后退了一步，鹿源便已出了店铺，随后见他大袖一挥，只见一线银光飞来，川乌伸手一接，却是一块银元宝。

他这是伤了人后，付的医药费。

川乌手里拿着那块银元宝，面色阴沉，收也不是，扔回去也不是。川谷气得脸都黑了，也不顾上接回自己的胳膊，就要追出去，却被川乌给拦下了。

川谷大怒：“你拦我做什么，我非要……”

“行了。”川乌打断他的话，“你刚刚已经落了下风。”

川谷看着鹿源的马车离开后，冷哼一声：“我身手是不如他，但要想收拾他，何须动粗，法子有的是。”

川乌把手里的银元宝扔到柜台上，然后一边给他接上脱臼的胳膊，一边道：“我说你落了下风，不是指身手，而是你一开始就被他激怒了，他呢，根本没放心上。”

川谷一脸阴郁，却没说什么。

他心里明白，那人的身份早就变了，不再是任他呼来喝去的仆人了，只是他不甘心而已。这世上最大的不甘，恐怕就是，曾经被你奴役的人，变成了你再也够不着的人。

“你是有法子收拾他，不过那些法子是我们能随意用的吗？”川乌说话间，手上忽地用力，就听啪的一声，川谷倒抽一口气，胳膊正回去了，川乌放开他，接着道，“而且，胡巴是他送来的，大祭司还在楼上呢，他动了手还能安安稳稳地走出去，说明什么？”

川谷沉默许久，终于收起自己心里的那点不甘，又恢复了之前那等似笑非笑的表情：“也是，他怎么都逃不过大祭司的手掌心，我现在跟他计较什么，以后有的是机会。”

入夜后，白焰过来白园，却听说安岚已经歇下了。见候在外的侍女有要拦住他的意思，白焰略有差异，微微扬眉，正好这会儿花容从里屋走出来，朝他行礼：“安先生请镇香使进去。”

白焰审视地看了花容一眼，进去后便瞧着安岚从床上下来，正要去拿旁边的罩衣，他遂走过去替她拿了，披到她肩上：“可觉得好些了？”

安岚将自己身后的长发拨到前面，然后回头看了他一眼，示意他去软榻那儿坐："那条街上的人，眼下搬走了多少？"

白焰仔细打量她的脸色："还剩十三户人家，再过两三天便能办妥。"

也就是景府和天枢殿以及鸽子楼三方联手，财力人力充足，权力使用得恰到好处，这件事才能进行得这般顺利。

安岚手里握着茶杯，淡淡一笑："天下无香里的人倒也沉得住气，不简单呢。"

"他们兴许是觉得，只要放出那些白蚊，就根本不是一条街的事，无人能拦。"白焰见茶水已经温了，又握了握她的手，觉得有些凉，便接过她手里的茶，放在桌上，让人重新沏上热茶，随后道，"今日你让源侍香去了谢府？"

"嗯。"安岚轻轻拨弄了一下头发，看着白焰道，"明日谢蓝河应当还会想见我，你替我拦住他。"

花容将新沏的热茶送上，白焰接过去，放在安岚面前："你让鹿源跟他说了什么？"

安岚拿起茶盏轻轻吹了吹："什么都没说，就是送了他一包香灰，兴许能令他母亲好受些。"

白焰微顿："你能救他母亲？"

安岚放下茶盏，淡淡地道："生死有命，强求不得，待他真的想清楚了，我自会见他。"

白焰道："即便他能想通，此事他能承你的情，却也消解不了你与他之间的仇怨。"

"不是我，是我们。"安岚抬起眼，手托着下巴看着白焰道，"当年是我和广寒先生联手，才除去了谢云大香师。这笔账，谢蓝河总是要算的。至于你的债，无论你认不认，终究也是要还的。"

此时的她，神态看起来有几分懒散，那眉眼又含有几分妩媚，目中还带有几分了然。她就那么坐在他面前，清清淡淡地看着他，唇边噙着一丝笑，言语亦不见有半分咄咄逼人，语气甚至有点儿不以为意，但就是这样，仅是如此，就令他在那一刻，不自觉地收起了所有的漫不经心，看向她时，眼里就只剩下她。

有那么一瞬，两人都不说话，只是静静地看着彼此，似深情款款，又似暗中较量。

这份情，究竟是谁在飞蛾扑火，是谁在小心翼翼？

是谁用全部还清了谁所有？是谁身陷囹圄爱恨难消？

是谁历经磨难翱翔九天，又是谁烈焰重生再入轮回？

良久，白焰终是轻轻一笑："我认。"

安岚沉默地看了他一会儿，然后起身，走到他跟前，伸手抚上他的脸，低下头，在他唇上轻轻吻了一下，低声道："我知道。"

她的声音带着诱人的魔力，他忍不住要继续，她却已抬起脸离开："我乏了，你也回去早些歇下吧。"她说着就随手将身上的罩衣脱了，扔到他身上，然后转身回了床。

白焰手里拿着她的衣服，衣服上还带着她身上的香，那香气无比狡猾，看不见摸不着，却丝丝缕缕地往他心里钻。他心里觉得有些甜、有些涩、有些痒、有些气恼，然后还有些无奈。

她看起来确实是乏了，刚刚说话时面上就已经带了倦意，所以他只能拿起她的衣服，默默地帮她挂好，然后看了她一眼，摇头一笑，才转身出去。

次日，还是和往日一样的时间，川连和谢蓝河同时来到景府，为景孝清余毒。

不过今日两人在景府大门前碰上时，川连当时就道了一句："安先生昨日主动找谢先生了？"

谢蓝河没有说话，看起来面上亦是一如既往的平静从容，只是脚步略比往日快了些。

川连亦是目不斜视地往里走，嘴里接着道："我想了许久，终是觉得，眼下的情况，安先生能许诺给您，并确保能打动您的，只能是跟令堂有关的事。"

谢蓝河还是没有说话，川连也不在意，两人快走到景孝院子时，她又道一句："话里的虚实真假，谢先生心里当是比任何人都清楚，令堂的情况，我说能救便是能救，至于他人之言，望谢先生三思，毕竟人若死了，可就真的救不回来了。"

走进院子之前，谢蓝河终于开口："天下无香的眼线倒是不少。"

川连面上不见半点尴尬，依旧如刚刚般，不急不缓地开口："初来乍到，总得多做些准备才能安心。"

今日的香境结束时，谢蓝河看着川连将放在景孝脸上的香蛊收起，忽然开口："你确定你能控制它？"

川连没有回头，仔细地将香蛊收好后，才道了一句："看来安先生果真是对谢先生说了什么，或是做了什么，才让谢先生您心生如此疑虑。"

谢蓝河道："三掌柜心里的疑虑怕是比任何人都多。"

景孝此时正好醒过来，有些茫然地看着他们，缓过神后，就要起身，川连却已经出去了，谢蓝河便也跟着转身。随后景明进来，走到景孝床前看他的状况，景孝坐起身："父亲，您进来之前，谢先生和那位……三掌柜好似提到了安先生。"

景明微诧："哦，他们说了什么？"

景孝大致将他们的对话复述了一遍，景明听后，微微点头："此事我会告诉镇香使，你且安心休养。"

景孝点头，只是面上依旧带着担忧，终是忍不住问了一句："听说之前一直就是安先生替我解毒，如今却换了谢先生，是不是安先生因我的关系……累着了？"

最后那三个字，他说得很低，透着焦虑和不安。

景明沉默了一会儿才道："这所有事，都是安先生安排的，更何况如今还有大公子和为父在，他们翻不出什么大浪，你无须过于担忧。"

景孝看着景明两鬓新增的银丝，垂下脸："孩儿实恨不能为父亲分忧。"

景明道："你到底年纪还小，许多事情没能往深了去想，有些人也难以仅凭几面之缘就能识清，总归这件事也算是个教训，你若能吃一堑长一智，眼下这些苦就不算白受。"

景孝沉思片刻，才开口："父亲的言下之意，指的是……鹿羽姑娘？"

景明道："你才清醒两日，身体还虚着，这件事，我过几日再与你说。"

景孝有些不解："鹿羽姑娘不是源侍香的亲妹子吗？而且鹿羽姑娘曾经也是安先生身边的侍香人，只不过因受小人陷害，才被降为侍女。"

景明见他如此问，便道："鹿羽姑娘说的话，你可曾亲自求证过？她说的是否都属实？"

景孝怔住："我……"

景明又道："你可知她那天去书院找你的时候，已经不是天枢殿的侍女了？如今她人在天下无香。"

景孝愣住了。

景明叹了口气，见景孝眼里还带着挣扎之色，便狠了狠心，接着道："那天你若没有忽然从书院回来，就不会中蛊毒，而安先生也不会为救你，以香境饲养香蛊。"

景明的话一句一句落下，景孝的脸色一点一点变得苍白："我——"

景明不忍再苛责他，伸手轻轻拍了拍他的肩膀，然后站起身，没再说别的，仅这几句话就足够了，他的儿子不是愚钝之人。

景明将走出房间时，一直沉默的景孝慢慢开口："父亲的教诲，孩儿日后定会牢记在心。”

景明回过身，轻轻点头，眼里如释重负。

川连出了景孝的房间，看了不远处的那人一眼，然后对谢蓝河道：“想必谢先生还有事要多留一会儿，我便先走一步，不过谢先生今日离开景府后，若还有什么不明白的，可以随时去天下无香找我。

谢蓝河微微点头，没有多说什么。

川连便告辞，只是临走之前，又看了一眼正在不远处赏雪的人，正好此时那人也转过脸来，却不是看她，而是看向谢蓝河。

川连走后，不等白焰走过来，谢蓝河就已朝他走过去：“镇香使今日还想拦我？”

白焰道：“这得看谢先生是要往哪里去。”

谢蓝河道：“镇香使的身手确实不错，但仅凭昨日那样，是拦不住我的。”

白焰道：“总得试试才知道。”

谢蓝河道：“你恐怕会受伤，甚至有可能丧命。”

白焰笑了笑：“这不是谢先生所希望的吗？”

谢蓝河道：“镇香使不像是在求死。”

白焰道：“在下活得挺好，自然不会去求死。”

谢蓝河沉默地看了他一会儿，忽然道了一句：“你还是像以前一样深不可测，安先生若真的相信你，今日就不会还让你来拦我。”

大香师若真的动手，旁人就算有再强的武力，也只能在香境内勉强做到自保，想反过来碾压大香师的香境世界是不可能的。因为那条界限，或许可以无限接近，但绝无可能跨越。

如果今日谢蓝河真的动用了自己的香境世界，将白焰卷入其中，而白焰还能压制住谢蓝河，那只能说明一个问题——不是白焰的武力已达到天人之境，而是他依旧保有大香师的香境能力。

只要这个事实被确认，那么，天枢殿的大香师还能是安岚吗？

谢蓝河沉默地看着白焰，今日她让镇香使来拦他，当真是步好棋！

镇香使白焰就是曾经的白广寒大香师无疑，而他和白广寒之间，有着杀师之仇。

只是他不确定安岚是只打算拿自己试探白焰，还是想借白焰的手，削弱他，同时也借他之手削弱白焰，如果白焰真的依旧是大香师的话。

两位大香师交手，涉及生死之战，即便最后不死，也都会受重伤。

而如果白焰确实已经不是大香师了，他就算要下杀手，怕是也不能顺利得手，安岚兴许就在附近看着，她随时能救下白焰。

无论如何，她都不会有任何损失，但他想问的事情，兴许就问不到了。

“谢先生过奖。”面对谢蓝河的称赞，白焰只是微微颔首，并不就他后面的话给予任何回应。

谢蓝河道：“镇香使想必很明白我的意思。”

白焰只是轻轻一笑，身体一动未动，没有丁点要让开的意思。

谢蓝河道：“我今日只是想问安先生几句话，绝不会做任何不利于安先生的事。”

白焰道：“安先生今日并不想见你。”

谢蓝河问：“你当真不能让开？”

白焰摇头：“不能。”

谢蓝河道：“安先生昨日找我，难道不是为了让我来见她？”

白焰道：“确实如此，但不是今日。”

谢蓝河问：“不是今日，那是何时？”

白焰道：“谢先生想明白之时，安先生自然会见你。”

谢蓝河道：“我想明白什么？”

白焰道：“想明白究竟要站在哪一边。”

谢蓝河神色淡然：“安先生难道不知，我和你们之间，有生死大仇。”

白焰道：“报仇之前，谢先生也可以选择，不站在哪一边。”

谢蓝河道：“她的诚意还不够。”

白焰道：“足够了，谢先生是聪明人。”

谢蓝河沉默了片刻，忽然就转身离开了。

白焰目送他走远后，才收回目光，又欣赏了一会儿这院中的雪景，然后才让人将话带给白园。

谢蓝河回了谢府，先去看蓝七娘，昨晚他还是依言将安岚送来的那包香灰放在了蓝七娘枕边，没想到，蓝七娘竟然度过了这半年来最舒服的一个晚上，早间起来，连脸色都明显比往日好了许多。他不知道是不是那包香灰的原因，昨日鹿源离开后，他仔细看过闻过品过那包香灰，就是七日安神香的香灰，里面没有添加任何别的东西。他对香的理解不比安岚浅，自然知道七日安神香的香灰，不可能有什么药效，但蓝七娘的好转是实实在在的。

早上他就请了府里的大夫来看过了，大夫也说不清是什么原因。无论如何，他母亲的病情能有此等好转，都是难得的希望，无论是不是巧合，他都想去问个究竟。

但他没想到安岚会设下那样的陷阱，那包香灰很可能只是个诱饵。

总不能就这么白白被设计了，谢蓝河从蓝七娘房间里出来后，就唤来身边的侍香人，交代了几句话，让他去一趟鸽子楼。

这一日，正好施园、福海，还有徐祖都在鸽子楼，中午时，三人正围着涮火锅呢，谢蓝河的侍香人就过来了。不到半刻钟时间，谢蓝河的侍香人便将要传的话都说了，随后告辞。

来的人走了，屋里的三人都沉默了，直到锅里的羊肉都煮老了，福海才拿起筷子将里面的羊肉都捞了出来，一边吃一边道："咱们也别多想，这明显是那边的离间计。"

徐祖却啪地将手里的筷子往桌上一拍："老子也知道这是离间计，但到底有没有这事吧？"

福海没说话，他一时也不知该如何说，安先生和公子之间的事，他插不上手，也插不上嘴。

施园一边将新鲜的羊肉放到锅里，一边道："有又如何，没有又如何？"

徐祖愤愤地道："若真是如此，那安先生便是想毁了公子，她既有此心，我们岂能白白看着？"

福海吃完碗里的肉后，才开口道："你还想如何？"

徐祖瞪着福海，福海放下筷子，拿起旁边的酒，喝了一小口后，接着道："公子是何等聪明之人，谢先生都能看得出来，公子岂会不知？公子知道了都未说什么，更未做什么，至少目前来看，这便是公子的意思了，难不成你还想再一次违背公子的意愿？"

徐祖沉着脸道："我实在不明白，公子何必要受此等屈辱？"

施园捞出烫好的羊肉，有些吊儿郎当地笑了笑："站在安先生的位置想，她这么做也正常，权势地位面前，情爱总是要靠边站的。"

徐祖不满地看向他："你到底站在哪一边？"

施园一边吃肉，一边道："老徐，你这脾气就是改不了，这事在我看来，也不是什么坏事。"

徐祖皱眉："此话怎讲？"

施园道："我问你，谢先生当时为什么没有动手就离开了？"

福海慢悠悠地喝着酒，眼皮都没抬一下，徐祖道："自然是谢先生也不敢保证，公子是不是真的已经失去大香师的能力了。"

施园点头："没错，所以你急什么？"

徐祖："我……"只是他刚张嘴，就明白了。

若真是如此，那眼下这情况，公子若真想拿回大香师的位置，又不愿伤他和安先生之间的感情，那么南疆香谷的事，就是一个绝佳的机会，只要等香谷的人斗败了安先生，那时南疆香谷也就到了强弩之末，届时公子便可顺势接手大香师之位，再将南疆香谷的人一网打尽。

虽说福海、徐祖和施园三人并未因谢蓝河送来的那几句话真做出什么事来，但也都因此多留了份心眼。那日后，他们每件经手的事都更加谨慎，同时暗中做好了准备，只要白焰有任何一点暗示，他们就随时能将手中的力量转过来，对准天枢殿，助白焰拿回大香师之位。

这样的蛛丝马迹，旁的人兴许还未有所察觉，但一直盯着他们的蓝靛马上反应了过来。然而蓝靛抓不到确凿的证据，可证明白焰确有反心，只好也在暗中做了相应的准备，只是这样必会消耗更多的人力，于是刑院的人手一下就紧张起来，气氛也明显不同以往。

此事安岚没有过问，蓝靛也未主动提起，鹿源却将这一切的变化都告诉了安岚，安岚听后，依旧没有任何表示。

不过这些都是后话，现在回过头来说鸽子楼传话的那天。

福海在鸽子楼吃完羊肉涮锅后，就随白焰回了天枢殿，只是在他们回云隐楼的路上，正巧碰到过来送银炭的侍女，他随口问了句这两天香殿内有没有发生什么事，结果就听说今儿中午，天璇殿那边出了件不大不小的事——李道长的两位弟子和李家的一位公子，一同去天璇殿给柳璇玑送请柬。可他们这一进去，不仅连柳璇玑的面都没见着，还被里头的殿侍给打了出来！

福海问："真打了？"

侍女点头："确实是动手了，道门的那两位弟子还受了伤，两人出来时右手手腕都折了，脸色煞白，连路都没走稳。李家那位公子倒是没事，不过也被吓得不轻，出来后就急急忙忙下山去了。"

福海想了想："李家公子？李殿侍长的本家？"

侍女点头，天玑殿目前还无主，眼下殿内的一应事务虽是由几位大香师共同管理，但真正的执行者，还是天玑殿的殿侍长，而这位殿侍长就是姓李。道门的人携李家公子一起来香殿，在旁人眼里，就是在告诉大家，他们和天玑殿的关系并未减弱，影响力依旧在。

只是，柳璇玑显然不买他们这个账。

福海咧开嘴笑了，胖乎乎的脸颊抖了抖："是为什么动的手？"

侍女道："听说是道门那两位弟子调戏了柳先生身边的侍香人，正好被香殿的长史看到了，当下就让殿侍将他们俩的手剁了，是那位李公子苦苦求情，所以最后只是拗断了他们的手腕，又教训了一顿，才放他们离开。"

福海挑高了一边眉毛："道门这次来长安的有四个弟子，那两位是谁？"

"是云宫和云凡。"侍女说着又补充一句，"听说这位云宫公子，是云家特意安排来长安跟崔先生见面的，清河那边，两家已经开始为两人议亲了，清耀夫人此番来长安，也是为说服崔先生应下这门亲事的。不过今日他们在天璇殿出事的时候，崔先生和清耀夫人都在玉衡殿，但玉衡殿从始至终，都未派人去天璇殿过问此事。"

"柳先生也一直没有露面？"

"是。"

说到这儿，正好走到云隐楼了，侍女便退下，福海跟着白焰进了寝屋后才道："川连设计了柳先生，柳先生自然首先拿道门出气。云宫在云家的地位很高，也得李道长的看重，此事道门肯定不会善罢甘休，柳先生今日是出气了，但天璇殿怕是要因此卷入这场旋涡。"

白焰道："眼下道门不会拿柳先生如何，顶多是派几个人上来责问几句。"

"公子的意思是……"福海琢磨了一下，迟疑着开口，"道门今日让人上来，只是为了试探柳先生？"

白焰更衣后，取下挂在墙上的剑，一边拭擦，一边道："柳先生一直未露面，直接让人断了他们的手，这性情，这怒气，那边应该会信了七八分。"

福海沉吟片刻，却还是不解："柳先生是想让人以为她那晚伤得很重？为何要如此？难道……"

他说到这儿忽然就住口了，难道柳先生真的伤得很重？此举只是为了迷惑旁人？只是此举，似乎有违柳先生的性情。

白焰却道："这应当不是柳先生的意思。"

福海抬起眼："那是——"

白焰笑了笑："多半是安先生之意。"

福海一时间更是不解："安先生？"

白焰又道："柳先生这通火还未发完呢，你且等着，天黑之前还会有消息送过来。"

福海还想问，但白焰显然已经不想再多说了，他唇边噙着笑，一遍一遍，轻而郑重地拭擦手中的剑。福海有些发怔地垂下目光，看到那凛冽的剑身映出那张俊美的容颜，如冰如玉，又冷又温柔，分明是两种不同的特质，却在一人身上奇异地融和。

安岚……白焰修长的手指轻轻抚过剑身，这是吹毛断发的宝剑，他的动作却宛若对情人的爱抚。指腹传来的冰凉，令他想到那个女子，锐利，聪明，果敢，坚毅，又不失柔韧，而且野心勃勃，身心皆不为世俗所束，知道自己想要什么，需要什么，能做什么。

明明那么危险，偏偏又那么吸引人！

果然，太阳还未落山，福海就听说天下无香出事了，生生吃了个哑巴亏。

据说是有人在天下无香买了一款上品合香，结果此人请朋友品香时，却被人道出是次品香，买主一番惊怒之下，去请了天璇殿的一位姓颜的香师帮忙辨认，颜香师的结论也同此人的朋友一般无二，此合香是以次充好，算不得上品。而天下无香推出这款新品香时，曾说过此香里面配有香圆，所以价格极其昂贵，那些爱香之人也是冲着此款香里配有香圆，才竞相购买的。如今香殿的香师却指出，这款合香里所用的香圆，其实都是香圆提炼成香精后所剩下的废渣。

此消息一传出，所有购买过这款香的人，全都围到天下无香，要求他们给个说法。

可天下无香的掌柜态度颇为强硬，根本不认可颜香师的话，说一人之言，不能作为定论，随后提出请各大香会的主事，及各个香殿的香师就此事举办一场香会，给天下无香个公道，也给大家一个交代。

只是那位颜香师却根本不理他这个诉求，只用了不到一刻钟的时间，就让天下无香的人乖乖认错，不仅答应退货，还答应给所有购买此香的人十倍赔偿。

颜香师走出天下无香时，太阳正好落山，他抬头看了一眼天边的余光，颇有些感慨地叹了一声。没有人知道此时他心里真正想的是什么，只当他是为大家讨了公道而感叹。

这些随他一起来天下无香的人，大多是之前购买了那款合香的。来者无论是为讨回公道还是为看个热闹，眼下该拿赔偿的都拿到了，想看的热闹也都看了，而能这么快就有这般满意的结果，都要归功于颜香师。于是所有人都上前致谢，并争相邀请他去自家做客，或是邀请他参与各大香行在年底举办的香会。

颜香师揖手道："在下不过是行分内之事，各位不必言谢，颜某一直记得，香殿的柳先生曾说过，香之道，讲究心之诚，心若不诚，则香气污浊。各位都是爱香之人，在下亦是自幼就对香道心向往之，故今日既碰上此事，自当要站出来尽一份力，如此也不枉柳先生多年来对在下的栽培。更何况，今日之事，天下无香已不仅心无诚意，分明是心存恶意，颜某既得长香殿授予香师之牌，必是一生恪守香之道，岂能容此等污浊之事在长安城内发生？”

众人纷纷赞叹颜香师高义，同时更是称赞长香殿的柳大香师果真如传闻般，不仅香道非凡，品德更是高尚。

就在这称赞与恭维声此起彼伏之时，天下无香的门砰地一下关上了。众人不由得都回头看了一眼，随后便是好一通的冷嘲热讽，几个香行的主事更是当场就决定，今日起，他们所管辖下的所有香商，都不再将香材卖于天下无香，同时他们也将今日之事，在香行发布了公告，让所有人都清楚天下无香在长安做的是什么买卖！

香行的这个决定立马引来所有人的附和，颜香师只是在一旁微笑地看着，待这些人说得差不多了才揖手道别。众人皆忙作揖，嘴里再次连连称谢，然后一同目送他上马车离去。

而天下无香内，川谷和川乌站在大祭司面前，两人的脸色都很不好，川谷的脸色甚至有些铁青，今日之事，分明就是颜香师在向他们泼脏水，他们售出的所有香品，都是货真价实，绝不可能以次充好。可为什么大祭司让步了，不仅接了这盆脏水，还做了高价赔偿？可即便是这样，长香殿的人不仅不知足，反而得寸进尺，竟让长安各大香行对天下无香下封杀令！

大祭司难道不清楚，这封杀令只要一下，天下无香今后就再难在长安立足？

而此时，颜香师坐在马车内，面上浮现出一抹嘲讽的笑意。

南疆香谷？天下无香？

强龙压不过地头蛇，更何况那天下无香可不是什么龙。

竟敢跟长香殿叫板，大香师岂是那些蛮夷之人可企及的，真是痴心妄想！

颜香师想着就轻轻摇头，不过片刻后，他眼里又露出敬畏，大香师的心思手段，也是他望尘莫及的啊。

他知道天下无香的那款香品并无任何问题，但是柳先生给他传了话，随后安先生就让人给他送来了几粒香丸，让他领着众人去天下无香……两位大香师同时授意，他不能拒绝，也不敢拒绝，但他不知他去了之后，天下无香的人会不会真如两位先生所说的，乖乖退步。他心里觉得不可能，他对天下无香的背景略知一二，他们不是普通香商，绝不是如此简单的三言两语，就能被吓到的，更何况，这是污蔑。

事实却是，天下无香真的做出了退让，竟真的认了自家的香是以次充好，并做出了赔偿，最后在香行下封杀令时，他们也未做任何回应，全都默默认了。

“整个长安都将是我们的，到时这所谓的封杀令，不过是个笑话罢了。”面对川乌和川谷的不解，司徒镜不见一丝焦虑，一边慢悠悠地烹茶，一边开口道，

“香殿的人总是自以为聪明，岂不知，此事原就是本座授意，虽是出了点意外，不过此事到底是照着我的意思进行的，如此，就让他们先高兴一阵子吧。”

川谷怔住，遂看着川乌，川乌看了司徒镜一眼，才对川谷道：“刚刚那位颜香师身上带了用无香花提炼出的香丸，香蛊正在产卵，不能过长时间受到无香花的刺激，所以大祭司才全都答应他们的要求，紧着让他们出去。”

川谷还是不解，只是这会儿司徒镜却开口道：“柳璇玑应当是伤得不轻，虽说只要她果真受了重创，安岚就只会比她伤得更重，但这女人狡猾多端，此事还是要确认一下。谢蓝河眼下还没拿定主意，不过他母亲也坚持不了多长时间了，再过两天，你就去谢府请他来一趟。还有鹿羽，让她准备一下，好戏要开场了。”

“是。”川乌应下声，随后就拉着川谷出去了。

“究竟是怎么回事，为什么我什么都不知道？”川谷随川乌出来后，面色愈加阴沉，“你到底在做什么？大祭司为何未交代我任何事？”

川乌瞥了他一眼，才道：“你该庆幸，大祭司只是未交代你任何事。”

“为什么，我——”川谷本是不解，只是忽然间就回过神，脸色顿时有些苍白，迟疑了好一会儿才道，“大祭司是因为昨日鹿源那事？可动手的人是他，受伤的人是我，怎么……”

川乌斥道：“大祭司的性情你又不是完全不了解，更何况在这节骨眼上，鹿源是一枚好棋，你若是生出什么事端，坏了鹿源这步棋，可想过后果？在这件事上，你的重要性远远比不上他。”

川谷不由得闭上嘴，沉默许久，轻轻叹了口气：“我明白了，感谢大祭司不杀之恩。”

川乌道：“大祭司也只是给你一个警告。”

川谷轻轻点头：“你跟我说说，今日之事究竟是怎么回事？”

川乌这才缓缓开口：“第一个叫嚷我们的香是次品的人，还有去请颜香师主持公道的人，都是我安排的，这也是大祭司的意思。”

川谷一怔，微微皱眉：“为何？”

“女人在气头上，总会做出一些不可理喻的事情，更何况像柳璇玑那样的女人。以我们这些年对她的查探和了解，如果柳璇玑只是假装受了重伤，那么她便不会失去理智，只要还有理智，她就会知道，今日这脏水泼不到天下无香身上，因为我们的香确实没有问题。但她做了，还做得如此拙劣，说明她是真的已经气急败坏，不顾一切，想尽办法打压天下无香，找回脸面，出了她心中那口气。更主要的是，依柳璇玑那样的性情，无论是教训道门的人，还是找天下无香的麻烦，只要有可能，她都会亲自出手，可那晚至今，她竟连面都没露。”川乌说到这儿，顿了顿，才接着道，“如果她不是受了重伤，就绝不可能把事情做得像三岁小儿打架般，章法全无。”

川谷皱着眉头沉默了一会儿，才道：“但颜香师带了无香花过来！”

川乌点头：“这也是让大祭司意外的地方，没想到他们还有无香花，不过这也不奇怪，他们已知道天下无香内有白蚊，而无香花能抑制白蚊，他们过来天下无香自当要带着无香花。也是误打误撞，眼下香蛊不能受无香花的刺激，否则大祭司怎么会让步，接了这么一盆脏水，还让他们借此对天下无香下了封杀令？不过即便如此，大祭司的目的也已经达到。只要长香殿落入南疆香谷手中，区区几个香行又算得了什么，到时整个长安都将是大祭司的囊中之物。”

天色暗下后，天忽然飘起雪花，下得不大，但气温明显比前几夜冷了好些。忙活了一天生计的人都赶紧收拾摊子，家里的婆娘已经做好热乎乎的饭菜，也烧好了滚烫的热水，就等着他们回家去。许多店铺也都早早关了门，路上顿时冷清下去，倒是街口那家羊肉火锅的铺子，此时还在营业，并且生意明显比白天还要好，桌上的小火炉都烧得旺旺的，热腾腾的白雾驱散了不少雪夜的冷。

白焰又是一个人来这儿吃火锅，只是他桌上的锅刚开，正要下羊肉时，前面忽然就坐下一人。但白焰眼都没抬，下羊肉的动作也没停，只是漫不经心地道了一句：“你是专门在这儿守着的吗？怎么我每次一来这儿，都能碰到你？”

“你很喜欢这家的火锅。”司徒镜依旧披着宽大的斗篷，戴着帽子，大半张脸藏在阴影里，声音也不阴不阳的，辨不清究竟是男是女。

白焰道：“这家店不起眼，却是老字号了，你看这锅汤底，没个三十年工夫调不出来，就连这切羊肉的刀工，至少也要十年的经验，还有他家的调料，也是别家没有的。”

“看来是真喜欢。”司徒镜说到这儿，忽然哧地笑了一声，“只是为何你总是一个人来？”

白焰反问：“有何不妥？”

司徒镜道：“相爱之人，不是总希望能与对方分享一切吗？只要是觉得好吃的、好看的、好玩的，就必定会想让对方也来尝一尝、看一看、玩一玩。”

白焰捞起涮好的羊肉，慢条斯理地吃下后，才看了司徒镜一眼，眼里有些意外：“你爱过？”

司徒镜顿了一下，才道：“你从没想过要带她来尝尝你喜欢的东西，还是她根本就没想要随你来沾这腥膻的烟火气？”

白焰吃得很快，但并不急，他看起来还是那么悠然，并且很是享受的样子。

司徒镜等不到他的回答，便又是一声嗤笑："我相信你是爱她的，那样的女人，男人很难不被她吸引，特别是像你这么自负的男人，不过我也知道你心里在想什么。"

白焰吃到身上终于暖烘烘起来后，才放下筷子，给自己倒了杯温得恰到好处的酒，慢慢饮尽，又回味了一番，然后瞥了他一眼："你整日就在瞎琢磨我和她之间的那点事？"

司徒镜却不理他的话，接着道："我还知道，她并没有你以为的那么信任你，相信你自己心里也清楚。"

白焰却笑了，眼角眉梢都染上了融融笑意，那样丰神俊朗的容颜，在这雪夜里，有种说不出的风流潇洒，他还是没有接司徒镜的话，只是又给自己倒了杯酒。

司徒镜似乎也不在意他这样的态度，依旧不急不缓地开口："你想在她和我争斗到双方力竭时，再夺回大香师的位置，此事我既然知道，想必她心里也明白。她现在没有动你，是因为她还需要你，并自以为最终能得胜，可惜——"司徒镜说到这儿，轻轻摇了摇头，"你心里知道，她注定会失败，因为这个计划本就是你制订的。而我唯一好奇的是，待她惨败之时，你救是不救？"

白焰干了手里的那杯酒，再抬眼："你是说白广寒？"

司徒镜道："你很清楚自己是谁。"

白焰没有再倒酒，只是轻轻晃着手里的酒杯。

司徒镜道："香谷对长香殿势在必得，我可以给你留一席大香师之位，你若舍不得，我还可以给你留下她的性命，而我，只要你一个承诺。"

白焰还是没有说话，只是唇边噙着一丝笑，头顶的灯被风刮得左右晃动，明灭不定的烛光使得他面上的表情，越发让人捉摸不清。

司徒镜看着他道："只要你，不与我为敌。"

白焰放下酒杯，掏出银子放在桌上，然后站起身，转头看着外面空无一人的街道，雪似乎是越下越大了。他走出店铺，给了小二几个铜钱，让小二去给他叫辆马车。在等马车的时候，司徒镜走到他身旁，又道一句："她已被种下香蛊，你可知她最终会变成什么样？"

白焰负手站在檐下，看着天上洋洋洒洒飘落的雪花："愿闻其详。"

司徒镜道："因香蛊的影响，开始时，她会觉得自己越来越强大，但用不了多久，她就会变得十分虚弱，最终彻底失去大香师的能力。"

白焰收回目光，看了他一眼："据我所知，此事并无前例，如此说法不过是你的臆测。”

司徒镜道：“这不是我的臆测，而是你告诉我的，广寒先生。”

白焰目光微凝，神色遂冷下三分。

司徒镜道：“你不用多想，没有人给广寒先生种过香蛊，是广寒先生于古书中看到了前人的记载，故而才找上我。”

白焰面上忽然又露出一抹笑意，很浅，但那抹笑意漫入了眼里，然后很快就消失了，司徒镜并未看到。

“如此说来，你终于肯承认自己就是孔雀了。”

司徒镜却未回答，只是看了一眼那小二已经找来的马车，稍微整理一下自己身上的斗篷，转身前最后道一句：“记住我说过的话，只要你不与我为敌，我给你的承诺永远有效。”

马车在白焰跟前停下，车夫下车，殷勤地给他掀开车帘：“公子，您去哪儿？”

白焰想了想，上了车后才道：“景府。”

白焰回到白园时，安岚已经睡下了，候在屋外的侍女没拦他，不过他脱下大氅的动静倒是让安岚醒了过来，她睁开眼就见他站在床边，还闻到他身上的羊肉味和雪意，便道：“去吃火锅了？”

白焰笑了笑，坐在她床沿，俯下身在她额上亲了一下：“鼻子还是这么灵。”

安岚打量了他一眼，觉得他今晚似乎有些不一样，便问：“见到谁了？”

白焰却反问一句：“你可还记得，你我之间的那个赌约？”

安岚顿了顿才道：“我若先你确定孔雀是谁，你便把广寒先生的信交予我。”

白焰未语，只是目中含笑。

安岚看着他道：“如此说来，你已经知道并确认，司徒镜就是孔雀了！”

白焰微微挑了一下眉毛，片刻后才道：“他亲口承认的。”

安岚问：“那他也承认他是川连了？”

白焰：“……”

安岚淡淡地瞥了他一眼，转身闭上眼：“我们的赌约还未结束，你无须这么着急来言胜，我困了，你出去吧。”

白焰：“……”

柳璇玑教训云宫和云凡的事已经过去三天了，李道长也派了人上来责问过，私下亦同清耀夫人表示了不满。李道长认为清耀夫人既然在长香殿，那日就应当劝崔飞飞出面同柳璇玑交涉一番，也不至于弄成这般难看，如此不闻不问，显得崔家在两家的事情上，太过没诚意。

如今云家已经知道这件事了，云宫是云老太爷最看重的嫡孙儿，两家又在议亲中，眼下云宫却莫名其妙地，被长香殿的人折断了手，并且是在崔飞飞和清耀夫人都在长香殿的情况下，云老爷子的怒火可想而知，崔家和云家多项在谈的合作，也都因此进入了僵局。

清耀夫人还未接到家里的来信，但依她对丈夫和崔老太爷的了解，她完全能猜得到，崔老太爷对这件事定是极不满，至少会觉得，她的女儿已经不听她的话了。而令她感到气闷的是，这是事实。

种种事由，令清耀夫人心里实在恼火，但对着李道长的人她并未表示出来，礼貌地将人打发走后，她又稳了稳心头的情绪，才去找崔飞飞。

此时崔飞飞正在香室调香，心情看起来似乎不错，面容恬静，瞧着清耀夫人进来后，便道："正想让人去请母亲呢，不想您就过来了，您来品一品这款香，比起前两天的那款如何？"

清耀夫人在她对面坐下，却没有接她手中的品香炉，只是看着她，神色不悦。

崔飞飞便将手里的品香炉放下，关切地问了一句："母亲怎么了？可是有谁怠慢了您？"

清耀夫人道："在这里，除了你，还有谁敢怠慢我？"

崔飞飞笑了笑，忙坐直了："女儿是哪里做得不好，请母亲指教。"

清耀夫人看着她那副心知肚明的模样，再瞧她神态气度皆从容，再无曾经在家时，犯错后表现出来的谨慎小心和慌乱，心里不由得就生出一丝无力感，她的女儿真的长大了，也有了自己的倚仗，再不会像从前那般对她言听计从。

于是沉默了片刻，清耀夫人便轻轻叹了口气，劝说道："我知道你不想搭理云家的事，也不愿插手天璇殿的事，但毕竟云家如今跟我们崔家走得近了，即便你和云宫的亲事最终没能成，咱们两家间的许多事情也免不了要协同合作。如今云宫无缘无故地在天璇殿受了伤，云老爷子都叫人送话到我这边了，你即便是为了崔家的脸面，也该去天璇殿坐坐，如此，你父亲那边也好交代过去。"

崔飞飞道："此事丢脸的是云家，动手的是天璇殿，无论是玉衡殿还是崔家，从始至终都置身之外，母亲如今是怎么了，竟会为这等不相干的事焦虑烦心起来？"

清耀夫人又沉默了一会儿，才道："在老太爷那里，你和云宫的亲事是已经定下了的。云家丢脸，崔家面上也不光彩，你若是不在长香殿就罢了，既然在，总得去讨个说法。"

崔飞飞有些意外，眉头微蹙，随后叹了口气："我会就此事修书一封送回清河，这门亲，退了吧，免得日后面上更难看。祖父和父亲都是明白人，这等事，他们能任意安排得了崔氏任何一个女子，独勉强不了我。"

清耀夫人只觉得一口气堵在胸口，好半天才道："我教养你这么多年，从未教过你这般意气用事！"

崔飞飞摇头："我不是意气用事，我知道母亲有母亲的为难处，不过婚约之事，我的态度不会变。"

清耀夫人看了她一会儿，忽然问："你……是不是有意中人了？"

崔飞飞一愣，随后摇头："没有。"

清耀夫人微微蹙眉："既如此，你为何要这般抗拒这门亲，那云宫公子无论家世外貌，都是百里挑一的人才……"她说到这的时候，见崔飞飞面上丝毫不为所动，便停下，长长地叹了口气，面上露出几分惘然，"算了，你是长大了，有了自个儿的主意，为娘的如今无论说什么，也都说不到你心里头了。这长香殿啊，我也住不下去了，还是早些回去向老太爷请罪吧。"

崔飞飞不由得起身，走到清耀夫人身边坐下，握住她的胳膊道："母亲这话说得，女儿是要受不起了，祖父那边，我会写信回去好好解释的，不会叫您为难。"

清耀夫人却摇摇头："我这趟过来本就是为了劝你接受这门亲事，可你执意不肯，这也就罢了，毕竟你不同于别的女子，你是大香师，婚姻大事想自个儿做主，也不是不可以。回头我跟老太爷好好说说，总不能真让你觉得委屈了，大不了咱崔家舍下一次脸，给云家赔个不是，就算咱崔家欠他们云家一次脸面，以后找机会还上就是了。可偏偏眼下云宫在天璇殿出了事，云老太爷为此大怒，正好你又在香殿，便就想让你出面说几句话，偏你又不肯……"清耀夫人说到这儿，又摇了摇头，面上皆是无奈。

崔飞飞一看清耀夫人满身皆是落寞，心头一软，便道："确实是女儿的不是，我这就去天璇殿看看，只是柳先生的身份毕竟在那儿，我没有理由上门去质问，而且我听说柳先生这几天谁都不见，兴许我去了，也一样见不到柳先生。"

清耀夫人面色转缓，拉着崔飞飞的手道："这就对了，你去了，那就是个态度，不管能不能见得上柳先生，只管在她香殿内坐一会儿便是。总归外头的人也不清楚里头到底是个什么情况，到时我回了清河，也好跟老太爷个交代。"

崔飞飞站起身："那我这就过去，母亲且放宽心。"

清耀夫人却也跟着她一块起身："我随你一块过去，说起来，我还没去拜访过柳先生呢，正好趁着机会过去。再说，我此时和你一起过去，进了天璇殿，我可以说是过来拜访的，回了清河，也可以说是随你一起去问罪了。"

崔飞飞想了想，点头道："母亲若觉得这样好，那便一块过去吧。"

崔飞飞更衣时，伺候她的梅侍香低声道："您和清耀夫人这会儿去天璇殿，即便说是拜访，但依柳先生的性情，真有可能闭门不见，更或者还会使出什么手段，故意让先生和夫人就在她殿外候着，万一那里的下人再冲撞了夫人……要不，奴婢先过去看看？"

崔飞飞往外看了一眼，她做了选择，她母亲也做了选择。

清耀夫人在来之前就已经换好衣服了，显然是早做了准备，崔飞飞心里叹了口气，轻轻摇头："柳先生虽性情不羁但内心坦荡，不是那等爱耍小手段之流，进去是一定能进去的，至于今日能不能见上柳先生，倒是次要的，主要是母亲想进天璇殿看看，我顺了她的心思便可。"

梅侍香微怔，心里隐约觉得崔飞飞话里有话，便也往清耀夫人那儿看了一眼。

此时清耀夫人身边的佟嬷嬷也在低语："今儿即便真见到了柳先生，夫人您也千万别动怒，别到时真叫郡主为难了。"

清耀夫人淡淡地道："那柳璇玑是不是在做戏，我得亲眼看一看才知道，此事干系重大，我自会拿捏好轻重。"

往天璇殿的路上，崔飞飞扶着清耀夫人的胳膊："这些天一直在下雪，地上滑，您走慢点儿。"

玉衡殿和天璇殿离得近，但上上下下的阶梯比较多，天又下了雪，坐轿子的话会更慢，所以除非真的行动不便，即便是大香师，一年四季也都是直接走过去。

清耀夫人道："都说长香殿不是人间之景，只是我来了这好些天，因惧冷，都不曾出来好好看看，今儿出来一瞧，这大雁山果真是移步换景，处处如仙境。"

崔飞飞道："您要是喜欢，就多住些时候，改天天气暖和些，我带您随处走走，这儿确实有好几处是值得去看看的。"

清耀夫人道："娘哪有那么多时间，家里还有一大堆事呢，眼见就要过年了，我最多在你这儿再待两天，就得回去了，不然你爹也要派人来催我回去的。”

崔飞飞道：“冬天确实太冷，不过盛夏时在这里避暑是最合适的，明年您挑个时间，我让人过去接您。”

清耀夫人笑了：“明年的事明年再说吧，先把今年这个年过去了才是正经。”

崔飞飞便也笑了笑，没再接话，快走到天璇殿时，清耀夫人又开口：“对了，前几日，那刑院的蓝掌事是不是来过一次？”

崔飞飞点头：“是来过。”

清耀夫人道：“我听说蓝掌事是安先生的人，平日里可很少在别的香殿露面，怎么忽然过来找你了？”

崔飞飞看着前方道：“蓝掌事是替安先生过来探口风的。”

清耀夫人问：“探口风？她想让你帮她？”

崔飞飞微微点头：“我当时就表明了态度，我和玉衡殿都不会参与这些事。”

清耀夫人眼里露出几分满意：“我猜她就是藏着这心思，迫不及待地要把主意打到你身上呢。”她说着就在崔飞飞手上轻轻拍了拍，“还好娘一直知道，你是个心里明白的，不会被她给哄了去。”

崔飞飞垂下眼，轻轻笑了笑：“我又不是小孩子了，还能随便就被人给哄住了？”

清耀夫人顿了顿，才道：“是啊，你长大了。”

说着就到了天璇殿，母女俩便都不再说话，崔飞飞携清耀夫人踏上台阶，侍香人已经过去敲门了。崔飞飞走上最后一级台阶时，殿门正好打开，那看门的殿侍一看是崔飞飞，忙迎出来行礼：“原来是崔先生。”

崔飞飞问：“柳先生可在殿内？”

“在的。”

“我来看看她。”崔飞飞说着就携清耀夫人一块往里走。

那殿侍迟疑了一下，到底没敢拦着，只是赶紧使眼色让人往里通报。若是以往，大香师到访，他们也无须这么紧张，但眼下不同，这几天柳先生的心情极不好，殿里好些人都受了罚，前两日还断了两位客人的手，他如今实在是拿不准这尺寸了。

一路都没人拦着，崔飞飞很顺利地带着清耀夫人进了天璇殿的正殿，这正殿后面就是柳璇玑的寝殿，虽然她极少来这边，但也不算太陌生。

崔飞飞在正殿坐下后，对柳璇玑的侍香人流夕道：“听说柳先生这几日身体不适，我便同母亲一起过来看看，不知柳先生是否方便？”

流夕一边示意侍女给看茶，一边微笑着道：“先生睡了一会儿，不知这会儿起来没，容我去看看，崔先生请先喝茶。”

崔飞飞点头，清耀夫人也没说什么，只是冷冷地看着。

约一炷香时间后，流夕回来，笑着道：“正巧柳先生醒了，听说崔先生来了，说正想找您说几句话呢，崔先生快请进去吧。”

崔飞飞和清耀夫人便都起身，继续往里走，只是走到柳璇玑寝殿门口时，流夕却将清耀夫人给拦住了：“夫人请留步，柳先生这会儿只想见崔先生，请夫人到侧厅稍坐片刻。”说着就示意旁边的侍女上前领路。

清耀夫人本就不大好的脸色顿时沉了下去，但她并未发火，甚至不屑看一眼流夕，只是冲着寝殿里面冷笑道：“真没想到，这还有见不得人的时候。”

她这话说得模棱两可，似在自嘲见不得人，又似在讽刺柳璇玑见不得人。

流夕面上的笑即收了起来，往崔飞飞那儿看了一眼。崔飞飞转头对清耀夫人道：“刚刚吹了一路冷风，母亲的手这会儿还有些凉呢，不妨先到侧厅那儿暖暖身子，柳先生也是刚刚起来。您是长辈，又是客人，要见您总得先梳洗一番不是？”

清耀夫人深呼吸了一下，才冷声道：“你记得娘还在外头等着便是。”

崔飞飞道：“柳先生那般洒脱之人，既然都让进来了，自然不会避而不见，您且放心，一会儿我出来接您。”

流夕在一旁看着，待清耀夫人转身后，才对崔飞飞做了个往里请的手势。

寝殿内，柳璇玑倒真像是刚睡醒的模样，头发都散着披在身后，整个人懒懒地歪在一张美人靠上，光着脚，手支着脑袋，瞧见崔飞飞后，眯着眼睛打量了她一会儿才道：“你也真敢带你娘过来，就不怕我给她一个教训？”

崔飞飞走过去，淡淡一笑，有些许无奈：“母亲也是过来看望一下柳先生，若是您心里不快，就当是给我个面子，莫与她一般计较。”

柳璇玑似笑非笑地道：“难得郡主与我谈条件，那么郡主打算拿什么买这个面子？”

她已是大香师了，柳璇玑却还是不时称她为郡主，多少带着轻视之意，但崔飞飞却并不在意，也从未表示出对这个称呼的任何不喜。她的教养、修养和涵养，旁人当真是挑不出一点毛病，即便柳璇玑对这些自我束缚的东西嗤之以鼻，并在每次见到崔飞飞时，总会有意挑衅一番，心里却也不得不承认，这丫头的好性子，虽源自天生，但最主要的还是她后天的自我约束。而这样的约束不是随便什么人都能做得到的，特别是走上了高位，权力越来越大后，对自我的约束就会越来越难。

崔飞飞似有备而来，听闻柳璇玑这话，便道："之前安先生让人找过我，我没有拒绝她的提议。"

柳璇玑微微挑眉："什么提议？"

崔飞飞走到柳璇玑身边，替她接过手中的茶杯，放到旁边的茶几上："就是，希望我能以香殿为重。"

柳璇玑身子侧了侧，还是歪在美人靠上，一双勾魂的媚眼上下打量她："崔家的郡主，这么轻易就被说服了？"

崔飞飞笑了笑，看着柳璇玑道："安先生说，这天下的女子，特别是——我们这样的。"她说到这儿，声音特意加重了几分，并停顿了一下，才接着道，"在这世上，真正得以安身立命的，不是出身的家族，更不是出嫁后的夫家，而是这长香殿，以及这里。"她说到第二个"这"时，右手轻轻放在胸口处。

柳璇玑沉默片刻，唇角微微勾起，随后眼睑微垂，轻轻浅浅地笑了起来："我们。"

崔飞飞慢慢放下手，似叹了口气："安先生很早就看清楚了这一点，我却是直到最近才悟出来，所以，实在难以拒绝。"

柳璇玑抬起眼，眼里的笑意已经消失，难得露出几分认真："崔家的小郡主，真的长大了，已经有了几分大香师的风范。"

崔飞飞微微颔首："谢柳先生夸赞。"

柳璇玑轻轻拨了拨头发："带你母亲走吧，我讨厌别人在我面前做戏，既是看在你的面子上，我可以不与她计较，却容不得她在我面前放肆。"

崔飞飞道："母亲前来看望您，虽是带着私心，但并无恶意，柳先生当真不愿见一见她？"

柳璇玑闭上眼，不再说话，眉眼间露出几分疲倦和不耐烦。

崔飞飞知道再说下去，柳璇玑可不会再给她好脸了，只好告辞。

只是她刚出来，就看到清耀夫人也从旁边的侧厅出来了，明显是已经坐不住了。

清耀夫人看到崔飞飞后，便快步走过来问道："都说了什么这么久？娘可以进去了吧？"

崔飞飞笑了笑："柳先生眼下有要事，所以不便再见客了，让我转达，多谢您过来看望。"

清耀夫人微微蹙眉："我这是首次前来拜访探望，带了礼，又是你带进来的，柳先生什么要紧的事，竟连见一面的时间都没有？”

崔飞飞道：“这都年底了，香殿里的事自然会很多，柳先生是一殿之主，怎会不忙？”

清耀夫人却还是不动身：“你也是一殿之主，可没有忙到这份上。”

崔飞飞要去挽住清耀夫人的胳膊：“娘，既然柳先生不见，就别再去打扰柳先生了，回去说。”

清耀夫人却轻轻推开崔飞飞的手，声音里带上几分担忧：“是不是柳先生的身体不适？不便见客？”

崔飞飞：“娘——”

清耀夫人赶紧道：“正好我带来了不少上好的补药，有些柳先生应当能用得上，总归东西带都带来了，我便送进去吧，也不耽误什么工夫，放下便回去。”她说着就示意佟嬷嬷将礼物拿过来。

眼看她越说越放肆，并瞧着似真想往里进去，候在一旁的流夕正要上前拦住。却就在这时，突然起了一阵大风，柳璇玑寝殿的大门砰砰砰地全都关上了，站在门口的人全都被风刮得睁不开眼，有几个侍从还被风给刮倒了，佟嬷嬷甚至被风给卷了起来，她的惊叫声还来不及歇下，就摔到了几丈远处，不知死活。

清耀夫人也差点被风给卷起，是崔飞飞及时将她拉住，同时竖起一片防风林，那场大风瞬时消于无形。

寝殿的门还是开着的，连里面的帘幔都不见飘动，外面的雪花也稳稳积在墙脚和枝头，没有要飞舞的意思。

这只是一场香境，来自于柳先生的警告。

佟嬷嬷安然无恙，可回过神后，面上还带着十足十的惊惧，嘴巴张着，但又生生忍住了，不敢出声。清耀夫人却在稳了稳心神后，看了身边的崔飞飞一眼，面上的恼怒再压不住，开口呵斥：“我是朝廷赐封的三品诰命夫人，是清河崔氏的当家主母，更是你们长香殿崔先生的母亲，今日带着诚意和礼物来天璇殿看望柳先生，柳先生不仅连面都不见，竟还用香境伤人，简直岂有此理！欺人太甚！”

“在我天璇殿，我便是理，夫人既不想被欺，回去便是。”柳璇玑出来了，清耀夫人看过去，只见那女人长发如瀑，红衣似血，身段妖娆，眉飞入鬓，容貌逼人。

柳璇玑没有走出门外，只是站在门内，面带讥诮地看着清耀夫人：“夫人被人捧着惯了，不知道这世上还有不买你账的人，惹恼了我，管你是谁！哦——三品诰命夫人很了不得？就是亲王郡王到了我这里，也不是说想见我就见的！清河崔氏又如何，能管得到我天璇殿？至于你的这位小郡主……”柳璇玑看向崔飞飞，“崔大香师若是想动手，我自是奉陪，若不想动手，就赶紧带着你不懂规矩的娘回去，少在这里惹笑话。”

清耀夫人气得唇都抖了，就要抬手指着柳璇玑，崔飞飞却忙按住她的手，然后看向柳璇玑，叹了口气：“柳先生莫动怒，既然柳先生不欢迎，我们这就告辞！”

柳璇玑道：“不送。”

崔飞飞却转头，看向台阶边上那一丛被雪压住的枯枝道：“既然今日打扰到柳先生了，我便送柳先生一缕春意，算是道歉。”她的话刚落，就见那丛枯枝瞬间冒出绿芽，无数细嫩的花骨朵争先恐后地在每一根枝条上顶出来，舒展，绽放！霎时间，明媚的春意暖融了冬季的刺骨寒风！

清耀夫人正不满崔飞飞为何要如此客气，却发现就在花开的那一瞬间，站在门内的柳璇玑忽然就消失了，她心里猛地一惊。而这时，崔飞飞才转过身，对她道：“母亲，回去吧。”

清耀夫人微怔，随崔飞飞走出天璇殿后才明白过来，柳璇玑说不见她，就是不见，刚刚，也不过是柳璇玑的一场香境，而崔飞飞的那缕春意，却是……

“飞飞。”清耀夫人按住挽在自己胳膊上的手，“你刚刚是不是破了柳先生的香境，就是那些迎春花？”

崔飞飞沉默了片刻，微微点了点头。

清耀夫人暗暗吃惊：“那她当真是受了不轻的伤？”

崔飞飞却只是轻轻一叹。

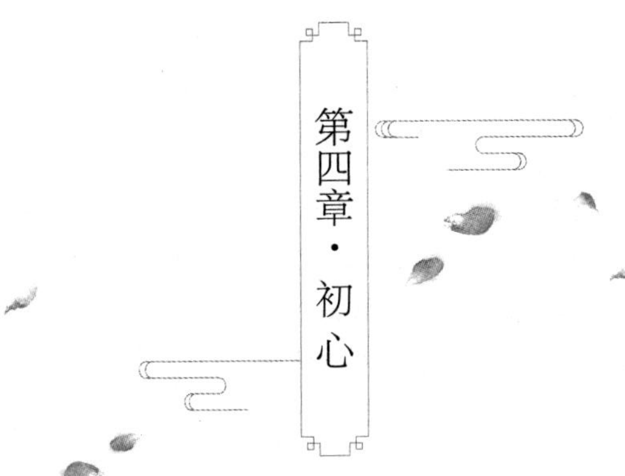

第四章·初心

回到玉衡殿后，清耀夫人还在追问，崔飞飞扶她坐到榻上，递上手炉后才道：“我虽也是大香师，但论成名的时间，柳先生可是前辈，如今她又正当盛年，能力绝不可能比我低。而且依柳先生的性情，既然她已然动怒，所以刚刚不可能那么轻易就让我破了她的香境，即便能让我破，也少不得要小小教训我一番。”

“但我们安然无恙地出了天璇殿。”清耀夫人抱着手炉，面上依旧带着怒气，“这柳璇玑，当真有那么厉害？”

“当年的七位大香师，最后活下来的，只有净尘先生和柳先生，这难道还不能说明她的能力？而且柳先生名动长安时，我还只是清河的一个小郡主，连真正的香境都未曾见识过。虽说如今我也是这香殿的大香师了，但毕竟资历浅薄，斗香境的经验更是不足，自是不敢说能比得上柳先生。”崔飞飞一边说着，一边接过侍女送上的热茶，轻轻放在清耀夫人跟前，“柳先生是这长香殿内活得最肆意的一位，这么些年，她待人做事，几乎都是凭着自己的喜好来，几乎没什么能束缚她，就如她刚刚所说，惹恼了她，她可不管对方是谁，云宫不就是最好的例子？”

无论如何，清耀夫人还从未被人这么打过脸，心里那股火怎么都下不去，喝了口茶勉强压了压后，才沉着声接着道：“我今日是好心好意去拜访她，可谓是有礼有节，这也能惹恼她？再说——”清耀夫人说到这儿，就盯着崔飞飞道，“你之前不是已经进去同她说了一会儿话了吗？难不成，是你和她起了冲突，所以她才如此态度？你们当时究竟都说了什么？”

“其实柳先生的怒气并不是冲着您，她只是心情不好，正巧被您给撞上了而已，她那样的性情，也不奇怪。”崔飞飞说到这儿，就叹了口气，“我在里头就是问候了一下她的身体，云宫的事我甚至都没提，柳先生就已经开口让我回去了。她应当知道云家和崔家的关系，多半也猜到了我和母亲今日过去，多少也是为了云宫那日的事，所以当我从她房间里出来后，您还执意要进去时，柳先生便动怒了。”

清耀夫人沉默了片刻，才道：“就算是迁怒，那柳璇玑都将云宫的手给折了，又过去了这么些天，她怒气还没消？”

崔飞飞道：“母亲忘了，柳先生的怒气，本也不是冲着云宫，云宫也不过是正巧给撞上了而已。”

清耀夫人微微蹙眉，思忖着道：“如此说来，她如今还未消的怒气，是源自那天晚上，她和安岚斗了一场香境，并因此受了伤。”

崔飞飞没说话，只是微微点头。

清耀夫人亦是沉默了片刻，然后轻轻嘘了口气：“所以……她因为伤还没好，才被你轻易破了香境，并且之后也没有再与你较量一番？”

崔飞飞说：“柳先生刚刚应该是给了我面子。”

清耀夫人顿时冷笑：“那也叫给你面子！”

崔飞飞道：“母亲有所不知，依柳先生那等性情，被人破了香境，还是在她的香殿内，就算是身负重伤，拼了命她也是要讨回来的。”

清耀夫人即抓住她话中的关键：“她当真是负了重伤？”

崔飞飞顿了顿，好一会儿后，才轻轻道：“我也不是很清楚，总之，无论如何，母亲就当没有这回事吧。”

清耀夫人打量了崔飞飞一番，面上终于露出一抹笑意，随后安抚似的开口道：“娘明白，这等事毕竟与咱们无关，当作不知道是最好的，也省得惹上什么麻烦。”

崔飞飞似松了一口气：“母亲能明白就好。”

母女俩用了午饭后，清耀夫人便回了房间休息，同往常一样，她只留佟嬷嬷在屋里伺候。

待屋里的侍女都退出去后，清耀夫人就交代了一句：“我要给道门那边送封信，然后你准备一下，我们该回清河了。”

佟嬷嬷有些意外：“夫人是已经确定了？”

“八九不离十。”此时的清耀夫人，眼里面上都没有丝毫怒气，只有成竹在胸的冷静。好似她从天璇殿带回来的那团火气，从来就没有出现过，好似她真的忘了刚刚在天璇殿丢了脸的事。

佟嬷嬷却还是有些担忧：“夫人今日并未真正见到柳先生，当真能确定她是受了重伤？”

“即便是我真的见到了她，也不能确定她是不是受伤，她毕竟是大香师啊。”清耀夫人的语气里带着些许不甘和无奈，大香师和普通人的界限，是一道无法跨越的鸿沟，那是上天划下的。

佟嬷嬷问：“那夫人是相信郡主所说的？”

清耀夫人道：“飞飞不是那等有心计的人，不过如今她长大了，有了自己的主意，所以此事即便她说得有道理，我也不能完全相信她的话。她的话，只可信一半，另一半，便是柳璇玑从始至终都没有露面，才让我确信她确实伤得不轻。”

佟嬷嬷道：“老奴还是不懂。”

清耀夫人道：“我之前没有同柳璇玑打过交道，不过对这位大香师，我并不陌生。飞飞说她肆意潇洒，其实并不对，那个女人是真正的清高，因此她目下无尘，游戏人间，嬉笑怒骂全凭自己的好恶。那样的女人，无论是对云宫还是对我，她是真的从不放在眼里，因此她根本不屑在我面前做戏。她不露面，就是不将我放在眼里，但之后她又在香境里露面了，其实是被我挑衅的。她兴许能猜得出我的来意，知道我是故意挑衅，但她并不知道我的目的，所以她根本没必要为此屈尊演一场戏给我看。”

佟嬷嬷赞同地点头：“夫人说得不错，咱们根本就不想蹚这浑水，只想离得远远的。”

清耀夫人道：“眼下就是看飞飞会不会随我回一趟清河了。”

佟嬷嬷道：“您不是已经将老太爷的书信准备好了吗，有老太爷那样一封信，郡主怎么也得回清河一趟。再说，郡主自来了长安后，足足有六年没回清河了，今年怎么也该回去看看。”

清耀夫人这才轻轻叹了口气：“她若真不愿回去，我也只能拿出老太爷的信给她看了。”

安岚走出白园的时候，往大雁山的方向看了一眼，谢蓝河为蓝七娘的事绊住了脚；柳璇玑受了伤，需静养；清耀夫人拿准了崔飞飞的孝心，是一定会将崔飞飞带离长香殿的；至于净尘，也不远了。

长香殿，会慢慢变成一座空殿。

次日一早，李道长就收到了清耀夫人的信，看完后，他还是如往常般，喝了一碗豆浆，吃了两个馒头。随后有道友上门拜访，与他品茶论道，中午，他小睡了一觉，下午又有道友上门找他手谈，他同样奉陪。傍晚，他吃了两碗粳米饭、一条清蒸鱼、一碗白菜豆腐汤，然后舒舒服服地洗了个热水澡。

天黑后，他才将四个弟子叫过来，吩咐他们联系天下无香和南疆香谷的人。

云宫看了眼自己被包裹得结结实实的手腕，暗暗咬了咬牙后，就问："柳璇玑和安先生当真受了重伤？"

李道长道："那两人肯定都被伤到了，至于是不是如我们所愿，伤得极重，甚至伤到了根本，却不好定论。总归无论如何，她们两位都受了伤，此事于我等而言，都是不容错失的机会。更何况，安先生如今已被种了香蛊，这就等于被司徒镜抓住了命脉，从现在算起，一个月后就是她最为虚弱的时候，你们好好准备。"

云宫听了后，深呼吸了一下，目中露出一丝狠意。

接着李道长细细交代了他们一番，便让他们出去了，却单将云宫留下。

待房间里只剩下他们俩后，云宫才开口："师父您还有什么吩咐？"

李道长抬手，示意他在旁边坐下："手恢复得如何了？"

提起这个，云宫的脸上遂闪过一丝阴霾，他从未受过这样的屈辱，这几日，他都不知道自己是怎么忍过来的。

默了默后，云宫才道："已经比前几日好多了，大夫说，再过十天就能把夹板卸了。"

李道长点点头："幸亏你身体底子好，不过也要好好注意，不可逞强，别日后留下病根，否则为师不好向你祖父交代。"

云宫："师父放心，我晓得轻重。"

李道长却忽然抬眼，看着他问："你真的晓得轻重？"

云宫微怔，觉得师父似一下子将他看穿了。

李道长闭上眼，叹一声："此事你受了委屈，吃了大亏，为师都替你记着，日后定会让你将这一切都找回来……届时，将整个天璇殿交到你手里也不无不可，只是眼下，你万万不可意气用事，坏了这盘棋。"

云宫顿了一下才开口："师父多虑了。"

李道长睁开眼："你听说柳璇玑确实受了重伤，是不是就已经坐不住了，开始动心思了，要私下找天璇殿的麻烦？"

云宫迟疑了一下才道："既然柳璇玑要养伤，这段时间就不可能再出面，长安城里有五六家天璇殿的香堂，我让人去那里走一圈，也算是试一试她，师父以为如何？"

李道长摇头："莫要把心思花在这上面，收起这些念头，要不然会误了大事，你想出气，日后有的是机会让你出。"

云宫不解："这怎么会误事？柳璇玑只要不出面，咱们还有什么可顾忌的？"

李道长道："长香殿千年根基，你以为除了大香师，就没有别的力量了？刑院和行会，还有官府衙门，你知道有多少人在暗中盯着我们吗？为何这段时间，为师什么也不做？不是不想，而是不能！"

云宫低声道："咱们的人也不少，而且您说的那些地方，里面也有咱们的人。"

李道长反问："那我们这边，是不是也有他们的人在？"

云宫顿住，一时无话了。

李道长叹了口气："为师知道你急于报仇，不过再怎么急，也要等一个月后，待事情尘埃落定了，再任你动手。眼下，你只要带人去那些香堂，无论是刑院还是官府，就有理由将你拿下，你想过这个后果没有？"

看着李道长认真的眼神和神态，云宫沉默了好一会儿，才终是不甘地吐了口气："师父教训得是，确实是我太着急了，我一定谨遵师父的吩咐，绝不会让此事坏在我手里。"

李道长又打量了他一会儿，才轻轻点头："你能想明白就好，记得，来日方长。"

"是。"

李道长这才吩咐他："香殿那边你不用盯着，这段时间，你把人都安排到鸽子楼那边，要摸清楚他们的任何一点动静。眼下我更担心的，是那个叫白焰的男人，此人，实在让人琢磨不透啊。"

云宫道："弟子亦是一直不敢确定，这位镇香使，究竟是当年的白广寒大香师，还是景府里的那位景炎公子？"

白广寒大香师和景炎公子是孪生兄弟，据他们了解，这兄弟俩，一位有香境能力，一位没有香境能力。

所以镇香使究竟是他们之间的哪一位，就成了这次事件里最大的变数。

李道长思忖了一会儿，也得不出答案，只能再次交代："盯紧他，但是不要和他们起冲突，万一真有冲突，就让南疆人协助你。"

“师父说的是……上次玉瑶郡主留下来的那些南疆人？”

“没错，也该是用到他们的时候了。”

川连收到李道长的密信，看完后，就将川乌和川谷都叫了过来：“一会儿你们去长香殿送战帖，日子定了，腊月三十。”

川乌和川谷对看了一眼，随后川乌开口：“不是要等明年春吗？”

川连却没有解释，只是吩咐：“等不到明年了，你们现在就去，记得从长香殿回来时，去谢府请谢先生过来一趟。”

“是。”见川连明显不想多说，两人应声后，就轻轻退了出去。

川谷同川乌并肩行了一段路后，转过脸，低声道：“长香殿的几位大香师被我们一个一个击破了，这事也一直进展得很顺利，原本咱们不用太着急的，但三掌柜忽然将挑战的时间提前了。你说，是不是因为，腊月三十那天，就是那位安先生最虚弱的时候？”

川谷瞥了他一眼：“这种事你少琢磨。”

大香师被种了香蛊后，精神状况会受香蛊的影响，最初时，感觉会越来越强，但随着时间的流逝，她的精神会一点一点萎靡，最后彻底崩溃。此事他们多少是知道一点的，但更具体的情况，他们并无多少了解，大祭司也不可能都跟他们说，更不允许他们私下打听。

川乌斜着眼睛笑了笑：“眼下那位安先生，怕是还以为自己无所不能吧，但很快她就会知道，从一开始，咱们大祭司就已经将她握在了手里！”

自谢蓝河接手安岚，以香境饲养香蛊替景孝清毒至今，也过去七天了。景孝一日比一日好转，从昨天起，他就已经可以下床行走。算算时间，再过八天，他身上的余毒便能清理干净。

景明越来越宽心的同时，又开始担心，因为他隐约知道，安先生和天下无香的矛盾，已经快要压不住了。此事最终究竟会走向什么样的结果？眼下景府大房和三房，已有不少人和天下无香及道门的人暗中眉目传情，还有一部分人跑到他这边，想方设法地与他亲近，他心知肚明，这些忽然过来套近乎套交情的，要么是为了打探消息，要么是为自己留一条后路。总归这段时间，景府里里外外，跳出了不少魑魅魍魉，各怀心思，花样百出。

幸好有镇香使在，安先生这段时间也一直住在白园，故府里那些有异心的人都不敢轻举妄动，否则，在这等情况下，景孝又出了事，光凭他一人，不可能稳得住。

只是即便如此，时间一天一天过去，他心头的不安还是在一点一点增加。而落在眼前最重要的一件事就是，景孝清毒的这最后八天里，会不会出现什么意外?

所以今日，谢蓝河和川连从景孝的房间里出来后，景明没有马上进去看景孝，而是上前请谢蓝河和川连去厅里用茶。川连看出景明主要是想请谢蓝河，她最近也没太多空闲时间，便冷淡地拒绝，又递给谢蓝河一个意味深长的表情后，才告辞。

谢蓝河发现今日一直没看到白焰的身影，往常只要他过来，白焰就一定会在这里守着。他看不透那个男人，也摸不清对方的深浅，又不愿落入安岚的圈套，所以无论他心里有多想杀白焰，也没有在这种时候跟白焰起正面冲突。

谢蓝河扫视了一圈这院子后，问：“今日怎么不见镇香使?”

景明便道：“安先生回长香殿了，由镇香使护送。”

谢蓝河微讶：“回香殿了？”

“是。”

“什么时候回去的？”

“就是今早，谢先生来之前……约半个时辰。”

“为什么突然回去？”

“安先生没说。”

谢蓝河想了一会儿，便转身往外走，景明只得跟上，想再留他一会儿，问问景孝的具体情况。谢蓝河一边往外走，一边道：“景四爷应当清楚，谢某并非大夫，贵公子的情况，我想安先生会比我更清楚。”

景明是一片慈父心，听闻此言，眼里即露出担忧，却又不得不隐忍着，只是轻轻叹了一声。谢蓝河瞥了他一眼，忽然想起蓝七娘，心里一顿，脚步不由得放缓了几分，又道一句：“贵公子既然已经可以下地行走了，安先生也回了长香殿，依我看应当就是没什么大碍了，以后好好养着就是。”

景明忙躬身作揖：“只是接下来还有八天，需要谢先生和川连姑娘，还望谢先生千万记得，景某在此谢过了！”

谢蓝河受了他一拜，淡淡地道：“景四爷放心，我既答应了接手此事，就没有做一半留一半的道理。不过此事的关键在川连，如果她失约，那么没了香蛊，单是我过来，也无济于事。”

景明再次作揖：“在下晓得，多谢先生提醒。”

谢蓝河出了景府后，又问一句：“安先生当真没有与你说，为什么忽然回香殿？”

景明摇头："在下也是今早才知晓安先生要回香殿的，安先生走的时候什么都未交代。"

谢蓝河想了想，略一颔首，便转身上了马车。

是香蛊的影响越来越严重的关系，所以她需要回香殿闭关？

川连是不是早就知道安先生今早回了长香殿？所以她刚刚什么都不说，什么都不问，就直接走了？

大香师被种了香蛊后……最终，会变成什么样？精气神当真会被香蛊一点一点，吞噬干净，最终身亡吗？

谢蓝河忽感觉身上冒出一丝寒意，放在膝盖上的两手不由得握紧。

他也该回香殿看看了，母亲的身体一日不如一日，上次安岚送来的那包香灰，作用越来越小，母亲看起来又不行了。而安岚一直没给他解释，那包香灰究竟是怎么回事？是毒还是药？

谢蓝河打算回府看一眼蓝七娘，然后就回香殿。

只是当他走到蓝七娘的房门口时，忽然就顿住了，房间里有人，里面添了一缕陌生又熟悉的香味。他只是停顿了一下，就撩袍走进去，掀开帘子一看，果然，安岚就坐在蓝七娘的床前。

蓝七娘此时已经睡下了，神情很是安详，眉眼舒展，似乎正在做好梦。屋里一个丫鬟都没有，安岚看到他进来后，也不意外。谢蓝河却微微皱了一下眉头，视线从蓝七娘脸上移开后，就落到安岚脸上，目光微沉："安先生这是何意？"

安岚站起身："令堂刚刚睡下，别吵着她，我们去外面说吧。"

谢蓝河让她先出去后，走到床边再仔细看了看蓝七娘，随后他看到蓝七娘的枕边放了个新的小香包。他拿起来，打开，还是跟那天一样的香灰，不过味道重了几分。

谢蓝河沉默地将香包放回原处，又替蓝七娘掖了掖被子，然后才转身出去，将安岚请到隔壁的花厅。

"我听说安先生回香殿了，怎么却转到我这边来？"

安岚道："主要是找你，顺便替你看一看令堂。"她说着就轻轻叹了口气。

谢蓝河放在桌上的手握紧："安先生因何叹气？"

安岚看了他一眼，才道："其实你心里一直就很清楚，令堂已到了油尽灯枯的时候。"

谢蓝河脸色微白，眼神却冷下去三分。

安岚道："让你失望了，令堂我也无能为力，那些香灰，不过是我近日有了些许新的感悟，调配出来的东西，其作用，也不过是稍微减轻一下令堂的痛苦。”

谢蓝河开口：“你既然能减轻她的痛苦，应当就能救她！”

安岚摇头，有些怜悯地看着谢蓝河。

谢蓝河却不想看到她这样的眼神，一下站起身：“你完全可以不用告诉我这些。”

安岚也站起身：“我既是来找你，便是抱着诚意来的，自然不会骗你。”

谢蓝河沉默了片刻，才开口，声音微冷：“既然安先生救不了我母亲，那我怕是也要让安先生失望了。”

谢蓝河语气不善，安岚面上却无异样，她走到挂在花厅西面墙上的一幅《寒山图》前，一边赏画，一边道：“你可还记得，你我第一次进入长香殿，是什么时候？”

谢蓝河的面色本是有些阴沉，眼里含着薄怒，却在听到这句话后，不由得一怔。他慢慢转头，看着她的背影，眼里隐约露出些许惘然。

如风吹叶动般自然，脑海里忽地就闪过许多旧日时光。

其实，那也不过是八年前的事罢了，并没有多远，可为何，如今回想，却宛若已隔了一世？

八年前的谢蓝河，只是个刚被接回谢府的外室子。虽是回了谢府，但谢府规矩大，他母亲身份低微，护不住他，而他人小力薄，也成不了他母亲的倚仗。母子俩在谢府受的屈辱，比他们在外面时，有过之而无不及。

而八年前的安岚，也还只是大雁山下，源香院内的一个小小香奴，无父无母，无依无靠，偏偏因容貌逐渐出落，被香院掌事觊觎，同时还被香院的香使嫉恨，风刀霜剑严相逼。当时的她，要么跪着活，像狗一样；要么过得比狗还不如，然后死去。

他们俩的身世都不好，但他们俩又都很幸运，因为他们都是在最艰难的时候，遇到了大香师，并被看中，大香师给他们指了一条通向长香殿，彻底改变命运的路。

那条通天之路上，他和她曾携手走过一程，他们都曾在对方身上看到过自己的影子。初遇时，他和她都有着同样的窘迫，对命运抱有同样的不甘和愤怒，对未来也抱有同样的期待和恐惧。有时候他们像是在照镜子，一样的倔强，一样的聪明，一样的孤勇，同时还一样懂得隐忍，所以他们惺惺相惜。那段共同成长的年少时光，他帮过她，她亦帮过他。他们都希望，他们之间的这份心照不宣，无论过去多少年，都能一直如初。

他曾说过，以后无论如何，他都不希望和她成为敌人。

可如今，谁还记得年少时的那份初心？

而即便记得，谁又能抵得过这世事的变迁，人事的繁杂？

良久，谢蓝河才开口，声音有些干哑："你们不该杀了谢云大香师！"

谢云是他的伯父，是开阳殿上一任大香师。让他回到谢府，又让他进入长香殿，并将大香师之位传给他的人，是谢云。谢云大香师对他恩同再造，他不能受了这份天大的恩情后，对谢云大香师的死不闻不问、不管不顾。谢府的人，谢云大香师的后人，一直在看着他呢。六年了，他已经坐稳了开阳殿大香师之位，怎么也该给出一个交代了。

"长香殿的权力之争，如今你又不是不明白，当年我和广寒先生若不杀他，他便会杀了我们。而且那个时候，我和广寒先生都身处旋涡，要么战，要么死，我们别无选择。"安岚看着那幅画，淡淡地道，"不过你将谢云先生的仇记到我头上，我也不冤，反之，能在谢云先生的生命里留下一笔，是我的荣幸。"

谢蓝河没有说话，此时他的心绪无比复杂，有时候，他也说不清自己究竟想不想报仇。他知道安岚当初是被动卷入那个旋涡的，换作是他，他也别无选择，所以……他说不上恨。而广寒先生，或者说是镇香使白焰，那才是杀死谢云的真正凶手。故他对白广寒有恨意，但若细探他的内心，他对那个男人，也不仅仅是恨，除了恨，可能还有些敬佩，有些尊敬，以及一丝道不明的，他不愿承认的惧意。

他怎么可能还活着？不仅活着，并且还回来了！

明明已经失去了一切，却还敢回来！

如果白焰没有出现在长香殿，他眼下也不会面临这样的局面。

当年两位大香师斗香境，无人清楚当时的内情，只知事后谢云大香师陨落，广寒先生也跟着消失，这等结果，算是宣告上一代的恩怨落下了帷幕。过后，他登上开阳殿大香师之位，对于天枢殿的新任大香师安岚，他只需割断旧日情义，不再与之交往，便算是给这份恩怨画上了一个真正的句号。为了谢府的利益，即便是谢云的后人，也不敢再就此事置喙，而他，内心也能得以安定。

可是，这一切平衡，却因白焰的出现，被打破了。

如此困境，唯杀了白焰，才可破！

"我提当年之事，以及如今送令堂几个香包，并不是为了和你化解这份仇怨。"安岚说到这儿，就转过身，看着谢蓝河道，"当然，也不是想让你帮我对付南疆或是道门的人，你无须改变你的立场。"

谢云收回思绪，沉默而冷淡地看着安岚。

安岚走回桌子旁，坐下，给自己倒了一杯茶，喝了一口后，眼睛落在茶盏上，语气轻轻的："令堂的情况你心里清楚，至于种蛊续命，你心里……怕是也一直都存有疑虑，不是能不能续命，而是续命成功后，人还是那个人吗？"

谢云面无表情地看着她，一针见血："安先生也被种了香蛊，安先生还是那个安先生吗？"

安岚放下茶杯，抬起眼："无论现在还是将来，都一定会是。"

谢蓝河定定地看了她片刻，才道："送客。"

"令堂和我的情况不一样，你若不愿承认这一点，我多说无益。"安岚站起身，"不过，以我之愚见，谢先生在做决定之前，应该问一问令堂的意思。"

谢蓝河冷漠地转过脸，看着窗外，待安岚走出花厅时，才道："安先生还没说，今日此行的目的。"

安岚停下，似这才想起来，回头看了他一眼，却因他站在屋内的阴影里，她只看得到一个虚影，于是她顿了顿，才开口："也没什么，就是希望天下无香那边无论让你做什么，你照做便是。"

谢蓝河一怔，一时分不清安岚是已经打消了说服他的想法，随口讽刺他一句，还是今日她真的就是带着这句话来的。若是真的，却是为何？她究竟是什么意思？

他犹豫了一下，想再问，可安岚已经走远了。

中午，天下无香和道门的人都听说安大香师回了天枢殿，可是下午，他们又收到消息，说虽然天枢殿的人对外宣称安先生在殿内闭关，不见任何人，但其实安先生根本就没在香殿。

入夜后，蓝七娘醒了，谢蓝河赶紧过来。

蓝七娘难得睡了个安稳觉，感觉精神好多了，还吃了一小碗粥，这会儿正靠在床上休息，并让谢蓝河坐到她跟前："安先生是什么时候走的？"

"上午就走了。"谢蓝河面上带着笑，"娘觉得好些了？听说您今日跟安先生聊了好一会儿。"

蓝七娘微微点头："是聊了一会儿，安先生年纪不大，却是个难得的聪明又通透的女人。"

谢蓝河笑了笑："娘都跟她聊什么了？"

"就是随口问了问香殿的事，安先生也没跟我端架子，顺着我说了几句，还安慰我，叫我别多想，说香殿的事有你操心呢。"蓝七娘说着就看了谢蓝河一眼，"蓝河，娘问你，你是不是真打算对镇香使动手？"

这些年，蓝七娘虽身在谢府，但对香殿的事，多多少少总知道一些，有时候谢蓝河也会特意下来听听她的意见。真说起来的话，蓝七娘的智慧和眼光并不逊于清耀夫人，只是她命不好，即便谢蓝河坐上了大香师的位置，也不能让他父亲将正妻休了，将蓝七娘扶正。即便谢蓝河敢提出这种要求，蓝七娘也绝不敢答应。

这天下，不是每个人都能与世俗为敌。

谢蓝河沉默了一会儿，才道："谁也不敢肯定镇香使是不是真的失去了香境能力，他毕竟是广寒先生……不管他是抱着什么目的回来的，如今是最好的机会。若是等天下无香这件事过去，我想再动他，怕是更不易。"

蓝七娘却摇头："你若真想杀他，就不该帮天下无香那些人。"

谢蓝河不想蓝七娘再为这等事伤神，正要开口把这个话题带过去，蓝七娘却按了按他的手，接着道："你有没有想过，如果他们说的都是真的，白焰确实已经失去了一切，包括以往的记忆，这等情况下，他凭什么还敢回来？即便安先生不会对他不利，难道他就不怕开阳殿和摇光殿的人，不怕当年被他清理出长香殿的那几个大家族？除了我们谢家，还有李家，还有百里氏，都在虎视眈眈呢。"

谢蓝河见蓝七娘执意要说这些事，只得顺着她道："就是天枢殿的人，也都暗暗猜测，他回来是为了夺回安先生的位置，只是安先生从始至终都坚定地支持他，按说安先生不是冲动之人，所以……如此倒是让人猜不透他的真正目的了。"

蓝七娘歇了一口气后，才慢慢接着道："安先生有安先生的考量，只是娘觉得，这位镇香使选择在这个时候回来，说不准他真正倚仗的，就是天下无香的这场阴谋。若真如此的话，你眼下帮了天下无香，可就等于是帮了镇香使白焰。"

谢蓝河顿了顿，才道："您的意思是，眼下的局面，其实是安先生和镇香使白焰之间的一场博弈？"

蓝七娘道："听说天下无香这些事，都是镇香使进了香殿后，才给闹出来的。"

谢蓝河没有说话，这等想法，不说是他，就是天枢殿里的那些人，怕是都暗暗藏在心里。

蓝七娘又道："如果真是这样，那对咱们谢府和开阳殿来说，天枢殿由安先生坐着，总比落到镇香使手里好啊。毕竟这几年来，安先生并没有要对付谢家和开阳殿的意思，但若天枢殿落到了镇香使手里，那到时他第一个要对付的，可就是你的开阳殿和咱们谢家。"

谢蓝河依旧沉默着，只是眼睑微垂，眉头皱了皱。

蓝七娘明白他心里在想什么，轻声道：“娘并非是觉得你能力不如他，只是若比狠心比手段，你如今确实还要逊他一筹。”

谢蓝河抬起眼，面色平静：“若是广寒先生，孩儿确实还比不上。”

蓝七娘安抚地拍了拍他的手：“大香师的香境能力那些事娘不懂，不过论狠心，你是真不如他。”她说到这儿，就有些感慨地叹了口气，才接着道，“你想想，如果我们猜的是真的，那么连安先生他都能对付，都能这般算计，这个男人得是多狠的心啊！”

谢蓝河顿了顿，唇边又露出一抹浅笑，替蓝七娘掖了掖被子：“好了娘，您就别想这些事了，伤神，您说的话儿子都记下了，儿子会处理好的。”

蓝七娘却握住他的手，看着他的眼睛道：“娘活到这个岁数，这几年也都享到了福。你进了开阳殿后，这满府上下，哪个不是敬着我的，就是老太太跟我说话也都是赔着小心。蓝河，你是个孝顺的孩子，娘很满足了，娘不愿临到头了，反倒成了你的拖累。”

“娘您这说的是什么话，什么拖累？”谢蓝河的声音有些哽咽，“是儿子不孝，这些年一直就没能照顾好您！”

蓝七娘摇了摇头：“你心不够狠，偏又重情重义，坐上那个位置不容易。咱不说香殿，也不说外头的人，就说这谢府，心怀鬼胎的人什么时候少了？只要他们看出你有半点的软弱，他们立马就会想尽办法借此掌控你，让你听他们的话，为他们办事，你难道不明白？”

谢蓝河没有说话，他怎么会不清楚这些，他也是因此才明白，这几年，安先生为什么会对景府若即若离。这分寸，其实并不好拿捏。

蓝七娘握住谢蓝河的手又紧了几分：“谢云大香师确实对你有再造之恩，这个恩咱们认，所以你在一日，就守谢府一日，谢云大香师的嫡系血脉，你也厚待他们，即便是谢云先生在，能做的也不过如此，他们若是敢有再多的要求，敢插手香殿的事，就是僭越！”

谢蓝河见蓝七娘说得有些激动了，忙道：“娘您别急，儿子知道该怎么做，您放心，如今没人能威胁得了您儿子。”

“你当真知道？”

“儿子知道。”

“当真明白？”

“儿子明白。”

“好，那你就打消那种蛊续命的念头，娘不想到时候变得人不人鬼不鬼的！”

谢蓝河顿了好一会儿才道："是安先生跟您说的？"

"轮不到她来说，就已经有人把这话吹到我耳朵里了。"

谢蓝河的脸色沉了下去，蓝七娘却道："行了，是我叫人去打听的，我的身体我的病，我总得关心关心，难不成你真想把我圈起来，什么都不让我知道？"

谢蓝河忙道："娘，我没有那个意思！"

蓝七娘幽幽地叹了口气："刚刚跟你说的那些，你真要放到心里去才行。不瞒你说，白天安先生在这儿时，娘也是跟她说了那些关于镇香使的话。"

谢蓝河诧异。

蓝七娘看了他一眼："安先生是个极聪明的女子，她听了娘的话，既没有动怒，也不见丝毫意外，只是如听家常般听娘说而已。坦白说，她如果只是个普通的女子，娘是不敢跟她说这些的，即便说了，她也不会明白。但她是大香师，是天枢殿的大香师，位尊权重，娘看得出来，她心里什么都明白，兴许从镇香使回到长香殿时，她就已经什么都想到了。"

谢蓝河问："那她可有说什么？"

蓝七娘道："她说，希望你的立场不会变，还说，她的立场从未变过。"

谢蓝河一怔。

蓝七娘看着他道："蓝河，你可明白她的意思？"

谢蓝河沉默许久，才微微点头。

白天时，她对他说，无须他改变立场，他当时以为她指的是他和天下无香的结盟。但现在一看，她真正指的，其实是他最初的立场，他的初心。

次日，也就是腊月初二这天，清耀夫人本打算启程回清河，只是这日一早起来，却见外面白茫茫一片，天空洋洋洒洒落下的雪花宛若飞絮。雪天路难行，而且这等天气赶路的话，车马也容易出问题。清耀夫人算了算日子，时间还宽裕，而且崔飞飞已答应随她一起回清河，她便决定再等两天，待雪停了再走。

只是佟嬷嬷却有些不放心，低声道："老奴有些担心，这夜长梦多，万一郡主改变主意，不随您一块回去了，这……"

清耀夫人摇头："飞飞既然答应了，就不会改变主意。不过确实要防着夜长梦多，就等两天，两天后不管这雪停不停，我们都得回去了。"

佟嬷嬷轻轻点头，看着这偌大的香殿，感慨地道了一句："也不知道回来时，这里会变成什么样。"

清耀夫人慢慢地道："无论变成什么样，咱崔氏都有一份，而且这香殿也会扩大，至少两殿合一，那么多人和事管理起来可不容易，幸好这些年老爷挑了不少不错的苗子，到时让飞飞好好带着，以后都是她的助力。”

佟嬷嬷点头，只是随后又轻轻一叹：“郡主就是心太软了，若是她能依着夫人的意思，亲自在这里坐镇，夫人和老爷也就不用费那么多心思了。”

“能有什么法子，她这性子，也就只能我推着她走。”清耀夫人无奈地道，“她做不了决定，我替她做便是。”

下午，崔飞飞算着清耀夫人该起来了，想去看看，只是才走出寝殿，就看到了柳璇玑的身影。

“你这里闲人可真不少，你家那位夫人带那么多双眼睛来盯着你，瞧你这香殿都成什么样子了，你也真忍得住。”柳璇玑一边踏上台阶，一边连讽带刺地道，“能孝顺成你这样，可不容易！”

柳璇玑没有刻意压低声音，这香殿又深且大，所以她说这话时，殿内几乎都能听得到回声，可候在殿内的那些侍女，却好似没听见柳璇玑的话，甚至像根本没看见柳璇玑这个人。

迷障香境。

柳璇玑不耐烦有这么多双眼睛盯着，所以一路进来都起了香境，瞒住了所有人的眼睛。崔飞飞微顿，随后笑了笑，其实柳璇玑此举有些无礼，说得严重些便是擅闯，但崔飞飞没就此说什么，她清楚柳璇玑再怎么不拘小节，都不会随意去踩这条线，今日会如此，定是有要事找她，并且除了她，其余人都必须瞒着。

只是在她正要请柳璇玑进寝殿时，柳璇玑却又道：“这等天气，正合适去你的雪香阁坐坐。”

雪香阁适合赏雪，但处于玉衡殿偏殿西侧，距她的寝殿有些远，平日里少有人在那边走动，她也不常去。

崔飞飞打量了柳璇玑一眼，然后转头往雪香殿的方向看去，有人正用香境掩身进入雪香阁。

崔飞飞思忖片刻，低声道：“是安先生吗？”

雪香阁门口两边各搁着一个三足香炉，精铜烧制而成，炉身刻有鸾鸟，炉内日日香烟不绝。安岚刚踏上台阶，就见那香炉上细若游丝的白烟陡然化作浓雾，蒸腾翻滚，随即霞光迸发，周围的空气宛若水波般荡开，一对鸾鸟从炉身上飞出，赤色，五彩，鸡形，雀翎，凤尾，鸣音清越高扬！

安岚站在台阶上，看着那对凤凰飞向半空后，突然回首，华丽的凤尾划过道道霞光，凤目如电，气势汹汹地朝她冲来，非请而入者，视为擅闯！凤凰是瑞兽，不会杀人，但可以伤人，更重要的是，能将人困住。

安岚并未慌，只是微微抬手，遂见周围的雪花忽然都朝她飞了过来，绕着她的手旋成一朵棉花云，蓬蓬的、胖胖的、软软的，没有丁点敌意。那对凤凰看到这朵棉花云后，似愣了一下，冲下来的速度忽然减慢，飞到她跟前后，围着她绕了一圈，凤翅一扬，就将那朵云卷过来扇着滚了两回，随后云彩散去，霞光消失，凤凰重新飞回铜香炉上。

天上雪花依旧，安岚收回手，慢慢走上台阶，转身，站在雪香阁的屋檐下，看着一片寂静的天地。

片刻后，崔飞飞和柳璇玑从九曲回廊那头走来。

崔飞飞走到安岚跟前，一时不知该说些什么好，她们虽都是长香殿的大香师，并且都住在大雁山上，但平日里很少见面。自出了天下无香的事至今，她们这才是首次面对面。

柳璇玑好整以暇地看着她们俩，没打算说话。

最后，还是安岚先开口："打扰了。"

她这一开口，她们之间那种说不清道不明的陌生感，似乎一下减弱了，崔飞飞不由得轻轻一笑："进去说吧。"

没有侍女，自然没有好茶，也没有点心，幸好旁边的茶水间里还有一壶热水，崔飞飞亲自动手，给她们都倒上一杯热水，然后才坐下，又看了安岚一眼："没想到你今日会过来，出什么事了吗？"

安岚道："听说你就要回清河了。"

柳璇玑微微挑眉，唇边勾起一抹笑，然后站起身，也不理她们，慢悠悠地在这雪香阁内四处参观。

崔飞飞不解："不是你建议我先顺着母亲的意思，送她回去，难不成现在你改变主意了？"

安岚摇头："没有，我还是建议你送清耀夫人一趟，但不必回清河，半路返回香殿即可。只是眼下我担心，你到时会拿不定主意。"

这话，似乎多少有点看轻她的意思，崔飞飞顿了顿，片刻后摇头："你多虑了，我也是香殿的大香师。"

"并非是质疑你的诚意，崔家荣华富贵都不缺，事事安稳平顺时，你很容易做出选择。"安岚看着崔飞飞道，"但现在，崔家出事了，眼下不用你回到清河，我估计路上时清耀夫人就会都告诉你，到时你会面临是选择帮扶崔家，还是选择香殿的两难境地。"

崔飞飞愣了一下："崔家出什么事了？"

柳璇玑转过头，看着她们俩，依旧没说话。

安岚平静地看着崔飞飞："崔家遇到了些麻烦，和镇南王府及云家有关。"

崔飞飞看了安岚一会儿才道："我并未收到任何消息。"

清河那边要是出了什么事，肯定会有人第一时间将消息送到她这里。

安岚道："我也是刚刚才收到消息，你那边的人，兴许是因为大雪阻路，动作迟了些，不过我估算着，最迟也就三四天，你也该收到那边的信了。"

柳璇玑这时又瞟了安岚一眼，嘴角微微勾起，玉衡殿的人是被大雪阻了路，但刑院的人肯定也暗中出了力。有些事情，安大香师必须先收到消息，如此才能保证比清耀夫人先走一步。

崔飞飞依旧端坐着，神态大方，言语客气："究竟是出了什么事，请安先生告知。"

安岚将杯子拿起一会儿，然后又慢慢放下："七天前，你大哥在醉仙楼失手打死了镇南王的三公子洛煌。这位洛三公子极得镇南王的喜爱，王府的许多事，实际上都是他在打理，这下他突然死了，王府的事自然乱作一团。偏那个时候，崔家的二老爷，也就是你二叔，居然暗中使用手段，将那位三公子为王府谈的一桩买卖抢了过来。若是以往，这等事崔氏也不怕王府责问，顶多就是事后私下谈利益分成来抹平。但赶在这等时候，这买卖又涉及朝廷严禁外输之物，所以镇南王只要公事公办，不单你二叔，怕是整个崔氏都要受牵连，至于令兄……"安岚说到这儿，顿了顿。

崔飞飞怔住，想站起身，又忍住了，片刻后才问："我大哥他，现如何了？"

安岚道："事发的当天，清河那边就往我这边送消息了，当时崔大公子还不知道自己打死的人是镇南王的三公子，根本没想要逃，不过，即便真要逃，怕是也逃不了，毕竟醉仙楼的人都认得他。现在，已过去七天，我估计是被收押入狱了，至于怎么判，得看王府的意思，毕竟死的人是镇南王的三公子，不容乐观。"

崔飞飞沉默了好一会儿，似在整理思绪，然后才开口："我母亲，还未知道此事？"

安岚点头："三四天后，清耀夫人应该也能知道，此事干系重大，到时崔氏的许多事，清耀夫人应当会都说给你听，势必要让你回清河一趟。"

崔飞飞深呼吸了一下："还有什么事？"

安岚道："具体的我也不清楚，都是崔氏内部的事，兴许还关系到宫里的娘娘。"

宫里有位贵妃娘娘，也姓崔。

崔飞飞便不再问，安岚或许知道，只是不适合从她嘴里说出来，毕竟那都是别人族内的事，还关系到宫里的娘娘，真有什么事，是非对错都不好下定论。而崔飞飞心里也明白，有些事，不上秤的话，没几两重，谁都不会在意，但只要一上秤，千斤都打不住。

崔飞飞慢慢站起身，在屋里走了几步，沉思良久，才问："安先生还有什么想要对我说的？"

安岚喝了半杯清水后，便道："云家和王府一直有往来，云老爷子和镇南王私下的关系也很好，还有，道门对镇南王也有一些影响。"

崔飞飞停下脚步，久久没说话，她明白这几句话的意思。

安岚接着道："崔氏和镇南王府结下的这个仇，若是由云家和道门从中斡旋，化解的可能性很大，或者说，崔氏肯定能得到谅解。只是，云家和道门愿不愿为崔氏出这份力，主要还是要看你的意思，也就是看玉衡殿的归属。"

崔飞飞转身走回桌旁，重新坐下："所以，这一趟我如果随母亲回清河，应下和云家的这门亲事，就等于是我明明白白地表了态，如此，我和玉衡殿和他们就是站在了同一战线，他们自然不能让崔氏有麻烦。"

安岚点头："没错，你表态了，云家和道门帮崔氏说话的时候，也会更加有把握。镇南王膝下有八个儿子，三公子跟长香殿比起来，倒显得没那么重要了。"

所以，如果崔飞飞不入清河，半路就返回长安的话，那即便崔老太爷没有去云家退亲，云家也该明白崔飞飞的立场，加上之前云宫在天璇殿被折断手腕时，崔飞飞从始至终都没有出面一事，云家和道门就会彻底死心。

安岚说得没错，这等情况下，她不可能还继续坚持之前的立场，因为代价太大，她不能赌上整个家族。

崔飞飞轻轻叹了一口气，正要开口，安岚却先她一步张口道："令兄在醉仙楼和洛三公子起冲突的时候，动手的人，其实是令兄带过去的那三个随从，只要让他们三个认罪，再上下打点好，令兄兴许能逃过此劫，重要的是先保住命。"

崔飞飞顿住，安岚接着道："至于那桩买卖，虽是涉及朝廷禁令，但长香殿的一些买卖，本就可以得到例外，只需四个香殿一同向朝廷打招呼，只要要求合情合理，便能获得这等便利。这里头的门道，你应该清楚。"

四个香殿，崔飞飞的玉衡殿、安岚的天枢殿、柳璇玑的天璇殿、净尘的天权殿，正正好。

只是崔飞飞沉默地看了安岚许久，终是轻轻一叹，然后别开眼睛道："我不是不想帮你，我亦想坚持自己的立场，只是我不能下这个赌注。你说的法子确实有可行之处，但成功的可能性太小，镇南王不会给我足够的时间。”

安岚垂下眼睑，看着手里那半杯清水，此时水已凉透，寒意浸透整个瓷杯。

柳璇玑似对她们的话题一点都不感兴趣，完全没有要参与的意思，她在这阁楼内溜达了一圈后，就找了张美人靠半躺着，闭上眼睛假寐。

安岚道：“确实，此举不能保证一定能让令兄逃过此劫。”安岚看着崔飞飞问，“所以，你真的改变主意了？答应和云家联姻，让没有大香师能力的人进入长香殿，坐上大香师的位置，再看着长香殿慢慢变成某一方的棋子？”

崔飞飞沉默许久，反问一句：“没有我，你就没有胜算了吗？”

安岚眉尾微微挑了一下，思忖片刻，也问一句：“你可知，我为什么能成为天枢殿的大香师？”

崔飞飞有些不解地看着安岚，不明白她问这句话的真正含义到底是什么。倒是柳璇玑，本是闭着眼睛倚在美人靠上休息的，听了这句话后，却睁开眼往安岚那儿看了看，随后唇边慢慢浮起一抹笑意，不是平日里那等万种风情的笑，而是浅淡的、悠长的、带着些许感慨的笑容，虽稍纵即逝，却浸到了她眼底。

在这个男尊女卑并讲究出身的世间，一个身份低贱的小女子，凭什么能成为大香师，凭什么能让上上下下那么多人听命于她？

是长香殿啊……

安岚追忆：“一开始，自然是因为广寒先生选中了我，将我培养成他的继承人，并将我扶到了天枢殿大香师的位置。但是，当年的事情你也清楚，我才刚刚成为大香师，广寒先生就离开了，就连景炎公子也一起失踪了。”

崔飞飞微微点头，目中露出伤感：“是，那时候，我姑姑也死了，我亦是在临危之局，坐上了玉衡殿大香师的位置。”

崔飞飞的姑姑，就是玉衡殿的上一任大香师崔文君。

因提到崔文君大香师，安岚垂下眼，默了好一会儿，才接着道：“没错，我们都是在还没有准备好的情况下，就坐上了这个位置，只是我和你……到底还是有所不同。”

崔飞飞顿了顿，才道：“是有不同，那时，我的香境世界还未大成。”

能否真正跨入大香师的门槛，在于能否建立自己的香境世界。因唯有香境世界大成者，其香境才能达到真正的圆融，自此，在香境里，才可翻手云覆手雨，幻化出一花一世界、一叶一平生。

“我指的不是这个，你的能力毋庸置疑，建立完整的香境世界对你来说是迟早的事。”安岚轻轻摇头，然后看着崔飞飞道，“你有没有想过，在天枢殿，手中有重要实权的，外殿有殿侍长，内殿有侍香人、长史，下面还有香院掌事，除此外还有分布各地的香师，以及各地香堂和香行的当家人。他们这些人当中，大部分可都出身显赫家族，并且无一人与我是有交情或是有血脉亲情的。那些人，天生自视高人一等，却为什么在广寒先生和景炎公子都已经不在，而我还未站稳脚的情况下，还能允许，还能认可一个香奴出身的女子，坐稳那个位置？”

崔飞飞未有迟疑：“当时你已是大香师，大香师不问出身不问来处，只要跨进那道门槛，就已不在凡俗之内，这是长香殿自开创之初就定下的铁律，谁敢质疑你？更何况，你当时也不是没有任何助力，刑院的蓝掌事和净尘先生，不是广寒先生给你留的助力吗，还有……柳先生待你，也一直存有善意。”

她说着就往柳璇玑那儿看了一眼，柳璇玑却笑了：“小郡主，你明明都说到了关键点，偏偏没能明白那关键点的重要之处。”

崔飞飞微怔，一时不解。

安岚遂问：“崔先生当真觉得，自成为大香师后，就不再是凡人了吗？”

崔飞飞又是一怔，这个问题，她没法马上回答。

无可否认，她身上带着与生俱来的优越感，这样的优越感在成为大香师后，愈加强烈，强烈到足以让她在任何权贵，甚至是天子面前，都能淡然以对，并隐隐带着一种俯视的心态。

长香殿内所有的大香师，莫不如是。

但，扪心自问，却无人真敢将自身划出凡人，进入天人之列。

好一会儿，崔飞飞才开口：“这与我要面对的事，有何关系？”

安岚道：“当然有关系，很大的关系。”

崔飞飞道：“愿闻其详。”

安岚站起身：“你我都看过长香殿的历史，都知道三百年前，长香殿有位姜大香师，天纵奇才，曾将七殿一统，并将长香殿与姜氏一族紧紧联系，由此给姜氏带来无上的荣光，却差点因此将长香殿拖入毁灭的境地。”

崔飞飞微微点头：“我知道，后来姜先生强行将长香殿和姜家分离，并将权力归还于七殿，才终于保住了长香殿。”

安岚道：“但姜家从此没落，此后不过数十年，姜氏嫡系血脉就此断绝，包括那位姜先生的后人。每次看到这段历史，我都会忍不住想，当年姜先生在做这个决定的时候，是否知道，其子孙后代的命运，已经被他写好。”

崔飞飞沉默片刻，轻轻一叹：“姜先生的魄力，非凡人所及。”

安岚问：“姜先生当时为什么要下这样的决定？即便赔上整个家族也在所不惜？”

崔飞飞道：“为了长香殿。”

安岚转过身，沉默许久，才道：“是为了长香殿，但实际上，也是为了我们。”

崔飞飞诧异地抬起眼，柳璇玑微不可闻地一叹，坐起身，两手轻轻顺着垂在胸前的头发，面上带着平日里难得一见的认真与端庄。

安岚道：“你难道不明白，长香殿，于我等而言，是这世间唯一一个公平之地？所以它不能归属于任何家族任何势力，并必须保持七殿自主。”

崔飞飞张了张嘴，却又慢慢闭上，怔然无言。

柳璇玑慢悠悠地开口：“小郡主，这世间，对咱们女子从来就是不公的。女子不得科考，不得为官，不得拜相封侯，任你有天大的才干，也必须要屈于男人之下。这世道要我们顺从，要我们贤惠，要我们安安分分，要我们相夫教子。这天下，除了长香殿，还有哪个地方，可以不问出身、不问来处、不问性别，唯能者居之？这天下，除了长香殿，还有何处，能容得下你我这样的人，可以自己决定自己的喜好？这天下，除了长香殿，还有何处，可以容得下我们向他们说一个‘不’字？”

安岚道：“长香殿自开创之初立下的铁律，便源自于此。”

崔飞飞面色微异。

“长香殿若归于任何一个家族任何一方势力，就再也不会是现在的长香殿了，届时所有人事，都会以其家族利益为主。”安岚看着崔飞飞道，“你刚刚问，此事与你要面临的事情有何关系，这便是我的答案。”

崔飞飞正要开口，安岚却又道：“你还问我，没有你，我是不是就没有了胜算？我不知道，我只知道我不会输，也希望你不要输。”

雪香阁内安静得能听到外面雪花飘落的声音，安岚重新坐回椅子上，拿起眼前青若薄玉的瓷杯，对着光细细地看了一圈，再透过光看向崔飞飞：“崔氏陷入困境，以你今时今日的能力和地位，并非没有别的法子可以相帮。我今日找你虽然有私心，但说的也是实情，关心则乱，心乱了，事情就容易出错，你千万莫赔了自己，再赔上整个香殿。”

她说完，就将杯子轻轻放下，那片光便落入了她的眼睛里。

沉默被打破了，崔飞飞猛然回神，看了安岚一会儿，就垂下眼，似轻叹了口气，她面上并未见焦虑之色，那声轻叹却带着一丝难言的无奈。

山下的人都以为他们不在凡俗之列，唯他们心里清楚，很多事是既摆脱不了，也切割不断。不想管，却又不得不管，左右都是因为过不了心里那关。

“多谢两位今日之言。”崔飞飞说着就站起身，却又默了片刻，才接着道，“我一直有个疑问，不知安先生今日能否为我解惑？”

安岚道："请说。"

崔飞飞道："镇香使于你和天枢殿而言，究竟是麻烦，还是助力？"

安岚道："镇香使首先是助力，至于是不是麻烦，现在还不能下定论。如若他对香殿真是麻烦，那么我招来的麻烦，我负责解决，而你的麻烦，你负责。"

如此果断之言，倒让崔飞飞一时无语，柳璇玑却是笑了，从美人靠上站起身："这里也没个火盆，怪冷的，我得回了。"她说着就径直往外走，安岚便对崔飞飞微微颔首，然后也转身出去了。

崔飞飞刚回到寝殿，清耀夫人那边就传话过来，请她过去。见到清耀夫人时，崔飞飞想到她大哥现在很可能已经入狱，家中危机四起，而她母亲还不知道，心里千头万绪，却不知从何说起，只得安静地坐在一旁，清耀夫人说什么，她都微笑点头。

半个时辰后，她从清耀夫人那里出来，看着簌簌往下落的雪花，表情凝重。

安岚将下山时，柳璇玑问了一句："你如今觉得如何？"

安岚道："柳先生的香境着实厉害，过了这么多天，我每次一回想到那个晚上和您交手的情况，都感到胆战心惊。"

柳璇玑冷哼一声："少跟我玩这些字眼，你知道我问的是什么。"

她指的是安岚被种了香蛊之事。

安岚淡淡一笑："并无不妥。"

柳璇玑道："你那晚受到的影响不小，现在你能抗拒它的影响？"

安岚道："那晚是没有任何防备，所以才上了它的当，如今知道了，自然不会似那晚那般，受它迷惑。"

柳璇玑打量了安岚好一会儿，才道："天下无香花了那么多心思，才给你种下了香蛊，可不会那么容易就被你给甩了。"

安岚忽然问："您的手可还疼？"

之前她们在香境里交手，她切断过柳璇玑的手指。

柳璇玑听了这话，眉毛挑起，面色沉下，眯着眼睛看着安岚道："哪壶不开提哪壶。"

说这话时，她遂觉得断指处又传来一阵尖锐的疼痛，并且那痛直达脑袋，冲击神经。

越是看不见的伤，就越是难以治愈，所有能懂得这一点的人，必是都曾受过此等伤害。

安岚抬手碰了一下自己的眉心："被种了香蛊，其实并非没有一点好处，至少愈伤的能力加强了。"

柳璇玑狐疑地问："你的伤好了？"

安岚到："几日前就已经无碍。"

她说的是实话，柳璇玑也看出她没有撒谎，于是心里愈加诧异，和安岚交手的那场香境，她很清楚自己出了多大的力，照她的估计，不好好养上一个月，安岚不可能痊愈。

片刻后，柳璇玑才道："岚丫头，我怎么觉得，这不是什么好事？"

安岚道："天下无香的人是不会安好心的，但我又岂会任由他们摆布？"

柳璇玑见她不愿多说，顿了顿，便道："清耀夫人马上要回清河了，崔氏这些事不简单，你觉得崔飞飞会怎么做？"

安岚想了一会儿才道："我不知道，她无论是选择家族还是选择香殿，我都不会惊讶。"

柳璇玑笑了她一声："我还当你说服她了，敢情你今日专程过来，竟是徒劳一场。"

安岚看了柳璇玑一眼："崔先生是心有大愿之人，我看得出来，她本也是偏向香殿，并认可你我之言。但她出身清河名门，自小就受封郡主，是被家中长辈捧在手心里长大的，如今她想为崔氏做点什么，也很正常，我只是希望她不要太天真了。"

柳璇玑不由得叹道："眼下看来，你我那不堪的身世，如今倒成了优势，所以他们只能想法子来让你我为敌，相互伤害，就盼着我们能两败俱伤。"

"可不是。"安岚笑了笑，便道，"我该告辞了，柳先生这些日子，就好好休养吧。"

柳璇玑问："听说你已经接下天下无香的挑战了？"

安岚点头："腊月三十，他们挑了个好日子。"

柳璇玑道："你确定你没问题？"

安岚已经转身，一边走，一边留下一句话："自然不会有问题。"

柳璇玑却总觉得安岚被种下香蛊的事不会那么简单，只是看着安岚渐渐远去的背影，她莫名地不想再提这件事。如果真有问题，安岚心里会比她更清楚，她多说无益。

除了崔飞飞和柳璇玑，没有人知道今日安岚回了香殿一趟，最后分别时，柳璇玑也没有问安岚打算去哪儿。自确定安岚不在白园也不在香殿后，天下无香的

人就在悄悄找安岚，道门的人和谢蓝河一样在找她，就连鸽子楼的人也在找她。可这些人连着找了七八天，硬是没能找到丁点蛛丝马迹，那么一个大活人，就好像凭空消失了一般。

道门那边有些着急了，天下无香这边却依旧镇定，司徒镜接见李道长时，不急不缓地道："这个时候她自然不能再让人看到自己，特别是你我的人。"

李道长沉吟着道："大祭司的意思是，香蛊对她的影响加重了？"

司徒镜道："没错。"

听了司徒镜这般肯定的回答，李道长面上并未显露出丁点轻松之色，只是捋了捋胡须，接着又问一句："老道还有一事不解，听闻早在十几天前，安大香师就已被顺利地种下了香蛊，而彼时景府那位少爷的余毒还未清。据闻此子如今已无碍，照说景府里面也分成了两派，此子正好就是站在安大香师那边的，如此情况，大祭司何以还这般尽心尽力？"

即便是在室内，司徒镜也披着那身黑色的斗篷，宽大的帽檐使得他的大半张脸藏在阴影里，只露出一截精致的下巴。此时两人面前摆着一张茶几，几上放着一壶茶、两个茶杯，杯里的茶水还冒着热气。

司徒镜拿起茶杯，却没有喝，只是闻了闻那香气："待长香殿由我接管后，自免不了有需要到景府的地方，景府若是乱了，我还要另外多费心思。"

李道长道："景府一个小少爷的生死，还不足以影响到整个景府。"

司徒镜道："那是道长你对景府的了解还不够，景孝是景公当年指定的继承人，是接替景大公子的人。"

李道长看着司徒镜，捋着胡须道："留住景孝，是景大公子的意思吧？"

司徒镜低头，慢慢地品了一口茶，再慢慢地放下茶杯，反问一句："如果是，李道长是更放心了呢，还是更担心了？"

听到此言，李道长面上依旧不见惊讶，目中似还有些许了然，思忖片刻才道："看来，那位镇香使当真与此事有关，却不知，究竟是镇香使听命于大祭司，还是大祭司听命于镇香使？"

司徒镜道："事成后，答应你的事少不了，至于别的，本座无须向你交代。"

李道长捋着胡须微微一笑："大祭司说得是，老道也只是想提醒一下大祭司，别忘了咱们的约定。"

司徒镜道："忘不了。"

李道长起身："如此，老道便告辞。"

"不送。"

安岚失踪的消息，传到了金雀耳朵里，同时她还听说长香殿已接下天下无香的挑战。金雀心里很是不安，算算时间，她上次见安岚至今，已有半个月，如今也不知安岚的身体恢复得如何了，柳先生近日一直深居简出，情绪似乎依旧不怎么好，她便不敢多问这方面的事。

安岚为什么会在这个节骨眼上失踪？是真的失踪了，还是另有原因？

金雀在柳璇玑寝殿外转了好几圈，终是忍不住走进去，小心翼翼地问了一下此事，却还是被柳璇玑给打发了出去，并交代她不要多事，也别多想，该干吗干吗去，这些事情不是她能管的。

金雀一脸纠结地站在台阶上，刚刚虽是被柳先生骂了一通，却也没将她心里那股热血给骂凉。

这时正好柳璇玑的侍香人流夕从这儿路过，瞧见她后便走过来道：“怎么傻站在外头，来找先生的？”

金雀叹了一声，看了流夕一眼，想了想，便问：“请问流侍香，先生这些天，心情……一直不好吗？”

“我怎敢揣测先生的心情？”流夕打太极般地道了一句，然后又打量了金雀一眼，“怎么，你有事找先生？还是你闯什么祸了？”

金雀道：“我哪敢闯什么祸，就是有些事……想问问先生。”

流夕问：“什么事？”

金雀却沉默着，流夕笑了笑：“看样子你刚刚已经进去问过先生了，想必是你不该问的事，所以先生没给你解惑，还将你赶了出来。”

简直一猜一个准，金雀颇觉有些没脸，闷闷地嗯了一声，然后犹豫着是不是跟流夕打听一下，但张了张嘴，又觉得不大妥当。柳先生身边这几位侍香人，个个都是人精，他们平日里待她倒都很随和，但不知为何，她就是无法跟他们亲近起来。

若是她自己的事还好说，她随便打听都可以，但事关安岚，她直觉有些不合适。而且她很清楚自个儿有几斤几两，生怕开口后，糊里糊涂地被人套了话还不自知。

流夕见她嘴巴紧，也就没再追问，只是瞧她一脸愁绪，便道：“柳先生也没拘着你，既然在这里解不了惑，你可以上别处去问问，没准能问出点什么呢。”

金雀刚刚正琢磨着是不是去天权殿问一问净尘呢，流夕似瞧出了她心里的想法，淡淡一笑，转身前又道：“不过眼下殿内的事情不少，你要出去可记得跟长史说一声，偷跑出去一时找不到人，长史查下来，我也是要受连累的。”

金雀不自觉地点头："我晓得的。"

目送流夕离开后，金雀遂去找长史说了一声，然后就火急火燎地往天权殿那儿奔去。

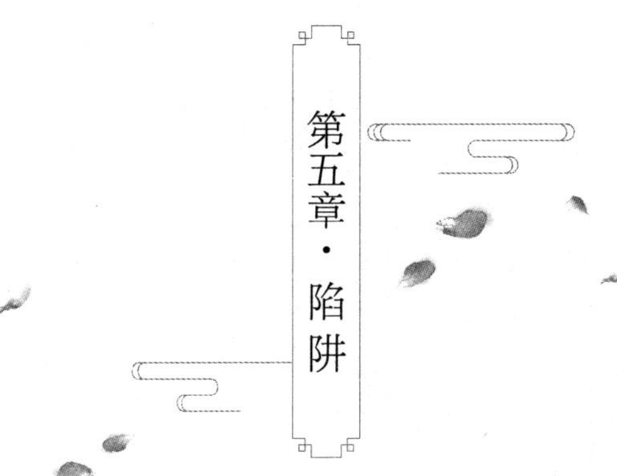

第五章·陷阱

年底了，香殿的庶务繁多，净尘这几日都在殿内，瞧着金雀披着一身雪花过来，甚是诧异，忙将她请入内殿，让她坐到暖炕上：“出什么事了？”

金雀往外瞄了一眼，然后凑近他，低声问：“我听说安岚失踪了，刚刚去问柳先生，柳先生也没说是怎么回事，我心里实在不安，只好来找你打听打听。”

净尘瞧她凑得这么近，脸上微热，顿了顿，才开口道：“此事我也听说了，安先生要真出什么事，首先乱起来的就是香殿，但眼下天枢殿那边，年底的祭祀一直准备得有条不紊。”

金雀瞅了净尘一眼，想了想，又问：“那她为什么忽然就失踪了？我还听说长香殿已经接下天下无香的挑战了，安岚她，真的没事？她之前不是遭了天下无香的暗算，被种了香蛊？！她失踪前，可有联系过你？”

“我也有半个多月没有安先生的消息了。”净尘摇头，说着就抬起手，在她肩膀上轻轻拍了拍，安慰道，“你莫担心，安先生的心思比谁都沉，她若真有事，就不会接下天下无香的挑战。”

金雀微微蹙眉，手放在胸口上：“可我总觉得不安，这心跳得厉害。”

净尘见自己的安慰起不了作用，有些为难，想了想，便提了个建议：“不如你同我一起打坐，摒除杂念，如此就能心安了。”

金雀瞅了他好几眼，见他一脸认真，便叹了口气，然后站起身：“算了，我还得赶着回去，这些天香殿里的事情蛮多的，我也不耽误你的时间了，下回再来找你。“

净尘道："我让人送你回去。"

"不用了，这条路我都走多少回了。"金雀说话时已经走到门口了，却顿了一下，又回头问了一句，"对了，镇香使呢？"

金雀站在门口回头，外面的雪光照得她整个人都带上了一圈洁白的柔光，此时她的五官显得有些模糊，唯那看过来的双眼睛熠熠生辉。这在云谲波诡、权力倾轧的长香殿，从始至终，她都保持着一颗赤子之心。

和她一起长大的朋友，早已登上巅峰，重权在握，仅凭一人之力足以呼风唤雨，她却还在一直担心对方会不会过得不好，会不会被人欺负。

这样弥足珍贵的情义，柳璇玑一开始就注意到了，净尘亦是因此被吸引。

净尘只觉得胸口怦怦直跳，有些愣怔地看了她一会儿，才回过神，开口道："镇香使似乎也有段日子没回香殿了，应该是在山下办差。"

"他也不在香殿啊。"金雀偏了偏脑袋，想了一会儿，便道，"我先回去了。"

净尘跟着送她出去时，问了一句："柳先生这些日子可还好？"

金雀道："柳先生的心情似乎不大好，还交代了，今年年底的祭祀等事一切从简。"

净尘关心地看了她一眼："那你这段时间在天璇殿里过得如何？柳先生可有因心情不佳而为难你？"

金雀摇头："先生待我还是跟往常一样的，倒是我有些担心先生。"

净尘道："柳璇玑是个聪明的女人，知道怎么做对自己最好，你不必担心。"

金雀撇了撇嘴："我知道，跟你们一比，我是又傻又笨的，连担心你们都是多余的。"

净尘忙道："小僧绝不是这个意思！"

金雀朝他做了个鬼脸："我管你是什么意思，先走了，下次再找你好好说说。"她说完就朝他摆了摆手，然后快步往天璇殿的方向走回去。

净尘恋恋不舍地目送她走远后，才转身回了香殿。

只是就在金雀将走到天璇殿时，后面忽然追上来一位侍女："请问前面是金雀姑娘吗？请留步！"

金雀不解地回头看了一眼，见是个眼生的侍女，过来的方向好似是天枢殿那边，便站住，等她走过来后才问："你是——"

那侍女朝她行了个礼："我是天枢殿的侍女，叫墨香，原是在偏殿当差，前两天被分到了前殿，我之前还见过金雀姑娘两面，您可能是不记得了。”

金雀仔细看了她一眼，又想了想，才想起个模糊的记忆，便道：“哦，哦，我好像是见过你，你原来是在茶房当差的是吧？”

墨香笑着点头：“正是，姑娘好记性。”

金雀便问：“你找我什么事？”

墨香遂低声道：“是我们安先生回来了，让我过来找金雀姑娘。”

金雀微惊：“安先生回来了？回天枢殿了吗？”

墨香点头：“是，先生一回来就说要找金雀姑娘，正好我当时就在先生跟前，先生便让我跑天璇殿一趟。”

金雀赶紧转身往天枢殿的方向走去：“安先生是什么时候回来的？可说了找我什么事吗？”

墨香跟在她身边：“就刚刚才回的，先生没说。”

金雀点头，便不再问了，加快脚步，只是将走到天枢殿门口时，墨香又道：“金雀姑娘请往这边走。”她说着就指向天枢殿外面，不远处一个观景台的方向。

金雀不解：“怎么？”

墨香道：“安先生刚刚回了香殿后，又马上要下山，先生说她在观景台等你。”

金雀往那儿看了两眼，果真看到了安岚的身影，便放下心，转身往观景台走去。却没想，当她走进观景台时，看到的却是谢蓝河！

金雀心里大惊，知道自己可能上当了，她就是瞎了也不可能将谢蓝河错认成安岚，肯定是谢大香师起了香境瞒住了她的眼睛，她赶紧往后看一眼，墨香已经不见了，她想要逃出观景台，可是陡然升起的浓雾锁住了她的脚步。

一直到天黑，都不见金雀回来，天璇殿的长史有些不满，只是想到金雀去的是天权殿，找的是净尘大香师，多半是净尘大香师将人留下了，故她也没有派人去催。直到用晚膳时，柳璇玑问了一句，长史才小心翼翼地将此事说了。

柳璇玑细眉一挑，凤目微怒：“这丫头的心真是越来越野了，天黑了都不知道回，难不成还要在那边留宿，成何体统，你还不派人去把她押回来？”

长史赶紧应下派人去了，却没想，去的人回来说，金雀早就回来了，没在天权殿。

长史愣住了，心道难不成那小丫头跑到别处串门子去了？她想着就偷偷看了柳璇玑一眼，然后低声往旁吩咐：“去天枢殿问问。”

旁边的侍女应下出去后，柳璇玑放下勺羹，微微眯起眼：“她今天是为什么去天权殿？”

长史道：“金雀姑娘没说原因，只说去去就回。”

柳璇玑问：“嗯，那她去之前，都做了什么？”

长史心里有些打鼓，她这一整天都在忙殿里的庶务，哪里有时间去管金雀都做了什么？这丫头是先生跟前的红人，只要不闯祸，金雀做什么她都是睁一只眼闭一只眼的。

见长史为难了，旁边伺候的侍女便开口道：“回先生，金雀姑娘今儿出去之前，就在这殿门口跟流夕侍香说了几句话。”

柳璇玑道：“把流夕叫来。”

不多会儿，流夕进来了，听说金雀还未回来，也有些诧异，便将白天时在门口说的话都道了出来，不敢有丝毫隐瞒。

而这会儿，去天枢殿打听消息的人也回来了，说金雀今日并未去过天枢殿。

长史有些惊诧，还有些不解，金雀虽没那么伶俐，但也绝不是那等恃宠而骄的性子，就算真有什么事要下山，也一定会回香殿说一声。天黑了，还不见人回来，难不成是出了什么事？这大雪天的，有些路挺滑的，莫不是不小心摔到哪儿了吧？！

长史正要张口说话，柳璇玑却道：“不用找了，去天权殿找净尘要人吧，总归人是从他那里出来后就不见的，他脱不了干系。”

长史面上微僵，迟疑着问：“这……让谁去？”

谁敢去找净尘大香师要人，即便去了，若金雀真没在天权殿内，又当如何？

柳璇玑看了流夕一眼：“你去，记得把人带回来。”

流夕遂应下，心里微惊，她知道，如果带不回金雀，她怕是也回不来这香殿了。

天权殿内，净尘正盘腿坐在蒲团上，闭上眼时，忽听到流夕在屋外和他的侍香人说金雀不见了，遂睁开眼，让人放流夕进来。

这是一间小小的禅室，里面的摆设十分简单，光线略显昏暗，但净尘那身素净的僧袍在这禅室内，似隐隐泛着一层白光。流夕小心翼翼地走进来，抬眼看到这一幕，愣了好一会儿，才赶紧垂下眼，郑重地行礼。

“金雀怎么不见了？”净尘开口，声音如平日般轻缓，但语气已然不同，透着一丝冷意。若是此时天枢殿的旧人在的话，定会觉得，这一刻的净尘大香师，无论是眼神还是身上的气韵，都隐约带着几分广寒先生的影子。

很多人或许已经忘了，净尘大香师是广寒先生一手培养起来的，他所学的东西，大部分都是广寒先生亲自教的。

流夕心头莫名一颤，不自觉地就将白天里发生的事，以及刚刚在柳璇玑那儿说的话全都道了出来。

净尘听完后问："柳先生特意让你来找我要人？"

流夕点头。

净尘道："那你可明白柳先生是何意？"

流夕抬起脸，紧张地吞咽了一下口水，说不出话来。

净尘道："你若再没别的可说……"

流夕忽地跪了下去，咬了咬牙，垂下脸开口道："天枢殿的墨香找过金雀姑娘，应当、应当就在金雀姑娘从天权殿出来后的那段时间。"

净尘从蒲团上站起身，走到流夕跟前："墨香又是谁？"

流夕额上沁出汗，不敢抬起脸："墨香是小人的远房表妹，小人也是去年回家探亲时才知道她也进了香殿。昨儿，墨香忽然来找我，让我帮她一个小忙，说是这两日金雀姑娘若是出了天璇殿，记得告诉她。"

净尘道："她找你帮忙，你就帮了，不问缘由？"

流夕道："小人当时也觉得她这要求有些奇怪，便问了何因，墨香只说是安先生暗中交代的，她不好明说，还给小人出示了安香师的大香师印，并保证不会对金雀姑娘不利。小人觉得，总归都是在长香殿，墨香又是安先生的人，金雀姑娘亦同安先生交好，就应下了。"

"柳先生不知道？"

"柳先生这几日心情不好，小人……未敢就这等小事叨扰先生。"流夕说着就将头垂得更低些，"先生明察，小人句句属实，绝无半句虚言。"

"是没有半句虚言，但亦有未说之事，最大的谎话，往往就是用真话说出来的。"净尘说完就往外走，柳璇玑是一眼就看出流夕在这件事上做了动作，但她竟连查都懒得查，直接把人丢给他，让他给她清扫门庭。

净尘只觉得脑仁疼，事关金雀，他不得不为柳璇玑费这心思，而且照她那霸道又小心眼的性子，他要是做得她不满意，事后不知她还会怎么折腾呢。长香殿的这几个女人，没一个好相与的。安先生更是，一颗心七个窍，什么时候被她算计了都不知道，也就金雀那傻姑娘还天天为她担心。

流夕眼见净尘要走出去了，忙跟着转身，磕了一个头道："柳先生身边有位叫流风的侍香人，和墨香情投意合，墨香允诺过我，若我帮了她这个忙，明年她和流风成亲后，就和流风去盂县的香堂。此事流风也曾与我提过，只是他一直未拿定主意，若他和墨香成了亲，再加上墨香的劝说，他应当会去盂县。墨香娘家在盂县颇有权势，他又是以香殿的侍香人身份过去的，所获的地位绝不会低……而在香殿，先生身边的侍香人，足有九位。”

净尘道：“一直以来，柳先生身边的侍香人都这么多，如何你如今就容不下他们了？”

流夕艰难地吞咽了一下口水，才干哑着声音道：“香殿内有传闻，柳先生这次受伤后，就已开始暗中物色继承人。”

他不敢说出来的是，如果金雀真有什么万一，回不来了，正好顺便除去一个隐患。柳先生身边的人实在太多了，金雀又是最特殊的那一个，偏她又跟谁都不亲近，怎么拉拢都不行。

很多事情，只需有嫉妒这个缘由，任是铜墙铁壁，也足够扯开一个口，更何况还有人在这火上添了油。

九位侍香人，仅这一件事，才刚刚开始，就有两位被卷进去了，也不知道柳璇玑到底在打量些什么，净尘有些无奈，便道：“你先随我去天枢殿，找墨香。”

“是！”流夕几乎是感激涕零，忙起身跟上。

然而墨香已经不在天枢殿了，净尘并不意外，中午时发生的事，天黑后他们才知道，墨香不可能还留在香殿内等着他们过来找。

净尘从天枢殿出来后，流夕忐忑地跟在他身后，犹豫着道：“我知道墨香在长安城内还有个住处，要不要去那里找找？或是，找流风过来问问？”

净尘站在天枢殿前面思忖了片刻，转头看向不远处的观景台，然后就往那儿走去。

观景台的栏杆上，一处有裂缝的地方，被插了一支孔雀翎。

此时天已黑，天枢殿门口的灯光照到这边已经很昏暗了，刚刚隔着那么远，根本不可能看得到这支孔雀翎。流夕沉默地看着净尘拿起那支孔雀翎，暗暗心惊，他知道谢先生的开阳殿里面，饲养了一群孔雀。

难道这是谢先生故意留下来的？

净尘拿着那支孔雀翎看了一会儿，便道：“你回去吧，查一查天璇殿的那些流言是谁放出来的。”

柳璇玑正值盛年，就算她真想在这个时候物色继承人，只要不是公开举办晋香会，就没人会知道。眼下故意拿柳璇玑受伤的事为由提继承人之事，显然是有人在煽风点火，但这时机选得巧，足以蛊惑人心。

得了净尘的话，流夕终于稍稍放下心，恭恭敬敬地应下，然后才退出观景台。

流夕回到天璇殿，给柳璇玑复命后，柳璇玑微微眯眼："这么说，净尘去开阳殿了？"

流夕垂首道："净尘先生让属下离开时，还站在观景台那儿，不过属下回来之前，打听过了，今日谢先生似乎没在开阳殿内。"

所以，净尘下山找媳妇去了！

腊月初五，玉衡殿的崔大香师亲自送清耀夫人回清河。

腊月初十，大雪，长安城迎来近二十年来最冷的天。

同日，金雀失踪，净尘下山；柳璇玑闭门谢客；谢蓝河带着蓝七娘离开长安，去往城外谢家的温泉山庄休养。

而天枢殿的安大香师依旧未现踪迹。

鹿源收到这些消息时，正好蓝靛来找他，他便问："净尘先生去温泉山庄了？"

蓝靛看了一眼殿檐外浓墨一样的天，又看了看片刻就已铺上一层厚厚积雪的地面，淡淡地道："谢先生是去了温泉山庄，但金雀姑娘不一定在那里。"

鹿源微微蹙眉："刑院也查不出来吗？"

蓝靛摇头："谢先生亲自出手，即便是刑院的人，也无法在这么短的时间内查出踪迹，更何况谢先生也不是对刑院一无所知。当年的谢云大香师，可是曾将手伸到过刑院里，刑院上一任的大掌事，和开阳殿颇有渊源。"

鹿源问："金雀姑娘的事，先生知道了？"

蓝靛目中隐隐露出担忧："我已给鸽子楼传了消息，但一直未收到先生的回信。"

若是别的事，安先生不在意很正常，但以金雀和安先生的关系，蓝靛觉得安先生不可能会一点都不在乎。看眼下的情况，金雀暂时应该不会有危险，但谁都说不准，眼下的形势瞬息万变，到真有那个必要的时候，金雀随时都有可能遭遇不测。

今日谢先生亲自出手带走了金雀，为的就是逼净尘先生离开长香殿，如果能将净尘先生拖住，拖到腊月三十以后才回香殿，他们的目的也就达到了。而为达到这个目的，他们有什么是不能做的？

鹿源亦有些不安，低声道："是否是鸽子楼有变？"

蓝靛不语，这种担心一直存在她心里，安先生亦默许了她私下对鸽子楼做的所有准备，但安先生又在这个时候，表现出对镇香使的如此信任，有时她真猜不

透先生心里究竟在想什么。

鹿源道："如果镇香使真有异心，安先生眼下可在他们手里！"

蓝靛道："今日是腊月初十，再过三天，你去接触一下鸽子楼的人，见一见先生。"

鹿源问："如若他们拦着？"

蓝靛道："他们若敢拦着，就说明先生真的出事了。"

鹿源神色凝重："你我为何不马上去见先生？"

"先生之前交代过，她越是不露面，那边就越是不安和着急，眼下我们只要一有动作，先生的行迹就有可能被他们发现……再等三天吧。"蓝靛说到这儿，沉默了一会儿，又道，"如今我们谁都不希望镇香使有异心，否则，这天是真的要翻了！"

转眼就到了腊月十三，鹿源易容成一名负责外出采买的香使下山去了。

而长安城内，天下无香斜对面有家叫徐记的香料铺子，原来这条街上做这个买卖的店铺，除了他这一家外，就只有街尾的一家，所以往年他家的生意还算是不错，小日子过得挺滋润。可自从天下无香开张后，他家的生意就越来越惨淡，以前的熟客，有一半都跑到天下无香去了，徐记的老板娘心里是恨得直痒痒，却又奈何不得人家，只得每日闲的时候站在门口，一双眼睛死死地盯着天下无香，并拉着路过的客人指桑骂槐地说天下无香的不好。

对那老板娘的作为，天下无香倒是没有任何反应，川谷虽然好几次想去教训那家店的老板娘，却都被川乌给拦住了："冷静些，说不准就是香殿的人设计故意激你我，大祭司交代了，这段时间莫生事，勿要让人抓了把柄。自上次被指香品有问题后，衙门那边对咱们可一直盯得很紧。"

川谷黑着脸道："那臭女人，看我到时不把她的舌头给生生拔下来切碎了喂狗！"

川乌道："还是先找到安大香师要紧，再寻不到踪迹，大祭司怕是要发怒了。"

川谷面上的怒色顿时褪了，顿了顿，才道："直接找她是不可能找得到的，咱们的人一直盯着她身边那几位呢，只要他们有所动作，我们就一定能找出些蛛丝马迹来。我只是不明白，大祭司为什么一定要找到她？她要是真失踪了，岂不更好？再说她已被种了香蛊，而那只香蛊一直被大祭司随身带着，算算日子，她这个时候可不好受，神思怕是已经开始错乱了。"

川乌道："她毕竟是大香师，若是一直藏在暗处，大祭司无法判断她的真实情况，我们就会变得被动。”

川谷皱了皱眉头，慢慢地道：“我倒是觉得，她不可能一直藏着不出来，兴许就这几天。”

而此时，天下无香深处，司徒镜将那只香蛊从水池子里拿出来，放在手心，然后瞥了一旁的胡巴一眼：“命蛊和香蛊不一样，鹿源若熬不过气血逆行的痛苦，又不想求我为他解蛊，那他只需找一只比命蛊更强的蛊王，种到他的身体里，让那两只蛊虫相互残杀。只要这个过程中他能忍得住痛苦，便有七成的机会获救。香蛊则不然，安大香师去哪里找一只更强大的香蛊来与这只香蛊厮杀？更何况，香蛊咬住的是她的魂，是她的精气神，不是她的血肉经脉，她的香境越强大，意识上反抗得越厉害，香蛊对她的影响和制约就越大，她摆脱不了的。”司徒镜说到这儿，就看着自己手掌上的香蛊，一字一句地道，“它们就好似相依相生的一对。”

几乎是滴水成冰的深寒冬日，似因他这句话，又冷了三分。

胡巴道：“但你现在还不知道她在哪里。”

司徒镜冷幽幽地道：“我只需知道，她还在长安城内就行，再过几天，这只香蛊就会开始二次成熟，到时就算她不露面，我凭着香蛊也能找到她。而到了腊月三十那天，正好是香蛊的二次成熟圆满之时，到时那位安大香师，便会完完全全地听从我的意思行事。”

胡巴沉默地看着那只躺在司徒镜手心里的香蛊，再看着水池里已经开始孵化的虫卵，心下讶异。他以前做梦都没想到，这些传说中的蛊虫，真的被司徒镜培育成功了。只要这些东西成了气候，何惧大香师，就是整个长安城，也能轻易收入囊中。

司徒镜见胡巴没说话，低低冷笑一声：“你还想杀我吗？”

胡巴依旧沉默着，司徒镜接着道：“我惜你之才，所以留着你，而且如今你年事已高，还有几年可活？你忘了，培育出那些传说中的蛊虫，是你的毕生追求，眼下我帮你实现了这个梦想，而很快，你就可以见识它们的伟大了。”

鹿源乔装成的香使下山进城后，先去坊市将香殿需要的东西都采买了，然后又去了西市的一家香堂，和里面的掌柜说了会儿话。小半个时辰后，这采买的香使便告辞出来，回了长香殿。而在此之前，鹿源已经又易容成柳班梨园里的一名琴师，打着伞从香堂出来，往天下无香那条街走去，他要买的香，这香堂里正好卖完了，便去以前常去的徐记香料铺问问。

约中午时分，鹿源走到了徐记门口。因天气冷，徐记的老板娘早上开门的时候，在门口咒了天下无香几句后，就回了店内抱着手炉看着铺子。这会儿她刚吃完午饭，店里也没有客人，正无聊地打盹呢，忽然瞧见有个年轻的公子撑着把油纸伞，从雪中走来，跨步进店里，老板娘赶紧从椅子上站起身。

待那公子将伞收起来后，她才认出原来是梨园里的那位琴师，她记得好像是姓陆，以前时常来照顾她店里的生意，就是这几个月来得少了。

老板娘面上露出笑容："陆公子有些日子没来了，都还好吧？"

鹿源将油纸伞放到门边，然后转身道："托您的福，都挺好。"

老板娘走到柜台后面："您这次要什么香？"

鹿源道："蓬莱香，要去木沉水。"

蓬莱香是沉香的一种，也叫生沉香，在剩去木质之前并不沉水，但去掉木质之后就能沉水。因为香体坚硬并有光泽，香气清而长，价格极为昂贵。如此昂贵的香材，一般的香料店里少有卖的，即便有，客人也不会特意指出要去木沉水。

老板娘面上微异，顿了顿，打量了陆琴师一眼，才又笑着道："去木沉水的蓬莱香怕是没有了，不过前些日子店里进了一些榄子香，品质极好，不如我拿给陆公子看看？"

榄子香也是沉香的一种，也称虫漏，是香树被虫蛀漏后，香的精华在水心中结子，虫不能蛀蚀，外形如同橄榄核，所以得此名。

鹿源摇头："就要蓬莱香，麻烦掌柜去库房找找看，兴许有。"

老板娘只得笑着道："那请公子稍候，我去看看，您瞧这大冷的天，连店里的伙计都躲懒去了。"

约一炷香的时间后，老板娘手里拿着个小匣子，面带歉意地出来："真不好意思，陆公子，蓬莱香确实没有了，不过我把榄子香拿出来了，要不您看看？"

鹿源没有看她手里的匣子，只是再问一句："真没有？"

老板娘叹道："这么好的香不容易收，断了好些日子了。"

鹿源心里微沉，转身去拿伞，只是待他走出店铺撑开伞要走时，那老板娘又追出来道："陆公子，要不你过两天再来吧，店里上个月定了一批香，可能会有蓬莱香，我算算日子，再过两天就能送到了。"

鹿源撑着油纸伞回头看了老板娘一眼，默了片刻才开口："可能会有？"

老板娘有些无奈地笑着道："您也知道，这天气不好，有买卖我们也想做，但主要还得靠老天爷赏脸才行哪。"

鹿源未再说什么，撑着油纸伞走入风雪中。

老板娘看着那背影悄不可闻地叹了一声，又往天下无香那儿瞥了一眼，正好看到川谷的身影，老板娘当即冷下脸，哼了一声就扭身进了店，一切又恢复平静。

川谷微微眯眼，思忖片刻，就走出去，跟上鹿源。

只是川谷花了半天时间，也没查出有什么不对劲，那位琴师回了梨园后，就开始准备排练之事，他亦暗中找梨园的人打听了，得知这位陆琴师确实喜欢用香，以前每隔一段时间都会去徐记香铺买香，并且常用的香就那么几种。只是川谷还是疑惑，此人不过是个琴师，怎么能用得起那么名贵的香，却接着又听说，陆琴师就是梨园的老板。

回了天下无香后，川谷又琢磨了一会儿，最后摇摇头，兴许是他多心了。

夜里，鹿源回到天枢殿后，蓝靛也回来了。

下午时，鹿源没在徐记买到蓬莱香，她本打算动手的，只是后来被鹿源阻止了。

蓝靛问："让你两天后再过去，是安先生的意思？"

鹿源道："我无法确定是不是先生之意，只是，镇香使若真想阻拦，应当就不会给我传这句话。"

蓝靛沉思着道："若真是先生的意思，为何要等两日后？"

鹿源亦是不解，又问："你还未收到先生的信？"

蓝靛摇头，眉头紧蹙，这天枢殿内，已有蠢蠢欲动的气息了，只是眼下的情况未明朗，没有人敢轻举妄动。

鹿源沉默了片刻，低声道："我有些担心，先生今日是不是不便见我？"

蓝靛转头："你的意思是……"

先生真的因为被种了香蛊，出了什么状况？！

这个疑问，他们都没敢说出来，但两人都从对方眼里看到了深深的担忧。

两人站在深深的殿檐下沉默着，良久，鹿源才开口："我一直觉得，镇香使一开始就知道这一切，知道天下无香的人会来长安，知道他们会设计给先生种下香蛊，甚至，知道香蛊会对先生造成什么样的影响。"

蓝靛道："我们没有证据。"

寒风刮过，鹿源宽大的袖袍翩飞鼓起，他低声道："没有证据，那就找出证据来。"

蓝靛遂看了他一眼："你，是不是查到什么了？"

从镇香使进入天枢殿的那天起，她和鹿源都在暗中查探白焰的一切，只是面对昔日的广寒先生，他们想要查出点什么，实不是易事。

鹿源没有回答，正好这会儿一位刑院的院侍忽然走近，朝蓝靛做了个手势。

蓝靛即走过去，那院侍便将手里的东西交给了她。

片刻后，蓝靛转身回来："安先生回信了。"她说着就交给鹿源看。

安岚在信中让他们少安毋躁，两日后，再去见她即可。

鹿源折好信，交还给蓝靛："确实是先生的笔迹，"

信上还有安先生的大香师印，沾了香气，带着异象，做不了假。

鹿源终于稍稍放下心，只是刚刚他说的事，还是横在心里。

徐记香铺在天下无香的对面，也就是天下无香的东边。天下无香位于四海斜街，四海斜街的东面有条街叫四海街，四海街上有个临街的宅子，前面是店铺，后面是带院子的住宅，那店铺也是做香料买卖的。如果坐马车的话，从四海斜街这边绕道四海街那边去，起码要大半个时辰。两条街中间除了隔着两排店铺宅院外，还隔着一条小巷。

而四海街上那座宅子的内院设计得也很巧，即便真有人走进来，粗粗一看，一时也探不清这内院究竟有多深。并且，这院子里还有个暗道，暗道通向的正是徐记香铺。

四海街上这间带铺面的宅子，就是白焰未进天枢殿时，生活过一段时间的地方。

当初，安岚就是在这里找到白焰的，不过那时她并不知道，原来这院子还能通向另外一条街上的另外一个铺子。直到这一次她住进来后，才发现，原来他早有准备。

安岚住进这里已差不多有半个月，这半个月来，她一句都没有多问，并且大部分时间都是自己独处。只有感觉身上略好些时，她才让白焰过来陪她说说话，但说的也都只是些无关痛痒的闲聊，从不涉及香殿和天下无香之事。

其实不说蓝靛和鹿源等人，就是白焰，即使眼下同住在一个宅子里，他也已经有三天没有见到安岚了。

白焰看着紧闭的房门，面上有些无奈，但心里更深的是担忧。他想敲门，但刚抬起手又慢慢放了下去，怕惊扰到她。昨日要不是鹿源找过来，并且蓝靛那边已经要有所动作了，她怕是连句话都不会往外递。

香蛊对她的影响，远远超出了他的预想，他不知道她在房间里做什么，除了送饭的时间外，她从不让他进去，也一直没有同他说此事，即便他问，她也只是摇头沉默。

这段时间，只要她不主动出来，他就不能随意进去，而这一次，她已有四天没有走出过房门了。

白焰就靠在门前的廊柱上，看着那扇紧闭的房门，天下着雪，雪花顺着风飘进来，不多会儿，他肩上就落了薄薄的一层。

他只知道她一直在里面起香境，而他既然进不去这个房间，也就进不去她的香境。这几日，他只是隐隐有所感觉，里面一直环绕着破灭的气息，但随之又有细弱的、新生的气息在流动。白焰抱着胳膊靠在廊柱上沉思，到底是什么样的香境？为何要不停地起香境，甚至毫无节制地让自己沉浸进去？如此消耗精气神，身体当真受得了？之前在白园时，她仅是对川连起了一场香境，就歇了好几日才缓过来，为何如今要反其道而行之？

也不知过了多久，白焰甚至觉得一边身子被冻得有些僵硬的时候，忽然听到开门的声音，他转头，遂见安岚从屋里走出来，脸色有些苍白。

安岚似乎有些意外他会站在门口，怔了怔，看到他肩上已落满雪花，便道：“怎么站在这儿，不冷吗？”

白焰打量了她两眼，随后笑了，拍了拍身上的雪花，然后才走过去，想抬手碰一碰她的脸，却想到自己的手正冰着呢，便又收回去：“感觉好些了？”

安岚伸手握了一下他的手掌，便道：“这屋里的炭快烧完了，去你房间吧。”

白焰的房间就在她隔壁，里面的炭盆烧得正旺，床上放着熏笼，桌上的茶水也都用小火炉热着。安岚进来后，直接走到他床上坐下，靠着熏笼，微微苍白的脸上带着些许疲惫。

白焰先将自己身上的披风脱了，又走到炭盆那儿将两手烤热后，才给她倒了杯热茶，送到她面前，待她接了后，就同她挤到一张床上。

安岚慢慢喝了半杯热茶后，便将杯子递还给他，白焰接过去将剩下的那半杯茶喝了，才道：“你身上觉得如何了？你一直这么沉默，脸色却一日比一日差，让我怎么办才好。还有你香殿那些人，可都要翻天了！”

安岚倚着熏笼，侧过脸看他，两人此时离得很近，几乎数得清对方的睫毛。

多少年了，他这张脸还真是几乎没什么变化，依旧英俊得每次看，都足以令人怦然心动。可更令人动心的，却还是他这一身的气质神韵，以及那深似海的心思才智。

她看了他好一会儿，就抬起另一手，轻轻抚了抚他的脸：“如果我过不了这一关，你会如何？”

白焰一怔，随后失笑，无奈地捉住她的手，用力捏了一下：“你这一关指的是香蛊的影响，还是香殿的危机？”

安岚想了想，道：“都有。”

白焰叹了口气："若真赢不了，又摆脱不了香蛊的影响，我便带你走吧，离得远了，你受的影响应当会轻些。"

安岚忽然笑了，看着他道："若真的输了，哪还有命可活，除非……"

白焰问："除非什么？"

安岚以手支着下颌，微微偏着脸看他，似笑非笑地道："若是输了，除非你去替我求情，兴许他们就能留我一命。"

白焰沉默了一会儿，无奈一笑，摇头叹了口气："司徒镜倒真跟我说过这句话，只是我认为，你不会输。"他说着就抬起她的手，轻轻吻了一下，低声道，"我也不会让你输的。"

他没有隐瞒，坦荡得让人几乎有些不敢相信他的诚意。

安岚微微挑眉："你凭什么认为我不会输？"

白焰道："我不会看错。"

安岚沉默了一会儿，淡淡地道："兴许，这一次你真的就看错了。"

白焰笑了笑："那也没关系，谁人无错？"

安岚又问："若真有那一日，你可愿意为我屈膝求情？"

白焰问："若真有那一日，你是愿我为你屈膝还是更愿我为你而战？"

安岚默默地看了他许久，才开口："当初你住在这里的时候，就知道我一定会过来找你？"

终于肯提到这个话题了，白焰一时有些分不清，自己究竟是希望她问，还是不希望她问。他面上却无异样，只是轻轻点头："没错，我等了你很久。"

安岚再问："你早就知道，天下无香会在那条街上落脚，所以你一早就选了这个地方，并挖了暗道？"

白焰道："其实并不能确定，只不过在他们进长安之前，我给过司徒镜一些选址的建议，所以他们选那个地方的概率要大些。"

"为什么要带我来这里？"

"你说想离天下无香近些，但又不想让他们知道，便只有这里最适合。"

"但你知道，我只要住进来了，就一定会知道你很多事，还会问你很多问题。"

"我知道。"

安岚收回被他握住的那只手，放在熏笼上，手指轻轻弹着："那你希望我继续问下去吗？"

白焰看了她一会儿，才开口："在这之前，我亦有一事不解。"

安岚轻轻拨弄着垂在脸侧的头发："你说。"

白焰问："为何直到今日，你才想要问？住进来的当天，甚至更早时候，这些问题应当就已存在你心里了。"

安岚看着他沉默了片刻，才道："因为我确认了一件事，所以忽然就想问个清楚。"

"确认了一件事？"白焰有些不解，"何事？"

安岚道："现在还不想说。"

白焰慢慢笑了："安先生，这可不公平。"

安岚轻轻瞟着他："这天下哪有绝对的公平可言，譬如你我之间的情和义，究竟谁待谁更重一些，谁待谁更真一些，你能说得清？"

白焰只得无奈一叹，随后打量了她好一会儿，不大确定地问："你似乎，在生气？"

安岚道："没有。"

否认得很快，白焰却愈加确定她真的有些恼意。

但安岚似忽然就失去了继续这个话题的兴趣了，也不想再继续问下去，随意拨了一下头发，便坐起身道："快中午了，吃饭吧，今天吃什么？"

白焰看了她一眼，伸出手指在她额头上轻轻点了点："虾丸鸡皮汤、酒酿清蒸鸭子、胭脂鹅脯，还有一碗糖蒸酥酪，安先生可还满意？"

安岚瞥了他一眼："还不错。"

只是，当饭菜摆上桌时，她吃的却比前几天还少，粳米饭吃了半碗，汤喝了两口，鹅脯就进了一小片，那道酒酿清蒸鸭子连碰都没碰，只有那碗糖蒸酥酪差不多吃完了。

见她放了筷子，白焰问："不合胃口吗？"

安岚摇头："汤先别收，用炉子热着，我一会儿再吃点。"

白焰微微蹙眉："你这些天吃得越来越少了，是香蛊的影响？"

"兴许是吧。"安岚拿起旁边的茶漱了漱口，然后又道，"你想知道是什么感觉吗？"

白焰闻言就轻轻放下筷子。

安岚思忖了一会儿才道："就好似一个旋涡、一只巨兽潜伏在心里，它阴暗、潮湿、强大，摆脱不掉，如影随形，随时都伺机要撕碎我的意识，将我吞噬，让我化成它的血肉，供它驱使。就连我起的香境，都要脱离我的控制，甚至反过来要控制我，带着我走向未知的深渊！"

白焰沉默地听着，神色认真，甚至有些凝重。

安岚也沉默，许久之后才开口，声音轻缓，好似从遥远的地方传来："它是另一个我。”

白焰轻轻覆上她放在桌上的手，看着她道：“不是，它只是你的一些负面情绪，它是残缺的、无意识的、虚妄的，它不可能会是另外一个你，更不可能驱使你。反之，你能战胜它、掌控它、驱使它，并让它为你所用。”

安岚和他对视了片刻，然后慢慢垂下眼，看着他的手，他手掌宽大，手指修长，掌心温热，他只是轻轻覆住她的手，她却依旧能感觉到他的力量，不是那种强悍的爆发力，而是温和的、绵长的、持久的、深不可测的、令人觉得可靠与信服的力量。

然而，她还是开口，接上之前的问题：“你是不是早就知道，有一天，我会再次走进这个宅子？”

白焰道：“这是我生活过的地方，我从不意外你会再次走进来。”

这样的回答有点避重就轻，安岚抽出手，再问：“你是不是早就猜到，我将会在什么情况下，再次走进这个宅子，并住下？”

白焰收回手，拿起旁边的茶杯喝了一口，才道：“我想过很多种可能，唯独没有想过会是现在这等情况。”

安岚问：“现在是什么样的情况？”

白焰放下茶杯，却没有马上开口，眼里带着几分担忧，似乎是在斟酌词句。

安岚替他道：“没想到我会这么脆弱，没想到香蛊会那么强？”

白焰摇头：“你并不脆弱，香蛊也绝没有他们所以为的那么强。”

安岚道：“却还是比你想象中的强。”

白焰默了默，再次握住她的手：“你会没事的。”

安岚只是淡淡一笑，随后就转了话题：“金雀找到了吗？”

白焰摇头：“谢蓝河的目的不是金雀，而是净尘，如今净尘已经离开长香殿，并被谢蓝河暂时困在了香境里，只要净尘不离开谢蓝河的香境，金雀就不会有危险。”

安岚微微蹙眉：“如此说来，是净尘主动走进了谢蓝河的香境，还是谢蓝河的香境真的困住了净尘？”

白焰再次摇头：“鸽子楼的人，无法查探大香师香境的真实情况。”

安岚眉头紧蹙，白焰便又道：“至少目前金雀并无危险，你不用太担心。”

“金雀若真是在谢蓝河手里还好，我是担心，他万一已经将金雀交给了别人，那金雀的安危可就……”安岚问，“你的人也找不到金雀？”

“一直在找，暂时还没有找到有效线索。”白焰思忖片刻，又道，“谢蓝河的目标是净尘，依我之见，他定不会将金雀交予他人。再说，他亦不是任人差遣之人，无论是天下无香还是道门的人，怕是都差遣不了他。再退一步，如果谢蓝河真的将金雀交给了别人，兴许就会因此露出蛛丝马迹，刑院和鸽子楼的人都等着他做这些动作呢。”

安岚说着不由得就叹了口气：“但愿如此。”

净尘如果真想救金雀，就只能一直与谢蓝河周旋，只要坚持到腊月三十就行。但若真是如此，长香殿内的大香师，就又少了一位。

安岚抚了抚额头：“崔先生已经快到清河了吧？”

白焰算了一下时间道：“如果顺利的话，再过一天，他们就会进入清河了。不过他们在离清河还有三天的路程时，崔氏就已经派了人去迎接，各路人马也都在暗中盯着，确保崔先生一定进入清河。”

安岚叹了口气：“如此，崔先生更不可能返回长安了。”

白焰道：“你无须想那么多，川连挑战长香殿，并非是要挑战所有大香师。他们几位虽不在香殿内，却并非就已决定了此战的胜负。”

安岚淡淡一笑：“天下无香要挑战的，就是所有大香师，是整个长香殿，甚至是整个长安。”

腊月十五，鹿源如约来见安岚。

白焰站在院子中央等他：“安先生这几日精神不太好，源侍香还是莫让先生太费神了。”

鹿源站住：“先生在镇香使这儿还不得好好休息，镇香使难道不该反省一下？”

白焰道：“源侍香这帽子扣得有点早，岂不知先生是为你等未能尽心尽力而烦忧？”

鹿源道：“在下是否尽职尽责尽心尽力，先生心里有数，倒是镇香使，您待先生当真是出自真心真意，还是别有用心？”

白焰淡淡一笑，微微侧开身，让他过去。

鹿源在房门上轻轻叩了一下：“先生，鹿源求见。”

“进来。”

鹿源推开门，房间内一片静谧，他低头略整了整衣服，才绕过里面的多宝阁走进去，遂见安岚盘腿坐于前方的榻上。鹿源忙垂下眼，悄悄嘘了口气，才走上前行礼。

安岚问：“让你查的事，查得如何了？”

从镇香令牌失窃，山魂事件渐渐浮出水面，她就知道，南疆香谷筹谋这么久，不可能不在长香殿安排人，并且那些力量藏得太隐秘，在这之前，她并无察觉。还有道门的手，在天玑殿内伸得太深了，如今还与香谷结盟，双方的野心越来越大，已到了不得不清理的时候。

只是道门经营了这么多年，并且司徒镜此番入长安，竟带了白蚊那等邪物进来。她之前在天下无香里见过白蚊后，就知道司徒镜定也将这些东西送进了长香殿。白蚊是个极大的隐患，一旦失控便会招来大祸。只是偌大的香殿，又有道门的人与之里应外合，她想查清楚很难，并且她要是一直待在香殿内，那些人更不敢轻举妄动，查探起来会难上加难。

鹿源道："已经确定天枢殿有两名副殿侍长被收买了，与这两名副殿侍长有直接关系的殿侍有十一位，此外，还有三位香师与其有过私下交易，并已确认其中两位香师亦已被香谷收买。这些人属下都已经派人暗中盯住，属下觉得，再继续往下查，肯定会牵扯到其余香殿的人……只是那白蚊的藏处，暂时还未查到。"

安岚道："继续往下查，无论牵扯到谁都无须顾忌。"

现在大香师们一个一个落入道门和香谷的陷阱，现在的长香殿，已见风雨飘摇之势，他们安排在香殿里的那些人，一定会越来越按捺不住。而且长香殿的权力马上会重新洗牌，兴许是前所未有的颠覆，大香师们将会被拉下神坛，香师的地位也会被彻底削弱，只要有野心有能力的人，都能在此争得一席之位。现在是证明能力的最好时机，只要给那些人一个小小的可能，即便他们不会立刻现行，也一定会蠢蠢欲动，露出蛛丝马迹。

她就是要趁此机会，将这些人一网打尽。

鹿源问："即便涉及镇香使，也要继续查吗？"

安岚道："查！"这一声说得毫不犹豫，斩钉截铁。

鹿源怔了一怔，不由得抬起眼，遂见眼前那双漆黑的眸子里，带着少见的厉色。

"是！"鹿源俯首应下，再慢慢抬起脸，随后心里微痛，先生的脸色比他上次见的时候还要苍白许多，整个人也清瘦了许多。虽知道这极可能是香蛊的影响导致的，但他还是无法抑制地对白焰感到愤怒！

于是沉默了一阵，鹿源还是忍不住开口："先生……先生在这儿过得可好？"

安岚看了他一眼："怎么问这个？"

鹿源克制地道："先生似乎清减了些。"

安岚淡淡地道："嗯，无碍。"

鹿源垂下眼，似欲言又止。

安岚问："怎么，你还有事没说？"

鹿源迟疑了一下，抬起眼道："既然先生刚刚说了，无论涉及任何人都无须顾忌，那么属下确实还有一事需向先生汇报。前些天属下查到一点关于镇香使的事，涉及当年广寒先生的安排，及留下的一些私物。只是这些事又涉及天权殿，之前因净尘先生一直在天权殿，属下不敢继续追查，但现在净尘先生正好离开了天权殿，属下以为，这是查清镇香使的最好时机，只是天权殿的有些地方，属下无权进出。"

鹿源说着，就从袖子里拿出一册卷宗递给安岚，上面是他查到的关于镇香使白焰的全部，点点滴滴都详细地记录在上面。

其实关于白焰的事情，安岚在找到白焰的时候，就已经让人去查了，只是当时查到的，只是白焰进入长香殿之前的些许事。而在白焰进入天枢殿，成为镇香使后，安岚就停止了这些动作。现在鹿源交上来的这份东西，里面虽没有直接指向白焰不忠的证据，但还未查到的那些，放在天权殿里的东西，很可能会是个极大的意外。而且，如若镇香使当真有异心，那么天权殿的净尘大香师也同样不能信任，如此，那金雀的安危，也令人担忧。

安岚看完后，默了片刻，才问："你需要进入天权殿的哪些地方？"

鹿源道："净尘先生的寝殿。"

大香师若不在香殿，莫说是外人，就是其香殿内的人，也绝不能随意进出大香师的寝殿，除非大香师之前特别交代过。

安岚思忖良久，从榻上站起身，走到多宝阁前，取下一个螺钿镶嵌的匣子，从里头拿出一个白玉盒子，打开，里面放了三粒龙眼大小的香丸。

"这是七日迷神香。"安岚说着就递给鹿源，"若是在大香师手中，能令闻了此香者失魂七日，在普通人手中，则仅能发挥一刻钟到半个时辰的功效。"

鹿源神色肃穆，垂首，双手郑重地接过那个玉盒。

安岚又走到桌案边，提笔蘸墨，接着道："我再给你一封信，让你去天权殿的藏书楼借书，那藏书楼离净尘的寝殿不远，到时能不能进去他的寝殿，就看你自己了。"

安岚很快写好信，然后拿出大香师印，在信上盖下自己的大香师印，遂见信纸上有异象升起，并伴有暗香浮动。

"净尘的寝殿除了有侍香人守着外，还有身手卓绝的殿侍，加上这封信，你的时间能增加到一个时辰。"安岚说着就转过身，将折好的信交给鹿源，"只是你还需记住，这两样东西，只能防住一般人，防不住大香师，也防不住镇香使。”

鹿源从安岚的房间出来后，看见白焰还站在院中，他不动声色地走过去，却在从白焰身边经过时，突然抽出一把袖剑刺向白焰。

杀气!

鹿源一出来，白焰就感觉到了对方身上的杀气，浓重而锐利，毫不掩饰。

泛着寒光的利刃刺穿风雪，直取眉心!

白焰脸往旁一偏，袖剑遂从他眼前擦过，距他的眼睛不足半寸，洁白的雪花在他眼前片片破开。鹿源收回袖剑，反手再刺，他这一套动作不仅快，并且如行云流水般顺畅。白焰侧身，左手抬起挡住他的攻势，右手欲夺他手里的武器，鹿源却往后退了半步，身体以一个诡异的角度转到白焰身后，那一瞬，他身影宛如鬼魅，快得几乎眼睛都追不上!

白焰心里诧异，身子及时向前微倾，躲过鹿源后面的一剑，随即抽出靴中的匕首，回身接住鹿源闪电般的第二剑。

周围的雪花猛地被震开，如玉石相撞，又似碎冰之声，利器相撞的音量不大，但极其尖锐刺耳，在这安静的小院里显得尤为突兀。

鹿源的攻势未减，白焰亦是一言不发，并转守为攻。

刀剑声不时响起，声音依旧不大，却带着令人胆战心惊的气息。

风雪被他们带了起来，隐隐有成旋涡，反飞向天的迹象。

“够了。”就在他们打得难解难分之时，一个带着些许冷意的声音响起。

两人竟就在那瞬间同时收手，毫无勉强，并相互看了对方一眼，然后分别收起手中的利器。

安岚从房间里走出来。

白焰转过脸看她，好似什么事也没发生一般，面上随即露出三分笑意，走过去替她拉了拉披风：“怎么出来了，外头冷，别冻着了。”

鹿源也不就自己刚刚的行为做任何解释，只是朝安岚行了一礼，见安岚也没有开口的意思，便往后退了几步，转身离开。

安岚看向白焰：“你们俩怎么了？”

白焰淡淡一笑：“切磋一下而已。”

安岚一边转身回屋，一边道：“只是切磋？”

白焰随她进去，面上依旧挂着笑意：“源侍香的身手，倒真是令我有些意外。”

安岚问：“意外？是太好了，还是不够好？”

白焰道："好，好到让人不忍多想他是怎么学到的。"

安岚略有不解，询问地看了他一眼。

白焰道："有些功夫，挑选苗子的条件极为苛刻，学的过程又甚是残忍，他这样的苗子可遇不可求。并且他那样的功夫，学成了自然好，但未学成之前，可以说是手无缚鸡之力。"

所以他半生挣扎，却在学有所成后，又受制于命蛊。

那样的人，如何甘心。

这一场切磋，似乎只是两个男人间，很简单的一次正面交手，没有出尽全力，仅仅是相互试探对方的实力，但他们的这场动静，还是引起了外面人的注意。

内行人只稍一听，就听得出来，那是刀剑声。

而正巧，镇南王留给天下无香的那位刺客寒立，今日就在附近。

一个普通的民宅内，怎么会有刀剑声？！

于是当天傍晚，司徒镜就找了过来。

他不知道安岚是不是在这里，但他查到这是白焰的宅子，并且这几天，白焰一直住在此处。

客人上门，白焰自然没有避开，他请司徒镜进了前院的茶厅。

司徒镜开门见山："今日与你动手的人是鹿源？"

白焰慢条斯理地给他倒上茶："源侍香告诉你了？"

司徒镜道："我还未找他。"

白焰略挑了挑眉，表示诧异："哦？"

司徒镜又问："安先生一直在你这儿？"

白焰笑了笑，未予回答。

司徒镜三问："你和鹿源为何动手？"

白焰喝了一口茶，淡淡地道："切磋切磋。"

司徒镜道："我了解鹿源，这种时候，他不可能会选择在这里与你切磋，如果安先生真的在这里的话。"

白焰手里握着茶杯，没有说话。

司徒镜便也拿起自己面前那杯茶，仔细品了一下，茶香清雅，余味悠长，果然与他煮的有些不一样。同样的茶叶、同样的水、同样的手法和时间，甚至用的也是同样的茶具，为什么煮出来的茶却不一样？

司徒镜疑惑地看着手里的这杯茶，又抬起眼，打量着看着白焰。

白焰也看着自己手里的茶杯，片刻后，问道："就大祭司看来，源侍香是个什么样的人？"

司徒镜道："一个不会轻易犯错的人，除非是有目的地去犯错。"

白焰道："你觉得源侍香今天犯错了？"

"他若不犯错，我现在怎么会在这儿？"司徒镜说着就放下茶杯，"我之前问过他安先生的下落，他说他不知道，今日却告诉我了。"

白焰道："今日之前，源侍香确实不知道安先生在何处。"

这话等于是默认了安岚就在此。

司徒镜不免又看了白焰一眼，才道："鹿源的心在安先生那边，所以我很清楚，他的真正目的，绝不是为了告诉我安先生的下落。"

白焰问："那大祭司以为，源侍香的真正目的是什么？"

司徒镜道："如果连镇香使都不知道的话，那就只能去问安先生了。"

白焰又给司徒镜倒上一杯茶："大祭司还想挑拨我和安先生之间的关系？"

司徒镜道："这我不否认，不过我所说的也是实情，镇香使心里应当也明白，鹿源今日的反常……极可能就是安先生授意的。"

白焰淡淡一笑，未开口，面上的表情似在沉思，又似什么都了然于心。

司徒镜再拿起那杯茶，思忖片刻，才道："兴许本座刚刚说错了。"

白焰问："说错了什么？"

司徒镜道："鹿源今日和你动手的目的，就是为了告诉我，安先生就在这儿。"

白焰微微挑眉："何以见得？"

"只要知道安先生在此，我就一定会过来确认，而你心里也很清楚我今天一定会过来，所以自然是要一直守在此处拦住我。"司徒镜说到这儿，抬起眼，看向白焰，"镇香使，鹿源的真正目的，或者说，安先生的真正目的，是为了拖住你！"

司徒镜似乎在笑，虽然听不到他的笑声，也看不清他脸上的表情，但白焰能感觉到，他此刻一定在笑。

"镇香使，本座不清楚你对安先生究竟有几分真心、几分忠心，不过本座今日终于能确认一件事，那就是，她并没有你以为的那么信任你，她一直在防着你。"司徒镜说着就站起身，"对这样的女人，你还这么委屈自己，居她之下，值不值得？"

白焰道："大祭司这就走了？"

司徒镜道："为了能拖住镇香使，安先生连本座都算计进去了，本座岂能再留，镇香使好自为之吧。”

他话还未说完，人就已经走出茶室了。

片刻后，白焰也从茶室出来，此时太阳已落山，夜幕降下，院中的灯笼依次点起，暖暖的灯光下，冬雪皑皑。

鹿源回到长香殿后，就直接去了天权殿借书。

因有安岚的亲笔信，并且上面还盖了大香师印，所以他进来的一路都很顺利。走到天权殿的藏书楼门口时，鹿源便对为他引路的殿侍道：“我自己进去就行。”

那殿侍道：“那源侍香请自便，既然是为安先生借书，这书楼里的书，源侍香也可随意翻阅，只是借出时，麻烦源侍香找书楼的侍书使登记一下。”

鹿源点头，进了藏书楼，走了一圈，待天色稍暗下来后，才随意拿了几本书去登记。

从书楼出来时，太阳正好落山，该换班的人都换好了，香殿的灯笼次第点亮，火光莹莹煌煌，衬着雪光，盛大又冰凉。

鹿源下来台阶，走向净尘的寝殿，只是还不等走近，就有殿侍上前，客气地拦住他：“源侍香，请留步，此处是……”

鹿源在那殿侍面前展开安岚的信，信上刚刚洒了七日迷神香。

那殿侍还不及看清信上写了什么，就看到信中飞出一只七彩蝴蝶，蝴蝶翅膀轻轻一扇，遂有金光飞起，异香扑鼻，那一瞬，他的眼睛失去了焦距，脑子一片空白。鹿源从他身边走了过去，随即又有两名殿侍上前来，但信在鹿源手中，从信中飞出的蝴蝶一直跟着鹿源，带着一路香风，席卷过去。

走进净尘的寝殿，甚至比进入藏书楼还要顺利，然而他丝毫不敢掉以轻心。

鹿源看着这宽阔又静谧的殿宇，站住，闭上眼，一息后，睁开，抬步往里走去。

禅房、香室、书柜案台，都很简约干净，几乎一眼便可望尽，找不出任何不该有的东西。就连挂在墙上的字画，以及房间里的每一本书，鹿源都细细寻摸过，却还是不见丝毫异样。

时间一点一滴地过去，飞在他身边的蝴蝶在慢慢变暗，蝴蝶翅膀扇出来的金粉已所剩无几，信上的异香也在逐渐远去。

鹿源最后走到净尘的床前，枕头、被子都没有问题，床板下面也没有任何暗盒。

都没有！

是他猜错了吗？还是，他错过了什么？

鹿源站在净尘的床前思索，镇香使，或者说曾经的广寒先生养伤的那段时间，一直是由净尘先生照看的，这就说明净尘先生是镇香使最信任的人。虽说广寒先生当年舍了一切，但他如今回来了，还带来这么多、这么大的事，广寒先生当年不可能没有交代。镇香使的忠与奸，很可能就在广寒先生当年留下的交代里。

房间里的光线越来越暗，几乎要看不见了，停在他肩上的蝴蝶也已变成透明的了，似随时会消失。

再不走，待外面那些人醒过神，他就走不了了。

鹿源轻轻叹了口气，心有不甘，却不得不转身，只是就在他往外走的时候，眼角的余光从窗下的蒲团上扫了一眼，不禁站住了脚。刚刚，他将蒲团拿起来看过了，并没有任何不对劲之处，就连蒲团下面的地板，他也仔细敲了一遍，一样寻不出丝毫不该有的东西。

可是，这一刻，兴许是心有不甘，兴许是福至心灵，他就是站住了，然后回身重新走过去，蹲下。这一次，却不是敲地板，而是抬手仔细摸了摸旁边的墙壁，不消片刻，他就找到了一块有些不一样的砖。如果不是因为房间里的光线太暗，几乎要看不见了，他不得不用手去摸去感觉，光凭眼睛，他根本不可能看得出来这丁点的差异，自然而然就错过了。

鹿源将那块砖按下，随后，一个盒子从旁边慢慢推了出来。

白焰回到长香殿时，各大香殿的灯笼都已点亮。

他走到天枢殿门口，却没有进去，而是往天权殿看了一眼，似犹豫了一下，然后转身，往天权殿走去。

守门的殿侍见他来了，遂上前与他行礼。

白焰问：“今日，源侍香可来过天权殿？”

那殿侍点头道：“来过，大概是太阳要落山那会儿来的，这会儿还在我们香殿里面呢。”

那进去有一个来时辰了。

白焰站在门口沉吟片刻，正要进去，但刚一抬步，就看到鹿源从里出来的身影，手里还拿着几本书。白焰便收住脚步，等鹿源走近了，才开口道：“敢问源侍香进天权殿，所为何事？”

鹿源走到白焰对面：“镇香使此时来天权殿，又是为何事？”

白焰道：“我是来找源侍香的。”

鹿源道："镇香使找我何事？"

白焰道："问一句，源侍香回香殿却不入天枢殿，而先进天权殿，所为何事？"

鹿源道："镇香使该清楚，你无权过问我任何事。"

白焰打量了他一会儿，又看了看他手里的书，忽然一笑："借书？能否让我看一看，是什么书？"

鹿源没有递过去，只是淡淡地道："这是安先生要借的书，镇香使若真想看，改日找安先生借便可。"

白焰却伸出手，掌心向上："几本书而已，源侍香在担心什么？"

鹿源道："天已不早，恕难奉陪。"

然而白焰却没有要让开的意思，鹿源看着他，脸色微凉。

两人似乎心照不宣，相互看着对方，陷入了僵持状态。

危险，一触即发。

此处分明是天权殿的门口，而无论是白焰还是鹿源，都只是天枢殿的人，因此他们俩即便有任何矛盾，照理，天权殿都不会插手，更不会相帮任何一人。

但令人意外的是，就在白焰挡住鹿源，两人陷入僵持的那一瞬，天权殿内忽然出现了一些变化。最明显的是旁边几位天权殿殿侍的位置改变了，还有一名殿侍在悄悄往里退。

鹿源心里很清楚，这些变化对他极其不利，天权殿那几位殿侍位置的改变，其实是不动声色地封住了他所有的路。而往里退进去的那名殿侍，要么是通知殿内增添人手，要么是开始查问他刚刚在殿内做的事情。他进入净尘大香师寝殿之事，即便暂时查不出来，但只要查出他出入藏书楼的时间，就能发现些许异样，而只要有一丁点异样被提出来，他今日就别想顺利离开天权殿。

单单对付白焰，他至少有五成胜算，但若加上天权殿，他就几乎没有胜算了。

沉默了片刻，鹿源开口："镇香使这是什么意思？"

白焰淡淡一笑："只是想看一看，源侍香今日从天权殿内，都借了什么东西出来。"

鹿源道："几本书而已，镇香使连这也管？"

白焰往他手里看了一眼："只是这几本书？"

"不然镇香使以为还有什么？"鹿源说着就下了两级台阶，将两手拿着书改为一手拿，另一手空出来，轻轻甩袖，负于身后，"镇香使如今似乎不仅要管我的事，连天权殿的事，也能插手了，倒真是令人意外。"

白焰依旧面带微笑："源侍香说笑了，在下有何能耐，能插手天权殿的事？"

鹿源往旁示意了一下："那他们是怎么回事？"

鹿源的目光扫过去，那几位殿侍却未动分毫。

"在下既无法插手天权殿之事，自然也无法回答源侍香的问题。"白焰轻轻摇头，面带诚恳，"只是……如若源侍香从天权殿内借走了不该借的东西，我想他们是不会善罢甘休的。"

鹿源面色微沉："镇香使此言可有依据？"

白焰没有回答，只是往鹿源身后看过去，鹿源回头，便见天权殿的副殿侍长王铮元匆匆赶来。

"源侍香请留步。"王铮元走到鹿源身边，面上带着三分客气七分冷意，"我们殿侍长有请。"

鹿源回过身："何事？"

王铮元顿了顿，才道："这个……殿侍长只说有些事想问问源侍香，请进去说。"

鹿源沉默地看着王铮元，片刻后才道："麻烦转告你们殿侍长一声，我有要事在身，眼下耽搁不得，殿侍长想问什么，如果不便让人转达的话，一会儿可以去天枢殿找我，失陪。"

鹿源说完就要走，王铮元却拦住他，刚刚那几名殿侍也都纷纷上前。

王铮元道："源侍香，不会耽误您太长时间的，您还是请进去吧。"

鹿源往旁瞥了一眼，淡淡地道："若我不进呢？"

王铮元似无奈般叹了口气："这……恐怕您今晚就回不了天枢殿了。"

鹿源看向白焰："镇香使这算是露出真面目了！"

白焰笑了笑："在下只是旁观而已，源侍香何来此言？"

王铮元道："源侍香是个明白人，真要动起手来，您没有胜算，到时安先生面上也无光，何必呢？眼下两位大香师都不在殿内，香殿里的事我们更不敢有丝毫马虎，有些事，既然查出来了，就不能不管，倘若真是误会，源侍香进去解释清楚就行，殿侍长也不愿把事情闹大了。"

鹿源问："有些事？什么事？"

王铮元道："这个，您进去了，自有殿侍长与您说。"

鹿源忽然大袖一挥："天权殿如此胡搅蛮缠，究竟何等居心，滚！"

王铮元被鹿源的衣袖扫到，即感觉一股强大的力道劈头盖脸地朝他压来，他不由得往后趔趄了几步，心里大惊，赶紧张口："拿下！"

天权殿内马上又出来四名殿侍，加上之前外面本就有的四名殿侍，一共八个人。除此外，还有一直在一旁，像是看热闹，又像是暗中主持全局的镇香使白焰。鹿源面容沉静，袖剑已滑落在手，却在这时他右下方的两名殿侍动了，夜风拂过，他眼睑微垂，手腕微转，可就在他要出手的那一瞬，一道香甜妩媚的声音忽然传来，一下冲散了这绷到极致的气氛。

“哟，这是怎么了？”

大香师的声音即便再甜软，似乎也带着一种天然的威压，那八名殿侍不由得就收了手，鹿源也停下动作，抬眼看过去。

只见柳璇玑披着一件里外发烧的猩红大氅，自雪中不紧不慢地走来，从其中一位殿侍身边经过时，凤目微转，瞥了他一眼，那殿侍不由得就垂下眼往后退了两步。柳璇玑嗤笑一声，走到鹿源跟前，上下打量了他一眼，啧啧道：“等了你一天，打发人去天枢殿找你，也没找着。怎么，这天权殿有什么了不得的东西，让你都离不得了？小没良心的，还不走！”

柳璇玑说着就转身，看也不看旁边的人。鹿源这才收起袖中的剑，跟在柳璇玑身后。

眼看鹿源就要从自己身边走过去了，王铮元忍不住开口：“柳先生，源侍香他还……”

“滚！”只是不等王铮元说完，柳璇玑一个字就让他住了口。

净尘都不敢轻易招惹的女人，别的人，更没那个犯傻的胆子，王铮元能开口说半句话，已经很勇敢了。

都说柳先生在养伤，可是，当柳先生真站在眼前，谁还记得她身上有伤？

“哦——”柳璇玑走了几步后，似忽然想起什么，又回过头，看向一直不发一言的白焰，“多日不见，没想到今晚会在这儿看到镇香使，待会儿，替我向岚丫头问声好，我可一直惦记着她呢。”

白焰微笑颔首，神色如常：“一定。”

眼睁睁地看着他们离开后，王铮元才走到白焰身边，低声道：“您真的就让源侍香这么走了？”

白焰道：“柳先生亲自来接人，谁留得住？让他们都退下吧。”

王铮元心里叹了口气，便让那几位殿侍都退了，白焰抬起脸，看了看枝头的那轮冷月，然后抬步进了天权殿。

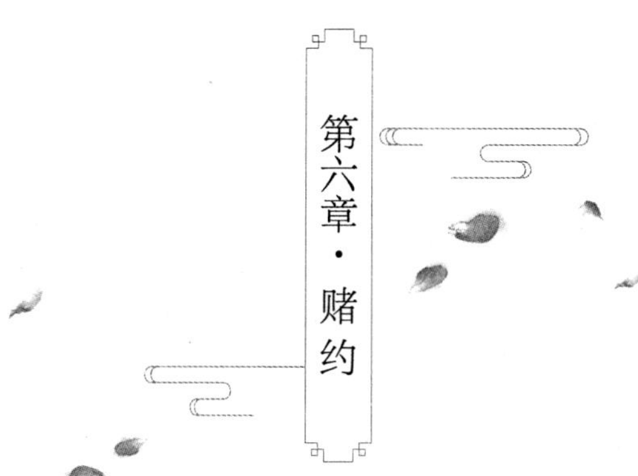

第六章·赌约

白焰进了净尘的寝殿，点起灯，走到他打坐常用的蒲团前，按下墙上那块砖。墙内的暗盒推了出来，没有意外，里面的东西已经不见了。

白焰沉默地站了一会儿，然后将暗盒推回去。

如果今日的行动，是鹿源自己的决定，他肯定不会任鹿源就这么离开。

但即便没有司徒镜的提醒，他也知道，此事是安岚授意的。

没有安岚的首肯，鹿源有再大的能耐，也进不来这里，即便万幸进来了，最终也出不去。

王铮元一直候在净尘的寝殿外，看到白焰从里出来后，赶紧走过去，一边仔细观察白焰的神色，一边小心翼翼地开口："源侍香……刚刚真进去了？"

白焰微微点头，面上倒不见喜怒，王铮元的脸色却当即一变，连声音都透出几分紧张："这、这……他进去做了什么？是偷拿了什么东西？净尘先生回来后，我可怎么交代？"

白焰没有回答，只是微微抬起眼，看着天上那轮冷月。

王铮元遂意识到，这些话兴许不是自己该问的，便打住，思忖片刻，冷静下来后，低声问："是否安排人去盯住源侍香，只要柳先生不在他身边，就总能找到机会截住他，只要他不把东西交给柳先生，我们就有可能追回来。"

白焰收回目光，轻轻摇头："不用，此事你无须插手。"

王铮元微怔，但不免松了口气，只是又道："那净尘先生那里……"

白焰道："我会与他说。"

王铮元终于完全放下了心。

白焰出了天权殿，也没有回天枢殿，就直接下山去了。

白广寒留下的东西，她想要，他给她便是，却不知，她看到后会是什么反应？他倒是有些好奇起来。还有鹿源，他会怎么处理那些东西？忠心与私心，有时只是一线之隔。

白焰坐在马车内，闭目养神间，唇边隐约泛起一抹意味深长的笑。

鹿源随柳璇玑顺利离开天权殿后，就朝柳璇玑郑重地行了一礼：“多谢柳先生。”

柳璇玑斜着眼打量了他一会儿，慢慢转过身，看着他道：“你去天权殿到底做了什么事，竟让那两人，一个要拦你，一个要救你？！”

鹿源一怔，后明白过来：“是安先生请您来的？”

柳璇玑嗤笑：“不然你以为这大冷的夜里，我是吃饱了撑着出来溜达消食吗？”

柳璇玑说着就瞟了一眼他拿在手里的那几本书，然后伸出手，想接过去看看是什么书，不想还不等她的手碰到书，鹿源就往后退了一步，并欠身道：“今夜柳先生之恩，在下记在心里，只是眼下还有要事，恕在下失陪。”

“哟！”他将转身时，柳璇玑的手再伸过去，勾住他的衣袖，然后上前一步，逼近他，故意压低声音道，“这几本书有什么玄机吗？还是……你身上藏了什么好玩意，不敢给我看？”

这女人的嗓音似天生就带着妖娆惑人的魔力，她身上又总带着一股淡淡的魅香，只要她有心，轻而易举便可令男人心慌意乱。鹿源不敢看她，亦不敢强行甩开她的手，只得垂下眼，看着地面，然后将手里的书捧起来，送到柳璇玑跟前：“柳先生说笑了，只是几本古籍，是安先生想看的。”

柳璇玑便伸出另一手，手指在书的封面上轻轻敲了敲，笑眯眯地道：“去天权殿借书，借到人家追了出来不让你离开？不对哟，小源子是在里面干了什么坏事？说出来，我给你参谋参谋，好叫他们不敢再追过来欺负你。”

鹿源心里甚是无奈，又不敢表现出丁点着急，只得转过脸，看向柳璇玑，温和地道：“多谢柳先生，不过接下来的事，在下自有办法应对。至于……今晚的事，若无安先生允许，在下绝不敢多说一句，还望柳先生见谅。”

他向来懂得在女性面前利用自己的优势，生得这样一张脸，加上这般温柔无害的眼神，以及那样带着磁性的柔和嗓音，还有彬彬有礼中又带着几分为难的态度，再铁石心肠的女人，此时此刻，心里也会软下三分，更何况柳璇玑本就极喜欢他这张脸。

果然，柳璇玑看了他一会儿后，不由得就叹了口气，抬起手在他耳垂上轻轻捏了捏："小没良心的，才刚救了你，就这么着急甩开我！"

鹿源不敢回应这似娇似嗔的话，只是唇边露出几分无奈的笑意。

他这眉眼，再配上这样的表情，柳璇玑看得心里痒痒，偏又不好随意欺压了他，只得又叹了口气："你说对着你这样的人儿，岚丫头到底是怎么把持得住，真是饱汉不知饿汉饥！"

这种时候，面对这样的调戏，鹿源不知该摆出什么样的表情合适，只能当作没听到。

柳璇玑终于扑哧一笑，眉眼生辉，右手在他胸口那儿轻轻拍了拍："我的殿门，随时为你开着，想什么时候过来都行。"

她说完，就直接转身走了，干脆且潇洒，和刚刚的万种风情判若两人。

鹿源亦是怔了一下才回过神，随即按了一下自己的胸口，东西还在，他松了口气，即转身进了天枢殿。

白焰回到私宅时，夜已深了，安岚房间里的烛光却还亮着，他走过去，在门上敲了两下："睡了吗？"

片刻后，里面应声："没有，进来吧。"

白焰推开门进去，便看到安岚坐在软榻上，靠着案几，几上搁着一个小巧的白玉香炉，上有香烟缭绕。

他走过去，见她脸色还可以，便在她身边坐下："怎么还不睡？可是身上又不舒服了？"

因香蛊的影响，这段时间，她晚上一般都难以入眠。

安岚看着他道："等你。"

白焰笑了笑，抬手替她拂开落在脸颊的发丝："如你所愿，鹿源拿到了广寒先生留下的那封信，只是……"

他说到这儿，就停下了，不知是在斟酌词句，还是故意要吊她的胃口。

安岚等了一会儿，见他还是没有开口，便道："只是什么？"

白焰看着她道："一是我们的赌约是否就此作废？二是，那封信，原件我已烧毁，鹿源拿到的是我誊写的，仅此一份。"

安岚不由得微微蹙起眉头。

"信的内容我未改过一个字，只是，用的墨稍有不同。"白焰说到这儿，唇边浮起一抹笑，"只要他打开那封信，只需半个时辰，信上的字迹就会消失。”

闻言，安岚倒真是一怔。

“他为你找到的东西，究竟是完完整整地送到你面前，还是，要自己先看一眼呢？”白焰饶有兴致地看着她，“安先生，这忠与私，该如何分辨？”

安岚微微眯起眼，这个男人，当真是……任何情况，都能让自己处于有利地位。

此事若说得严重了，那便是他包藏祸心，私下串通净尘，甚至可能还勾结了南疆香谷，剑指长香殿。偏在他嘴里，却成了她与他之间的一件私事，并且还故意设了陷阱，借用她和他之间的事来考验鹿源的忠心。

“你是不是觉得，我是个讲道理的女人？”安岚看了他一会儿，微微偏了偏脸，唇边露出一抹笑，“你觉得只要这件事说得在理，我便会不予计较？”

白焰亦看着她，顿了顿，随后眉眼含笑：“男人都希望女人讲道理，但不讲道理，却又还能说出一通道理的女人，更吸引人，也更让人喜欢。”

安岚白了他一眼：“其一，此事虽始于你我的赌约，但不等于，你未拿出之前，我就不能主动去拿，我从未给过你这样的承诺。”

白焰点头：“是，安先生确实没这么说过。”

安岚接着道：“其二，鹿源和你我之间的赌约无关，他若不慎将那封信毁了，你我之间的赌约依旧有效，我若赢了，广寒先生的信，你还得交出。”

白焰笑着点头：“是，确实该如此。”

安岚微微冷下脸，看着他再道：“其三，你将广寒先生的信毁了，却还敢应下赌约，你是不把我说的事当回事，还是不把我当回事？”

白焰面上终于露出些许无奈，沉默了好一会儿，才有些讪讪地道：“绝无此意，此举更不是针对你，那封信，除了墨与纸不一样，信的内容一字未改。”

安岚道：“我如何信你？”

“若是想骗你，我完全可以不用说出此事，到时鹿源交给你的是什么，自有他来解释。”白焰说着就轻轻一叹，温声细语地道，“无论是你，还是与你相关的事，对我而言都很重要，你如此聪慧，怎会看不出来？”

安岚微微挑了挑眉：“看得出来什么？”

白焰看了她一会儿，不由得转开眼，有些尴尬地笑了笑：“你啊——”

安岚还要逼问他，却刚要张口时，脸色微变，即皱起眉头，面上带着隐忍。

白焰注意到她的不对劲，忙问：“怎么了，身体又不舒服？”

“忽然有些头疼。”安岚说着就坐起身，“你出去吧，我要休息了。”

白焰将她扶到床上躺下后，轻声道：“我留下陪你。”

安岚闭上眼："不用，我会误伤你的。"

被种下香蛊后，她香境的能力越来越强大，但随之而来的是，她会不由自主地陷入自己的香境内，陷入迷失，辨不清敌我，并且这种失控的感觉越来越厉害。就好似那个晚上，她在香蛊的影响下去攻击柳璇玑。

这是因香蛊的引发，从而让她步入"毁灭"的香境！

她心里很清楚，如果不能在彻底失控前，建立新生，她就真的会彻底走向毁灭，并且会连累身边的人。

鹿源进了天枢殿，回了自己房间后，就将藏在怀里的东西拿了出来。那是一封信，以及一块绿色的石头。

他当时在净尘的寝殿内，看到暗盒里的这两样东西后，之所以会毫不犹豫地带走，是因为他认得这块石头。这石头，或者说这块玉石，和镇香令牌所用的玉石是一样的，只是体积小了些，不及镇香令牌的一半，但他看得出来，这是当初用来做镇香令牌后剩下的原石。

由此，他断定这是广寒先生留下的东西。

鹿源放下玉石，拿起那封信，信是封口的。

里面写了什么？是广寒先生留下的信，还是，只是镇香使记录的某些事情？或是，镇香使和净尘先生之间的某些交易凭证？

他是否要先看一看，以便更好地安排接下来要做的事情？

镇香使和天权殿究竟在谋划什么？他们当真和南疆香谷的人串通一气了？

鹿源一手拿着信，另一手以指腹轻轻滑过封口。

次日，天还未亮，鹿源就伪装成外出采买的殿侍，随香殿的车下山去了。

一路顺利来到白焰的香铺，进去时，出来接他的还是白焰。两人沉默地对看了一眼，面上都不见丝毫笑意。

鹿源先开口："安先生起来了吗？"

白焰道："才刚醒，正在用早饭，源侍香先等一等。"

鹿源便没说什么，进了院子，在安岚房间前，沉默地站着。

白焰也一反往常，没有与鹿源搭话，也没有招呼他，而是转身进了自己的房间。

鹿源看着白焰的背影，微微蹙眉，昨晚镇香使回了这里后，定是和安先生说了什么。他心情稍沉，今日一见，白焰竟依旧不见一丝慌乱，对方究竟还有什么倚仗？

还是……安先生眼下，其实已经受制于白焰了？

鹿源想到此，心里倏然一惊。却正好这时，安岚的声音从房间里传出：“鹿源可在外面？进来吧。”

鹿源回过神，应声，抬步进去，而他进去之前，眼角的余光又看到白焰也从旁边的房间里出来了。

“先生。”鹿源进了房间后，先朝安岚行礼，然后上前，忍不住关切地问了一句，“先生眼下可好？昨日之后，天下无香那边应当已知道先生就在此处，先生要不要换个地方？”

安岚道：“不用，我在此处很好。”

鹿源抬起眼，看着安岚，欲言又止。

安岚问：“怎么了？”

鹿源垂下眼，低声道：“先生在此处，当真过得好？”

“为何如此纠结这个问题？”安岚打量了鹿源一眼，想了想，便道，“难不成，是担心镇香使会为难我？”

鹿源顿了顿，就抬起眼：“属下确实有此担忧。”

安岚看了他一会儿，不由得笑了：“你多虑了。”

鹿源沉默片刻，垂下眼：“那便好。”然后他将怀里的东西拿出来，放置在安岚面前，“这是，昨晚属下在净尘先生的寝殿内找到的。还有，多亏先生请了柳先生出面，否则这些东西，属下怕是带不出来。”

安岚的目光落到那两样东西上面，她没想到，白焰还有一块这样的玉石。或者说，广寒先生当初将镇香令牌留给她后，其原石，自己还另外留了一份。

石头是压在信上的，安岚将石头拿起，放到一边，然后拿起那封信。

信的封口并未打开，安岚拿在手里翻了翻：“你没看？”

鹿源道：“属下不敢确定此信，是不是广寒先生留下的，倘若真是，属下以为，还是等先生看过后，再等先生示下。”

安岚沉默了一会儿，抬起眼看向他。

鹿源迟疑着道：“属下说得可有不妥？”

安岚摇头，然后问：“你最近感觉如何？”

鹿源顿了顿，才道：“尚无大碍，多谢先生关心。”

安岚道：“你过来。”

鹿源便上前几步，站至安岚跟前，安岚示意他往下弯腰，然后抬手，手指伸进他的领口，贴在他脖子的动脉上。

因香蛊的关系，她香境的能力强大到濒临失控，似乎她一生的力量，猛然间被压缩到了这段时间内。不过这样的巨变，也意外地让她可以感觉到鹿源体内的那只命蛊。肌肤下面，血液从血管里流过的声音告诉她，只要她最后不被逼疯，她就完全可以制住这只命蛊，并除去它。

鹿源先是垂着眼睑，片刻后又忍不住抬起眼，离得近了，他才发觉她脸颊的肌肤白得晶莹，他的心脏突然猛地跳了一下，安岚遂看了他一眼，他赶紧又垂下眼睛，表情微微有些慌乱，呼吸也跟着乱了几分。

安岚收回手，淡淡地道："你最近尽量别动真气，还得等一等，现在还不是最佳时机。但如果司徒镜开始催动这只命蛊，你离死至少有一个时辰的时间，记得要马上来找我，我能帮你压制它。"

鹿源直起身，面上微红，整理衣服时尽量若无其事地应："是。"

安岚又道："还有，崔先生那边，你安排好接应的人了吗？"

鹿源点头："早已经安排好了，只是，如果崔先生不愿返回，那些人也没办法。"

安岚沉默了一会儿，又问："道门和镇南王府的刺客，一直都跟着他们一行人？"

鹿源道："是，从离开长安起，那些人就一路跟着，进了清河地界后，人手还增添了两倍，崔家人更是直接走出了十几里去迎接，崔先生即便真想返回长安，怕是也不易。"

安岚闭上眼，微微点头："现在算着时间，她若真想回，差不多是该动身了。此事你记得跟蓝靛配合一下，道门派出的人手不少，那镇南王府的刺客亦是不简单，路上的障碍定会比想象中的还要多。只要崔先生回头，无论如何都要助她回来！"

昨晚鹿源虽没有和天权殿正式起冲突，但他在天权殿门口被拦下，镇香使在一旁冷眼看着，随后柳璇玑也过去了。这番动静，不知被多少人看在眼里，有心之人定会认为，这是天权殿和天枢殿出现了裂痕，并且镇香使果真存有异心。而且眼下整座长香殿，就一位受了伤的柳大香师在，这样好的机会，转瞬即逝。

心里想动的人，怕是再难坐得住了。

"属下明白。"鹿源说到这儿，犹豫了一下，又道，"金雀姑娘那边，还没有消息，净尘先生的具体下落，亦查不到。"

之前，因不确定镇香使是否有异心，所以对净尘先生，他们相对放心。可如今，镇香使是否真有祸心，鹿源不敢完全确定，但至少可以肯定，镇香使并非真的忠心，他有自己的打算。

安岚看了看手里的信，微微点头：“她那边，你不用耗费太多人手，我心里有数。主要是香殿里那些已被收买的、生了异心的人，一个都别落下。还有，要尽快查出香殿内到底有没有白蚁，在哪里。”

鹿源点头：“是。”

安岚觉得头又有些疼了，便道：“你先回去吧。”

鹿源见安岚忽然皱了一下眉头，心里顿时生出担忧，忙问：“先生可是觉得不适？”

安岚摇头，示意他出去。

鹿源张了张嘴，却还是闭上了，他看了看她手里那封还未拆开的信，又看了看她的脸色，终是微微欠身，轻轻退了出去。

白焰一直守在门外，见他面带忧色地从里出来，即上前问：“她头又疼了？”

鹿源看向白焰，眼里隐忍着怒意：“镇香使若真想对安先生好，就别再朝三暮四了，否则，无论你曾经是谁，上天入地，我都不会放过你。”

白焰只是瞥了他一眼，道了一句“不送”，就进了安岚的房间。

鹿源在外面守了半刻钟，一直没听到里面有动静，也不见安先生再唤他进去，心里轻轻叹了口气，带着浓浓的担忧转身离开。

只是他刚走出香铺，就看到胡巴站在对面一家茶楼门口，看着他。

鹿源迟疑了一下，才往对面走过去。

“大祭司放你出来的？”两人在茶楼里坐下后，鹿源问了一句。

胡巴微微眯着眼睛道：“小子，你知道我找你什么事吗？”

鹿源打量了他一会儿，忽然道：“其实大祭司根本就没有想要抓你，而只是请你过去，希望你能帮他，是不是？”

胡巴呵呵笑了：“你这小子脸蛋长得俊，脑瓜子也聪明。”

鹿源接着道：“你也根本没想要杀他。”

胡巴却摇头：“不，我确实是要杀他，不过不是现在。”

鹿源问：“那你找我何事？”

胡巴道：“我来找你，是要告诉你一件事，让你莫要心存侥幸。”

鹿源微微皱眉，没来由地，听到胡巴这句话的那一瞬，他的心情忽然就沉了一下。

胡巴道：“那位安先生是不是跟你说，她也能替你除去命蛊？”

鹿源抿着唇，沉默地看着胡巴。

胡巴叹了口气：“她说得倒也没错，香蛊让她的力量一下子强大了不少，但对她的伤害也同样在增大，如果司徒镜此时催动你的命蛊，她只能为你压制，让你一时半刻死不了。但要真正为你解除命蛊，除非她能彻底摆脱香蛊的影响，只是这是不可能的，她做不到，也没有人能做得到。”

鹿源脸色微沉，却还是沉默着。

胡巴接着道：“我绝非是吓唬你，即便安先生此时听了我这番话，也无法反驳，因为她心里比任何人都清楚，老朽句句实话，她最终的结局，要么疯，要么死。”

鹿源终于开口，声音低哑：“你找我，就只是为了说这些？”

胡巴却又摇头：“不只这些，还有司徒镜让我转告你，你其实有两个选择，一是看着她死，然后你随她一起死；二是在她疯之前杀了她，他给你解除命蛊，并让你当上长香殿的侍香长首。”

鹿源猛地站起身，脸色苍白。

胡巴也站起身，抬手在鹿源肩上拍了拍：“你放心，待安先生死后，我会杀了司徒镜。”

胡巴走到门口时，鹿源在他身后问了一句：“为什么？”

胡巴站住，回头。

鹿源道：“你为何能如此肯定，安先生制不住香蛊？那不过是一只蛊虫，安先生是长香殿内最年轻、最有天赋的大香师。”

“不过是一只蛊虫？”胡巴上下看了鹿源两眼，呵呵冷笑，“小子，你也算是天赋奇高的苗子了，可就你身上的那只命蛊，你自己也奈何不得，不得不受制于人。而香蛊，它和命蛊，和任何一种蛊虫都不同，它是传说中的东西，是本不应该存在在世上的东西。”胡巴说着就转身朝鹿源走过来，混浊的双眼忽然间变得无比炙热，“它们是因为大香师才会出现的，香蛊是上天赐下的，专门克制大香师的东西！你忘了，香蛊是因香境的饲养才真正成熟的，香蛊也不是种在安先生的身体里，而是种在安先生的心里、魂里。被种下的香蛊，从此和安先生息息相关。小子，你不知道，那种关系，比血缘关系还要紧密，还要可怕。蛊虫是无比残暴、嗜血的东西，它们天生的使命就是催动宿主的力量，并由此控制宿主的意识、知觉，越是成熟的蛊虫，这种力量就越强大！”

鹿源面上的神色有些僵硬，喉咙上下动了动，却说不出一句话。

胡巴接着道：“而那只香蛊的成熟度，已经远远超出了你的想象，你们安先生甚至早就亲眼看到了，就在她用香境闯入天下无香，和司徒镜交手的那天晚上。”

那个晚上，鹿源并不在场，但事后他从蓝靛口中知道了事情的经过，自然也知道了天下无香的那间暗室里，有什么东西。

胡巴见鹿源面上神色的变化，摇头道："她是长香殿内最有天赋的大香师，但偏就是因为她的天赋最高，致使香蛊的力量更加强大，反而对她的影响和控制更加厉害，她最后即便不死，也会疯掉。"

鹿源终于开口："这些，都只是你的猜测，并非已经发生的事实！"

胡巴低低地笑了一声："小子，你其实早就相信我说的话了。我知道你心里向着她，但你要是真为了安先生好，就早点动手，替她了结这些苦难吧。你难道不知道，如今的她，生不如死？"

鹿源红着眼睛，怒瞪胡巴，似恨不能先杀了他。

胡巴老树皮一样的脸上依旧挂着一丝冷笑："像安先生那样的人，能接受自己疯掉吗？对她来说，与其疯了，不如直接死了干脆些。"他说着，就又抬手轻轻拍了拍鹿源的肩膀，"好好想想吧小子，你不入地狱，谁入地狱？"

胡巴走了，鹿源从茶楼里出来，今日是个晴天，眼下正值中午，雪停了，有阳光洒下，街上看起来比往日暖和了几分，他却觉得，此刻比任何时候都要寒冷。

他心里清楚，胡巴是为司徒镜来传话的，但他更清楚，胡巴刚刚所说的，并非虚言。

白焰走进安岚的房间时，安岚已闭上眼，靠在引枕上了。他知道她并非是睡着了，而是又一次进入了香境，并且依旧将他隔开了。

一刻钟后，她的脸色越来越不好，这腊月寒冬的，她额上却渐渐出了汗，眉头亦跟着皱起，似在忍着巨大的痛苦。

白焰守在一旁，无能为力，只好拿出手帕，弯下腰替她轻轻拭擦额上的汗。

只是就在这一刻，他突然感觉整个房间在剧烈晃动，似马上要坍塌！他刚直起腰，抬起眼时，房间又恢复了正常，好似刚刚那一瞬，只是他的错觉。

怎么回事？

地动了吗？可如此大的动静，房屋都摇晃成那样了，却没有听到外面传来一点声响，这房间里的所有摆设，也不见有半分移动。

难道是——白焰垂下眼，看着依旧紧蹙眉头的安岚，刚刚是她的香境……失控了？！

那毁灭的感觉，宛如潮水，清晰得可怕。

"不是让你别进来吗？"安岚慢慢睁开眼，看着他，但此时她的眼神有些空茫。

白焰便在她旁边坐下，仔细看着她道："感觉好些了吗？"

安岚摇头，眼神依旧没有聚焦："你出去，你在这儿会让我分心。"

白焰迟疑了一会儿，才道："你让我进去，如此就不用分心照顾香境外面的我。"

安岚皱着眉头，眼睛闭上："你进来做什么，我更要分心照顾你。"

白焰道："我进去帮你。"

安岚睁开眼，眼神微微有些聚焦，看了他一眼，只是片刻，那眼神又变得空茫起来："你帮我？你——"

白焰握住她的手道："有关白广寒的一切，我确实已经全忘了，我不知道能不能帮得了你。但是，这天下唯一一位在香境内死里逃生的人，就是我，所以让我进去试一试。"

安岚道："你会受不住的。"

白焰道："不用担心我，如若我真的无法自保，你再送我出来。"

安岚闭上眼，白焰霎时间感觉到一股难以想象的力量朝自己袭来，他呼吸一窒，身体忽然失去重心，待站稳后，才发现自己已经站在一处无法用简单的语言形容的地方。

眼前的街道像蜘蛛网一样裂开，鼓起，破碎，望之不尽的、绵延数百万里的城墙、房屋、楼宇，片片倒塌，惊慌失措的人潮像是被打乱的蚁群，嘶喊着四下逃命，恐惧写在那一张张真实的面庞上。

所谓的人间烟火，已经变成了人间地狱。

但是，一条街道断裂后，另一条街道开始修复，一间房屋倒塌后，另一间房屋就已恢复了原样，被踩踏致死的人群复活，左边的人在哭，右边的人在笑……

惊恐与惊喜混杂在一起。

毁灭与重建一直在交替。

天上甚至同时出现了日月星辰！

白焰震惊地看着眼前的这一幕，他每一次呼吸，都能感觉到，这里到处都充斥着狂暴的、嗜血的力量，即便心坚如他，在进来的这一刻，也被这种可怕的力量冲击到差点失了神智！

这是一个已经失去秩序，濒临坍塌的世界，但同时又是一个在试图恢复秩序，一刻都不停地重建着的世界。

白焰才刚站稳，脚下的青石板就裂开了，地面开始新一轮的震动，前面一幢三层高的酒楼已经出现了可怕的裂纹，砖和瓦纷纷往下落，烟尘飞起，尖叫声不绝于耳。

砰——

白焰不得不随着逃命的人流快速地往后退，可是房屋坍塌的速度太快，街道两边成排的房子似都变成纸糊的一样，人们也都失去了方向，整个世界都乱了，危机四伏，无路可逃！

“啊——”一声凄厉的惨叫声从身后传来，因那声音离得太近，白焰不由得回头看了一眼。遂看到一面巨大的墙砰地倒下，正好砸中一个来不及逃离的年轻人，他的双腿被压在了下面！

“救、救命！救我！”那年轻人看着白焰，两手艰难地挣扎着向前。

白焰站住，走过去，握住那个年轻人的手，可就在这时，他看到这个年轻人的表情忽然变了，原本痛苦的神色消失了，眼里的惊恐也不见了，取而代之的是麻木与空洞，就连他握住的那只手，原本健康的肤色也变成了像纸一样的惨白色。

白焰微微蹙眉，转头再看其他人，随即发现所有濒临死亡的人，竟都出现了这样的变化。他正觉得不解的时候，眼前的一切，包括被他握住手的年轻人，包括那些还活着或者正在死去的人，包括周围所有的建筑，瞬间，就化成了粉末，无声地、盛大地散开，然后消失！

这个世界终于安静了下来，连废墟都没有，一片荒芜。

白焰慢慢站起身，抬起头，天上的日月星辰也都消失了，这里变成了一处真正的虚空。

“安岚？”他试着喊了一声。

“我在这儿。”回应他的声音从身后传来，他回头，便看到安岚就站在他身后，一身素衣，表情冷漠。

白焰转过身，看了她一眼，沉默了一会儿，才问：“这是……怎么回事？”

“所有的重建，都要先予毁灭。”安岚看着眼前的虚无，眼神有些冷，“你刚刚看到的那些坍塌，是我失控的力量，重建修复，则是我能掌控的力量。”

白焰的神色略显凝重：“那现在？”

“现在，我暂时压制住了那些失控的力量，但这个香境世界，我眼下已无法再修复回原样，只能暂时化为虚无，让两边都歇歇。”安岚说到这儿，唇边泛起一抹冷笑，“我只要试图修复这里的世界，那失控的力量也会随之袭来，它们会把我原本的世界全部毁灭，然后牵引着我去建立一个我无法掌控的世界，同时将我困在里面。”

白焰注意到，在这里的安岚，或者说，此时的安岚，看起来无比冷峻，好似一柄出鞘的宝剑，带着嗜杀的欲望，渴望着鲜血。

因他一直看着她，却又一直沉默着，安岚便转过脸看向他，淡淡地道了一句："你看出来了？"

白焰思忖片刻，才开口："如果那些失控的力量也是属于你的力量，那么，应该是香蛊让你变强了，但也因此影响到了你的心性，你若是任那些力量失控下去，最终你失去的便是自己。不被控制的力量，才是最可怕的。"

之前他也进过安岚的香境，也在她的香境里见过她。那时的安岚，在自己的香境世界里，表现出来的是一种万事在握的沉静与淡然，而不是此时这般锋芒毕露，眼里甚至沾染着疯狂。

"不愧是我的先生！"安岚笑了，转过身，伸出双手揽住他的腰，"一眼就看出了问题所在。没错，那股失控的力量太强大了，既让我害怕，却又无比地吸引我。若我不是你教导出来的，早看出了这最终的恶果，我怕是早就控制不住，任由那些力量疯涨，最后将我吞噬……这也是司徒镜的目的。"

白焰垂下眼，看着抱着自己的安岚，此处的她与外面的她，判若两人。

"怎么不说话了？你不是进来帮我的吗？"安岚说着，就踮起脚尖抬起脸，轻轻吻了一下他的嘴角，似笑非笑地道，"你现在是广寒先生，是景炎公子，还是镇香使白焰？"

白焰叹了口气，抬手轻轻抚摸她的头发："我还是白焰，你会失望吗？"

安岚看了他一会儿，唇边依旧噙着一丝笑，眼神有些疯狂，又有些放肆："失望谈不上，总归都是我的男人，只是你能帮我吗？你要怎么帮我？"

她连番追问，却又不显得着急，白焰不由得笑了："我现在还不知道，你还能坚持多久？"

"我也不知自己还能坚持多久，兴许过两天我就收服了那些失控的力量，也兴许，明天我就被它们给吞噬了。"她说着，忽然踮起脚尖，在他耳边道，"你知道我若被吞噬后，会变成什么样吗？我失去自己后，会变成什么样？"

白焰看着她道："害怕吗？"

安岚想了想，才道："我不知道，我的心脏在跳，一直跳得很快，但我觉得它好像不是在害怕。"她说着就拿起他的手放在胸口，用力按住，"你摸摸，是不是跳得很快？"

白焰正感觉那片柔软下面强而有力的心脏，她忽然又开口："你知道它为什么跳得这么快吗？"

白焰不解，却总觉得她眼里似藏着什么秘密。

安岚似笑非笑地看着他，压低了声音道："因为是两个人的心跳。"

白焰微怔，她却又将他的手往下移，按在她的小腹上，用那双略带疯狂的眼睛看着他，眼里带着一丝挑衅，又带着一丝困惑："我可能，怀孕了。"

白焰怔住，被她按住的手微僵："你说什么？"

安岚道："我可能怀孕了。"

白焰看了她良久，然后放开她，低头看了一眼她的肚子："多久了？"

"可能有两个月了。"安岚说着也放开手，再看向周围的虚无，"我感觉到里面有颗小心脏，它跟着我的心脏在扑通扑通地跳。我在想，若不是忽然出现的这颗小心脏，我可能早就失控了。"

白焰沉默。

安岚又转过脸，看着他问："你是不是觉得我疯了？"

此刻，她面上的表情很复杂，有审视，有嘲讽，有孤傲，还有毫不掩饰的疯狂，这与她平日里那沉稳冷静、温暖柔韧的状态完全不同，这好似她的另外一面，阴暗潮湿，尖锐冷硬，咄咄逼人。

白焰上前一步，伸手将她拉到怀里，捧起她的脸，在她额上轻轻一吻："不会。"

面对如此柔情，安岚面上的表情却没有一丝软化，只是微微挑了一下眉毛："你似乎一点都不意外。"

白焰道："我很意外，只是眼下的情况，我们俩总得有一个保持冷静才行。"

安岚沉默了一阵，白焰道："现在能收起香境出去吗？你一直支撑着这里，会过于费神。"

安岚道："你还没说要怎么帮我。"

白焰道："让我好好想想。"

安岚哼了一声，白焰即觉得视线一晃，周围的虚无转化为具象，眨眼间，他就回到了那个真实的房间里。而眼前的人虽没有变，但刚刚他在香境里所看到的那些表情神色，已全部消失，她看起来还是那么淡然，只是脸色略显苍白，眉宇间带着浓浓的疲惫。

"我要睡一会儿。"安岚说完就闭上了眼睛，每次她从香境里出来，都必须睡上一段时间，在里面她所耗费的精神，非亲眼所见，旁人难以想象。

白焰便将她抱回到床上，替她盖上被子，再默默地看了她一会儿，才转头看向被她放在案几上的那封信和那块玉石。他走过去，拿起信，发现还未开封，便又往安岚那儿看了一眼。

片刻后，白焰将信放回原处，转身出去了。

一直到太阳将落山时，安岚才醒，白焰给她端进去晚饭，看着她吃完后，才道："我给你请了大夫。"

安岚正低头喝茶，闻言抬起脸："大夫？"

白焰斟酌了一下，才道："你既怀了身孕，总该让大夫看一看。"

"哦……"安岚似才想起这事，放下茶杯，却想了想，又道，"这是个意外，再者，我还不清楚这个消息对司徒镜而言，是好是坏。"

她并没有试图掩饰什么，更没有想过要伪装什么，知道自己可能怀孕了，她的确感觉意外。眼下她对这个意外，兴许会有那么一点点的好奇、一点点的陌生，以及一点点的担忧，但那所谓的母爱，她丝毫都生不出来。

白焰道："大夫是我的人，事后需要他说什么，不需要说什么，你到时交代他一声即可。"

安岚点头："那便请进来吧。"

白焰起身出去，片刻后，领着一位提着药箱的大夫进来，安岚一看，那大夫竟是名医赵云山，许多府邸里的贵人，有个什么病啊痛啊的，多数都是请赵云山去看。她不由得瞟白焰一眼，这赵大夫是广寒先生留下的人脉，还是他后来发展起来的？

赵云山在安岚跟前坐下，仔细看了一会儿她的神色，然后将脉枕放在几上，做了个请的手势。安岚将手腕搁在脉枕上，也不盖上手绢，赵云山便看了白焰一眼，见白焰没有反对，他才抬手，伸出食指和中指搭在安岚的腕上。

约半炷香时间后，赵云山收手，再仔细看了安岚一眼："姑娘脾胃虚弱，加上近日睡眠不佳，夜间盗汗，皆是费神过多引起的，其实姑娘只需将心中的事放下，不再费心劳神，身体便不会有碍。"

赵云山似顾及她未婚的身份，说得含含糊糊的，十分客气。

安岚却不以为意，直接问："我是不是有身孕了？"

赵云山顿了顿，又看了白焰一眼，才点头："姑娘的脉象往来流利，应指圆滑，确实是滑脉。"

安岚又问："多长时间了？"

赵云山道："两月有余，眼下脉象平稳，姑娘安养即可，只需记得平日少劳神。"

白焰终于开口："她近段时间，夜里难以入眠，赵大夫可有什么法子？"

赵云山道："老实说，姑娘眼下的情况，非药石可医，如若姑娘能做到不劳心不费神，安心踏实地休养几日，夜里自然一睡到天明。眼下我给姑娘开任何药，也只会增加姑娘的负担，有弊无利。”

赵云山说着就收起脉枕，站起身。

安岚便道：“有件事我想拜托赵大夫，今日之事，若是有人问起你，除了我有身孕一事外，别的你照实说即可。”

赵云山点头：“老夫明白。”

“多谢！”安岚便看向白焰，“你送一下赵大夫。”

将赵大夫送出院子后，白焰才问：“那腹中胎儿，可会增加她的负担？”

“胎儿此时月份还小，那位姑娘年轻，身体底子好，几乎无孕前反应，说明胎儿眼下对她的负担并不重。”赵云山说到这儿，就轻轻叹了口气，“公子心里应当明白，她此时已经伤了神，长此以往，怕是……会保不住命。”

白焰道：“你也没有办法？”

赵云山道：“老夫学艺不精，实在无能为力。”

白焰便没再说什么，低声交代了几句，就将赵云山送出店铺。

他回到后院时，却看到安岚已经从屋里出来，斜靠在栏杆上，懒洋洋地晒着太阳。只是可惜今日的太阳也懒洋洋的，淡得几乎看不见，落在她脸上，只显得那张脸更加没有血色。

白焰走过去：“怎么出来了，外头多冷，快些进去。”

安岚便扶着他的手进去，白焰本是想让她躺回床上，她却走到软榻那儿坐下，歪在大引枕上，看着他问：“赵大夫……是广寒先生留下的人？”

白焰摇头：“景公对赵大夫一家有恩，我当初醒来后，休养的那段时间，便是赵大夫负责为我看病的。”

安岚微微点头：“原来是这样。”

白焰看了她一会儿，问：“你是什么时候知道自己有了身孕的？”

安岚也看了他一眼：“三四天前吧，心有所感罢了，在香境里感觉要更强烈些，但说不出什么来，而且我月信有两个月未来，便觉得可能是有了身孕。”

她说得如此平常，却让他听得有些无言以对。

白焰斟酌许久，还是不知该怎么开口。

他看得出来，她不是在装作淡然，更不是在故作镇定。她怀孕了，是他的孩子，这对她来说的确是个事，并且还有些意外，但也仅是这样而已。很明显，怀孕这件事对她来说，并没有像一般女人那样，觉得无比重要。

她甚至没有问过他这件事要怎么办，甚至一点这个意思都没有，因为她完全能承受得起这样的事。她之前告诉他，她可能有身孕了，仅是因为他是孩子的父亲，所以她通知了他。

这一刻，白焰心里莫名地生出些许挫败感，她太强了，面对生命中的所有巨变，她都做好了独自面对的准备，并视作理所当然，从未自怜，更未哀怨。

兴许直到这一刻，白焰才算真正看懂了安岚。

他是忘了关于白广寒和景炎的一切，却还记得在那场梦境一样的大火中，他从肉体到灵魂被烈焰焚烧的痛苦，那巨大的痛苦，在他醒来之后的一年里，每每回想，身上都忍不住微微颤抖。

所以，未见她之前，他总是在想，那个能让一个宛若云端之上的男人，付出如此大代价的女人，究竟是什么样的。

见他一直看着她，安岚说不清那是什么样的眼神，似怜惜，似恍悟，又似敬佩，于是她微微蹙起眉头："怎么这么看着我？"

白焰伸手抚了抚她的脸："白广寒是不是从未好好爱过你？"

那些代价，其实也不单单是爱的代价。

安岚一怔。

白焰又道："所以你也不相信我会好好爱你？"

安岚又是一怔。

白焰似叹息般轻轻一笑，接着道："我明白了，不怪你，白广寒当初付出真心时，分离就已是注定的结局，任何人被如此'爱'着，事后都很难再去依赖他。"

他确实是忘了过往，但他从别人口中知道了当年发生过的所有事情，包括那份感情。

白广寒当初选择安岚为继承人，倾其所有地培养她，并为此付出自己的真心，但他做这一切的真正目的，却是要将安岚变成自己的替死之身。只是最后，白广寒终是放弃了他最初的目的，真正成全了安岚，选择由自己来承受那场涅槃之火。而白广寒的目的，安岚即便初始不知，后来应当也察觉到了，只是那时的她已别无选择。被那样的人用这样的方式爱着，让人说不清究竟是幸还是不幸，但在这样的过程中，她必然是不自觉地学会了真正的独立，并将这份独立化成了自己的本能。

安岚明白了他话里的意思，却打量了他一眼，然后问了一句："你进入天枢殿时，有打算要好好爱我吗？"

白焰亦是一怔，随后失笑，微微点头："是我的错。"

他既然已经忘了过往，自然也不再记得她，初次见面，即便再惊艳，也不会想着要去延续那份对他来说，宛如别人的故事般的感情，而她又怎么可能不明白。

“算了，不说这些了。”安岚摇了摇头，身体往后一靠，换了话题，“我的香境世界你进去过了，可想出解决的办法了吗？”

白焰还想说些什么，却在看到她面上的神色后，就收住了口，顺着她的话想了想，才道：“关于白广寒，我唯一记得的是，他最后的香境中，那场涅槃之火。”

安岚不由得坐直了：“你……记得？”

“那是脱胎换骨之痛，所以忘不了吧。”白焰说着就是一叹，“我听净尘先生说过，那应该是必死的香境，不然白广寒当初也不会如此煞费苦心，去培养一个替死之身。但最终的最终，我却是活了下来。”

安岚问：“你可还记得，你是怎么活下来的？”

白焰摇头苦笑：“我只记得烈焰焚身的痛苦，不过，你想要的答案以及解决问题的办法，可能……都在那封信里。”

鹿源带过来的那封信，一直放在案几上，她还没来得及看，而他也没有在她睡觉时收走。

安岚微怔，慢慢转过脸，拿起那封信，却还是没有急着拆开。

她似乎知道，这里面的内容，会有对他不利的东西。

白焰淡淡一笑，站起身，在她额头上轻轻一吻：“你慢慢看，我先出去。”

他说完，就转身离开了，她也没留他。

腊月十八，是崔飞飞进入清河地界的第二天，再过半天，差不多傍晚时分，她这一队车马，就能走到崔家大宅了。

从昨天，也就是他们进入清河地界开始，她身边的人就多了起来。

母亲的人、族里特意过来迎接的人，可能还有其他人……即便她身边有侍香人和侍女服侍，那些人也要守在附近，说是以便她需要另外使唤人。而且那些人都很懂得保持距离，不打扰她，但也绝不会离开。

清耀夫人说他们是为了保证她的安全，因眼下镇南王府和崔氏的关系极紧张，谁也保证不了镇南王不会暗中动什么手脚。

这个理由确实也能说得过去，但崔飞飞心里很清楚，那些人名义上是为了保护她，实际上是在监视她。镇南王就算对崔氏有再大的恼恨，但现在崔氏已交出崔大少爷，态度做得足足的，同时又表示将和云家结亲。故在道门和云家的斡旋下，镇南王也不会再咄咄相逼。更何况她如今又以大香师的身份回来了，加上长安那边，长香殿确实风雨将至。王府本也留了人在长安，什么心思各自心里都明白，崔家怕是已经和他们几方谈好了利益，所以镇南王眼下不可能对她产生敌意。

是母亲告诉家里，她无意和云宫的亲事，所以家里不敢掉以轻心，远远就安排人过来盯着她，一定确保她回到家中。

崔飞飞掀开车帘，往外看了一眼。

和她坐一辆车的清耀夫人道："我们中午就在前面的茶庄那儿略歇一会儿，下午接着赶路，天黑之前便能到家了。"

崔飞飞放下帘子，低声道："不知大哥怎么样了？"

清耀夫人遂叹了口气，眼圈微红："在牢里那么多天，都不知被折磨成什么样了，我只要一想，就睡不着觉，心里慌得很。"

崔飞飞看了清耀夫人一眼："不是听说大哥前天就被放出来了吗，还是王府的人给送回家里的。"

清耀夫人一愣："你是听谁说的？"

崔飞飞道："昨晚家里来的人告诉您时，我听到的。"

清耀夫人面上神色变了变，好一会儿才开口："你昨儿……偷听！"

昨晚崔家安排的过来传消息的人，她是回了自己的马车后才召见的，并且说话时，还让人守在外面防止别人偷听。

崔飞飞道："母亲，您越是防着我，跟在我身边的那些人就会越加谨慎。"

清耀夫人微怔，却还是不满地道了一句："你也不知约束一下他们！"

崔飞飞轻轻叹了口气："进了清河后，您就忘了我的身份，但无论到哪儿，他们都不会忘了自己的身份，立场不同而已，他们也只是出于自己的职责。"

清耀夫人咳了一声，有些尴尬地笑了笑："说的什么话，娘怎么会忘了你的身份。你是大香师，这是到哪儿都变不了的事，只是你多年未回家，今年总算是回来一趟，偏偏赶上家里出了这么多事，娘心里是又高兴又焦心，夜里又睡不好，脑子难免会有些乱。"清耀夫人说着就叹了口气，面上露出疲态，"你是怪娘没及时跟你说家里的事？好孩子，并非是娘不想说，而是你大哥那事，其实还没真正结案。家里来的人说是因为他在牢里病了，老爷让人使了银子，才给接回来的，说是过几天还得送回去。到底情况如何，娘这心里一直就七上八下的，也不敢告诉你，怕你听了后心里也跟着烦。总归晚上咱们就能回去了，到时你也能见着你大哥，见了面后，这事就清楚了。"

崔飞飞道："见了面后，这事与我说清楚了，那又如何？"

不想她会问出这么一句话，清耀夫人顿了顿，才道："你难道不关心你大哥，不关心家里？"

崔飞飞却沉默了，她不忍心将心里那句话说出来：我关心你们，可你们可有关心过我吗?

这一路上被监视，以及随着越来越接近清河，崔家派人过来迎接，母亲的态度有了微妙的转变，她已清楚地认识到——对崔氏而言，她从来都只是崔氏的私产，是可以用来与别人谈判的筹码。她若认可，这事自然就顺利些，她若不认可，这事便要做得迂回些，但目的不会改变。

她从小就是个孝顺又善解人意的孩子，容易心软，面对亲人，她实在做不到像姑姑那样强硬。其实动身之前，她也清楚，这一趟她只要回来了，就一定会面对她和云宫的亲事。自然，以她如今的身份，没人敢逼她，但崔家从上到下，都会想尽办法，对她软磨硬泡，她不点头，他们就绝不罢休。除非她真的能像姑姑那样，敢当面跟祖父及父亲掀桌翻脸，敢将祖母气得晕过去都不去看一眼。

她并不笨，她只是狠不下心。

崔氏眼下这件事，虽是个不小的麻烦，但还不至于就是灭顶之灾。而且王府既然愿意让她大哥从牢里出来，就说明王府更看重崔氏输出的利益，既然有利可图，此事能谈的余地便不小。

崔飞飞心里叹了口气，是崔氏的胃口太大，野心已然超出了能力。崔氏不单是想要和云家联姻，还想瓜分长香殿。无论是崔氏、云家、道门、镇南王府，还是香谷，都是抱着这个共同的目的来的，并且都意图从此后让大香师听命于他们。

见崔飞飞一直不说话，清耀夫人以为她是被自己说得心软下来了，只是心里还有些疙瘩，不愿开口，便也识趣地闭上嘴，然后体贴地剥了个橘子，递给崔飞飞。崔飞飞接过橘子，分了一半给清耀夫人，清耀夫人笑了，心里又宽松了些。

不多会儿，车队走到一处驿站，正好也到了中午，崔飞飞便让车马都停下歇歇脚，吃些东西。清耀夫人回家心切，便不打算下车，只吩咐下去，歇一刻钟便行，天黑之前一定要回到崔府。

崔飞飞没有反对，只是让人送些热水过来，然后她亲自给清耀夫人沏了一杯香茶。

清耀夫人慢慢品着茶的时候，她才开口:“母亲，我就送您到这儿了，香殿还有事待解决，我得赶回去才行。至于大哥和二叔惹出来的那些事，我会留人在此帮父亲的。母亲放心，镇南王越是垂涎长香殿，就越是忌惮我，只要我还是玉衡殿的大香师，镇南王就不会轻易翻脸，云家也一样。”

清耀夫人面上带着梦一样的微笑，崔飞飞接过她手里的茶杯放下，接着道:“您赶了这么些天的路，着实是累了，就在这驿站休息一下吧，我已让人给您收拾好房间了，来，我扶您下车。”

清耀夫人乖乖地下车了，外面候着的那些丫鬟婆子虽有些意外，但见清耀夫人面带微笑，便也未多想，而且崔飞飞接着就开口道：“夫人累了，要进驿站休息片刻，你们过来伺候。”

清耀夫人待崔飞飞说完后，就点了点头，于是她带来的那些丫鬟婆子就都跟着崔飞飞进了驿站的房间。

崔飞飞从房间里出来后，驿站内已是茶香四溢，茶叶是香殿的侍女特意拿出来沏给大家的。崔飞飞让清耀夫人身边的所有人，以及崔家安排前来迎接的人，都留在此保护她母亲，然后就领着自己的人马，掉转方向，原路返回。

“先生，一路盯着咱们的，还有道门和王府的人，他们可都不在驿站内。”离开驿站后，跟着崔飞飞一块上了马车的梅侍香，忍不住担心地道了一句。

她知道，刚刚是先生以香境困住了清耀夫人的人，可是道门和镇南王府的那些人，一直是暗中跟着他们的，他们没有露面，自然也就没有入先生的香境。先生这一趟带出来的人并不多，所以也不能分散人手去找那些跟踪者。

崔飞飞道：“我知道，顶多一个时辰，他们便能醒过来。”

梅侍香不由得紧张起来：“那、那怎么办？”

崔飞飞道：“道门的人一时还弄不清楚情况，不会轻举妄动。母亲醒过来后，即便要让人来追我，也会先替我瞒着道门那边……尽量赶路吧，希望今晚能走出清河。”

太阳将落山时，清耀夫人才总算“醒”了过来，一开始她还以为已经回府了，因为崔飞飞给她的香境，就是她们一路无事地回了崔府。只是很快清耀夫人就发觉不对劲了，至少房间不对，也不见府里的人，就连飞飞也不见了！

而也就在这会儿，候在外面的那些崔府的人也都相继醒了过来，随即就发现郡主的马车以及香殿的那些人都不见了。紧跟着，道门的人找了过来，他们遂明白发生了什么事。

“夫人，不好了！”佟嬷嬷几乎是失态地推开门进来，看到清耀夫人一脸寒色地坐在床上，她慌忙走过去道，“夫人，郡主她、她竟让所有人都入了香境，然后自己带着香殿那些人返回长安了！”

“我知道。”清耀夫人沉默了好一会儿，用力闭了闭眼睛，再睁开后，才咬着牙道，“我真是生了个好闺女啊！”

“夫人……”佟嬷嬷瞧着清耀夫人这脸色，声音不由就低下去几分，“如今怎么办？这天都快要黑了，眼下是先回府里，还是让人去追？”

清耀夫人一脸怒色地看着佟嬷嬷："我就这么回去，怎么跟老爷和老太爷交代？这都到家门口了，却被自个儿的女儿给——"清耀夫人实在没法将"暗算"这两字说出口，只得又生生吞了回去，一下子气得胸口直疼。

佟嬷嬷赶紧给她倒了杯水，待她喝下后，才小声劝道："夫人莫气坏了身子，郡主……郡主可能也是有苦衷，否则也不会一路送到这儿后，才忽然反悔。"

清耀夫人刚顺了口气，又被气得噎住了："她能有什么苦衷？她不是有苦衷，她是糊涂，糊涂至极！我之前还以为她是想通了，心里还为她欣慰呢，没想到——她根本是完全分不清利害，完全分不清利害！"

佟嬷嬷一边给清耀夫人轻轻拍着后背，一边道："也不能完全怪郡主，郡主本来就是个耳根子软的人，怕是之前在香殿里，安先生那边给郡主说了什么话。您也知道，那位安先生可不简单，当年她连广寒先生的心都能笼得住，她那手段若是用在郡主身上，咱郡主哪能不中招？"

清耀夫人深呼吸了一下，才道："你马上安排两个可靠的人连夜赶回去，跟老爷把这事说了，记得只跟老爷说，这事可千万不能张扬，旁人要是问起了，就说是我病了，飞飞心疼我，便让我在驿站歇一晚。"

佟嬷嬷面露忧色："只传口信，怕是会说不清楚，夫人要不写一封信送回去吧？"

清耀夫人想了想，便点头，写好信，她也渐渐冷静下来了，将信折好交给佟嬷嬷时，她想了想，又提笔写了一封，这封是写给崔飞飞的，写完后她也折好交给佟嬷嬷："飞飞现在应该还没有出清河，你找个身手好的去追，将这封信交给她，无论如何，都不能让她回长安。"

佟嬷嬷接过信，迟疑了一下，小心地问了一句："若是郡主看了夫人的亲笔信后，还不愿回来，怎么办？"

她毕竟是大香师，如果真不愿回，怕是没人能奈何得了。

清耀夫人沉默了一会儿，才缓缓开口："既然道门那边的人已经找过来了，飞飞返回长安的路上，他们应当也都在盯着呢，这里是清河，道门的人不敢轻举妄动。如果我的信都不能让她回头的话，就请道门的人帮忙留住她吧，她身边带的人不多，要绊住他们并不难。至于飞飞，长安离清河几百里，她的香境坚持不了那么长时间，你们耐点心就是。"

佟嬷嬷心里有底了，微微欠身，然后就退了出去。

不多会儿，佟嬷嬷便将事情都交代好了，重新进来复命时，见清耀夫人脸上带着郁郁之色，便安慰道："夫人莫要太难过了，郡主也就是一时想不通，受了他人的蛊惑罢了，日后定能明白您的苦心的。亲母女，没有什么事是过不去的。”

清耀夫人长长地叹了口气：“她定是以为我是在为难她，在害她，哪里会知道，我才是真正地为她着想，真正地为她好。”

佟嬷嬷点头道：“可不是，郡主从出生到现在，夫人有哪一日是不为郡主费心的？”

清耀夫人道：“她怎么就不明白，崔氏掌控长香殿后，真正获利的人是她啊。长安那边，谢家和道门向来没什么关系，谢蓝河和香谷的交易也很脆弱，事成后，谢蓝河跟她又怎么比得了？到时她的地位才是真正的至高无上！”

其实清耀夫人说得没错，如果崔氏真能成功的话，崔飞飞在长香殿的位置，很可能就会是唯一的。但崔飞飞想到的却是，那之后呢？假设清耀夫人预想的一切都成立的话，那可能就再没有之后了，长香殿、大香师都将名存实亡。

夜幕刚降，崔飞飞的马车就被迫停了下来。

梅侍香下车去看了一眼情况，片刻后面带凝色回来，手里还拿着一封信：“先生，是夫人的信。”

崔飞飞接过信，却没有看，只是问了一句：“多少人追过来？”

梅侍香道：“出面的只有一个，不过殿侍说，有不少跟在后面，怕是前头也有人在盯着。”

崔飞飞手里压着那封信，面上带着几分紧张，但眼神很坚毅：“不用理他们，继续赶路。”

“是。”梅侍香应声后，就如实往外吩咐。

马车重新跑起来后，梅侍香遂感觉到了外面的肃杀之气，约一炷香时间后，外面忽然传来刀剑声，梅侍香被吓得一个哆嗦，就要开车窗，却被崔飞飞按住了。

梅侍香有些震惊地道：“先生，他、他们真敢动手！咱们这可还没出清河呢，谁都知道这是您的车驾！”

崔飞飞目中露出几分难过，她很清楚，就算是道门的人，敢在清河地界就和她动手，多半是已经得到了母亲的授意。

外面的那些声音，令她心里的最后一分希望也被掐灭了。

大约过了一刻钟后，那些声音歇住了，随后车外传来殿侍的声音：“让先生受惊了。”

梅侍香这才打开车窗，探出脸，问了几句，只是得到的答案并未能令她放心。

原来刚刚那几个人只是为了试探，差不多摸清了这几个殿侍的实力后就退走了，殿侍们知道，接下来还会有更多人前来。

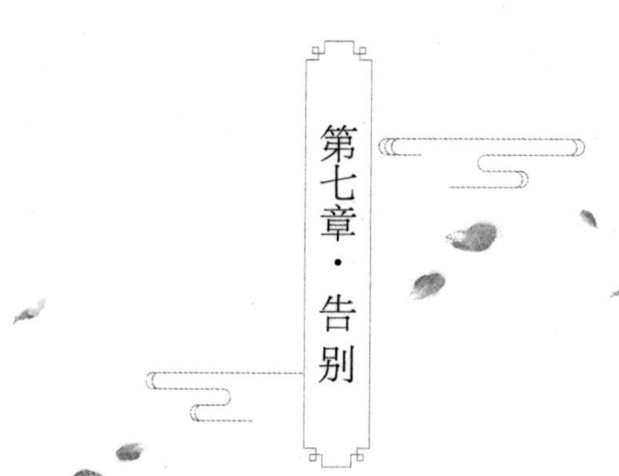

第七章·告别

崔飞飞是连夜赶路，即便走的是官道，但此时天已完全黑了，这又是寒冬腊月，故此时路上就只有她这一队车马。挂在车外的风灯随着马车的颠簸，不停地左右摇晃着，灯火如豆，在这风雪之夜显得无比寂寥。

第一次试探的人离开后，车队照常赶路，但不到半个时辰，马车又停下了。

新一轮的刀剑声撕开了这冷寂的冬夜，不多会儿，突然传来马的嘶鸣，随即马车忽一阵猛烈震动，崔飞飞及时抓住东西稳住身体才没被磕到。守在崔飞飞身边的梅侍香吓得脸色微变，随后眼里露出怒色，待坐稳后，就推开一点车窗，掀开一角窗帘往外看了一眼。

片刻后，梅侍香放下窗帘关上车窗，带着几分不解，低声道："先生，他们的目标似乎是咱们的马，和殿侍们的交缠也不激烈。"

刚刚是有一匹拉车的马被伤到了，所以才使得车厢忽然颠簸摇晃，幸好殿侍和车夫及时制住了受惊的马。

崔飞飞道："他们不敢真的伤了我，但又不想让我回长安，唯一的办法就是伤了我的马和人。现在那些殿侍还能和他们周旋，但回去这一路需要十多天，殿侍们怕是支撑不了几天。若是真的没了马车，殿侍们也被他们拖住，我似乎就只能靠双脚走回去了。"

后面那句话听起来像是自嘲，但如果崔飞飞真的自己走回去的话，似乎更加可行些。她一个人，最多再带两个人在身边，这样目标小，容易伪装，行动也更加方便，而且即便真的被人发现了，也没几个人敢直接对大香师动手。

但这在时间上来不及，如果她真的决定走回去的话，清耀夫人估计也不会再拦她了。

梅侍香听了崔飞飞的话后，眼里的担忧更浓了："那怎么办？眼下还在清河地界，即便是先生要联系那些香堂的人，如果夫人那边出手阻挠的话，香堂的人怕是很难帮得上忙。"

崔飞飞道："坚持这一晚，明天早上就能赶到祁县，到了祁县再说。"

出了祁县，就算走出清河地界了。

梅侍香迟疑了一会儿，才小心地道了一句："祁县那里，没有咱们玉衡殿的人。"

崔飞飞道："祁县有刑院的人。"

她离开长安之前，安岚给她留了一句话，进了清河后，如果需要帮忙，可以去祁县找刑院的人。崔飞飞此时心里有些怅然，当时她没想过，自己竟真的会有这个需要。她以为，即便她真的决定返回长安，母亲就算再不高兴，再生她的气，也不会用这样的法子来留下她。

此事之后，她和母亲、和家里，怕是再不会像以前那么亲密了。

崔飞飞暗暗叹了口气，现在再怎么伤感也无济于事，脱离眼下的困境才是最重要的。她在心里算了下时间，虽然这里离祁县已不远，但今晚她的车队人马想顺利过去，怕是没那么容易。

外面的打斗声持续了一刻多钟后，就慢慢歇下了，偷袭的人再次退走，但崔飞飞这边得到的结果却不容乐观。拉车的马被伤了一匹，八名殿侍，也有两个受了伤，而且其中一个被伤了右手，已经不能拿剑了。

崔飞飞心里有些难受，更让她不安的是，眼下才只是上半夜，离天亮起码还有四个时辰。她没有时间给他们休息，让他们处理好伤口，把受伤的马匹换了后，就命他们继续赶路。

一个时辰后，崔飞飞他们迎来了第三轮偷袭，又一匹马被伤了，八名殿侍，又有两名受了伤。

下半夜，约丑时前后，崔飞飞迎来了第四轮偷袭。

兴许是前面三次偷袭，这几位殿侍的实力令偷袭的人感到意外，也或许是因为崔飞飞快走出清河了，所以这第四轮前来偷袭的人数比之前翻了一番，他们似乎打算破釜沉舟了，无论如何一定要拖住崔飞飞的脚步。

而对那几位殿侍来说，前面几次交手对体力的消耗太大，过后不仅没得休息，精神还要一直保持高度紧张，加上受伤的人数一直在增加，所以面对这第四次偷袭，才交手没多久，殿侍们就显出了败迹。

偷袭的人心里微喜，知道这一次差不多了，夜幕下，他们开始一步一步逼近车厢，可就在这时，所有逼近马车的人全都像见了鬼似的拼命往后退！

眼前的马车不见了，官道也消失了，所有前来偷袭的人全都落入了黑暗的森林里，挡在他们面前的是足有水缸那么粗的巨蟒，朝他们吐着猩红的信子。所有人都慌了神，面对这突如其来的、毫无道理可言的、可怕的巨变，有的人甚至被吓得有些僵住了。

“走吧，不用管他们。”崔飞飞的声音从车厢内传出，几位本来要追上去的殿侍即听命回来，简单地处理了一下身上的伤口，再次护送马车向前。

已经卯时了，再半个时辰左右，天就该亮了。

崔飞飞刚刚往外看了一眼，看到护送她的那几名殿侍全都受了伤，即便伤势不重，她心里还是有些难过的。可即便如此，她也只能一直保持沉默。

不是她不想一开始就用香境困住那些前来偷袭的人，而是她很清楚，接下来的路还很长，她不清楚还会遇到多少事。在清河地界，无论如何，这些来偷袭的人都不敢做得太过，毕竟他们只是为了留下她。但出了清河后，道门的人可就管不了那么多了，到时形势会比今晚更严峻，所以她不能这么早就耗费精神。

只是，她终是不忍心一直看着身边的人，接二连三地为她受伤。

所以，当天已微亮，马车眼见就要走到祁县，第五批来追她的偷袭者拦在马车前面时，她又一次让那些人坠入香境，自动让道。

顺利进了祁县，总算是暂时能歇口气了，崔飞飞说了个茶楼的名字，那就是安岚留给她的地址。前去的路上，崔飞飞心里还是有些担忧，只是当她到了那茶楼后，没想到来见她的竟是花容，安岚身边的侍女长史。

花容给她带了安岚的话，以及解决这件事的办法，一个令她感到意外的办法。

“你替我回去？！”崔飞飞一脸诧异地看着花容，“你知道你在说什么吗？”

花容走到崔飞飞身边，微微欠了欠身：“从清河到长安这几百里的路，道门和香谷的人已经布下了无数眼线，更为您准备了数不清的人手。除此外，镇南王府也给了他们很大的助力，就是崔家，自您昨夜从驿站离开后，也在阻拦您回长安的事上，为其他三方大开方便之门。可以预见，接下来先生您要面对的形势，会比想象中的更加严峻。当然，只要先生您真的愿意，这些人是拦不住您的，但至少他们能拖慢您的脚步。从这里到长安，马车最快也要十一天，今日已是腊月十八，他们只要拖慢您两天，待您回到长香殿时，怕是……”

崔飞飞微微皱起眉头。

花容紧紧抿了一下唇，接着道："安先生说了，他们垂涎多年的利益如今就放在眼前，这是多么千载难逢的机会，付出任何代价他们都不会犹豫。崔家确实是罔顾了您的意愿，但崔氏既选择入了这个旋涡，即便他们这个时候想反悔、想抽身，也已经来不及了。所以，请先生不要抱有任何侥幸之心，因为这是生死之战。"

崔飞飞怔了怔，才开口："这些都是安岚说的？"

花容点头。

崔飞飞沉默片刻，再问："让你替我回崔家，也是安岚安排的？"

花容再次点头。

崔飞飞又问："你怎么替我回去？"

花容道："我会易容成崔先生您的模样，但要请崔先生现在就给清耀夫人写一封信，说明我的身份，并告之清耀夫人，您去意已决，但是孝心难安，不愿看到崔家陷入困境，故安排我替您回家去，暂且安抚住那些人，并请清耀夫人助我，莫让崔家人揭穿我的身份。"

崔飞飞摇头："母亲怎么可能会答应这样的要求？"

花容看着崔飞飞道："依安先生的意思，清耀夫人是一定会答应的。"

崔飞飞看了花容一眼，微微蹙眉。

花容道："您突然返回长安，带给崔氏的冲击，是极其可怕的。清耀夫人心里非常明白这一点，所以她昨晚宁愿留在驿站也不回崔府，而是连夜安排人去追您，并主动联系了道门和香谷的人。如果清耀夫人知道，无论如何，她都无法让您回家，甚至无法拖慢您的脚步，她就只能答应您给她想出的这个法子，配合您瞒天过海。"

崔飞飞张了张口，好一会儿才道："可是……即便如此，这也瞒不了多久，母亲她怎么会答应？"

花容道："崔先生，清耀夫人一定会觉得，这对崔氏而言，是个更好的办法。"

崔飞飞不解。

花容低声道："如果最终赢的人是安先生，只要有您在长香殿，崔氏不仅不会有任何损失，地位与声望反而会上升。到时香谷、道门，还有云家，已然自顾不暇，还怎么逼迫崔家？就算是镇南王府，想对付崔家，到时心里也要掂量掂量了不是？"

崔飞飞沉默了一会儿，才开口："若是输了……"

花容反问："安先生会输吗？"

崔飞飞一怔，随后轻轻一笑，她不知道，但是，她会忽然返回长安，心里不是已经有答案了吗？

花容将笔墨拿出来，放在崔飞飞跟前，接着道："昨晚您忽然从驿站离开，今早不得不被遣送回去，心情自然不好。回了崔府后，有清耀夫人的配合，我不愿见人，不愿理事，便也成了理所当然，多少能借此避开崔家的人。至于先生您这边，因为我替您回去了，他们路上安排的那些人自然就不会再盯着您了。即便有心里存疑的，但您换了身份，没入人流，加上刑院的护送，他们就是想找您，怕是也找不到了。"

崔飞飞看着放在自己面前的笔墨纸砚，沉默片刻，轻轻拿起笔，只是将要落笔时，她又抬起眼，打量着花容道："安先生让你来代替我，你真的愿意？"

此事，胜了确实无妨，但万一败了呢？

败了，她怕是性命难保，到时崔家那些人，定是要将她一片一片撕了才解恨。

花容道："其实也不是安先生安排我来的，安先生只说有件很危险的事，失败了很可能会死，但若是成功了，回报绝对超出我的想象，先生问我愿不愿去做。我说愿意。"

崔飞飞诧异："你当时没问是何事？"

花容摇头："没问。"

崔飞飞又问："那你知道是此等事情后，心里可有后悔？"

花容再次摇头："我没有后悔，就是难免有些紧张，我只伺候过安先生，对崔先生您还不太了解，我担心到时会装得不够好。"

崔飞飞忍不住好奇，又问一句："安先生许诺了你什么？"

花容轻轻一笑，笑容有些羞涩："安先生能明白我，就已经是最大的回报。"

崔飞飞一时不解，花容又笑了笑，有些不好意思地道："这辈子能跟在安先生身边，伺候先生，是我三生修来的福气，只是……我是个不太安分的人，总想着去外面看看，先生知道后，不仅未怪罪于我，还很高兴我能有此愿。崔先生，不瞒你说，此事我从未想过会失败，安先生能将如此重要的事情交到我手里，我就绝不能弄砸了！"

崔飞飞不禁发怔，似乎直到此刻，她才真正看清楚眼前这个女人到底长什么样。

能在大香师身边伺候的人，相貌自是不会差，花容无疑是个美人，并且是自小在香殿里长大的，被调教得很好，是个很懂规矩的女人。崔飞飞以前也见过花容，见过的次数还不少，但每一次，花容在她眼里，都和香殿里的其他侍女并没有什么不同，不过是地位要高一些，说话做事要更加周全些罢了。

她从未觉得，花容有什么不同之处，安岚却看到了这个女人的心，并给予了她最大的认可。

崔飞飞提笔，给清耀夫人写了一封信，然后交给花容，默默地看了她一眼："自己小心。"

花容郑重地接过那封信，微微点头："我会的，多谢崔先生。"

刑院只给崔飞飞安排了一男一女，并且两人的年纪都很大了，花容建议她和这两人扮成一家子。崔飞飞也不反对，换了华服，卸了首饰，将梅侍香和所有殿侍都留给花容后，就上了那辆新的马车，跟着去长安贩卖年货的商队，迎着清晨的寒意，出发了。

崔飞飞启程后，就再不知道身后的情况，更不知花容究竟要怎么做，才能让那些暗中盯着她的人不起疑心。不过她果真是顺利地走出了清河，并且路上一连三天都没有遇到什么麻烦，和她扮作一家子的那两名刑院院侍，也表示这一路都很安全，只要花容那边不出什么事，他们应该能顺利地回到长安，兴许还能比预计的时间快上一些。

这几天，崔飞飞将花容之前说的那些话回来琢磨了几遍，暗叹安岚的计划虽很危险，但确实每一步都设计得很巧妙，环环相扣，令人不得不照着她的意思来。

而且这个计划，明显是安岚早就设计好的，就在等着适合的时机，派花容过来接应。其实崔飞飞一开始心里是略有不适，这毕竟事关崔家上下，为何她离开香殿之前，安岚不先将这个计划告之她……无论是出于尊重，还是为确保计划能顺利实施，都应该先与她商量后再……只是随即她又想了想，终是不得不承认，选择不先告诉她，怕是也在安岚的计划中。

如果安岚一开始就告诉她的话，她是不会答应的，她那时绝不相信母亲会和道门联手对付她，更不相信崔家竟早就做好了软禁她的准备。这每一步，人心之诡谲多变，安岚都算好了。

崔飞飞轻轻叹了口气，忽然想起不久前安岚对她说过："我有时会担心自己因惯于揣测人心，从而不再相信任何人，只相信自己。这听起来似乎很强大，但其实很可怕，走到那样的极端，就已经是变得连自己都不知道的脆弱。你不同，你不擅谋，所以你从不揣摩人心，你总是能相信人性，即便有时候事实与你所相信的不符，你也能坦然接受，内心并不会因此而受影响，你才是真正的强大。长香殿很需要你这样的人，以你为镜，我才能时刻警醒自己。”

现在回想起来，崔飞飞依旧觉得惭愧，究竟要有多坚硬的心，人才能不被人生路上的各种意外、痛苦、悲伤与失望吞噬？

腊月二十三，司徒镜收到清河那边的密信，信中将崔飞飞什么时候从驿站返回长安、路上遇到了几次偷袭、身边人的受伤情况，以及到了祁县后，她又是怎么被清耀夫人派去的人说服，最终不得不放弃长安，眼下一直在崔府闭门谢客，但崔氏和云家的亲事已经正式提上议程等这些事，事无巨细，全都记了下来。

“赶了一夜的路，付出了八名殿侍全都受伤的代价，结果居然还能再次被劝了回去？”司徒镜看完手中的密信，有些嘲讽地道了一句，就将手里的信递给了候在他旁边的川乌。

川乌接过去，快速看了一遍，略沉吟，然后道：“大祭司是怀疑那崔大香师使诈？”

司徒镜道：“本座不太相信，崔飞飞会连着两次后悔自己的决定。”

川乌想了想，才道：“崔大香师最后应当是不得不随清耀夫人回去崔府，那一夜，她必是明白回长安的这条路有多凶险，所以只能妥协，再者，那毕竟是崔家。而且现在崔大香师已经在崔府了，即便她心里有再多的不甘愿，却也木已成舟，至少这段时间，她再管不到长香殿的事。”

道理是没错，但司徒镜沉默许久，还是没法忽略心里那挥之不去的疑惑，只是现在距清河发生的事已过去好几天了，他这边再传话过去，也已来不及。

“让所有人都多加小心，长安城外设卡的几个点要增加人手，一察觉到什么动静，马上传回消息。”良久，司徒镜只能吩咐出这么一句。

谢蓝河已经与他们结盟；崔飞飞已经离开长安；安岚被种了香蛊，并且香蛊对她的影响越来越大；净尘也被谢蓝河引出了长香殿，并且谢蓝河已将其困住；如今就只有一个柳璇玑还守在长香殿内，但她也已受伤，再不具威胁。

眼下的长香殿就是一个空殿，只要他挑战成功，然后再一声令下，便能将长香殿收入囊中，并且名正言顺。

春节临近了，长安城内的各家各户都在忙着办年货、送年礼，长香殿自然也不会例外，其实从一个月前，就已经开始有人往长香殿各个香殿运送各式各样的年礼了。若是往年，这等事该谁负责接待、该谁清点收存，都有惯例，再怎么忙也不会乱，因为香殿只要查出谁敢在这上面动手脚，惩罚是极重的，吃一顿皮肉之苦是免不得的，而且事后还得加倍赔偿，甚至还可能会有牢狱之灾。

但是，今年偏偏就出了乱子。

从各位大香师相继离开香殿开始，香殿内就生出了各式各样的谣言，很多心思活络的人也跟着生出了许多心眼，对手里的事也不再似以前那般尽心尽力。更多的人开始不听管束，心里暗暗想着怎么为自己打算，还有人开始盘算着如何中饱私囊，于是消息的传递出现了停滞和误传，导致很多事务或是被耽搁了，或是出了错漏。而这样的责任，如果细查的话，牵连的人便是一大串，于是大家或是相互推诿，或是相互打掩护，或是故意放水，如此恶性循环，使得香殿内的人事越来越乱，很多小丑也一个一个地跳了出来。

这其中，自然少不了天枢殿。因人事混乱导致的损失，已经被列出来放在鹿源的桌上了，但鹿源一直没有解决这些事，颇有听之任之的意思。

可是，今日香殿出的一件事，却让前殿的旗殿侍长再也忍不住，直接找到鹿源这儿，还没进门就寒着脸道："源侍香，你这些天躲懒也躲得太不像话了，安先生将香殿的庶务交予你，便是信任你，你到底还想不想干了？"

鹿源忙站起身迎出去："是出了什么事，竟让您过来了？"

鹿源出来后，旗殿侍长依旧没有好脸色，黑着一张脸道："藏香楼出事了！"

鹿源问："出了何事？"

旗殿侍长见他面上还是那副波澜不兴的表情，更是气不打一处来，重重地哼了一声，就转身出去，鹿源往外看了一眼，略一沉吟，然后跟上。

到了藏香楼后才知道，这段时间由于送上山来的年礼太多，除此外还有各处香农送过来的大批香材，偏藏香楼的掌事刚好病了，没办法事事都亲自盯着，而他手底下的那几个人，有一半是新手，对藏香楼的很多章程都不太熟悉，加上其间还有许多香材要送往长安城各处，所以那登记册上就出了点错。最开始，那几个小管事都没注意，直到账册上的出入越来越大，刚好库房掌事来查看，亲自对账册时，他们才发现出了天大的篓子，于是所有人都吓坏了。

藏香楼里，居然有三成的名贵香材不见了！

长香殿内最珍贵的东西是什么？除了大香师外，就是藏香楼里的那些天材地宝。

那是长香殿数百年的积累，藏香楼内，有的香材的年份，甚至达到了上千年，那些东西，可以说全是无价之宝。

可现在，竟有三成的珍品名香，不见了！

就算让看管藏香楼的所有人拿命去填，也填不满这个窟窿。

藏香楼有五层，下面还有一层窖藏室。鹿源和旗殿侍长进入藏香楼，打开盛香阁的门，里面整整齐齐排列着几乎一眼望不到尽头的博古架。

此时几十个香使分布在各个博古架间，忙碌地清点着置放其中的香品，每个人的脸色都很不好，紧张的气氛弥漫着整个藏香楼，鹿源的到来更是让他们连手中的动作都乱了几分。

藏香楼的廖掌事捧着账册，苍白着脸迎过来，正欲开口，然而鹿源没有要询问的意思，淡着脸往里走。廖掌事只好两手一直捧着一本厚厚的账册，微微弯着腰在后面跟着，他身后还跟着一个香使，手里同样抱着厚厚的一沓账册。

将五层楼连着地下的窖藏室都走了一圈后，鹿源再回到一层正厅，在太师椅上坐下，然后上下打量了廖掌事一眼。廖掌事的腰弯得更低了，大冷的天，后背却已湿透，喉咙愈加干涩。

不翼而飞的那些香品，在刚刚巡视的过程中，鹿源已经由廖掌事的口了解到，他却一直未有发怒，甚至未发一言，可他越是如此沉默，廖掌事就越是胆战心惊。天枢殿内，刑院的冷酷是建立在明明白白的铁律上的，但源侍香的可怕之处，却是藏在他温柔的眉眼下。

从知道出事的那一刻起，廖掌事就将藏香楼上上下下捋了一遍，虽说他手下有几名香使是新手，当差的过程中确实出了些纰漏，但仅凭那些纰漏，也不可能就如此轻而易举地挪走那么大量的香品。藏香楼内肯定是出了内鬼，而且这内鬼的身份定不低，才有可能办得到。

廖掌事拼命地思索，藏香楼的香使是没有这能耐的，香使长也没有，而藏香楼的殿侍是接触不到那些珍贵的香品的；如此，就是这段时间常来藏香楼的那几位侍香人，和藏香楼的二掌事，以及他，有这个能耐去动那些香品。

但那几位侍香人每次来藏香楼，都是他接待的，为了什么事、取了什么，都记得清清楚楚，即便真从中查出了什么猫腻，他也脱得了干系；二掌事则是四天前就下了山，去香田办差了，而眼下还未确定藏香楼里的那些香品，究竟是什么时候不见的，如果不是四天之前，那最大的嫌疑，可就是他了！

只是鹿源打量了廖掌事一眼后，就转头看向旗殿侍长："马上年三十了，殿里上下应当有许多事需要您，殿侍长就先去忙吧，如需要什么香品，现在这藏香楼里有的，就先取了去，若是没有，命人记下，晚些我让人给您送去。至于这边的事……殿侍长若是信任我，就先交给我。说到底会出这等事，也是我看管不力所致，我自会去向先生请罪，只是在此之前，我需将这该算的账都算清楚了，到时先生问起来，我也好知道怎么回答。"

旗殿侍长微微皱了一下眉头，鹿源这个人，他一直看不透，这几年，他在这个男人身上唯一确定的事是，安先生极其信任他。眼下天枢殿已然是山雨欲来，连他想找安先生，也只能通过蓝掌事，但他知道，鹿源可以直接联系安先生。

默了片刻，旗殿侍长才开口：“那就有劳源侍香了，希望源侍香能让先生过个好年。”

鹿源点头：“会的。”

旗殿侍长将需要的香品取走后，鹿源才往旁吩咐一句：“去请蓝掌事过来。”

廖掌事的脸色又白了三分，看来源侍香是真的打算将藏香楼上上下下都洗一遍，无论有没有嫌疑，怕是都要脱一层皮，他几乎是认命地闭了一下眼睛。

鹿源又开口：“廖掌事。”

廖掌事不由得打了个激灵：“是！”

“先不用清点了，把人都叫过来吧，名册也拿来。”

“是，是。”

“廖掌事无须这么紧张，不管是谁做的，只要查，就一定能查个水落石出。到时无论他吞下去多少，都得让他一分不少地吐出来，咱尽量不让先生为这些事劳心费神。”

“是是……”

藏香楼上上下下，包括殿侍，只要在香殿内的，都被叫了过来，整整齐齐地站在鹿源面前，人员名册也拿过来了，交到鹿源手中。

鹿源刚翻了两页名单，蓝靛就到了。

刑院的手段一贯雷厉风行，不到一个时辰，就将名册上近一半的人先定了有嫌疑，全都给关押了起来。藏香楼内一开始还有人哭喊着冤枉，被刑院院侍直接卸了下巴后，才都战战兢兢地闭上嘴巴。

一直到太阳将落山的时候，廖掌事才拖着几乎要虚脱的身体出了藏香楼，刑院暂时没有将他关起来，但他并没有因此而感到庆幸。他在香殿也有十多年了，比安先生在香殿的时间还要长，他隐隐觉得，藏香楼失窃一事，没有那么单纯，但他一时找不出头绪，今天一天，他实在是太累了。

天色暗下来后，鹿源回了正殿，殿内其他几位侍香人都围了过来，向他打听藏香楼里的事。鹿源面上露出怒意，当着一众侍者的面，毫不客气地呵斥了他们一顿。那几位侍香人脸上顿时一阵儿红一阵儿白，却无一人敢出声表露不满，全都垂下眼，默默地受了这一顿训斥。

天枢殿里的人，极少看到源侍香发这么大的火，待他们都退出去后，才悄悄议论起来。

“藏香楼到底不见了多少香品，竟让源侍香如此大动肝火？”

“那里面的东西，就算是少了一样，都不得了，你难道不知，已经有一半人被押进了刑院？”

“到底是何人，竟敢动藏香楼里的东西？”

“哼，普通人哪能够得着里面的香品，源侍香刚刚那一顿火气，可不是平白发的。”

“你是说……”

“咱们几个，但凡这段时间跟藏香楼那边打过交道的，都赶紧想办法自证清白吧，要是等刑院的人找上来，以源侍香那冷心冷肺的性子，还能容得下你我？”

“都是侍香人，他怎么就那么大派头？”

“呵呵，这话你可敢到源侍香面前去说？”

“你——”

“好了好了，还是说藏香楼的事，难不成只要是和那边打过交道的，都要被牵连？”

“应当不至于吧，刑院今日不是都没动廖掌事。”

“今日是今日，谁知道明日会如何。”

“源侍香想不想动廖掌事我不清楚，不过肯定是要将藏香楼里的人洗一遍。”

“有人下去，肯定就有人要上来，且看着吧，这天枢殿真的要出大事了。”

“源侍香如此大动干戈，安先生知道吗？”

“咱们有多久没见安先生了，我都怀疑——”

“住口！”

“慎言啊。”

香殿外的风灯陆续点上后，鹿源从正殿出来，袖手站在深深的殿檐下，看着远处连着重重殿宇的星星火光，刚刚的怒意已从他脸上消失，那带着稍许冷意的温柔，又重新回到他的眼角眉梢间。

“位置已经空出来了，该安排的人，你可都挑好了？”一个声音冷不丁地从他身后传来，鹿源没有回头，片刻后蓝靛从殿檐下的阴影里走出。

今日忽然将藏香楼的人刷下去一半，年底的事情本来就多，更何况现在还是多事之秋，所以明天必须将备用的人手替上，否则香殿肯定会出更大的动乱。

鹿源默了一会儿才道：“此事不用你我插手，藏香楼的人事安排照例交给廖掌事，总归眼下能安排进去的人就那些，左不过就这几天的事了，他们再不可能坐得住，你我等着看就是。”

蓝靛皱了皱眉头：“我觉得，你此番动作太大，怕是已经打草惊蛇了。”

藏香楼并没有真的失窃，这件事从一开始就是鹿源在暗中安排，若没有他的授意和蓝靛的暗中配合，不可能有人神不知鬼不觉地从藏香楼内搬走三成珍贵的香品。廖掌事的直觉没有错，只是他不敢，也不可能往鹿源身上怀疑，更没想到刑院也参与其中。

从南疆香谷的人进入长安，在景府引出那场祸事开始，香殿就针对白蚊的特性，将香殿内长年焚烧的香调整了香方，取名“寐香”。寐香的药性虽不能像无香花那样，对白蚊有绝对的压制作用，但也足以影响白蚊的活跃性，白蚊接触寐香的时间越长，被唤醒的难度就越大。

只是寐香有一个重要特性，就是点燃后，在一定范围内，会影响到别的香的品质，因而整个香殿，只有藏香楼的香炉不会用寐香。而恰好藏香楼几乎每日都有香品入库和出库，所以若是有人想将白蚊悄悄送进香殿，藏香楼是最合适的选择。

香殿各处改用寐香的事，鹿源在司徒镜联系他的时候，就告诉了司徒镜。他本是想用这个消息换取司徒镜的信任，由此获得司徒镜对香殿的下一步动作。只是可惜，司徒镜并未如他所愿，他甚至没有让埋在香殿内的棋子与鹿源联系，从始至终，司徒镜就只交给他一个任务，唯一的任务：在挑战日之前，杀了安岚！

鹿源心里明白，唯有亲手杀了安先生，司徒镜才会重新信任他。

挑战日定于腊月三十，今日是腊月二十三，他的时日不多了，他知道司徒镜的耐心正在一点一点地被耗尽，他这几日甚至隐隐感觉到身体里的命蛊在苏醒，只要命蛊完全醒过来，就会马上朝他的心脏行去。

鹿源被种了命蛊之事，蓝靛后来也知道了，因此当鹿源要求蓝靛配合他设计藏香楼失窃一事时，蓝靛并不答应，只是此事已获得安岚的许可，蓝靛只好配合。

鹿源道：“这蛇早就被惊了，此举不过是想在先生回来之前，替先生清理一下那些藏头露尾的人，也顺便给他们开一开方便之门，他们若真想将那些阴邪之物送进来，我便给他们划出一块好地方，也省得我们漫山遍野地去找。”

蓝靛道：“司徒镜既然能猜出你的意思，难道还会如你所愿？”

鹿源道：“他那样自负的人，可从未真正将我放在眼里，要不要送白蚊进香殿，从来都不是由你我决定的，说到底，你我都只是在这件事上推一把罢了。安先生将挑战的地点定在哪里，司徒镜就会将白蚊送到哪里。挑战的日期是由香谷那边定的，挑战的地点自然就是先生来定了，而且照旧例，地点不能定在荒无人烟之处，所以眼下司徒镜就猜先生会将地点定在长安城内，还是定在长香殿。”

蓝靛问：“你觉得先生会将地点定于何处？”

鹿源轻轻叹了口气：“长安城内有百万居民，先生有慈悲之心，多半会将挑战之处定于天枢殿。”

蓝靛的心情有些沉重，因为白蚊的巢穴藏在天下无香内，所以天下无香所在的那条街的所有居民，都已经被景府和天枢殿联手暗中替换了，目的就是想在万不得已时，一把火烧了天下无香。但如果白蚊真的被送进藏香楼，那就要做好将整个藏香楼付之一炬的准备。

良久，蓝靛才道：“如果白蚊真被送入香殿，即便我们真的舍得藏香楼，也不一定就能将它们除个干净，你心里清楚，那东西随时都有可能被唤醒。”

鹿源淡淡一笑，转头看了蓝靛一眼：“你可知道，司徒镜要在什么情况下，才会唤出白蚊？”

蓝靛道：“我们以火攻之前。”

鹿源点头：“此是其一，所以我们只要不动，他便也不会动白蚊。”

蓝靛问：“还有其二？”

“其二便是，在他败给先生之后，做困兽之斗时，必会唤醒白蚊。”鹿源说到这儿，却又是轻轻一叹，“所以先生定会将地点定在长香殿，先生不会败，所以先生不会任那些阴邪之物留在长安城内。”

蓝靛道：“这又回到了刚刚的问题上，白蚊最终会被唤醒，到时我们该如何？”

鹿源道：“这就要看先生的安排了。”

南疆香谷的白蚊是仅次于蛊虫的阴邪之物，也是香谷的人在对敌时最喜用的手段。只是这东西有天生的克星，那就是无香花，之前蓝靛闯入天下无香后院的暗房里，差点被里面的白蚊吞噬，是安岚利用无香花制造了一场香境，瞬间压制了那些宛如涌潮一样的白蚊，才救出蓝靛。

只是无香花极其难得，它只产于南疆，而南疆每年产出多少无香花，又有多少被送出南疆，南疆香谷都有严格控制。并且从五年前开始，香谷就不再允许无香花外流，因从那个时候香谷就在为入主长香殿做准备了。只是长香殿本就汇聚天下奇香，即便香谷控制了无香花，但长香殿有往年的积累，还是存下了一定量的无香花。

要从香殿内偷出无香花是不可能的，所以为了耗尽长香殿的无香花，司徒镜便设了一个局：用镇香令的去向诱蓝靛入天下无香，再引安岚出手，令安岚不得不用无香花压制苏醒的白蚊。

香殿内存有多少无香花，司徒镜心里早就有数，那个晚上白蚊苏醒的数量，正好耗尽了香殿仅存的无香花。

至于那个局，白焰是否参与其中，镇香令是不是他故意弄丢的，香殿内无香花的存量是不是他告诉司徒镜的，鹿源一直持有怀疑，只是他没能找到有力的证据，但答案很可能就写在白广寒留下的那封信里。

安先生应该已经看过那封信了。

鹿源从夜空那收回目光，转过脸看向蓝靛："安先生要的是一网打尽，白蚊那等阴邪之物，若没有无香花压制，是极难控制的，到时即便是一把火烧了藏香楼，也难保真能烧得干净。"

"他们若真将白蚊送进香殿，不到最后，我不会惊动它们。"蓝靛面上带着几分凝重，"只是……如果花容没办法将无香花送过来的话，这把火迟早是要放的。"

安岚安排花容去清河，除了暂时替代崔飞飞的身份外，还有另外一个任务，那就是为长香殿找到无香花，并准时送达香殿。

这两件事，无论哪件都不容易，蓝靛很难想象花容能做得到，在她看来，安先生是最后一赌，并且把重要的赌注都压在了花容身上。

鹿源却道："安先生既然说花容可以，那花容就一定可以。"

和缓的语气融化在这冰凉的夜色中，带着一种神圣不可侵犯的意味，他是她最虔诚的信徒。

蓝靛未再言语，只是心里道，希望如此，希望安先生能渡过此劫。

"回去吧，这么冷的天，该早点休息。"鹿源说着就转身，只是他刚走两步，身体突然顿住。

蓝靛本也是要转身离开的，却看到鹿源忽然又停下，便问："怎么了？"

因鹿源是背对着蓝靛的，所以蓝靛看不到他此时的脸色已是煞白，额上瞬间冒出一层冷汗。司徒镜开始唤醒他体内的命蛊了，那是催命的符咒，催着他的命，也在催着安先生的命！

"源侍香？"蓝靛见鹿源一直没有回应，而且背影似乎越来越僵硬，她觉得不对劲，遂转身走过去，只是刚走到鹿源身后，鹿源突然就倒了下去！

"源侍香！"

腊月二十四，白焰给安岚送饭时，在外面敲了四五下门，里面却一直没有声音，他便直接推开门，结果发现安岚晕倒在地上。侧躺在地上的那个身影，脸色比她身上穿的衣服还要白，房间里静得连呼吸声都听不到，外面的风卷着雪花飘进来，冷得可怕，她看起来就像是已经死了一般。

白焰突然看到这一幕，脑子里有瞬间的空白，兴许连他都不知道，这一刻，他面上第一次现出惶恐之色。

他是那样自负的人，自负聪明，自负一切都在自己的掌握中，在走进长香殿，接受镇香令时，他不曾想过会后悔；就算后来做出了改变，他也未曾觉得那是因为后悔，更未曾想过，即便后悔了，也恐怕已来不及。

难道……真的已经来不及了？

"安岚？"他向她走过去，此刻他的脸上像是戴了面具，僵硬得没有任何表情。他将手指伸到她鼻子下面，片刻后，终于感觉到她还有呼吸，那一丁点的温度，遂令他脸上的面具一下破开，双目竟露出劫后余生之感。

他赶紧将她抱回床上，给她盖好被子，将汤婆子放到她脚下焐着。

一刻钟后，安岚终于醒来。

白焰这才长嘘了口气，面上也恢复了正常："你晕过去了。"

安岚睁开眼看了他一会儿，然后伸手按了按自己的额头："我晕过去了？"

"是，敲门不见你应声，一进来就看到你躺在地上。"白焰扶她坐起来，给她倒了杯热茶，有些担心地看着她，"现在觉得怎么样了？"

"还好……"她再次试图重建香境却依旧失败，并且精神受到重创，她总觉得离成功就差那么一点了，可就是那一线的距离，她总是跨不过去。

安岚深呼吸了一下，然后接过茶杯，喝了一口，良久才道："你当年，究竟是怎么活下来的？"

白焰接过她手里的茶杯，替她拉好被子，才道："你可知道，当年白广寒……当年我为什么在最后一刻放弃了，放过你了？"

安岚沉默了一会儿才道："因为我不愿，我若不是心甘情愿地替你去死，你就没有十成的胜算。"

她有很长一段时间都误以为当时的自己是心甘情愿的，后来才明悟，其实她做不到，她接受不了那样的结局，那从来就不是她的目标，她只是认赌！服输！但她做不到心甘情愿地为别人献祭自己的生命。当年他看错人了，他费尽心血培养出来的不是傀儡，而是要取代他的人。

白焰轻轻笑了，转着手里的茶杯，声音里带着一种莫名的愉悦："我想也是。"

安岚抬起眼，漆黑的双眸沉默地看着他，带着询问。

白焰面上的笑容淡去，陷入沉思，片刻后才道：“当初在涅槃香境里究竟是什么样的境况，当真是想不起来了。只是这些天，我思来想去，在那等绝境下，白广寒能放过你，情根深种自然是原因之一，原因之二便如你所说，你之不愿，使之不得十成把握。只是你想过没有，对于陷入绝境的人而言，求生，只需一线希望便足矣，哪会去求十成的把握呢？”

安岚微怔。

白焰接着道：“所以那一线生机，其实一直就在白广寒手里，这也是他最终放过你的第三个原因。虽这都只是我的猜测，但并非没有可能。”

安岚怔了许久才问：“要如何抓住那一线生机？”

白焰似不愿说，只是安岚一直看着他，于是他沉默了一会儿，才道：“重建之前，必先毁灭，置之于死地，而后生。”

安岚看着他，瞳孔微缩。

根基已受损，在断壁残垣上，是没办法建立一个新的世界的。

她不是没有这么想过，但……若真将她的香境世界全部摧毁，其后，更有可能陷入彻底的虚无死地，甚至会失去香境的能力。

白焰握住她冰冷的手：“无论是最亲的人，还是最爱的人，无论他多想为你承担痛苦，其实都是心有余而力不足。有些苦，我们注定是只能自己承受，所谓的感同身受，不过是嘴上说来安慰正在受苦的人罢了。”

这兴许也是白广寒当初放过她的原因，那场涅槃香境，即便她承接得起，也并不代表她能真正感受到他的痛苦。

他垂下眼，看着她纤细的手指：“我最大的痛苦，是明知你正承受着凌迟，却只能在一旁看着。”

蓝靛等鹿源醒过来后，问了一句：“你还好吧？”

鹿源睁眼后恍惚了好一会儿，才发现这里不是他的房间，便坐起身：“没事，失礼了，多谢。”

他说着就已经下榻，蓝靛也没有阻止他，只是抱着胳膊站在一旁看着他道：“是你体内命蛊的关系？司徒镜动手了？”

鹿源没有应声，穿好鞋后又对蓝靛揖手：“刚刚多谢蓝掌事，天已不早，蓝掌事早些歇息吧，鹿某告辞。”

然而当他要走出去时，蓝靛却挪了一下身体挡住他的去路：“恐怕不能让你出去了。”

鹿源顿了顿，问：“为何？”

蓝靛只是看着他，面上没什么表情，眼神微冷。

鹿源沉吟稍许，便道："我不可能会对先生不利，眼下天枢殿已是山雨欲来之势，你我二人还是莫要起争执为好。"

蓝靛道："我或许能相信你不会受司徒镜胁迫，但，先生现在亦不能因你而分心。"

"你以为我会告诉先生？"鹿源恍悟，随后淡淡一笑，"蓝掌事多虑了，此事我自己会解决，绝不会让先生多费一点心。"

他的面色极为平静，那是一种已有了决策，并且心志坚定，因而看淡生死后的平静，这是，已抱着求死之心？！

蓝靛定定地看了他一会儿，才问："你还能活多久？"

鹿源沉默了一会儿才道："这就要看大祭司的心情了，刚刚他只是让命蛊动了一下，它并未完全苏醒，不过也快了。若我运气好些，兴许能看到先生清除污浊邪物、胜利归来的那一日，若运气不好……多少也能熬个三四天吧。"

蓝靛意外于他的坦诚，更惊讶于他说出的时间竟会如此之短。

鹿源想了想，又道："这几日我会尽快将我手里的一应事务整理清楚，列出个章程来。只是眼下天枢殿内值得信任，并且还能接手我之事的人选，暂时还找不到合适的。所以此事会先交托到蓝掌事手里，旗殿侍长那里我也会留一部分，到时就劳烦二位交给安先生。"

蓝靛迟疑了一下，才问："你不打算亲自交给先生？"

鹿源道："既然司徒镜已经催动了命蛊，我就无法保证见到先生时，先生会看不出来，所以我……不会再见先生了。"

他说出最后那句话时，语气很是平常，但闻者听出了里面有无尽的落寞。

蓝靛一时无言。

鹿源接着道："还有一事……便是镇香使白焰。我一直觉得他进入天枢殿，是另有目的，只是我怕是不能再替先生盯着他了，以后也只能托蓝掌事多多留心，鹿某在此先谢过了。"他说着，就弯下腰给蓝靛郑重行了一礼。

蓝靛微怔，受了他这一礼后，开口道："那也是我分内之事，我自会尽职尽责。"

鹿源直起腰，面上浮出浅笑，衬得他眉眼如画，一笑而倾城。

腊月二十五，藏香楼的廖掌事连夜将新的人手安排妥当，不过一个晚上，藏香楼的一应事宜就恢复了正常。并且在刑院和鹿源的联手强压下，香殿各司都极配合，基本没耽误什么事，该送上来的香品一样都没漏，该送下去的香品也一刻都没耽误。

失窃的那些香品，已全权交由刑院负责察办，余者皆不能过问。

天枢殿的气氛越来越紧张，甚至影响到了其余六殿。于是明明春节将近，长香殿各处都挂起了除旧迎新的灯花，上上下下也都开始发放新的布匹器具等物，长香殿的一切看起来和往常年底的时候无异，可如果有人留意各处负责人的话，就会发觉，他们每个人近来行事都添了几分以往没有的小心，偶尔还会私下交流几句，但又点到为止，不敢说得过多。

下午，蓝靛过来找鹿源的时候，正好鹿源已整理好手里的事情，正打算着人去请蓝靛。

蓝靛看着交到自己手里的东西，只见上面所写，件件条理清晰，人事安排得当，赏罚分明，香殿不足之处亦一一点出，绝非一日一夜工夫可得，便问："你是从什么时候开始整理这些东西的？"

鹿源随口道："大约一个月前吧。"

蓝靛又看了他一眼，一个月前，他就开始安排自己的后事了？

鹿源放下笔，然后问："蓝掌事找我何事？"

蓝靛便拿出长香殿的地图交给鹿源："大致查清楚了，人员一换，他们就迫不及待地将那些东西送了上来。除了天枢殿的藏香楼外，玉衡殿、天璇殿、天权殿、开阳殿也都有，不过并不都是放在藏香楼，有的则另寻别处，具体地方这上面都标示出来了。"

鹿源接过地图看了看："天玑殿和摇光殿没有？"

蓝靛道："目前未查出，不过我估计应当是没有，那两个香殿没有大香师，天玑殿里又有不少道门的人，眼下那两个香殿的人大部分都被他们收买了，他们没必要在那两处地方再浪费人手。"

鹿源将地图轻轻放在桌案上，站起身，如释重负地道："都查清楚了就好，总算不出你我所料，那些身怀二心的人，从今往后就都交由刑院处理了，蓝掌事辛苦。"

蓝靛见他似要出门，神色微凝："你要出去？"

鹿源点头，看了她一眼，淡淡地道："去见一见鹿羽，总不能不管她。"

蓝靛一怔，随后便道："可需帮忙？"

鹿羽在天下无香，他过去找鹿羽，自然避不开司徒镜。

鹿源摇头："蓝掌事放心，司徒镜若想杀我，随时都可以，你若安排人跟着，我反倒行动不便。"

鹿源刚离开，蓝靛就收到了清河那边的消息，她遂收好鹿源刚刚交于她的东西，转身回了刑院。

鹿羽没想到鹿源会在这个时候来找他，本不想见，只是还不等她张口，鹿源就已经进了她的房间。

鹿羽一脸恼怒地瞪过去："你——"

鹿源却似未瞧见她面上的表情，走进去后，只是冷淡地看了她一眼："坐下，我跟你说几句话，说完就走。"

他从来就是个温和的人，鹿羽也从不认为自己会惧他，但今日不知为何，他这么平平的一句话，竟就让她张不开口赶人，有种一照面就被压制住的感觉。

直到鹿源在她对面坐下后，鹿羽才不甘地哼出一声，也跟着坐下，只是脸却朝向另一边。

鹿源开口："腊月三十是天下无香挑战长香殿的日子。"

鹿羽瞥了他一眼，冷笑："这我当然知道，你现在跑来跟我说这个……哦，想必是大祭司交代你什么事了吧，难不成你想让我帮你？"

鹿源没有接她的话，也未因她此番态度而动怒，只是接着道："那日之后，无论天下无香是什么结局，你都不会有好结果。"

鹿羽顿时恼怒地转过脸："你——"

鹿源却打断她的话："你和我一样，从来都只是他手里的一枚棋子，能用则用，用不得便毁之。"

鹿羽怒极反笑："我对大祭司来说确实只是枚棋子，但我和你不同，我没有背叛过大祭司，所以大祭司对我也会不同。"

"你当真以为自己是特别的？"鹿源淡淡地道，"你不了解大祭司，甚至不了解你自己。"

鹿羽本是嗤笑地看着他，只是鹿源的眼神一直很平静，不见半点波澜，莫名地，她就笑不下去了，便冷哼地移开目光道："你少跟我说这些故作玄虚的话，别以为我不知道，大祭司给你种了命蛊，你的命一直被大祭司捏在手心里。"

鹿源道："所以你以为他不会给你也种下命蛊？"

鹿羽豁地站起身："你今日过来若是为了挑唆，就趁早滚吧！"

鹿源看向她挂在腰上的玉香囊："之前并未见你身上挂这个。"

鹿羽顺着他的目光往下看了一眼，随后得意地一笑，挑衅地道："大祭司赏的，怎么，你眼热？"

鹿源又抬起眼，看着她道："你可知我当年是怎么被种下命蛊的？"

鹿羽特别恨他这副永远波澜不兴的表情，很想让他马上滚，但又直觉他接下来说的话，跟她关系很大，她非听不可。

“当年大祭司也赐过我一个玉香囊，香囊里面的香并无问题，只是十日后，我忽然浑身疼痛难忍，大夫却瞧不出病因，唯大祭司以针灸点穴能缓解我身上的疼痛，故当大祭司为我施针时，我不仅不会反抗，心里还极为感激。”

鹿羽听到这儿，心里莫名地有些不舒服，总觉得他似乎意有所指，便忍不住开口道：“你到底想说什么？”

鹿源问：“你可知，种命蛊需要什么样的条件？”

鹿羽皱起眉头，种蛊的方法蛊师一般不会外传，特别是命蛊，那是只有大祭司才会的绝技。

“一是必须在对方清醒的情况下，二是种蛊的过程中不能有任何反抗，并且要言听计从。当时我疼痛难忍，大祭司给我施针治疗，我自然对大祭司的话无不听从。”

鹿羽不由得握住挂在腰上的香囊：“既然香囊里的香没有问题……”

“香囊里的香没有问题，但再加上你房间里的香，十日后，你便会开始觉得身上疼痛难忍。”

天下无香里几乎每个房间都在用一种叫“玉仙草”的香，那也是南疆香谷的人惯常用的香。

鹿羽的脸色变了变，好一会儿后才道：“我怎么知道你说的是不是真的，再说，若你说的是真的，那大祭司怎么可能让你来见我，让你看到我这个香囊？”

鹿源道：“他并不知道我已知道，即便他知道我已知道，那又如何呢？大祭司并不在乎你的意愿，就算他告诉你，要给你种命蛊，你难道真敢反抗？你我并不值得他多费口舌。”

鹿羽张了张嘴，却说不出话来。

鹿源叹了口气：“你若不信，可找机会私下问问胡巴。”他说着就站起身，看着鹿羽道，“趁这几日他把心都放在长香殿那边，你早做准备，尽快离开这里。我都给你安排好了，你出了城后，去白石庄找一个叫白丁的人，他会照应你的。”

鹿羽咬着牙恨恨地道：“我为什么要走？就算大祭司真的给我种了命蛊又如何？我又没打算要背叛大祭司。再说大祭司马上就要入主长香殿了，到时我就算不能成为一殿之主，地位也不会比什么殿侍长低多少！我可听说了，你那位安先生都快不行了呢！”

鹿源冷冷地瞥了她一眼：“你能了解安先生多少，她那样的人，岂是你可以揣度的？”

鹿羽气极："我怎么不能——"

只是鹿源却打断她："好了，该说的我都说了，我能为你做的就只有这些了。你是去是留，自己考虑清楚，总之……好好照顾自己，以后怕是再不会有人，为你遮风挡雨了。"

他说完，最后看了她一眼，就转身出去了。

鹿羽想叫住他，却张了张口，又咬住唇，直到看着他走房间后，她才气得将桌上的茶杯全都扫到地上。

鹿源从鹿羽那里出来时，正好司徒镜回来，他也不避，直接过去见司徒镜。

常年阴暗、几乎空无一物的房间内，依旧披着斗篷的司徒镜阴恻恻地开口："都这等情况了，你还能这般不慌不忙，看来你果真是不愿杀她。"

鹿源脸微垂："镇香使一直守在先生身边，我实在找不到机会，而且如今命蛊已被催动，我一接近先生，先生怕是就会有所察觉，若是我一击不中，就难再有第二次机会了。"

"她能察觉到你的命蛊已被催动，她就定会想试一试，帮你解蛊，而这正好就是你的机会。"

"先生即便想试着为我解蛊，也不会选在这个时候，在挑战日之前，先生不会将自己陷入一丝险境。"鹿源说着就跪下去，"请大祭司再多给我几天时间，我定会找到一击即中的机会。"

司徒镜嘿嘿笑了："我说过，腊月三十之前，她若不死，死的就是你。我不会留下叛徒，也不需要无能者，如果你真想活命，就抓紧时间杀了她，要知道，越往后，你的日子就越不好过，命蛊一旦被催动了，是不见血不停的。"

从天下无香出来的时候，鹿源的脸色比进去之前白了几分，就连脚步也虚浮了几分。他让马车走到安岚的住处附近停下，却没有下车，只是将窗户推开一点，默默地看着那处。

约一刻钟后，他轻轻叹了口气，正要关上窗户，却看到白焰从那店铺里走了出来。

白焰径直走到鹿源的马车前，从开着的车窗往里看进去："源侍香来找安先生？怎么不进去？"

鹿源也不下车，只是微微颔首："只是路过，就不进去打扰先生了。"

白焰道："从天下无香到这儿，可不顺路。"

鹿源道："镇香使对天下无香倒是颇为关注，不知镇香使对天下无香的了解有多少？"

白焰道："职责所在，自当要多加留心，不过若说了解，怕是比不上源侍香。"

鹿源道："镇香使谦虚了，镇香使之前去过南疆，进过香谷，和香谷的大祭司还有交情。眼下这件事究竟是何时开始，又是因何而起的，怕是没人能比镇香使更清楚了。"

白焰淡淡一笑："源侍香也去过南疆，在香谷的时间比白某更长，若论交情，源侍香和南疆大祭司的关系，就不只是交情那么简单了。"

说来也是讽刺，正是因为两人都和南疆香谷关系匪浅，所以从一开始，两人就谁都说服不了谁。

对白焰而言，鹿源只是一枚被司徒镜暗中安排的棋子，即便棋子叛变了，但旧主始终把控着棋子的命脉，眼下这命脉到底会不会令棋子再叛？他不曾真正落到泥地里，不曾在绝望时获得过救赎，所以他不能下定论。

更何况，人心那么复杂，有时心意改变，就只是一瞬间的事。

既然安岚选择相信鹿源，那么为保万无一失，他自然是要时刻保持警惕。

而正巧，鹿源亦是同样的态度。

对鹿源而言，天下无香的这场祸事，很可能就是白焰带来的，这位曾经的大香师，才是这起事件的真正策划者。即便如今镇香使对安先生亦有情意，但那份情意能否抵得过长香殿至高无上的地位？能否抵得过男人对于权力的渴望？更何况，镇香使白焰曾经就是坐在那个位置上的人，如今他归来，此番形势更是为他制造了绝佳的机会，他当真能拒绝得了那样的诱惑？

鹿源未曾到过那样的高度，所以他也无法下定论。

他们都是上天精雕细刻出来的杰作，不是这芸芸众生里庸庸碌碌之辈，论心智、论眼光、论手腕、论才情，谁都不比谁逊色，只是因出身不同、际遇不同，故而命运迥异。

鹿源的马车离开后，施园才出现在白焰身边，看着鹿源离开的方向道："公子，他的气息很不稳，应该是司徒镜已经催动命蛊，逼他动手，需要我盯着他吗？"

白焰道："不用，只要他不试图接近安先生就无须管他。"

"他若是在香殿里兴风作浪呢？"施园说着就试探地看了白焰一眼，有些贱贱地道，"到时无论是您……还是安先生回去后，不是要平添许多麻烦？毕竟司徒镜已经准备这么多年了。"

"鹿源不至于，更没有必要。"白焰瞥了他一眼，"至于长香殿，从来就只是我和安先生的战场。"

施园讪讪地摸了摸鼻子："我去盯着城外，公子您有事就招呼我。"说完就赶紧溜了。

腊月二十六，司徒镜拿出香蛊，只见香蛊已然如玉，身上隐有霞光，他将香蛊放在掌心，感觉到从未有过的能量，他就知道安岚已然撑不住了。司徒镜压不住心里的喜意，对着掌心上的香蛊道："她的味道很不错是不是，喜欢吧？宝贝儿，将她整个吃了，一点都别剩！"

却这时，川谷敲门，带来了清河那边的消息。

司徒镜的心情很好，便让人进来。

川谷行礼后道："崔先生回了崔家大宅后，没什么特别的动静，只是和崔老太爷闹了点矛盾，然后就拒绝见客，一直住在自己的院子里，连门都没出。不过崔家和宫家的亲事却没耽搁，据宫家传来的消息，两家这门亲已经正式定下了。"

司徒镜道："定下了？崔飞飞这就答应了？"

见大祭司语气里带着嘲讽和怀疑，川谷小心翼翼地道："崔先生和崔老太爷闹的那次矛盾，估计就是因为此事，兴许崔先生本是不愿，只是崔老太爷已经定了，她也只能答应。"

司徒镜哧地一声冷笑："崔飞飞又不是普通的闺中女子，她若真不乐意，长辈的几句话能压得住她？还替她做决定？要真是这般无能窝囊，那玉衡殿岂能轮到她来坐？"

川谷迟疑地开口："大祭司的意思是……崔家和宫家联手给咱们演了一出戏？"

司徒镜道："他们倒是没那个胆，只是崔飞飞，她回家后能这么乖乖顺从的，一点事都不闹，联姻之事还能进行得如此顺利，倒让我难以相信了。"

川谷这么一想，心里也生出担忧，便道："所以大祭司是怀疑，崔先生给咱们演了一出瞒天过海？！可这是为什么？"

"我本也想不通她何必多此一举，只是前天我们的东西顺利送入长香殿后，我才忽然想起一事来。"司徒镜冷幽幽地道，"清河离南疆不远，无香花长安这边是没有了，但清河那里，若是想要再寻出一些来，并非是多难的事。崔大香师亲自去找，不是更简单了吗？"

川谷大惊："属下这就命人去查！"

司徒镜道："还怎么查，今天已是腊月二十六了，他们若是已经找到了无香花，这会儿也差不多该送到长安城了。"

川谷道："那、那怎么办？"

"只要不是崔飞飞亲自送回来，仅凭无香花是改变不了战局的，即便是我将无香花白送给他们，他们也不会用。"司徒镜站起身，走到窗户边，看向外面，片刻后才又道，"你让道门的人和你配合好，去拿我的寻香蛊盯着这几日进长安城的人，如果真有人带无香花进长安，寻香蛊会有动静。"

"是！"川谷即应下，"属下一定将他们拦着，夺回无香花！"

司徒镜却道："若是普通人送过来的，你们加上道门的人，拦下是没问题。但若是崔大香师亲自回来，怕是你们想拦也拦不住，现在这里可还是他们的地盘。"

川谷怔住，一时不知该如何回话，大祭司说得没错，如果大香师要进城，他们怎么拦得住？

"你也不用担心，到时如果真是崔飞飞，你退便是。你是拦不住她，不过玉衡殿上下几百条人命，总能拖住她一阵子。"司徒镜说着就阴恻恻地笑了一声，"天玑殿和摇光殿都有我们和道门的人，暗处还有镇南王府留下的那些杀手，即便是刑院全部出动，也难奈何得了。安大香师虽是在长安城内，但眼下她差不多已经废了。如今长香殿就只有柳璇玑一人在上面守着，而且重伤未愈，到时就算她真有心，也很难兼顾。"

川谷道："属下明白了。"

司徒镜又交代："还有，密切监视净尘和谢蓝河那边，此事绝不能有变。"

川谷道："是。"

长安城外来了个百来人的商队，带来上好的貂皮和稀有的宝石香料。其实他们本应半个月前就到长安的，只是今年冬天的雪下得又大又急，路不好走，就耽搁了好些时候，不过好歹是在年前赶到了，趁着最后这几天，手里的货物应该还是能销出去的。

中午时分，领队停下道："离长安城就十里地了，大家伙在这儿歇一歇，吃点东西，半个时辰后动身，天黑之前咱们就能进城了！"

一听马上就到长安城了，原本都已是人累马乏的商队，气氛一下热闹了起来。领队的话一落，商队的人便都原地停下，拴好车马，然后拿出吃的喝的，三五成群地围在一起歇脚闲谈。

也有只在车厢里待着不出来的，那多半不是商队的人，而是跟着商队一块走的女人和孩子。这个时候，若有出远门的人家，但凡舍得银子的，都会请几个镖师一路跟着；请不起镖师的，又顾及安全，便会打听有没有口碑不错又正好顺路的商队，托关系找领队的商量一下，花上几个钱，如此便能跟着商队一起走，路上多少能有个照应。

停在商队中间的一辆简朴的马车内，一个不起眼的妇人才拿出干粮，车夫就在外面道了一句："姑娘，有人找。"

崔飞飞便看了那妇人一眼，妇人不动声色地放下手里的篮子，推开车窗往外看了看，和外面的人交流了几句，然后回过头："姑娘，是您的七堂姑，据说是前两日和您姑丈出门访友，今儿回城，正巧您姑丈认识那领队的，聊了几句，不想就听说您在这儿。"

妇人的声音不大不小，隔着车窗，外头离马车近些的人多少能听到几句。

崔飞飞微怔："七堂姑？"

她确实有位七堂姑，只是二十年前就出嫁了，印象中她就见过一次，那一面距今少说也有十多年了，她甚至已经不记得对方长什么样子了。之所以会留有印象，还是因为她小时候听她母亲说，她姑姑在崔家时，也就和她七堂姑说得上几句话，别的人，她姑姑都是不爱搭理的。

而在三天前，她收到花容的飞鸽传书，信中说在她进长安城之前，会请人给她送样东西，让她带进长香殿，并强调此物关系到长香殿数千人的存亡，请她务必小心谨慎，隐匿行踪。

崔飞飞为此心里一直隐隐不安，事关长香殿数千人的存亡？她不清楚花容是有意将事情说得严重了，还是长安那边的情况，确实已经恶化到此等地步！花容托她带进长香殿的东西又会是什么，当真如此重要？

而眼下他们马上就要进长安城了，却未再见花容的消息，却忽然在此遇到了七堂姑，是巧合，还是这位七堂姑就是花容所说的那送东西的人？

于是崔飞飞又低声问一句："是花容？"

那妇人轻轻点头，然后起身下车去。

崔飞飞心里甚是诧异，在她的印象里，以及她母亲的口述中，她这位七堂姑是最不喜沾惹上这等麻烦事的人，也幸得七堂姑当年嫁得好，其丈夫又愿意给她撑腰，所以这些年，崔家的事，无论是好是歹，她这位七堂姑都是一概不沾。

可如今，刑院却能请动她七堂姑！

然而诧异归诧异，崔飞飞马上开口："快请！"

"真是没想到，会在这儿碰上我家的四姑娘。"崔飞飞的话才落，外头就传进来一个略带几分爽朗笑意的声音。崔飞飞在同辈里行四，小的时候，她的长辈也有称她为四姑娘的。

车帘子被从外头掀起，随后一个面容白净、眉眼明亮的妇人就蹬上车来。

崔飞飞微微起身："七堂姑。"

虽是不记得对方长什么样了，但此时一看到那张脸，记忆深处的面容就随即从脑海里浮现出来。

"四姑娘都出落得这么好了。"崔文霜进了车厢后，一边打量着崔飞飞，一边笑着道，"这么多年不见，难为四姑娘还记得我。"

崔飞飞却在看清楚崔文霜的面孔后，不由得微微一怔，崔文霜的眉眼，和崔文君有几分神似。

崔飞飞伸手扶着她坐到自己身边："是好多年不见了，您身体可好，瞧您气色很不错。"

"挺好的。"崔文霜坐下后，就从袖子里拿出一小包东西，直接放到崔飞飞怀里，低声道，"这点东西不知花了多少代价，才送到我这儿，四姑娘可一定要收好了。"

"这是……无香花？"崔飞飞看了一眼怀里的包裹，没有打开，只是拿手掂了掂。

崔文霜微微挑眉："果真是大香师，这包得严严实实的，一点味道都没出来呢，你这是闻出来的？！"

崔飞飞笑了笑，却没有回答这个问题，而是接着问："这是花容让人送来的？为什么送这个？"

崔文霜似乎赶时间，先掀开窗帘一角往外看了一眼，然后才道："此事与其说是花容的安排，不如说是那位安先生布下的棋局，当然，也多亏了花容有那份能耐，能在这么短的时间内借到了咱崔家的力量。至于为什么给你送这东西，四姑娘应当知道无香花的主要作用是什么吧？"

崔飞飞顿了顿，随后眼神微微一变，不由得坐直了："白蚊！"

她的香境世界是奇幻森林，森林里包含了她所知道的一切花草鸟兽，故而她比任何人都清楚无香花的作用，以及白蚊的阴邪可怕。

难道南疆香谷的人，竟将白蚊送进了长香殿？！

"此物事关长香殿数千人的存亡。"

崔飞飞再次想起花容传书过来的那句话，感到身上一阵彻骨的冰寒。

南疆香谷竟敢！

崔文霜看了她一眼，又道："还有一件事要告诉你，你听着，司徒镜可能是不相信你会乖乖回清河成亲，所以这段时间，他一直让人守在长安城外，应当就是在找你，而且听说他今日甚至让人带了寻香蛊出来，怕是也猜到如果你回长安的话，身上一定会带着无香花。"

崔飞飞面上神色凝重，眼里隐隐带出了怒意："既已到了长安，即便他看到我又如何，他能拦得住我回香殿？"

崔飞飞在外人面前向来是温柔端庄的，少有这样怒意外显的时候，这令她整个人看起来如似要出鞘的剑，这就是大香师的骄傲和锐气。

崔文霜看到此刻的崔飞飞，好似看到了当年的崔文君，目中不禁流露出几分欣慰与怅然。

"你刚回来，香殿上的情况，知道得还不多。"崔文霜的声音比刚刚柔和了几分，"白蚊已经被他送进长香殿了，玉衡殿也未能幸免，除此外，香殿里还有不少他安排的人手。虽说香殿里还有柳先生和刑院，但如果司徒镜真的提前动手，你们都不在香殿，香殿的伤亡怕是不可估量！"

崔飞飞一脸认真地道："他若是提前动手，那之前定下的挑战之约就此作废，他再不可能再用堂堂正正的理由进入长香殿。到那时，即便他再觊觎长香殿，除非真的将所有大香师都杀了，再说服唐国所有权贵，否则休想染指香殿的一草一木！"

崔文霜道："你说得没错，若真提前动手，对司徒镜是害远远大于利。只是，你难道不知，那个人其实就是个没有名字的疯子，他并不是真正的大祭司司徒镜，他本是大祭司的影子，是影子杀了主子后代替了主子的位置，所以他也叫司徒镜。"

崔飞飞眉头紧蹙，关于司徒镜的这些传闻，她也曾听说过。之前因为没想过要参与这些事，所以她并不怎么在意，如今形势急转，她再听到这种种传闻，只觉心里生出阵阵寒意。

崔文霜接着道："如果他真的这么赌上自己的全部，你自当不会有事，可你敢拿玉衡殿上上下下那么多人的性命和他赌吗？"

崔飞飞回答不出来，她知道她赌不起，也不敢接这个赌。

即便最后司徒镜败了、死了，但玉衡殿、长香殿要因此……莫说是死上千百人，即便是只死一个无辜的人，她都难以接受。

"那该怎么办？"良久，崔飞飞才开口，"如果司徒镜真让人带了寻香蛊出来，就一定能发现无香花，到时他自然就知道我回来了。而我既然以此等方式回来，他自当明白我对此事的态度，到时他便有可能提前动手。而我若不进城的话，他已安排人守在城外，你们想带无香花进城去，怕是也不容易。"

崔文霜道："此物原就是让你悄悄送进去的，并且也不让司徒镜知道你回来了，却不想他竟想到用寻香蛊。所以安先生那边也改变了策略，这无香花只麻烦你送到城门外即可，只是记得，到时司徒镜的人靠寻香蛊找到你的时候，你需委屈一下，隐匿身份，不让他们知道你是崔先生。至于无香花，安先生到时会请另外的人来收。”

崔飞飞迟疑着道：“难道是安岚亲自出城？”

崔文霜摇头：“这个我就不清楚了。”

崔飞飞沉默片刻，才道：“此法……当真可行？”

崔文霜轻轻捋了一下自己的头发：“能否行得通，我不敢下定论，不过既然事关那么多人的存亡，我想安先生应当不会草率地做决定。”

崔飞飞面露沉思，目中依旧带着担忧和迟疑。

崔文霜又道：“还有一事，虽说再过几日你就能收到清河那边的信了，不过既然今儿都见面了，我就提前和你说两句吧。”

崔飞飞抬首：“何事？”

崔文霜忽然笑了一笑：“我那嫂子，就是你母亲，当真是个绝顶聪明的人。”

崔飞飞面露不解。

崔文霜接着道：“你母亲会配合花容，让你这么及时地拿到无香花，不是因为她没有选择了，而是在这件事上，她是有条件的。眼下这件事，若最终真是安先生赢了，那么天枢殿怎么也算是欠了她、欠了崔家一个人情。至于你嘛，你向来是个孝顺的闺女，你摆了她一道，她还如此帮你，不说事后了，就是此时此刻，想必你心里都是愧疚的。你再怎么任性，那也是崔家人。四姑娘，我那嫂子对你了解得很哪。”

崔飞飞问：“母亲她提了什么条件？”

崔文霜道：“年后她会安排你十一妹妹来长安，那丫头今年应该有十五了，去年我见过这位十一姑娘一面……怎么说呢，这丫头身上的那股劲儿，倒是和安先生有几分相似，容貌也是拔尖的。”

崔飞飞微怔，片刻后才道：“是安排十一妹入宫？原先不是定了十妹？”

崔文霜道：“十姑娘是照常入宫，十一姑娘是安排进长香殿，说是跟在你身边。不过嘛，崔家那意思是想和谢家结一门亲，多半是看上了开阳殿的谢先生了，总归人送过来后，自然就需要你从中牵线了。”崔文霜说到这儿，就轻轻叹笑一声，“我这位嫂子，向来是不做亏本买卖的，既然整个拿下长香殿的可能性不大了，那自然就要为更长远的以后打算，联姻是巩固两家关系最常用的手段。”

崔飞飞淡淡地道：“母亲想得简单了，谢家有没有那意思不好说，但这等事，谢家怕是左右不了谢先生。”

崔文霜看着她轻轻一笑："这事能不能成，得以后才知道，我就是知会你一下，依我看，你也不会反对。"

她没说出来的是，清耀夫人的真正意思是想让崔飞飞和谢蓝河结成连理，只不过清耀夫人怕是已然明白，自己这个女儿不可能事事都照着她的意思来，所以权衡之下，将崔家另外一个姑娘送过来，再借崔飞飞的手推出去，那个过程中，兴许还会有意外的收获也不定。

崔飞飞确实没有反对，便道："此事我知了，多谢七堂姑告知。"

崔文霜又往外看了一眼，商队的人已经开始收拾东西要赶路了，便道："东西我已送到，话也转达了，四姑娘多保重。"

她说着就要起身告辞，崔飞飞却叫住她："七堂姑。"

崔文霜便又坐下，眼里带着询问："还有何事？"

崔飞飞迟疑了一下才道："应该是安岚找的您吧？她是如何说动您的？崔家的事，您向来是不愿管的，如今为什么又管了？"

崔文霜的夫家掌控着好几条河道上的买卖，能收到各路消息，当年崔文君找女儿，崔文霜帮了不少忙，只是可惜最终他们都没能找到。

崔飞飞知道，崔文霜其实也是崔文君留下的人脉，只是崔文君当时走得突然，所以很多事情没有留给她任何交代，并且崔文君走后，崔文霜也从未联系过她。她本以为，这条人脉怕是再难用上了，却不想……

崔文霜似料到她会有此一问，便淡淡一笑，才道："阿君死之前，曾给我留过话，说那丫头是她闺女，日后若是那丫头遇到什么难事了，望我务必要帮。我呢，当年帮她找了那么多年闺女，都没能找到，心里总觉得是欠了她的，所以她这最后的请求，我自然不能拒绝。"

崔飞飞发怔，良久才轻轻一叹："原来如此。"

崔文霜打量了崔飞飞一眼，又开口："既然四姑娘问我了，那么我也有一事想问四姑娘。当初你应当是不想插手此事的，却为何又改变主意了？你这样的孩子，做出忤逆长辈的决定，可不是件容易的事。"

崔飞飞沉默了一会儿才道："这世间，上有君权，家有父权，出嫁后还有夫权，条条框框早被写满，所以女子很难选择，自己这一生要做什么，要成为什么样的人。再有惊天之才的女子，想要成就一番事业，都必须要先得到男人的首肯，再得到他们的帮助，然后才能实现自己的理想。若无他们的首肯，这天下便无她的立锥之地，因为那些约定俗成的规矩，容不得你说一个不字。

"而长香殿，是这世间唯一的例外，即便它不是真正的世外桃源，但至少在长香殿内，不以性别论尊卑，不以性别论先后，不以性别论优劣。所以我们在那里拿到了选择权，而权力从来不是白得的，权力更不可能无人觊觎，权力既然已经传到了我们手里，那至少要守住，给未来的她们，留一条可以选择的路。”

崔文霜甚是诧异，没想到崔飞飞会说出这样一番话。

只是崔飞飞说完后，却笑了笑：“这话其实不是我说的，是安岚和柳先生用来说服我的。”

崔文霜轻轻嘘了口气：“所以你被说服了？”

崔飞飞垂眸，似叹了一口气，才道：“一半一半吧。”

崔文霜问：“那另一半原因是什么？”

崔飞飞道：“我生在崔家，长在崔家，从小被耳提面命，血液里早已被刻下，要为这个家族尽可能地做出自己贡献。当初母亲支持我进长香殿争夺大香师之位，本意也是为了崔家，所以当南疆人将命案嫁祸给安岚，接着天下无香想入主天玑殿而挑战安岚，并为此设下种种计谋时，母亲让我不得插手此事，我并未反对。”

崔文霜道：“但后来的事情你也应当知道，他们想要的不只是天玑殿，崔家袖手旁观的目的也不是因为不想惹麻烦。”

“没错，他们想要整个长香殿，崔家也不满足于只有一个玉衡殿，更不满足于大香师的传人只问天赋才华，不问血脉亲缘。他们想要将长香殿变为家族的私产，想毁去长香殿的根基，让真正的大香师就止于我这一代。”崔飞飞说到这儿，停了一会儿，才接着道，“当年姜家已经走过这条路了，姜氏一族的教训警醒不了他们，他们只看得到姜家初始的繁荣盛景，看不到后来的败落，乃至被灭族。”

崔文霜不禁轻轻一叹。

崔飞飞转头看向她：“这就是我的另外一半原因，即便母亲并不认可，也不理解，但既然我已有了选择权，自然无须再经过她同意，只需做我认为应该做的事即可。”

“崔氏前有崔文君，如今有你，当真是幸事。”崔文霜留下这句话，就下车离开了。

不多会儿，商队也重新出发，只是商队刚动身不久，忽然又下起雪来。

“这贼老天，怎么说下就下！这才停了多会儿！”领队了咒骂一句，看这雪有越下越大的趋势，有些担心会赶不上城门关门的时间，本想催着大家伙快些的，但才一回头，就瞧着有辆马车因车夫的一鞭子，车轮子一下被卡住了。他又咒骂了一声，赶紧下了马，一边让后面的人先走，一边找人过去帮忙。

“大家伙别急，长安城就在眼前了，都注意点脚下，车子别打滑了。”

虽行得慢，但随着时间的推移，长安城还是越来越近了。

崔飞飞摸了摸放在怀里的东西，问了一句："天下无香派出多少人等我？"

妇人道："人倒是不多，主要是有人带上了寻香蛊，请崔先生到时千万别暴露了身份。"

崔飞飞问："我若不露面，安先生安排前来接应的人能否对付他们？"

妇人道："安先生的安排应该没问题。"

崔飞飞又问："城门外可安排了刑院的人？"

妇人迟疑了一下，才道："据我所知，刑院没有人守在城门外。"

崔飞飞抬起眼："没人？"

妇人点头。

崔飞飞默了一会儿，低声道："那她到底是请了谁？"

有能力对付天下无香和道门，还有镇南王府派来的那些杀手，是镇香使，还是……

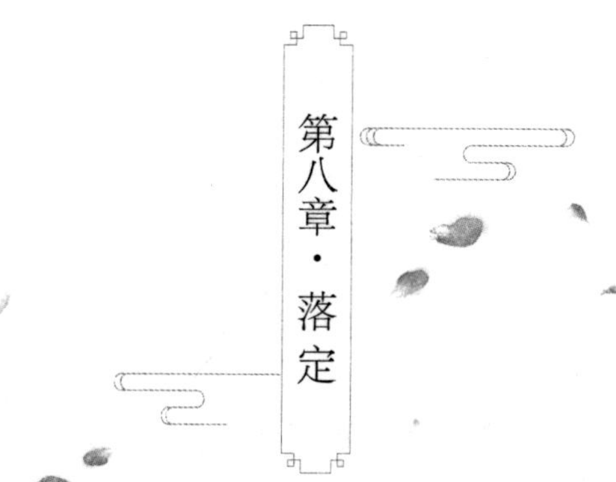

第八章·落定

临近傍晚，长安城外的一个茶棚内，川谷坐在茶炉边上烤着火，面上带着明显的不耐烦：“都守一整天了，眼看太阳就要落山，寻香蛊一点反应都没有，这鬼天气，难道明天还要守上一天？”

川乌瞥了他一眼：“你若受不了就先回去，我在这儿盯着。”

川谷拿起旁边的茶要喝，只是拿起杯子后嫌茶水不够热，便又放回去，有些无奈地道：“我只是担心，万一她不走城门这条路，绕另外那条小路直接上大雁山，那咱这事可就难办了。”

从清河那边的方向过来，要去大雁山，最近又最方便走的路就是直接进城，走朱雀大道穿城而过。除此外，还有一条路，就是绕城而行，沿着一条山间小路上山。只是若走那条路的话，且不说雪天山路难走，总的路程也要多上三四倍。

川乌摇头：“若是走那条路，他们赶不到三十之前上山，不过那条路大祭司也安排了人守着。”

川谷道：“寻香蛊只有一只，咱这边拿了，那边可就没了。”

川乌道：“如果真是崔先生亲自回来，那她肯定会直接进城，走朱雀大街。”

川谷想了想，就笑了一笑：“倒也是，看来咱们只能继续这么等下去了。”

川乌站起身，本是想走到茶棚外看看雪下得多大了，只是他刚一起身，就听到一声微微的嗡响，他身体霎时一顿。川谷也听到了这个声音，一下从椅子上站起来，眼睛中放出精光，来了！果真来了！

两人同步走出茶棚，外面飞雪如絮，抬眼望去皆是白茫茫的一片，四五丈外就几乎看不清人影了，风刮在脸上，像刀割一样。

寻香蛊的动静又大了一些，说明目标离他们越来越近了。

川乌和川谷都不说话，面上添了肃穆，即便他们的任务并不是要拦住大香师，但要确认大香师的身份，很可能就会直接面对大香师的怒火，这并不是件简单的事。

约半刻钟后，前方打探的人回来了。

“往这过来的是个商队，领队的人姓曹，商队的马车总共二十四辆，载货的十八辆、载人的六辆，驮货物的马三十匹，总共有一百多号人。”

川乌问：“除商队外，没别的人了？”

“没有了，往这儿来的都是商队的人，余的都是从长安城出去的。”

川谷便道：“怪不得这一路上都找不到她的踪影，原来是混在商队里了，一百多号人？里面有多少是刑院安排的人？啧！”

川乌没有接话，他的脸色却是越来越沉，此时站在茶棚外，即便是隔着风雪，也能看到商队了。寻香蛊扇动翅膀的声音越来越快，已经开始撞击玉盒，急切地想要出去。

商队已差不多走到了城门口，一百多人的商队，几十辆马车再加几十匹马，就算是分成两排，这队伍也长得很，全部走进去也需要些时间。

“让他们准备吧。”川乌开口吩咐了一声，然后拿出袖中的玉盒，打开，里面即飞出一只蓝色的虫蛾，嗡嗡地扇着翅膀，冒着风雪，朝那已走到城门口，排队等着进城的商队冲过去。

不过片刻，那寻香蛊就准确地停在一辆马车的车窗上，川乌看得真切，并在寻香蛊被人射杀之前，将寻香蛊强行召了回来。然后他才不急不缓地走到那辆马车前，停下，暗暗深呼吸了一下，然后对着车门恭敬地施了一礼：“请问车内坐的可是崔先生，在下是天下无香的大掌柜川乌，斗胆求见崔先生。”

马车后面的人被川谷带来的人逼退了好长一段距离，商队里的汉子顿时被惹毛了，可都不等他们动手，全都被那些人给暗中制住了。于是正排着的队伍，忽然断出很大一块地方，看起来很是突兀。

领队的正要过去问是怎么回事，只是还不等他动身，肩膀就被人给按住了，随即他就感觉身上一麻，再想动，竟已然动不得了。

川乌行礼后，车内却久不见动静，川乌也不着急，等那些排队进城的商人开始往前方喊出不耐烦的声音后，才又对车内的人道：“天色已晚，大家伙都等着进城呢，在下只是求见崔先生一面，绝不敢另外生事。”

这时候，前面赶车的车夫才开口道："你认错人了，我这车上既没有崔先生，也没有你要见的人。"

川乌转过脸，看了那车夫一眼，笑道："想不到刑院的院侍赶车也是一把好手。"

"必要的时候，杀人也是一把好手。"车夫面无表情地看着川乌，"阁下今儿是想试一试吗？"

"不敢。"川乌不卑不亢地道，"在下绝无挑衅之意，如果车内坐的不是崔先生，那又是谁？在下如今已站在这儿了，先生为何不愿露脸？还是先生怕见在下？其实先生又何必否认，先生在不在车里，即便我之前没看到，但先生这一路行来，商队的人总会有看到的。"

"真是啰唆！"车内的妇人忽然推开一点车窗，探出半张脸，怒瞪着川乌道，"即便崔先生真在这车里，岂是你想见就能见的？退下，否则莫怪我不客气了！"

川乌并不理那妇人说什么，他抬起眼，想从妇人推开的车窗看进车内还坐着何人，可惜那妇人太过狡猾，用身体把车窗堵得严严实实的，并且此时天色不佳，即便能看进去，车内也是黑漆漆的，什么都看不清楚。

川乌叹了口气："既然崔先生执意不肯见面，那在下只好得罪了！"

动手的目的并非是想讨得什么便宜，只要能逼得崔先生施下香境即可，如此，更能确认大香师的身份。届时他若能留得性命，那便可以回去复命了。

于是川乌的话一落，川谷那边即打了一个手势，霎时间，周围的风雪里突然多了二十多个诡异的身影。马车后面离得最近的那些商人，此时也察觉出不对劲，走南闯北久了，他们对于危险的判断往往很准，只是眼下他们即便想通知前面的领队，却也都张不开口了。

"速战速决吧。"川乌低声道了一句，出现在风雪中的那些身影迅速朝车厢逼近，与此同时，那车夫也扬起了马鞭。

可就在马鞭将落下的那一瞬，风雪里忽然又传来一个妖媚的声音，声音里含着三分笑意七分嘲讽："这都是哪里来的家伙，竟敢在长安城门口放肆，是真不将我长香殿放在眼里了？"

川乌一听这声音就知道是谁，这样既甜又冷，既让人迷醉又令人害怕的声音，普天之下，只有一个人能有。

而他还来不及惊讶，身体就开始往下陷，眼前天地一色的白也都变成了漫天漫地的黄沙，能将人吞噬的黄沙。

柳璇玑！柳璇玑居然来了！

川乌朝声音飘过来的方向看过去，那个美艳绝伦的女人好似从远古走来，带着风暴、带着沙海、带着满身的骄傲与嚣张，她看过来的眼神永远带着几分不屑。

所有人都被黄沙吞没了半边身子，无论怎么挣扎都无法从中逃开，唯有那辆马车安然无恙。

随后，车门推开，老妇先下车，再扶着车中一个少女下来。

等川乌看清那少女的脸时，愣了一愣。

居然不是崔先生!

怎么会?

所以——柳先生才亲自出来接应?！

少女先对柳璇玑行了一礼，然后将怀里的东西拿出来，递给柳璇玑。

柳璇玑接下后，与那少女低语了几句，才又朝川乌这边看过来。

那一眼，似乎带着死神的意愿，川乌顿时觉得浑身冰凉。

可是，下一刻，吞噬他的黄沙却消失了，他脚下踩的，还是天上落下来的雪花。

柳璇玑的轿子已经走出三丈远了，少女还站在马车旁边恭送，直到轿子进了城门后，少女才转过身，也往川乌这儿看了一眼，但什么也没说，一眼后就收回目光上了马车。

待那马车随着进城的队伍慢慢向前走，川谷也走到他身边问该怎么办时，川乌感觉自己已汗湿了浑身。

入夜，司徒镜收到川乌等人的复命后，阴恻恻地问："柳璇玑出手了，你们几个却全都安然无恙，没死也没伤?"

川乌忽觉得脊背发凉，僵硬地点头："是，属下当时在香境里以为柳先生是要杀了我等，可没想到最后什么事都没发生，她拿了东西后，就走了。"

司徒镜沉默许久，低声道："她之前可是在我这儿吃了亏的，依她的性子，既然碰到你们了，就绝没有放过的道理，即便不全要了你们的性命，至少也会重伤你们几个出口气，除非……"

司徒镜说到这儿，停了下来，嘴角微微扬起，似乎心情忽然间变得很好了起来。

此时李道长也在一旁，便问："除非什么?"

司徒镜将手里的茶杯轻轻一放："除非她根本没有能力杀了他们，甚至没有能力重伤他们! 那场香境，不过是她在虚张声势，想让我以为她的伤已经痊愈，可惜聪明反被聪明误，反而叫我看出问题来。”

李道长闻言，捋着胡须不说话，似沉思，亦似认可。

川乌却是一惊，随后司徒镜又开口，只是这时他的语气里已带上几分不悦：“你们当时应当强行拦下她，说不准还能直接除去她，若能如此，也就省去了我日后的麻烦。”

川乌面上冷汗涔涔，将头垂得更低：“是属下无能，请大祭司责罚！”

然而他嘴上虽是这么说，心里却并不这么想。

当时在香境内，生命被人主宰的感觉，川乌这辈子都忘不了。还手？反抗？当时的他甚至连那种想法都没有！可这话他绝不敢和大祭司说。

而即便大祭司所言如实，他们当时真朝柳先生出手了，那也不敢在长安城门口，当着众人的面杀一位大香师，更何况城门那里还有不少官兵看着。之前他之所以会逼迫马车里的人现身，是因为车内的人表明并非崔先生，所以此事才可行。

如果已经明示了身份，他们还敢行刺的话，那就是将把柄直接送到对方手里。怕是都不用长香殿出手，官府就能领着一众官兵来抓他们，届时就是大祭司也脱不得干系。

司徒镜虽觉得惋惜，不过此刻他的心情倒是真的不错，至少确定了崔飞飞并未回长安，以及他之前一直隐隐觉得，柳璇玑是否是在假装伤势很重的担忧也解除了，因此便朝川乌摆摆手，让他退下。

李道长这才又问：“安先生那边如何了？离三十没几天了，现在可有确切的消息传回？”

司徒镜一边给李道长倒茶，一边道：“雨燕被他们处理了。”

李道长微惊：“哦？被发现了，什么时候的事？”

司徒镜道：“今早，她传出最后一个消息后。”

李道长问：“说的什么？”

司徒镜笑了：“安岚最近几天常常忽然晕倒，不省人事，而我的香蛊也要开始二次蜕变了。”

李道长微诧，随后一喜，遂道：“如此，当真是要恭喜大祭司了！”

司徒镜拿起茶杯：“应当是同喜。”

柳璇玑回了香殿后，便让人传口信给安岚。

腊月二十七，长安香铺的后院里，侍女在安岚身边道：“柳先生说，无香花拿到了，她也照安先生所说，施展了香境，但没有伤他们。”

安岚靠在床上，眼睛有些无神，表情有些空灵，辨不清她此时究竟是清醒着，还是在香境里。侍女说完，许久后她才开口："嗯，难为她能忍得住，她让人传话时没少骂我吧。"

侍女悄悄松了口气，微笑着道："只是说您欠她一次人情。"

安岚点头："这要帮我记下。"

侍女应声："是。"心里又有些担忧，这等事，以往安先生从不会说让旁人帮忙记着。

片刻后，安岚又道："鹿源还是没有过来？"

侍女道："源侍香回话了，说是这几日香殿的事情多得他脱不开身，先生若有要紧的吩咐，就让人传信回香殿，他会一一照办的。"

安岚闭上眼睛，眉头微蹙："此事可在我预估之内？"

半个月前，她就预知自己的情况会越来越不好，届时她可能没办法思虑周全，便将所有可能发生的事情做了预估，并写下了相应的对策，然后交给身边的侍女。而此事，连白焰都不知道。

侍女微微点头："是的。"

安岚问："如何对应？"

侍女道："拿先生的亲笔信去找胡巴。"

安岚想了想，想起自己确实这么说过，而鹿源两次召而不见，想必是他身上的命蛊发作了，于是伸手往边上一指。侍女便走过去，抽出其中一本书，从中拿出一封提前写好的信，然后朝安岚行礼："先生，我去了。"

安岚点头："务必亲自送到。"

香殿不能没有鹿源。

"是。"侍女应下，只是接着又道，"若是镇香使阻拦，属下能否对镇香使动手？"

安岚没有迟疑："能。"

"属下明白。"侍女再行一礼，然后退出。

安岚重新闭上眼睛，再次进入香境，她的香境早已是断壁残垣，人间烟火好似经历了一场人间地狱，就连她，也已是伤痕累累，污血满身。之前在香境里，她本可以一直保持身上一尘不染，但现在，她已没有多余的心思去顾及外在的容貌了。

她此时的面貌，其实就是这个香境世界的面貌，两者是会相互影响的。她若要改变自己此时的面貌，要么重建这个香境世界，要么彻底剥离这个香境世界。

侍女刚走到院子中央，就看到白焰从前方走来，挡住了她的去路。

侍女看着白焰，微微颔首。

白焰开口："你不是应该一直候在安先生身边？"

侍女道："先生有差事交代我，镇香使请让开。"

白焰问："何事？"

侍女将手放到腰后，握住了刀柄："这不该镇香使问。"

白焰淡淡地道："今早，安先生身边的雨燕才出事，你也打算学她？"

侍女脸上也没有任何表情，只是握住刀柄的手用力了几分，问出最后一句："镇香使是真打算要拦我？"

然而白焰似乎并无动手的打算，但也没有让开的意思，甚至不在意她的手已握在武器上了，他只是将目光投向安岚紧闭的房门，略一沉吟，然后又问了一句："是安先生交代你的差事？"

侍女满眼戒备地盯着白焰，迟疑了一下，还是开口道："没错。"

"安先生最近很累，睡着的时间比较多，旁人不可轻易打扰。"白焰说着就看向侍女，"既然是先生交代了你差事，你可有凭证？"

侍女握住刀柄的手并未松开："若无凭证，镇香使意欲如何？"

白焰道："眼下是非常时刻，为安先生好，你若想走出这个门，最好拿出凭证。"

侍女手中的刀出鞘一寸，白焰依旧未动分毫，树梢上的几片雪花落下，簌地散开，寒意袭来，两人的衣摆微微浮起。周围的空气似乎在以他们为中心，向四周快速逃散，流动的空气带起两旁树上的积雪，砰地炸出一团雪雾，无声地、盛大地，弥漫了整个院子。

侍女手中的刀又出鞘一寸，同时右脚脚尖往旁微微一偏，只是就在她将出手的那一瞬，她手里的刀突然又收回了刀鞘，脚尖亦收住，然后她松开握住刀柄的手，从怀中拿出那封信，对白焰道："安先生的亲笔信。"

信封上盖着大香师印，即便隔着风雪，也能看到上面的印章隐隐浮动，如似有生命一般，大香师印，无人能模仿。

白焰的目光落到那封信上，片刻后，让开身。

侍女重新将信放入怀中，然后身影一闪，就从这院子里消失了。

侍女消失的同时，施园的身影突然出现在白焰身后，他看着侍女消失的方向道："她挺聪明的，刚刚是发现我了，所以才突然收手。"

白焰瞥了他一眼，施园讪讪地摸了摸鼻子："是我轻敌了，只是公子，真的就这么让她走了？就算她有安先生的信，咱也得知道那封信的内容是什么，要给谁送的吧。”

白焰道：“跟着她，但别插手。”

施园嘴角一扬：“明白！”

白焰走到安岚门口，轻轻叩了两下，里面没有回应，他便推开门进去。

房间里，她闭着眼睛安静地躺在床上，脸色苍白，看起来无比脆弱，但那清淡的眉宇间，却暗含着只有他看得懂的坚韧与冷硬。

她在她的香境世界里经历着一轮又一轮的人间地狱，他在她的世界外冷眼看着，看着她受尽凌迟，看着她命悬一线，看着她因为支撑不住而倒下，或是历经劫难，重新站起来。

若想主宰自己的人生，便无人可替你经历，无人可替你受过，更无人可替你决定，在狰狞的命运面前，是跪地求饶，还是拔剑而起？

到腊月二十七这日，鹿源已经很难站起身了，现在他即便是稍微动一下，浑身的经脉都会剧痛无比，这就是他强行推动真气抵抗命蛊的结果。司徒镜已将他视为弃子，彻底唤醒了命蛊，不得已，他只能以此等自虐的方法，以求苟延残喘的时间。

蓝靛看着坐在椅子上，尽量保持表情平静的鹿源，片刻后，她轻轻叹了口气：“命蛊霸道，你强硬地阻挡它走向心脏，它便会先咬断你四肢的经脉，日后即便先生能救你，你怕是也不能动了。”

过了好一会儿，鹿源才开口：“我不是为活命，是……香殿不能乱。”

这个当口，他若突然死了，天枢殿一定会乱，必须要等先生回来，他才能放心地走。

蓝靛也明白此事干系重大，不确定地问：“你能否坚持到先生回来？”

鹿源沉默了片刻，才道：“请蓝掌事做好万一的准备。”

命蛊凶猛，他即便再能忍，也无法保证自己是不是真的能坚持到先生回来，他甚至不能保证自己能熬过今天。所以在这之前，他已和蓝靛商议好，若他真的暴毙，蓝靛必须先瞒住香殿上下，直到先生回来。

当日下午，侍女便找到了胡巴，将安岚的亲笔信交到了他手里。

胡巴看完信后，却没有任何表示，只是皱起眉头，露出一脸纠结的表情。

侍女道：“依先生的吩咐，我现在就送你过去。”

胡巴啧了一声，还是一脸的纠结，安岚在信中托他帮忙控制住鹿源体内的命蛊，报酬是，待她打败司徒镜后，不仅香蛊可送给他研究，天下无香里的一切也全都送给他。

这个报酬对于胡巴而言，当然是极具诱惑，可是，如果安岚败了呢？

侍女见胡巴没吱声，便要直接动手，强押他过去。

只是她刚碰到他，胡巴连忙开口：“哎哎哎，我这一把老骨头了，哪经得你折腾，再说这等事，我若不答应，你就算押我过去又能奈我何？你们先生当初囚禁我的那些日子，不一样是拿我没法子？除非你敢杀了我！”

侍女倒没想到他会这般无赖，只得收回手，问道：“你还要什么条件？”

胡巴想了想，才道：“我就是怕那丫头万一输了，我这不是白搭了这一身力气？而且到时司徒镜绝不可能再将香蛊让于我。”

侍女冷声道：“你不是打算要杀了他吗？既是你要杀之人，为何还考虑他的感受？”

胡巴怔了怔，点头道：“有点道理，行，那就走吧。”

太阳将落山的时候，侍女将胡巴送到了鹿源面前。

此时鹿源已然奄奄一息，听到声音后，睁开眼，好一会儿才看清楚眼前的人，眼里露出疑惑。

侍女道：“是安先生为你请来的。”

胡巴啧啧道：“那丫头是真会算计，怎么都吃不了亏。你啊你，也是个硬骨头，土都要埋到脖子上了，居然还能撑着！”

鹿源看向侍女，微微张口：“先生她……”

侍女道：“先生很好。”

鹿源轻轻眨了眨眼，眼中露出几分放心。

胡巴在他身上四处摸了摸，约莫过了一炷香时间后，拿出一包药粉调了温水，让人给鹿源喂下。

蓝靛问：“这是什么？”

胡巴翻了个白眼：“说了你也不懂，就是给他吊住这一口气的，他现在这副鬼样子，还需要我害他吗？”

蓝靛便朝侍女微微点头，侍女上前，给鹿源灌了下去，不消片刻，鹿源的呼吸就比之前平稳了几分。

蓝靛问：“他这样能坚持到几时？”

胡巴道：“这也只能够他勉强支撑到明天天亮。”

“这如何能行？”蓝靛皱眉，侍女也放下药碗看向胡巴。

胡巴冷哼着道：“你们根本不知道命蛊的厉害，大祭司催动命蛊后，他能活到现在，已是老天爷开眼了，我再给他续几个时辰的命，也算是他上辈子修来的福分。”

侍女强调：“先生的要求是，一定要让他活到先生回来。”

胡巴翻了个白眼，在房间了走了两圈后，才道：“缺一个药引，但即便天亮之前我给他服下那个药引，他能不能再活两天，也只能看他的运气。”

侍女道：“什么药引？”

胡巴道：“那个药引在天下无香，我若回去拿，就一定会被司徒镜发现。”

侍女道：“你告诉我药引藏在什么地方，我替你去取出来。”

胡巴不屑地冷笑一声：“即便告诉你，你也找不到，那东西不是蛊师辨不出来。再说你以为天下无香是可以任你随便进出的地方吗，司徒镜再不济，那也是你们安先生的对手！而他若真那么好对付，我又怎么会迟迟无法动手！”

侍女一时语塞。

鹿源忽然开口：“不可……告诉先生！”

蓝靛道：“那只能麻烦您老回去取药引，我会安排人接应您的。”

胡巴又在鹿源身上摸了一遍，像打量宝贝似的打量着鹿源，他一生痴醉于炼蛊，对他而言，能不能控制司徒镜下的命蛊，也是一个极具诱惑的挑战。

胡巴终于下了决定，开口道：“走吧。”

回到天下无香后，天已入夜。

胡巴让侍女在街口的客栈里等他，如果侍女或是刑院的人跟在他身边，司徒镜肯定会发现，如此更不便于他行动。侍女本不赞同，只是胡巴坚持，否则此事作罢，侍女只得答应。

那药引其实就放在胡巴的房间里，这段时间，司徒镜并未约束胡巴的自由，也许他随意取用天下无香里的任何东西。因此胡巴今日的外出和晚归，都未有人过问，他取药引的过程也是意外地顺利。

只是，就在他将走出天下无香时，司徒镜却忽然出现在他身后，轻飘飘地问了一句：“天色已晚，您老这是要去哪儿？”

胡巴身影顿了顿，才转过身，耷拉着眼皮道：“房间里待着闷，出去走走。”

司徒镜道：“不是才刚回来，又觉得闷了？”

胡巴颤巍巍地道：“可不是，人老了，一想到能动的日子越来越少了，就坐不住，总想着多出去走动走动。”

司徒镜低低地笑了：“您老说错了，不是能动的日子越来越少，而是，再也没有了。”

胡巴道：“这话是什么意思，老朽怎么听不懂？”

“你当然懂。你明知我最忌吃里爬外的东西，还偏要踩到我的线上，说明你是真不想活了，那我就成全你。”司徒镜一边开口，一边朝胡巴走过去，“看在你对大祭司一片忠心的分上，今夜我就亲自送你一程！”

侍女在客栈等了一会儿，心里忽然觉得不安，即起身，只是当她赶到天下无香时，看到的却是胡巴的尸体，就扔在天下无香的门口。

洁白的雪夜，已被鲜血染红。

侍女觉得，那简直就像是源侍香的血！

将近子时，施园回到香铺，将自己眼见的一切告诉白焰。

天枢殿因为有蓝靛在，并且近段时间，香殿上下守卫的力量也比以往加强了数倍，为避免被发现，他便没有跟进去，只是知道侍女带着胡巴在天枢殿内待了小半个时辰，出来后就直奔天下无香。

白焰听完，眉头微蹙，沉默了许久。

施园隐隐觉得公子的心情似乎不太好，便有些小心地开口：“因为公子之前交代了我别插手，所以我便没有救那胡巴。而且那胡巴本就是南疆香谷的人，所以我也就乐得看着他们窝里斗。公子……我当时是不是应该出手救下那胡巴？”

白焰抬起眼：“那侍女呢？”

“哦，她从那胡巴身上找出一包东西后，就又赶回香殿去了。”施园说着，就从自己身上也掏出一包东西，递给白焰，“不过司徒镜杀了那胡巴后，就让手下的人将胡巴身上藏的东西给换了，侍女拿走的是司徒镜让人换上的那份，我这份才是胡巴原先放在身上的。”

施园说着就嘿嘿笑了一下，接着道：“我是瞧着那司徒镜行为诡异，肯定是打着什么坏主意，便趁他离开后，将他手下换的这包东西给摸了过来。公子您看看，这是什么，好像是什么虫卵，也不知他们要这东西做什么？”

白焰接过施园递过来的东西，打开一看，原来是三枚香蝶的茧，只是这些虫茧已经全破了，连虫茧里的汁液也都已经干了，那些流出来的汁液沾在棉布上，将棉布染出了几块诡异的墨绿。

应该是司徒镜杀死胡巴时，力量波及了这些香蝶的虫茧，以致虫茧破裂。

胡巴和侍女要香蝶的虫茧何用?

白焰手里拿着那三枚已干枯的虫茧，沉吟片刻，就微微抬起眼，问了一句：“鹿源如何了？”

施园一怔，旁边一直默不作声的福海便开口道：“这两日，只有刑院大掌事蓝靛能见他。香殿的事情，全由他身边的一名贴身侍从代为传话。不过香殿的事情让他安排得井井有条，所以即便他未露面，香殿上下也未因此有什么异常。”

白焰将手里那三枚虫茧放下，起身，取出一个玉盒，里面放着的是一只已破茧的香蝶，这便是之前安岚让他代为饲养的。

白焰将玉盒递给施园：“把这个送到天枢殿，若能见到鹿源，便交给鹿源；若见不到，便交给蓝掌事，然后告诉蓝掌事今夜你看到的事情。至于这里面的东西，用是不用，如何用，随她的意思。”

施园不解：“公子？”

白焰道：“快去。”

施园只得应下，连夜赶去长香殿。

施园走后，福海道：“公子这是……想救源侍香？”

“你也猜出来了。”白焰将那三枚干枯的虫茧扔到火盆里，看着跳动的火苗道，“我不过是顺手推一把，是不是能救，他能不能活，还得看他有没有这个命。”

“是公子猜到后，我也才想到的。”福海先是敦厚地一笑，然后又轻轻一叹，“安先生，还是有自己的想法啊。”

侍女送出去的那封信，是安岚为鹿源寻的一条活路，但她并未将这条路托付于白焰，甚至不曾告诉过他这件事。而那侍女送信出去时的态度，自然也代表了安先生的态度——有些事，他不得染指！

即便她已将自己的性命全部托付于他，也依旧不会改变她在这件事上的态度。

白焰道：“她已经看过那封信了。”

他指的是白广寒留下的那封信。

福海顿了顿，即便他没有看过那封信，但他跟着公子这么久了，公子的心思，他多少能读懂一些。所以听闻此言后，福海沉默了一会儿，然后有些复杂地道了一句：“安先生，也是难得。”

看过了那封信，却还依旧对公子托付性命，这不仅是出于情，更是出于对自身的绝对自信，同时还摆明了态度。

这是真正的落子无悔啊，心志如此坚定，即便是陷入了绝境，也势必是要翻盘的。

白焰走出门外，看着安岚的房间，他当初确实是没想到，竟会如此难得。

蓝靛一直在鹿源这儿等着，眼看还有不到两个时辰天就该亮了，她起身走出屋外，两手抱在胸前，沉默地看着这银色的雪夜，看着在雪色映衬下宛若仙境的香殿，看着远处不时出来走动，对此还一无所知的守夜的侍从。她的表情越来越肃穆，心里盘算着，如果鹿源真撑不过今晚，天亮之前，她要清理多少人、要安排多少主事，以及日后要如何给先生交代。

“蓝掌事！”片刻后，一直在鹿源身边伺候的侍从跟着出来，悄声道，“源侍香越来越不好了，再不想想法子，怕是……”

蓝靛回头，却什么也没说。

侍从面上很是着急：“他们怎么还不把药引送来？”

蓝靛在屋檐下踱了几步，然后转身，正打算再进去看看，只是不等她迈过门槛，那侍从突然开口：“是不是他们回来了？”

蓝靛即转身，果真看到远处有个身影正往这边急步奔来。

侍女走到跟前后，蓝靛往她身后看了看：“怎么只有你？”

侍女将药引递给蓝靛：“蛊师被司徒镜杀了。”

蓝靛一惊，接着药引的动作不由得一顿，侍女简单地说了几句，然后道：“这是我从胡巴的尸体上搜出来的，应该就是他说的药引，他回天下无香之前曾说过，药引用酒煎服即可，蓝掌事快命人准备吧。”

蓝靛接过那牛皮纸包，打开看了看，牛皮纸包里的东西确实带着一股药味，只是她心里却生出疑惑：“司徒镜为何要杀胡巴？”

侍女摇头：“我赶过去时，只看到他的尸体被扔在外面，可能是被发现了，所以司徒镜便下了杀手。”

蓝靛摇头：“那司徒镜为什么要将尸体留在外面，若是为了引你出来，却为何又让你顺利地搜走这些药引？”

侍女的表情渐渐凝重起来：“蓝掌事的意思是，司徒镜是故意这么做的，那这药引……”

蓝靛沉默了许久，轻轻叹了口气：“胡巴已死，源侍香也只剩不到两个时辰的时间，死马当活马医吧。”

她说着就命旁边的侍从去做准备，侍女张了张嘴，想说什么，却又忍住了。可就在这时，蓝靛听到刑院特有的有人擅闯香殿的声音，她即收住脚步回身，看向远处的雪夜，微微眯起眼。

有人潜了进来，殿侍虽然发现了此人，却拦不住，只得一路追过来。

施园！

那人略微靠近后，蓝靛遂认出了他的身份，脸色一下变得有些难看。

“还不快让他们住手！”施园一边躲避那俩在他屁股后面紧追不舍的殿侍，

一边朝蓝靛道，“老子是替公子给你送东西来的。”

蓝靛微微抬眉，然后对那两名殿侍打了个手势，再从怀里拿出一个特殊的哨子吹了两下。那两名殿侍便收了手，不动声色地退了下去，已经往这边围过来的刑院院侍，也都随着哨声退回到夜色中。

“蓝掌事真是威风啊。”施园笑嘻嘻地走到蓝靛跟前，眼睛却往她身后的房间瞅去，“这大晚上的，多冷啊，走走走，都进去说。”

蓝靛挡住他的目光，冷着脸问：“你替镇香使送什么东西？”

见她不让进，连看都不让看，施园从鼻子里发出哧的一声，然后拍了拍自己身上的雪花，随即拿出怀里的玉盒扔给蓝靛，眼睛却看向那侍女：“你搜到的那包东西，是司徒镜特意换过的。”

侍女脸色微变，只是不及她出声，蓝靛就已经开口：“这个才是胡巴带出来的？”

施园道：“这是公子让我给你送来的，胡巴带出来的那玩意，已经被司徒镜毁了，公子看到后，大发慈悲，便将这个送给你们。公子说了，用或不用，随你的意思。”

蓝靛打开玉盒，看到里面的香蝶后，微微皱眉：“胡巴带出来的也是这东西？”

施园道：“不是，他带出的是这玩意的茧。”

蓝靛道：“这个不是茧。”

施园道：“所以公子说了，用或不用，你随意。”

蓝靛问：“镇香使没有再说别的？”

施园摊了摊手：“没有。”

蓝靛的脸色愈加难看，施园的眼睛却又往她身后的房间瞟了瞟：“让不让进去？不让的话我走了。”

蓝靛盖上玉盒：“不送！”

施园嘿嘿一乐，满不在乎地转身，不消片刻，身影就消失在夜色中。

蓝靛拿着玉盒走回鹿源的房间，看着躺在床上不省人事的鹿源，沉默了片刻，才开口：“镇香使应当没有必要在这个时候加害于你，只是他送来的这味药引，是不是有用，会不会另有隐患，能不能留住你的性命，我也无法断定。”

鹿源没有说话，他甚至没有睁开眼，只是眼皮轻微地颤抖着。

蓝靛将那玉盒放在他手里：“终究是你自己的命，所以你来决定，若是用它，你便握一下这盒子。”

鹿源的手基本是不能动了，只是当蓝靛将玉盒放在他的掌心时，兴许是玉盒的冰冷刺激到了他，遂见他的无名指和尾指忽然动了动，向掌心弯曲，随后他的食指也跟着微微弯曲。

蓝靛开口："煎药。"

腊月二十八。

谢蓝河带着蓝七娘在朱云山庄住了已差不多一个月了，金雀和净尘也在这里待了将近半个月时间。

其实朱云山庄离长安并没有多远，坐马车的话，仅不到一日的路程。按理说，这么近的地方，刑院要找一个人，顺藤摸瓜过去，没道理找不到。只因谢蓝河当时从香殿带走金雀时，故意引着刑院的人追去了相反的方向，然后他又在朱云山庄周围布下了香境迷障，没有识别香境能力的人，除非放火烧山，否则是进不了朱云山庄的。

所以当时刑院找了许久，都没能找到金雀的踪迹，后来净尘亲自下山去寻，蓝靛才不再白费那力气，随即将刑院的人手全部召回。

朱云山庄的西侧有个小竹林，竹林内有个四季亭，亭子里设有简单的生活用品，而净尘，已经在这亭子里生活了十天。他自进入朱云山庄的第一天起，就被谢蓝河的香境引进了这个竹林，并被困在了里面。

净尘只要迈出竹林一步，就马上会陷入一场又一场镜花水月的香境世界。人心里所有美好的愿景都会出现在眼前，真实得让人感激涕零。但这样的愿景，却每一次都在入境者以为美梦成真时，砰地碎了一地，随之而来的便是无情的嘲弄和讥笑。

若不是心态豁达者，一旦陷入这样的香境世界，接连面对这样直触灵魂的戏弄，内心柔软的地方被这么不停地狠扎刀子，用不了多久，精神便会崩溃。到那时，即便没有这镜花水月的香境，这个人也摆脱不了自我怀疑和自我否定的心魔。

净尘入了竹林，被镜花水月香境戏弄了几次后，并未因此而恼怒，但也没有试图强行破开谢蓝河这镜花水月的香境世界。倒不是他自认不及，而是金雀还在谢蓝河手里呢，他怕自己这一动手，金雀那边保不齐就要受委屈。于是他考虑了一会儿就放弃了，然后极听话地，乖乖地待在竹林里念经，偶尔隔着竹林喊一声金雀，看她是不是还好好的。

而谢蓝河也没有禁止金雀和净尘隔着竹林喊话聊天，只要她不试图冲进竹林，或者不自量力地想逃走，朱云山庄还是会好吃好喝地养着她。

所以这俩小傻子，在朱云山庄过了十来天这等听声不见面的日子，竟还过得挺滋润。

而被司徒镜和李道长派过来，每天跟在金雀身边，监视她一言一行的那两个人，天天听着金雀在竹林这边使劲喊："你今天吃了什么？喝的什么汤？酒你要少喝一些！晚上睡觉冷不冷呀？今天风好大啊！又下雪了！好大的雪啊，我堆了个雪人，你要不要也在那边堆一个？快过年了，他们还给我发了新衣服呢，他们有没有也给你准备新衣服呀……"

两人天天听这些没营养的话，耳朵都快听出茧子来了，而更让他们无语的是，净尘大香师不仅天天不厌其烦地，在竹林那边认真地回话，就连自己哪顿多吃了半碗粳米饭，也能高高兴兴地说出来，然后竹林这边的金雀也能因此高兴得半天合不拢嘴。

真是俩——十足的大傻子。

两个监视的人跟了没几天后，就得出了同样的结论，所以每天送回去的消息都是：一切正常，大香师未有异动。

而比较起金雀和净尘的没心没肺，谢蓝河这个做主人的，这段时间过得反而不怎么好。

虽说山庄因为有地热的关系，比谢府里暖和多了，并且这边的湖光山色也美得很，但蓝七娘的身体还是一日不如一日，特别是从腊月二十六那晚开始，蓝七娘就无法进食了，到了腊月二十八这日，明显是到了弥留之际。

其实在谢蓝河带着蓝七娘住进朱云山庄时，司徒镜送了谢蓝河一只续命蛊，只要谢蓝河点头，司徒镜就会马上为蓝七娘种蛊续命。而司徒镜之前许诺的那只香蛊，必须是年后才可用。

可是，那只续命蛊在谢蓝河这里放了近一个月，他还是迟迟没有让人去请司徒镜。

金雀也感觉到蓝七娘可能真的要不行了，她虽说是被谢蓝河绑过来的，谢蓝河还让人天天监视着她，但对蓝七娘，她却一点都讨厌不起来。这段日子，金雀还时不时地去跟蓝七娘聊天，这个女人对儿子的关心和爱护，甚至让她对谢蓝河也生不出怨言。

有时候金雀会在心里暗自想，若是她娘亲还活着，并且为了她操劳大半生，日积月累，最后把身体累出病来……她怕是也会做出和谢先生一样的选择，即便知道那个法子不好，可是怎么做得到眼睁睁看着而不救呢？

"净尘，你在听吗？"金雀站在竹林这边，有些难过地说，"蓝夫人可能真的要不好了，我有点想安岚了，也不知道她现在好不好，我都好长时间没有她的消息了，也不知她这会儿在哪儿呢，你带我回去看看她吧。"

旁边监视的那两人听了金雀这话，先是愣了愣，然后心里猛地一惊。

蓝七娘不行了？

怎么会？大祭司也在蓝七娘身边安排了眼线，甚至这朱云山庄各处，都有大祭司和李道长的眼线。他们昨天还听说蓝七娘的身体尚可，有希望熬过这个冬天，他们刚刚才给大祭司传出一切如常的消息，怎么突然就——

只要蓝七娘还吊着一口气，就不怕谢蓝河会和大祭司作对，但若是蓝七娘不在了，那谢蓝河……

两人相互看了一眼，这件事必须马上告诉大祭司，只是就在他们打算喊人过来时，金雀忽然转过脸瞅着他们道：“笨蛋，你们还出得去吗？”

被傻子喊笨蛋，两人的面色皆是一沉，只是很快其中一人就反应了过来，这才发现他们不知什么时候，竟进了竹林里面！

“这、这是怎么回事？”两人大惊，随后他们隔着重重竹叶，竟看到了净尘大香师和金雀一块站在竹林外。

金雀朝他们招了招手：“以后你们俩就在里面聊天吧。”

“你！你放我们出去！放我们出……”两人在竹林里惊慌地大声叫喊，然后一个不小心，就堕入了镜花水月的世界。

净尘看着里面不再出声的两人，双手合十，念了声阿弥陀佛，然后转头看向金雀：“走吧。”

金雀点头，转身握住净尘的手：“我们回去。”

她也是昨天才知道，朱云山庄这里的事情，早就有了转机。

净尘下山，不只是为了找她，也是为找谢蓝河。

金雀被净尘牵着手往前走，她的腿不够长，所以总会落后半步。而这个距离，正好她一抬起眼，就能看到净尘宽厚的肩背，仅是这一眼，就能让她觉得无比安心。

她终究不是大香师，她站不上那样的高度，握不了那样的权力，面对不起那样的选择。所以她不知道谢先生是什么时候，因为什么，终于自己说服了自己改变主意的。

净尘找到朱云山庄这边时，确实是被引入了竹林里，但他只在里面待了三天，谢蓝河就主动将他放了出来，然后两人私下进行了一次交谈。

谈话的内容，自然也无人知晓。

只是自那之后，还一无所知的金雀照常每天来竹林这儿和净尘说话，此举也正好让山庄里的那些眼线以为，净尘一直被谢蓝河困在竹林里，如此司徒镜那边也就不会起疑。

净尘从竹林出来后，就开始替谢蓝河清理朱云山庄里的眼线，刚刚那俩，就是最后两个。

蓝七娘轻轻握住谢蓝河的手："你……不要怪娘，娘这一辈子，不能选择的事情，太多了，但至少……还能选择，要怎么死。"

谢蓝河两眼通红地别过脸，使劲擦了一下眼睛，然后转回脸，唇一直抖着，最后咬着牙摇头，再又用力地点头。

他一个字都没有说，蓝七娘却完全明白他的意思，她眼里露出欣慰，以及骄傲。她这一生，无法选择的事情有很多，遗憾的事情也有很多，但那些，和眼前的儿子相比较，通通抵消了。

他是她最大的骄傲，即便死了，下去见了阎王爷，她也能高高地仰起头。

只是，到底还是有些不舍。

蓝七娘勉强笑了笑："别难过，娘这一辈子……虽说也很坎坷，但也比很多人过得好，好得多了……见过很多人想都……不敢想的事……和人。"

"你的以后，娘是看不到了，那些……是非对错，娘也难以，论得清。"蓝七娘握住谢蓝河的手越来越用力，"娘只让你记住一句话，这辈子，都莫要做……违心之事，你要活得，痛痛快快的！"

净尘和金雀刚走到蓝七娘的院子，就听到里头传出断断续续的哭声，那声音很低，好似幼兽的哀嚎。

金雀一下站住，有些不知所措，忙一脸慌张地看向净尘。

蓝七娘，走了！

净尘用力握了一下金雀的手，然后松开，双手合十，开始念往生经。

院子里起风了，却并没有多冷，地上的雪花随着往生经的经文，盘旋着飞上天去。

照例，每日的申时左右，朱云山庄那边的消息便会送到天下无香。但腊月二十九这一日，一直到太阳都快要落山了，还不见有任何送消息过来的踪迹。只是司徒镜也并未就此过问什么，因为今天几乎一整个白天的时间，他的注意力全都落到了香蛊身上。就连下午时李道长来了，并且在厅内等了他一个时辰，他都没有要出来见一见的意思。

天下无香没收到朱云山庄的消息，李道长自然也是一样，故而他下午就派人过去查看了。只是一来一回还需要点时间，所以他便先过来天下无香，想问问司徒镜，是不是谢蓝河那边出了什么差池。而且明天就是三十了，是他举荐川连挑战大香师的正日子，他要确保司徒镜这边的安排没有问题，定要做到万无一失。

只是等到天都要擦黑了，司徒镜还是不见出来，李道长终于忍不住站起身怒斥：“你们大祭司到底在里头忙些什么？”

川乌一边给他换上热茶，一边道：“是香蛊有异动，应当是关系到安先生的情况，所以大祭司需要一直看着。请李道长再等一等，兴许再过一会儿，大祭司就出来了。”

香蛊和安岚之间的关系，李道长心里自然明白，亦知道此事干系重大，很可能就关系着明天的胜败，所以他再怎么着急，也还是将心里的火气给憋了回去。

只是重新坐下后，李道长想了想，忍不住又问一句：“既然关系到香殿那边，你去问一问大祭司，我能否也进去看看？”

川乌道：“道长见谅，香蛊有异动的时候，大祭司是从不许有第二人在场的。”

蛊术本就是南疆不外传的秘法，李道长也知道自己的要求非分了，便拿起茶喝了一口，耐着心继续等下去。

川乌的猜测没有错，此时的安岚，好似被困在了自己的香境世界里。

她似乎已经忘了她在这里待了多长时间，这里本是她的世界，没有人能比她更熟悉这里的一切。在这里，她能辨出每一片树叶叶脉的不同，能知道每一滴水珠的重量，能听得出每一声鸟鸣的含义。

可直到今日，她好像才是第一次，真正认识这个世界。

因为这里，再也找不到她曾经熟悉的痕迹。

整座城已被彻底摧毁，城墙、房屋、楼宇，全碎成了沙砾，花草树木亦随之尽数干枯，原本无处不在的炊烟，充满生活气息的喧闹声，也再不见丁点踪迹。

人，也都死光了。

她亦再不见曾经的光鲜，这里每被摧毁一样东西，她身上就多一道伤痕，每死一个人，她身上就多一道血迹。

安岚赤着脚，踩在瓦砾上，一身素衣已被鲜血染透，甚至顺着裙摆滴到了地上；一头乌黑的头发早已散乱，凌乱地披在身后；就连那张素来白净的小脸，如今也变得脏兮兮的；唯那双眼睛，漆黑得不见半点光，不染半点情绪，空洞深幽得无人能读懂。

此时，她手里还握着一个小香炉，这是最后一个香炉，也是这里唯一一个，还保存完好的物件。

她捧着香炉，踩着瓦砾，一步一个血印地往前走，每走一步，她身后的废墟就随之一点一点地消失。香炉慢慢升起轻烟，但这缕香烟散出来的，却不再是那些或是高贵、或是清幽、或是温暖、或是清甜的纯阳之香。

这味道似乎包含着人生百态，让人快乐欢喜，亦让人痛苦悲伤，让人勇气倍增，亦让人怯懦不前。

她的这座城、她的这个世界，从创建到被摧毁的整个过程，随着香雾的腾升，在她脑海里重现。她一幕一幕地解析着这里发生的一切，一寸一寸地触摸着这里的每一方土地，聆听着人们的每一次欢笑每一声哀号。

人生有八苦。

生老病死，爱别离，嗔怨久，求不得，放不下。

人生有四喜。

久旱逢甘雨，他乡遇故知，洞房花烛夜，金榜题名时。

人生还有诸多无奈。

树欲静而风不止，子欲养而亲不待。

人生也有诸多小确幸。

一生无所建树，但有子孙满堂。

中年丧夫，但老来有儿女孝顺。

生来卑贱，但一世平安无灾无难。

人生还有更多滔天的仇恨。

事事扎心，句句泣血……

她经过的地方越多，香炉升起的轻烟就越浓，直到身前聚成一团浓雾，非黑非白，是深浅不一的灰。她身前身后亦变得干干净净，再不见之前的断壁残垣，一双赤足，踩在不沾一丝尘埃的青石板上。

她不知何时已泪流满面，空洞的眼神看着那团灰扑扑的雾，片刻后，她抬手，手心张开，攥住那团雾，雾气主动缠上她的手，片刻后，消失于她的掌心。

她捧着空空的香炉，泪如雨下。

此时她面上几乎是一片泥泞，身上比刚刚还要狼狈，赤足上的污血甚至已经发黑。

不知过了多久，她前面忽然传来一声淡淡的嘲讽："这又有何用？"

安岚抬起眼，便见前面走来一个和她长得一模一样的女子，对方一尘不染的衣衫、柔顺的乌发、白净的脸蛋，愈加反衬出此时的她貌若鬼怪。

"她"终于现身了。

这个由她引进来，由她给予生命和意识，却最终反过来吞噬掉她的世界，并隔着时空，还能和她命脉相连的阴邪之物。

“她”是她，却也不是她。

安岚没有说话，甚至没有一丝惊讶，只是沉默地看着对方。

“你把这里清理得再干净，也无法重建这个世界，你还是会彻底失去这些力量，最后你甚至会变得连普通人都不如。”那女子走到离她三丈远处停下，接着道，“其实你就是我，我就是你，你又何必这般抗拒我？只要臣服于我，你便能马上重建这个世界，而且你会因此变得比以前更强，有何不好？”

安岚终于开口：“我只以我为主。”

“恐怕这已由不得你了。”对方轻轻笑了，然后抬手，指向安岚手中的香炉，“如今就连这个小香炉，你也已经护不住，又何必说大话？”

这话刚一落，安岚手里的香炉就砰地裂开，碎成无数片，她的手亦跟着被划伤，血珠一滴一滴地落到地上，片刻后，那血竟还不见停，在地面上汇成一道道蛛丝网般的红线。

安岚终于站立不住，一下跪到地上，然而她却毫不在意，干脆一屁股坐了下去，身体再往后一躺，然后看着头顶一片虚无的天空……

这个因她而生的世界，已经寂灭。

她会选一个最好的时机，来做最后的告别。

安岚醒过来时，便看到白焰一脸担忧的表情。

“你今天，睡了一整天。”白焰握住她的手，感觉到她手心还有些温度，又道，“明天就是腊月三十了，你打算怎么办？”

“嗯。”安岚从床上坐起身，“告诉天下无香，我将挑战的地点定在天枢殿。”

白焰问：“真决定了？”

安岚点头。

白焰问：“你……已重建好香境世界了？”

安岚却没有回答，而是开口道：“让人备热水，我要沐浴，再给我准备点吃的。”

白焰打量了她一会儿，轻轻笑了笑，抬手拨开贴在她脸侧的发丝，然后像哄孩子般地问：“想吃点什么？”

安岚想了想，才道：“白粥，小菜你随意做几样，再要一碗酒酿圆子。”

白焰站起身：“好，你先去沐浴，我去给你准备。”

白焰进去厨房没多久，福海也跟着进了厨房，堆着一脸笑道：“公子，还是我来吧。”

白焰瞥了他一眼："你替我看着火就行。"

"哎。"福海弯下腰，蹲在灶口旁边，先往里头添了几根柴火，然后才问了一句，"公子，安先生是无碍了？"

白焰面上淡淡一笑，却是摇头。

福海不解，试探着问："没好？"

白焰一边给包子捏出漂亮的花边，一边道："她没告诉我。"

福海一怔，许久才道："安先生她……"是真的连公子也防上了？！

粥在瓦罐里煮着，小菜也准备好了，酒酿圆子在锅里热着，包子也上了蒸笼，白焰才又开口，语气轻松："她现在这样很好。"

福海更是不解，苦笑道："老奴实在是难解公子的深意。"

白焰擦了擦手，然后也跟着蹲在灶口旁烤火，他面上的线条在火光的映照下显得无比清晰，但又不会过分地棱角分明。

"她身体……不舒服，我照顾她是应当的。"白焰说话时，目中带着微笑，"但一个真正的掌权者，在此时此刻，的确不能将自己所有的底牌都露出来。更何况她心里已有决策，如此，多说一句，对她而言都有可能多添一分意外。"

当初她让他进香殿，甚至授予他重权，是她在感情驱使下的冲动之举，力排众议，不计后果。

很多时候，约束自己，才是世上最难之事。

而站得越高，这个难度就会越大。

约束，并不等于是杜绝，但要如何在这两者间取得平衡，只能靠自己去摸索。

差不多与此同时，天下无香内，司徒镜忽然一声大笑，那笑声甚至惊住了等在外面的李道长。

"怎么回事？"李道长不由得站起身。

不多会儿，川乌就快步走过来："道长，大祭司请您过去。"

李道长心里正疑惑着，也不多问，忙跟着进去。

"哦，你来了。"李道长一进去，司徒镜难得先开口打了声招呼，"坐吧。"

李道长在外面等了那么久，而且下午派去朱云山庄的人，到现在都不见有音讯传回，心里正憋着火呢，便冷哼一声："难得大祭司此刻还笑得出来，明日就是三十了，但眼下朱云山庄那边，指不定已经出事！"

"朱云山庄？"司徒镜往川乌那儿看了一眼。

川乌赶紧道："今日一直不见有消息送回来，李道长下午已经派人过去查探了，但直到现在，那边还是不见有音讯传回，怕是……谢先生另有打算，而且那边还有净尘先生在。"

"哦，谢蓝河反悔了。"司徒镜的语气里带着几分嘲讽，然后就不甚在意地道，"送上门的好处都不要，不识好歹的东西，那便随他吧。"

李道长有些不敢相信地看了司徒镜一眼，本是要压不住火气了，却看到司徒镜扬起的嘴角一直没往回收，心里不禁纳罕，于是想了想，便在司徒镜面前坐下："不知大祭司刚刚是因何事发笑？"

司徒镜抬起苍白的手指在桌案上轻轻敲了敲，然后又抬起，掌心朝下，五指做了个拨弄琴弦的动作，阴柔的嗓音含着几分得意："安岚，崩了！她彻底不行了！"

李道长诧异地扬起眉毛，好一会儿才道："当真？！"

司徒镜还在持续着那个动作，抑制不住内心的喜悦："千真万确！"

李道长盯着司徒镜，斟酌了一会儿，才问："老道可否请教一下，大祭司是如何知道的？"

"自然是香蛊告诉我的。你放心，香蛊告诉我的事，绝对比我亲眼看到的还要真。"司徒镜收回手上的动作，轻轻地拉长了阴柔的嗓音，"她真的崩了、垮了，一身的伤，浑身的血，她在那里面甚至连站都站不起来！她的香境世界，被我的宝贝儿吃得干干净净的，她将什么都守不住，什么都剩不下。"

李道长惊诧了许久，才将这个消息消化，随后等了整整一个下午憋出的火气，好似也因此消散了。

若真如此，那即便谢蓝河和净尘等人再出变故，确实已不足为虑。

"好！好！好！"李道长连说了三声好，才道，"大祭司果真不负老朽所望，看来这长香殿已是我等的囊中物了。"

司徒镜听得李道长此言颇有自视甚高之意，便收了手上的动作，冷哼一声："道长莫要忘了，你们道门的目标只有天玑殿。"

李道长马上呵呵一笑："当然，老道从来不贪，此事也只是为要回原本就属于道门的天玑殿。至于别的香殿，只要大祭司您有本事，尽管去拿，道门绝不插手。"

司徒镜这才满意地点头："李道长能记得自己许诺过的话是最好，不过道门到时若是忽然反悔，本座也不怕。"

"绝不反悔！"李道长主动给司徒镜倒了一杯茶，"只是明日就是三十了，之前大祭司本是打算先挑战谢蓝河，然后再对付安岚的。可如今谢蓝河忽然不见了音讯，此事大祭司怕是要重新定夺了。”

和传承不同，传承人只需挑战选中自己的大香师，挑战成功，即可晋升大香师，成为香殿新主。而外人，除了需要举荐人外，至少要挑战两名大香师才行。

所以一开始，天下无香就选了谢蓝河为合作者，同时设计给安岚种下了香蛊。接着借安岚的手重伤柳璇玑，并且联合道门及镇南王府，让崔家召崔飞飞回清河，然后再让谢蓝河想办法将净尘引出城外，最好杀之，若杀不了，便困之。

届时，待川连挑战成功后，长香殿内就只剩一位重伤未愈的柳璇玑，谢蓝河要制住柳璇玑便是轻而易举了。而到了那时，有道门以及镇南王府的人配合，天下无香拿下整个长香殿，可以说是水到渠成。

就算事后净尘赶回来，也无济于事了，更何况，天下无香还在长香殿放了白蚊。

这一计接着一计，眼下虽然出了点意外，但并不影响结果。因为所有环节中，最重要的那一环，就是确保香蛊成功吞噬安岚的香境世界，只要这一环不出现意外，那么此事，便可做到万无一失。

司徒镜嘿嘿一笑，似炫耀，又似警告般地道：“既然安岚已经废了，第一轮的挑战自然是要选她。待第一轮挑战后，她便会成为我的傀儡，供我驱使，而且有了香蛊的加持，她会比以往更强。如此，到了第二轮，无论是谁，我还何惧之有？”

南疆的蛊师可借香蛊令人致幻，此法类似大香师的香境能力，李道长之前早有耳闻，亦曾见识过，但此时亲耳听到司徒镜道出香蛊的真正作用，心里还是不免暗暗吃惊。

将大香师炼成傀儡，这是何等惊世之举！

腊月三十，天下无香将挑战的时间定为午时。

这一日，是旧年的最后一天，虽连着下了好多天的雪还未见停，但瑞雪兆丰年啊，所以即便天儿再冷，也盖不住家家户户要过年的气氛。

就是长香殿内，也是大红灯笼高高挂起，琉璃宫灯皆数换上，各个香炉内也都添了新香，上上下下更是打扫得干干净净，就连那条上山的路，也不见有什么积雪，马车行来，极为方便。

此时，司徒镜的马车已经走上这条路了，他推开一角车窗，往上看了一眼，然后问：“安岚是什么时候出门的？”

他本以为安岚昨晚就会回长香殿，却没想到她会一直拖到今日才动身，估计是身体已经差到实在承受不住冬夜里的寒意。想到这儿，司徒镜的嘴角又往上扬起，有种连老天爷都在帮他的感觉。

川乌候在下首，恭敬地回道："只比大祭司提前半个时辰。"

司徒镜道："如此说来，她此时应当已经到香殿了。"

川乌回道："算着时间，应该已经进香殿了。"

司徒镜手指在车窗上轻轻敲了敲，想了想，才又开口："这两日太忙了，我倒是忘了一个人。"

川乌问："大祭司指的是？"

司徒镜拿手在窗棂上轻轻一划："鹿源，他死了吗？"

他催动命蛊后，又杀了那吃里爬外的胡巴，还特意换了那药引，照理说，鹿源是必死无疑的，只是，这两天也一直没有人给他个确切的消息，今日上来长香殿，他突然又想起这事。

川乌小心翼翼地道："自他命蛊发作后，他就再没露过脸，守在他身边的那几个全是他的亲信，除此外，刑院的大掌事也亲自关照，所以……属下没能打探到确切的消息，天枢殿也一直没有传出他暴毙的消息。"只是他说到这儿，感觉到大祭司似乎不悦了，赶紧又接着道，"不、不过属下觉得，眼下这个当口，天枢殿是绝不敢将源侍香的死讯传出来的，否则那蓝掌事也不会亲自关照。"

司徒镜道："所以依你看，他应当是已经死了？"

川乌道："属下实在想不出，他还有任何一点活命的可能。"

"是吗？可惜啊，本座总觉得，就让他这么死了，实在是可惜。"司徒镜说着就叹了一口气，"不过就算留下他，他也不能为我所用，所以，还是死了吧。"司徒镜说着又摇了摇头，"死于命蛊，他死前一定是受尽了折磨……可怜。"

川乌垂着脸，一声都不敢吭。

司徒镜道："你记得给他烧点纸钱，我和他也算主仆一场，他虽是不义，我却不能不仁。"

川乌垂着脸应下："是。"

一大早，蓝靛和旗殿侍长就在天枢殿大门这儿候着了，并早早传话给各处的巡山人，若看到香殿的马车，务必一路暗中护着。将近午时，他们终于看到了安岚的马车，两人相视一眼，终于松了口气，赶紧迎上去。

跟车的侍女早早就下了马车，走上前来，代替安岚问候了他们几句，然后安岚的马车就直接驶进了天枢殿。

马车一直驶到凤翥殿的台阶前，才停下。

白焰先下车，然后伸出手，扶她下来。

蓝靛半跪下去时悄悄打量了安岚一眼，见安岚的脸色虽还是有些苍白，但比想象中要好许多，她终于放下了那颗一直悬着的心。而候在两边的侍从和侍香人等，也在安岚下车的那一刻，皆数跪拜下去。

很多人，原本隐隐不安的心，也都随着那个身影的出现，慢慢安定了下来。

安岚微微抬起脸，看着眼前巍峨的殿宇，片刻后才收回目光，问了一句："人来了吗？"

蓝靛道："已经在路上了，估摸着一刻来钟后便能到。"

"来了多少人？"

蓝靛道："能看到的就三辆马车，十二个人。"

安岚淡淡一笑，白焰站在一旁，目中也露出笑意。他已经很久没看到她笑了，这个地方果真是适合她，她往这里一站，整个人似马上就鲜活了起来。

进了凤翥殿后，安岚却没有解下身上的雪裘，只是环视了身边的人一眼后，就示意蓝靛和白焰留下，余的人都出去。

"鹿源呢？"

蓝靛顿了顿，一时竟不知该如何作答。

安岚便道："带我去看他。"

蓝靛却忽然拦住了她："先生请留步！"

安岚看了她一眼，慢慢开口："他死了？"

昨晚，白焰和那名侍女就将胡巴和药引的事告诉她了，只是鹿源的生死，蓝靛瞒得很严实，白焰也不打算为着这事在这个当口和蓝靛起冲突，因此就没让鸽子楼的人去查探。

"不，源侍香还活着。"蓝靛马上回答，只是接着又道，"属下只是希望先生能等挑战的事情结束后，再去看源侍香，属下以性命担保，源侍香此时并无性命之忧！"

安岚问："既无性命之忧，为何要阻拦我去看他？"

蓝靛道："属下不敢阻拦先生，属下只是请求先生，此时此刻，要以自己为重，属下相信，源侍香也是这么想的。"

山上的风很大，雪花从殿外飘了进来。

蓝靛今日身上穿的还是黑色的窄袖常服，和往常不一样的是，衣领和衣缘都缀以红边，上面绣着黑色螭龙纹。八分浓黑配以两分正红，既显低调又不失精致。雪花落到她肩上，冰清玉洁的一点白，愈显得那红与黑的搭配更加明艳夺目，就好似这香殿里的一切，均于厚重中彰显奢华。

安岚侧过身，向前两步，在蓝靛身侧站住，雪白的披风扫过蓝靛的肩膀。

宽阔高大的香殿内，午后的雪光透过窗棂，分出无数柔和的光束，落在这一黑一白、一高一低的两个身影上，光与暗交融出一幅明亮又深邃的画面。殿内香雾袅袅，外面的雪花好似也被这里的灵气吸引，相继飞进来，途径过光束，反射出点点星芒，最后争相落在她们身上。

“还活着就好，告诉他，这些苦别白受了。”安岚沉默了片刻，拥紧雪裘，平静地开口，“你去准备吧，他们也快到了。”

蓝靛松了口气，遂应声，起身后，微微抬眼，便见先生面上的表情依旧如往常般淡漠，但仔细一看，似乎又有些不同以往。她说不清到底是哪里不同，只是隐隐觉得，那双清丽的眉眼间，似少了几分往日的锐利，取而代之的是，愈加让人看不出深浅的澄净。

蓝靛出去后，安岚才对白焰道：“今日，如果我败了，你会如何？”

白焰从她身后走到她身前，替她轻轻拂掉肩上的雪花：“你希望听到我什么样的回答？”

安岚道：“自然是你心里真正的答案。”

白焰道：“我会杀了司徒镜。”

“然后呢？”

“然后？”

“杀了司徒镜后，天枢殿你打算怎么办？这里本是你的地方，你会重新接管吗？”

白焰看了她好一会儿才道：“我若说，等杀了司徒镜后，我便会离开天枢殿，你相信吗？”

安岚只是看着他，漆黑的眼睛十分深幽，让人不解。

两人对视了片刻，侍女走进来道：“先生，天下无香的人到殿门口了。”

安岚便收回目光，转身走了出去。

雪下个不停，安岚站在凤翥殿高高的台阶上，看着远处行来的那一众人影，即便还看不清他们的面容，但他们每个人的野心，已然迫不及待地跃至眼前，纤毫毕现。

她忽然想起数年前，在她还只是个侍香人的时候，广寒先生外出未归，摇光殿的方先生趁机领着众人擅闯天枢殿，一路逼至凤翥殿。当时她也是站在这个地方，面对大香师，即便紧张得浑身颤抖，也绝不后退一步。即便是以卵击石，她也不露丝毫怯懦。

此刻回想，那日的她，心里生出的不仅仅是紧张和害怕，应当还有一丁点连她自己都未曾察觉的，即将挑战强者，即将嗜血的兴奋。

她从来就不是个温和美好、柔顺乖巧的女子，岁月静好于她而言太过无聊，她知道自己想要什么，知道自己能承受什么，知道自己遇强则强。

不消片刻，司徒镜等人就走到了凤翥殿的台阶下，他依旧披着斗篷，戴着宽大的雪帽，遮住大半张脸。

安岚的目光落在他身上，道了一句："川连没有来？"

司徒镜一步一步登上台阶，站到她面前后，才脱下雪帽，两手再在脸上揉了揉，然后抬起脸，就露出川连那张虽看起来清秀，但总透着几分僵硬的面容。这分明是一张女性的面孔，但此刻看起来，却让人拿不定他的性别。这并非是因为过于阴柔俊美而显得雌雄难辨，而是一种莫名的、令人捉摸不定的诡异。

安岚打量着她道："这应该也不是大祭司的真面容吧？"

司徒镜没有回答，而是饶有兴致地道："安先生似乎一点都不惊讶。"

安岚道："这段时间，我若是连和谁打交道都分不清的话，也不敢接下这份挑战。"

"这倒是。"司徒镜微微点头，"安先生今日的精神看起来倒是不错。"

安岚看了一下天色："午时整。"

周围巍峨的殿宇霎时消失，高高的台阶被碾成了一条望不到尽头的路，天光暗了下去，风散了，雪停了，周围的一切都化作了虚无，空洞得令人心胆生寒。

她身上华贵的雪裘也褪成了沾满污血的素衣，乌黑柔顺的头发凌乱地散成一团，精致的眉眼亦被污泥和眼泪弄花，她甚至毫无形象地躺在地上，胸口微弱地起伏着，好似就剩下这最后几口气了。

司徒镜从路的那头慢慢走过来，那张川连的脸此时不停地和安岚的脸交替着，五官因此而显得有些扭曲，看着无比的诡异。

"安先生这又是何苦呢？"司徒镜看着躺在地上的安岚，此时连说话的声音似乎都是重叠的，"到了现在，只要你愿意低头，也还是来得及的。"

安岚从虚空中收回目光，看向司徒镜，片刻后，她慢慢爬起来，手撑着坐在地上："我一直有个疑问，想请教大祭司。"

司徒镜道："请说。"

"香蛊究竟是和我的联系深，还是和大祭司的联系更深？"

司徒镜打量了安岚一会儿，然后低低地笑了："既然安先生早就发现我也种了香蛊，为何这段时间还敢离我那么近，还特意住在天下无香附近？要知道，你离我越近，受香蛊的影响就越大，被吞噬的速度就越快。"

司徒镜在一开始饲养香蛊的时候，就给自己种了香蛊，只是他种下香蛊的法子不同于安岚，他用的是自身的精血。香蛊在遇到大香师之前，在蛊师的催动下，顶多只能令人致幻，并且若无迷药的加持，其效果甚微。

因此古书中记载的，香蛊能给蛊师带来无与伦比的强大力量，一直以来，都被蛊师们视为传说，唯司徒镜对此深信不疑。

所以当白广寒将这个机会摆在他面前时，他毫不犹豫地接受了，为此他甚至杀了真正的大祭司，并取而代之。

而后来，事情也并未让他失望。

他如约来到了长安，依计划让香蛊吞噬了安岚的香境，而这一切，简直出乎他预料地顺利。随着香蛊吞噬的香境越来越多，香蛊的力量越来越强，他已经可以预见香蛊最终会同化掉安岚，令安岚彻底变成香蛊的傀儡。由此他便可通过香蛊控制安岚，间接获得香境的能力。

安岚道："你还没回答我的问题。"

司徒镜想了想，随后恍悟："我听说你们这里有句话叫，以其人之道还治其人之身，难不成，安先生是抱着这样的打算？想反过来控制香蛊，进而再控制我？"

安岚没有说话。

司徒镜突然大笑起来："恐怕安先生要失望了，你这是在异想天开。"

安岚看着他一脸得意的表情，并未动怒。

司徒镜打量着她，眼里带着几分可怜，像是在看一个小丑："安先生还是未能摆脱傲慢的心态，你难道还不明白，你对它而言，只是食物？而香蛊对我而言，则是宠物。你的感觉没有错，我们处在一个关系链中，但这不是一个平行的关系链，而是纵向的关系链，安先生你，从始至终，都处在最低的那层。"

"不知大祭司有没有见过，最后伤了主人的宠物？"

"不听话的，都是没有驯化好的宠物。"

"大祭司以为，香蛊已经被你完全驯化了？"

"难道安先生还抱有幻想？"

"在这里，既然我处于最低的那层，那大祭司为何还不动手，让香蛊杀了我？"

她，是她的香境世界里，最后的幸存者。

司徒镜微微眯起眼："你很聪明，你知道在你创造的香境世界里，要将你的意识完全抹杀，并不是件容易的事。但这并不代表，我就真的拿你没办法了，要知道这世上，有太多事，比死还让人觉得可怕。安先生，本座是真不愿将你逼疯。既然迟早都要臣服，与其最后落到那样凄惨的地步后再臣服，你真不如现在就低头，至少这样你还能保住这光鲜的容貌。”

安岚淡淡地道：“原来我现在这样还不算凄惨。”

司徒镜居高临下地打量着满身污血的她，阴恻恻地道：“安先生是真不知道，凄惨二字的真正含义。你现在这样，至少还年轻，即便满脸污血，但只要把那些血迹擦去，你也依旧貌美。你大概没想到，接下来，你会快速地变老变丑，你的五官会扭曲，你的脸上会布满皱纹，你的身体会虚弱不堪，以后的每一天对你而言，都将是折磨。我说的不是你在香境世界里的样子，而是你在现实中的样子，香蛊将你变成了傀儡，你的一切便会全部由我主宰！”

司徒镜的声音越来越阴沉，宛若从最深的深渊里传出的：“到时我会带着那样的你去拜访所有你认识的人，香殿举办的每一次宴席，我都会让你出来作陪，你会看到和你一样年纪的姑娘，她们依旧像鲜花一般年轻貌美，而你，却连臭水沟里的烂泥都不如。曾经的你有多高贵，那时的你就会有多低贱和肮脏，你会让人觉得可怜，让人感到恶心，也让人好奇、让人议论，你的话题会传遍整个长安！

“哦，还有镇香使白焰，他应该会最先看到你变成那副恶心的模样，真不知，到了那时，他还会不会爱你？”

司徒镜说完后，安岚沉默了许久，似在想象司徒镜描述的那一切。

“大祭司说的这些，确实让人不寒而栗。我甚至不敢想象，当那些事情真的发生在我身上时，会是什么光景。”安岚开口，说话间，两手撑起身体，吃力地从地上爬了起来，慢慢站稳，然后看着司徒镜，神色平静，“不过我只见识过别人的生老病死，倒不曾体会过，当自己变得苍老虚弱、面目全非后，究竟是什么感觉。”

司徒镜沉下脸：“看来是不用再废话了。”

确实是到了告别的时候。

安岚看着脚下最后这条开始龟裂的路，厚重的青石板大块大块地崩离，碎裂，坍塌，下陷，以眼见的速度消失，化作虚无，她最后的这点立足之地，将彻底归零。

而司徒镜原本变幻不定的五官，也随着这条路的慢慢消失而开始稳定，他脸上川连的容貌特征逐渐淡去，安岚的相貌特征越来越明显。随着最后一块青石板的消失，司徒镜的容貌终于变得和安岚一模一样，只是那身气质却完全不同，带着一种潮湿的阴冷，幽暗而诡异。

这个世界变成了宛若没有星月的夜空，带着无比盛大又入骨的孤寂，身处其中，令人陷入一种无可依托、宛若做梦般的虚妄感。

事成了，司徒镜轻轻笑了起来，看着安岚道：“你的香境彻底消失了，但这对你而言，还远不是结束。”

他的话还未说完，安岚的容貌就已经有了变化，如他之前所言，她开始变老，皮肤快速地失去弹性，皱纹迫不及待地爬上来，头发亦随之干枯、稀少、花白，连身上最后的那点体力也在急速流失。

安岚已经站不住了，然而这里的一切都已消失，她即便要倒地，也找不到能承接她的那个点，她像是飘浮着，又像是在不停地坠落，她甚至出现了感觉不到自己的迷幻。

她真的，彻底失去了这个由她创建的香境世界。

安岚吃力地抬起眼，虽此时她眼周已布满皱纹，但她的眼神依旧清澈。

她想起很多年前的那个下午，那时她还只是个朝不保夕的香奴，为求保命铤而走险，结果误入半月亭，遇到了改变她一生命运的人。

然后，她就拥有了一切。

先生，感谢你当年选中我，教会我这一切，并授予我你的所有。

现在，是我对你做的最后告别。

此时的司徒镜正因得偿所愿而狂喜，所以并不在意安岚这异常平静的反应，只当她是硬撑着罢了，嚣张地道：“这也还不是结束，接下来你好好睁眼看着！”

在司徒镜掩饰不住的得意和骄傲声中，消失的世界开始重建——雄伟的城墙、横平竖直的街道、热闹喧哗的坊市、鳞次栉比的商铺、朱红的宫墙、威严的皇城，以及长安城内千千万万的百姓，所有的这一切，正以一种不可思议的速度，在此地重新降临。

他将她的香境世界完完整整地复制了过去，据为己有！

不消片刻，人间烟火就恢复了原样，唯除了她。

“接下来，就是你的序幕了。”司徒镜走到安岚跟前，抓住她的手腕猛地一拽。

安岚的身体趔趄着向前，然后有些狼狈地摔到地上。

待她再抬起脸，已身处香殿的正殿大厅，厅内已然坐满宾客，或是高官勋贵，或是才子大家，或是贵妇名媛，原本笑语声喧的欢快气氛，因她的突然闯入而骤然安静下来。

安岚没有看主座上的司徒镜，而是先环视了一下香雾缭绕的大厅，这满眼的衣香鬓影，以及所有宾客面上那或是错愕或是惊诧的表情，令她恍惚了一下，随即似想起了什么，她眉眼低垂，唇边泛出一抹浅笑。

许是那笑容太过轻松，主座上的司徒镜忍不住开口："你笑什么？"

安岚似乎已无力起身，便用一只手撑着自己，坐在地上，另一手抬起，摸了摸自己满是皱纹的脸，又看了看与她格格不入的大厅，然后才用沙哑的嗓音道："只是想起了以前的一些事。"

司徒镜问："何事？"

"一点小事罢了，也与你无关。"安岚说着就将目光投向白焰，他亦在宴席中，"那年是广寒先生的晋香会，我迟到了，也是一身污泥，满身狼狈地闯进去……那日的情形，倒是和今日有几分像。真是无论过了多久，有些事终是不会改变，着实令人唏嘘。"

此时白焰也看向她，但他脸上没有任何表情，好像并未认出她来。

只是在座的宾客中，已经有人猜出她的身份，却又不敢相信，于是惊诧地开口："这位，莫不是——安、安先生？！"

此言一出，惊起千层浪，满座哗然。

有人震惊，有人不信，有人茫然，但更多的人已经猜到发生了什么，于是各怀心思地、沉默地看着。

香殿权力的重新洗牌，其实也是长安城权贵的一场较量，所有的利益相关者都参与其中，胜负已经写在这些宾客的脸上了。在座的，每一张脸上的表情都很清晰，安岚饶有兴致地一一看过去，将他们记在心里。

若无司徒镜，她想找出这些人，怕是要费不少功夫。

司徒镜微微眯起眼，打量了安岚片刻，她似真的不在乎此时此刻她沦落到了何种境地。

"本座知道，那日的你即便狼狈不堪，却还是被白广寒选中了。"司徒镜淡淡地道，"所以你如今是不是也认为，镇香使最终会帮你扭转今日这个局面，救你于水火？"

安岚又笑了，抬眼看向司徒镜，却没有开口。

司徒镜接着道："安先生可知道，'山魂以淬之，可夺天地造化，灭神坛'这句话是谁说的？"

安岚道："自然是当年的广寒先生。"

司徒镜问："那安先生可知道，山魂计划是谁提出来的？"

安岚道："也是广寒先生。"

司徒镜问："安先生是不是还知道，最后这个计划被广寒先生取消了，但后来这个计划落到了我手里，由此，我才引出这些事，最终让安先生沦落到这等境地？"

安岚道："听大祭司的意思，此事应当并非如此。"

"事实确实并非如此。"司徒镜说着，面上露出一个意味深长的笑，并看了白焰一眼，"现在说出来也无妨，山魂计划的真正主导者和实施者，是镇香使白焰。都说安先生聪明，心有七窍，当日镇香使弄丢了镇香令，安先生难道就不曾怀疑过他？"

安岚沉默。

司徒镜接着道："安先生如今应当已经猜到镇香令就是山魂。"

安岚叹了口气："虽不是此刻才猜到，不过也确实是知道得晚了些。"

司徒镜道："确实是晚了，若无山魂温养香蛊，香蛊是承受不了安先生那么强大的香境的，本座也就借不来安先生这么强大的香境能力了。"

安岚似认可般地点头："想来这就是大祭司想要说的全部吧？"

司徒镜又打量了安岚一眼："镇香使的背叛，你似乎一点都不惊讶。"

安岚道："大祭司是不是有些失望？"

司徒镜微微眯起眼："你早就知道，这一切是白焰主导的？你早就知道他有二心？"

安岚看向司徒镜，忽然笑了："一再地提到镇香使，大祭司是想诛心。"

司徒镜轻轻皱了一下眉头，心里不由得生出些许不祥的感觉。

安岚道："其实，我知道的比大祭司以为的要多一些。"

司徒镜又皱了一下眉头："比如？"

"比如，我知道山魂计划是白焰重新提出的，并主导了这一切；比如，我还知道，后来他一样放弃了这个计划，不再配合你，不然被种下香蛊的大香师就不止我一个，而我恐怕也活不到现在。"

司徒镜顿了顿，随后才冷笑一声："没错，中途他是反悔了，可惜那也已经晚了，他的反悔并不能改变这个结果，安先生到底是落到了我手里，长香殿会以我为主，日后，就是整个长安城，也将是我的囊中物！"

安岚摇头："大祭司没明白我的意思。"

她说得如此平常，正因为平常，反而让人感觉更加笃定，司徒镜不由得再次皱眉，心里不祥的预感越来越重。

"在我知道这一切原是因白焰而起后，这件事，就已经变成了我和他之间的较量了，再与你无关。眼下你之所以觉得是你赢了，只是因为是我让你这么以为的。"安岚说着就又环顾了一下周围，"而我之所以让你模仿出这场香境，陪你说这么多，是因为这些人，我日后要查起来，多少要费些心思，不如眼下让大祭司显摆出来，如此也能为我省不少事。"

司徒镜想要大笑，只是从喉咙里发出来的却只是几声冷笑，他怒极抬手，指向安岚："真是——好大的口气！"

然而，他道出这句话后，脸色却瞬时变了。

"大祭司明白了吧？"安岚平静地看着他，"这场香境，从一开始，就不是由你控制的。"

她说着，就曲膝，撑在地上的手掌用力向下一压，然后慢慢站了起来。

而随着她的起身，她身上也开始出现变化，沾满污泥的绣花鞋霎时焕然一新，裙子上的污血亦随之消失，撕裂的袖子自行回到了原样，精致的花纹重显华彩，干枯凌乱的头发恢复乌黑柔亮的光泽，她脸上的皱纹褪去，皮肤恢复弹性，眉似远山，不描而黛，唇若涂砂，不点而朱。

这一幕，宛若时光倒流，她从风烛残年重回花样年华。

这一幕，变化快得让司徒镜说不出话来，只见他脸色巨变，不由自主地从座位上站起身，两眼死死地盯着安岚。

安岚轻轻挥了一下袖子，开口道："还得再说一件让你失望的事，你的香蛊，已被我收服。"

许久，司徒镜才找到自己的声音："你……说什么？"

安岚却没有看他，而是看着周围的宾客，但目光又像是越过了他们，看向不知名的地方："这段时间，我一直在这被你覆灭的世界里看着别人的人生、别人的故事，看他们生老病死，看他们悲欢离合，看他们挣扎在命运的旋涡里。那一幕幕，最后在我心里汇成四个字，你可知道，是哪四个字？"

司徒镜似已说不出别的话，只能被她带着开口："哪四个字？"

安岚淡淡地道："人世百态。"

随着她说出这四个字，周围的宾客，连同长香殿这宽大华丽的大厅骤然消失，紧跟着长安城的街道、城墙、坊市、屋宇，甚至百姓，也都随之化作一缕青烟。

这个世界似乎又变回了之前被尽数吞噬后的虚无，但，终究是有不同。

司徒镜张着嘴，可他还未理清思绪，不知这一切到底是怎么回事，他只知道自己确实失去了和香蛊的联系。他眼里写满了不敢相信，他动了动唇，可一时间千头万绪汹涌在心头，以至于道不出一个字。

不可能！她怎么可能做得到？她怎么还能翻盘？

安岚也没有理司徒镜，之前的繁华盛景化作青烟在她指尖绕了一圈后，便飘散开，随后她面前出现了一桌、一椅、一纸、一笔。

直到这会儿，司徒镜才找回自己的声音，好似挣扎般地开口："你、你究竟做了什么？”

安岚看着桌上的纸和笔道：“香蛊确实厉害，某种程度上，它能克制大香师，所以人间烟火的香境世界被香蛊吞噬后，我就不可能再修复这个世界。这段时间我在炼狱里行走，品尝了无数遍的失败，最终找到的唯一办法，就是再创建一个新的香境世界，并且那个世界要能包容人间烟火。说起来，我能成功，多少也有你的功劳。”她说着就伸手拿起那支笔，轻轻抚摸，“我在毁灭里经历了人生百态，于是那一城一池、万千悲喜，就都化成了这一纸一笔。”

说完，安岚才抬起眼，看向司徒镜：“你觉得，我送你什么字好？”

那笔尖上甚至没有墨，可司徒镜的目光刚触及那支笔，心里就涌出了无尽的恐惧，那恐惧化成牢笼，要将他死死困住。他不由自主地往后退了好几步，似要威胁，又似在哀求，张口时声音已变了调：“你、你别做梦了，你可别忘了还有白蚊，我早做了安排，今日无论输赢，所有白蚊都会被唤醒。”

“白蚊。”安岚微微蹙眉，似才想起这事。

司徒镜咬着牙，深吸了一口气，然后阴恻恻地道：“算着时间，白蚊应该马上就要被唤醒了，今日之事，若是本座赢了，本座自然会控制住白蚊，若万一……那整个香殿，乃至整个长安城都将为本座陪葬！长香殿各处都有白蚊，就凭你，即便再加上柳璇玑，即便你有无香花，也控制不住那么多白蚊，你、你们谁都跑不了！”

“这倒是个麻烦。”安岚说着就抬起脸，霎时天上云开，雪花落下，视线被无限拉高，从高空俯瞰，被白雪覆盖的山峰宛若铺开的巨大纸张，纸上入眼的先是白，随后在光影的作用下渐渐分辨出斑斓又飘忽的色彩，它们沉默着、变幻着，像拉开了一场盛大的序幕。

司徒镜趔趄着往后退了两步，同时往自己前后左右看去，殿宇、长廊、高台，还有远处的山、近处的殿侍，还有镇香使、刑院的大掌事、香殿的殿侍长，还有李道长、川乌、川谷……他回到了天枢殿，香境消失了？可安岚面前还摆着那一桌一椅，她手里还拿着那支笔！

“你——”司徒镜张口，只是不等他说话，忽然听到一声嗡响，他一怔，即闭上嘴，脸微侧，几乎是屏着呼吸仔细一听，那声音更大了一些，随即司徒镜哈哈大笑，风卷起他身上的斗篷，他用力地挥起手，状若癫狂，“白蚊被唤醒了，你们都得给本座陪葬！”

此时周围的人也都听到了那嗡嗡声，那声音透着一丝诡异，令人不由自主地从心里生出恐惧和不安，有些胆小的侍女已经神色慌乱，而恐惧是会蔓延的，如果不及时控制的话。

安岚转头，往藏香楼的方向看过去，随着她的目光所向，藏香楼的景象瞬间被拉近，即便隔着迷雾般的风雪，也依然能看到，有无数灰色的小点正从藏香楼内涌出，初始稀稀落落的，但很快就变得密密麻麻起来，那嗡嗡声也越来越大，明明离得还有些远，却宛若就在耳边。听着那声音，再看着这一幕，足以令人毛骨悚然。

很多人分不清这究竟是香境还是现实，但恐惧是实实在在的，于是有人想要逃离，却一时间又不知该往哪儿逃，于是那一双双眼睛里都写满了惊惧。

蓝靛随即一声呵斥："有先生在，你们慌什么？"

这句话似乎起到了安抚作用，然而司徒镜却跟着大笑："没错，你们只能紧贴着她，才有可能躲开白蚊。我倒要看看，长香殿上下数千人，分布在各个香殿内，而白蚊无处不在，你和柳璇玑能救得了几人？"

"看来是都被唤醒了。"安岚见那群白蚊已腾上高空，接着蜂拥地往下扑来，她便从远处收回目光，一边落笔，一边道，"你怎知，长香殿内就只有我和柳先生？"

笔尖落于纸上，墨迹晕出，浓淡几笔，遂从中开出一朵幽蓝的花。

司徒镜脸色微变，只见那花自纸上跃出后，即快速地开枝散叶，疯狂地生长，从桌上蔓延到地上，没入雪中，随后所有被积雪覆盖的地方，瞬间开出一片片星星点点的蓝，还有更多带着绿意的枝条顺着攀上殿宇的栏杆、窗户、屋檐，一路向上，然后在风雪中开出无数璀璨的星芒！

寒冬腊月，被皑皑白雪覆盖的大雁山，竟出现了绿意春光。

从藏香楼内飞出，密密麻麻一大片，眼看就要扑下来猎食的白蚊，在这一瞬，似一下被定住了，那嗡嗡声也随之减弱。

司徒镜面上神色变化不定，咬牙不甘地道："即便你救下整个天枢殿又能如何，你控制不住白蚊，这长香殿还是要死人，死很多人，还有山脚下的村子，还有长安城……"

"你这些东西，一只都逃不了。"安岚语气淡淡的，说话间再次落笔。

司徒镜以为白蚊是他的撒手锏，是他放出的狩猎者，但此时在安岚眼里，白蚊已然成了她的猎物。

桌上的纸卷飞起，扩大，回旋，在风雪中展开——

天璇殿、天权殿、开阳殿、玉衡殿、天玑殿、摇光殿，这六殿的景象此时全部在他们面前一一展现！

天璇殿，柳璇玑侧身坐在高高的栏杆上，身边点着一炉香，怀里抱着一把铁琵琶，大红的裙子在风雪中扬起，系在腰上的长飘带随风自舞，看似要飞仙而去。

只见她眼睑微垂，潋滟的目光带着几分不屑，穿过朝她飞扑而来的蚊群，透过虚空，看向天枢殿，随后红唇微扬，五指拨动琴弦，张开口，唱出一曲《燕歌行》。

汉家烟尘在东北，汉将辞家破残贼。

男儿本自重横行，天子非常赐颜色。

摐金伐鼓下榆关，旌旆逶迤碣石间。

校尉羽书飞瀚海，单于猎火照狼山。

……

杀气三时作阵云，寒声一夜传刁斗。

相看白刃血纷纷，死节从来岂顾勋。

君不见沙场征战苦，至今犹忆李将军。

烈烈琴声震人心，连这冬日的冷光似都随之融化，长空下飘落的白雪尽数化为朵朵无香花，闪烁着点点星芒，妖异幽冷，宛若千军万马自天上来，带着席卷天下的肃杀，那片还未成气候的蚊群瞬间被吞没。

玉衡殿，崔飞飞站在正殿门前，盛装华服，发髻高梳，手里捧着一炉香。寒风吹动她宽大的袖袍，蚊群拍动翅膀的声音穿透风雪，遮天蔽日地扑来。

一缕青烟自香炉中升起，迅速升空，扩散，分出无数晶莹的细丝，结出一张又一张巨大的蛛丝网，接连成片，将整个玉衡殿覆盖，每一张蛛丝网上都缀着一朵幽蓝的无香花。

腊月的寒风狂卷，雪花在殿前楼宇间曼舞回旋，在那一张张蛛丝网上下来回穿梭。蚊群亦要随雪花而逃，却无论如何都飞不出去，刚一碰上就被丝网粘住，它们疯狂地要挣脱，挣得无数丝网如波浪般接连起伏。

然而，即便那是天地间最细最柔软的丝，却是专门用来克它们这些阴邪之物的，遇之即亡，天网恢恢，疏而不漏。

天权殿，蚊群已四起，再四下散开，意图从所有门窗钻进去，吞噬血肉，大肆杀戮。

净尘身着青灰色的僧袍，盘腿坐于半旧的蒲团上，双手合十，眉眼慈悲，神态虔诚。

他身前点着一炉香，随着他念出一句“阿弥陀佛”，遂见香烟腾空，瞬间弥漫，在他身前身后化作一片汪洋，海水霎时间就漫过香殿。蚊群随即避开潮水，快速腾空，意欲逃离。

净尘盘腿浮在海平面上，一枝青莲自水中伸起，旋出无数莲瓣，瓣瓣莲花中盛放着无尽华光，渶渶如火。蚊群无路可逃，被莲花逼得成群成群地落入那片汪洋中，水面泛起一圈一圈涟漪，光影浮动，才见得水下一片幽蓝，那是数之不尽的无香花。

开阳殿，谢蓝河漫步于后殿的竹林内，只见他玉带长袍，眉目清朗，手里同样捧着一炉香，香烟袅袅，风声飒飒，雪花在竹林间旋舞。成片成片的蚊群借着风雪避开了那一炉香，蜂拥地扑向香殿各处，从门窗的缝隙处源源不断地钻进去，开始一场独属于它们的饕餮盛宴。

然而没有惊叫，没有哭喊，没有哀号，更没有人逃离，一切都进行得无声无息，只有雪花温柔地往下落，视线骤然拉高，天空下，这片银灰色的世界孤寂而盛大。

谢蓝河回头，清俊的眉眼中露出一抹嘲讽。

香殿所有门窗里面，都开满了幽蓝的无香花，蚊群被吞噬，花香溢出房间，闪烁着星芒，妖异而幽冷。

天玑殿，此殿无大香师坐镇，然天玑殿离天枢殿最近，从天枢殿那边开出的无香花，早已经生长蔓延到了天玑殿，青色的枝条在那一株株巨大的古树间，开出朵朵幽蓝的小花，异香阵阵弥漫，蚊群早已避之不及。

摇光殿，此殿亦无大香师，但摇光殿靠着天璇殿，柳璇玑清冽的琴声越过去，有几只逃到摇光殿的白蚊，遂被琴音幻化而出的无香花拦下，翅膀僵住，无力地往下落，最后僵死在雪地中。

各个香殿内还有许多心怀不轨者，意图伺机而动，只是还不等他们有所动作，就全被刑院的院侍给控制住了。

司徒镜跌坐在雪地里，脸色僵硬且煞白，嘴里不停地喃喃自语："不可能，不可能……"

"没有什么是不可能的。"安岚看向他，"这场较量，从一开始就不是你和我之间的较量，而是我和他之间的较量。其实从始至终，你才是那颗棋子。"

司徒镜猛地抬起脸，盯住安岚，好一会儿后，才低低笑了起来："没错，没错，这事从一开始，就是白焰挑起的。所以，其实我并不是输给了你，只是输给了他的背叛。"

“你不是输给了背叛，而是输给了，你的能力配不上你的野心。”安岚居高临下地看着他，“没了白焰，你连吞并香殿的计划都无法设计周详，何来的能力让七殿归一？”

司徒镜死死地看着安岚：“镇香使白焰也背叛了你，难道你一点都不介意？一点都不难过？”

安岚微微抬起脸，看着这香殿的茫茫雪景，片刻后才道：“他未曾真正对我表示过忠诚，所以也就没有背叛这一说。介意当然是有的，毕竟这件事，给我添了许多麻烦。”

而她痛苦的来源，并非是这些麻烦，而是他虽真的忘了一切，他在知道那些过往后却还能毫不犹豫地设下这个局，并让她落入局中。

更让她愤怒的是，对此她只能应战，无论是胜是败，她都无权去指责他。因为……若是基于以往的情分，他其实已用全部还清了她所有，即便真有亏欠，也是她亏欠了他；若是基于现在，说他辜负了她的信任，但实际上是她事情做得太过冲动太过草率，没有查清楚他的动机就让他进了香殿，还授予他镇香令，如此才给了他可乘之机，然后惹出这一大堆的事。

她若以此为由来指责他，只会显得她更加愚蠢！

司徒镜忽然笑了起来，他想要站起身，但刚起来就滑了一跤，他有些狼狈地拍打着身上的雪花，然后讥讽道：“你再怎么嘴硬，也是被他玩了一把！你舍得杀他吗？你若是不杀他，保不齐以后他还会算计你。”司徒镜说到这儿，顿了顿，又开口，但显得有些语无伦次，“没错，我们都被他算计了！我也被他算计了！”

安岚收回目光看向他，司徒镜也看着她，接着道：“不过你收服了香蛊，你可以不用怕了。你收服了香蛊，香蛊会让你越来越强，强到不用怕任何人，不用怕任何算计……你收服了香蛊，你居然收服了香蛊……”

此时司徒镜面上还挂着安岚的脸，看着那熟悉的容貌做出令她觉得陌生的表情，安岚微微蹙眉，便收回纸卷，提笔道：“你从不敢以真面目示人，在这场戏落幕之前，我送你一个字。”

司徒镜一下子被定住，随后似猜到安岚要写什么，他眼里露出惊恐，身体慌忙往后退：“不，不——”

安岚落笔，在白纸上写了一个“真”。

最后一点落下时，司徒镜脸上安岚的五官褪去，他慌忙用双手捂住自己的脸，背过身，身体蜷缩，将自己的整张脸都埋了起来。

然而，这里依旧是安岚的香境，“真”字已经写下，即便司徒镜再怎么遮掩，她也能看得一清二楚。而也正是因为看得清楚，所以在看到司徒镜此番过于激烈的反应后，她不由得有些愣住。

司徒镜缩在地上，好似想要将自己整个埋起来：“你，杀了我吧！杀了我吧！”

安岚微怔，不明白司徒镜在害怕什么，就连刚刚他知道自己功亏一篑后，也不见像此时这般，惊恐到绝望，像是完全换了个人。

那只是一张平凡无奇的脸，甚至称不上难看，为什么……无法接受？甚至如此恐惧被人看到？

是因为面具戴得久了，已经无法摘下来了？还是习惯了当别人的影子，所以再无法再面对阳光？

司徒镜还在呜咽：“杀了我……”

安岚放下手中的笔，眼前的桌椅纸卷也跟着消失，雪还在下，香殿依旧。

司徒镜如在香境时一般，跪缩在地上，一动不动。

蓝靛那边正安排各处的院侍到香殿各处去善后，同时将李道长等人全部控制住，此时除了安岚，没有人知道司徒镜究竟是死是活。

安岚走到司徒镜身边，蹲下，将他握在手中的玉盒拿了过来，然后才看了司徒镜一眼，离开香境后，他脸上挂着的还是川连的容貌。

蓝靛走过来，蹲下身，伸手在司徒镜鼻息上探了探，再按一下他的脉搏。

司徒镜，死了。

蓝靛往后打了个手势，遂有人过来收拾。

安岚站起身，微微抬起脸，看着漫天飘雪，然后将目光投向白焰。

他曾是举世无双的翩翩贵公子，亦曾是孤高清寒的白广寒大香师。

但如今，他只是白焰。

她的目光透过白焰，露出些许回忆和留恋。

先生，如果我曾有欠过你，现在我亦已全部还清。

安岚微微闭上眼，冰冷的雪花落到脸上，片刻后，她睁开眼，道了一句：“带我去见鹿源。”

“是。”蓝靛即应声，然后在前面带路。

从白焰身边走过时，安岚什么也没说，白焰便无声地跟上。

鹿源屋里有一名大夫一直守在床前，外屋有两名侍从随时候着，屋外还有八名院侍守着。

虽说她心里明白鹿源能撑到这个时候，看起来肯定不会太好，但当她真正看到鹿源后，还是不禁默了默。

那副样子，实在不是不太好能形容的。

这真是出气多进气少，安岚甚至觉得，如果她再晚来一步，可能看到的就是一具尸体。

大夫默默地退到一边，和蓝靛等人候在一旁。

安岚在鹿源床前坐下，伸手在他脖颈处的脉搏上探了探，许是被她冰冷的手指刺激到，也许是已到回光返照这一步，鹿源竟慢慢睁开眼，待看清眼前的人是安岚后，他似怔了一下，随后唇角微动，笑了。

先生，回来了！

“都坚持到了这一步，就别前功尽弃了。”安岚看了他一眼，打开玉盒，将里面那只被养得白白胖胖的香蛊拿出来，“接下来不会好受，不过再怎么不好受，你都得忍着。”

鹿源艰难地张口，好一会儿，终于道出：“……是。”

安岚点头：“我会让香蛊将你体内的命蛊吸出，这个过程中，你浑身的经脉都会剧痛，你不用抗拒，疼得受不了就叫出来。这是刮骨疗毒，痛苦是肯定的，事后……”

鹿源却忽然打断他的话：“先生。”

安岚停下，询问地看着他。

鹿源看着她道：“一会儿，属下想请先生……出去，别看……这一幕。”

他在她面前，一直都是举止有礼、进退有度，实在不愿她再看到他强忍痛苦时不堪的模样。

安岚沉默了片刻，道：“好。”

“多谢……先生。”鹿源再看她一眼，然后才轻轻闭上眼。

安岚将香蛊放在他脖颈处，不消多会儿，香蛊就好似醒了过来，身体微微颤抖，鹿源也跟着紧皱眉头，牙齿咬紧，身体亦随之颤抖。

安岚站起身，往旁交代一句“看好他”，然后就出去了。

她径直走出院子，走上旁边偏殿的高台，靠着栏杆，看着外面的雪景。

白焰一直跟在她身后，陪着她看这一场不知要下到何时的冬雪，陪她等着鹿源解蛊后醒来。

许久之后，白焰才开口：“你不想说点什么吗？”

安岚这才从那雪景中收回目光，看了他一眼，淡淡地道：“镇香令我要收回了，云隐楼我会给你留着，以后进香殿，需提前报备。”

白焰不由得苦笑：“来找你，来看看我们的孩子，也要先报备？”

安岚没理他这句话，一会儿后，又问："接下来你有什么打算？"

白焰叹了一声，与她并肩而立："鸽子楼的事情不少，先顾着那边吧，咱们的孩子以后如果当不了大香师，还有鸽子楼。"

三句不离孩子，安岚瞥了他一眼，还是不接他这话。

两人又陷入沉默，过了一会儿，白焰问："真要赶我走？"

安岚道："香殿不会再用镇香使。"

白焰道："我指的不是这个，你都怀了我的孩子，无论如何，也得给我……给孩子一个名分。"

安岚道："之前因为不想多添麻烦，香殿一直压着，不让此事扩大。所以南疆和道门、清河，还有镇南王府这一系列的事，都没有真正捅到官府那边。但这等事瞒不了多久，如今也没必要捂着了，兴许过两天官府就会派人来，可能宫里也会来人。除此外，香殿上上下下都要重新清理，接下来我的事情会很多。"

白焰道："正好我能帮你处理这些事。"

安岚瞥了他一眼："鹿源快醒了，他不比你差。"

白焰："……"

而刚道出那句话，安岚就感觉到香蛊已经把命蛊吸出来了，她面上神色一松，就要下楼去。只是刚一转身，她就猛地收住了脚步，目中泛出惊讶。

风雪飘过，鹿源的身影忽然就出现在她面前，身如修竹，眉眼如画。

"先生。"鹿源似乎还处于茫然中，并不知自己怎么会出现在此处，只是他似乎有更重要的事情要说，便将手中的香蛊托起，对安岚道，"此物，绝不可留，它——"

然而不等他将话说完，他的身影就消散了，只余几片雪花。

安岚面上还带着惊诧。

白焰心里已经有了答案，却还是问了一句："香境，是你起的，还是他？"

安岚道："是他。"

鹿源，竟然迈过了那道门槛！

长香殿，将要迎来新的大香师。

回到鹿源这边时，果然他体内的命蛊已被拔除，鹿源强忍着没有晕过去，看到安岚进来后，有些急切地道："先生，这……"

"我知道。"安岚接过香蛊，仔细看了一会儿，才淡淡地道，"这东西能给我更强大的能力，但也能再次将我吞噬，司徒镜最后一直让我留下香蛊，就是抱着这个目的。"

原来先生一直都知道，鹿源一下松了口气。

只是安岚一直托着那只香蛊，似在犹豫，司徒镜说得也没错，有了香蛊加持的力量，她确实不用再惧任何人，她就是想要七殿归一，也不是不可能。

权力，折射出的是欲望的无底洞，可以将人捧上巅峰，也可以将人吞噬。

鹿源目中露出着急，白焰却只是在一旁沉默地看着。

片刻后，安岚才看向鹿源："你知道你刚刚做了什么吗？"

"我……"鹿源先是茫然，只是略一回想，随即就意识到安岚指的是什么，他震惊地睁大眼睛，因激动，因不敢相信，亦因身上疼痛过重，于是说不出话来。

安岚道："养好身体，来日方长。"

她说完，就转身，将香蛊扔进了炭盆里，面无表情地看着它被烧成灰烬。

两日后，白焰来找净尘。

净尘已知道白焰的镇香令被收回去了，他同情地给白焰倒了一杯茶："此事公子确实是做得过分了些，安先生怎么可能会不恼，如今只是收回公子的镇香令，安先生这已算是网开一面了。"

白焰拿起茶盏，慢悠悠地道了一句："她肚子里可揣着我的孩子。"

净尘差点将刚喝进嘴里的茶给喷出来，他咳了两声后，瞪大眼睛看了白焰好一会儿，然后表情慢慢恢复自然，接着像是想明白了什么似的点点头："难怪，难怪安先生不要你了。"

白焰抬起眼看他，眼神凉凉的。

净尘回过神，忙补充道："不是，小僧的意思是，安先生是个强悍的女人，公子你看啊，被种了香蛊这么大个事，安先生都能处理好；也给鹿源保住了性命，而且看着用不了几年，她还能把鹿源培养成新的大香师，到时无论是天玑殿还是摇光殿，都要任鹿源选，而他又是安先生最大的亲信，真是越来越不得了；如今安先生连孩子都怀上了，自个儿有了后，所以公子你……"

真是没什么用了！

净尘肚子里翻滚着这句话，欢快地想要顶开他的喉咙蹦跳出来，可是看着白焰那脸色，他勉强咽了咽口水，不甘不愿地压下这句话，露出一个貌似安慰的笑容："所以安先生就让公子暂时先搬出去，冷静冷静，以后肯定还是会让公子回来的。"

白焰看着净尘那双貌似无害的眼睛里，此刻正写着金光闪闪的四个大字——幸灾乐祸！

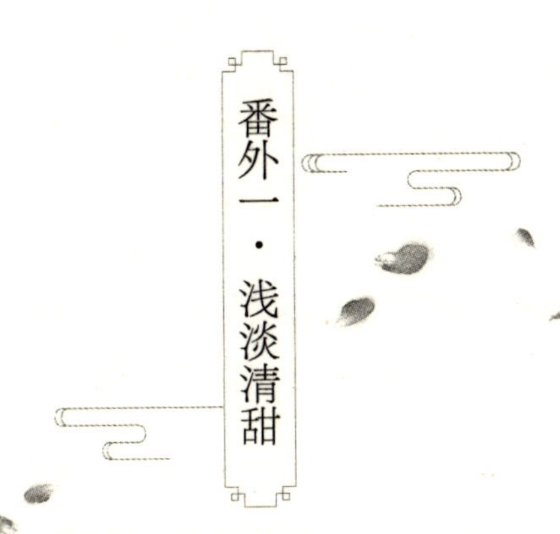

番外一·浅淡清甜

安岚的身子越来越重，再有一个月就要临盆了，而天气却越来越热，热得连肚子里的孩子都不安分，常常半夜忽然给她几拳、踢她几脚，闹得她已经半个来月没能好好睡觉了。

六月六这日，鸽子楼的白楼主又一大早来香殿，还带来了满满几筐刚采摘下来的还沾着露珠的鲜花。最近白楼主研制出一种新花露，据说不仅有保胎的功效，还能祛热毒、美容颜，并且味道清甜，饮后唇齿留香，最适合夏日饮用。

天枢殿花涧水榭内，伴着远处的瀑布声，安岚侧卧在美人靠上，手里拿着一本书，眼睛却没有落在书上，而是看着远处。白楼主则坐于桌前，桌上的竹篮里堆满了他带过来的鲜花，篮子里的是特别挑拣出来能用的，余的都散落在桌上，风过后便有花瓣从桌上飞起，轻轻飘落在他逶迤垂地的纱衣外罩上。

鲜艳的花朵衬着雪白的纱，外面的天光洒下，涧上的水光跃进来，这一幕好似就入了画，一眼飞过，竟有种惊心动魄的美。花露调好后，白焰拿金色的花勺轻轻往下压，将浓缩后的花露过滤，再取最清澈澄净的部分盛出，放置于白玉般的花盏内，加入煮好晾凉后的泉水和时令鲜果，淋上蜂蜜，最后放上几片鲜嫩的花瓣点缀。

白焰这才抬起眼，看向安岚："起来尝尝。"

安岚："加点冰。"

白焰："你怀着身子，不可贪凉。"

安岚坐起身，伸手在花篮里拨了拨："这些花真是你亲自采摘的？"

白焰将花盏放置在她面前："既然是要拿到你跟前的东西，旁的人哪有资格碰。"

安岚接过他手中的勺子，放在碗里，轻轻搅动："哪来这么多闲时间？"

他自归还镇香令，搬出天枢殿后，就开始用心打理鸽子楼的事务。鸽子楼经营鸽子的生意，不过是掩人耳目，实际上做的是各路消息的买卖，三教九流，衙府庙堂都有涉及，也不知他手里究竟有多少人，能让他日日这般不务正业。

白焰看着她轻笑："这是又想赶我走？你就这般不耐烦我？"

他这话说得轻柔，带着几分无奈，眉眼间又满是情意，再细细品味那声音语气，就好似这加了蜜的花露，浅淡清甜，饮下满口生香。

安岚顿了顿，放下勺子，抚着肚子站起身："崔家的十一姑娘快到了吧？"

天下无香的事解决后，道门的力量随之被削弱，崔家和镇南王府的矛盾也大事化小，小事化了。然后崔家开始安排年轻一辈的姑娘来长安，听说崔十一娘上月初就已经动身了，只是走到半路的时候，被南山王氏的人给留住了，也不知是什么原因。正好刑院的人在那边办差，天枢殿和南山王氏也偶有来往，于是崔飞飞过来找安岚，请她帮忙带崔十一娘出南山。

后来才听说，原来是半路遇到了山贼，幸好王家的人途经那里，便救下崔十一娘一行人。

白焰站起身去扶她："明天应该就到长安了，一块过来的，还有王家的两个孩子。"

安岚走到边上，看着外面的飞珠溅玉："山贼一事，怕不是真的吧。"

白焰道："是不是真的，崔氏都得接这份情，不然王家那两个孩子也进不来长安。"

"摇光殿空了太久，又赶上香殿要进一些新人，给了很多人希望啊。"安岚笑了笑，说到这儿，看了白焰一眼，"你挑的那些孩子，什么时候送来给我过目？"

下面的水气氲着花香，她飞过来的这一眼，真是说不出的妩媚多情。

白焰扶她回美人靠上坐下："资质看起来都不算顶好，你要想看，明日我便让人都领过来，不过你这殿里，需要那么多人吗？"

安岚道："道门离开长安后，天玑殿那边清了不少旧人，如今也差不多该添上新人了。鹿源这段时间恢复得不错，那些新人过来后便让他带着看看，日后他若是搬去天玑殿，也能给我留下几个有用的人。"

白焰听到鹿源的名字，轻轻"嗯"了一声，一边给她捏着小腿，一边道："天玑殿的位置能给他留着，只是我看他，似乎并不愿离开天枢殿。"

“他……”安岚刚一张口，随即就抚着肚子嘶了一声。

白焰忙看过去：“又踢你了？”

安岚拉他的手覆在肚子上：“估计是吃了你那盏花露兴奋了，又开始练拳。”

白焰仔细感受着手掌下传来的力量，目中不知不觉流露出温柔，唇边泛起笑意：“这么能闹腾，估计是个小子。”

安岚看了他一眼：“名字想好了吗？”

白焰便翻过她的手掌，在她手心写了一个字。

安岚：“熹。”

白焰点头：“就叫安熹，无论男女。”

熹，炙热，光明。

安岚一怔：“冠我的姓？”

白焰将她的手握成拳包住，然后看着她，眼里含着笑：“你不愿？”

安岚打量了他一会儿，才道：“你真愿意？”

白焰又开始给她捏小腿：“不知在下今日的诚意如何，安先生可愿让在下留宿一晚？”

安岚本就打算让孩子冠自己的姓，只是没想白焰先替她说了出来，他是什么时候知道了她的心思？

“你……”安岚张了张口，却又停住。

白焰眼里的笑意渐深：“我怎么知道的？”

安岚点头。

白焰却故作沉思状，迟迟不语，安岚便抬腿往他身上踩了踩，白焰抓住她雪白的赤足，一边给她捏着，一边道：“还记得有一次，你看书看得累了，便开始在里面挑觉得顺眼的字，还问我孩子取名用那些字如何。”

安岚回想了一下，是有这么一回事，便道：“那时候，我并未说要冠我的姓。”

白焰轻轻一笑：“你是未说，但你念出那几个字的时候，从未加上姓氏。”他说到这儿，故意在她脚心轻轻挠了几下，“你那时候便是在暗示我，我如何能不知。”

安岚痒得挣了一下，将脚心在他腰带上用力蹭了蹭：“你当真不介意？”

白焰抓住她的赤足放回原处：“我曾死过一回，姓氏、名字全都换过，亦早不知前身，所以孩子冠你的姓最好，何来介意。”

安岚看了他许久，然后微微倾身：“你今晚留下吧。”

六月二十七，小安熹便迫不及待地要出来了，比预期的日子早了约十天。

阵痛是刚用完早饭就开始的，幸好一个月前，天枢殿就已经把一切都准备妥当，稳婆立马被叫了过来，大夫也在旁边的房间里候着，很快一应事务就都进行得有条不紊。

那是无比漫长的一段时间，漫长到白焰似乎都忘了当时心里究竟是什么滋味。

即便是多年后，白焰回想起那天，都觉得自己站在殿外的那两个多时辰，脑子似乎是一片空白，记忆中只有她痛苦的喊叫。

而金雀回想起那一日，印象中最深刻的，却是白焰守在殿外的身影。

但再仔细回忆，当时的白楼主，其实一直都是面无表情的。可不知为何，那天，金雀却能清晰地感觉到他的紧张。她记得，当时她端着水从里面出来，还不等把盆交给侍女，里头突然又传出一声痛苦的嘶喊。她抬起眼，正好看到白焰猛然转头往房间里望去，炙热的阳光斜落到他眼里，浮光碎影间，她看到的竟是满眼的惊惶。

未时三刻，天枢殿安大香师诞下一女，取名安熹，乳名小君。

三年后。

白焰刚走到凤翥殿前，就看到鹿源抱着小君从殿内出来。

“爹！”白焰刚有点吃味，就被那软糯糯的喊声给安抚住了。

他赶紧快步走过去，从鹿源手里接过小君：“娘呢？”

小君将手里一个精致的香盛递给白焰：“娘在调香香。”

白焰就着她的小手握了一下那个小香盛，笑道：“这是小君调的香香？”

小君摇头：“娘的。”

白焰点了一下她的鼻子：“小君喜欢？”

小君点头，用力打开香盛，却一不小心把里面的香粉都给散了出来，落了两人一身，再被风一吹，就不见了大半。

小君愣了一下，然后转头看着白焰，慢慢瘪起嘴，将手里的香盛往白焰怀里使劲塞：“爹……”

白焰：“……好好好，是爹弄的。”

小君乌溜溜的眼睛含着泪：“嗯。”

鹿源在旁边看着，面上一直带着笑意，这孩子好像从吃奶开始，就已经知道找谁哭最管用。

白焰见小君脸上也沾了一些香粉，便让跟在后面的乳娘过来，将小君交给乳娘后，这才看向鹿源："什么时候去天玑殿？"

"没有意外的话，应该是下个月。"鹿源说到这儿，略停了一会儿，又道，"在那之前，要过了安先生的香境才行，到时另外几位先生也会前来观看。"

天玑殿一直无主，旁的人就会一直盯着。如今长安城的形势又有了新的变化，被送到长香殿的新人越来越多，柳璇玑也开始选侍香人了。大雁山上的风，从来没有停歇过。

白焰点头："看来我该准备贺礼了。"

鹿源淡淡一笑："白楼主客气了。"

白焰看了他一眼，忽然问出一句不相干的话："什么时候改变主意的？"

鹿源怔了一下，慢慢收起面上的笑容，回头看向凤翥殿，良久才道："一开始，只觉得这是先生的安排，我自当听从，后来才知，那也是我心里的渴望。"

他曾以为，他会永远站在她身后，此生都会以她的事为自己的事，以她的心愿为自己的心愿，至死都不会离开天枢殿。一年前，他香境世界大成的时候，都还在坚持这个想法，但其实，先生比他更了解他。

入香殿之前，他曾以为这是一条死路。

但在香殿这十年，曾经的阴霾腐烂，先生帮他片片切除，不知不觉间，他获得了真正的新生。

番外二・小君（一）

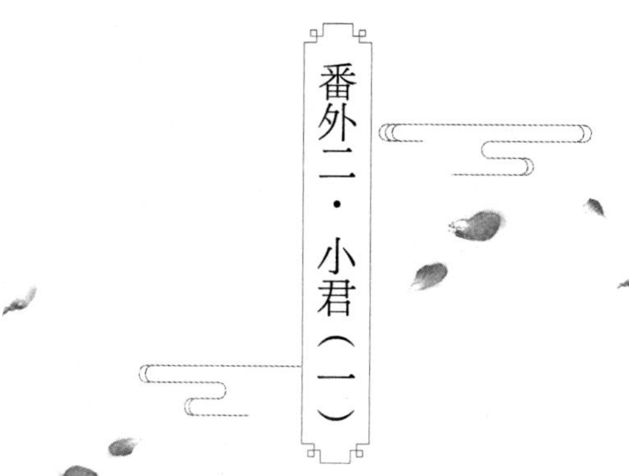

那日，白焰刚走到凤翥殿，就听到里头隐约传出小君的哭声，他心里一慌，一定又是挨训了，于是赶紧加快脚步。

但入了寝殿，却看到小君站在一地的瓷器碎片旁，吧嗒吧嗒掉眼泪。旁边的侍女也都吓坏了，乳娘刚要去抱小君，小君就看到白焰了，于是立马朝他哇的一声号了起来。

白焰急步过去，抱起她："出什么事了？"

小君干号了两声后，抽抽噎噎地伸手往地上指，瘪着嘴，不敢开口。

"是，是冰玉春瓶。"乳娘小心翼翼地开口，然后跪下来，"是婢子没看好小君。"

侍女也跟着一起跪下了，刚刚乳娘只是一眼没盯住，小君就悄悄溜进了安岚的寝殿。等乳娘找进来时，正好看到小君怀里抱着一个玉冰春瓶，说是要抱到外面晒太阳去，结果一步没走稳，怀里的瓶子就飞了出去。

乳娘和侍女都吓惨了，小君也知道，自己又闯祸了。

这是前两日别人送来的，有一对，另一个还在炕几上摆着呢。当时安岚看到这对瓶子就非常喜欢，已经让人打造了一个高几放在窗旁，准备专门摆在那儿欣赏。

这对玉冰春瓶，没有阳光照射的时候，看起来并不稀奇，只是普通的白色。但只要碰到阳光，整个胎质立马变得如冰似玉，几乎呈透明状，并且在早中晚不同的时刻，能将阳光折射出不同的颜色。

不用细说过程，白焰看几眼每个人脸上的表情，基本就猜得出这事是怎么发生的。

只是，他看着地上的碎片，也有些头疼，这是仅有的一对，是安岚难得喜欢的东西。

小君拽着他的衣襟，带着哭腔小声喊他："爹爹。"

娘一定会生气的，娘生气起来好可怕，连爹都怕。

白焰只得安抚她："没事没事，爹想想啊……"

白焰将小君放下，对侍女道："都起来吧，去拿盒子，先把这些碎片收起来，另外那个也收起来。"

几位侍女和乳娘这才站起身，但是不等她们抬步，小君已经蹬蹬蹬地跑开，又蹬蹬蹬地跑回来，怀里抱着一个锦盒："爹，盒子！"

她早不知在什么时候，已经将这寝殿里的东西翻了个遍，什么东西放在什么地方，她比安岚还要清楚。

白焰接过盒子，也不让侍女们动手，亲自蹲下去，将地上的瓷片收起来，随后问："你们先生呢？"

侍女："先生去议事厅了，说是会回来和小君一起用午膳。"

中午，安岚一回寝殿，就觉得这里的气氛有些怪异。

白焰过来了，小君没有像往常一样缠着他叽里咕噜个不停，而是安静地坐在小几旁，看到她进来，还乖巧地站起身。侍女们端着水进来，白焰特意上前接过侍女手里的棉巾，伺候她擦手。

安岚打量了他们一眼："传饭吧。"

饭菜在几上摆好后，一大一小两个人动作一致地跪坐在她对面，小的一脸惴惴不安，大的面带讨好。

等安岚动了筷子后，白焰才拿起筷子，把菜夹到她碗里，小君也赶紧舀了个肉丸子放在安岚碗里："娘，你吃这个。"

安岚便又放下筷子："出什么事了？"

小君慌忙摇头，然后看向白焰，白焰笑道："听说这几日香殿里的事比较多，下面几个香院还闹起了矛盾，如今怎样了？"

安岚听他问这事，便又拿起筷子，简单地说了几句。

听到爹和娘说起别的事了，小君终于放下心，也不要侍女和乳娘伺候，自己吃得满身都是，安岚也不管她。只是等都吃得差不多后，安岚才往窗户那儿看了一眼，开口道："那对冰玉春瓶呢？"

小君刚送到嘴边的肉丸子咕噜掉到身上。

屋里安静了那么一瞬，小君一边用手抓起肉丸子，一边看向白焰，乳娘赶紧过来给她接过去，再帮她擦手。

白焰笑着道："我让人收起来了，给我放在书房摆两天如何。"

安岚还是看向窗户那边："嗯，不过现在天光正好，先去拿出来摆上。"

白焰："已经都收起来了，何必这么麻烦。"

安岚这才收回目光，看着眼前这一大一小，沉默了一会儿，才道："我那对春瓶，还在吧？"

白焰："当然。"

安岚看向侍女，侍女一声不敢吭，把锦盒拿出来，小心翼翼地放在安岚身旁。

小君一脸紧张，已经悄悄往白焰这边蹭过来了。

安岚："打开。"

侍女尽量垂着脸，手微颤地打开了锦盒。

安岚："……"

小君赶紧靠在白焰身上，白焰轻笑着对安岚道："没事，我让人找更好的给你。"

安岚看向小君："你是怎么够到的？又到处爬桌子爬椅子！我说的过话都忘了？"

小君垂着脑袋，拽住白焰的衣袖，眼泪吧嗒就掉了下来。

白焰心疼坏了，赶忙道："别这么严厉，吓着孩子了。"

安岚："你——"

小君的眼泪掉得更凶了，还抽噎起来，白焰赶紧叫乳娘过来领小君下去洗脸换衣服。

安岚："换好衣服后带过来。"

乳娘："是。"

小君可怜兮兮地看着白焰："爹爹……"

白焰给她一个安抚的微笑，等乳娘带着小君下去，侍女们将案几都收好后，才走到安岚身边："一个瓶子而已，摔了就摔了，她就是好奇想抱出去看看，也不是故意摔的。"

"我不是心疼那瓶子，你要不在这儿，她不会掉眼泪。她精着呢，就是哭给你看的。"安岚叹了口气，瞪了他一眼，"我教孩子的时候，你不能老是护着她。"

白焰笑了："是是是，是我错了，我刚刚就是一时心软，就忘了。"

安岚横了他一眼，没说话。

一会儿后，乳娘带着小君进来，白焰招手让她过来："快给你娘赔礼，说你错了。"

小君仔细看了他们一会儿，小步走到安岚身边："娘，小君错了。"

安岚看她低头耷脑的，便将她拉近来，给她整了整衣服。也不知是不是所有孩子都像她这样，似乎天生就知道对谁可以亲近，对谁可以撒娇，对谁可以讨好，对谁可以耍赖……而且就这么点的小人儿，精力却旺盛得三个乳娘、四个侍女都看不过来，只要一不留神，就不知她又能闹出什么事，真是太能折腾了。

"既然错了，那就要罚。"安岚说着就抬起脸，吩咐侍女将笔墨纸砚摆出来，然后看向白焰，"她也该开蒙了，你今儿既然没事，就教她习字，从名字开始。过几天，给她请的先生也该到了。"

于是，小君对她爹爹第一次有微微的不满——为什么要给她取一个这么多笔画的名。

番外三·小君（二）

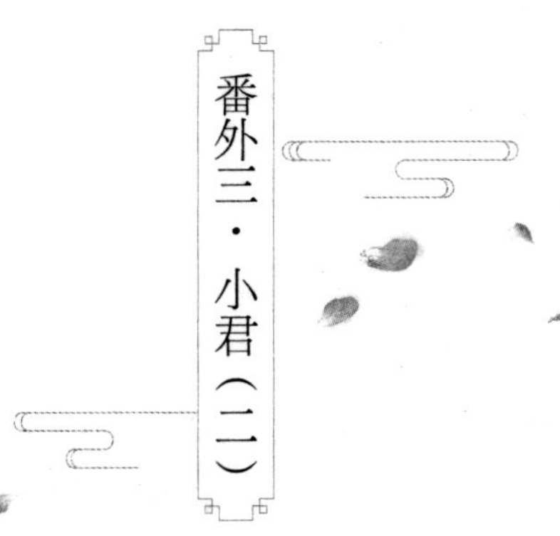

小君四岁之前，一直以为长香殿就是整个世界。

直到有一天，爹爹带她出了长香殿，下了山，进了长安城，她才知道，原来天下那么大，原来人有那么多。

从那次之后，小君就常常惦记着下山。但是娘很忙，香殿里总是有很多人要找娘，娘没有太多时间带她出去玩。如果爹爹住在香殿里个把月，那就还能常带她玩。但更多时候，爹是山上山下两边跑，待爹爹忙起来，她要隔上五六天才能见到爹爹一次，那个时候，娘就不让爹爹带她下山去。

鹿源叔叔搬到别的香殿后，也不再像以前那样能天天过来陪她了。金雀姨姨也有了自己的小娃娃，同样不再像以前那般时常过来看她了。

小君有些不开心，于是她决定找娘问问。

她想下山玩，但没人带她下山，这个事要怎么解?

安岚认真想了一会儿，便从桌上抽出一本香谱，递给她："写完先生教的功课后，如果还能再默出三篇香方，就安排人带你下山一次。"

有追求，就有动力!

小君宝宝的记忆力就是从那个时候练起来的，以至于不到一个月，安岚不得不给她加码，从三篇香方加到五篇香方，再加到十篇香方……接着又要求她学辨香、炮制香药等等。于是小君姑娘在下山和学习之间，和娘亲大人一路斗智斗勇，即便输多赢少也毫不气馁。

不过下山的次数多了以后，小君渐渐发觉，山下的世界和山上有诸多不同。

比如，在山下，大家都是随爹爹姓，她却是随娘姓，不过后来她又发现，在香殿里，侍女们和侍香人其实也都是随爹姓的。所以她有些困惑，就跑去问娘，为什么会这样。

娘却反问她："跟娘姓不好吗？"

当然不是，她觉得安熹这个名字很好，是爹爹给她取的呢，小君这个乳名也很好，她都很喜欢。

姓氏的事，娘没有过多解释，她再长大一点，看到的事情更多后，又发现了山上和山下更多的不同。比如山下的人，女孩子长大后都是要嫁人的，都要搬出去住别人家里，然后不仅生下的孩子要跟别人家姓，自己原来的姓前面也要加上别人家的姓，小君觉得很稀奇。

这是为什么呢？

为什么那些女娃娃长大后，就只能去住别人家，她们不能有自己的家吗？

乳娘说，姑娘嫁去了别人家，从此别人家就是她们的家了。

小君觉得很不可思议，那些女人是怎么一下子把别人家当成自己家的呢？

她觉得，山上的长香殿是她的家，山下的鸽子楼也是她的家，这天下，除了这两个地方，她不可能再把别的地方当成家。

乳娘说，没办法，姑娘从娘家嫁出去后，娘家就只是她们兄弟的家了，从此夫家才是她们真正的家。只有这样，她们才能真心照顾丈夫，细心伺候公婆，一心一意为夫家生儿育女，绵延子孙后代。

小君还是不明白，娘不是这样的呀，爹也不是这样的呢。

柳姨姨，崔姨姨，也都不是这样的。

还有金雀姨姨，金雀姨姨的第一个孩子也是姓金，第二个孩子姓白，不知道会不会有第三个孩子，嗯，不知道第三个孩子会姓什么。

乳娘笑着说，这天下，有几个女子能像你娘和各位先生那样，又有几个男子能做得到你爹和净尘先生那样，小君是前辈子修来的福气，所以才投到了你娘的肚子里呢。

小君觉得，山下的世界很好玩，但是玩累了，她还是想回家的。

乳娘摸着她的头发叹道，以后也不知谁会有这个福气，能被小君相中哟。

金雀怀上第三胎，胎像稳定后，过来找安岚时，正好碰上白焰领着小君从殿内出来。

小君立马跳过去要抱金雀，却被白焰拉住了，他让小君规规矩矩问了好，然后才带着小君往外走。

金雀在安岚跟前坐下，有些好奇地问：“白楼主这是要带小君去哪儿？”

安岚笑道：“小君以前骑的那匹马要生了，她过来找我们一起过去看，我嫌热，不想动身，让她爹陪她去。”

金雀也笑了：“白楼主还真有这份闲心。”

安岚无奈地摇头：“不管孩子说什么，他就没有不从的。”

金雀点头，随后一叹：“不过……自从你有了小君后，我才觉得白楼主越来越像个人了。”

安岚白了她一眼：“这是什么话，他以前难道不是人？”

金雀：“我不是这个意思，白楼主以前无论是广寒先生还是景炎公子，看起来都像谪仙一般。但明明是那么高贵出尘，却又好似心里藏着一把利剑，我那会儿一直觉得，广寒先生身前三尺之地，是无人敢靠近的。”

安岚轻轻啜了一口茶：“是吗？”

金雀嗔了她一眼：“当然，除了你。”

金雀接着道：“后来他成了镇香使，倒不像以前那般孤高了，但也叫人不敢亲近。兴许那会儿他心里的那把剑已经消失，但不知当时他心里装了什么，让人琢磨不透。”金雀说到这儿，又是一顿，然后就撑着脸看着安岚笑道，“也不对，镇香使那会儿心里已经装了你，等成了白楼主，你有了小君后，他心里又装下了小君。这心里装的人多了，人情味也就越来越浓了。”

安岚笑了，慢慢放下茶盏，目中露出追忆，那是好多年以前的事情了，但每次回想，还是历历在目。

十多年，竟就这么一晃而过。

她再不是那个朝不保夕、单纯执着的孩子，他亦不再是那个背负血仇、谋算人心的公子，他们谁都没有落下，他们既不怀念过去，也不忧心未来，他们都觉得每一个当下，都很好。

【全文终】

图书在版编目（CIP）数据

镇香令：全3册 / 沐水游著. -- 南京：江苏凤凰文艺出版社，2018.7
ISBN 978-7-5594-2228-6

Ⅰ. ①镇… Ⅱ. ①沐… Ⅲ. ①长篇小说－中国－当代
Ⅳ. ①I247.5

中国版本图书馆CIP数据核字(2018)第119331号

书　　名	**镇香令（全三册）**
作　　者	沐水游
选题出品	北京记忆坊文化
责任编辑	姚　丽
特约策划	暖　暖
特约编辑	单诗杰 莫桃桃
责任监制	刘　巍 江伟明
封面绘图	Eno.
封面设计	80零 · 小贾
版式设计	天　缈
出版发行	江苏凤凰文艺出版社
出版社地址	南京市中央路165号，邮编：210009
出版社网址	http://www.jswenyi.com
印　　刷	三河市祥达印刷包装有限公司
开　　本	670毫米×970毫米　1/16
字　　数	814千字
印　　张	48.5
版　　次	2018年7月第1版，2018年7月第1次印刷
标准书号	ISBN 978-7-5594-2228-6
定　　价	108.00元（全三册）

影视版权抢订热线　010-57194853
江苏凤凰文艺版图书凡印刷、装订错误可随时向承印厂调换

MEMORY HOUSE
记忆坊文化

镇香令

香蛊

ZHEN XIANG LING

Ⅱ

沐水游 著

江苏凤凰文艺出版社
JIANGSU PHOENIX LITERATURE AND ART PUBLISHING, LTD

目录

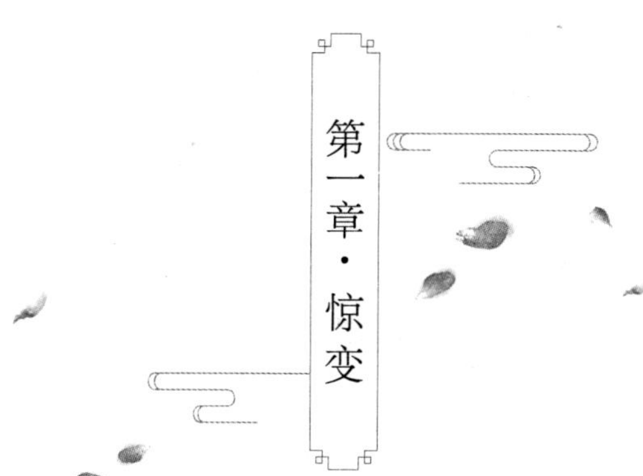

第一章·惊变

回到天枢殿，鹿源跟着安岚进了寝殿，直言道："先生，钱罕绝不是因为抢了景府的生意，才表现出对镇香使的惧怕的。"

安岚问："你以为是因为什么？"

鹿源看着安岚道："我现在不能妄下定论，我只是担心……"

安岚问："担心什么？"

鹿源迟疑了一会儿，正打算开口，侍女却在外面报蓝掌事求见。

安岚坐到榻上："让她进来。"

蓝靛进来后，看了鹿源一眼，然后对安岚道："先生，镇香使身边那几个人的身份，属下已经查清楚了。"

安岚未作声，抱着手炉倚在软榻的引枕上，沉思了好一会儿才缓缓开口："说吧。"

蓝靛又看了鹿源一眼，鹿源正要告退，安岚道："源侍香也留下听一听。"

鹿源应声："是。"

蓝靛便道："镇香使身边共有四位得力干将，一位原叫王甫，六年前是寤寐林的大掌事，景炎公子失踪后，他也离开长安回了老家，据闻回老家没多久就因病去世了。但实际上，王甫并未离开长安，从寤寐林出来后，他在长安城内开了间小铺子，还是做着香的买卖，并改名福海，也就是镇香使如今的车夫。”

“王甫……”安岚回想了一下，六年前，她当上白广寒大香师的侍香人后，见过寤寐林的大掌事两次，印象中那是个非常清瘦的中年男子，脸有些黄，带着几分病态。现如今跟在白焰身边的车夫福海，则是个又白又胖的男人，而且精气神看着好极了。她知道福海之前是香铺的掌柜，是跟着白焰进了天枢殿后，才改行做了车夫，却没想他竟是寤寐林以前的大掌事。

蓝靛道：“他的体型变化太大，容貌和气质也有所改变，加上刻意隐瞒，所以直到现在才查出他的身份。”

安岚点头，垂下眼：“接着说。”

“第二位就是徐一公，天枢殿上一任副殿侍长，现改名叫徐祖，他并未跟着镇香使进入天枢殿，但这些年，他一直跟在镇香使身边。”蓝靛说到这里，想了想，又加一句，“徐一公当年本是最有望接替殿侍长的人选，天枢殿的所有人脉，以及对外的运作，他都了然于心，即便是上一任的殿侍长，对他也是颇有忌惮。”

“徐一公。”安岚想了想，“当年我本想任命他为殿侍长，不料他却出了意外，当初我也有几分怀疑，只是后来觉得他是愿随广寒先生而去，便罢了。”

“第三位，原是刑院的三掌事施园，未改名。”因同是出自刑院，蓝靛的神色较之刚刚凝重了几分，“施园的武功极高，但我从未见他真正出过手，当年刑院大掌事曾在一次酒后吐露，施园是天生的刺客，他若要取人性命，几乎没人躲得过。”

安岚看了蓝靛一眼，蓝靛道：“单论武功，我不一定会输给他，若是搏命，我不如他。”

安岚笑了：“可惜你身边没有这么一个好手，你若是能将他收服了，能省不少心。”

蓝靛一怔，眼里闪过一丝不自在：“确实，刑院内还有一些人，原先跟他有过交情。”

安岚道：“那些人你若不放心，换了便是，不必多事。”

意思是不必见血。

蓝靛应下，接着道：“最后一位叫孔雀，香殿之前似乎没有这个人，所以关于他的更多信息，暂时还未查到。目前怀疑他要么是南疆人，要么是常年待在南疆，属下是在追查南疆香谷时，才查到他的。”

鹿源听到这儿，眼里露出浓浓的忧虑，他和蓝靛对视了一眼，在对方眼里看到了同样的担忧。

“先生。”鹿源开口，“我刚刚说的担心，就在此。”

安岚抬起眼，鹿源心知接下来说的话或许会惹恼安岚，却还是直言道：“镇香使只要想夺权，天枢殿必会乱！”

安岚却没有生气，只是淡淡地问了一句：“你想如何？”

鹿源单膝跪下：“请先生让镇香使交出这几个人，他们原本就是天枢殿的人，如今天枢殿的大香师是先生您，他们自当听命于您才对。镇香使既然入了天枢殿，就当明白这个规矩，他如今是僭越了。”

蓝靛亦单膝跪下，只是并未说什么，她同意鹿源的说法，但又清楚，这几乎是一件不可能办得到的事。

安岚沉默了片刻才开口：“你们以为，即便镇香使真将他们交出来，他们就会听命于我？”

鹿源抬起脸：“将他们交给先生，并非是为了让他们听命于先生，而是不能让镇香使握有如此可怕的人脉。”

安岚面色微沉，鹿源依旧看着她，神色坚定而温柔。

白焰回了云隐楼后，即找到福海来问话：“徐祖呢？”

福海是跟白焰一块去的钱宅，这会儿听白焰这么一问，心里大概就有个底了，便道：“徐祖现在不在长安，三天后才能回来，是不是让他马上回来？”

白焰问：“你知道他去找过钱罕？”

福海迟疑了一下才点头。

白焰问：“他找钱罕什么事？”

福海道：“他并未与我说，但我猜应当是逼问钱罕关于山魂之事，他怀疑钱罕知道山魂。”

白焰问：“他找山魂何用？”

福海道：“他是为了公子而找的，自他听说山魂有香境之用后，就一直念念不忘。”

白焰道：“你也念念不忘？”

“属下不敢！”福海忙跪下，随后叹了口气，“我知道公子心里无意，坦白说，我们几位心里都是有几分不甘的，但我只听公子的，不做他想。徐祖他，唉……”

白焰道：“你起来吧，给他传信，让他马上回来。”

“是。”福海站起身后，面上却欲言又止。

白焰道：“什么事？”

“蓝靛这段日子一直在查我们，应该已经查得差不多了。”福海说着，目中露出几分担忧，“不知安先生知道后，心里会怎么想。”

白焰沉吟片刻，淡淡一笑，似并未放在心上。

福海迟疑了一会儿又道：“如果安先生无法信任您，公子您还要信任安先生吗？”

白焰没有说话，不知是不想回答，还是不知如何回答。

福海心里暗暗叹了口气，他们最担心的，就是这个情况啊，所以徐祖才按捺不住。

鹿源和蓝靛一块退出安岚的寝殿，两人在门口略停了一会儿，相互看了一眼，都不说话。

安先生没有答应，但也没有拒绝，只是让他们都出去，面上神色恹恹的。

鹿源心里的担忧挥之不去，又有点后悔刚刚是否逼得太紧，要知道欲速则不达。

蓝靛看了看天色，只见天空阴沉沉的，自顾自地道了一句：“又要下雪了，今年比往年都要冷。”

鹿源道：“镇香使应当知道你在查他。”

蓝靛收回目光：“他知道。”

鹿源袖手站在台阶上，宽大的袖袍被风吹得鼓鼓的，垂在腰上的玉佩不时轻轻晃动，在这暗淡的天光下，划出一道道温润的水光。

他抬起眼看着天际：“镇香使能猜得出你我的想法，却没有任何动作，是在赌先生的情意？”

蓝靛道：“兴许是，也兴许他对所有事都胸有成竹，所以根本不在乎旁枝末节。”

鹿源看了蓝靛一眼："蓝掌事很了解他？"

蓝靛摇头："这香殿内，只有先生才是最了解他的人，也只有先生有资格了解。"

未曾站到那样的高度，岂敢妄谈了解。

太阳将落山的时候，鹿羽和景孝才从酒楼内出来，景孝朝鹿羽揖手："多谢姑娘今日请听书，下次姑娘若能出来，在下回请姑娘。"

他很喜欢来这里听人说书，以往都是一个人，有时听到精彩处，或者自己拍手喝彩，或是让人上去赏钱，极少与人讨论畅谈，今日却多了这样的体验。这姑娘性格直，口舌伶俐，能就着那些故事好一番嬉笑怒骂，并且每一句都像是从他心里道出来的一般。这是从未有过的感觉，像是找到了志同道合之人，又像是这天底下，终于有个人能明白自己，着实叫人舒心和不舍。

他同宗同族的兄弟虽多，但自大公子失踪、祖爷爷过世后，景府内所有人都为权为利争红了眼，兄弟叔伯间多是面上装着亲热，心里处处提防，无人能给予他这等轻松畅快的感觉。

若非对方是女子，又是来自天枢殿，他真愿意与对方称兄道弟。

鹿羽笑了笑，面上却带着一丝落寞："我可不比三少爷您，过得这般惬意潇洒，想出来就出来。"

"惬意潇洒，不过是外人以为的罢了。"景孝淡淡地道了一句，后又觉得如此说不妥当，颇有抱怨之嫌，少年人想表露内心的孤独和寂寞，却又觉得这在姑娘面前有失稳重，便有些腼腆地笑了一笑，"如此那个雅间就给姑娘留着，我让人跟掌柜说一声，无论姑娘什么时候来，只管上去。"

鹿羽道："三少爷好大方，那是不是连酒菜也都记你账上？"

景孝道："自当应该。"

鹿羽遂狡黠地一笑："三少爷就不怕我坑你一笔，把酒楼里的好酒好菜全都叫上来尝一遍？"

景孝也笑了："这里的酒菜如何能跟天枢殿的比，姑娘怕是还看不上。"

鹿羽打量了他一眼："原来你知道我的身份。"

景孝坦白地道："上次看到姑娘的出行车驾，在下认出是天枢殿的马车。"

鹿羽回想了一下，瞅着景孝道："难怪对我这般客气，原来是想巴结天枢殿，不过你这傻不愣登地说出来，这巴结的效果可就没那么理想了。"

景孝又笑了笑："不欺不瞒，姑娘就当是我的诚意吧。"

鹿羽打量了他一眼，然后摇头叹道："可惜了，你现在就算是巴结到我也没什么用，我如今只是个普通的侍女，不同以往了。"她说着就转过身，看着开始落下雪粒的街道，兴致索然地道，"你走吧，天都快黑了。"

景孝见她面上神色不佳，忍不住问："姑娘……是不是遇到什么不顺心的事了？"

鹿羽转头看了他一眼："我也该回去了，晚了是要受罚的，顺不顺心的，我下次再告诉你。"

景孝看了看天色，再看她今日未乘坐马车出来，便道："姑娘若不介意，我送姑娘回去如何？"

鹿羽一顿，随后道："这里离大雁山可有段距离，你一来一回，怕是城门都关了。"

景孝暗暗算了算时间，便道："不碍事，我让车夫跑得快些。"

鹿羽上下打量了他一眼，笑了，两颊露出两个浅浅的小酒窝："那我可真不客气了，不过你也不用送我到长香殿，只需送到大雁山山脚就行，如此你也能赶在城门关上前回来，如何？"

这姑娘的性格实在爽快，不似别的姑娘那么矫揉造作，景孝笑着应下，即请鹿羽上车。

鹿羽回到天枢殿的时候，天枢殿已点起灯火，大门口晶莹剔透的一排九宫灯，远远看着，就好似一串火球悬挂夜空，将巍峨的殿宇映衬得愈加雄壮，令人不由得心生敬畏。

"鹿羽姑娘这一趟出去得真久，我还担心会不会是因为天黑，迷路了。"她走进去的时候，守门殿侍站在门房的台阶上，看着她似笑非笑地道了一句。

鹿羽瞥了他一眼，下巴一抬，径直往里走。

守门殿侍面不改色地目送她离去，然后转身进了房间，片刻后接到巡山人的报信，他整理了一番，命人送到刑院。

蓝靛接到殿侍送来的讯息后，微微冷笑，命人送到鹿源那儿。

鹿源此刻也听说鹿羽回来了，再看蓝靛送过来的东西，他神色微凝，站在屋内思忖良久，就起身去了盛瑞轩。

鹿羽才坐下歇息没多会儿，唐糖就走进来道：“羽妹妹，源侍香来了，在回廊那儿。”

鹿羽正想着白天的事呢，闻言嘴角顿时往下一耷拉，从鼻子里轻轻哼出一声。

唐糖走过去，柔声道：“快去吧，虽说是你哥哥，但到底也是先生身边的人，磨光了他的耐心，万一真不管你了，你岂不更吃亏？”

鹿羽还是不吭声，唐糖便轻轻推了她一下：“一会儿源侍香过来，我又得出去，这么冷的天呢。”

鹿羽这才站起身，不甘不愿地道：“好吧，我是看在你的分上去见一见他。”

唐糖笑着摇头，一脸的无奈，待鹿羽出去后，才轻轻松了口气。

鹿羽冷着一张脸，走到鹿源跟前：“深夜造访，源侍香有何吩咐？”

鹿源不理她这不阴不阳的语气，直接开口：“无论你想做什么，都不可能瞒得过周围的眼睛，安分一些，别动不该动的心思，我才能帮你，否则我会——”

鹿羽先是一怔，随后回过神，即怒道：“我做什么了？”

鹿源没有说话，只是看着她，平静的眼神里带着些许冷意。

鹿羽看着那眼神，忽然想到自己的父亲，她唇边慢慢浮起一丝笑意：“真想拿面镜子给你看看，你知不知道你现在的表情，像极了一个人，跟他简直是一个模子刻出来的。”

鹿源面上表情微微一紧，鹿羽无声地笑，得意又猖狂，眼里带着痛快。

鹿源拿出袖中的东西，扔到鹿羽跟前，然后转身离开。

鹿羽捡起他扔到地上的东西，打开一看，面上神色莫测，片刻后，将手里的东西一点点撕碎。

鹿源去找鹿羽的时候，蓝靛正好跟安岚提到鹿羽。

只要明白景府和天枢殿的关系，以及景孝对于景府的意义，鹿羽今日之事，就不会有人单纯以为那只是巧合。

“鹿羽的事，交给鹿源。”安岚听完，漫不经心地吩咐了一句。

“是。”蓝靛应下，心里却有些意外，先生对源侍香，当真是十足的信任和看重。

“至于景孝……”安岚接着道，“若真有人打他的主意，你找个时间带他来找我。”

“是。”蓝靛应下，随后迟疑着道，“先生是想——”

安岚道：“他已不再是当年那个病怏怏的少年了，我也想看看，他能不能担得起肩上的担子。”

许多事，既是危机，但同时也是证明自己的机会。

转眼，就到了黄嫣嫣和慕容勋的大喜之日，那天是个难得的好天气，雪停了，太阳露出脸，久违的阳光洒到慕容府的门窗上，新刷的朱漆反射出一片血样的红光，喜庆的气氛在空气里弥漫，每个人面上都挂满了笑容。

三天前天枢殿就收到了喜帖，安岚原本是打算过去看看的，不想前一天不慎感了风寒，咳了一天，喝了药，好容易将咳嗽压了下去，却又起了低烧，整个人都是昏沉沉的，站都站不稳。她昏睡了一个晚上，早晨醒来，躺在床上想了许久，才将脑子里的思绪理清，随后命鹿源进来。

“先生。”鹿源端着刚刚煎好的药走到她的床帐前，看着里头模糊的人影，轻声道，“先生今儿觉得好些了吗？”

“嗯……”安岚抬手摸了摸自己的额头，片刻后坐起身。

鹿源将手里的药放在旁边的床头几上，旁边的侍女已将帐幔都挂好，他倾身过去，想要扶安岚，安岚轻轻摇头，推开他的手，自己靠在侍女摞好的大引枕上，哑着声道：“今天你替我去慕容府看看。”

鹿源应下，就要去端药，安岚却微微抬手止住他：“你现在就准备出门吧，时候不早了。”

鹿源却还是将药碗捧到她面前：“先生把药喝了吧，已经不烫了。”

安岚一闻到那药味就直皱眉头，拿手指在药碗上探了探：“还烫着，我等一会儿再喝。”

她刚起来，眼里还带着几分迷蒙，头发披散着，这副病弱中又带着几分慵懒的样子，看起来少了平日里的冷清，多了些许孩子气。鹿源迟疑地看着她，有些放心不下。

安岚微微皱起眉头：“快去，今日之事不简单，莫去晚了。”

鹿源从未违逆过她，只得放下药碗："那先生务必记得喝。"他说着，又转身交代旁边的侍女几句，让她们记得盯住先生把药喝了，若是还不见好，一定要再请大夫过来看看。

侍女们皆小心应下，安岚似根本没听到他在说什么，拥着被子靠在床头，半张脸埋在柔软的大引枕里。

她很少生病，但每次病，状态都极其不好。她的心情会变得非常糟糕，脑子混乱，要很费劲才能控制住烦躁的情绪，保持冷静。

鹿源再看她一眼，然后才带着浓浓的不放心转身出去了。

"先生，喝药吧。"鹿源出去没多久，侍女就过来捧起药碗，小声道。

安岚道："放着，你们都出去。"

侍女有些担忧："先生……"

"出去。"安岚皱起眉头，沙哑的声音微微一沉，语气里的冷厉立即显露。

侍女们不敢再多嘴，皆无声地退了出去。

安岚便又闭上眼睛，头有些疼，眉头紧紧蹙着。

不知过了多久，她似乎感觉到有人在碰她的脸，正要下意识地避开，只是随即心里一惊，是谁？

她猛地睁开眼，随即皱起眉头。

白焰见她醒了，就顺了顺她紧蹙的眉头，低声道："一回来就听说你病了，怎么这般不会照顾自己？"

前几天香殿有几个重要的庶务，他负责跟随监察，故并未在殿内。

"良药苦口。"白焰说着就端起旁边那碗药，并扶她起来，"我已经让人温过一次了，再不喝，就只能重新再煎一次。"

安岚觉得脑子有些混乱，分不清此时究竟是何时，只管怔怔地看着白焰。

白焰见她还是一副愣怔的表情，一点都不像那个冷着一张脸，永远高高在上的大香师，不由得挑了挑眉，将药碗送到她唇边："快些喝了，喝完有奖励。"

安岚遂问："什么奖励？"

白焰笑着道："喝完才给。"

安岚固执地问："什么奖励？"

白焰道："先喝了。"

安岚瞅着他道："先说。"

白焰有些无奈地看着她，有些意外，又觉得颇为有趣。看着那双直勾勾地瞅着自己的大眼睛，他笑了笑，从袖中拿出一个锦盒递给她，她有些迫不及待地接过去，却要打开时，就被他握住："喝了才能打开，不然就收回。"

她遂抓紧，怒看了他一眼，然后接过他手里的药碗，闭着眼睛咕咚咕咚地都倒入嘴里。

连嘴角的药渍都顾不上擦，她就赶紧打开手里的锦盒。

里面，是一支洁白无瑕的羊脂白玉簪，不过特别的是，那簪子的头雕的不是什么花鸟流云，而是一只憨态可掬的小狐狸。

她怔然看了良久，才抬起脸，有些迟疑地问："这——"

白焰一边替她擦着嘴角，一边道："你房间里不是有个香炉，香炉盖子上也有只小狐狸，我这次出去，无意中看到这支簪子，觉得这只小狐狸和你香炉上的那只挺像的。"

安岚闻言，说不出是高兴还是失望，她摩挲着手里的簪子，久久不说话。

白焰见她少有这么乖巧柔顺的时候，便轻轻摸了摸她散下来的长发："怎么了，不喜欢？"

安岚转头，看向放在紫檀香几上，那个铜质的狐狸香炉，道了一句："那个香炉，是当年景炎公子送我的。"

白焰摸着她头发的动作一顿，眼里露出几分意外，随后又笑了："如此，还真是巧。"

"只是巧吗？"她收回目光，看向他，"为什么要送我簪子？"

白焰道："看到它就想到你，觉得也只有你才配得起这支簪子。"

殿外，太阳隐到慢慢积多的云层后面，光线跟着收起，原来被照得清晰的一切，又在不知不觉间，模糊了起来。

安岚喝了药后，没多久，眼皮就开始耷拉，不自觉地合在一起，只是跟着她又强撑着睁开眼睛，表情有些茫然。白焰有些无奈地笑，轻轻哄道："睡吧，我会在这儿看着你睡，休息好了，病才能好。"

也不知她是听进去了，还是抵抗不住药力的作用，片刻后，倒真的睡了过去，眉毛舒展，呼吸绵长。

白焰把她手里的簪子放到她枕边，替她盖好被子，又看了她一会儿才站起身。

这一觉，她几乎睡了一天，直到太阳将落山，还不见醒。而这个时候，蓝靛匆忙赶到她寝殿外，却被花容拦住了。

蓝靛微微皱起眉头："先生还睡着？"

花容点头："算着时间，差不多是该醒了，蓝掌事可以先去侧厅等一会儿，待先生一醒，我即命人告诉您。"

蓝靛却没有马上离开，沉吟一会儿，问："先生从早上一直睡到现在？"

花容道："是喝了药的关系，刚刚我进去看了一眼，先生的体温已经恢复正常了。"

蓝靛微微点头，只是想了想，又问："先生可知道吃了这药后，会睡这么久吗？"

花容道："当然知道，好似为此，先生早上还不打算喝那碗药，源侍香都劝不下，后来是镇香使过来看了先生，先生才喝了药。"

蓝靛一怔："镇香使来过？"

花容认识蓝靛的时间很长了，此时发现蓝靛的眼神变了，她亦是一怔，同时不解："没错，镇香使办差回来，本是该给先生汇报的，却听说先生病了，故进去看了一眼。"

蓝靛问："他们说了什么？"

花容摇头："先生在镇香使回来之前，就让所有侍女都出去了，一个都不留，镇香使进去时，先生也没有唤任何人进去。"

蓝靛道："所以，镇香使是在没有任何人看到的情况下，劝先生喝下药的？"

这句话里暗有所指，花容听得心惊肉跳，一时竟不知该如何回答。

"蓝掌事，您的意思是——"

蓝靛却顿了一下，然后捏了捏眉心："我没什么意思，只是问当时的情况。"

花容迟疑着道："事情确实如此，只是……"

蓝靛淡淡地道："我明白了。"

"蓝掌事？"

蓝靛整了整自己的衣领："我从不会胡乱猜测，只是职责如此，你也该时刻都记得自己的职责，你们是听命于先生，不是镇香使。"

花容神色微凛，垂下眼，不敢再作声。

也正好这时，安岚醒了。

她觉得自己睡了很长很长时间，好似还做了许多梦，梦到了以前，梦到了景炎公子……

她抬手摸了摸自己的额头，已经不烫了，那昏沉沉的胀痛感也消失了，她把手放下的时候，碰到了枕边的东西，不解地转头一看，遂怔住。

他真的来过！

安岚拿起那支狐狸簪子，反复看了许久，然后坐起身。

候在旁边的侍女看到动静，忙走过来："先生醒了？是不是要喝水？"

那侍女说着就已经将一杯温水小心地送到安岚面前，别的侍女则赶紧出去报给花容。

安岚却顾不上喝水，先问了一句："镇香使来过？"

"是的，早上的时候来过一次。"

"什么时候走的？"

"先生睡下后就走了。"

"他待了多长时间？"

"有一刻钟。"

安岚喝了一杯水，身体往后一靠，面上露出沉思。

随后花容进来，仔细打量了她一眼，见她气色果真好多了，松了口气："先生饿了吧，这两天都没怎么进食，是不是这会儿就让人传饭？"

安岚点了点头，又问："鹿源回来了吗？" "源侍香还未回来。"

"谁在外头？"

"是蓝掌事。"每次蓝掌事过来，都是有重要的事情，伤神得很，故花容有些担忧地道，"先生才刚刚醒，还是歇息一会儿，先用饭吧。"

安岚道："让她进来。"

花容心里叹了口气，应声出去。

片刻后，蓝靛走进来，一眼就看到了安岚握着手里的簪子，不过她只看了一眼就移开了目光。

安岚问："这么早就回来，可是出了什么事？"

蓝靛今天也去了慕容府，不过是暗中进去的，知道的人不多。

鹿源是她明着派去的人，蓝靛则是她暗中安排的人。

蓝靛微微欠身，缓缓道出一个令人惊诧的消息："慕容四公子死了。"

安岚一怔："慕容勋死了？"

蓝靛点头："拜了天地，进入新房不久，就突然死了。"

"怎么死的？"

蓝靛摇头："目前还无法确定死因，他死的时候，只有新娘子在身边，只是新娘子似乎已经疯了，情绪无比激动，被慕容家的人一逼，就晕死了过去，前去贺喜的宾客全都乱了。"

安岚惊于这个消息，怎么都想不到，慕容勋会死。

"究竟发生了什么事？鹿源呢？"

"源侍香还在那里看着，应该也快回来了。"蓝靛说到这里，顿了顿，又道了一句，"当时，镇香使也在慕容府。"

安岚抬起眼，眉头微皱："镇香使也去了？"

蓝靛点头："是下午的时候到的，正好新人要拜堂的时候。"

安岚问："你想说什么？"

蓝靛道："黄嫣嫣昏过去之前，含含糊糊地说过一句话，她说刚刚慕容勋是带她去跑马，却不小心从马背上摔了下来，让人快去救慕容勋。慕容府的人当时查过慕容勋的身体，但他身上并无任何伤痕，慕容勋之前也从未带黄嫣嫣去骑过马，并且慕容勋的马术并不好。"

安岚沉默许久，才道："你是想说，有人对他们用了香境？"

蓝靛道："属下目前只是怀疑，但当时慕容府内并未有大香师。"

安岚拇指轻轻摩挲手里的簪子，久久不语。

蓝靛低声道："但当时镇香使就在现场。"

如果镇香使也会香境！这是蓝靛不敢道出的怀疑，这句话的分量实在太重，即便是她，也不敢轻易说出口。

安岚手指的动作停下："这门亲一开始就只是为了那张香方，为什么还要取走慕容勋的性命？"

是意外，是警告，还是……对方故意透露出来的某种讯息？

安岚又问："川连今日去贺喜了吗？"

蓝靛道："她去了，但是来得很晚，正好赶在慕容勋出事后才来，当时很乱，她也没靠近，只是管旁人打听出什么事了，随后还跟镇香使说了几句话。"

安岚有些意外，又有些不解。

川连在她面前展示过"香境"，虽然那香境并非自成一个世界，严格来说，是借了香蛊诡异的能力来模仿她的香境，使人入迷，是真正虚的东西，是一种骗术，或者也可以说是幻术，只不过是比外头的江湖戏法要更高明些。

但一般人面对这样的幻术，很难区分出和香境的不同。

幻术是假的，无论如何入迷，无论幻术里演绎何种生老病死，都伤不到人，从幻术里醒来，不过是大梦一场。但香境不同，香境可定人生死，绝非虚言。

川连当时不在，那就不是她在借幻术杀人，难道真是有人用了香境？是谁？为什么？

安岚问："这件事发生之前，一点征兆都没有？"

蓝靛摇头："未曾发觉。"

没人想到慕容勋会死，他的死，对任何人都没有好处。黄嫣嫣已经嫁给他了，黄香师之前就算再怎么不满，也只有盼着他好，断不会盼着他死的。至于天下无香的人，既然和慕容府有了交易，并且交易已经达成，他们也没道理要害慕容勋。即便慕容府反悔了不愿交出香方，他们也不会直接痛下杀手，此等结仇之举，更不可能拿得到香方，更何况，川连当时并未在场。

"除了镇香使。"蓝靛忽然补充一句。

关于镇香使，她可以查出他的很多事情，但唯有一件事，她无法查清，无法确认，那就是——香境的能力。她不敢相信，那个男人真的失去了一切，更不敢相信，失去了所有的他，还会愿意回来，会甘心居人之下。还有他身边的那些人，他们当真甘心永远蛰伏吗？

安岚没有斥责，沉默了片刻，才道："他为什么要杀慕容勋？"

"或许是为了山魂。"见先生终于愿意面对这个问题，蓝靛遂道出了心中的疑虑，"或许是螳螂捕蝉，黄雀在后，他不想香谷的人太过了解山魂，要破坏慕容府和川连之间的关系，所以杀了慕容勋。"

安岚道："但川连并未在场，即便她在场，也不能证明是她杀的。"

蓝靛道："但只要慕容勋一死，慕容夫人伤心悲愤之下，在没有查清楚自己儿子的死因之前，不可能将香方交出去。只要慕容府不交出香方，川连与慕容府之间的关系自然就会破裂。"

安岚问："镇香使要山魂何用？"

蓝靛道："据闻，山魂对香境有用。"

安岚道："你从南疆香谷那边打听到的说法？"

蓝靛点头："除此外，早在数年前，广寒先生就已经和香谷有了私下的交易，交易的目的亦离不开山魂，故属下不得不怀疑他。"

安岚靠在床头，想了许久，才道："他并不知道山魂是什么，我也不知道。若说山魂对香境有用，那究竟有何用？"

她说到这儿的时候，忽然想起那本旧账册上的话，眉头不觉皱了一下。

山魂以淬之，可夺天地造化，灭神坛。

蓝靛直言不讳："属下的职责是，除去先生外，怀疑一切，故一开始，镇香使说的每句话，做的每件事，属下都不会轻信。"

安岚沉默了一会儿，才道："现在还不能只凭黄嬷嬷的一句话就断定，慕容勋是死于香境。"

蓝靛点头："属下明白，定会接着查。"

安岚问："慕容府的人，还有今日去贺喜的宾客，对此有什么看法？"

蓝靛道："慕容府的人已报官，因慕容勋身上没有伤口，所以一开始怀疑他是中毒，但我悄悄看过，他的尸体上并未有中毒的迹象。至于宾客，有怀疑中毒的，也有说慕容勋有暗疾，亦有人提了大香师几句。"

安岚问："怎么提的？"

蓝靛道："之前玉瑶郡主死在景府，亦是浑身上下一点伤口都没有，也无中毒迹象，当时就有人怀疑是大香师所为，加上今儿没有一位大香师前去慕容府祝贺，所以那些宾客也只是悄悄提了几句，是不是慕容府得罪了大香师。"

安岚抬手拨了拨头发："玉瑶郡主的命案，官府最终查出的结果，他们不知道吗？"

蓝靛道："毕竟是镇南王府的私事，官府查清缘由便结案了，并未往外说，故知道的人并不多。而且，人们其实只愿意相信符合自己想象的真相，不会太在意真正的真相究竟是什么。”

安岚轻轻转着手里的簪子：“这倒是。”

此时天已慢慢暗下，侍女进来点灯，烛火亮起的时候，鹿源回来了。

“先生身体可是无恙了？”鹿源进来行礼后，抬起眼，小心又仔细地打量安岚，“烧退了吗？”

安岚略点了点头：“慕容勋的事蓝靛已告知我，你留的时间久一些，后来又看到了什么？”

鹿源道：“我离开之前，正好黄姑娘醒了，因是在内院，我不好进去，只找了那府里丫鬟去打听。听说黄姑娘醒来就说，慕容四公子也有大香师之才，能起香境，只是在起香境的时候不慎伤了自己。”

蓝靛一脸的不敢相信，安岚微微挑眉：“这件事倒是越来越有趣了。”

蓝靛道：“怎么可能？”

鹿源道：“确实有些匪夷所思，不过慕容府内，还是有一部分的人很愿意相信这个说法，而且，慕容勋也确实痴迷于香道。他之所以遇见黄姑娘时就跟黄姑娘谈得来，也是因为黄姑娘的父亲是天璇殿的香师。”

“官府的人去了吗？”

鹿源点头：“初步确认，慕容勋无中毒迹象。”

安岚问：“你离开的时候，川连可还在那里？”

鹿源道：“在。”

安岚问：“她可有听到黄姑娘醒来后的话？”

鹿源道：“所有宾客都不能进去看黄姑娘，当时慕容府已经开始送客了，不过照理她应当是知道黄姑娘说了什么。”

安岚又问：“镇香使回来了吗？”

鹿源摇头。

蓝靛在一旁默不作声。

白焰从慕容府里出来的时候，天已经黑了，这里邻近坊市，妖娆的异国曲乐顺着夜风徐徐飘来，不过很快就被慕容府里的嘈杂声给压了下去。

黄府的人全都在里头，官府的人也来了，宾客们都被请回，但还是有一些好奇的人留在附近，时刻关注着里头的一切。白焰出来的时候，也有几个人上前来套近乎，他只是随意敷衍了几句，就告辞离开。

然而，他上了马车后，周围还是有窃窃私语声传来。

“那位就是天枢殿的镇香使？”

“长得跟景炎公子一模一样！”

“我看着更像广寒先生。”

“景炎公子和广寒先生是双胞兄弟，他是谁？这世上哪有如此相像的两个人、三个人？”

“没准就是广寒先生，不过故意换了个身份。”

“为何要换身份？”

“还不简单，如今天枢殿的大香师是安先生了，这广寒先生一回来，该放在什么位置？这可是从未有过的，这事啊，很值得琢磨呢！”

“长香殿以后再说，倒是慕容府今儿个这喜事，怎么莫名其妙就变成白事了？”

“我瞧着，这事怕是跟长香殿也脱不开干系。”

“怎么说？”

“你们还记得之前景府里玉瑶郡主的命案吗？”

“当然，你我当时还特意去看了那场辨香。”

“今儿慕容府这事，我感觉，跟当初景府那事如出一辙。”

“你的意思是，还是大香师……”

福海驾着马车刚走出慕容府的范围，就看到前面路中央站着一个披着斗篷的男人，月光将他的身影拉得很长，夜风轻轻吹动他的帽子，一缕银灰色的长发从斗篷帽子里垂了下来，顺着风，轻轻飘起，泛出古银的光泽。

马车停下，男人走过来，站在车厢前，对着车厢内的人道：“是我上去，还是你下来？”

白焰掀开车帘，看了他一眼。

他的脸依旧隐在宽大的帽子里，暗淡的光线，使得五官看起来很模糊，唯一清晰的，只是那截精致的下巴。

白焰问：“何事？”

司徒镜的声音里带着一丝笑意：“许久不见了，想找你聊聊。”

白焰既没有让他上车，自己也不下车，而是倚在车门上，有些懒洋洋地道：“你又想说什么？”

司徒镜微微抬起脸，似在打量他，片刻后才道：“她开始怀疑你了。”

白焰笑了，月光照在他的脸上，柔和而明亮："你能看透她的想法？"

司徒镜道："你不信？"

白焰唇边依旧噙着一丝笑意，没有回答。

司徒镜发出一阵低而沉的笑声："她爱你，你却不爱她，她心里也知道，你觉得这份爱能坚持多久？"

白焰转过脸，打量着他道："你又如何知道我不爱她？"

司徒镜的笑声忽然大了几分："若如此，你更应该与我合作。"

白焰叹道："还真是不死心。"

司徒镜微微勾起嘴角："我的大门，永远向你敞开。"

他说完，转身消失在茫茫夜色中。

白焰放下车帘："走吧。"

福海重新驾起车的时候，问了一句："公子，那慕容勋是不是他们害的？"

白焰道："跟他们脱不开关系，却不是他们下的手。"

福海微诧："难道公子知道下手的人是谁？"

白焰道："就是慕容勋自己。"

福海驾车的动作微顿，不禁转头往后看了一眼。

那晚，白焰回了天枢殿后，并未去凤翥殿，安岚也未命人去叫他。

次日，金雀提着个半旧的食盒过来找安岚。

"听说你病了几日，我是昨儿才知道的。"金雀一边将手里的食盒放到榻几上，一边问，"好些了吗？好像清减了些，这几天没怎么吃东西吧，我做了几样你爱吃的小点，都还热乎着呢，你快吃。"

"已经好了。"安岚拿起一块梅花状的点心，轻轻咬了一口，遂觉唇舌生香，入口即化，不觉就把整块都吃了，"你如今还有空做这些，可有给柳先生留了？"

"当然不能少了柳先生的，不然哪儿能给我时间做？"金雀说着自己也拿起一块塞进嘴里，囫囵吞下去后，接着道，"不过柳先生今儿心情可不太好，你听说了吗？黄姑娘，就是那位去景府辨香的黄香师的闺女，昨儿成亲，结果当天新郎官就死了！那新郎官还是慕容家的四公子呢！"

安岚问："柳先生的心情为什么不好？"

金雀道："黄香师一早就来找柳先生，求柳先生给自己闺女做主，人就跪在先生寝殿外头。他是不知道，我们柳先生可厌烦这一套了，'不答应我就长跪不起'，这哪里是求人，分明是要挟。先生本还想命人去慕容府问问情况的，被他这么一折腾，干脆命人将他架了出去。"

安岚问："黄香师为什么要求柳先生给他闺女做主？"

"因为慕容府不放人呢。"金雀说着就摇了摇头，叹了口气，"那位黄姑娘也是时运不济，命实在不好，刚一成亲就成了寡妇，还好她自个儿的爹娘心疼她，要接她回去，谁知慕容家却不放人，说是她应该为新郎官守节！"

安岚微微挑眉，虽说节妇向来为人夸赞，但唐国并未强制女人死了丈夫后，必须要为亡夫守节。一生嫁人数次的女人并不鲜见，提出和离，并成功和离的女人也不少，从达官贵人到平民百姓都有。

这是一个有着海纳百川之胸怀的国度，所以大香师们在这个朝代，才会异常光彩夺目。

"柳先生可问了那慕容勋是怎么死的？"

"问了。"金雀说到这儿，压低了声音道，"听说那慕容公子是死于香境，可是昨儿并没有大香师去慕容府，所以又有人说慕容公子也有大香师之才。只是这话一出来，马上被我们先生一阵冷嘲，说蠢人的话他们也能信，香境又不是烂白菜，猪啊狗啊都能上来拱一拱！"

安岚不禁一笑，瞬间能想象出柳璇玑说这句话时的表情。

就在安岚笑的时候，金雀注意到她发上的簪子，温润的白玉，灵动的雕工，窗外一抹阳光照射进来，光影浮动。再看她的笑容，姣好的面容上，眉目宛如画，神韵浅淡悠长，漆黑的眸子里带着些许愉悦，又带着些许了然，狡黠而迷人，那簪头的小狐狸似瞬间活了。

"你那簪子好特别啊。"金雀手里拿着一块点心，也顾不上往嘴里送了，看了几眼后，又道，"不过我怎么瞧着有些眼熟，能拿下来我瞅瞅吗？"

安岚抬手摸了摸那支簪子，抽出，一头乌发顿时倾泻而下，她随意拨了拨头发，递给金雀。金雀赶紧擦了擦手，小心接过去，仔细看了看，然后转头，瞅了一眼旁边的香儿，又对比了一下手里的簪子，遂笑了："哦，就是那只小狐狸嘛，难怪我觉得眼熟，你让人雕的吗？"

安岚慢慢饮了口茶，淡淡地道：“镇香使送的。”

金雀眨了眨眼，瞅着她一脸故作淡定的表情，扑哧笑了。

安岚遂瞪了她一眼，放下茶杯，伸手。

金雀将簪子小心地放到她手里：“给你给你，万一摔了，我可赔不起！”

“摔了便摔了。”安岚拿回簪子，也不重新盘发了，只搁在手里把玩。

金雀一脸压抑不住的兴奋和好奇，上身往前倾，两眼亮晶晶地问：“他怎么会送你簪子哦？”

安岚道：“他外出办差，无意中看到，便给我买了回来。”

金雀听了，啧啧道：“无意中看到的，哪有这么巧？他办的什么差事啊，和玉器有关吗？能有闲时间去金银玉器的店铺转悠。”

安岚没出声，只是看着手里的簪子，手指一下一下摸着那小狐狸的脑袋。

金雀见她不理自己，就伸出手指在她胳膊上捅了捅：“簪子哦，簪子哦！这么亲密的东西也能随便送的，他就不怕你不收？”

安岚瞥了她一眼，一手转着手里的簪子，一手轻拂垂落胸前的头发，微微蹙着眉头道：“他知道我不会不收。”

金雀想了想，就支着脑袋道：“也是，你一开始就将自己的底都透露给他了，唉，这可怎么办，镇香使那样的男人，可棘手呢！你知不知道他心里究竟是怎么想的啊？时间也不短了，还这般暧昧着！”

安岚抬起脸，沉默了一会儿，才道：“他骄傲又自负，并且心如明镜，不受前缘要挟，不为旧情所束，但抵不过人最初的好奇心，然后因好奇而专注，因专注而心动。”

金雀怔了怔，放下支着脑袋的手：“他对你心动了！”

安岚慢慢转着手里的小狐狸，金雀赶紧低声道：“那他……他是不是终于知道自己，那、那什么，爱上你了？”

安岚停了手上的动作：“我不知道，兴许有，兴许没有。”

金雀张了张嘴，好一会儿才道：“什么叫兴许有兴许没有，怎么这么复杂？”

安岚轻轻叹了口气：“我和他之间本来就不简单，不似你和净尘先生，你们之间没有利益纠葛，没有生死相争，没有权位更迭，身前身后没有那么多的人跟着站位。”

金雀愣住，随后脸红了红，好一会儿才道：“镇香使兴许根本不在意那么多。”

“没错，他抛却了一切，只是随心而定。”安岚说着就轻轻一笑，又开始转动手里的簪子，“可是这个男人的心，岂是那么容易把握的。”

金雀见她面上并无落寞之色，嘴角边的笑意也不是佯装出来的，那是一种带着笃定的、期待的，甚至有点棋逢对手的兴奋。她悄悄松了口气，又拿起一块点心塞进嘴巴里，一边压惊一边道：“不过，我觉得他送你簪子，明显就是在讨好你，是在讨你欢心呢。”

安岚道：“嗯，他喜欢掌握主动权。”

金雀吞下嘴里的点心，又喝了半杯茶：“我怎么听不懂？”

安岚笑了笑，看着她道：“你懂净尘先生就行。”

金雀的脸蛋又是一红：“讨厌，说你呢，又扯上我做什么，我跟他也没怎么样呢。”

安岚问：“怎么，柳先生还不放你？”

金雀有些不好意思地道：“也不是，我……我不是觉得现在还早吗，我想在先生身边多待些时候，还不想那么快就、就……那什么……”

安岚微怔，随后了然，目光不觉柔了几分。

她们都是从小就失了双亲，被人辗转贩卖，在夹缝中求生，在泥地里摸爬打滚。好容易遇到可怜她们、用心教导她们的嬷嬷，所以她们都将嬷嬷当成自己的亲奶奶去依恋，但嬷嬷跟着她们，最终也没能享到福就走了。

进了香殿后，金雀有幸入了柳璇玑的眼，柳璇玑真心待她，教导她，所以金雀将柳璇玑当成了亲人，即便如今面对爱情，也还是不舍得离开这来之不易的亲情。

那她呢，她当初对广寒先生和景炎公子，也是把他们当成了至亲之人，刻入了骨血，烙在了心里！

片刻后，安岚才轻轻一笑：“净尘先生怕是要头疼了，他跟柳先生抢人，胜算太小。”

金雀嗯哼嗯哼了几声，也不说话。

安岚又是一笑：“万一净尘先生求到我跟前，让我帮忙，你说我是帮还是不帮？”

金雀忍不住掐了她一下："讨厌！你取笑我！"

安岚躲开她的手："我是认真的，好啦，你也不能拖太久，净尘看着好脾气，谁知道急起来是什么样。再说，你跟我同年，也不算小了。"

金雀哼哼唧唧了几声，才道："我知道，总之都年底了，等过了今年吧。"

安岚叹一声："看来我该准备贺礼了。"

金雀白了她一眼，然后站起身："不跟你说了，我得回去了，不然长使又该数落我了。"

安岚一边笑一边点头："去吧，记得走东门那条路回去，能经过天权殿，若是看到净尘先生，代我问个好。"

金雀朝她做了个鬼脸，就转身出去了，却正好碰到要进来的白焰。

金雀站住，规规矩矩地朝白焰行礼，然后问："镇香使来找安先生？"

白焰点头，道了一句："麻烦姑娘替我给净尘先生传句话，我下午会去找他。"

他这话说得很是客气，可是那张脸、那通身的气派，令金雀下意识地就应了声"是"，随后才回过神，即回头瞪了安岚一眼："都怪你，我又没说要去天权殿！"

金雀出去后，白焰走过来，见她散着头发，手里拿着那支簪子，便在她旁边坐下，抬手在她额头上探了探："退烧了，现在感觉如何？"

"无碍。"安岚转着手里的簪子看他。

白焰看了一眼那簪子："怎么不用？不喜欢？"

安岚摇头："慕容勋是怎么死的？"

白焰道："他有厥脱症，慕容家一直有所隐瞒，故知道的人不多。"

安岚怔住，厥脱症便是心脉有问题，她未习医术，对此不甚了解，只是听闻此等病症年纪越大越危险，若因什么事受到刺激，容易使心脏跳动过快而突然离世。

"当真是因为病的关系？是大夫说的？"

白焰道："大夫是下了此等定论，但慕容府的人不认可。慕容勋不过刚及弱冠，身体向来很好，虽有厥脱症，但并不严重，不至于要了命。"

安岚微微蹙眉："如此说来，还是有别的原因，难不成真如黄嫣嫣所言？”

白焰道：“当时新房内除了黄嫣嫣，并无旁的人在，连贴身丫鬟都在外间，兴许是她喝了酒，加上是两人的新婚夜，难免激动，会有诸多幻想亦不奇怪。”

他说话时，声音低沉，语气缓慢，似熬得稠稠的、暖暖的，又带着一丝丝苦味的，让人欲罢不能的糖浆。

安岚微微垂下眼，抚弄了几下垂在胸前的发丝：“所以你觉得只是病症的原因？”

“病症是主因，至于诱因，目前还难以下定论。”白焰摇头，说话间就接过她手里的簪子，要替她绾发。

安岚觉得他肯定不会，这么长的头发，只靠一支簪子盘住，绝非易事，就是她身边的侍女，也没几个能做得到，但她很享受他如此殷勤的伺候。

“且不论慕容勋的死因。”安岚沉吟一会儿，又道，“究竟是谁想让他死？目的何在？”

白焰一边给她梳头发，一边问：“你以为会是谁？”

安岚闭上眼睛：“我猜不出。”

白焰给她分了上下两股头发，上面的先盘住，下面的从一边绕过去，再缠住，最后用那支簪子固定，然后他转到她前面，抬起她的下巴，仔细打量她：“心里没有一点偏向的怀疑？”

她是瓜子脸，脸颊生得饱满且对称，额头有个美人尖，此时头发全都盘上去，露出优美的脖颈，宛若一株青莲，濯而不妖。

安岚抬起眼，看着他：“我目前未看到有谁从中获得好处。”

故而没有偏向。

白焰拇指轻轻摩挲了一下她光滑的下巴，然后放开：“若以此为考虑，确实得不到答案，但若将此事当成是意外，原本就没有人想要他死，你又会怎么想？”

然而安岚此时却有瞬间的恍惚，这一幕如此熟悉，分析利害，循循善诱。

“若是意外……”安岚沉吟片刻，缓缓地道，“黄嫣嫣所说的，极可能就是真的，只是那究竟是不是香境，还不好下定论。但肯定是有什么事情诱发了他的厥脱症，导致意外死亡。”

“慕容府本就有几位香师，对香殿对大香师并非一无所知，慕容勋亦爱香，他若真有大香师之才，能起香境，如何隐瞒到死了才道出？”白焰负手走到窗户前，看着外面，“若黄嫣嫣所说不假，却不是香境，你觉得那会是什么？”

安岚站起身：“你想说是川连？但她不是事后才到？如此亦说不通。”

白焰回头看她：“唯香境才是大香师得上天所赐的天赋，非人人能有，如此，那既不是香境，自有可能除去她外，别的人亦可做得到。”

安岚顿时一惊，她听明白了他的意思，怔了怔才道：“你是说，是慕容勋像川连一样……”

没错，如果川连借香蛊，能模仿出香境，那只要她愿意教别人，加上香蛊，那么任何人都有可能成为“大香师”！

白焰未说话，安岚亦沉默下去，她忽然意识到此事究竟有多可怕，亦一下子猜到，香谷的人费尽心机要寻找的山魂，究竟有什么作用，如果黄香师那张香方里真的有山魂的话。

良久，安岚才开口：“是不是山魂能助香蛊模仿出香境，令人进入幻觉中？”

白焰道：“虽不能肯定，但亦不远矣。”

安岚神色微凝，若人人都能模仿香境，即便它不是真的香境，但也足够令那些觊觎长香殿的人疯狂了。仅这一个理由，就一定会有人提出，大香师再不是上天指定之人，再不是不可替代。届时，不说香谷，单是唐国那些势力庞大的世家，那些野心勃勃的皇亲国戚，就不可能不动心。

这个猜测若是真的，长香殿，危矣！

她脑海里再次浮现白广寒留下的那句话——山魂以淬之，可夺天地造化，灭神坛。

所以这就是当年广寒先生的山魂计划？若非后来遇到了她，他将颠覆整个长香殿？！

但当初的计划，香谷的大祭司却知道了，所以千里迢迢赶来长安。

山魂！山魂，究竟是什么？

见她久久沉默，白焰不禁笑了：“神色这么凝重可不好看。”

安岚轻轻闭上眼，白焰在她眉心处点了点：“病才好，不可太劳神，好好休息，我还有差事。”

安岚点头："你去吧。"

白焰离开没多久，蓝靛就过来了，汇报慕容勋的事，和白焰说的一样，她亦查出慕容勋有厥脱之症。

"此外……"蓝靛说完慕容勋的事情后，又道，"镇香使当晚从慕容府回来的路上，遇到了司徒镜，两人交谈了一会儿。镇香使刚刚可有跟先生说，他那晚和司徒镜说了什么？"

安岚沉默，白焰刚才并未提到司徒镜。

蓝靛猜到白焰并未交代此事，便道："慕容勋一死，司徒镜就在外头等他，此事确实难以解释。"

安岚摇头，将刚刚的怀疑和疑虑缓缓道出。

蓝靛是直到此时才知道香蛊竟能模仿香境，心里大震，过了好一会儿才道："属下明白镇香使为何回来了。"

安岚知道她想说什么，从白焰回到天枢殿开始，她就很清楚，这个问题无法回避。而如今山魂和香谷的事情，使得这件事越来越让她身边的人不安。

大香师的门槛是香境，跨不过这道门槛，任凭你的身份多尊贵，有多高的才情，都无缘于大香师。蓝靛和鹿源，以及天枢殿的殿侍长等人，都很反对白焰接任镇香使的位置，却也没有明着出声反对，这自然是因为这是她的决定，旁人反对无效，而其实还有一个更重要的原因，便是他们清楚，没有香境能力的白焰，是不可能得到那个位置的。

然而，现在山魂的出现，再有川连的香蛊幻术为证，使得那道门槛变得不再那么不可逾越。如果他真的动了心思，或者仅是他手下那些人替他觊觎这个位置，他就比任何人都有实力来争夺这个位置。

他手里存有的人脉，对天枢殿而言实在太危险，用得好了，是助力；若用得不好，那便是悬在头顶的一把利剑，随时能劈下来！

蓝靛单膝跪下："请先生收回镇香使手里的人。"

只有镇香使交出那些人脉，才能证明他确实并无二心，主动权也才真正掌握在安先生手里，如此天枢殿才是真正的铜墙铁壁，外敌无法入侵。若镇香使不愿交，那亦可证明他果真藏有祸心，安先生便需要早做决策。

安岚久久不出声，鹿源走进来，轻声道："我知道先生为难，可这件事先生还是早点做决定比较好。镇香使手里的那些人，若是被旗殿侍长知道了，天枢殿的各大主事亦会都知道，到时香殿上下定会因此而慌乱。再加上香谷的人不安分，镇香使和香谷又打过交道，并且……镇香使和香谷的交情一直暧昧不清，旗殿侍长定会以为镇香使是跟香谷勾结，那个时候人心一乱，就再难压住了。”

安岚站起身，漠然看着窗外，阳光被窗棂剪碎，轻飘飘地洒到她身上，落了一地的斑驳。

他们并非觊觎镇香使手里的那些人脉，而是，需要她开口去试探白焰的态度。

她是大香师，她在不在这个位置，她都是大香师，她的天赋和名望不会因为这个位置而改变，但跟着她的人却不一样。倘若万一她不在这个位置了，他们便会纷纷被别的人替代，只是早晚而已。

她忽然想起，安丘离开时跟她说过：“你享受了权力，就要担负起责任。”

她转头，看着永远一身男装的蓝靛。

刑院是在最散乱的时候，交到蓝靛手里的，那时白广寒忽然离开，景炎公子亦跟着失踪，她进入天枢殿还不足两年，就被白广寒给捧到了大香师的位置上。那个时候，要掌控刑院这把利剑究竟有多困难，没有人比她更清楚，若没有蓝靛，她知道自己无法顺利收服刑院。

还有天枢殿那么多内务外务，若无鹿源事无巨细地帮她打理，凡事都替她提前想好准备好，这些年，她这个位置也不会坐得这么舒服。

还有旗殿侍长，一直以来都表现得忠心不二，尽职尽责。另外下面各院的掌事，同香殿的殿侍长殿侍香师等，哪一个没有一些关系在，这上上下下，是牵一发而动全身的。

她已不是当年那个为了追逐一个人的脚步，为了心中的欲望，为了不敢诉之于口的梦想，可以毫不犹豫奋不顾身的小香奴了。那时的她，卑贱而弱小，浑身上下就那一条命而已，还不值钱，除了金雀和嬷嬷，无人在乎。

静默良久，安岚终于开口：“你去联系施园吧，问他想不想回刑院，他若愿回来，之前是三掌事，如今可升为二掌事。”

蓝靛心里顿时亮堂，即道：“是！”

虽是问施园，但其实是借着施园来问白焰，愿不愿交出手里的人。

安岚看着窗外，淡淡地道：“去吧。”

蓝靛应声，看了鹿源一眼，然后才悄无声息地退了出去。

鹿源看着那个站在冬日薄阳下，略显单薄的身影，拿起旁边的披风，走过去，轻轻披到她肩上："先生病才刚刚好，别又着凉了。"

安岚微微转头，他看到她插在发上的簪子，默了片刻，就微微一笑："先生未曾盘过这样的发髻，很适合您，非常好看。"

安岚顿了顿，转身走到梳妆台前，看着镜子里面的自己。

刚刚还以为他不会，却不想就连这种事，他都能做得这么好，甚至比侍女给她盘得都要好都要稳，这天下，似乎没有他学不会，没有他做不到的事情。

见她久久不出声，鹿源道："先生莫担心，镇香使不会不明白先生的难处。"

安岚道："我不是担心他会不会明白。"

鹿源道："先生是在想他会不会答应？"

安岚轻轻叹了一口气："你觉得，他会答应吗？"

鹿源沉吟一会儿，才道："兴许不想答应，但终究是会答应的。"

如果他足够看重先生您的话。这是鹿源藏在心里，没有道出的话。

安岚却垂下眼，轻轻一笑："他只要不想，就一定不会答应。"

鹿源怔住："为何？"

"如今的他，已不屑做口是心非之事。"安岚转身，坐回榻上，"那么骄傲自负的男人，身前身后皆无拖累，凭什么要做违心之事？"

鹿源道："为了您。"

安岚沉默，片刻后轻轻摇头："为了我，眼下也还不至于。"

他的过往已如云烟般消逝，他知道他不欠她什么，即便眼下对她有那么一点点心动，有那么一些些好奇，但也不过是才开始，这份情又能深到什么地步。

鹿源看着她的脸，心里低声道，我从第一眼看到你，就愿意为你做任何事。

蓝靛的动作很快，不用一天，就已经找到施园。

次日，长安城西市的一家小茶馆内，刚刚听说此事的徐祖当即气愤地道："公子，她怎么能这么对您？"

白焰正在逗一只鹦鹉说话，闻言淡淡地道："怎么了？"

徐祖看了福海和施园一眼，沉着脸道："公子在帮她，她却在怀疑公子！别说公子，就是我们也受不来这份气！"

白焰先给鹦鹉添了食，然后才看了施园一眼："蓝靛给你气受了？"

施园笑了笑："她还不敢。"

笼子里的鹦鹉扑腾了一下翅膀，白焰便又转过脸打量那只鹦鹉，有些漫不经心地问："你是如何回答她的？"

施园道："我说看公子的意思。"

白焰淡淡一笑："你想不想回去？"

施园道："我只听命于公子，只要公子有需要，我随时能回去。"

然而刑院只听命于大香师，他若不想违背本心，就只有等白焰重新坐上大香师之位，他才会愿意回刑院。故目前的情况，他若回去，便只有一个目的，那就是为公子的日后做打算。

徐祖听施园这么一说，亦觉得此法可行，心中意动，但并未表露。之前因钱罕一事，公子颇有不快，故他不敢再擅自做主，于是看了福海一眼。福海正坐一旁烤火，胖胖的身躯窝成一团，像个弥勒佛，眼睛耷拉着，好像要睡着了般，从始至终，他都不发一言。徐祖想跟福海说一说这事，碍于公子在，不好开口。

白焰道："既不愿回，那便回绝了她。"

施园有些意外，不过倒不介意，应了声"是"。

徐祖却有些担忧地道："如此，安先生怕是会多想，公子打算怎么跟安先生解释？"

他们谁都明白，安先生派蓝靛找到施园的真正意图，如果施园答应回刑院，那么安先生自然不会再有怀疑，可若是施园拒绝，那这颗怀疑的种子，恐怕就要就此生根发芽了。

这是大家都不会说破，但人人心里都明白的事情。

"解释什么？"白焰转过身，"她非常聪明，她命蓝靛来找施园时，心里当知道，我不会答应。"

白焰说话时，眼里含着淡淡的趣味，她手里的筹码不够，不然不会让蓝靛出面，而会直接找他开口。若她的筹码足够，甚至不用她开口，只要稍微表示一下，他便会将她想要的东西双手捧上。

徐祖不解："那安先生为何还要让蓝靛来找施园？"

白焰低眉浅笑，筹码不够的人，多少会有赌徒心理，愿意赌一把，可惜她的运气不够好。

见白焰没有说话，唇边还挂着浅淡的笑意，从听说这件事开始，他就不见有丁点怒意。徐祖忍不住问："公子难道不生气？安先生竟如此对您！"

是您将一切都赠予了她，当年她不过是个卑贱的小香奴，若没有公子，哪会有她的今日，可如今她竟对您生出怀疑，甚至要开始防着您。

白焰道："只有觉得自己被背叛了，才会恼怒。她与我之间不曾有过忠诚，自然谈不上背叛，她会防备我，防备你们，亦是合情合理。"

没有过忠诚？

您是人人敬畏的白广寒大香师，是大家口中的景炎公子，是她这辈子最大的恩人，是她绝不可背叛、不可怀疑、不可不敬之人！那样的您，如今为什么要屈居她之下，甚至在她明明知道您是谁的情况下，还要对您有种种怀疑！

与其要受这样的委屈，何不干脆就收回您赐予她的一切？只要公子您想，有没有香境的能力又有何妨碍，如今整个长香殿，仅少数人清楚您的身份，别的都只是暗中怀疑，不敢确认，只要公开了您的身份，大香师那个位置岂不是唾手可得？

徐祖憋着满肚子的话，实在忍不住想要说出来，只是不等他开口，旁边的福海却好似忽然醒过来，抬起胖胖的手在他肩上拍了一下："时候已不早，公子要休息了，你陪我出去喝一杯吧。"

福海那一拍，似乎就将徐祖满肚子的话给拍了回去。他们三个当中，施园最简单，从不会去揣摩公子的心思，但只要公子的吩咐，无论任何事，施园都没有二话，一定办成，并且不会问原因。

徐祖则因要管的杂事太多，已经习惯了揣摩旁人的心思，但又因他要打理的事情太多，以至于待在公子身边的时间太少，所以公子的心意，他反而很难猜得准。

相比起来，最能读懂公子心思的，是福海。

西市这家小茶楼其实也是福海开的，不过他从一开始就没有参与打理，都是交给别人负责，故蓝靛没有查到这个地方。

三人从白焰那里出来，进了福海的房间后，福海先给炭盆里添了些新炭，又温上一壶好酒，备了两盘小点，然后笑眯眯地招呼他们俩："来来，坐，这么冷的天，就该这么喝才舒服。"

徐祖心里那口气还堵着，沉着脸坐下，默不作声地喝了两杯后，叹了一口气："公子究竟是怎么想的，难道真的没有一丁点恼意？"

福海一边搓着花生米，一边道："公子不是不生气，却不是你所以为的那等恼怒。"

徐祖问："此话怎讲？"

福海又喝了一口小酒，才慢条斯理地道："你现在会如此恼恨，是因为在你看来，安先生背叛了过往的情义。但对公子而言，那些过往对他没有任何影响，公子的不悦，仅仅是，安先生此举有些得寸进尺了。"

徐祖皱起眉头，慢慢琢磨这几句话。

福海接着道："我们和安先生一样，那些过往都存在心里，此生都抹不掉，我们所有的行为、想法、情绪，都很难不受以往的那些经历的影响。可对公子而言，那些经历已经在他心里抹去了，即便公子知道以往的一切，但对公子而言，那些过往，更像是别人的故事。公子知道他以前是广寒先生，是景炎公子，但如今，公子只是白焰。正因此，公子绝不会对外宣称，他是广寒先生或是景炎公子。安先生也必须要认同这一点，绝不能拿过往的任何事，包括情感作为要挟。"

"我……"徐祖张了张嘴，却又慢慢闭上，这些他都知道，可知道归知道，要打从心里认同，还是十分困难。在他心里，公子是白焰，但也是广寒先生，也是景炎公子，一直都是。

施园没有参与他们的谈话，只是一边喝酒一边听着。

福海给徐祖倒酒："公子如今不欠安先生任何事，若说欠，也只能是安先生欠了公子的，安先生也明白这一点，所以她不能额外要求公子任何事。至于安先生会开口让公子交出我们，是出于对天枢殿的考虑，并非出自个人情感原因，所以公子认为她情有可原。但对此公子依旧不悦，原因是我们早已脱离天枢殿，如今只能算是公子的私有力量，可安先生提出这等要求，多少是占着身份，得寸进尺了。"

徐祖喝了两杯酒后，沉默良久，皱着眉头问："安先生接下来会做什么？"

"我眼下倒不担心安先生会做什么。"福海放下酒杯，轻轻皱了一下眉头，“我担心的是孔雀。”

提到这个人，一直在旁默不作声的施园抬起脸，徐祖的神色亦是凝重了几分。

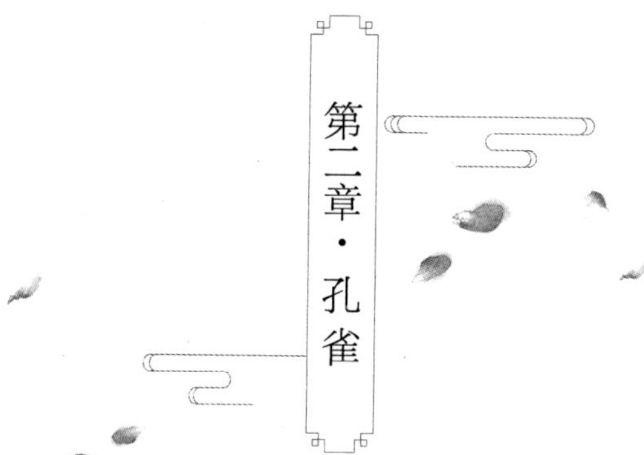

第二章・孔雀

孔雀和他们一样，都是广寒先生留在暗中的人，但他们从未见过孔雀，广寒先生当年应该也是给孔雀留了信的，但这些年，孔雀一直没有主动联系过公子。

他们怀疑，孔雀要么叛了，要么死了。

而更让他们担忧的是，当年广寒先生设计的山魂计划，除了广寒先生自己，孔雀应该也知道，因为孔雀是被广寒先生派去南疆的。如今南疆香谷直冲山魂而来，指定跟孔雀脱不开干系。而孔雀对山魂到底了解多少，他们谁都不清楚。

徐祖沉吟片刻，问："他若没死，会不会已经回长安了？"

福海道："我也是这么怀疑，只是可惜，咱们都没见过孔雀，公子又忘了以前的事，怕是孔雀就站在面前，咱们也不知道是他。"

徐祖问："难道就一点特征都没有？"

福海想了想，才道："似乎生得很美。"

徐祖问："美丽的女人？"

福海摇头："男人也有生得极美的，如今就是公子也不知道孔雀是男是女。"

施园忽然开口："那司徒镜的性别也是个谜。"

徐祖看了施园一眼，顿了顿，才道："你怀疑孔雀就是司徒镜？"

施园摇着手里的酒杯道："我不怀疑任何事，只是指出他们的相同之处，不过你这么一说，似乎也有可能。"

徐祖问福海："会不会就是他？"

福海皱眉："香谷的大祭司，十多年前就已经是司徒镜了，孔雀则是七年前才去的南疆。"

"如果……"徐祖迟疑了一会儿，才道，"如果，那司徒镜本来就是孔雀？"

这个想法令人有些战栗，这等于说广寒先生当年就已经收服了香谷的大祭司，即便不是收服，也至少是与他达成了协议。而若这个猜测成立的话，那孔雀会背叛，也不难理解。

福海道："公子其实亦如此怀疑过，但是没有证据。孔雀这些年从未主动联系过公子，公子亦已不记得他了，若非我们都知道有这么个人，他就好似从未存在过般。"

一年多前，白焰还特意去了南疆一趟，还是未能找到孔雀，却结识了司徒镜和天下无香的那几人。

徐祖神色凝重，孔雀若真是他，那最了解山魂的人就是司徒镜，他甚至有可能知道广寒先生当年的计划，那岂不是，司徒镜在拿广寒先生的计划为己用？而公子眼下等于在同以前的自己交手？！

徐祖默默道出心中的忧虑，福海沉默地点头，然后抬手轻轻拍了拍徐祖的肩膀："你也算是猜到了些公子的心思。"

徐祖怔住："这——"

"公子这些日子一直在与司徒镜周旋，就是想确认他究竟是不是孔雀，若真是他，一来公子觉得这是广寒先生的错漏，当年的安排不够完美，他可以给补上；二来，公子兴许也觉得跟广寒先生交手很有意思，故也在追查山魂事件。"福海说着又给徐祖倒上酒，"大香师那个位置，公子还未真正表态，我们就只听命行事吧，再莫擅自做主，公子也不是天天都有好脾气的。"

施园笑了，玩着手里的刀："公子终究是那个公子。"

徐祖怔了好一会儿才道："若仅是为山魂，公子回天枢殿时，山魂计划还未开始。"

福海道："但是那个时候，南疆香谷的人已经来长安了，而且，天枢殿还有安先生。”

徐祖微微皱眉：“公子不是也不再记得她了？她甚至在广寒先生的计划外，她对如今的公子而言，就是个陌生女子。”

福海放下酒壶，呵呵地笑了笑：“但公子是知道她的，我是不怎么懂那男女之情，不过嘛……如若是福某经历一场大难后，还知道有这么个姑娘，心里肯定是会好奇的，多少都想去看一眼。”他说到这儿，又憨憨地笑了一声，“关于安先生，就都是我的猜测了，可不敢问公子这等事，你们听听就算啦，喝酒喝酒。”

傍晚时分，白焰坐在天权殿的露台上，看着天边的晚霞，神情惬意。

净尘却愁着脸站在他旁边，轻轻地叹了口气，双手合十：“阿弥陀佛，公子你如何还能这般自在，还是快些去哄一哄安先生吧，她这会儿的心情定是极糟糕。”

白焰侧过脸，看了他一眼：“你似乎有些惧她？”

净尘老老实实地点头：“公子没回来的那几年，小僧瞒得实在辛苦，小僧每次一看到安先生冷冰冰的表情，心里就直打战。公子可不知道，安先生后来知道小僧瞒着她，差点揍了小僧一顿，阿弥陀佛，当天的情形，着实是吓人。”

白焰低低笑出声，声音有些沙哑：“难道斗香境，你不是她的对手？”

净尘叹道：“公子莫在这儿说笑了，还是快去找安先生，说清楚这些事吧。”

白焰却还是未动身，目光重新投向天际：“我给她的线索已经够多了，看她能否从中找到头绪，但愿她别让我失望才好。”

净尘看了白焰一会儿，双手合十，默默念了一声阿弥陀佛，然后才道：“公子可莫要小瞧了安先生，当年她不过二八年华，就能接手你留下的那么大的摊子，还是在那等突然的情况下，绝非一般女子可比。”

白焰收回目光，眼睑微垂，唇边噙着一丝笑意，他亦是期待。

净尘似有些看不惯他这么惬意的模样，接着又道：“公子也莫太过放松了，安先生虽看着安静柔弱，但其实不像金雀姑娘那么好脾气，若是哪天她真的恼了，你又是这副德行，她指不定怎么抽你呢！如今你可不是大香师了，入了香境，你绝非她的对手。”

抽他？白焰微微挑眉，回想了片刻，似乎觉得不无这种可能。

那姑娘，气性确实不小。

下了一夜的鹅毛大雪，早上起来，推开窗，只见外面天地苍茫，一片银白，冰冷的空气迎面扑来，夹着雪花，落到脸上，须臾间就化了。不过因房间里烧着地龙，故这股冷意反倒令人神清气爽，忍不住闭上眼深呼吸，然后从嘴里呵出一团白雾。

“先生，施园拒回刑院，镇香使亦已五天没有回云隐楼。”蓝靛站在一旁，面无表情地道出那边的回复。

鹿源给安岚捧上热腾腾的棉巾，并为她关上窗户：“先生仔细身子，别又伤风了。”

安岚擦了擦手，走到软榻那儿坐下，接过侍女递上的一碗白米粥，仔细吹了吹，又动了动勺子，却没有吃，片刻后慢悠悠地开口：“他拒绝就拒绝了吧，强扭的瓜不甜。”

蓝靛道：“请先生示下。”

安岚小心地吃了两口粥，想了想，问：“慕容府那边如何了？”

蓝靛道：“两家都闹得很厉害，黄香师今日又去求柳先生了，这会儿应该还在天璇殿。”

安岚又问：“慕容夫人是怎么看的？她认为自己儿子的死因是什么？”

蓝靛道：“她不相信慕容勋是死于厥脱症，而且似乎很相信慕容勋有大香师之才，只是认为慕容勋对香境还不熟悉，所以过程中可能出了什么意外，或是在黄嫣嫣的怂恿之下，做了什么危险的尝试，导致丢了性命，说到底，就是将慕容勋的死，怪到了黄嫣嫣的头上，因而慕容夫人绝不答应让黄嫣嫣回娘家。”

香境于他们而言，终究是过于神秘，也正因此，他们可以任意臆测，并确认自己的臆测就是真相。

安岚问：“黄香师想求柳先生什么？”

这等人命官司，慕容氏又非寒门小户，大香师再有面子，也不可能让慕容夫人不把儿子的命当回事，说算了就算了。

蓝靛道：“黄香师亦是不相信慕容勋能起香境，故求柳先生帮他证明这一点，如此便可证明慕容勋确实是死于厥脱症，这样一来，就变成慕容氏隐瞒病症在先，出了这等事后，他想接女儿回家，慕容氏就不好再拦着了。”

“死无对证，要如何证明？”安岚道了一句，却又淡淡一笑，“川连呢？”

蓝靛道：“她没有特别的动静，不过道门那边已经派人来长安，是李长老。”

天玑殿上一任大香师百里翎就是出自道门，所以即便百里翎死后，天玑殿的权力回归，由其余五位大香师共同掌管，但实际上，这些年长香殿仅顺利收回了天玑殿四成的权益，其余的还掌握在道门手里。故道门在天玑殿，依旧拥有很高的话语权，至少，能有道门的支持，很多事就能进行得很顺利。

川连之前曾表示过，她看中了天玑殿的位置，并且也展示了“香境”的能力。

道门门徒遍布天下，李长老是道门中名望最高的一位。

道门找了那么多年，费了那么多人力，也没能找到一位真正有天赋的传人替代百里翎，如今当真只能退而求其次了？

不过，赌注大，回报亦大。

若能成功，日后，天下再无大香师，怕这就是天下无香的真正含义。

安岚放下勺子道：“柳先生应该也知道这个消息了吧？”

天玑殿是五位大香师共同掌管，她能收到这样的消息，柳璇玑自然也能收到。

蓝靛微微点头：“其余几位大香师也都知道，不过目前未有谁对此有明确的表态，似都在观望。”

安岚漱了口，又擦了擦手：“柳先生这次会答应黄香师的。”

慕容勋会起香境是黄嫣嫣说出来的，旁人固然不信黄嫣嫣的话，但慕容府的人相信，只要他们相信，就一定会说得别人心动。

天下无香的人为什么会玩这一出？

目前看不出明确目的，那很可能就是为接下来要发生的事情做准备，柳璇玑不可能一点不察觉，更何况，死的人跟她的天璇殿有关系，柳璇玑怕是比她还更关心这件事。

蓝靛希望自家先生能多关心一下天枢殿，于是看了鹿源一眼，鹿源命人收走几上的碟碗，沏上一杯新茶，送到安岚跟前：“先生不想想镇香使的事吗？”

安岚道：“他若真是为了要回这个位置，首先要做的，应该是公开自己就是广寒先生的事实。”

蓝靛微微蹙眉，鹿源沉默。

安岚淡淡一笑：“我知道他会拒绝，并且会回绝得毫不避讳。”

鹿源张口：“先生……”

安岚沉默了一会儿，又轻轻道一句：“你们不懂，他的意思是，他并不介意我视他为敌，只是……”

鹿源轻轻皱起好看的眉毛，蓝靛问：“只是什么？”

“他要看我是不是真的连敌友都分不清。”安岚垂下眼，纤长的睫毛盖住了眼里的情绪，“他虽然失去了所有的记忆，知道的事情却不少，他不会直接说出自己的真正目的，而是特意借此来试探我。”

鹿源眼里隐隐露出愠怒：“此举也太过狂妄！”

安岚抬起眼：“他既然出题了，我自然不会不接。”

鹿源眼里的情绪慢慢收起，片刻后轻声道：“先生想让我们做什么？”

“之前我虽没有阻拦你们查探他的事情，但也从未特意交代你们，如今他既然已经表明不介意，我便无须再客气。”安岚看向蓝靛，“不用太在意镇香使的行踪，主要盯住那三人，他们的行径，足以道出镇香使的真正意图。”

蓝靛应声退下，鹿源走到安岚身边：“就算最后先生猜出了镇香使的真正意图，又能如何？”

安岚沉默了一会儿，才道：“这场棋局，我的地位，乃至香境的能力，都不能说服他我有能力与他对弈的。”

鹿源微怔，安岚轻轻笑了：“多么熟悉啊，当年亦是要达到他的条件，才能获得他的认可。”

那个男人的高傲，是刻在了骨子里。

可是，她已经不是当年那个小香奴了，没有退路，只能拼命去追赶他的脚步。

施园跟着川乌和川谷两人从坊市出来，一路盯着他们回了天下无香后，才转身离开。只是他刚走没多远，就碰到川连从前面走来，两人距离约一丈远的时候，同时停下。

川连打量了他一眼："刑院以前的三掌事，白焰派你来的？"

施园嘴角微扬，似笑非笑地看着川连，目光从她的脸慢慢往下，最后落到她的脚上。她穿着一双绿色的绣花鞋，鞋面用的是宫缎，上面的花饰看不出具体的纹样，只瞧得出是蓝绿的渐变色彩，她的鞋子看起来似乎比一般女子的大，走路时裙摆微微飘起一点，即看得到那一抹绚丽的颜色。

他不回答，川连接着道："你跟了我三天，却没有发现也有人跟了你三天吗？"

施园笑了："那你呢？你跟着谁？"

川连道："回去告诉白焰，别再让人跟着我了，我这里没有他想要的东西。"

施园问："你以为我们公子想要什么？"

川连道："山魂。"

"山魂？知道得倒不少。"施园微微挑眉，瘦削的脸上带着一丝淡淡的嘲讽，"不过你猜错了，跟着你只是我无聊想找点事打发时间，和我们公子无关。"

川连面上的表情依旧寡淡，情绪看不出有丝毫的起伏："我也没有你想要的东西。"

施园手里不知什么时候多了一把柳叶刀，突然欺身向前，他的身手实在太快，几乎是眨眼的时间，他手里的刀子就已经逼到了川连面前。只是那柳叶刀在离川连只有两根手指的距离时，突然改变了方向，朝他左侧飞了出去！

叮！

蓝靛在那千钧一发的时候侧身，遂见那片柳叶刀从她脸侧划了过去，插入身后的石缝里，刀身没入半寸。

施园转过脸，看着蓝靛的方向："可惜了。"

蓝靛从墙上拔出那片柳叶刀，手指在刀身上轻轻弹了弹，随后一用力，柳叶刀即原路飞回，砰地插到施园左脚前，离他脚尖只有半指距离。

蓝靛走出半步，却什么也不说，只是对着施园挑了挑眉，然后就转身离开。

施园看了一会儿她的背影，蹲下，收回插在地上的柳叶刀。

川连在一旁默不作声地看着这一幕。

施园站起身，抬眼，川连已经不见了，她站的那个地方，连个脚印都没留下。他拿着柳叶刀在指间转了转，又往前几步，站在川连刚刚站立的那个地方，微微蹙眉。

却在这时，他身后忽然传来一句话："不用猜了，刚刚她根本就不在这里，在你跟她说话的时候，她就已经离开了。"

施园慢慢转身，便看到一个女子朝他缓缓行来。

他顿了顿，对那女子微微颔首："安先生。"

安岚同样是走到离他一丈远的时候停下："你一开始应该也怀疑过川连并不在这儿，能否告诉我，你是怎么发现的？"

施园道："习武之人对呼吸很是讲究，自己的、对手的，从呼吸能判断很多事，刚刚我察觉不到她的呼吸，故而有所怀疑。"

没有呼吸，却明明是个活人站在面前，据他所知，这等诡异之事，除了香境，就只有南疆的香蛊幻术能做得到。

"原来如此。"安岚微微点头，她亦是今日才知道，香蛊幻术除了能撕下香境并借此模仿外，还有自己的幻术，虽然那些幻术单薄得连施园都瞒不过，但唬唬普通人是足够了。

施园看着安岚，轻轻往后退了一步。

安岚抬起眼："你在看到我的时候，就已经进了我的香境，只要我不想，你是走不掉的。"

施园果真收住脚步："安先生有何指教？"

安岚看着他道："我想来想去，有些事情还是直接问你比较方便。"

"若我不愿说呢？"施园说话的同时，身体就已经弹射出去，右手向前，手掌张开，五指曲起，宛若鹰爪，虎口对着安岚的喉咙。他知道她是天枢殿的大香师，可他毫无惧意，眼看下一瞬，安岚就会被他拿住，甚至有可能当场丧命。

然而，就如安岚所说，这已经是她的世界了，一切皆由她做主。

施园的五指在碰到安岚的时候，眼睛微微眯起，五指往里一收，可是他握住的却只是一团雾，哗地一下，就在他指间散开了。

街道还是那个街道，商铺还是那些商铺，甚至连行人、马车，就连商贩间的讨价还价，都那么真实，可是这个看不出一丝异样的世界，却是由香境构造而成的。

施园皱起眉头的时候，身后又传来一个冷清的声音："你愿不愿说，于我而言都无关紧要，因为我只要想让你说，你就一定会一五一十地告诉我。"

他这一回头，看到的却是白焰。

施园顿了顿，终于忍不住问了一句："公子？"

白焰正在沏茶，闻言看了他一眼，施园顿了顿，才道："为何不让我直接杀了天下无香的人？"

白焰一边撇去茶沫，一边道："杀了他们何用？"

施园跪坐在白焰跟前："既然怀疑孔雀就在天下无香里面，直接杀了岂不是一了百了？再说天下无香本就不怀好意，只要公子吩咐，我明天早上之前就能割下他们的头颅。"

白焰摇头："煮茶的时候，莫说这等血腥之事！"

施园垂下脸："是。"

白焰笑了笑："无论孔雀是不是背叛了白广寒，那都与我无关，我找他，自不是为了杀他，不过是想知道白广寒这个山魂计划究竟要如何进行。当初他留给我的那封信，虽然提到了这个计划，却未详细说，故勾起了我的几分好奇。"

施园想了想，便问："那我去跟着天下无香的人，公子是否答应？"

"只要不做我明确过不允许之事，别的你们随意。"白焰说到这里，又轻轻交代一句，"不过，你行事时切记小心谨慎。"

施园应下，随后起身，只是当他抬起脸，眼前的白焰却变成了安岚，他心里一惊，很快就意识到发生了什么。

"原来如此。"安岚若有所思，"孔雀背叛了，如今连镇香使都不知道他是谁，在哪里。"

施园微惊之后，即稳住情绪，凝神看着安岚，正要开口，但安岚根本不想知道他要说什么，在他出声之前，就消失了。

街道还是那个街道，商铺还是那些商铺，行人车马皆未变，脚下踩的依旧是坚实平整的大青石板，风依旧那么冷，天上还不时飘下几粒雪花。他站在街道中央，神色凝重，分不清这究竟是现实还是香境。

直到徐祖从附近经过，看到他后，走过来，不解地问："你站在这儿干什么？出什么事了？公子找你呢。”

施园打量了徐祖一眼，突然间出手掐住了徐祖的脖子。

徐祖差点被他直接掐断气，憋红着脸，眼睛鼓起，不敢相信地瞪着他，四肢挣扎。

路过的行人纷纷往他们这边看，有人停下，想上来阻止，却又有些犹豫不敢。

施园松开手，嘘了口气：“是你！”

徐祖弯下腰用力咳嗽了几声，终于喘过气，然后才直起腰，心有余悸地瞪着施园：“你、你疯了？你想干什么？”

施园眉头紧蹙，好一会儿才道：“我以为是安先生。”

徐祖像看疯子一样看着他，施园收回袖中的刀：“刚刚安先生来过。”

徐祖顿时明白过来：“你入了她的香境！”

施园点头，徐祖的神色也凝重几分：“什么样的香境？”

施园往周围看了一眼：“好似香境中又有香境，让人分不清真假，又宛如往日重现。”

徐祖皱眉：“你能不能说得清楚些？”

施园摇头：“回去跟公子说吧，我似乎在香境中给安先生透露了些事情。”

徐祖忙问：“透露了什么？”

施园道：“关于孔雀的事。”

徐祖闻言，面上的神色愈加凝重，想责怪施园几句，却又忍住了。他心里明白，大香师的香境若是那么容易辨别抵抗，长香殿又如何能有眼下的威名和地位。

只是今日白焰却回了天枢殿。

安岚回到天枢殿时，正好碰上白焰，见他入了殿门后，就下车步行，似打算一路走回云隐楼。安岚便也下了马车，白焰听到声音回头看了一眼，遂转身，等安岚走过来后开口道：“安先生今日气色不错。”

安岚瞥了他一眼：“难得镇香使今日能回天枢殿，可是忙完外头的事了？”

白焰面带浅笑：“有些事情是永远忙不完的，先生可愿意与我一同走走？”

安岚点头，先往前一步。

白焰与她并肩行了一段，什么也没有说，只是专心赏着这一路的雪景，神情很是惬意。安岚则神色淡淡，似乎也没有要交谈的意思，两人走得并不快，约两刻钟后，再往前，就是一条岔路口，往左是凤翥殿，往右则是云隐楼。

安岚站住，看了白焰一眼："前两日旗殿侍长送来了两坛好酒，正愁无人对饮，镇香使可愿赏脸前去喝一杯？"

白焰笑了："能让安先生都称赞的好酒，在下自然是不能错过的。"

进了凤翥殿，就见鹿源已经将酒菜都备好了，酒杯和筷子都是备的两份，待他们进来后，鹿源就无声地退了出去。

白焰注意到桌上新插了一枝梅花，淡而冷冽的香气在这房间里隐隐浮动着，他目中露出赞赏："这梅花开得好，不比景府的梅花逊色。"

安岚道："就是景府的梅花，景四爷命人送来的。"

白焰转头："是特意送来的？"

安岚一边请他坐下，一边道："景四爷每年都会命人剪下一枝白园的梅花，送到我这边，有时若是方便，就会让景孝亲自送来。"

白焰坐下后："如此倒真是有心了。"

安岚给他倒了一杯酒："你明白他的心意？"

白焰拿起酒杯，轻轻闻了一下，酒香并不醇厚，是新酿的酒，而且是很普通的酒，普通得不像是天枢殿应该有的酒，更不像是大香师应该喝的酒。

他看了安岚一眼，却不说什么，微仰头，就将手里那杯酒一干二净。

果然不是什么好酒，入口辛辣。

他放下酒杯："他有心，只是力所不及，只能年年以一枝梅花，希望能牵住安先生的心。"

安岚给自己倒了一杯酒，也是很痛快地干了，她似乎已经喝惯了这种酒，丝毫不觉得辛辣和呛鼻，放下酒杯后，面色如常地道："他有心，我便接受他这份心意。"她说完，又给白焰满上一杯，也给自己满上，然后又干了，接着道，"你呢，镇香使，你的心放在了哪儿？无论你的心意在何处，我都可以帮你，我们，可以做一笔交易，你有没有兴趣？"

白焰看着自己跟前那杯酒，又打量了安岚一会儿："安先生指的是什么？"

“孔雀。”安岚继续给自己倒酒，一边说，一边饮，“我可以帮你找到孔雀，甚至还可以指出你不如广寒先生和景炎公子的地方。”

白焰微微挑眉，片刻后才道：“安先生喝多了。”

安岚手里晃着酒杯笑了，笑得有些挑衅，唇色饱满，眼角眉梢都是风情：“你不感兴趣吗？不感兴趣的话可以拒绝，我不勉强你。”

白焰拿开安岚旁边的酒，不让她再倒了，安岚也不跟他抢，歪着头打量他，又看了看他跟前那杯还没有喝的酒，轻轻摇着头道：“比如这酒量，你就不如景炎公子，真不如他的痛快洒脱，当年一坛酒，他可是喝得眼都不眨一下。”

白焰看着她似醉非醉的样子，淡淡一笑，似并不在意她说的那些话：“安先生的酒量亦不错。”

安岚将手里那杯酒和他跟前的酒杯轻轻碰了一下：“为了追上他的脚步，我做过多少努力，你根本不知道。如今，有些资格，不是由你来评判的，你，只能选择答应或是拒绝这笔交易。若是答应，就干了这杯酒；若是拒绝，你就走吧，我不留你。”

她看着似乎已醉了，但那双眼睛又亮得灼人。

片刻，白焰拿起那杯酒：“安先生的条件？”

安岚笑了，将杯子里的酒一仰而尽：“白广寒留给你的信。”

她说完，就砰地一下趴到了桌上。

白焰默了默，将手里那杯酒饮尽，酒一入口，顿觉辣喉，他微微皱眉，再看一眼已不省人事的安岚，不禁又是一笑。

虽然屋里烧着地龙，但喝了酒，这么趴着睡久了，还是容易着凉。

白焰放下酒杯，看着她几乎全埋在胳膊里，只露出一点点的侧颜，片刻后，站起身走到她身侧，弯下腰将她抱起来。

安岚发出一声梦呓，眉头轻轻蹙起，但并未醒，只是将脸往他怀里靠了靠。

那动作，透着一种难言的依恋，无比轻浅，却又无比深沉。

白焰垂下眼，站了一会儿，才将她抱到床上放下。

她往床上一躺，眉头即舒展，因喝了酒的关系，眼周似染了胭脂，唇色鲜艳得诱人，浑身看似没了骨头，纤细的手腕柔柔地搭在床沿边上。

那梅花香亦似有了实质，氤氤氲氲地缭绕开来，伴着酒香，即便不沾，也一样熏人欲醉。

他站在床边，看了许久，随后转身。

只是他刚背过身，就听到身后传来一声轻笑，他顿住，回头，便看到她已经睁开眼，正看着他，眼神清亮，眼里并无一丝醉意。

那股诱人的媚色依旧，只是多了几分难以琢磨的神秘，好似轻烟，妩媚妖娆，聚散难定。

安岚侧身躺在床上看着他，红唇微启："你以为我醉了。"

白焰微微眯起眼，安岚嘴角上扬，眼尾飞起："你以为我是什么样的人，镇香使，请你喝酒，会把自己先喝醉了的傻女人吗？"

白焰转回身，打量着她，还是未开口。

安岚拿手支起脑袋，侧身的线条即变得无比诱人，她亦在打量他，片刻后再次开口："你觉得，若是换了广寒先生或是景炎公子，这些小伎俩能瞒得过他们吗？"

白焰轻轻笑了："是在下眼拙了，姑娘没有醉就好。"

安岚慢慢闭上眼睛，唇边依旧含着一抹笑意，却不再说话。

白焰微微欠身，退了出去。只是当他踏出她的寝殿，脚下踩到的却是一块落了雪花的青石板路，冷风顿时袭来，他瞬间醒过神，却发现自己竟是站在刚刚的岔路口，左边是凤翥殿，右边是云隐楼。

此时这里只有他一人。

香境？还是真的发生过？竟难以分辨！

有点……被戏弄、被示威的感觉。刚刚那场对饮而谈，究竟是真的？还是假的？

孔雀？

她知道了。

如此，那就是真的！真真假假，是故意戏弄。

白焰走回云隐楼的路上，开始琢磨她说过的每一句话，随后低低笑了起来，他还真有点想折回去，将她抓起来好好教训，抑或是，再好好较量一番。

他回到云隐楼的时候，福海找过来："公子，施园找您。"

白焰转头，忽然问："我刚刚是不是去了凤翥殿？"

福海微怔，只是马上就道："公子是去了一趟安先生那儿，公子为何有此问？"

"我在那儿待了多长时间？"

"半个时辰左右。"

"我身上可有酒味？"

福海又是一怔，仔细闻了闻，点头："有。"

白焰微微苦笑，果真如此。

福海问："安先生叫公子过去，可是有什么事？"

白焰脱了披风，在椅子上坐下，接过福海递上的热茶，慢慢吹着："有点事，施园何事找我？"

福海道："说是急事，似乎是关于安先生的。"

白焰手上的动作微顿，抬起眼："关于安先生什么？"

福海道："他未明说，只是希望公子能下山一趟，他想当面对公子说。"

白焰想了想，就问："他在哪儿？"

"原来的地方。"

白焰站起身，将披风重新穿上："走吧。"

福海有些意外，自家公子今日似乎急了些。

约两个时辰后，白焰又入了长安城，进了西市那家不甚起眼的茶楼。

施园已经等候多时，见到白焰后，即上前告罪。

此时徐祖也在，白焰微微蹙眉："发生什么事了？"

施园便将刚刚遭遇的一切一五一十地道了出来，白焰听完后，沉默片刻，随后笑了："原来如此。"

难怪她会提到孔雀，还提出那样一个交易的条件。

她这目标和手段还真是直截了当，倒没有辜负她拥有的那等天赋。

"公子？"见白焰久久不语，施园道，"请公子责罚！"

白焰摇头："也怪不得你。"

此时，天枢殿这边，安岚还是小睡了一会儿，醒来后，感觉脑袋有些涨。

她天生就不容易喝醉，但是只要喝酒，头就会疼，特别是喝烈酒，头疼的感觉会更加严重，不过喝下后没多久，倒是很容易入睡。

这几年，她夜里实在难以入眠时，就会饮上一两杯，不知不觉，倒是把酒量练出来了。但这么多年，她都不曾想过，还能与他对饮。

安岚躺了一会儿，打算下床，只是刚一起身，又觉脑袋昏沉沉的，便先靠在床头上。鹿源进来时，看到她这副模样，便上前替她轻轻按压两边的太阳穴。

"喝酒伤身，先生日后还是少喝点，若真想喝，也该喝好一些的酒。"

安岚闭上眼睛，没有应声，片刻后，似乎又睡了过去。

鹿源又替她按摩了一会儿，才慢慢放开手，然后有些怔怔地看着她的脸。

也不知过了多久，花容进来，就看到这一幕，并且因为从她那个角度的关系，鹿源的脸看起来几乎要贴到安岚脸上，花容暗暗吓一跳，一时间进退两难。

鹿源知道她进来了，没有回头，只是问了一句："何事？"

花容只得开口："想问先生，是不是现在传晚膳？"

鹿源道："先生又睡下了，且等一会儿。"

花容侧了侧身子，果真看到安先生是在睡觉，轻轻应了一声后，就悄悄退了出去。

只是她刚一出去，就碰到鹿羽，鹿羽问："先生让传晚膳了吗？"

花容摇头："等一会儿吧，先生又睡下了。"

鹿羽一怔："又睡下了？"她说着就往花容身后看了看，没看到那个身影，便问，"源侍香没出来？"

花容不敢多言，只是摇头。

鹿羽又往里看了看，随后一声冷笑："安先生都睡下了，他还留在里面做什么？"

花容淡淡地道："莫多言。"

鹿羽看了花容一眼："您是怕他，还是怕安先生？"

花容脸色微沉，鹿羽则不在乎地笑了笑。

花容沉默地看了她一会儿，才缓缓开口："看在源侍香的分上，我原谅你此次的不敬，若是再胡言乱语，莫怪我不讲情面。"

鹿羽目中露出怒意，但最终还是识时务地忍住了，没有再开口。

花容常用于惩罚侍女的法子，是派去清理天枢殿各处的积雪。长香殿位于大雁山山腰处，寒冬腊月，这里的室外几乎是滴水成冰。天枢殿因风景绝好，故有部分地方地势陡峭，阶梯上的积雪已经冻结成冰，极难清理，稍不小心，就有可能从山崖上滚落下去!

即便花容只是让她去清理大殿台阶上的积雪，她都难以接受，风实在太冷了，清理一趟下来，没半天时间不行。

只是她终究是不甘，待花容转身时，低声道了一句："不识好人心，我是为您打抱不平呢！"

花容站住，回头看了她一眼："为我？"

鹿羽看着她道："您可是这里的长史，向来就得先生的信任，可自从有了他，如今先生心里还有几分您的分量？就连您的活儿，也都被他给包揽了，您心里难道就一点感觉都没有？"

花容入天枢殿的时间比鹿源早一年多，鹿源没有出现之前，她确实是安先生身边最得宠信的侍女，先生法派下来的事，大多由她亲力亲为。鹿源出现后，殿内许多事情，先生就都交予鹿源去处理了，虽说后来先生也将她从侍女提拔为了长史，但先生身边第一人这个位置，却再也不属于她。

见花容久久不说话，但看着她的眼神越来越不悦，鹿羽无所谓地道："没错，我是在挑拨离间，不过我说的是不是真的，花姐姐您心里明白，想罚我就罚吧，我认罚。"

只是她的话刚落，就看到鹿源从寝殿内走了出来，也不知刚刚的那些对话，他听进了多少。鹿羽倒是不在乎，花容面色亦是如常，转头看向鹿源："先生还在睡？"

鹿源道："已经醒了，传晚膳吧，大荤大油的菜全都去了。"

花容点头，转身去吩咐外头的侍女，直接忽略了鹿羽。

花容走开后，鹿源看着鹿羽道："我替你跟先生请了几日的假，你回去歇息吧，想下山去也行，只是记得要在十五之前回来。"

鹿羽一怔："你替我请了假？"

鹿源点头，鹿羽面露不悦："你凭什么替我请假？要不要请假，我自己不会做决定吗，凭什么由你决定？"

鹿源没有解释，直接道："先生已经应下了，你下去吧，莫在这里吵闹影响了先生。"

鹿羽怒瞪他："你——"

然而鹿源已经转身，鹿羽不能擅自闯进去，亦不好在这里大声喊住他，只得在他身后跺了跺脚，然后才恨恨地转身。

然而鹿源重新回了安岚的寝殿后，却暗暗叹了口气，温润的眸子里露出浓浓的担忧。安岚道："若是舍不得，你可以叫她回来。"

她从一开始就不认为，鹿羽发现那本白广寒留下的旧账册，是碰巧的事。

孔雀跟山魂有关，又特意断了跟白焰的直接联系，鹿羽发现的那本旧账册中，最重要的那句话，指的就是山魂，并且被她特意送到白焰面前。这其中的联系，仔细琢磨，着实耐人寻味。

鹿源抬起脸，摇了摇头："一切听从先生的安排。"

安岚下了床，鹿源忙给她披上披风，又替她铺好榻上的垫子。

安岚坐下后，接着问一句："你是三年前才找到她的，中间失联了近十年，你对她的了解有多少？你可知道那十年，她都遇到些什么人，做了些什么事？"

鹿源沉默片刻才道："最开始找到她时，心里只有狂喜，未曾多想，只想好好补偿我的亏欠。过去那十年，她都在大伯家，我后来亦查过，并未发生过特别的事情。"

安岚靠在引枕上，面上的表情似有些怔，片刻后才道："倒是有几分羡慕，她能有你这样的兄长。"

鹿源迟疑了一会儿才道："其实……小羽之所以一直对我存有敌意，大概也是觉得，我对她的好，仅仅是为了补偿，目的只是为了让自己心里好受些，而不是真的为了她好。有时候，我亦是觉得，她如此认为，更接近我的真心。"

安岚抬起眼打量他，花一样的美男子，清润柔和，心思细腻，才思敏捷，身手更是了得，识香辨香的能力亦不比香殿内的香师差，却打从心里认为自己污浊不堪，越是优秀，越是痛苦。

镇香使则与他相反，那个男人是完全接受了现下的自己，无论如今的自己是何等样子，都是一样的骄傲自负，绝不为前缘所累，洒脱到冷酷。

鹿羽回了房间后，就开始收拾包裹，唐糖进来一看，诧异地问："你这是要去哪儿？”

鹿羽一边叠衣服，一边冷笑着道：“下山去。”

“下山？”唐糖遂有些羡慕地问，“是花长史给你派了差事吗？”

鹿羽略一停手里的动作，随后自嘲地道：“我哪有那样的好运，即便是有这等差事，花长史也不会发派给我。”

唐糖不解地道：“那你这是？”

鹿羽撇了撇嘴：“是源侍香给我放了几日假。”

唐糖见鹿羽说这话时，面上的表情愤愤的，想了想，便笑着道：“源侍香真疼你，这么冷的天，咱们一天差当下来，手脚都是冰冷的，焐一整夜都焐不暖，第二日天没亮就又得起来，好些姐妹都希望能有两天假，好好睡上一觉呢。”

鹿羽听了这些话，面上的神色并未见缓，依旧是冷嘲着道：“你若想要这等好事，去跟源侍香说一说，我让给你如何？”

唐糖愣了一下，随后笑道：“我倒是想，但源侍香哪里能答应，少不得会因此斥责我一番。”

鹿羽撇了撇嘴，便不再说什么了，她心里极为不快，但实在说不出口，自己其实是被鹿源轰走的。而且她觉得唐糖应该也是看出来了，被罚下来当侍女的这些天，她已经知道，这下面传递消息的速度有多快，有些事情，自己还没弄明白呢，周围就已经传遍了。

景孝已是这个月第三次出门去酒楼听书了，景明面上没说什么，但向来心细的他，已经生出些许疑惑。

景明知道自个儿的儿子跟他那些侄儿外甥不大一样，景孝自小就没有纨绔子弟那等喜欢斗鸡走狗、花天酒地的习性，有时候他甚至担心儿子在府里闷坏了，还想法子让景孝跟同窗们出去散散心，只是十次里有八次景孝是拒绝的。理由倒也正当，要么是书院的功课太多，他不敢有丝毫懈怠；要么是府里的事情太杂，他需抓紧时间学着如何去打理，大掌事们也不是时时都有空带着他的；要么就是他旧疾又犯了，景孝身为儿子，怎么可能不侍奉床前？

如今景孝忽然心里挂起外头，但每次出门回来后，心情也未见有好转，反而添了几分失落。景明观察至此，隐隐担忧，便唤了石墨过来，仔细询问了一番。却从石墨口中得知，景孝只是去酒楼听书，并且规规矩矩的，连那些充满异域风情的胡姬，都没有叫来陪酒，一次都没有。

儿子喜欢听书，景明是知道的，他还知道景孝最喜欢捧的是李元老先生的场子，但这个月的三次，有两次说书人都不是李老先生，景孝却还是去捧场了。

儿子如此反常，他安排去照顾儿子的人却还敢瞒着他！这府里的刀光剑影已快交织成一张大网了，稍有不慎，便不知会落得何等下场，岂是可以马虎的？

景明沉下脸："你实话说来，孝哥儿每次去酒楼，当真是为了听书？"

石墨慌忙跪下："四爷，小的若有一个字是假的，定叫小的喉咙里长个大脓包，立马穿肠破肚！"

景明拢了拢搭在肩上的大毛披风："孝哥儿就算再喜欢听书，也从没有一个月出去三回，捧的还不是李元的场的。你好好想想，究竟是什么事吸引了孝哥儿，让他挂了心？"

石墨傻着一张脸，他很忠心，却不够机灵，景孝平日里的行事，他都尽心尽责地跟着伺候，很少去想其中的含义。但此时不是他能偷懒的时候了，瞧着景明的脸色后，他额上冒出细微的汗，使劲回想了一番。

好一会儿后，石墨似终于想到了什么，赶紧道："四、四爷，可能、可能孝哥儿是去酒楼里等一位姑娘的。"

"等一位姑娘？"景明有些诧异，"等哪位姑娘？你一五一十都道出来。"

也是到开始注意姑娘的年纪了，照理，这等情窦初开的事，向来都是母亲过问更合适些，但景孝的母亲走得早，他又没有续弦，故而这母亲的职责，少不得只能由他来操心了。

石墨见景明问得认真，才觉得这件事干系重大，干脆从景孝和鹿羽的第一次见面开始说起。他人不够机灵，但嘴巴倒是能说，在他的描述下，景明对鹿羽已经有了大概的印象。

石墨说完后，景明微蹙的眉头却始终没有舒展："确定那姑娘是出自天枢殿？"

石墨道："孝哥儿是这么说的，而且那姑娘也承认了。"

景明问："那姑娘叫什么？"

石墨摇头："孝哥儿未问那姑娘的闺名，不过那姑娘倒是说了自个儿姓鹿。"

姓鹿？！

景明在脑海里仔细搜索了一下，据他所知，天枢殿内有这个姓的姑娘，好似就一位，便是源侍香的妹子鹿羽，羽侍香。

只是不巧，他未见过鹿羽，只是知道有这么一个人。

会是那位羽侍香吗？若真是她，那究竟是巧合，还是有意接近，抑或是安先生的意思？

石墨跪在地上，见景明久久不说话，也没让他起来，他实在是觉得膝盖疼了，忍不住问："四爷，一会儿小的还要跟孝哥儿出去呢。"

景明收回神思，看了他一眼，就让他起来："今日出去，若是那姑娘也来了，你仔细听他们都说了什么，回来说给我听。"

石墨就是再傻，也明白这事儿似乎有些对不住孝哥儿，没有人喜欢自己的一言一行都被别人暗中记下，然后告诉另外一个人的，即便那个人是他的父亲。

于是石墨有些结结巴巴地道："四、四爷，是不是那位鹿姑娘有什么不对劲的？不如我提醒孝哥儿几句，让他以后若是看到那姑娘，离她远点儿？"

景明却摇头："你只管照着我的话办就行。"

石墨只得应了声"是"，然后满腹心事地退了出去。

去往酒楼的路上，景孝随口问了一句："父亲忽然找你是什么事？"

石墨心里一惊，他也不知道自己到底在惊什么，于是顿了顿，才道："也、也没什么事，就是四爷，问了一些您的生活起居。"他说到这里，悄悄看了景孝一眼，"小的，就都如实说了，您……会不会生小的的气？"

景孝笑了："父亲要了解我的生活起居，你本就该如实回答，我怎么会生气？"

石墨也讪讪地笑了笑，片刻后，压在心头的那块石头挪开了一点，他便问："听说今天也不是李元老先生的场呢。"

景孝有些心不在焉地嗯了一声，然后伸手掀开车帘，往外探了探，像是在寻找什么。

石墨瞧他这样，心里才终于明白，看来孝哥儿真的很是惦记那位姑娘……

马车在酒楼停下，景孝下车后，酒楼里的掌柜忙迎出来："您来啦，今儿真是巧了，上次那位姑娘今儿也过来了，因您吩咐过，所以那姑娘一进来，小的就将她请去了二楼的雅间。"

景孝在听到掌柜的第一句时，就已经忍不住想跑上二楼，只是多年的教养还是让他保持着正常的步伐，一步一步，轻轻地走上去。

"还真巧，你今日也出来了。"景孝上去没多久，鹿羽就看到他了，即站起身朝他招手，"快来，说书的场子快开始了，今儿的人可真不少，下面是一个位置都找不着了，真亏你早就包下了这个房间。"

景孝却先是微微收了一下脚步，然后才重新迈开腿，面上不自觉地挂上笑容，朝鹿羽走去。

长安城里的酒楼，除了请大厨打出招牌菜外，还会请说书先生和歌女来招揽生意，也有请耍杂的来添热闹的，还有专门请胡姬来陪客人喝酒的，总之为了留住顾客，抬高自家名气，家家酒楼饭庄都是绞尽脑汁，各出奇招。

相比之下，景孝常来的这家酒楼，名气不算大，店内的装潢称不上多气派，各方面在行业内勉强是中上水准，故而座位爆满的时候不多，那些身份尊贵家世显赫的人，也很少会选择这家酒楼。

只是今日，景孝一进来，就看到了不少熟面孔。他生在景府，即便年少，但平日里跟着长辈们外出，或者府里摆酒设宴时，长安城内身份尊贵、有头有脸的人物，他见过不少。这其中也有一些人是认得他的，不过幸好今儿酒楼内的人多，他出门又素来低调，故没有人往他这儿注意，倒省去了一一上前寒暄的麻烦。

景孝打过招呼坐下后，看着容光焕发的鹿羽，心里隐隐激动，同时又有些拘谨，不知该说什么好，装模作样地往两边看了看，然后才道："今儿怎么这么多人？"

今日确实有些反常，并且好些客人的身份都很不一般，他刚刚就看到了寿王府的寿王爷、李府的李爵爷、谢府的两位少爷、王家的三爷和夫人，还有两位国子监祭酒。余的他看得不太真切，但都隐隐觉得眼熟，好似跟景府都有过来往，想必身份也是不低，这些人往常都不会来这里吃饭，今儿是怎么回事？

“你不知道吗？”鹿羽有些讶异地看了他一眼，“今儿是李元先生的场啊，听说今儿要说的是个新故事。”

“这个我知道。”景孝微微点头，“只是以往，也没有这么多人的。”

特别是今日身份尊贵的人不少，看过去，都显得这酒楼有点儿寒酸了。

李元老先生今年已六十高龄，年轻时曾中过举人，只是放榜之前，不幸摔断了腿，当时骨头没接好，以至于后来走路一直跛着，仕途因此受了影响。他干脆就不再走科举之路，去私塾当起教书先生，这一教就是二十年。后来也不知是教书教腻了，还是出了什么变故，又扔下了教案，开始执笔写书。然而写的不是什么可登大雅之堂的诗词文章，而是些通俗的市井话本，或神灵鬼怪，或英雄传奇，或千古爱情……书写了几年后，似乎还觉得不过瘾，竟自己拿起醒木做起了说书先生，并且这一说，就是十年！

景孝如今书院里的先生，当年可就是李元老先生的学生呢。

也就是因为这大半生的经历，故李元老先生的场子比别的说书先生都受欢迎，但即便如此，以往也不见一个新故事出来之前，就吸引如此多的权贵前来捧场。

鹿羽一边吃着糕点，一边道：“我还以为场场都是如此，看来今儿倒是因祸得福了。”

景孝听到她后半句话，不由得看了她一眼，遂觉得她面上虽是带着些许笑意，但眼里明显藏着几分落寞。他迟疑了一下，小心询问：“姑娘刚刚说的祸是——”

鹿羽一怔，拿着糕点的手亦是顿了顿：“什么祸？”

景孝道：“姑娘刚刚说了因祸得福，是不是遇到什么事了？”

鹿羽看了他一眼，似很想说，却欲言又止。

景孝等了一会儿，颇觉尴尬，就有些腼腆地道：“姑娘若是不方便说，就不用说了。”

鹿羽轻轻叹了一口气，随后又是一笑，洒脱地道：“若是我的事，与你说一说倒是无妨，只是……是关于香殿的事，本不是我应该知道的，却无意中知道了，令我颇为心烦。”

景孝忙道：“如此那自然是不能说的，是我唐突了，姑娘别在意。”

鹿羽轻轻嘘了口气：“我是个藏不住话的性子，偏这等事是绝不能说的，否则怕是有性命之忧，不然……唉，实在是憋得难受。”

景孝闻言，心里一惊：“但如此干系重大，姑娘会不会因此——”

他生在景府，很清楚一个人若是知道了不该知道的事情，无论他说不说出来，危险都已经紧伴身侧了。更何况长香殿的复杂程度，绝非一个景府能比的。

鹿羽明白他的意思，朝他眨了眨眼：“除了你，也没人知道我知道，而且，你也不知道我究竟知道了什么。”

景孝即一脸认真地道：“那不能再说此事了，都怪我，姑娘就当我什么都没问过。”

鹿羽扑哧笑了，正好这时候李元老先生上场，开场白过后，醒木一拍，故事开始了——

鹿羽顿时来了精神，景孝也是满怀期待，只是他听着听着，隐约失望，虽李元先生舌灿莲花，将故事说得婉转生动，但在他听来，也只是个有些无趣的爱情故事。

上古时期，世间还有仙人，仙人居于圣山中。

山下人人修道，求有朝一日能窥得天道，步入仙门。

修道者中亦有出自名门望族的，其中穆家根基深厚，门楣显赫，穆家家主的四公子天赋过人，仅弱冠之年，在修道上就已有所进益，实属人中龙凤。

一日穆四公子偶遇田家姑娘，田姑娘之父拜于了仙人门下，故田姑娘平日耳濡目染，见识自是与一般女子不同。穆四公子和田姑娘相谈甚欢，不久两人就心心相印，许下山盟海誓，非卿不娶非君不嫁。

只是论门第，田家和穆府并非门当户对，田父虽是拜在仙人门下，但多年并无建树，故穆夫人极反对这门亲事，即便是儿子亲自去求也未改变态度，田姑娘为此相思成疾，穆四公子亦为此郁郁寡欢。

田父不忍女儿日渐消瘦，万般无奈之下，只得上圣山求仙人出面，仙人见其一片慈父之心，甚是难得，遂应允田父之请求。穆府看在仙人的面上，终是应下了这门亲，两家很快就定下了成亲拜堂之日，如此，有情人当是终成眷属了。

听到这儿，鹿羽不由得轻轻一笑，景孝看了她一眼，便隐隐有些得意地道：“李元先生说的这等故事，似你这等年纪的姑娘，都很喜欢听。”

鹿羽也看了他一眼，眨着眼睛笑道："这个故事可有意思了，你还没听出来吗？你看看周围的客人，看看他们的表情，很多已经品出其中的意思来了。"

景孝一怔，往下面仔细一看，果真看到很多客人面上露出那等难以描述的、意味深长的表情，并且相互间或是窃窃私语，或是以眼神交流，颇有点儿你知我知天知地知的意思。

"这故事……"景孝喃喃开口，只是这个时候，李老先生的醒木一拍，本该是百年好合的故事，突然来了个出乎所有人意料的大转折——穆四公子竟在成亲当夜暴毙，田姑娘惊吓之下，道出穆四公子临死之前已窥得天道的疯言疯语！

景孝听到这里，终于想起不久之前的一件事，心里更是诧异。

鹿羽低声道："想起来了吧？"

景孝微微点头，低声道："这说的是慕容家的那件事！"

只是他很是不解，李老先生为何要将慕容公子和黄姑娘的事，原原本本地拿出来说书，多少有点……

却不想，故事说到这儿的时候，李老先生手里的醒木突地又一拍，问了一句："各位可知，那位穆公子究竟是因何而死？"

酒楼内那些心照不宣的客人即都兴奋起来，鹿羽也问向景孝："你想过吗？他究竟是怎么死的？"

台上李老先生手握醒木，微微闭上眼睛，面上带着高深莫测的表情，花白的胡子随着不时晃动的脑袋一颤一颤的。今日说书的场面与往日不同，酒楼里的客人都没有催着李老先生往下说，而是相互间都参与了讨论。

慕容勋的死，知道的人实在太多，毕竟那天是他成亲的大好日子，长安城起码一半的权贵都去了，并且几乎都目睹了整个过程。今日的客人中，即便有不清楚的，这会儿往周围探听一下，也都了解了个七七八八，于是愈加兴奋起来，这种参与感，绝非往日的故事可比。

景孝看着此时的酒楼上下，似处于一种隐而不发的狂欢中，心里莫名烦躁，听着鹿羽问他的话，好一会儿后，才轻轻摇头。

鹿羽打量了他一眼："你不觉得这件事很离奇？"

景孝收回目光，看向鹿羽："是有些不正常，但我又不会断案，这等事自有官府去查。”

“官府查到现在，也没个结论，那两家如今已势如水火。”鹿羽说到这里，就又看了他一眼，“你真的一点都不好奇？”

景孝微微蹙眉，抿着唇沉默。

鹿羽看了他片刻，了解般地轻轻一叹：“我知道你其实很关心，毕竟……景府也出过类似的事，也就在不久前。”

景孝没说话，只是微微抬了抬眼。

鹿羽认真地看着他，低声道：“那段时间，一定很不好过吧？”

她的声音很轻，带着女性天生的柔软，这样的声音在面对特定的对象时，听起来有种安抚与被理解的感觉。

景孝不由得陷入回忆，其实不止那段时间，有很长一段时间，他都感觉日子不好过。大公子失踪，老太爷一死，他和父亲在府里算得上是举步维艰。但总的来说，至少景府还没出什么大事，直到玉瑶郡主突然来访，紧接着景府出事，官府来查，南疆人步步紧逼，那段时间，他真的觉得整个景府都已摇摇欲坠……直到天枢殿出面，接着镇香使现身，终于，事情得到圆满的解决，景府顺利脱离了困境。

但是，他很清楚，事情还没有真正结束。

隐藏在景府平静表象下的矛盾和争斗还在持续着，属于他的东西他还未夺回！

他很小就失去了母亲，成长的过程中也没有可以交心的兄弟姐妹，年纪稍大一些后，还要留心防着他们。父亲身体不好，生怕父亲再为他操劳，故许多事情他都不敢与父亲说，无人倾诉的苦闷和寂寞，非一言两语能说得尽的。

下面客人讨论的声音渐渐大了起来，并且开始有人朝台上喊：“李老，怎么不接着往下说啊？”

这声音拉回了景孝的神思，他顿了顿，就开口：“听说慕容公子患有暗疾。”

鹿羽道：“我也听说了，不过据大夫说，那病还不至于要了命，慕容府的人也不承认他是发病而亡，并且经大夫查看，慕容公子并未有发病的迹象。”

就在这时，李元老先生将手里的醒木一拍，大家顿时噤声。

新婚夜新郎突然暴毙，并且浑身上下都查不出有受伤之处，如此离奇，引得众说纷纭。有人道穆四公子是因为初窥天道，只是因无人指引，难越仙门，莽撞之下，道消人亡；此言颇受穆府认可，却有人暗中道出穆四公子其实身患暗疾，新婚夜激动之下，不慎引发暗疾，故而身亡。

李元老先生道出的这两个原因，倒都在刚刚大家讨论的范围中，兴许对慕容氏而言，他们更愿意接受的是第一个原因，但此时这酒楼内的大部分人却更认可第二个原因。

一楼好些人还为此争论了起来，景孝看向鹿羽："姑娘觉得，应该是哪个原因？"

鹿羽偏了偏脑袋，想了一会儿才道："我觉得，都不是。"

景孝问："难道姑娘有自己的看法？"

鹿羽抿着唇朝他微微一笑，故意卖起关子。

景孝还要追问，这时李元老先生忽然道："但是，后来还有人猜测，穆府之所以会答应这门亲事，并非是看在仙人的面子上，而是跟田父做了一笔交易，而穆四公子就是死在了这笔交易上。"

这话一出，立马勾起了大家的好奇心，即有人问："什么样的交易？"

李元老先生醒木一拍，接着道："传闻圣山上有本天道秘籍，里面记载着成仙的秘密，若能将其读透，即可顺利跨入仙门。穆府垂涎秘籍已久，故和田父做了笔交易，倘若田父能上圣山偷出这本秘籍，放入田姑娘的嫁妆内，穆府便答应这门亲事。"

景孝听得有些愣住，随后轻轻摇头："也就是个故事，才能这般猜测。"

鹿羽却道："你如何知道这是猜测，而不是真的？"

景孝看了鹿羽一眼："圣山为大雁山，仙人便是长香殿内的大香师。"

鹿羽点头："听着是如此，没错。"

景孝摇头道："大香师为上天所选之人，又从哪里来的天道秘籍，若真有天道秘籍，岂不是人人都可成为大香师？"

鹿羽轻轻一笑，没有反驳他的话，也没有表示认可。

景孝心里一顿，这会儿李元老先生已经接着往下讲了。

田父为了女儿，不得已答应了这个要求，顺利盗出了天道秘籍，并如约放入女儿的嫁妆内，于成亲日送入穆府。只是不料这件事被仙人得知，仙人伪装成使者的身份，于穆府办喜事那日前去祝贺，本是想将秘籍拿回去的，却不想仙人发现穆四公子竟读透了秘籍，窥到了仙门，将跨入仙门时，仙人毫不犹豫地以仙术杀之，故而事后，没有人能查出穆四公子的真正死因。

似乎大家都没想过这样的理由，一时间有些安静，只是也就过了一会儿，就有人开始提出疑问。

“我记得那天，并无大香师在场，这仙人伪装成了使者？是何解？”

“你忘了，那天虽说大香师没有到场，但镇香使可是来了。”

“镇香使！”

“那镇香使可是跟广寒先生长得一模一样。”

“啧啧，如此说来，他果真是特意换了身份也说不定。”

“即便如此，我却想不明白，大香师为何要杀慕容公子？”

“那黄姑娘不是说，慕容公子当时起了香境，这应当就是那故事里说的，已窥得天道，即将跨入仙门了。”

“这也说不通，大香师为何非杀他不可？”

景孝也在问这个问题，鹿羽低声道：“若真是这个原因的话，你应当是最容易想得明白的。”

景孝微微蹙眉，鹿羽看着他道：“景府如今的当家人，可甘愿将手里的权力分出一些于你？”

景孝一怔，良久不语。

除去景孝外，二楼的大部分贵客，也都对李元提出的第三个原因极感兴趣。

“天道秘籍？”寿王怀疑中又带着几分期待，“真有这东西？”

李爵爷笑着道：“要真有的话，可不得了。”

寿王看向下面，喃喃低语：“是杜撰出来的，还是意有所指？若是真的，会是什么呢？”

这酒楼中的客人，心里带着这等疑问的，远不止他一人。

而这颗存疑的种子，怕是在所有在意此事的人心里种下了。

景孝沉默许久后，看着鹿羽道：“姑娘似乎更偏向于第三个原因。”

鹿羽神秘地一笑，上身往前一靠，手托着脸，看着景孝问：“倘若真是第三个原因，你会如何？”

景孝微怔：“我会如何？”

鹿羽点头："你会如何？"

景孝不由得皱了一下眉头："镇香使不可能会杀慕容公子。"

鹿羽道："但这不是重点。"

景孝看着鹿羽，鹿羽低声道："你知道的，你生在景府，你知道那若是真的，将意味着什么！"

景孝道："姑娘在香殿。"

鹿羽轻轻一叹："是啊，我跟你一样，都只是表面看着风光而已。"

景孝见她说这话时神色黯淡，便道："姑娘的烦恼，不只有刚刚说的那件事。"

鹿羽笑了笑："就是受人排挤罢了，哪里都免不了的事，习惯了就好。"

景孝看着她，眼里带着关心，他明白被人排挤是什么样的感觉。因父亲身体不好，故而从小不受重视，母亲的娘家也比不上他那些婶婶们的娘家富贵显赫，无形中，他和府里的堂兄弟们间就有了道天然的鸿沟。小时候就没人带他玩，后来景公突然选中他，更是令他成为众人的眼中钉，差点为此要了他的命。

鹿羽见他这么看着自己，便道："我没事，倒是你，得多想想才是，无论是哪个原因。"

多少人垂涎长香殿，那些一直以来跟香殿有紧密联系的家族，更是从未断绝想要占有香殿的心。只是只要有大香师在，香殿就始终凌驾于他们之上，香殿就永远握有主动权。千年以来，不是没有人想过控制大香师，或者用自家的后辈子孙取代大香师，但从未有人真正成功过。

所有动过这种心思的人，最后的结局都很惨。

因为大香师是上天选中之人，其天赋是上天的恩赐，非凡人可得。

但现在，若真有那所谓的秘籍，岂不是等于"大香师是上天选中之人"这句话，其实是个天大的谎言？大香师是可以自己培养的，如此，那大香师这个位子，就有可能从此变为以血脉相传，世世代代承继下去！

"天道秘籍。"安岚靠在套着大红色绒布的引枕上，听完鹿源的描述后，淡淡地道，"这词取得倒是有意思，通天之道。"

鹿源接着道："仅一天时间，就有十余家大酒楼的说书先生同时在说这个故事，还有一些小的茶馆也有人在说，加上眼下慕容府和黄家还在为此事争吵不休，故大家对这个故事愈加感兴趣，传播的速度很快，如今已有人将之前景府的命案翻了出来，放在一起说了。”

玉瑶郡主的死亦很离奇，并且当时也将香殿给扯了进去。这两桩命案看似完全不相干，但仔细一琢磨，就会发现它们之间的共同点不少。

安岚问：“可查出是谁在推动这件事？”

鹿源道：“李老说，前几天他在茶馆喝茶时，听到有人在讨论慕容公子和黄姑娘的事，随后旁边有人撺掇他以此编造个故事说给大家伙听。依李老之言，当时撺掇他的人不过是玩笑话，却引起了他的兴趣，故而动笔编写了个故事，并非是有人指使他下笔。”

“他的话可信？”

“应当不假。”

“那些客人呢？都是谁请的？”

“是有人暗中往各府传了话，说李老那天要说的是关于长香殿的故事，所以才引得许多贵人在那天赶往酒楼听书。”

“是谁传的话？”

“当初随玉瑶郡主一块进长安的那些南疆人。”

“他们怎么知道李老要说什么书？”安岚微微蹙眉，她知道前段时间玉瑶郡主的棺木已经离开长安，那些南疆人却没走，并且眼下似乎又来了一拨人。

“似乎是从李老身边的仆人那里打听到的。”鹿源说到这儿，顿了顿，又补充一句，“如今那些南疆人跟天下无香的川乌和川谷两个掌柜联系得很是紧密，唯有川连，几乎不跟他们打交道。”

安岚沉默许久，天下无香的人设计的这一手，还真是有奇效。

她想起白广寒留下的那句话——

山魂以淬之，可夺天地造化，灭神坛。

良久，安岚问：“鹿羽还在山下？”

鹿源垂下眼：“是，这几日一直有跟景三少爷见面。”

安岚沉吟一会儿，才道：“让人带景孝去寤寐林，别让鹿羽跟着。”

鹿源抬起眼：“先生要见他？”

安岚嗯了一声，然后问：“蓝靛还未回来？”

鹿源摇头。

就在安岚问起蓝靛的时候，白焰这边，徐祖站在他面前，神色凝重："公子，如今我们都被监视了，安先生实在是欺人太甚！"

旁边的施园道："我身边没有。"

徐祖瞪了他一眼："不是没有盯着你，而是你甩开了他们。"

施园朝他微微挑眉，徐祖道："若是蓝靛出面，你还能甩得开吗？"

施园一边把玩着手里的柳叶刀，一边道："若是她亲自出马，我自当陪她玩玩。"

徐祖沉下声："这是玩的时候吗？"

施园看着他摇头："你太紧张了，这样做事容易出错。"

徐祖道："你——"

福海开口："好了，在公子面前还这么吵，像话吗？"

徐祖只得收了声，施园也收起手中的柳叶刀，白焰这才慢悠悠地道："只要不妨碍你们办事，你们照旧便是。"

徐祖心里不忿："公子！"

福海斟酌着开口："公子，如果他们是天枢殿的人，被监视理所应当。"

白焰问向徐祖："你们想动手？"

徐祖看着那双沉静的眼睛，心里的火气顿时熄了大半，他垂下眼："属下听公子吩咐。"

白焰笑了："可以给点教训，不可伤及性命，既然动手了，便不可失手。"

施园眼里迸出兴奋："是！"

第三章·对峙

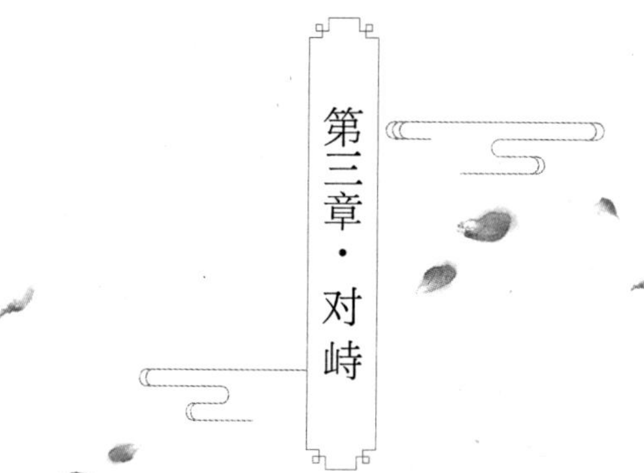

景二爷自听说酒楼里传出的那个故事后，这几日就一直处在一种难言的激动中，虽然他面上不显，但他每次提笔写字时，笔尖都隐约有些颤抖。如果李老所言是真，那么景府日后确实不必再受制于大香师，并且，以后香殿都将属于他的子孙后代！

长安城内，各方对于长香殿的贪念，都已开始蠢蠢欲动。

天枢殿对外的庶务，比如香材的进出、香田的管理、香行的消息，基本都跟景府有往来，其中涉及的人事很杂，若负责的人想在其中拖延一下，或者小小为难一番，都不是什么难事。自玉瑶郡主的命案发生后，天枢殿许多对外的庶务就被一点一点地拖慢了，短时间内或许看不出什么明显的变化，但如果时间长了，香殿内的所有事务都会因此受到影响。若是那个时候香殿再出点什么事，会导致什么后果，真不好说。

千里之堤毁于蚁穴。

景孝正准备出门的时候，景明忽然走进来道："要出去？"

景孝忙走过去扶住景明："爹怎么过来了，您身体还没好，有什么事您吩咐下人。"

景明坐在搁着熏笼的榻上，打量了景孝一眼："出去听书？"

景孝面上微赧："不是，是去书院。"

景明问："先生病好了？"

“是。”景孝点头，随后问，“爹找我什么事？”

“以为你要出去听书，便想和你一块去，既然是去书院，那便算了。你去吧，别耽搁了时间，让先生以为你偷懒。”景明说着就站起身。

景孝有些担心地道：“爹想听什么，我命人去将那说书先生请到家来，今儿又下雪了，天冷着呢，您身体不好，就别出门了。”

景明道：“也好，一会儿我让管家去请，你快去书院吧。”

景孝和景明一边往屋外走，一边道：“爹是不是想听那个关于天道秘籍的故事？”

那天回来后，他就将在酒楼听到的和看到的都跟景明说了一遍，但这几日，他爹还不时找他细细问当天的事。

景明微微点头，在景孝肩上拍了拍：“我想了这些天，这件事没那么简单，你莫因此轻信了任何人。”

景孝迟疑着问：“爹的意思是？”

景明咳嗽了几声，才道：“你先去书院，回来再说。”时候确实不早了。

景明看着景孝匆匆离开的背影，再想到几日前听到的那个故事，面上露出深深的忧虑。

景孝和石墨从景府的侧门出去时，马车已在那儿等着了，他如往常般上了马车。

因下雪，又有点风，石墨将车窗和车帘子关得严严实实的。

故当马车停住，景孝下了马车后，才忽然发现，这里并不是书院。

石墨也愣住了，赶紧朝车夫道：“赵树，你怎么走错路了，这……”

只是他这一看过去，才发现车夫不知什么时候竟换了人，陌生而冷硬，让人生怯。

石墨赶紧将景孝挡在身后：“你、你是谁？赵树呢？”

那车夫跳下车，景孝和石墨都不由得往后退了一步，石墨有些紧张地开口：“你要干什么？”

车夫只是瞥了他们一眼：“安先生请三少爷进去叙话。”

景孝一怔：“安先生？哪位……安先生？”

车夫道：“三少爷认识几位安先生？”

景孝迟疑了好一会儿，才道："安大香师？"

车夫微微点头，做了个往里请的手势。

景孝推开石墨："这是哪里？"

寤寐林外面并没有门，自然看不到牌匾之类的东西，他亦不曾来过这等地方，故而不知道。

车夫道："此处是寤寐林，三少爷请吧，莫让安先生等得久了。"

然而景孝又道："我如何确定你是安先生派来的？"

车夫打量了景孝一眼，拿出天枢殿的腰牌。

景孝面上一凛，心里又是诧异又是紧张，当真是安先生找他吗？为什么？

他一路有些忐忑地随着那名车夫往里走，无心欣赏此处的美景，直到走进一个精致的院落，看到八角亭内那个如诗如画的身影后，他才最终确定，竟是真的！

车夫无声地退了出去，石墨也被请到了院子的门房内候着。

景孝小心地走进亭子，安岚转过脸，他不由得就垂下了眼。

他忘了行礼，然而对方却不怪，反而先开口，声音清冷又柔和："擅自把三少爷请来，可是给三少爷添了麻烦？"

景孝回过神，忙道："不会！"随后想起自己还未行礼，赶紧行了一个晚辈礼。

安岚待他抬起脸后，才道："不必拘礼，坐吧，靠近来坐暖和些。"

亭子里摆着个很大的铜胎炭盆，里面的炭火烧得很旺，不时爆出噼啪的声响，火光映照在那女子的脸上，宛若晚霞中最美的一抹，带着魔力，让人敬畏。

景孝往前两步，小心翼翼地坐下。

这和跟鹿羽在一块的时候不一样，他从未有过这么拘谨又激动的时候，他不是没见过安先生，但以往每一次，都有长辈在场，要么是父亲，要么是景公，他不过是陪在一旁而已。即便往年父亲让他去香殿送礼，也都是香殿的长史，或是源侍香接待的他，他甚至不曾跟安先生单独说过话。

今日的邀请，令他感觉自己受到了前所未有的重视。

"不知不觉，你就长这么大了。"安岚打量了他几眼，淡淡一笑，"还记得当年第一次看到你的时候，你还是个孩子。"

景孝抬起眼，见安岚笑了，也跟着露出羞涩的笑容。

安岚问："不好奇我找你是什么事吗？"

景孝稍微放松了些，想了一会儿，开口道："先生是否有吩咐？"

安岚看着他，反问："你如今能做什么呢？"

景孝面上微赧，他如今……确实什么也做不来，景府的当家权不在他手里，府里的管事即便有些转变了态度，但大都是在观望，并非真的站在了他这边。

片刻后，安岚接着问："孝哥儿，你想要什么？"

景孝一愣，安岚看着他的眼睛，声音依旧轻淡，语气却很认真："近五年过去了，你还没想过自己想要什么吗？"

"我……"景孝发怔了好一会儿，才低声道，"我想要回我应得的东西。"

安岚问："什么东西是你应得的？"

景孝微微抬起眼，两手不觉握成拳："尊重和敬畏。"

安岚道："尊重来自于你自身的品格，也来自于你的能力，这些你父亲、你书院的先生都会教你。但若想让人敬畏、听话、服从，就不可没有权力，这就只有靠你自己去争取。"

景孝顿了顿，站起身："请安先生指路。"

"你是个聪明的孩子，不然当初景公不会选你。"安岚将几片木屑扔进火盆里，片刻后，遂闻到一缕清香，令人心情平静，"你想拿回当家权，为此你一直很有耐心，不着痕迹地找你二伯的错处，点滴积累，同时拉拢景府那些大掌事们的心，这些你都做得很好。可是你忘了，你在找对手弱点的同时，你的对手也同样在暗中盯着你，他们比你更有经验、更有耐心。"

景孝道："我知道。"

"你不知道。"安岚摇头，"你若知道，就不会那么不谨慎，就不会轻易做出判断，就不会轻易任自己随着感觉走。"

景孝微微愣住了："……请先生明示。"

安岚看着他："你不轻易相信景府里的任何人，为何轻易相信景府外面的陌生人？"

景孝愣了好一会儿，才开口："先生，指的是……鹿羽姑娘？"

安岚开口："你喜欢她。"不是问句，是肯定句。

景孝道："没有。"

安岚道："喜欢一个人不是错，为何急于否认？"

景孝顿了顿，才道："不是，我，我只是……"

安岚淡淡一笑："只是还不确定。"

景孝面上微红，他从未跟别人讨论过这种事情，更何况这个"别人"还是安大香师，一个高贵而神秘，又十分美丽的女子。

片刻后，景孝迟疑着问："鹿羽姑娘不是天枢殿的人吗，我知道她是您身边的侍女，先生为何……"

安岚道："她确实是天枢殿的人，所以你就因此信任她？"

"我……不该信任她吗？"

"你的判断呢？"安岚看着他道，"你若想当一个掌权者，就永远不能失去自己的判断，否则你就可能会被任何人牵着鼻子走。"她说着又往火盆里扔下几片沉香屑，"有时候，感觉最会迷惑人，眼睛鼻子耳朵也一样会骗人。"

景孝沉默了许久，才抬起眼道："先生找我说这些，是不是有事情要吩咐我，跟鹿羽姑娘有关？"

安岚看着他，轻轻扬起嘴角，他确实很聪明，一点就通。

"跟她好好交往，做出正确的判断，然后告诉我。"

景孝面上的神色隐隐有些复杂："鹿羽姑娘当真是有意接近我？为什么？"

"兴许是，兴许不是，这些答案你要自己找。"安岚说着就站起身，看着他道，"三少爷，我的忠告是，无论答案是什么，都莫要少年心性意气用事，任何事都有利有弊，你需要的是做出对自己，或是对你的家族最有利的决定，这是一个合格的掌权者必须有的胸怀。"

景孝顿了顿，才垂下眼："是。"

安岚走出亭外，看着簌簌往下落的雪花，自语般低声道了一句："总算明白他当初的心情了。"

景孝没听清楚，问了一句："什么？"

"没事。"安岚笑了笑，回头道，"去吧，今日去书院怕是迟到了。"

景孝这才想起书院，见安岚再没别的吩咐，便匆匆告辞，带着满腹心事离开了。

而此时，长安城西市的一家饭庄，忽然解雇了在店内做了一年活的伙计。同时另一条街上的三个行人，被人拉到小巷子里，狠狠地揍了一顿。还有车行的两个车夫，也莫名地跟人打了一架，打得鼻青脸肿的，随后就被车行给解雇了。

这些事传到蓝靛耳朵里时，蓝靛正跟安岚汇报事情，她听完后，沉默了许久。

安岚见她神色不对，便问："出什么事了？"

蓝靛道："镇香使出手了。"

安岚微微挑眉："说。"

蓝靛遂将刚收到的消息道了出来，然后才补充道："先生，镇香使这是在告诉您，他随时可以做他想做的任何事。"

安岚沉默了片刻才看着她道："你监视他的人，被发现了。"

蓝靛顿了顿，垂下眼，没有辩解。

安岚淡淡地道："那些人再怎么不小心，也不会一下子揪出这么多人，你故意让他们被发现的，你想试探他。"

蓝靛道："镇香使会命人动手，说明他确实无视您。"

"你此举是在挑衅。"安岚身体往后一靠，神色微冷，"送上门去给人打，人家还就毫不客气地把人都教训了一顿，真是好看得很啊！"

蓝靛单膝跪下："那几位本就身手普通，属下马上另行安排。"

"另行安排什么，有那么多人手耗在这种糊涂事情上？现在是什么时候了？"安岚眼风带着刀，"你亲自去找施园，好好解决这件事。"

言下之意是，你去把场子给我找回来！

蓝靛抬起脸看了安岚一眼，才应了一声"是"。

安岚强调："仅就这一次。"

"是！"

蓝靛告退后，鹿源才走过来道："都是下面的人胡闹，其实下手并不重，先生莫动怒。"

安岚冷笑："就是下手不重才看能得出他的意思。"

鹿源道："其实您心里清楚，镇香使……是有恃无恐。"

安岚微微蹙眉，片刻后道："你想让我怎么办？他若不把人交出来，不表示无异心，我就杀了他？还是囚禁他？”

“我绝不会让先生做不愿做的事情，想都不曾想过，以前不会，现在不会，以后亦不会。”鹿源的声音轻缓柔和，“至于镇香使，绝非是轻易折服于别人的人。不过他对待先生您，终究是不同于旁人。”

安岚站起身，但没说什么。

她知道，她知道他待她不同，但她要的不仅仅是这些。

傍晚，白天与黑夜交界的时刻，乌金落到西边的地平线上，晚霞似火，将半个长安城都罩上一层薄薄的红纱。

一辆马车自远而来，车轮子忽然咔地一下，车厢震了震，猛地停下了。

长安的西市有家鸽子楼，出自鸽子楼的鸽子个个肥嫩，用来煲汤，肉质鲜美，汤汁浓郁，长安城起码一半的酒楼饭庄都来这里买鸽子，据说鸽子楼每天卖出去的鸽子，少说也有五六百只。

蓝靛走进这里的时候，前面铺子的伙计正跟一家酒楼的掌柜结算钱款，那伙计抽空看了她一眼，以为是新顾客，便道：“姑娘是来买鸽子的？您先等等。”他说着就朝里喊了一声。

里头听到声音的伙计赶紧出来，看了蓝靛一眼，笑着道：“姑娘是第一次来买鸽子？您是怎么做？蒸煮煲炖？不同的做法，选的鸽子也是不一样的。”

蓝靛没理他，面无表情地径直往里走，那伙计想拦住她，却一下被她绕到了前面去。前面跟酒楼掌柜结账的伙计又转头看了一眼，嘴角微微下沉，手里清点的动作加快了。

跟着蓝靛的伙计追上蓝靛，一边打量蓝靛，一边问：“姑娘，您是来买鸽子的吗？”

蓝靛依旧没理他，环视了一圈，进来后才发现里面占地不小，大大小小的鸽子笼几乎摞满了整个院子，一排排摆得很整齐，十几个伙计模样的人正在那排排鸽子楼前面，或是喂食，或是清理笼子里的粪便，看起来很忙碌，也很正常。

左侧有个楼梯，她往上看了一眼，上面还有两层，她即转身要上楼梯。

那伙计立即挡在她前面，面上还挂着笑：“姑娘，楼上都是伙计们住的地方，没有鸽子。”

蓝靛道："我找人。"

伙计问："姑娘找谁？"

蓝靛道："鸽子楼的东家。"

伙计道："我们东家今儿不在，姑娘不如改日再来，或者姑娘留个话，我帮姑娘转告。"

蓝靛打量了他一眼，又环视了一下这里，再看向他："施园不在？"

伙计道："我们这里没有这个人，姑娘找错地方了。"

蓝靛往旁边挪了两步，并微微转身，那伙计也跟着她转过身，依旧挡在她前面。可就在这一刻，蓝靛忽然出手，他甚至还来不及眨眼，就被人扼住了脖子，瞬间无法出声，就在他要抬脚的时候，蓝靛却抬起另一手，直接将他打晕过去。

因她刚刚挪了两步，并且也带着那伙计转过身，所以此时他们这番动作正好被挡在了楼梯后面，加上她的动作很快，故院子里的那些伙计都没看见。

直到蓝靛走上二楼，前面铺子的伙计走进来，看到被打晕的那名伙计后，立马意识到出事了，当即吹了个口哨。

鸽子楼的人反应都极快，蓝靛刚刚踏上二楼，就有四名伙计从里出来，相互间配合得很是默契，两人攻前面，两人从楼梯两侧跳过去，意欲绕到蓝靛后面将她拿下。只是他们刚刚跳过楼梯，前面那两人就已经趴到地上了，他们甚至没注意到蓝靛是如何出手的，蓝靛亦根本不在乎他们，也不管自己后面还有两人，转身就要上三楼。

却此时二楼的房间里又冲出四名伙计，并且这四人手里都拿着木棍，后面那两名伙计的反应也不慢，同时攀着楼梯扶手，身子一拧，就跃到了三楼的楼梯口，挡住蓝靛。

蓝靛停下，数了数，六个人。

一楼的伙计已经看到这一幕了，但他们似乎都不惊慌，也没有要上来帮忙的意思，甚至不怎么关心，只是看了两眼，就继续自己手里的活。

两名手持木棍的伙计已欺身过来，蓝靛微侧身，原地走了几步，她的身影很快，并且每一步都挪得很精准，他们甚至连她的衣角都没沾到，就被她夺了手里的木棍。那两名伙计一愣，随即身上就挨了五六棍，她下手很快，动作连成一片残影，连带起的风都开出了利刃。

站到三楼楼梯口的那两名伙计脸色微变，没等他们冲过去帮忙，二楼的那四名伙计就已经都丢了手里的木棍，个个被打得鼻青脸肿，嗷嗷直叫。而更可怕的是，这个过程中，那女子竟没打破一件东西，没碰损一丁点门窗栏杆。

究竟是什么人？！

蓝靛转头，看了那两名伙计一眼，那两伙计不由得往后退了一步，蓝靛没客气，对着两人又是一通猛敲，直到两人捂着肚子跪在地上，她才收了手，抬起脸，往上看了一眼。

施园正倚在三楼的阳台上，饶有兴致地看着她，嘲讽地道："数年不见，果真长进不少，能把这几个伙计打得还不了手了。"

蓝靛掂了掂手里的木棍，往下一掷，砰的一声，那木棍直接插到一个鸽子笼里，笼子的门弹开，受了惊吓的鸽子拍着翅膀，争先恐后地从笼子里飞出去，哗哗哗地四下散开。旁边好些鸽子也受到了惊吓，在笼子里上蹿下跳，一楼的伙计也都惊出一身冷汗。

施园慢悠悠地开口："算一下跑了多少只，一会儿她若不赔钱，找她主子赔。"

蓝靛一边往三楼走，一边道："我今日本打算将这里拆了。"

施园轻轻吻了一下手里的刀，眯着眼睛看她："那怎么不动手？"

"因为你出来了。"蓝靛登上三楼，"我可以给你一个求饶的机会。"

"是什么让你如此自信？"施园笑了，随后摇头，"不对，你是有些暴躁了，你家主子责备你了，因为你办了件蠢事！"

蓝靛道："接下来，你办的就不只是一件蠢事。"

施园把玩着手里的柳叶刀："说说看。"

"你让我找到这里，就已经够蠢了！"蓝靛说着就从袖子里抽出一把匕首，"若是再被我拆了这里，你以为你家公子会怎么想？没了鸽子楼，你家公子的很多事情办起来，就不那么容易了。"

施园依旧倚在栏杆上，样子懒洋洋的，但眼睛没有离开蓝靛："你以为你有这个机会？"

他的话还没落，手里的刀就飞了出去，然而蓝靛的动作更快，脚尖一踮，整个人似化作一只飞鸟，无声无息地往前掠过来。只是她到之前，施园就已经离开了那里，烟雾般绕到了她后面，蓝靛伸手往栏杆上一拍，身体顺着力道一侧，躲过他的刀刃，但头发却被割掉了一缕，同时她手里的匕首也刺了出去，施园收回手，蓝靛手腕一翻，划破了他的袖子。

施园道："小心些，刀剑无眼，我不会留情。"

蓝靛道："这句话该送你！"

"你怎么还是以前的套路？"

"你也不见有长进！"

"是不是这几年事务繁多，以至于你动作迟钝了？"

"你游手好闲数年，反应越发不如以前了！"

两人一边说，一边打进房间里。

那两个缠斗的身影从走廊上消失后，鸽子楼又恢复了往常的平静，伙计们该给鸽子喂食的喂食，该清扫的清扫，该去招呼客人的招呼客人。受伤的几名伙计在掌柜的示意下，被搀扶着去上药了，片刻后，这里像是什么都没发生过一般。

偶尔有一两个伙计抬起脸，往三楼那儿看了一眼，却都没看到那里有什么动静，甚至就连一点儿声响都没有。

那两个变态还在鸽子楼里吗？在的！只不过——

施园没有看顶在自己胸口的匕首，即便匕首的刀尖已经刺破了他的外衣，触到他的皮肤，只要握着这柄匕首的手再稍稍一用力，他的心脏就会立马被刺穿，到时就是大罗神仙也救不了。

除非这只手的人会出错，或者，对他有一点怜悯之心。

但显然，这两种可能都不存在。

可是施园并不在意，他甚至笑了起来，眼睛盯着蓝靛，兴奋又期待："你觉得，我们谁更快？"

他手里的柳叶刀也贴在了蓝靛的脖子上，透过薄薄的刀片，能清晰地感觉到她肌肤下大动脉的跳动。

蓝靛道："你不会比我更快。"

施园问："何以见得？"

蓝靛道："一试便知！"

他胸口被刺破的同时，她脖子上也出现了血痕，两人又都同时收住了力道。

施园唇边还挂着笑，蓝靛眼里一样带着挑衅，毫无惧意。

他们都像是虔诚又疯狂的教徒，坚定不移，各为其主。

施园看着鲜红的血珠从她脖子上滑下，微微眯起眼："你真以为是你查到了鸽子楼？那两只信鸽是我故意放出去让你发现的。"

蓝靛面无表情地道："抓住那两只信鸽不过是特意顺着你们的意思，早在那之前，刑院就已经发现了这里，只不过安先生不让动。"

施园微微偏了偏脑袋："哦，多早？"

"一个月前。"

"一个月前，公子就给安先生递了关于香谷和司徒镜的消息，同时帮刑院查了那几个南疆人，你知道，因为安先生，那些消息公子都没有藏私。"

因为鸽子楼没有藏私，所以刑院只要顺着去查消息来源，就能摸到鸽子楼。

蓝靛的神色依旧未变："若无刑院暗中配合，鸽子楼也不会如此顺利就能收到那么多消息，你在我面前露出蛛丝马迹，就是落了下风，唯无能者才会狡辩。"

"倒是变得牙尖嘴利了。"施园将目光从她脖子上移到脸上，也不管自己胸口渗出的鲜血已经从衣服里透了出来，"老子不在乎大香师那个位置上坐的是谁，但只要公子有意，就谁都拦不住，她也不行。"

"你在不在乎，现在那个位置坐的都是安先生。"蓝靛冷着脸，握着匕首的手纹丝不动，"无论是从前还是现在，有意于那个位置的人都很多，但最终坐上去的还是安先生，行不行，嘴上说了不算。"

施园笑了："是不应该耍嘴上功夫，如此，还要再试？"他又看向她的脖子。

蓝靛道："因为镇香使，所以安先生容忍了你们，却不代表你们可以放肆。"

施园摇头："因为公子宽容，所以她至今还稳坐在那个位置上，但这不代表她可以借此得寸进尺。"

蓝靛冷笑："你当真以为天枢殿拿你们没办法？"

施园道："我相信天枢殿有很多法子可以使，但只要公子不愿，你们每动一步，都要付出代价。蓝掌事，如果安先生真能完完全全地掌控和压制公子，你我今日就不会站在这里拿刀子对着肉了。"

蓝靛沉默了一会儿，缓缓开口："所以，镇香使的意思是？"

施园看了她一会儿，收回贴在她脖子上的柳叶刀，蓝靛默了默，也将匕首收回。

施园轻轻擦掉沾到柳叶刀上的血迹，然后抬起眼："撤掉监视者，一个都不能留，这是对公子起码的尊重。"

蓝靛道："他既进了天枢殿，接了镇香使一职，就在安先生之下，大香师有权监察香殿内的任何人。"

施园收起柳叶刀："长香殿从来就没有镇香使，直至公子的到来，香殿才有了这一职，公子本就是特例。更何况，她、你、我，还有许多人心里都清楚，公子本就是白广寒大香师，是公子把她带到这条路上的，是公子扶她坐上那个位置的，是公子给予了她如今的一切！"

蓝靛沉默，许久才道："广寒先生对安先生确实有大恩，但这些年，能坐稳那个位置，靠的还是安先生，安先生今日的一切，并非全是广寒先生所赐，更甚者，谁敢说不是安先生守住了广寒先生留下的这一切？"

施园道："没有人否认安先生的价值，同样，任何人都不能无视公子的尊严，她的默许，实为过分。"

蓝靛道："我可以将人都撤走，并保证日后也不会再暗中安排人，但你，以及他们，都需随我去见安先生一面。"

施园唇边又露出一抹嘲弄的笑："以表臣服吗？"

蓝靛道："死人复活，总需给旧主一个交代。"

施园道："我的旧主是广寒先生。"

蓝靛道："唯有刑院大掌事，才一生只侍奉一人，余的，侍奉的都是天枢殿的大香师。你的个人选择，我无权过问，先生亦无意追究，但你曾是刑院三掌事，徐祖曾是天枢殿副殿侍长，福海曾是寤寐林大掌事。当年你们无故诈死，如今骤然复活，数月已过，依旧无一句交代、无一点歉意，你们对安先生又何来丁点尊重？先生不怪，是先生宽宏大量，但我绝不能视而不见。"

施园沉默了一会儿，才道："我会去见安先生，他们两位，我无法替他们做决定，只负责传话。"

蓝靛微微点头："我会转告安先生。"

施园笑了笑，开始解扣子，脱衣服。

蓝靛一怔，皱起眉头："你干什么？"

施园瞥了她一眼："上药，没看到我衣服上都渗了血，你下的手，你来帮忙吧，顺便我也给你上药。"他说完将上衣也都脱了，露出紧实的胸膛和腰背，左胸那点伤口不到半寸，血是流了不少，不过一看便知无大碍。

蓝靛冷下脸，转身出去了。

施园看着她的背影，嘿嘿一笑。

马车突然停住，福海下车看了看，发现车轮子被一块裂开的石板给卡住了。

白焰掀开车帘："怎么了？"

"是车轮卡住了。"福海说着就往两边看了看，"麻烦公子下车等一会儿，我抬一抬。"

白焰遂从车上下来，看了一眼，随后蹲下去，从石缝中捡起一粒沉香珠子，面上露出沉思。

"公子？"

白焰将那粒沉香珠子递给福海："道门的人已经到长安了。"

福海接过那粒珠子，见珠子上面刻着一个特殊的符号，面上神色微凝："这么快！安先生知道了吗？"

白焰接回沉香珠："回天枢殿。"

福海沉下肥胖的身子，两手托住车箱，往上一抬，就见那车轮从石缝里脱身而出。

白焰微微一笑："你这身力气倒是没落下。"

福海有些憨憨地笑了："老奴就这身力气好使，不敢荒废，就是这些年身上长了不少肥肉，行动不如以前灵活了。"

白焰打量了一下他的肚子："确实是一年比一年富态了。"

福海也摸了摸自己的大肚子："这样他们认不出来，旁人也不会过多留意我，如此我能替公子多关注些事。"

白焰在他肩膀上拍了拍，就重新上了马车。

只是马车刚行到半路，就被人拦下了，福海看了那拦车的人一眼，再看了看停在前面的那辆车，然后回头对车厢里的人道："公子，是天璇殿的人。"

正说着，那拦车的殿侍也走了过来，对着车厢道："镇香使，柳先生请您过去。”

车厢内没有回应，福海握紧手里的马鞭，那殿侍正要再次开口，就见白焰从车内下来了，他心里微微松了口气，上前做了个请的手势。

白焰往前看去，不远处停了辆银顶马车，车厢两边挂着长长的红色的流苏，在这冬日的雪景里，显得无比艳丽，就好似那车内的女人。

白焰走过去，殿侍给他掀开车帘，遂有甜糯的暖香迎面扑来，车厢内的女人正倚在熏笼上，眯着眼睛看他。

白焰微微颔首：“柳先生找在下，可是有什么事？”

柳璇玑打量着他，似笑非笑地道：“怕什么，不敢上来，我会吃了你不成？”

白焰面上挂着浅笑，还是没动身。旁边的殿侍有些紧张，却也不敢催他，无论他是谁，对着这张脸，长香殿内还真没几个人敢对他无礼。

一阵寒风刮过，车帘噗噗作响，雪花也随之飞了进来，柳璇玑拉了拉衣襟，蹙了一下眉头，有些娇嗔地道：“镇香使难道不知，女人可是冻不得的，你要在外面站到什么时候？”

白焰眉眼低垂，唇边浮出一抹笑，随后便上了车。

打着车帘的殿侍赶紧放下车帘，关上车门，然后才揉了揉有些冻僵的手，长长地松了口气。

柳璇玑的马车很宽敞，也很讲究，柔软的坐垫上铺着雪狐的皮毛，旁边还随意放着几张完整的貂皮，也是没有一根杂毛的雪白，手碰上去，柔软得不可思议。这等品级的雪貂皮毛，往往是有市无价，不是什么时候想买就能有的。

白焰坐下后，打量了柳璇玑一眼：“柳先生去了慕容府？”

柳璇玑偏着脸看他：“你怎么知道？”

“猜的。”白焰笑了笑，“听说黄香师去找了柳先生好几次，在下想着，柳先生也差不多该去看看了。”

“哦……”柳璇玑从熏笼上微微坐起身，“你怎么知道，我就一定会去看看？”

白焰道：“还是猜的。”

柳璇玑看了他好一会儿，悠然一笑，眼角眉梢满溢风情：“你在岚丫头面前也是这般讨人厌吗？”她说着就朝他靠过去，伸出手指勾住他的下巴，低声道，“还是就在我面前才会如此？”

白焰瞥了她一眼，拿手挡开她的手指：“这个在下还不清楚，需问一问安先生才知道。”

柳璇玑收回手，但将熏笼往他这边挪了挪，似没骨头般地靠在熏笼上，看着他问：“镇香使如今什么都会问岚丫头了吗？”

白焰道：“要看是什么事。”

“比如……”柳璇玑慢悠悠地开口，“山魂一事，问出来了吗？”

白焰笑了：“尚未。”

柳璇玑又哦了一声，声音拖得长长的：“那么慕容公子又是怎么死的？镇香使能否解惑？”

白焰道：“慕容公子的死因，我亦想知道。”

柳璇玑眯了眯眼睛：“不是你杀的吗？”

白焰摇头：“柳先生何以如此揣测？”

柳璇玑又伸出手指，在他胸口上戳了戳，低声道：“自然是因为他死得无声无息，而你正好也有那个本事杀他，广寒先生，或者景炎公子。”

白焰淡淡一笑：“柳先生高看在下了。”

柳璇玑问：“你真的丧失香境能力了？”

白焰的神色晦暗不明，没有要回答的意思。

柳璇玑认真地打量了他一会儿，然后笑了：“行，那就说说慕容府的事吧，天道秘籍指的可就是山魂？”

白焰这才开口：“大概就是了。”

柳璇玑道：“不过几天时间，长安城内不知多少人，明里暗里去慕容府打听消息，那黄丫头之前说的话，也让人反反复复地翻出来，若她所言为真，慕容勋当真有大香师之才，能起香境，倒也罢了，但若是假的……”她说到这里，停了停，然后才有些意味深长地道，“怕是以后，就会出现第二个、第三个慕容勋，到时长香殿可就热闹了。”

白焰道：“不会等太久，第二个便会出现。”

柳璇玑微微挑眉：“如此，这可不单单是冲着你和岚丫头了。”

白焰点头：“确实如此。”

柳璇玑抓起一缕自己的头发，拿在手里卷着：“不打算和我说说？”

白焰道：“其实在下知道得也不多。”

柳璇玑一边玩着自己的头发，一边看他，片刻后示意了一下他旁边那几张雪貂皮："那是我给岚丫头的，一会儿你给拿过去，外面太冷，我就不下去了。"

白焰的马车行到长香殿的山路时，福海又拉了一下缰绳，令马车停下。

今天是怎么回事，拦道的一个接着一个！

福海打量了施园一眼，转头道："公子，是施园。"

施园痞痞地笑了笑，走过去在马脖子上拍了拍，就上了车。

"公子。"

白焰略颔首，往旁边示意了一下。

施园摸了摸鼻子，移过去坐下，然后又朝白焰笑了一笑，却不说话。

白焰正拿起那张貂皮，放在大腿上，手搁在雪白的皮毛上面，轻轻抚摸。施园看了一眼，就开口道："这般冷的天，这貂皮正好可以给公子做个围脖。"

白焰似笑非笑地道："是给安先生的。"

施园讪讪地笑了："这颜色挺适合安先生。"

白焰抬起眼，打量他："要去天枢殿？"

施园有些不自在起来，眼睛眨了眨，才终于开口："蓝靛去了鸽子楼。"

白焰垂下眼，轻轻抚摸着貂皮："她把鸽子楼给砸了？"

"没有，她还没那个能耐。"施园看了白焰一眼，"就是打伤了六个伙计，打晕了一个伙计。"

白焰问，声音平缓，听不出喜怒："还有呢？"

施园又摸了摸鼻子："我跟她交手了。"

"输了？"

"没赢，但也没输。"施园说到这里，嘘了口气，有些调侃地笑了笑，这才干脆将在鸽子楼发生的事原原本本地道了出来，末了又解释一句，"虽说我离开的时候，安先生还未坐上大香师的位置，但……"

白焰却打断他的话："确实应该给她一个交代。"

见白焰确实没有责怪之意，施园终于松了口气，便道："若是安先生想要鸽子楼……"

白焰一下一下地拍着貂皮，神色柔和："安先生若是开口要，那便给她。"

施园一愣："公子！"

白焰笑了笑："不过是一栋楼而已，又有何妨？"

施园微怔，随后领命："是。"

若是留不住人心，要那些死物有何用？想必天枢殿的大香师，也不屑于此。

进了天枢殿，下了马车后，施园披上大氅，戴上盖帽，跟在白焰身后，没有人看得清他的脸。

只是入了凤翥殿，鹿源却走了过来，请施园去侧厅。

施园拿下盖帽，上下打量了鹿源一眼："安先生不见？"

鹿源看了白焰一眼："先生有事要与镇香使商议，烦请施楼主稍等片刻。"

搬出公子，倒是叫他不好多说什么，施园便朝白焰微微欠身，再次戴上盖帽，随鹿源去了侧厅。

只是白焰进了寝殿，却没看到安岚。

雪青色的纱幔后面，袅袅轻烟无风自舞，暗香徐徐，光影沉浮。

他踩着青灰色的地板，绕过纱幔，踏上柔软得几乎没入脚踝的地毯，走到内屋，还是没看到人。此时一阵风从门外溜了进来，屋内所有纱幔都飘起，香炉上的轻烟宛若云雾般地散开，一缕白纱从他眼前飘过，带着阵阵暗香，他恍悟觉得眼前的一切都变得不真实起来。

风似乎有了意识，带着一缕轻烟顺着风的方向，从飞舞的白纱间穿过去，飘向最里头的屏风后面，随后消失。

冬日的薄阳从窗棂外透进来，浅浅地落在他脸上，像梦一样。

白焰拨开重重纱幔，走向那张描绘着诸天神佛的大插屏风，站在屏风前看了一会儿。屏风右侧是个半卧在瑶池里的仙子，裸着后背，微微侧过脸，漆黑的长发垂泄，似海藻般在水里铺开。他一边胳膊搭在池子边上，另一手正逗弄一只雪团似的白狐。旁边的神仙虽是在相互谈笑，但给人的感觉却是每位神仙都在悄悄看着那个仙子，但再仔细一瞧，却又觉得他们其实看的是那只白狐。

白焰上前一步，忽然觉得正逗弄着白狐的仙人，侧脸很熟悉。

他微微一怔，转过脸，正好看到镜子里的自己。

哗啦——

他听到水声，纤细的胳膊缠上他的脖子，一双狡黠的眼睛似笑非笑地看着他，鲜润的红唇靠近他，吐气如兰：“你回来了！”

他猛地抓住她的胳膊，但刚触到那滑腻的肌肤，就突然抓了个空。

回过神，前面还是那幅屏风，周围轻纱曼舞。

但是，哗啦——

他又听到了水声，那么真切，他仔细辨了一下，水声是从屏风后面传来的，他遂走到屏风后面，原来后面有个小门，下了两级台阶后，才发现那道门是通向一个天然的温泉。

也不知泉水是从哪儿出来的，温泉不大，只见雾气腾腾，顶头可见天光。

他走进去，才看到她背对着他趴在池子边上，似听到动静，忽然转过脸。

她卸去了平日里所有的华服美饰，露出光裸的肩背，长发半沉半浮地漂在水里，眉眼如画，似这山中幻化而来的精灵。

他站在池子边，身材挺拔，发髻齐整，黑衣白裘，分明是居高临下地看着她，但神色却有几许怔忪，似乎忘了言语。

安岚慢慢转过身，从温泉水里站起，一步一步踏上台阶，团团雾气在她身上聚了又散，几乎看不清她的容颜，却又清楚地看得到每一寸肌肤。

“什么时候过来的？”她终于开口，并往旁示意了一下。

他走过去，拿起挂在旁边的大棉布，在她面前展开，将她包住：“刚过来。”

她闭上眼，转身坐到旁边的圆墩上。

他站在她身后，替她轻轻擦着头发：“施园来见你。”安岚睁开眼，片刻后才道：“哦，他的伤如何了？”

白焰拨开贴在她肩膀上的发丝，为她轻轻擦了一下脖子后面：“伤？”

“蓝靛差点捅穿他心脏。”她说着，就睃了白焰一眼，“他也在蓝靛脖子上划了一刀。”

白焰笑了：“是吗，还真不懂事。”

安岚站起身，转身，身上的棉布落下。

他在后面看了一眼，眸子深暗，随后将旁边的披风拿过来将她包住，从后面抱住她，在她耳边道："你这样，是想让我惩罚谁？"

安岚侧过脸看他，眉眼都沾着水汽，眸黑如漆，清而亮，映出他的影子："你就不怕，我也在你脖子上划一刀？"

白焰低声道："只要你下得了手。"

夜幕已降，外面摇曳的烛光透过窗棂和纱幔，懒洋洋地洒了进来，穿过缭绕的轻烟，明暗不定，宛若流萤。

安岚在白焰怀里睁开眼，慢慢起身，他亦跟着醒过来，胳膊一伸，就揽住她的腰，手掌在她光滑的后背上轻轻抚摸，狭长的凤目依旧沾染着浅淡的欲色："去哪儿？"

她侧身坐着，一手支着身体，一手放在他的胸膛上："更衣，头发也乱了，我梳一下。"

他被她撩得意动，也要起身："我帮你。"

夜色迷蒙，流萤如梦，她低低一笑，在他胸膛上的手一下滑到他的小腹下："不用，你歇一会儿，等我回来。"

他呼吸一窒，本是将要起身，却不由得又躺了回去。

她松开手，腰肢一拧，就转身下了床。

重重纱幔飞起又落下，光影浮动，模糊了她身上的曲线。

她披上衣服的时候，看到他放在榻上的那张貂皮，便问："哪儿来的？"

"柳先生给你的。"他的目光一直没有离开她，"回来路上遇到了柳先生，谈了几句，顺便让我把这个带给你。"

她拿起那张貂皮摸了摸："真是有心了，上次我不过是随口赞了一句，她倒是记在心里了。"

他忽然问："如此，我呢？"

"什么？"

白焰起身，一手支着脑袋，隔着纱幔看她："安先生想要什么，在下就奉上什么，算不算有心？"

安岚瞟了他一眼，转身走了。

白焰目光追着她的背影，眸色渐深，唇边的笑意一直未消失。

蓝靛看了一眼鹿源手腕上的伤，微微挑眉："你居然不是他的对手？"

鹿源拿袖子随意擦了一下血迹，面上并不怎么在意，只是看了蓝靛一眼："你故意激怒他，还特意放他离开。"

他才带施园进入侧厅，蓝靛就突然动手，他不得不拦着，却不想蓝靛马上抽身，施园却缠上了他，他并不想和施园交手，可施园紧追不放。

"让他过来，不过就是要个态度罢了，安先生本就无意留他。"蓝靛一边说着，一边打量他，"倒是你，为何对他一让再让，你惧他什么？"

鹿源淡淡地道："我不争意气之事。"

"其实你可以留住施园，但你没留。"蓝靛朝他走近几步，"我知道你身手不错，但从来不在人前显露，即便迫不得已时，也只是点到为止，为何？"

鹿源道："不让人看清，别人就永远都存有顾忌，蓝掌事应当是最明白此理。"

蓝靛探究地看着他，没有说话。

安岚进来的时候，正好看到他们俩这么无声地对峙着，鹿源首先转头，朝安岚行礼。蓝靛随即转过身，亦跟着行礼。

安岚看了他们一眼："施园呢？"

鹿源道："他回去了。"

蓝靛道："源侍香有意放他走。"

鹿源遂看了蓝靛一眼，张了张嘴，却又闭上，没有辩解。

蓝靛才又道："属下亦未及时拦住，请先生责罚。"

安岚来回看着他们俩，最后目光落到鹿源手上："你受伤了？"

鹿源忙将袖子往下一拉："小伤而已，不碍事。"

安岚问："施园做的？"

鹿源垂着脸，没开口。

安岚道："你下去处理一下伤口，虽说你志不在香道，但这双手也不能马虎了。"

"是。"鹿源应声出去。

安岚看向蓝靛，蓝靛轻轻摇头："源侍香一直在避让，最后宁愿让施园伤了自己，也没有出手，施园担心先生为此责罚他，而且镇香使又一直未出面，就溜走了。”

安岚沉吟片刻，便道：“那就先算了，权当没有发生过这件事，没我的交代，不必再追究。”

“先生！”蓝靛的声音里透出担忧，“他是离您最近的人，若他真藏有异心——”

安岚道：“我知道他不是孔雀。”

“可是……”蓝靛张了张口，随即又停住，片刻后才道，“即便他不是孔雀，但经查，他和孔雀定有关系。先生，他当年出现的时机太巧了，还有他的身世、身手、能力，都不简单。再者，刚刚他即便对施园一再退让，但属下看得出来，他对施园的招数并非完全陌生。”

安岚道：“无论他是谁，只要他愿意把心留在这里，那便是我的人。”

能将敌人收为己用，那才是真正的强者。

她不在乎每个人最初接近她时抱有何种目的，只在乎他们最后的心意是什么。

当年景炎公子费尽心机，最开始的目的，不也是想要她的命吗？最后却为她付出了所有。

甚至，到了如今，那个人即便已抛去了一切前缘，却还是躺在她的床上，与她百般缠绵，对她呵护有加。

蓝靛顿了顿，垂首道：“属下明白了。”

回到寝殿时，她拨开床幔，白焰已经不在床上了，她正要转身，却有人忽然从后面抱住她，轻轻咬了一下她的耳朵：“去哪儿了？”

她侧过脸看他：“出去走了一圈，你休息好了？”

他在她腰上捏了一下：“做什么去了？”

安岚道：“鹿源被施园伤了，我去看看。”

白焰看了她一眼，随后一笑：“坏丫头，你打的什么主意呢？”

安岚反问：“鹿源被伤，怎么是我打主意？”

白焰将手伸进她的衣服里：“你那位源侍香不是简单的人，不可能轻易就被施园伤了，更何况这里是天枢殿，施园再桀骜不驯，也不会真的乱来。”

安岚抓住他的手，阻住他的动作：“你年纪不小了，纵欲伤身。”

白焰有些愣住了，面上的表情忽然变得很精彩，好一会儿后，才有些咬牙切齿地道："刚刚是谁哭着喊着求饶的？"

安岚转过身，轻轻推了他一下，似笑非笑地道："你要想次次都能听到我这么哭喊，就好好保养自己的身体。"

白焰："……"

夜幕降临，安岚再次洗浴出来，白焰也已经穿戴整齐，桌上已经摆上精致的宵夜。

他并没有动筷子，只是坐在桌旁，脸微垂，手里不知拿着什么东西，面上表情淡漠，似乎是太过沉静了，所以他侧面的线条看起来有些冷，似天生就带着距离感，令人不敢靠近。

真是奇怪，分明是同一个人，但脱下衣服和穿上衣服，却判若两人。

安岚走过去的时候，他才抬起脸，面上露出浅笑，身上的冰霜随即消融。

安岚坐在他旁边："在看什么？"

白焰将手里的沉香珠子递过去："道门的人过来了。"

安岚接过一看："鸽子楼收到的消息？"

白焰摇头："白天在路上捡到的。"

安岚抬起眼："捡到的？"

白焰点头："回来路上马车忽然卡住，下车后就看到了这粒珠子，我想应当是道门的人特意留下的。"

安岚拈着那粒沉香珠子："他们为什么要这么做？特意通知你？"

白焰一边给她盛粥，一边道："兴许是示威。"

安岚微微挑眉："示威？"

"我们的消息都迟了一步。"白焰将盛好的粥放在她面前，"他们躲过了鸽子楼和刑院的消息网，再故意透露消息，不是示威是什么？"

安岚道："我知道道门的人已经到长安了。"

白焰看了她一眼，唇边噙着一丝笑："刑院根本查不到道门的具体行踪，只是安先生可以推测他们近段时间会到长安。"

安岚瞪了他一眼，没有否认，也不与他计较，放下那粒珠子，开始喝粥。

白焰也给自己盛了一碗：“其实也用不着盯住他们。”

安岚放下勺子：“我不喜欢等待。”

等待，就意味着已经无能为力，只能把一切都交给命运去宣判，她厌恶这等无力的感觉。

“并非是干等。”白焰道，“只要了解他们的目的，等待他们出现的过程中，可以做相应的准备。”

安岚问：“他们当真只为天玑殿而来？”

白焰反问：“你觉得呢？”

安岚沉吟片刻，开口道：“道门或许只是为了天玑殿而来，但天下无香的人却不会只盯着天玑殿。”

白焰问：“为何？”

安岚看了他一眼：“因为广寒先生留下的那句话：‘山魂以淬之，可夺天地造化，灭神坛。’天下无香的人从一开始就已经盯上山魂了，并且有意引导大家往这方面注意。可至今，我们却依旧不清楚山魂究竟是什么。”

“兴许本就是无中生有之物。”白焰淡淡地道，“钱罕这些年所贩的香材，安先生应当已经一一辨认过了，可有特别之处？”

安岚想了一会儿才道：“兴许山魂本就不是什么特别的东西，只不过它能引起香蛊的某些特殊反应，以至于，能制造出某些以假乱真的香境来。”

白焰听了她这么一说，久久不语，安岚便看了他一眼：“怎么，觉得我说得太荒谬？”

白焰摇头，轻轻一笑：“不是，相反，在下觉得安先生此言，当是真相！”

安岚微微挑眉：“你的认可，为何看起来不似发自内心？”

白焰见她面上带着明显的不满，面上的笑容扩大了几分：“那是因为安先生只注意我的年纪，却不在乎我的心，自然看不到我心里所想。”

安岚打量了他几眼，微微抬起下巴，淡淡地道：“我说得也没错。”

看着那张娇嫩得几乎能掐出水的脸，白焰有种搬起石头砸自己脚的感觉，这丫头滑不溜手，偏对自己看中的人又占有欲十足，并且表现得理所当然，那股小坏是从骨子里透出来的，又聪明又通透，还懂得隐忍，本性是丁点亏都不吃，他实在不想跟她讨论关于年纪的问题。

白焰喝了口汤后，才道：“在下养精蓄锐多年，安先生大可放心。”

安岚没有说话，只是看着他，漆黑的眸子在烛火的映照下，有种动人的魔力。

白焰忽然觉得燥热，没有一个女人会这么看着他。

安岚却在这个时候开口：“若我的猜测是真的，那么这件事没法阻止，他们会将声势造得更大，让大家都将目光投向他们。如果川连确实是道门选中的同盟者，那么接下来，应当会轮到川连正式出场了。”

她一开口，刚刚那等眼神就淡了下去，水过无痕。

白焰顿了顿，才道：“没错。”

安岚却看着他，轻轻一笑，眼里带着了然。

白焰看着她这蔫坏的表情，也有些无奈地笑了，假意瞪了她一眼：“总有收拾你的时候！”

安岚放下勺子：“你刚刚在路上碰到了柳先生。”

白焰见她吃得少，便给她添了几块小点心：“没错，柳先生刚从慕容府回来。”

安岚问：“她怎么说？”

白焰道：“慕容勋的死，她怀疑是我下的手。”

安岚问：“她看出是大香师做的？”

白焰道：“若是你去看，你能看得出是大香师做的吗？”

安岚摇头：“上次玉瑶郡主的死，是因为香蛊撕下了一角香境，所以我才断定此案与大香师有关。慕容勋的死，事后如果没有香境的痕迹留下，我就无法断定他的死因。不过每位大香师的能力都有所差别，兴许柳先生真能看出些端倪。”

白焰想了想，便道：“若真是大香师所为，那就说明这长香殿内，还有道门和天下无香的同盟。”

安岚沉默了片刻，低声道：“我猜不出会是谁。”

如今长香殿只有五位大香师，除去她外，玉衡殿的崔飞飞，本性正直，不像是会参与这等事的人；谢蓝河根基尚浅，向来没有争强之心；天璇殿的柳璇玑则从来不屑参与这等事，更何况她对自己想要的东西，也从不愿假他人之手；天权殿的净尘先生若有此心，根本不用等到现在，六年前的机会更好。

鹿源处理好手上的伤后，走出房间，袖着手站在院中，久久地看着凤翥殿的方向。

夜深后，巡山人走过来："道门的人联系上天下无香了，镇南王府留下的那位杀手寒立也显露了行迹，羽姑娘还在城内，没有要回来的意思。"

鹿源问："道门的人来了多少？"

巡山人道："李长老和其门下四位云字辈的弟子都来了。"

鹿源道："刑院的人也收到这些消息了？"

巡山人道："是，蓝掌事已经分别派出人手去盯着，镇香使那边也有了相应的动作。"

鹿源道："道门的人掌权天玑殿多年，对刑院的行事并不陌生，即便是对镇香使的人，也有所了解，他们不一定能在道门面前讨得便宜，你继续盯着。"

"是。"巡山人应下，随后问，"是不是让羽姑娘回来？"

"为何让她回来？"

巡山人道："万一道门或南疆人拿羽姑娘要挟您？"

鹿源沉默许久，才淡淡地道："他们不知道我是谁。"

第四章·阴谋

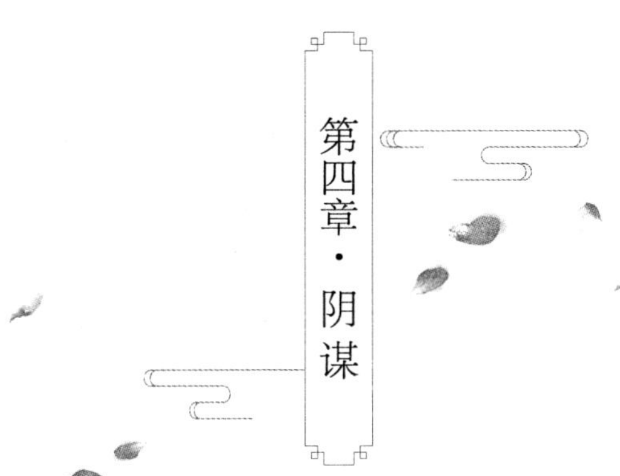

大雪这一日，是梁国公夫人李氏的寿辰。

国公府喜爱奢华好办欢宴，虽这一日天气不佳，车马难行，但年年国公府都要摆上十几桌宴席，请上百来位亲友前来热闹。因李夫人极爱香，故每年都少不了要请数位长安城内有名的香师，包括各大香行的掌柜也都没有落下，据闻，今年天下无香也接到了请柬。

国公府亦给长香殿几位大香师送了请柬，只是国公府以往仅跟天玑殿有所往来，自天玑殿的百里大香师仙逝后，国公府和长香殿的关系也跟着慢慢淡去。最近这几年，即便国公府千请万请，帖子发了一张又一张，但大香师光临国公府的次数还是越来越少。

也是巧，这一日，玉衡殿的崔先生进宫去看望太后和娘娘；正阳殿谢先生的生母身体不适，谢蓝河一早就回了谢家探望母亲去了；净尘先生因躲闲多日，殿内的庶务越积越多，有些事情必须得大香师拿主意才行，于是被殿侍长哭着喊着给拉住，净尘实在躲不过，只能留在殿内干点正事；至于柳璇玑，一早起来见天下大雪，顿时心血来潮，想出去游山看雪景，还想找个伴，便让金雀去天枢殿将安岚也叫上。

所以今日国公府的请柬，甚至没能送到几位大香师面前，都是香殿的殿侍长或是侍香人接了，然后让人准备份适当的寿礼，命人送过去。

柳璇玑刚走出寝殿，就看到安岚和金雀远远地走过来，两人都是正当好年华的姑娘，又都生得水灵灵的，叫人看着就欢喜。

待她们走进了，柳璇玑上前两步，抬手摸了摸安岚披风上围的那圈蓬蓬的、雪白的貂皮，笑着道："果真适合你，没糟蹋这等好东西。"

安岚让随行的侍女呈上一把螺钿琵琶："听闻这是前朝那位辰妃用过的，希望能入得柳先生的眼。"

传闻前朝宫内有位妃子，不仅精通音律，还擅长各种乐器，世人曾用"十二门前融冷光，二十三丝动紫皇"来赞叹她的技艺之高。

柳璇玑接过那把琵琶，细细地看了一会儿上面的螺钿贴花，手指轻轻抚摸琴弦。

安岚对音律不通，只觉得那琴弦发出的音质极为轻灵。

柳璇玑抱着琵琶，斜着眼睛看着安岚："如何寻得这样的好东西？"

安岚道："之前听闻柳先生在找这个，我便也让下面的人多留意留意，是运气好，没想到就叫他们给找到了，就前两天才送到天枢殿的，今儿我便亲自给你送来。"

"岚丫头啊岚丫头，谁能有你这样的心思呢。"柳璇玑微微眯着眼睛，上下打量了她一眼，然后轻轻一笑，"行吧，这份人情我会记得的。"

安岚亦是笑了笑："柳先生能喜欢就好。"

柳璇玑将琵琶递给旁边的侍香人，然后就走下台阶："难得这样好的雪，我已经命人在观雪亭那儿备了好酒，也烧了炉子，随我一块去走走吧。"

安岚微微点头，与她并肩走着，金雀的眼睛滴溜溜地转了转，特意落后两步，跟在她们身后。

柳璇玑没有回头，走了一段后，就懒洋洋地道了一句："说起来，我私下要找什么，也就我家养的那只小鸟儿知道。"

安岚道："我那儿就少这么一个贴心的呢，当真是对柳先生羡慕得紧。"

柳璇玑瞟了安岚一眼："真是姐妹情深，我还没说什么呢，你就护着了，难道你也想跟我抢人不成？"

"我就不跟您抢了，一个净尘先生就够您为难了吧？"安岚笑着道，"谁叫你这般会调教人，身边的人这般招人喜欢。"

一直装死跟在她们身后的金雀听到这句，愈加不自在了，脚踩在雪地上，磨磨蹭蹭的，越走越慢。

柳璇玑嗤笑道：“调教了这么些年，也还是那迷迷糊糊的样子，胳膊肘也还是只顾着往外拐。”

金雀听了这话，有些耐不住了，跟着后面低声道：“我没有胳膊肘往外拐的。”

安岚回头看了金雀一眼，就对柳璇玑道：“也就您，嘴上多嫌弃，心里都舍不得放手。”

柳璇玑亦是笑了，正好这会儿已经走到观雪亭，便拉上安岚的手，领着她进去。

侍女们鱼贯而出，热腾腾的棉巾、温度适中的茶水、暖香的坐垫，伺候得细致入微。

柳璇玑坐下后，单留下金雀，让余的侍女都退了出去。

金雀跪坐在她们旁边，要给倒酒，安岚接过酒壶，给柳璇玑倒上一杯：“难得柳先生今日相邀，我有多日不曾有此雅兴出来赏雪了。”

柳璇玑打量了她一眼：“苦守这么多年，还能旧情复燃，这喝酒赏雪当然是小事。”

金雀诧异地抬起脸，安岚淡淡一笑，没有接话。

柳璇玑看着她低声笑了，直到安岚略微觉得不自在后，才又开口道：“若我不邀你前来赏雪，你今日打算做什么，可有安排？”

安岚道：“国公府送了张请柬过来，本是想去赴宴的。”

柳璇玑微微眯着眼：“李氏的寿宴，大家都不去，你想去？”

安岚看了柳璇玑一眼：“柳先生不想去？”

柳璇玑也打量了她一会儿，笑了，拿起酒杯：“自然不想去。”

安岚问：“为何？”

柳璇玑却忽然反问：“慕容勋是怎么死的？”

安岚道：“柳先生似乎知道。”

柳璇玑道：“知道一些，还有一些需要你给我解惑。”

安岚道：“柳先生怕是问错人了。”

柳璇玑道：“是吗，我可不觉得呢，慕容勋死的当晚，长香殿就只有镇香使在慕容府。”

安岚道：“那又如何？”

柳璇玑没有说话，只是看着她，唇边挂着笑，许久之后，才慢悠悠地道了一句："你不知道？"

安岚摇头，面上神色自若。

柳璇玑抿了一口酒，眯着眼睛看她："什么都不知道吗？不知道山魂是什么，不知道慕容励是怎么死的，不知道大家为什么都不去国公府，也不知道道门的同盟者是谁？"

安岚默默地喝了一口甜酒，没有说话。

金雀来回看着她们俩，听不明白她们到底在说什么，但感觉气氛不是太好，不由得有些紧张。她有心想让气氛热络些，但看着两人的脸色，嘴唇嗫嚅了几下，竟不知该说些什么。

许久，安岚才道："现在倒是确认了一件事。"

柳璇玑晃了晃酒杯："嗯？"

"我才是嫌疑最大的那一位。"安岚放下酒杯，"玉瑶郡主和慕容励的死，柳先生以为都是我做的？所以道门在长香殿的同盟，也是我？"

金雀诧异地张大了嘴巴，赶紧看向柳璇玑。

柳璇玑打量了安岚好一会儿，才晃着酒杯道："我若真怀疑是你，今日就不会叫你过来喝酒赏雪了。"

金雀闻言，紧绷的表情慢慢松了下去，赶忙给柳璇玑斟酒。

安岚沉默片刻，问了一句："慕容励当真是死于香境？"

柳璇玑似笑非笑地道："千真万确。"

安岚微微蹙眉："为何要他死？"

"慕容府不过是被利用了，慕容励就是颗棋子，慕容氏那个蠢物，怕是还不清楚自个儿的儿子究竟是怎么死的。"柳璇玑面上带着一丝嘲讽，"你心里一样清楚，玉瑶郡主的死让所有人都将疑点投向了长香殿，而慕容励的死，则让所有人的注意力由大香师投向了天道秘籍，也就是山魂。山魂真的存在吗？当真能让人一步登天吗？没有人不好奇，没有人不想知道，没有人不希望这是真的，除了我们。"

安岚手里握着酒杯，手指轻轻抚摸光滑的杯身，久久不语。

柳璇玑道："现在，轮到你说了，岚丫头。"

安岚抬起眼："说什么？"

柳璇玑道："山魂对他们究竟有何用，以至于他们这么费尽心思地来找？为何又特意拐弯抹角地要将消息放出去？”

安岚道：“柳先生已经见识过了，南疆人养的香蛊能吞噬香境。”

柳璇玑点头，但又有些不屑地道：“的确有点出乎意料，不过也只是雕虫小技，翻不起什么风浪。”

安岚道：“若我猜得没错，山魂可以助香蛊模仿香境，对普通人而言，足以乱真，只是那模仿出来的香境，仅相当于一场幻觉，没有实际的力量。”

柳璇玑微微皱眉，安岚顿了顿，便将之前川连在她面前显露“香境”的经过道了出来。

柳璇玑听完后，杯子里的酒也喝完了，她放下杯子：“她那样的骗术，对你我确实不起任何作用，但对普通人而言，已经足够。他们若是相信那些骗术是真的，那她的骗术便是真的，人心已认定的东西，岂是轻易能改变的？杀人的法子太多，何须香境？如何满足别人心里私欲，也同样有路可循，他们需要的，只是一场华美的盛宴，不管真假。”

安岚沉默，片刻后微微点头：“确实如此。”

但即便如此，长香殿亦不能告诉大家，这是个骗术，并且为了证明这个骗术，再公开这样的骗术是如何生成的。只要这样的消息放出去，香谷和道门的目的兴许就失败了，却也会因此跳出无数个似香谷和道门一样，野心勃勃的家族。

能以骗术乱真香境，这个理由足够他们付出任何代价，同心协力将现有的几位大香师从神坛上拉下来，换上他们自己选中的傀儡。

正是因为明白长香殿有这样的顾忌，所以香谷的人才会有恃无恐。这也就是当年广寒先生真正的意思吧？若由他操纵这一切，确实足以颠覆整个长香殿。

安岚垂眸，心里五味杂陈。

柳璇玑微醺的时候，刑院的院侍找了过来，在安岚耳边悄悄道了一句。

柳璇玑斜着眼看她，又瞟了那名院侍一眼，目中带着愠怒：“说什么见不得人的事，还当着我的面！”

安岚让那名院侍退出去，然后道：“是国公府那边出事了。”

柳璇玑一双醉眼看了安岚一会儿，然后笑了起来：“这一次死的是谁？”

安岚摇头：“没有死人，是天下无香的川连当众起了一场香境，场面盛大，所有宾客都赞叹不已，李夫人更是激动万分，直接在宴会中道新的大香师就要诞生了。”

“川连？”柳璇玑想了想，才道，“那个总僵着一张脸的女人？她起了什么香境？”

安岚道：“繁花盛景，百鸟朝凤。”

柳璇玑没骨头般地歪在一边，眯着眼睛道：“骗过了那百十号宾客？”

安岚道：“应当是骗过了。”

柳璇玑笑了：“我记得道门那位李道长，和国公府的李夫人是堂兄妹，只是传闻两人曾经交恶，没想到是误传。”

安岚点头：“李道长今日也去了国公府祝寿。”

柳璇玑瞟了她一眼：“你后悔没去？”

安岚摇头：“没有这次，也会有下次，川连总会寻得机会如此造势。”

柳璇玑道：“没错，今日你若去了，无论出任何事，另外几个香殿都会怀疑你的用心，人心难测啊岚丫头。”

安岚握着温热的酒杯，没有言语。

柳璇玑兀自笑了笑：“新的大香师，倒是有些叫人期待。”

崔飞飞刚从宫里出来时，就听说清耀夫人也来长安了，此时正在别院里等她。

“母亲怎么突然来了长安？”去往别院的路上，崔飞飞疑惑地问了一句，自她成为大香师后，清耀夫人就放心地回清河去了。族中人多事繁，这五年来，她母亲虽心里总是挂念，却也只是送信给她。她最近一封信还是一个月前收到的，然母亲信中不曾提过要来长安。

梅侍香道：“夫人去了国公府。”

崔飞飞微微蹙眉：“虽说母亲和李夫人曾是手帕交，但千里迢迢来长安……”

梅侍香将手炉递给她：“您都快六年没见夫人了，平日里还跟我说想夫人，想回清河看看呢，如今夫人来看您，您怎么不见高兴，反而满心忧虑呢？”

崔飞飞将手炉搁在大腿上，轻轻笑了笑："高兴自然是高兴的，只是这个时候母亲忽然来长安，还特意去了国公府，我心里的忧虑亦是免不了。"

梅侍香道："家中应当没什么事，若有事，即便夫人瞒着，那边的香使也会有消息送过来。"

崔飞飞摇了摇头："倒不是忧心家里。"

梅侍香看了她一眼："您是担心香殿？"

崔飞飞两手覆在手炉盖上，淡淡地道："风雨将至。"

梅侍香道："到底也不干咱玉衡殿的事，奴婢只担心您到时心软，让安先生几句话就给拉了过去，为她平白惹上一身麻烦。"

崔飞飞道："安先生这些年从未给我添过什么麻烦，倒是香殿之间的庶务，她与我行过不少方便，你如此说甚是不妥。"

梅侍香顿了顿才道："是奴婢小人之心了，只是庶务相关的方便，您事后也给予了答谢，安先生亦是次次都有收下您的谢礼。"

崔飞飞道："她正是不想与我有太多瓜葛，亦不想让我觉得我欠了她人情，所以才会次次都收下谢礼。"

梅侍香不解："这是为何？"

虽说安先生亦是大香师，照理大香师是不论出身不论门第的，但实际上，那不过是相对普通人而言，大香师之间，也不可能真的可以无视出身门第。谁都知道安先生是香奴出身，即便后来与景炎公子定亲，但随着景炎公子失踪、景公过世，安先生和景府间的关系也不再像以前那么牢固了。而崔先生则是出自清河崔氏，幼时就被圣上册封为郡主，如今宫里有位贵妃娘娘就姓崔，就连太后也是姓崔，清河崔氏的崔。

崔飞飞沉默了一会儿，才道："姑姑当年是为她而死的，她心里一直记着。"

玉衡殿上一任大香师崔文君，在安岚刚刚走进长香殿时，就怀疑安岚是她当年刚刚生出来，就被人偷抱走的女儿，但同时也怀疑安岚是她仇人的女儿。这个疑问，从她遇见安岚的那一刻开始，就不停地折磨她，一直到她死，其实都没有得到真正确定的答案。只是，她最终是选择了相信，相信那个孩子就是她找了十多年的孩子。

梅侍香是从小就服侍崔飞飞，并跟着一起进长香殿的，对此事亦是知晓，故听崔飞飞忽然提起，不由得也沉默了。

良久，梅侍香才笑了一笑，转开话题："您要不是今儿进宫，夫人应该就直接上山找您了。"

崔飞飞叹了口气："我今日本是进宫躲麻烦的，但眼下看着，这麻烦怕是还躲不过去。"

梅侍香怔了怔，有些担心地看着崔飞飞。

崔飞飞却不再说话，不多会儿，便到了别院，马车停下，她掀开帘子往外看了一眼，再难压住眼里的激动。

清耀夫人是站在二门的门口等她的，也不知等了多久，虽是站在屋檐下，但肩上和头发上还是落了几片雪花。

六年不见，母亲并未有改变，依旧那般雍容华贵、秀丽端庄。

崔飞飞眼睛一热："母亲怎么站在外头，这些年您身体可好？父亲身体可好？"

清耀夫人笑着拉住她的手，上下打量了她好几眼，才有些骄傲地道："我和你父亲都好，我的小郡主如今是大香师了，我自当要出门迎接。这一路累了吧，快进去，我让人给你做了你小时候爱吃的甜羹，你进宫这半天，想必也吃不得什么好的。"

崔飞飞进了房间后，就道："您要来长安，怎么信中没说一声？我好让人去接您。"

清耀夫人待下人将甜羹端上来后，才道："是给你去了信后，才决定要来长安的。"

崔飞飞有些担心地问："母亲是有要事？"

清耀夫人淡淡地道："是有几件事要办。"

丫鬟将甜羹盛在一个莲花玉碗里，轻轻放在她面前，清耀夫人让下人全都退出去，自己给崔飞飞盛了一碗。

崔飞飞微微起身，清耀夫人看着她欣慰地笑："一是我心里一直挂念着你，便来看看你。"

崔飞飞道："我亦挂念您和父亲。"

清耀夫人将甜羹放在她面前："二是李佩琴今年正好五十大寿，我也来看看她。"

李佩琴就是国公府的李夫人，亦是李道长的堂妹，今日是她五十大寿，国公府往长香殿发了六张请柬，却没有一个人亲自去道贺，都只是送了份适当的贺礼。

清耀夫人接着道："快尝尝看，还是不是你小时候吃的那个味道，我看着李妈妈做的，之前你父亲还说想吃这个来着，因太麻烦，我都没给他做。"

崔飞飞仔细吃了一口，然后点点头，笑道："是小时候那个味道，甜而不腻，宫里做的都没您做的好吃。"

清耀夫人微微挑眉："可不是，宫里这道甜羹还是太后出嫁后，给带进去的，只是宫里那些御厨哪里做得出咱清河的味道。"

崔飞飞笑了："太后也说过，宫里的用料再怎么精细，那味道还是要差上一分。"

清耀夫人亦是笑着道："看来明儿我该给太后和娘娘们送几碗甜羹去，不然叫太后知道我做了却没她的份，定会怪我。"

崔飞飞跟着笑，只是片刻后，还是迟疑着问了一句："这是母亲的第三件事吗？"

清耀夫人看了她一眼，轻轻摇头："当然不是。"

崔飞飞便询问地看下清耀夫人，清耀夫人道："三嘛，便是来看着你。"

崔飞飞一怔："看着我？"

清耀夫人点头："就是看着你，确保你什么事都不去参与。"

崔飞飞怔住了。

候在一旁的梅侍香抬起脸，看了清耀夫人一眼，面上欲言又止。崔先生如今已是大香师，那是何等身份，即便您是她的母亲，也不该用如此语气与她说话，更何况此言是要限制先生的行为。

清耀夫人似知道梅侍香此时在想什么，遂瞥了她一眼，神色淡淡的。

梅侍香不自觉地就垂下了眼，心里几乎是反射性地生出几分惧意，即便已经离开崔府，进入长香殿多年，但在她心里，清耀夫人的余威依旧未能完全除去。

"吃吧，冷了就不好吃了。"片刻后，清耀夫人又淡淡地道了一句。

崔飞飞安静地吃完那碗甜羹，放下勺子，清茶漱口后，才问了一句："母亲是打算做什么？"

清耀夫人也放下勺子，漱了口，又用热棉巾轻轻拭了拭嘴角，然后才

道："你以为我会做什么？"

崔飞飞道："李道长今日也去了国公府。"

清耀夫人冷笑："那又如何，你以为我会听那等老家伙的话？"

崔飞飞捧上茶盏，轻轻放在清耀夫人面前："母亲当然不会听他的话，我只是担心，李道长可能对母亲说了什么，迷惑了母亲。"

清耀夫人轻轻拨了拨茶碗盖，缓缓地道："道门盘踞清河南郡近千年，崔氏无论在南郡做什么，田地、经商，特别是漕运，都要经过道门。从你祖父当家起，崔家就一直想打破这种局面，只是我们努力了数十年，道门却从未有松口之意。直至十年前，你父亲终于等到了一次机会，本是可以顺利逼得道门将南郡的漕运交予崔氏，最终却因道门十三子血溅堂口而失败，你祖父也气得大病一场，你几位堂兄亦因此不得不离开清河。"

崔飞飞沉默地看着杯子里的茶水，十年前她还在清河，那件事发生的时候，她正在祖屋，崔氏和道门的恩怨，她从小就听说过。

良久，崔飞飞才开口："道门是不是已经许诺，将南郡的漕运全部交予崔氏？"

清耀夫人放在茶碗盖："还有云山以南那片良田。"

梅侍香不由得又抬起脸，面上难掩惊诧。以前她在清河时，就曾听说，云山以南那片良田本就属于崔氏，只是三十多年前，竟然被崔家一位嗜赌成性的子弟偷偷卖了，其父知道后，被活活气死，临死前，命大儿子立下誓言，有生之年定要拿回那块地。

立下誓言的那位，就是如今的崔老太爷；败家的那位，则是崔老太爷的七弟。

崔飞飞比任何人都清楚，那块地对祖父、对崔氏的意义有多大。

"道门竟如此舍得！"崔飞飞愣怔片刻，然后看着清耀夫人问，"他们究竟想要什么？"

清耀夫人淡淡一笑："他们只要你什么都别参与，安安稳稳地待在你的玉衡殿即可。"

崔飞飞面上露出犹疑："南郡漕运以及云山以南那块地，仅为换取我的沉默？"

清耀夫人点头："没错。"

崔飞飞叹道："道门所求果真不小。"

清耀夫人道："无论他们求什么，眼下这笔买卖，你祖父已经应下，并命我亲自来长安告知你。"

崔飞飞沉默了片刻，才道："今日在国公府，母亲见到了什么？"

清耀夫人道："一场香境而已。"

崔飞飞道："听闻李夫人在宴席上道出，新的大香师诞生了。"

清耀夫人冷笑："没错，过不了几日，李道长就会上长香殿正式举荐川连为天玑殿传人。只是单川连这南疆人的身份，跟道门之间就不知有多少笔账要算。"

"川连并非百里先生的传人，道门这等举荐法，必须通过长香殿两位以上的大香师的认可，川连才能正式成为天玑殿的传人。"崔飞飞说到这里，就看着清耀夫人道，"道门是想让我直接认可川连？"

清耀夫人冷笑："他们的原意确实如此，只是知女莫若母，我知道你断不会答应，因而替你拒绝了，老太爷为此狠狠斥责了我一番。"

崔飞飞目中神色有些复杂，一时不知该说什么好，她清楚母亲的性格，更清楚祖父的行事风格，若真是动怒了，绝不可能仅是一番斥责那么简单。

清耀夫人收起面上的嘲讽之色，接着道："在我的坚持下，道门最终退了一步，只是要求你弃权，即是什么也不管，什么也不做。"

崔飞飞顿了顿，才缓缓开口："母亲当真以为，他们只是为了天玑殿而来？"

清耀夫人淡淡地道："无论他们的真正目的是什么，眼下都与你无关，你只需做好自己的分内事即可。"

崔飞飞张口："可是——"

清耀夫人打断她的话："你毕竟姓崔，当年为了让你坐上大香师之位，家里都付出了什么，你难道不清楚？"

崔飞飞慢慢闭上嘴。

清耀夫人看着她道："如今无须你做什么，只需什么都别做，家里的这个要求并不过分，亦是我能为你争取到的最好的条件。"

"让母亲费心了。"崔飞飞叹了口气，"我明白了。"

清耀夫人笑了，伸出手，在她手背上轻轻拍了拍："你明白就好，作壁上观才是聪明人的做法，更何况还有如此大的利好。"

崔飞飞也浅浅一笑，眼里却带着几分无奈。

清耀夫人站起身："你出来也有些时候了，天色已不早，早些回去吧。"

崔飞飞一怔："母亲难道不随我一块去长香殿？"

清耀夫人摇头："我许多年没来长安了，先在这城内住几天，到时再去玉衡殿找你。"

崔飞飞闻言便知她母亲还有别的事要办，迟疑了一会儿，终是忍住没问，只是轻轻点了点头。

清耀夫人将她送出门外，在她登上马车前，又道了一句："记住我说的话。"

路上，梅侍香悄悄嘘了口气，想着之前清耀夫人说的那些话，一时有点分不清此时心里的感觉。崔府拿回祖产，并从此真正掌控南郡漕运，无论如何都是喜事，这对崔先生而言更是十足的好消息。但一想到道门借此提出的条件，虽不过分，却也正因如此，反让人有几分不安。

道门确实没有耽搁，次日，长香殿的五位大香师就都收到了李道长的名帖，并且当日一大早，李道长的两位弟子就先赶到了天玑殿，开始指使天玑殿几位大掌事为迎接李道长做准备。

天玑殿这边的动静，皆第一时间传到了几位大香师耳中，同时也传达了天玑殿内，数位掌事的不满情绪。在百里大香师突然仙逝，天玑殿一时没有找到传人的情况下，照旧例，天玑殿应归其余五位大香师共同管理，故眼下天玑殿内的许多人，是其余五殿各自分派过去的。只是百里大香师留下的那些人，原本就听命于道门，百里大香师仙逝后，他们并未离开，如今更是因为道门的前来，姿态比往日加倍高昂，全都竭尽所能地排除异己。

然而这一次，五位大香师却都不约而同地保持了沉默。

安岚用完早膳后，鹿源捧上茶："那四殿都没什么动静，倒是摇光殿那边，几位掌事和殿侍这几日下山有些频繁起来，刚刚摇光殿有位殿侍特意去天玑殿打探消息，在里面待了半个时辰。"

长香殿七殿，如今就摇光殿和天玑殿暂时无主，只是摇光殿不像天玑殿，天玑殿数百年来的大香师都出自道门，道门的势力在天玑殿内扎根已深，想要拔除绝非易事。而摇光殿，单论最近一百年，就换过四位大香师了，每一位大香师的出身都不同，并且每上任一位新大香师，无一例外，都将前一任留下的影响清洗一遍，故而这么多年，没有任何一个家族或者门派，能真正掌控摇光殿。

即便摇光殿上一任大香师就出自长安名门方家，方家这些年安排进入摇光殿的人，一直坚持着没有离开，但摇光殿的权力，却也没有因此就真的掌控在方家手中。实际上，自方大香师仙逝后，摇光殿就已归入其余五位大香师手里。方家即便心有不甘，却也无力改变，直到今日，或者说，直到南疆人忽然来到长安、景府出了人命官司，接着慕容府红事变白事、川连声名鹊起、道门随之现身等一系列的事情发生后，方家终于看到了希望。

眼下方家就是要看道门究竟会怎么做，如果道门真能举荐川连成功，那么，方家也定会效仿，甚至另外几位大香师背后的家族，也定会暗中准备。而曾经进入过长香殿，如今已经被请出去的那些人、那些家族，也一定会心动。到时，长香殿将变成一个可怕的旋涡，把所有人都卷进去。

秩序一旦坍塌，首先面临的就是灾难，无人幸免。

安岚接过茶盏，淡淡地道："何止是摇光殿有所意动，其余几个香殿的动静，不过是因为有大香师在，所以勉强按捺得住罢了。"

鹿源微微点头，低声道："清耀夫人昨日就到长安了，去了国公府，后来又跟崔先生见了一面。"

清河崔氏和道门间的恩怨，安岚大致知道。

"川连要挑战至少两位大香师，大香师的名单虽是随机选的，但大香师亦可主动出面应战。"安岚将茶盏放在一边，托着腮看着窗外，"道门给川连选的第一位大香师，是丹阳郡主吗？"

丹阳郡主即是崔飞飞，当年她便是以郡主之尊，入住长香殿。

鹿源道："如果道门舍得放弃一些东西，应当能说动崔老太爷。"

安岚微微挑眉："若真如此，你觉得崔先生是会顺着崔老太爷的意愿，认可了川连，还是……让事实说话？"

鹿源迟疑了许久，都没能回答这个问题。

虽然崔先生的为人向来光明磊落，但当事情进入到两难境地，必须在家族利益和个人准则间做一个取舍时，谁也说不准，到时她会选哪一边。

片刻后，安岚笑了一笑，收回目光看向鹿源："你以为像清耀夫人那么精明的女人，会让自己的女儿陷入这样两难的境地吗？她一定会先替丹阳郡主做好选择，然后再来找郡主。"

鹿源微怔，沉吟了片刻，便问："先生以为，清耀夫人会替崔先生做何等选择？"

安岚端起茶盏，淡淡地道："无论是何等选择，最后放在丹阳郡主面前的，想必都不会太让她为难。"

大香师不论出身不论门第，不过是用来安抚人心的话罢了，那些东西的真正用处，是不曾拥有过的人，难以想象的。

李道长正式来访，又命弟子提前来安排，加上道门在天玑殿的地位，即便是大香师，也不能不给他面子。

不到晌午，五位大香师就都进了天玑殿的正殿。

柳璇玑比安岚先到，待安岚一进来，她就笑眯眯地飘过去，特意往安岚身后看了一眼："镇香使没跟着你一块过来？"

"他有差事要办。"安岚随意道了一句，环视了一圈，然后问，"李道长还没到？"

柳璇玑打量了鹿源一眼，给他飞了个媚眼，然后才道："马车刚到山门，应当还有一会儿才能到香殿，那老道是故意让我们等着他。何必在这儿干等如他的愿，你陪我出去逛逛。"

安岚往殿内看了几眼，谢蓝河正和崔飞飞说话，崔飞飞却不时往她这儿看一眼，似想过来，净尘则负手站在一幅山水画前，做认真欣赏状。

安岚收回目光："柳先生怎么没带金雀来？"

柳璇玑哧哧冷笑："不想让她过来，省得让人给勾搭走了！"

柳璇玑的话一出，净尘的耳朵似乎就跟着动了动，欣赏那幅画的表情也愈加认真起来。

安岚转头看了外面一眼："我过来的时候下雪了。"

"雪天车马更加难行。"柳璇玑说着就搭住安岚的胳膊，拉着她往外走，"你难道不知，天玑殿的雪景别有一番意境，天玑殿的人更是妙不可言，此番前来不好好见识见识，岂不可惜？"

安岚笑了："柳先生是有多长时间没来天玑殿了？"

柳璇玑拉着她出了正殿，顺着长长的走廊往前走："百里翎在的时候，我从未进入这里，他死后，我也觉得意兴阑珊，算起来，今日是我第一次真正踏入这里。"

安岚有些不敢相信地看了柳璇玑一眼。

“不敢相信吗？”柳璇玑凉凉地瞟了安岚一眼，道出她心里的想法。

安岚淡淡一笑：“是有些意外。”

柳璇玑微微眯起眼，看着廊外的玉树琼枝，移步过去，折下一根冰凌，拿着把玩：“香殿向来是非请勿入。”她似不怕冷，手里握着冰凌轻轻敲着旁边的树枝，枝头的积雪被震落些许，顺着风飘进走廊内，“岚丫头，七座香殿，至今你都进入过哪几个？”

安岚沉默地接着雪花，七大香殿，除去天枢殿外，其余六殿她亦并非都曾踏足过。

确实，香殿向来是非请勿入、非请勿游，再者，两座香殿间的距离，并非如街区的左邻右舍那般。譬如天枢殿和开阳殿，就隔着差不多一个小山头，山石就是天然的屏障；天枢殿和摇光殿的距离则更远，并且两殿间必经的山道极陡，行走多有不便。

柳璇玑扔掉手里的冰凌，领着安岚走出长廊，登上地势较高的石亭，抬手指了个方向：“你看那个地方，如果在那里修一条道，便能将天玑殿、天枢殿、开阳殿、玉衡殿以及天璇殿都连起来，并且此道只要修建成功，云隐楼的位置也会因此变得十分重要，你给镇香使挑了个好地方哟。”

安岚默不作声地看着，她比柳璇玑更清楚，那条道若是能修成，得利最大的其实是天枢殿，只要仔细看看现如今长香殿的地形地势，若加上那条路，便足以让天枢殿成为七大香殿真正的中枢。

柳璇玑将手里的冰水擦干净，轻轻勾了一下耳边乱飞的发丝：“但是为什么这么多年，这条道一直没能动工，你可知道原因？”

“因天玑殿对此一直持反对态度，如今天玑殿虽已归长香殿几位大香师共同掌管，但道门的势力还在，影响亦还在。”安岚说到这里，沉默了片刻，才接着道，“即便将道门的意见放在一边，其余几位大香师，也不见得会答应，不是吗？”

安岚说着就看了柳璇玑一眼，神色淡淡的。

天枢殿手握刑院，就已令其余六殿忌惮，只是因各殿之间存在着天然的屏障，所以一直以来，相互间还能保持着起码的平衡。如果忽然将那些天然屏障打破，到时天枢殿的力量无论何时，都能很顺利地进入各殿，那么大香师间的平等必将会被打破，长香殿七殿，最终会归为一殿。

这不是在山上修一条路那么简单，这条路若是修成，便代表着日后天枢殿的权力，将真正立于其余六殿之上。

柳璇玑笑了：“确实，不过如今情况有变了，因而大家的态度，兴许也会跟着改变。”

安岚又看了她一眼：“柳先生的意思是，如果道门真的将川连捧上天玑殿的大香师之位，道门便会动工修建那条路？”

柳璇玑道：“以地形地势看，从天玑殿开始动工是最为合适的。”

安岚只是微微点头，表示认可。

柳璇玑眯着眼睛看她，眉眼间的妩媚几乎漫溢出来：“据说李老道派来的那俩弟子，今儿刚进天玑殿，就先来这里看了许久，你觉得他们是为何而来的？比起那些臭烘烘的老道，姐姐我倒是愿意，由岚丫头你来牵头这件事。”

安岚微微挑眉：“无论是谁牵头这件事，结果对天枢殿而言都有好处，我又何必多此一举？”

“小丫头，我话都跟你说开了，你还在我面前装傻！我可是会生气的哦！”柳璇玑一声冷笑，顿了顿，才又接着道，“若川连真能进入天玑殿，便是道门和南疆香谷两个势力联手，你以为他们当真只是为了天玑殿，并且事后还要将如此大的利好送给你？”

安岚道：“前提是，川连能真正坐上大香师之位。”

柳璇玑轻轻笑了：“没错，不过，既然这条路已经被人看了这么多年，那么迟早有一天会被人走出来的。”

安岚沉默地看着前方。

柳璇玑却收回目光，转身，抬手在她肩膀上轻轻拍了拍，柔声道：“岚丫头，我可是站在你这边的哟。”

她说完就出了石亭，一副冷得有些受不了的模样。

安岚跟着转身，在她身后问了一句：“柳先生，我又如何确定您不是他们的人？”

柳璇玑站住，慢慢回头，红唇微扬，浅笑妖娆：“如何表态是我的事，如何判断是你的事。”

柳璇玑走远后，一直候在不远处的鹿源走过来：“先生，起风了。”

安岚走下石亭，看着柳璇玑的背影问了一句：“刚刚她说的那些话，你都听到了？”

鹿源道：“听了个大概。”

安岚问：“你觉得她是否可信？”

鹿源沉吟了一会儿，才道：“属下认为，先生信之无妨，且不论柳先生真心与否，仅论柳先生今日之表态，先生信之，眼下无须付出任何代价，但若不信，则等于拒绝了一位极好的盟友。”

安岚闻言没再说什么，鹿源亦是一路再无他话。

安岚回到天玑殿正殿的时候，李道长和川连等人已经在殿内等着了。

为了今日会面的座位安排，天玑殿也算是费尽了苦心，正殿的主座因不好决定该由谁来坐，于是被挪走了，换成了一尊巨型的铜鼎兽首香炉，只见白烟如云，升腾翻滚，香气浓烈，气势逼人。

五位大香师和李道长及川连等人，便以铜鼎香炉为准，分开两边落座。

安岚之前没有见过李道长，只是曾闻其名，以为会是个仙风道骨的老者，不想却是个看起来丝毫不起眼的干瘦老头，就连身上的道袍也被洗得有些发白了。安岚进去的时候，他还未落座，正无所事事地负着手，站在刚刚净尘欣赏的那幅山水画前，不住地点头，并不时跟旁边的弟子和川连交流几句。

安岚进去后，川连遂转头看了她一眼，那双漆黑得几近无神的眼睛里看不出什么情绪。安岚看过去时，她才微微颔首，面上亦没有什么表情。

随即，李道长身边的几位弟子也都跟着看过来，安岚的目光却略过他们，直接落到那个不起眼的老道身上。

那老道转过身，目光亦是落在安岚身上。

那一瞬，安岚感觉似有巨石迎面压来，令人不由得想往后退一步。

若是五六年前，她必定是退的，但现在，她只是心头微顿，面上神色如常，并径直往前走。站在老道身后的那四名弟子不由得多看了安岚两眼，有两位神色微异，另两位面上的表情则更冷了几分。

李道长缓缓开口，语气既有感慨，又有赞许：“如今的长香殿，是越来越年轻，越来越有意思了，果真是不拘一格。”

柳璇玑哧地一笑，一双美目似嗔似怒，滴溜溜地看了李道长和其四位弟子一圈：“这是在说我老了，没意思了？”

那四名弟子，稍显年轻的两位，被柳璇玑如此特意地瞟了一眼，不禁愣了愣神，眼睛即有点挪不开了，另外两位则赶紧强迫自己移开了目光。

李道长看向柳璇玑，状似客气地道："柳先生的美艳更胜当年，性情更是一如既往，莫论有意思没意思，总归这世上的男人，没几个能抵挡得住柳先生的魅力。时间待各位先生又都格外的优厚，越发让老道觉得，真是不得不为弟子们多想想了。"

李道长这话一出，他身后那两名年轻弟子遂醒过神，懊恼地垂下眼。

柳璇玑似笑非笑地道："时间从未真正优待过谁，得到与付出总是对等的，任何时候都一样。"

李道长道："只要付出就有回报，已是人间幸事。"

柳璇玑一声娇笑，看向李道长旁边的川连，挑剔地打量了两眼："是不是幸事，端看你选中的人，有没有这样的福气。"

川连依旧是面无表情，李道长淡淡一笑，没有回答柳璇玑，而是看向此时同在这正殿内的，天玑殿的李殿侍长。

李殿侍长上前两步，恭恭敬敬地请安岚入座，然后道出李道长今日的来意——举荐川连为天玑殿的下一任大香师。

厅内安静了片刻。

李道长面上挂着微笑，其身后的四名弟子面上也都挂着自信。倒是川连，依旧是木着一张脸，似乎这件事跟她没有丝毫关系。她这态度，令崔飞飞不由得多看了她几眼，心里添了几分凝重。

谢蓝河沉默地看着眼下这一幕，那双宛若琉璃珠子的眼睛里，干净得什么都没有。这些年，不只是安岚在成长，他也一样，曾经青涩的少年，如今亦已学会控制情绪，隐藏心思。

柳璇玑并不打算说话，她唇边噙着一丝笑，妩媚的眼神在他们身上刷来刷去，刷得李道长身后那四名弟子都开始不自在了。

安岚也不打算出声，一样沉默地看着。

于是，净尘双手合十念了一声阿弥陀佛，然后开口："如此，川连姑娘是打算参加来年的香师夜宴，还是直接挑战大香师？"

以道门对天玑殿的影响力，道门确实是可以向长香殿举荐大香师的人选，只要举荐的人有香境的能力即可。所以国公府的那场生日宴，就是为力证川连确实符合长香殿这个必需的条件。

不过照长香殿的规矩，因川连没有上一任大香师为她铺路，如果她想成为大香师，入主香殿，眼下只有两条路可选。

一是参加明年的香师夜宴，通过香师夜宴的考核，成为长香殿的香师后，再由五位大香师共同培养，待她香境世界大成之日，再扶她成为一殿之主。

二是直接挑战大香师，只要她能成功挑战两位大香师，长香殿即承认她大香师的身份。

一般而言，被举荐者都会选择第一条路，因为第二条路不可能成功。

所谓的挑战大香师，就是以自己的香境世界困住大香师一日一夜。

很简单的一句话，但要想真正做到，却难如登天。

即便是大香师对大香师，谁也不敢保证，能将对方困在自己的香境内一日一夜。再者，要想困住大香师，就必须要先有自己的香境世界。

而香境与香境世界是两个概念。

成功创造出自己的香境世界，是成为大香师的第一步。香境世界大成后，你所起的香境便源自你的香境世界，由此，你的香境才会稳固，才会有力量，才能撼动人心，才能定人生死。

比如安岚的香境世界是人间烟火，柳璇玑的香境世界是大漠流沙，净尘的香境世界是海中莲……

香境的能力确实是上天所赐，但若无大香师的指点，想要建立完整的香境世界，几乎是不可能的。即便是安岚，当年能成功创造出她的人间烟火，除了白广寒的悉心指点外，亦离不开数次大的机缘。

可是——

李道长却道："一步一步来太麻烦了，天玑殿无主多年，实在是再耽搁不得，所以川连姑娘打算直接挑战两位大香师。"

此言一出，殿内又是一片安静。

良久，净尘才又念了一声阿弥陀佛，看向川连："姑娘可知挑战大香师的规矩？"

川连面无表情地道："知道。"

净尘道："姑娘无人护道，届时有可能会命丧其中。"

川连道："我明白，入了挑战之门，生死自负。"

净尘微微点头，收回目光，看向李道长："道长是挑时间，还是挑人选？”

既然是挑战，便涉及时间和人。

李道长道：“时间由我们定，人选就由各位先生自己商量吧，总归只需挑战两位就行。”

净尘分别看了柳璇玑、安岚、崔飞飞和谢蓝河一眼，见他们都没有反对的意思，便道：“那就请道长定个时间。”

李道长却道：“今日只是过来说这件事，时间还未定，待定好后，老道自会通知各位先生。”

柳璇玑冷笑：“当长香殿是下面那些客栈不成，想什么时候来，我们都得应着？”

李道长不急不缓地道：“柳先生莫动怒，老道并无任何轻视之意，只是眼下已是年底了，想必诸位先生都很忙，川连姑娘也多少要准备一下，所以这挑战一事干脆就挪到明年。川连姑娘的打算是在明年春天，正式挑战诸位先生，只是具体是哪一天，眼下还未定。”

柳璇玑道：“既如此，若是过了春天，她还未正式发出挑战，即等同放弃，从此失去入主香殿的资格。”

李道长看了川连一眼，川连点头。

“如此，此事就这么定了。”李道长笑着站起身，拱手告辞。

净尘等人亦不留，川连目不斜视地随着李道长走出正殿，只是当她抬步迈过门槛时，脚下踩到的却不是天玑殿光滑的大理石板，而是炙热的流沙！

烈日当空，狂风突起，黄沙漫天飞扬。

川连下意识地抬起胳膊挡住眼睛，可她只是稍微动一动，身体就下陷得愈加厉害，不过眨眼的时间，黄沙就已没过她的大腿！

显然，这是柳璇玑的香境。

没有人知道，柳先生是真的恼了，还是只是忽然起了兴致，想要教训一下对方。

李道长也入了她的香境，包括他那四名弟子，但李道长和其弟子并未陷入流沙中，他们就站在离川连一丈远的地方，看着川连一点一点被流沙吞噬。

其中一名弟子要冲过去救川连，却被旁边的师兄给拉住了。

“师兄？”

“这是香境，别冲动！”

“可是——”

另外两位年长些的弟子也都对他摇头，然后看向李道长，神色凝重。

“师父？”

眼下流沙已经没过川连的腰，就算这不是香境，依这情形，川连也是无法自救了，更何况这是香境，这里的一切都由柳璇玑主宰，他们的生死完全在她一念之间。

然而李道长似乎并不担心，面上甚至没有一点着急的模样，他只是看了川连一眼，然后就抬起脸，看向刺眼的天空：“柳先生这是何意？”

柳璇玑并未现身，虚空中传来她懒洋洋的声音：“这丫头既然有香境之才，总得试一试真假。”

李道长微抬着脸，直视着天空中的烈日：“柳先生难道不知国公府的那场香境？”

柳璇玑道：“听过而已，不比眼见为实。”

李道长道：“柳先生虽未亲眼所见，但国公府内有上百人可出面做证，还有我道门举荐，柳先生适才并未对此表示反对，如今却突然发难，难不成以为道门是可以任你随意欺辱的？！”

柳璇玑咯咯笑了起来：“老家伙，你拐弯抹角地说了这么多，为何不敢叫那丫头起一场香境？你放心，就算是在我的香境内，我也不欺她。只要她能起一场香境，我就放了她，如何？”

此时黄沙已经没到川连的胸口，站在李道长身边的那四名弟子，面上都露出焦虑的神色，年轻的那两位已经将手伸到怀里，年长些的那两位则朝他们轻轻摇头。道门连着出过三位大香师，由此掌管天玑殿百余年，故而他们对香境的了解和防备，绝非一般人可比。李道长敢来长安，入香殿，举荐川连，凭的可不仅是匹夫之勇。

然而李道长却对着烈日摇头，断然拒绝：“这个不行。”

柳璇玑问：“为何不行？”

李道长道：“川连姑娘不日就要挑战大香师了，故在挑战之前，她自然不能在各位先生面前透露自己的实力，否则就有失公平。柳先生应当明白，此番挑战意义重大，所以即便您是大香师，也不能如此要求对手。”

这道理倒是说得通，故柳璇玑沉默了一会儿，才道：“这么说来，我只能放了她？”

李道长微微一笑：“柳先生何必着急，现在离明年春天也不远了。”

柳璇玑哧地一笑：“你真以为我不敢对你如何？”

此时的这个“你”，指的是川连了。从她突然进入香境，到身陷流沙，死亡一点一点逼近的这个过程中，她竟不见一丝慌乱，也不曾发出一声呼救。能做到如此沉稳冷静，要么确实是自身修为无比强大，要么是她从一开始就知道，柳璇玑不敢伤她分毫。

因这句话是问她的，所以川连这才抬起脸，面无表情地道了一句：“柳先生既然对我如此感兴趣，自当不会轻易杀我，即便真有杀心，也会等到明年挑战之后进行。”

风沙静了片刻，随后柳璇玑娇笑一声，吞噬川连的黄沙慢慢消失，须臾间，他们就回到天玑殿正殿门口，寒风卷着雪花袭来，所有人都不禁打了个冷战。

李道长没有回头，理了理身上的道袍，若无其事地走下台阶，跟着他的那四名弟子亦不敢多言，紧随其后。倒是川连，走下台阶后，停下，抬起脸看了好一会儿，直到李道长等人快要走出天玑殿了，她才不急不缓地跟上。

片刻后，净尘从正殿内出来，看着前方，双手合十念了一声佛号，然后转头看了柳璇玑一眼：“柳先生是打算明年春天应战？”

柳璇玑抬手勾了一下耳边的发丝，似笑非笑地道：“说不准。”

净尘不解，柳璇玑瞟了他一眼：“装什么糊涂，你跟了白广寒那么多年，早就学了一肚子的坏主意，也就金雀那傻丫头以为你是什么好货色，生生被你给骗了。”

净尘面上露出几分赧色：“小僧并没有骗金雀姑娘。”

柳璇玑斜着眼睛打量了他一会儿，冷哼一声，抬起下巴走了。

净尘：“……”

安岚从正殿内出来，看到柳璇玑走了，便问：“净尘先生以为，川连最想挑战的是哪两位大香师？”

净尘转过头看了她一眼，沉吟片刻，摇头道：“小僧以为，她谁都不想挑战。”

安岚微微挑眉，此时崔飞飞也从里面出来，闻言便道：“既如此，她为何又要选挑战大香师这条路？”

谢蓝河道："届时若是无人能应战，事情会如何？不战而胜。"

崔飞飞一怔，净尘也看了他一眼，有些诧异。

谢蓝河淡淡地道："道门既然有这样的野心，自然有那样的胆子。"

如果道门和南疆香谷联手，在川连发出挑战书之前，把所有大香师都暗算一遍，那么这个挑战自然就不会那么难了。很简单的道理，只是执行起来太困难，但无论多困难，只要利益足够大，就一定有人敢去做。

崔飞飞微微蹙眉："年底和年初，正好是应酬最多的时候，大香师不可能一直留在香殿内。"

谢蓝河道："即便是留在香殿内，也不一定能避开。"

他说完，就下了台阶，头也不回地离开了天玑殿，从始至终，都不曾看过安岚一眼。崔飞飞看着他的背影，良久，轻轻一叹。当年他们刚入长香殿时，谢蓝河和安岚曾惺惺相惜，相互扶持地走过那段青涩的时光……

但权势和地位，以及上一辈的恩怨，将他们越推越远，直到再不能站到一起。

而这一切，道门一清二楚。

李道长上长香殿举荐川连的消息很快就传了出去，有按捺不住往各处打听消息的，有为此暗中准备的，有冷眼旁观的，有开始想办法跟道门接触的……长安城的香圈一下热闹起来。

安岚从天玑殿出来后，本是要回天枢殿，只是半道上想了想，转身往天璇殿走去。

"坐吧。"这会儿正好是午饭时间，柳璇玑似知道她会过来，已经给她摆好了碗筷，锅里的水也已经烧开了，"合该你有口福，今儿吃涮羊肉。"

安岚看了看桌上烧得旺旺的炉子，和那一大盘已片好的羊肉，在她旁边坐下："柳先生喜欢吃火锅？"

柳璇玑喜欢自己动手，侍女们将温好的酒送上来后，她就让她们都下去："这么冷的天，也就吃这个，再喝点酒，才叫有意思，来，你先喝一口暖暖身子。"

安岚看着柳璇玑爽利地干了一杯后，只得也拿起自己那杯酒，少少喝了一口，却一下子被呛到了，忍不住咳了好几声："您这酒也太烈了！"

柳璇玑看着她哈哈大笑："多喝几口就习惯了。"

安岚摇头一笑，放下酒杯，拿起筷子，夹了几片羊肉放进锅里：“长安城内有一家专门做这个的，味道很正，只是地方简陋了些。”

柳璇玑也将羊肉放进锅里，涮了三两下，就捞出来放进自己碗里：“你说的是镇香使常去的那家？”

安岚道：“原来柳先生知道。”

柳璇玑将自己那两筷子羊肉吃了，又喝了口酒，才道：“你既然也知道，就没吃出来？”

安岚顿了顿，再看一眼那锅里的羊肉：“难道，这汤底是那家的？”

“肉、蘸料、配菜，都是。”柳璇玑抬了抬眉毛，说着却摇了摇头，“虽说东西都一样，但不知为何，味道还是差了几分。想来就是吃东西，也是讲究天时地利人和，地方不一样，味道也要跟着逊色，改日还是直接过去吃一顿才能解馋，你要不要一起？”

安岚不由得一笑，这长香殿内，要论活得最肆意，真正只照着自己的心意行事的，怕是只有柳璇玑。

“柳先生相邀，哪有不去的道理。”

柳璇玑打量了她一眼：“往常三请四请，都难见你动一动身。”

安岚慢条斯理地涮着羊肉：“有吗？”

柳璇玑挑了挑眉：“你可不是喜欢吃这等东西的人。”

安岚看了她一眼，给她杯里满上酒：“柳先生以为我喜欢吃什么？”

柳璇玑拿起那杯酒，想了想，笑了：“这些年你装得太像白广寒，整日餐风饮露，不染尘埃，我还差点就忘了，你我本就来自那里。”

她入长香殿之前，不过是个伺候人的小丫鬟；安岚进入长香殿以前，则只是个有今天没明日的小香奴。论起来，如今这长香殿里的大香师，还真是只有她俩的出身相当。

安岚笑了笑，跟她碰了碰杯：“若真能餐风饮露，我又何来人间烟火？”

柳璇玑喝了那杯酒，然后手里晃着酒杯，一双笑眼看着安岚：“岚丫头，这么多年，也就此刻，看你顺眼了几分。”

安岚放下酒杯：“原来柳先生以往的厚爱，也都是装的。”

柳璇玑瞟了她一眼，咯咯一笑：“果真是个小心眼的！”

安岚又吃了几片羊肉，然后问：“川连真的没有香境的能力？”

柳璇玑一边涮着羊肉一边道："至少在我面前没有展现出来。"

安岚放下筷子，拿起酒杯："之前她在我面前施了那场幻术，明知骗不过我的眼睛，却是为何？故意示弱吗？"

柳璇玑瞟了她一眼："兴许有示弱的目的，但你有没有想过，如果她最终真的能入主天玑殿，结果会如何？长香殿自建立以来，并非没有出现过鱼目混珠之事。只要她能入主天玑殿，届时不管她有没有香境的能力，对她而言，都是利大于弊。若她果真没有香境能力，仅凭那变戏法般的幻术，就成功挑战两位大香师。这消息若是传出去，那些惦记着咬长香殿一口的人，可就再按捺不住了。你我虽不惧，但蝇营狗苟，驱去复还，之后，这长香殿，怕是再不会是如今的长香殿，大香师，也从此再不是大香师。"

安岚沉吟片刻，唇边露出一丝冷嘲的笑意："是啊，她明明白白地让我知道她会的只是幻术，这一路又以山魂为铺垫，引起所有人的好奇，倒是让长香殿不好揭露她的真面目了。"

"说到真面目。"柳璇玑停下筷子，抬起眼，"她那张脸可不像是真的，她是谁？"

安岚轻轻摇头，柳璇玑微微挑眉："镇香使也不知？"

安岚道："他也没见过川连的真面目，从一开始她就是以这张脸和这个身份示人。"

柳璇玑哧地一笑："你就信他说的话？"

安岚将涮好的羊肉夹到自己碗里："为什么不信？"

柳璇玑给她杯里满上酒，也给自己倒了一杯："你可不是以前那个刚刚走入长香殿的小姑娘了，他呢，也不再是以前那位待你一心一意的广寒先生了，他如今对你如何，你心里不清楚？你对他还一如既往地掏心掏肺？"

安岚没说话，慢条斯理地吃着碗里的肉。

柳璇玑将盘子里的羊肉都倒进锅里，接着道："旧情复燃没什么稀奇的，但要是因此把自己的脑子也烧坏了，那就可笑了。"

安岚喝了一口酒，把酒杯拿在手里晃了晃："柳先生似乎对镇香使有意见。"

柳璇玑已经喝了好几杯酒，面上浮出红晕，眼睛微微眯起，似醉非醉地看着安岚："我一开始就说过，你真的清楚自己交到他手里的是什么吗？镇香令究竟代表了什么，你可明白？"

安岚将杯里的酒喝了，太烈，火辣辣地直往心里烧，她微微蹙眉，片刻后才道：“我很清楚。”

柳璇玑看了她好一会儿，低低地笑了：“很好，那么……如果眼下的这一切，其实都是他策划出来的，你觉得最终的结果会是什么？”

安岚没有说话。

柳璇玑又给自己倒了一杯酒，接着道：“你不愿相信！”

安岚道：“这一切不过是柳先生凭空猜测，而且，您今儿喝多了。”

“岚丫头，你很了解他，但其实你又完全不了解他。以前，你是他的命，所以他将你放在心里，全心全意地待你，倾其所有地栽培你，你信赖他理所应当，可如今……”柳璇玑摇了摇头，“如今的你对他而言，不过是个漂亮的、有吸引力的女人，兴许是区别于别的女人，但也不过如此，你若不能区别于别的女人，还算什么大香师？你和他之间，最重要的是，你可还是他的命？他可还会为你付出所有？”

安岚沉默良久，轻轻叹了口气：“您其实一直都在恨着他，当年您爱的人，是为他而死的。”

柳璇玑看了她一会儿，举起酒杯，微微眯着眼睛，似笑非笑地道：“你这句话，是想说动我呢，还是想说服你自己？”

安岚问：“我需要说服自己什么？”

柳璇玑看着她，眼神里带着几分不屑，唇边露出嘲讽：“我对他那些所谓的猜测都只是源于——你所以为的恨。”

安岚微微抬了一下眉毛，没有作声。

“爱情确实美好。”柳璇玑慢慢饮着酒，有些感叹地道，“其威力之大，香境都难以企及，而且越是禁忌，越是没有希望、没有未来……就越是让人痴迷让人疯狂，足以一瞬地狱一瞬天堂。”

她喝完，放下酒杯，安岚端起酒壶给她满上。

“但是像我们这种人，无论是男的还是女的，活得越久，就越明白一件事，爱真的会消失，恨也一样。”柳璇玑边说边笑，“小丫头，你以为我像你一样，这么多年了，还在为那个男人黯然神伤，以至于如今所有的言行，都要跟所谓的爱恨扯上关系才算合理？”

安岚放下酒壶，顿了顿，拿起自己那杯酒，跟柳璇玑轻轻碰了一下，然后默默喝了一口。她面上的表情很平静，看着似漠不关心，又似在思考。

柳璇玑也不在意，手指在酒杯的杯口上轻轻划着，眼睛微微眯起。

“岚丫头，刚刚在天玑殿我跟你说的那番话，你可听清楚了？”

安岚抬起眼。

柳璇玑弹了一下酒杯：“我说的仅仅是你，天枢殿的大香师，并未附带任何人。”

安岚微微挑眉。

柳璇玑喝完那杯酒后，再慢悠悠地开口。

“长香殿不是谈情说爱的地方。大香师可以随心所欲，可以放荡不羁，唯不能被人牵着鼻子走。一个一心只想着男人、只沉迷于情爱的女人，没资格得到我的支持。”

安岚一直没有说话，直到柳璇玑说完后，才轻轻一笑：“柳先生能如此想，我便放心了。至于我的感情，您却是想多了。”她说着，就主动给自己又倒了一杯酒，也给柳璇玑满上，然后拿起酒杯示意一下，“您不想要一个被爱冲昏头脑的同盟，我也不敢真的信任一个在爱恨里无法自拔的女人，在这点上，我们有共识。”

柳璇玑看着她干了那杯酒后，拿起自己的酒杯，看着她问：“你可以做到不被自己的感情左右？”

安岚没有马上回答，想了一会儿才道：“我的感情，从一开始就混杂着阴谋和利益，他爱我是真的，想要我的命也是真的。那个过程中，他当真是算无遗策，一步一步，让我心甘情愿地献上自己的性命，但最后，您知道我是怎么活下来的吗？”

柳璇玑慢慢放下酒杯：“这是我一直想不明白的。”

当年景炎公子选中安岚为天枢殿的继承人，全心全意地扶持她栽培她，竭尽所有地满足她，甚至付出自己的真心，但最终目的，却不是真的要让安岚成为天枢殿的大香师，而是为了要安岚的性命！因他中了涅槃香境，无法可解，命不久矣，唯有找到一位与他心意相通的大香师，并令其心甘情愿地为他献上自己的性命，承接他的涅槃香境，燃烧自己，他才能得以解脱。

为此，景炎公子选中了安岚，并带着她顺利地走到了最后一步。

但最终，活下来的却是安岚，景炎在涅槃香境内化为灰烬。

香境里的生死，与现实中的生死是同步的。

她是亲眼看到他在她面前化为灰烬，她以为他真的死了，直到白焰归来。

她不知道他究竟是怎么活下来的，但她很清楚当年的自己，是怎么活下来的。

安岚沉默了许久，才道：“有很长一段时间，我都以为，最后是他给了我活下来的机会，后来我才明白，其实不是，至少不全是。”

柳璇玑身体往旁一侧，手支着脑袋：“不全是？”

安岚叹了口气：“解除涅槃，需要有人心甘情愿地献祭自己的性命，可是，谁能真的在死亡面前做到心甘情愿呢？我那个时候，无论是因为他一开始的谋算，还是对自己的命运，终究是心有不甘。可是走到那一步，我已经没有办法回头，只有去面对，至少还能留住骄傲，愿赌服输。”

她说到这儿，停了一会儿，似在回想，然后才接着道：“兴许就是因为那一点心有不甘，所以最后若真让我来承接涅槃，有可能会出现无法预知的意外，景炎公子当时应该是知道的，所以他才给了我一个活下去的机会，如果我真想活下去的话。”

柳璇玑微微坐直身体：“什么机会？”

安岚抬起眼，眼神穿过柳璇玑，看向光影的另一边：“他给了我一场无与伦比的香境，我所有的渴望，一个女人该有的一切，都在那场香境里实现了，我在那里几乎度过了一生，并且身边一直有他的陪伴。可是，即便如此，即便是那样的幸福美满，却还是压不住我心里的不甘！终究，我不愿为任何人、任何事，献祭自己，无论是爱情还是爱人，我都不愿。所以我从他的香境中醒了过来，即便我心里明白，我只要醒过来，他就会没命。”

柳璇玑一时无话。

锅里的羊肉汤已差不多见底了，整个房间都弥漫着一股羊肉的膻味。

安岚沉默了片刻，又淡淡一笑，只是那笑容也仅停在唇边，未到眼里：“他消失后，我的伤心和难过都是真的，思念锥心刻骨，无数个夜晚不能入眠，但我从未后悔过，我爱他，可是我最爱的，还是自己。”

柳璇玑长长地叹了口气，良久，问了一句：“他知道？”

安岚道：“当年的景炎公子，比我还要了解我自己，又如何会不清楚我是什么样的人。”

柳璇玑微微挑眉：“那么，镇香使白焰呢？”

安岚微微偏过脸，看向窗外：“他已经忘了一切，即便他知道自己曾经是谁，但他并不打算要承接以往的一切，对他而言，那都是上辈子的事了。”

柳璇玑嗤笑：“你当真这么想？”

安岚收回目光，看向柳璇玑：“其实，我是不是真的这么想并不重要，重要的是，当年面对景炎公子，我最爱的还是自己，如今面对白焰，我怎么可能会意乱情迷到失去自我？”

柳璇玑沉默了一会儿，开口：“你依旧爱着他。”

安岚道：“没错，我依旧爱着他。”

疯狂的爱恋，不计后果的奉献，确实感天动地，但她从来不是那种人。

柳璇玑笑了，给她和自己都倒上一杯，和她碰了一下，然后举杯，敬她。

安岚回到天枢殿的时候，已是傍晚时分，西边的霞光将整个殿宇都镀上一层金色，刚刚下了一场雪，霞光伴着雪光，时而会炫目得让人睁不开眼。

天枢殿正殿前的侍女和殿侍，看着他们的大香师拾级而上，走进那片光芒中，飘然欲仙的背影使得整座香殿看起来愈加神圣。看到这一幕的每个人，心头都油然而生一股冲动，想要对着那个背影跪下，磕头表示虔诚。

“先生，这是下午收到的。”安岚刚走进寝殿，鹿源就捧着一沓请柬，放在她面前。

安岚瞄了一眼，微微挑眉：“怎么这么多？”

粗粗一看，竟有二十来张，虽说年底本来就很忙，人情往来日日不断，往年这个时候，各式各样的请柬都会送到长香殿，但每张请柬基本都会经过鹿源的手，而自他手里一过，那些请柬就会被刷下去一大部分，最后能送到她面前的，都是相对重要一些，或者是值得一去的。

鹿源道：“上午道门举荐川连一事已传出去，很多人都在想方设法地要多打听打听，正好临近年底，相互间走动的理由很多。别的大香师那里，应该也都收到了差不多同等数量的请柬。”

安岚随意翻了翻那些请柬：“你该不会是将所有的请柬都拿过来了吧？”

鹿源道：“这是我觉得先生可以考虑的，别的，照常放在香几那儿，先生有空也可以去翻翻，兴许有先生感兴趣的。”

安岚便往香几那儿看了一眼，遂见那里果真摞着更厚的一摞请柬，起码是眼前这沓的两倍。

“不过是些花宴、香宴、酒宴，相互攀比，虚与委蛇，来来去去都是那些东西，能有什么新花样。”安岚兴致缺缺地摇头，“道门带着川连下山后，有什么动静没？”

“目前还没有什么特别的动静，不过道门和天下无香也都收到了许多请柬。”鹿源说到这儿，顿了一顿，接着道，“景府也给他们发了请柬。”

安岚抬起眼：“哦，是谁发的请柬？”

鹿源道：“后天是景二爷的小儿子景流的生日，景二爷打算摆几桌宴席庆祝。”

安岚想了想，有些不确定地道：“景流，同辈中排……十三的那位？我记得他应该没多大，是多少岁的生日？”

鹿源点头：“是十三少爷，今年正好十岁了。”

安岚找了找，却没找到景府那张生日宴的请柬，便抬起眼：“十岁，还是个孩子呢。”

一般而言，只有天潢贵胄，又是家里的嫡子嫡孙，并且一出生就有爵位或是封号在身的孩子，年年生辰之日，其长辈都会大摆筵席为其庆祝，因他们本就贵不可言，故而这等庆贺之举，自然不用担心孩子会担不起。

而那些身份没有这般尊贵的孩子，即便家里再富有，在孩子未及冠之前，每年生日那天，父母长辈一般也都是随意庆贺一下，多是只限于家里，不会大摆筵席宴请客人，怕会折了孩子的寿。

“那天应当只是小宴，听说景二爷是想借此请李道长给十三少爷看看面相根骨，至于天下无香的掌柜，论其身份，不过是个商人罢了，连正经香师都称不上，所以十三少爷倒也不至于担不起。”鹿源见安岚在翻那些请柬，便道，“您是长辈，又是大香师，身份尊贵，景二爷自是不敢请您降尊去庆贺十三少爷的生日。”

安岚淡淡一笑：“这个理由倒也正当。”

鹿源道：“您若是想去，属下这就去安排。”

安岚支着下巴沉吟片刻，摇了摇头：“后天，不着急，倒是景孝那边怎么样了？”

鹿源道：“三少爷最近都将心思放在读书上。”

“鹿羽呢？”

鹿源道：“今儿一早，她给我传信，请求接管收验冬季最后那批香材的差事。”

“那批香材已经送到长安了？”

“过几天就到了，量不多，比去年少了三成，可能质量也没有去年的好。”

安岚有些漫不经心地问：“你应下了？”

鹿源道：“我驳回了她的请求。”

安岚看了他一眼：“为什么？”

鹿源道：“那并非她的差事，她敢于向我开口，不过是因为恃宠而骄。”

安岚不由得一笑：“你是担心我会恼她，还是担心她会惹出什么事端来？”

鹿源沉默地垂下眼。

“你用心良苦，她却不一定会领情。”安岚想了想，便道，“既然她不想回香殿，那就让她跟着查验香材的殿侍多学学吧，总归她辨香的本事也不比外面那些人差。”

鹿源抬起眼张了张嘴，片刻后，轻轻道出一个字：“是。”

却这会儿，花容在门口低声道：“先生，镇香使回来了。”

安岚淡淡地应了一声：“嗯。”

只是花容接着又道：“镇香使……好像受伤了。”

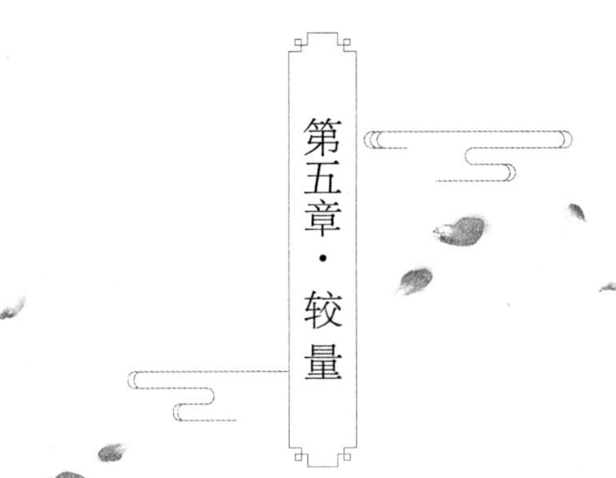

第五章·较量

安岚来到云隐楼的时候，福海正好从里出来，两人碰上，福海躬下身行礼，并在她面前后退着转身。安岚似忽然想起什么，脚步微顿，看了福海一眼，在他要退出去时开口道："你先在门口候着。"

福海微诧，安岚却只是交代，并非是给他选择，话一落，就重新抬步径直往里走。

福海转过身，默默地看了一眼安岚的背影，眼里浮现一丝怔然，只是很快他就将这等异色收起，状若无事地走到门口，袖着双手在那儿候着，两眼看着远处的群山。

这天枢殿，是安先生的天枢殿。

安岚进去时，白焰已经处理好伤口，换了衣服，浑身上下看着都妥妥帖帖的，只是脸色看起来有些疲惫。

看到她进来，白焰笑了笑："这么快！"

安岚走过去，打量了他一眼："怎么回事？"

白焰往榻上一坐，给自己倒了杯茶："意外，没大事。"

"什么意外？"安岚走到他跟前，微微蹙眉，"伤到哪儿了？我看看！"

白焰慢慢喝了半杯茶，不在意地道："小伤而已，已经处理好了。"

安岚仔细追着血腥和伤药的味道，最后将目光落到他腰的右侧："脱衣服，让我看看。”

白焰看了她一眼，只得将手里的茶杯放下，解了衣带，便看到他腰上确实已缠上纱布，纱布很新很干净，没有什么血迹。

安岚在他旁边坐下，盯着那纱布仔细看，似乎在辨味，片刻后她才抬起眼：“用的是香殿里的金疮药？伤口没什么问题？”

白焰点头：“应该没什么问题。”

安岚又看了一眼他腰上的纱布，迟疑了一会儿，终是没让他解开纱布露出伤口。

“究竟出了什么事？”

白焰一边重新系上衣带，一边道：“施园查到了孔雀的行踪，我追过去时，不慎被暗器所伤。”他说着就将刚刚放在盒子里的那枚暗器取出，递给安岚，是一支精铁打造成孔雀翎形状的暗器。

安岚接过那枚暗器，仔细看了一会儿，抬起眼：“施园呢？他当时没在你身边？”

“他和福海都被人引开了。”白焰沉吟片刻，又道，“是个专门针对我的陷阱。”

“专门针对你？”安岚转了转手里的孔雀翎，思忖片刻，站起身，打量了他一眼，缓缓道，“你明知那是个陷阱，施园和福海本是跟着你，但他们被人引开时，你虽心里明白，却没有阻止是吗？”

白焰不由得笑了，没有否认。

安岚微微皱起眉头，白焰想了想，就道：“让福海进来吧，他跟你解释。”

安岚一看他这表情，就知道这件事没那么简单，沉默了片刻，往外吩咐一句。

不多会儿，福海进来了。

安岚手里拿着那支孔雀翎暗器，转过身面无表情地瞥了他一眼：“究竟怎么回事？”

福海先是看了白焰一眼，再看向安岚：“当年公子曾私下交代孔雀一件事，我们都不清楚那件事究竟是什么，只晓得那件事情很重要，甚至……有可能关系到公子现在的生死，所以这段时间我们一直在找孔雀的踪迹。前几天，施园和我，还有徐祖分别收到一支孔雀翎，以及送过来的一句口信。”

安岚问："口信是什么？"

福海道："一个地方的名字，角楼、雾街、西京塔，今日我们去的就是西京塔。"

安岚道："之前已经去过角楼和雾街了？"

福海微微点头。

安岚瞥了白焰一眼："之前两次也遇到了刺杀？"

白焰摇头："什么都没有。"

安岚又往他腰上瞥了一眼："所以你大意了，还是故意松懈下来，看对方到底想做什么？"

白焰看着她似愠怒，又似不屑的表情，垂下眼笑了。

福海眼观鼻鼻观心，沉默地候在一旁。

安岚又道："如此，你是已查到孔雀的踪迹？还是已经知道他的身份？"

白焰摇头。

安岚微微挑眉，白焰这才开口："送来孔雀翎的人是不是孔雀，我不能确定，但眼下已知道他的目的，我身上有他想要的东西。"

安岚问："是什么？"

白焰道："镇香令牌。"

安岚沉默了一会儿，遂看向他，有些不敢相信："你该不会……"

白焰点头："是，弄丢了。"

安岚怔住了，一时间竟不知该说些什么好。

福海这会儿才微微抬起脸，解释了一句："当时应当是有大香师帮忙，所以他们才能拿走了公子身上的镇香令牌。"

安岚看向白焰："你陷入了香境？"

白焰淡淡一笑："今日西京塔那儿有庙会，人本就很多，我过去时一直是避让着人群的，忽然一群孩子朝我跑过来，避之不及，那几个孩子玩闹着就朝我身上撞过来，随即那枚孔雀翎也跟着射了过来。"

香境最可怕的地方就在于，真里头掺着假，让人分不清其中的界限。

他当时即便知道自己陷入了香境，但事情发生得太快，他也没法分得清那群孩子中哪几个是真，哪几个是假，怕自己动手会误伤了孩子，于是这片刻的犹豫，便让他丢了令牌，还受了伤。

安岚沉默了片刻，轻轻叹了口气，除非她当时在场……

“你一直没告诉我这些事。”

白焰道：“孔雀是我放出去的。”

他希望再由他自己收回来。

安岚看着他冷笑：“孔雀是景炎公子放出去的，你是谁？你现在觉得自己是景炎公子了？你想给他收摊子了？”

白焰顿住，一句不当，就被带入沟里了，福海忙垂下脑袋，当作没听到安先生的这句讽刺。

安岚冷着脸看他：“他们拿镇香令牌有何用？”

镇香令牌不过是个形式，不可能是个人拿出那块令牌上天枢殿，就能被认为是镇香使。说白了，那块令牌不在白焰手里，旁人拿了也没有任何意义。

白焰道：“这也是我不明白的，所以想问问安先生，那块令牌究竟是什么？”

安岚沉默了许久，在房间里走了几步，再重新坐下，轻轻摇头：“就只是一块玉牌而已，用料是成色上等的碧玉。若仅论那块玉的价值，是价值不菲，却也不至于到价值连城的地步，再说香殿内，比那块玉值钱的东西多得数不清。”

白焰问：“这块玉牌，是先生决定设下镇香使一职后，让工匠新刻的？”

安岚顿了顿，再次摇头：“不是。”

白焰眉尾微动了动：“不是？”

安岚沉吟着道：“广寒先生的书房里，本就有这块玉牌。我是在坐上大香师的位置后，使用先生的书房时发现的，当时那块玉牌就放在书房的一个小抽屉里，那抽屉并未上锁，里头还零零散散地放了几件上等玉石雕刻的小把件，都是市面上少见的东西，我以为是先生平日里收集的一些小玩意，所以也未有多在意。”

福海闻言，迟疑了一下，开口问：“安先生可知，那玉牌，究竟是广寒先生的，还是景炎公子的？

安岚明白他这句话的意思。

白广寒和景炎是孪生兄弟，十多年前，天枢殿的大香师原是白广寒。不过那个时候，没有人知道其实景炎公子也有大香师之才，并且能力不逊于白广寒，因此兄弟俩时常互换身份玩，旁人从未识破过。但也因此，有人以涅槃香境暗算白广寒时，却算到了景炎身上，白广寒为了救景炎，不幸死在香境中，而更不幸的是，即便白广寒付出了生命，也无法为景炎彻底解除涅槃的桎梏，仅仅是给他争取了数年的时间。

于是，为报仇，也为了责任，从此景炎公子一人担起了两人的身份。

故此时福海所指的广寒先生，就是真正的广寒先生，而非后来景炎公子扮演的白广寒。

如果镇香令牌是广寒先生持有的，那么这块令牌在十几年前就已经有了，要查的话，得往十多年前去查。但如果令牌是景炎公子持有的，那么这件事就更值得好好琢磨了，当年景炎公子为什么要做这么一个牌子？里头藏有什么玄机？假定今日刺杀白焰的人就是孔雀，孔雀又为什么非要这块令牌？

安岚思忖许久，才道：“应当是景炎公子的东西。”

福海看了白焰一眼，问：“安先生确定？”

安岚微微点头：“确定，因为在那块玉石没有雕成玉牌时，我见过。”

白焰这才道：“在安先生还只是侍香人的时候？”

安岚点头：“年年都有人捧着奇珍异宝来找先生，除此外也有先生特意派人去寻他看中的珍奇。我记得是在我被定为侍香人的那个月，月末的那天我进先生的书房交功课，但当时先生不在，我本是要出去等的，但转身时，看到先生桌案上放着一块通体碧绿的东西。那会儿正好是傍晚时分，书房的窗户开着，太阳西沉，金辉从窗外投射进来，落到那块碧玉上。那一刻，我莫名觉得桌案上的那东西，似要随着金辉流动起来，而且当时那颜色，实在让人难以形容。我不知不觉地走过去，只是刚要伸手去拿时，先生就进来了。”

白焰问：“你确定镇香令就是用那块碧玉雕出来的？”

“若是别的玉，我兴许会认错，但是那块碧玉，绝不会认错。”安岚说着就看了他一眼，“镇香令交到你手里亦有一段时间了，你难道没有看出它的特别之处？”

“确实绿得过于妖异，而且随着时间段和天气的变化，其颜色也有所变化。”白焰说到这儿，沉吟一会儿，接着道，“我觉得它，或许并非玉石。”

安岚问：“若不是玉石，你以为是什么？”

白焰道：“或者，应该称它为山魂。”

安岚顿住了，刚刚，她心里想到的也是这个。

候在一旁的福海心里一惊，良久才问：“公子如何确定？”

白焰道：“还不能十足的肯定，但前后一推算的话，可能性很大。”他说着就往后一靠，调整了一下姿势，接着道，“我一直认为，眼下的那个山魂计划，或者说南疆人和道门举荐川连前后的这一系列事，本就是景炎当年计划好的事情，只是后来因别的原因暂停了，或是撤销了。但是，知道那个计划的人，却并没有打算放弃。而当时，景炎命孔雀去南疆做的事情，应当是整个计划里极其重要的一个环节，而山魂更是计划中不可缺少的东西。如今，南疆人从一开始就在找山魂，甚至不惜将此物以说书的形式传播出去，而之前我们曾猜测过山魂的作用，若猜测是真，那么他们得到山魂后，当真是进可攻退可守。”

福海面上的神色慢慢凝重起来，安岚亦是沉默了好一会儿，才开口：“既然你早就怀疑，为何还要给他们可乘之机？”

“并非是我给他们可乘之机。”白焰摇了摇头，唇边噙着一丝笑，看起来似有点抱歉，又似根本不在乎，“是个意外。”

看着他这样的表情，安岚心里愈加恼怒，于是面上的表情愈加冷硬：“东西是你丢的，你负责找回来！”

白焰道：“定是要找回来的，只是这件事仅我一人，怕是难成。”

安岚冷着脸看他：“你想如何？”

白焰看着她道：“只能请安先生帮忙了。”

福海看出他们之间的气氛变了，遂垂下脸，悄悄退了出去。

安岚道：“你要我帮你找？”

白焰道：“是一起找。”

安岚面无表情地看着他，白焰眼里含笑，只是片刻后，终是轻轻叹了口气，有些无奈地道：“先生可还记得，之前与我约定，你找出孔雀，我便将景炎留的那封信给你？”

安岚道：“自是记得。”

白焰道：“现在正好是个机会。”

安岚道："我的事，不用你来安排。"

白焰笑了，目光如水，就看着她不作声。

安岚微微皱眉："你看什么？"

白焰叹了口气："好吧，算是我求安先生帮我一次。"

这样戏谑的语气，可一点都不像是求人的态度。

他们很了解彼此，他知道即便他不说，她也定会去找的，无论是为令牌，还是为眼前的这些事。更何况，道门已经宣战了，川连也站了出来，长香殿再起风云，她不可能只是干坐着，等事情逼到眼前后才有所动作。

烛火微微晃动了一下，安岚站起身，走到烛台那儿拨了拨灯芯，然后转身，打量了他好一会儿才开口："你拿什么来求我帮你？"

白焰微微挑眉："安先生想要什么？"

安岚就站在那儿看着他："你的……诚意。"

白焰顿了顿，笑了："难道先生觉得我的诚意还不够？"

安岚轻轻勾了勾嘴角，似笑非笑地道："难不成你以为上过了我的床，我就会觉得你捧上了十足的诚意，进而全身心地依赖你？"

白焰面上的笑容深了几分，眼里亦多了些许无奈："你可真是……"只是他说了一半，又停下了，轻轻摇头，"这是找出孔雀的机会，也是能查清山魂的机会，先生当真愿意错过？"

安岚道："机会我自然不会错过，而且我既然说过会找到孔雀，就一定会找到。"

但不等于就一定要帮你，这是两码事，她的态度很明确。

白焰探究地看了她一眼："安先生早就知道有孔雀这个人？"

连福海他们几位对孔雀都不了解，而在蓝靛查他之前，别的人不可能知道有这么个人的存在，她是怎么知道的？

安岚没有回答。

这似乎是默认了，白焰微微眯起眼，有些意外："先生是什么时候知道的？"

安岚淡淡一笑："这个我无须告诉你。"

白焰想了想，轻轻叹了口气："那么先生能否明示，在下应当如何做才能表达诚意？"

安岚静静地看了他一会儿，烛光照在她脸上，肌肤看起来宛若羊脂般细腻，整个人都散发着一层淡淡的柔光，但她面上的表情却带着几分寒凉，柔软，却又寒凉，似月下新雪。

片刻后，她转头往外吩咐一句，不多会儿福海又进来了。

“刚刚忘了问你一句，既然你们都不清楚，当年景炎公子派孔雀去南疆所办何事，又是如何确定此事关系到镇香使如今的生死的？”

福海垂着眼睛道：“因为当初公子曾跟我说过一句，如果他真的死了，孔雀就不会再回来，但若万一他能活下来，孔雀就必定会回来。原本我以为，照公子留下的话，孔雀回来了，当会主动来寻公子才是，但他至今避而不见，而且山魂之事又跟道门和香谷干系重大，今日他们更是毫无顾忌地暗算了公子，如此我等断言孔雀确实是来者不善。”

安岚微微点头：“我知道了。”

福海抬起眼看向白焰，见再没别的吩咐，便又轻轻退了出去。

白焰站起身，走到安岚跟前：“今天李道长带着川连上长香殿，是不是出了什么事？”

安岚道：“没别的，只是柳先生小小警告了他们一下。”

白焰道：“能做出挑战大香师的决定，他们想要的当不仅仅是天玑殿。”

安岚道：“道门掌握天玑殿数百年，一统七殿的想法一直就没有断过，上一个机会因百里翎的死而失败，他们如何会甘心？如今不仅能与南疆香谷联手，还有景炎公子留下的山魂计划为助力，此番行动，自然不会是小打小闹。”

白焰沉吟片刻，忽然笑了一笑，神色有些复杂：“如今我们究竟是在跟道门和香谷较量，还是在跟景炎公子较量？”

安岚看了他一眼，反问：“你以为呢？”

白焰又想了一会儿，随后摇了摇头，不打算再继续这个问题。

安岚离开之前，白焰又问一句：“先生刚刚说的诚意？”

“是你欠我的。”安岚看着他淡淡地道了这么一句，就不再多说了。

白焰想了想，微微颔首。

景府十三少爷生日那天，李道长和川连都受邀去了景府，安岚也出了香殿，入了长安城。

如果走大道的话，从景府到西京塔需要绕过几个大坊市，就是马车也得走一个多时辰，但如果从坊市的小巷子穿过去，只需要半个时辰的时间。

安岚的马车到了西京塔附近后，掀开车帘往外看了看："你就是在这里遭了暗算？"

这地方靠着坊市，不远处还有个戏台子，平日里就很热闹，要是再赶上庙会，自然是人挤着人，磕磕碰碰在所难免。她看了一眼就知道，这种地方就算不用香境，也很容易对人下手，只是对方应当很清楚白焰的身手，不敢冒险，所以借助了香境来暗算他。

白焰微微点头："要下去走走吗？"

今日他们俩都没有带随侍，并都换了装扮，连出行的马车也不起眼。

安岚下了车，看着路边两排长长的各式各样的摊子，有些感慨地道："这里比以前热闹了许多。"

白焰替她挡开人群，领着她往前走："你以前来过这儿？"

安岚道："小时候时常跑到这边玩。"

白焰看了她一眼："你……小时候住在这附近？"

安岚走到个杂货摊位前，挑了个小铃铛拿在手里玩，白焰给她付了钱后，她才道："你难道没听说过，我进长香殿以前是什么出身？"

她的过往，长香殿有谁不知道，只不过没人敢在她面前提罢了。

就在李道长等人进景府时，集贤书院的早间课正好下课，景孝正在整理书本，石墨忽然溜进来，跑到他旁边悄声道："少爷，鹿羽姑娘在外头呢。"

景孝微怔，停下手中的动作，抬起眼："她在外头？书院外头？"

石墨点头："就在那家面食店里坐着等您呢，刚刚在门口招呼我，说是找少爷，我出去时跟门房的人说她是咱家的丫鬟，给府里带话的。"

石墨心里清楚，一个姑娘家忽然来书院找人，若不给个正当的由头，一会儿被人瞧见了，那就不妙了，书院有几位小爷可是最喜欢热闹的主，到时自家少爷准叫他们编排去。

景孝不由得往教室外看了看："找我什么事？"

石墨摇头："她没说。"

景孝有些迟疑，课间休息的时间不长，先生又是极严，即便是只迟到一会儿也是要受罚的。

石墨见他面露犹豫，便道："要不我去跟鹿羽姑娘说，少爷正上课呢，出不去。"

景孝想了想，放下课本："我还是出去看看吧。"

这个时候忽然来找他，多半是有什么重要的事情。

景孝出了书院，就看到前面店铺内坐着位姑娘，可不就是鹿羽。鹿羽也瞧见他了，遂朝他招了招手。景孝忙快步走过去："鹿姑娘怎么在这儿？"

鹿羽笑了笑："我来找你啊。"

景孝有些讶异，又有些不解："是……有什么事吗？"

鹿羽把手放在桌子上，托着腮打量他："你怎么还有心思在这儿读书？"

景孝一怔，更是不解："姑娘此话何意？我为何会没有心思读书？"

鹿羽放下手，有些诧异地道："今儿不是你一位堂弟的生日吗，你们景府都摆了宴席，你不是应当留在府里吗？"

景孝一听是这事，眼里的疑惑便褪了，面上神色淡淡的："往年我大都下课回去后，再给十三弟祝贺，总归家里兄弟姐妹众多，十三弟那儿向来热闹，二伯也不会因此责怪我。"

鹿羽放下手："那你知道你二伯今儿请了谁吗？"

景孝道："往年请的都是家里常走动的那些个亲戚。"

鹿羽道："就知道你被蒙在鼓里呢，你二伯今儿还请了道门的李道长，以及天下无香的川连掌柜！"

景孝又是一怔，前两日道门上长香殿举荐川连接任天玑殿大香师之位的消息，他自然也听说了。

片刻后，景孝才问："为何会请他们？"

二伯是什么时候跟道门牵上关系的？而且天下无香的那三位掌柜可都是来自南疆，前段时间南疆人还在景府闹出了人命官司，事情的余热可还没消呢，二伯对南疆人亦是厌恶至极，怎么忽然——

"听说是请李道长给你那位堂弟看看面相根骨。"鹿羽说着就摇了摇头，"也不知景二爷心里打的什么主意，他难道不知道门对长香殿可没安好心？偏还挑这个时候将人往府里请，连天下无香的人都给带上，他就不怕安先生会多想？"

景孝沉默了片刻，就朝鹿羽揖手道：“多谢姑娘告知我此事，我这就去跟先生请假。”

他父亲这几日身体又有些不舒服，府里的事情怕是盯不牢，长香殿将起风云，二伯想将景府也拉进去，他必须回去看着才行。

鹿羽笑着道：“快去吧，我都给你叫了马车，在前面等着呢。”

景孝微微点头，就转身回了书院。

安岚和白焰在西京塔附近转了大半圈，看了几场耍杂，买了些吃的玩的，然后又随手扔给路过的小孩或者街边的乞丐。这一路上他们一直也没碰上什么特别的人，一切都很正常，除了因他俩的相貌太出色，多少引得旁边的人不住地悄悄打量外，实在没什么特别的。

安岚走得有些累了，就近找了家茶庄坐下，叫了壶茶，然后问：“鸽子楼什么都没查到？”

白焰摇头：“查到几个南疆人，只是他们什么都不知道。”

安岚问：“你确定？”

白焰给她倒了杯茶：“安先生对孔雀了解多少？”

安岚看了他一眼，没说话。

白焰笑了笑：“我如今对他一无所知，但依我的直觉，此人如此大费周章，是不会那么轻易就让我找到的。”

安岚道：“看来你并不着急。”

白焰道：“若非此事关系到天枢殿，镇香令牌又是先生赐下的，那东西丢了也就丢了。”

安岚微微挑眉：“你遭人暗算也不在乎？”

“我若不急，他就定会着急；我若不受此影响，他就定会被我影响。”白焰放下茶壶，“我若不动，他就必定会再动。”

安岚淡淡地道：“有时事情往往会因为等待而失了先机。”

白焰看着她：“安先生其实也不着急，因为先机早已被你握在手里了。”

安岚慢慢喝了口茶，沉默片刻，放下茶杯：“长香殿的博弈，谁都不敢说自己就一定握住了先机。”

白焰道：“安先生真是个明白人。”

安岚看了他一眼："你似乎有些感慨。"

白焰也端起茶杯喝了一口，然后道："走了这么久，先生可有看出什么？"

安岚道："不过是打发时间罢了。"

白焰笑了笑："那边也该有消息了吧？"

这话才落，就看到一位刑院殿侍的身影，安岚站起身走出去。

"先生，刚刚鹿羽姑娘去书院找了景三少爷，景三少爷遂请假回了景府。"

"多长时间了？"

"现在三少爷应该已经回到景府了，是鹿羽姑娘送他到景府门口的。"

"知道了，你去吧。"

那殿侍离开后，白焰开口："那位鹿羽姑娘，是你的人？"

安岚道："现在看来不是。"

"嗯？"

"我若是想让景孝留在景府，何需她今日特意去找人？"

"先生若真不想景孝回景府，今日就算鹿羽去找他，他也不会回去。"白焰说着看了她一眼，叹道，"为了那个孩子，先生可真是煞费苦心。"

景孝此番回去，即便过后他没悟出来，景明也会点醒他，鹿羽心思不纯。

安岚道："不仅仅是为他，也是想看看鹿羽。"

可惜了，她心里轻轻一叹。

白焰回到茶铺坐下，给她重新换了壶热茶，并叫了两盘点心，然后问："鹿羽姑娘若非是你的人，那她是为谁做事？"

安岚没有回答，白焰也不在意，给她碟子里夹了块点心，接着道："她一入香殿就是侍香人，即便现在被降为侍女了，鹿源却并未受影响，依旧得你宠信。明眼人都看得出来，只要有鹿源在，她迟早会重回侍香人的位置。有此前提，别的香殿即便想收买她，也再难给比大香师身边的侍香人更大的好处了，故而她纵然心里有委屈，也不至于真糊涂。那姑娘兴许不比源侍香聪明，但心里的主意亦不少，不会分不清利弊，更不会为了那么一点委屈而背主。"

安岚拿出茶杯，慢慢喝了一口，依旧没有说话。

“既然她不是被收买的，那便是从一开始就是被安插进来的。”安岚放下茶杯，手指在杯子上轻轻敲着，神色淡淡的。

白焰问：“听说是源侍香将她带入天枢殿的。”

安岚微微点头：“是他带进来的，那又如何？”

白焰道：“之前安先生说过，一定会找到孔雀。”

安岚看了他一眼，白焰道：“先生对此事如此笃定，是否是一开始就知道孔雀是谁？”

安岚无声地移开目光，看向外面。

白焰一边给自己倒上茶，一边坦然地道：“我查过，安先生初遇鹿源是在南郡，而南疆往北的第一个郡县，就是南郡。”

安岚从外面收回目光：“你到底想说什么？”

白焰拿起茶杯，轻轻一笑：“鹿源是孔雀吗？”这是问句。

安岚连眼皮都没有眨一下：“你说了这么多，就只是为问这一句？”

白焰打量着她道：“先生早就对鹿羽起疑，却是在刚刚才确定，鹿羽是被安插进来的。鹿羽是被鹿源带进天枢殿的，他们是亲兄妹，鹿源不是个简单的男人，他不可能一点都不清楚鹿羽的底细，就将人带进来并安排在先生身边，但先生自始至终都很信任鹿源，这实在有些矛盾。”

安岚微微勾起嘴角，她似乎很乐意看到他有解不开的疑惑。

只是过了片刻，白焰就接着道：“那这就只有一个解释，他们俩都是别人先后安插进来的人，但先生收服了源侍香。”

安岚道：“且如你所说，我既然能收服鹿源，难道就无法收服鹿羽？”

白焰淡淡一笑：“你确实无法收服鹿羽。”

安岚微微挑眉：“为什么？”

白焰道：“因为她不笨，相反，她还很聪明，所以她很清楚她比不上鹿源。”

安岚道：“鹿源是她亲哥哥，并且一直待她很好。”

“即便是父子也有相互猜忌的，更何况他们并非一块长大的，兄妹情分在他们两人心里并不对等。”白焰轻轻摇头，“安先生应当比任何人都清楚，聪明的人都很骄傲。鹿羽知道，只要有鹿源在，她就不可能真正得到你的看重，她想要的，你已经给了鹿源。她甚至还知道，即便鹿源不在了，你也不会像看重鹿源那样看重她，除非她能做得比鹿源还要好，而这个可能性并不大。”

安岚沉默了片刻，才不冷不热地道了一句：“镇香使可真懂得女人的心。”

白焰笑了，低声道：“过誉了，在下就常猜不透安岚姑娘这颗七窍玲珑心。”

他故意压低声音，微微沙哑的嗓音性感得令气氛都变了。

她遂看了他一眼，眼神有些迷蒙又有些幽冷，似嗔似痴。

那点暧昧的气氛在他们之间转了转，随后被她浅浅一笑，就化开了：“所以你的结论是……”

白焰亦是一笑，给她重新续了杯茶：“源侍香即便不是孔雀，也定和孔雀有关系，并且关系匪浅。”

安岚拿起那杯茶轻轻吹了吹，对他的话没有任何表态。

白焰放下茶壶的时候，又看到了刑院院侍的身影，安岚便站起身往外走。

“先生，景三少爷出事了！”

“出什么事了？”

“景三少爷回府没多久，就忽然晕倒了，怎么叫都叫不醒。”

“为什么会忽然晕倒？”

“似乎是……因为香蛊。”

安岚一怔，皱了皱眉头：“香蛊？”

那院侍点头：“是十三少爷一时好奇，想看看香蛊，让川连拿了出来，后来三少爷不知怎么碰了那香蛊，忽然就晕倒了，景四爷求属下来找先生。”

安岚转过脸疑惑地看了白焰一眼，白焰问那院侍：“景十三呢？”

院侍道：“十三少爷没事。”

白焰看向安岚：“要去吗？”

安岚微微点头，命院侍让马车过来。景孝是景公托付的人，她也看顾了这么多年，不可能在这个节骨眼上让他出事。

上了马车后，她才开口：“我本以为他们会对我下手，或者对你下手，没想到他们会找到景孝。”

这么多年，她其实只是在暗中看顾景孝，并且做得并不明显。她要让他学会自己面对那些困境，自己学会解决，为此很多人还误以为，她其实并不看重那孩子，不过是因为景公临终前的托付，不得已意思意思关心一下罢了。

白焰道："他们又不是不知道，直接找你或是找我，需要付出什么样的代价。"

安岚微微皱眉："香蛊怎么会让人晕倒？难道川连真敢在景府，当着众人的面弄什么幺蛾子？！"

川连若真敢这么做，那她可不管有几个道门，理站到她这边了，也省得她再去找什么理由等什么机会。

白焰道："事情怕是不会那么简单，景孝应当也不会出什么事。即便景仲真有不正的心思，也不会挑这种时候除去景孝，这对他没有丁点好处。"

安岚微微点头，白焰沉吟片刻，又道："这事应当是冲着你来的，道门的人怕是很清楚你其实很关心景孝。"

安岚听了这话，忽然就看了他一眼："你呢？你当真一点都不关心？"

白焰道："我自然是关心的。"

安岚道："你关心？"

白焰看着她道："如今这些事都缠在了一起，我如何能不关心，先生不必分析我是何种关心，重要的是我确实关心。"

安岚到景府的时候，李道长和川连还都在，两人看到安岚和白焰后，并无一丝惊讶。反倒是景仲，显得有些紧张，急急忙忙地迎了上去："安先生和镇香使怎么、怎么忽然过来了？"

景府的人听闻安大香师来了，一个个都站起身，好些人还特意离席围过去，但又不敢靠得太近，景明身边的陆管事也赶忙挤进来，一脸焦急地看着安岚。

"孝哥儿呢？"安岚问的是景仲，目光却看向川连。

此时只有她和李道长还坐着，一副事不关己的模样，但很明显，这里的气氛有些僵硬，每个人脸上的神色都不太好。就连今日的小寿星也是一脸惴惴的模样，并且一瞧着安岚，就赶紧躲到景仲后面。

景仲也往川连那儿看了一眼，顿了顿，才道："孝哥儿，在、在他院里呢。"

这时陆管事忽然上前两步张口道："安先生，孝哥儿他、他……"

景仲咳嗽了一声，打断他的话："我在跟安先生说话，你插什么话，老四是怎么管教下人的，没规矩！"

陆管事只得收住嘴里的话，往后退了一步，但面上的表情愈加愤愤。

安岚看向陆管事："孝哥儿怎么了？"

陆管事刚要张口，景仲忙道："就是俩孩子玩闹时起了些争执，出了些意外。"

安岚瞥了景仲一眼："俩孩子？"

陆管事遂开口道："回安先生，十三少爷玩香蛊时，三少爷过去看了一眼，然后不知怎的，那香蛊就被拍在了三少爷脸上，跟着三少爷就倒下了！"

这时景流从景仲身后探出半边身，又是委屈又是不忿地道："是三哥要抢我的香蛊，我不给，他却抓着我的手硬要拿，我一甩手才、才……"他说到这儿，就拉着景仲的衣服嚷嚷道，"爹，都是三哥的错，是他的错！爹，你得给我做主，这不关我的事！都是三哥自找的！"

景仲赶紧哄他："知道了知道了，你别害怕，没人说是你的错。"

这时川连却开口了："不管是谁的错，那香蛊是景二爷你请我带来给你家公子开开眼的，结果我的香蛊却死在了你家公子手里，您是不是该给我一个说法？若是别的东西，你拿孩子不懂事这等理由推脱，也就罢了，但这是香蛊，二爷怕是还不清楚那只香蛊的价值吧？"

景仲的表情有些僵硬，看了旁边的李道长一眼，但李道长此时显然不愿蹚这浑水，景仲只得低声下气地对川连道："小儿的无心之过，让姑娘失了心爱之物，景某愿意赔偿，请姑娘开个价。"

川连那张面无表情的脸似冷笑了一下，然后看着他道："景二爷好大的口气，总听人说景府富可敌国，看来果真不假。"

却这时李道长叹了一声，看向景仲问了一句："景二爷知道江南之首姜氏吧？"

景仲微怔，轻轻点头，却不明白李道长这个时候提起姜氏是何用意。

如长安城没人不知景府，江南亦无人不晓姜氏，姜氏的富贵，比之景府是有过之而无不及。

李道长道："三年前，姜七爷的爱妾得了种怪病，听人说以香蛊入药或许能治，于是命心腹带重金去南疆香谷求药，二爷可知，当时姜七爷给了他心腹多少银子去南疆？”

景仲道：“还请道长告知。”

李道长又叹了一声，才缓缓道：“五十万两纹银。”

景仲的脸色当即变了，周围所有听到这个数字的人也都倒抽了口冷气。

李道长接着道：“但姜七爷还是没能求得香蛊。”

景仲的脸色僵住了：“什、什么？”

安岚冷眼看到这儿，就转头对陆管事道：“带我去看孝哥儿。”

陆管事回过神，忙道：“是，先生这边请。”

安岚转身，所有人都自动让开一条道。景仲即转头看过去，微微皱眉，有些犹豫自己是不是也要过去。但川连已站起身，暂时不再跟景仲讨价还价，自行跟上安岚，景仲迟疑了一下，也抬脚要过去，只是景流却拉住了他的袖子，一脸紧张：“爹！”

景仲想了想，就让仆人过来带景流下去。

景孝是被抬到了景明的院里，安岚进去的时候，景明忍住咳嗽快步走到安岚身边：“先生——”

“我看看。”安岚朝他微微颔首，走到床前。

景孝躺在床上，似睡着了般，只是脸色看起来有些苍白，脸侧有一小片红色的印记，像是血沾到上面没擦一样。

景明在旁边道：“那血迹怎么都擦不下去，叫也叫不醒。”

安岚弯下腰，伸出手要去碰那块血迹，白焰忽然开口：“先生！”

安岚并没有收回手，只是握住了景孝的下巴，轻轻转了一下他的脸，再仔细看了看，那块血迹好像是渗进了皮肤里面，并且颜色鲜艳得妖异。

片刻后，她收回手，眉头微蹙：“川连怎么说？”

“当时情况有些乱，流哥儿一直在哭闹，我以为也不是多严重，便让人先将孝哥儿抬了回来。”景明说着忍不住咳嗽了两声，才接着道，“谁知抬回来后，怎么叫都叫不醒，他脸上那块东西也擦不干净，我才知道事情没那么简单，便马上让人去请先生，也命人去请大夫了。至于那位川连姑娘，我也去问她这是怎么回事了，她却什么都不说，只道既然我让人去请了先生，那就等先生来了再说。”

入了景明的院子后，除了白焰跟着安岚一块进了景明的房间，川连等人都只是被留在外头的堂屋等着。

安岚看向白焰："你知道是怎么回事吗？"

白焰去过南疆，也跟香谷的人打过交道，对香蛊的了解比他们多。

白焰沉吟片刻，神色有些凝重："香蛊的血有毒，颜色越是鲜艳，毒素就越是霸道。"

景明忍住咳嗽，焦急地问："能解吗？"

白焰看向安岚："只能看川连的意思了。"

这显然是个局，但他们偏偏抓不到川连的把柄，而且川连还让自己变成了受害者，因为香蛊确实很珍贵，千金难求，刚刚李道长说的那件事并非杜撰。

可她付出一只香蛊的代价，只是为了要景孝的命？这对她能有什么好处？这很不合理，更不合算！

三人来到堂屋，景仲遂关心地问景孝的情况，景明轻轻摇头，然后看向川连，面带隐怒。川连却只是看了安岚一眼，然后才看向景明："景四爷这等神色，难不成以为三少爷的事该由我负责？"

景明脸色微沉："香蛊是姑娘带进来的，孝哥儿又是因为香蛊才变成现在这样的，他脸上的血还在呢，姑娘难道真想推得一干二净？"

川连淡淡地道："今日我是你们景府请来的贵客，香蛊亦是景二爷特意拜托我带来的。"她说着就又看向景仲，"至于三少爷究竟是怎么倒下的，景二爷不说吗？即便不说，当时在场亲眼看到的人可不少呢。"

景仲的脸色很是不好，景明并未在场，后来出事后，他只顾着照看景孝，也没仔细打听事情的详细经过，此时听川连这么一说，便转头道："陆生！"

陆管事忙走上前，迟疑了一下，低着头道："一开始，川连姑娘将香蛊拿出来给十三少爷看了几眼，就收了起来。当时十三少爷提出想拿去玩一会儿，川连姑娘没有答应，说这东西是不能碰的。只是十三少爷可能是心里一直记挂着，然后趁着川连姑娘不注意，就偷偷地拿了那香蛊，却被三少爷看到了，三少爷便让十三少爷将香蛊还回去，十三少爷不允，于是两人起了争执，结果就——"

景仲的脸色越来越阴沉，不过终究没有打断陆管事的陈述。

陆管事说完，景明的脸色也难看得紧，这事，确实没法怪川连，她是景仲请来的，香蛊是景流偷的，事情是两个孩子闹出来的。无论这件事的背后藏着什么猫腻，眼下要怪，只能怪他景府的人。而景府里二房和四房的关系本来就僵，如今再添此事，也不过是在三尺厚的冰上添一层霜而已。

景仲在堂屋内走了两步，然后袖子一甩，怒气冲冲地开口："那混小子，我、我一定好好教训他！不，我这就叫他过来，四弟，我这就把他交给你，随你怎么处置，你不用顾着我的面子，今儿你就是打死他，我也不会……"

只是景明根本就没看他，并且不等他把话说完，就朝川连揖手道："我就这么一个儿子，还请姑娘告知解毒之法。"

川连道："你真想救你儿子？"

景明道："当然！"

川连道："四爷当明白，我是没有义务救三少爷的。"

景明道："只求姑娘告知我解毒之法，在下感激不尽。"

川连打量了他一眼，顿了顿，才道："方法确实是有，只是我即便说了，你也办不到。"

景明道："事关小儿性命，无论在下办不办得到，请姑娘且先说说。"

川连便道："香蛊的血已经进入他身体里，想要解此毒，只需将渗到他体内的毒血吸出来即可。这解毒之法说起来并不复杂，只是想要做到，却没那么简单。香蛊的血，非药物可解，所以用任何药都无济于事，而即便你将他脸上的那块肉挖下来，也是没用，毒血依旧在他体内。"

景明的脸色越来越不好："到底该如何办？"

川连道："需要满足两个条件，有另外一只香蛊，以及……大香师的帮助。"

景明怔了怔，不由得看向安岚。

安岚问："什么样的帮助？"

"只有香蛊才会去吸另外一只香蛊的血，而且因香蛊的特性，在吸同类血气的过程中，它们绝不会多碰一丁点别的东西，所以只要过程顺利，三少爷就不会有任何损伤。"川连说着就朝安岚走近两步，"但香蛊不会平白无故地去吸同类的血气，只有在它们吞噬香境到饱胀，需要同类的血气加持时，它们才会去吸同类的血。”

“原来如此。”安岚微微挑眉，总算明白了今日这件事的真正目的。

川连看着安岚，眼里带着淡淡的嘲讽：“还有，因为大香师的香境力量太过强大，香蛊无法一下子吞噬，否则就会像上次柳先生出手时那样，它们会因承受不住，直接暴亡。”她说着就又看向景明，“我如今只剩最后一只香蛊，若是它也死了，四爷就准备给三少爷办后事吧。”

查玉瑶郡主的命案时，柳璇玑曾出手弄死过一只香蛊。

景明面色僵了僵，转头看向安岚，满眼的焦虑，只是又无法开口。他是个聪明人，也是个明白人，今日之事究竟是针对谁的，此刻他已经看出来了。景孝是被人当了棋子，对准了安香师，而显然，景仲等人已暗中跟南疆和道门的人沆瀣一气了。

安岚问：“不能一次吞噬，那是要分几次？”

川连道：“至少要一个月，连续。”

安岚道：“如此，便是连续一个月，日日起香境饲养香蛊。”

川连道：“镇香使明白血毒的霸道程度，三少爷的情况耽搁不得，天黑之前，至少要让香蛊吸一次他体内的毒血，否则过了今日，再做决定也晚了。”

景明即恳求地看向白焰，他妻子走得早，只给他留下这么一个孩子。这么多年都熬过来了，如今无论如何，他都不能眼睁睁地看着儿子在自己眼前没了。

白焰走到安岚身边，低声道：“先生借一步说话。”

安岚转身，出了堂屋，走到院中空寂的长廊下。

白焰问：“如果日日起香境，先生会如何？”

安岚道：“会有些累。”

白焰又问：“让香蛊吞噬你的香境，对你是否会有影响？”

安岚道：“只要我的香境世界不坍塌，香蛊吞下多少香境对我都没有影响，只是对它有没有影响，我却不知。”

香蛊对她而言，是陌生的东西。

白焰再问：“先生要救景孝吗？”

安岚道：“不能不救。”

她说得没有一丝犹豫，没有丁点迟疑，白焰沉默了片刻才道：“如今离春节不到一个月了。”

一个月后，川连随时都有可能向长香殿发起挑战，可这一个月的时间，安岚却要将精神耗在饲养川连的香蛊上，万一到时她精神不济……而这就是川连想要的结果。

两人正要回堂屋的时候，景明却出来了，面上的神色极为复杂，他走到安岚身旁，低下头深揖：“安先生。”

安岚微微侧过脸，询问地看向他。

景明低声道：“川连姑娘说了，香蛊极为珍贵，故她不会将香蛊交予任何人。”

安岚没有说话，只是看了白焰一眼。她是要救景孝，但需要的时间太长，她又需要每天都起香境，所以这段时间，景孝自然是要住在天枢殿才行。而川连显然也想到了这一点，于是在安岚还未开口前，就先对景明说了这么一句。

“那她是何意？”安岚淡淡地道，“是不愿救景孝，还是欲高价售卖香蛊？”

景明摇头，欲言又止。

安岚微微挑眉，随后看到川连也从堂屋出来。

景明转头看向她，面带薄怒，只是这些年他隐忍惯了，心知此时就是发再大的火也没用，眼前这个女人，并非他的一场怒火就能解决得了的。

川连走到安岚跟前：“我的本意是，景四爷将三少爷送到天下无香，安先生若是不介意，也可以暂时屈居寒舍，如此，香蛊既不会离开我的视线，三少爷也能得以治疗。”

景明胸口起伏了好几次，才控制住胸腔的怒意，缓缓开口：“我不可能将孝哥儿送到姑娘那儿，安先生更不可能住在天下无香！”

川连看向景明：“哦，那么景四爷是不愿救三少爷了？”

景明沉默了好一会儿才道：“我愿给姑娘立下契书，只租姑娘手里的香蛊一月时间，请姑娘说个条件，只要在下能办到的，绝不还价。”

川连看着他道：“四爷倒是比二爷会说话，不过四爷眼下能拿出多少筹码呢？”

景明顿了顿，白焰却开口了：“川连姑娘愿意租吗？”

川连转身看向白焰："只要有足够的筹码，任何事情都可以谈。"

白焰道："看来这景府，没有姑娘想要的东西。"

川连却摇头："景府的富贵，就是最大的筹码，我是俗人，自是不能免俗，只是这泼天的富贵，却非景四爷一人能做得来主的。就算只论景四爷手里那些能自己做主的东西，即便您愿意拿出来，但若没有天枢殿的应允，怕是我也握不牢。"

安岚道："川连姑娘是想用一只香蛊同整个景府比？"

川连看向安岚，想了想，微微点头："确实不能如此简单地来做比较，但那怎么办呢？我的提议你们不接受，我想要的，你们又不愿给，那就只能眼睁睁地看着三少爷命丧黄泉了。"

安岚道："还是说说你真正的目的吧。"

川连道："安先生是聪明人。"

安岚道："我会救景孝，但绝不会倾其所有地去救，亦不会为了他而被你牵着鼻子走，你是否认可？"

川连沉默了一会儿，点头道："三少爷确实还不值得您为他付出所有。"

景明站在一旁没有出声，虽然心里不好受，但面上没有表露丝毫。

安岚道："再说你，你如今所做的一切，其实都是在为年后的挑战做准备。"

川连没有说话。

安岚道："你想消耗我的精力和耐心，或者是想借我来为你饲养香蛊。"

川连还是没有说话。

安岚亦不着急，接着道："如此，你觉得，究竟是我想救景孝的心重一些，还是你的目的更重一些？"

川连面无表情地道："安先生是想用景三少爷的命来赌？"

安岚反问："你难道不是在赌？"

景明眼里透出焦虑，想要开口，却看到白焰朝他轻轻摇头，他顿了顿，终是忍住了。

片刻后，川连道："我不可能将香蛊交给你带入香殿。"

安岚道："我要你那东西也没用，这样吧，你既然不愿将香蛊送入香殿，那就只能辛苦你，每天来景府一趟，如何？”

川连沉吟一会儿，怀疑地问：“先生的意思是，从今日起，要住在景府了？”

一个不愿去天下无香，一个不愿去香殿，那么，就只能都待在景府了。

景明怔了怔才反应过来，忙开口确认：“先、先生当真？”

安岚转头往走廊外看了看：“景孝的院子是东面那个三思院？”

景明有些激动地道：“是，没错。”

安岚道：“让人去收拾个干净的房间出来。”

景明终于确认安岚就是这个意思，嘴唇抖了抖，随后赶紧转身去找陆管事安排相关事宜，安先生能住在他这里，愿意亲自看着孝哥儿，孝哥儿就定不会有事！

而景仲听说这个事后，一时有些愣怔，竟不知该说什么好。

陆管事则已经顾不上惊诧了，赶紧来回转悠地指使丫鬟小厮们忙起来，偶尔还拍一下自个儿的脑袋，嘴里念念叨叨的，生怕自己有什么疏忽了。

川连看着就因安岚一句话，整个景府几乎都跟着动了起来，有些感慨地道：“大香师果真是不一样，就是天子王爵，怕也不过如此了。”

安岚道：“那只香蛊，姑娘带在身上吧？”

川连看了她一眼：“安先生知道我一定会答应？”

安岚道：“你本不就是要把我从香殿内请出来吗？”

川连探究地看了她一会儿，微微点头：“似乎什么都瞒不过先生，这也算是香境吗？”

安岚没有说话，只是往堂屋那儿看了一眼，片刻后问：“在解毒的这段时间，孝哥儿会一直处于昏迷的状态吗？”

川连道：“随着毒血的减少，他会慢慢恢复意识，意识恢复的时间也会随之慢慢增加。”

安岚问：“在你来长安之前，香蛊也曾吞噬过香境？”

川连道：“当然，不然我也不会知道香蛊还能吞噬香境，坦白说，就是我也因此吓了一跳。”

安岚看向她：“你吓了一跳，这么说，当时吞噬香境的也是你的香蛊？”

川连顿了顿，才道：“没错。”

安岚问："是什么时候的事？"

川连沉默了。

安岚又问："当时香蛊吞噬的是谁的香境？"

川连眉毛微微动了一下，还是沉默。

安岚接着道："我猜一下，你看对不对。"她说着，垂下眼，似在思考，片刻后才开口道，"至少是七八年前，你的香蛊吞噬的是广寒先生的香境。"

川连问："为什么是七八年前？安先生应当知道，我来长安已有一段不短的时间。"

安岚瞥了她一眼，冷幽幽地道："若不是事先知道香蛊有吞噬香境的能力，你们会千里迢迢地来长安？道门会跟你们联手？"

川连顿了顿，才道："安先生很信任另外几位大香师？"

安岚轻轻一笑："这个，你可以随意去猜测。"

川连看向白焰："那镇香使呢？安先生是否会像当年信任广寒先生一般，信任镇香使呢？"

安岚看了她一会儿："你觉得呢？"

川连道："我觉得未必。"

安岚嘴角微微勾起，未有言语。

川连道："智者多虑，权者多疑，安先生也不能出其右。"

安岚沉默了片刻，忽然问："你和镇香使很熟悉？"

川连又看了白焰一眼："熟悉？谈不上，只是有些许了解。"

白焰站在一旁，神色淡淡的，一直没有插她们的话。

安岚也看了白焰一眼："你都了解他什么？"

川连收回目光看向安岚："一些过往和经历。"说到这里，她特意停了一下，随后又补充道，"有些是安先生参与的过往，有些则是安先生从不知道的经历。"

挑衅，直接又直白。

然而安岚的神色未有丝毫改变，只是想了想，又问："那么镇香使是不是对你的一些过往和经历，也有同样的了解？"

川连道："镇香使就在这里，先生为何不直接问他？"

安岚道："我问你，就是想问你是否知道他对你的了解？"

川连沉默了。

安岚道："看来你并不清楚他对你的了解究竟有多少，那么我呢？想必你也已经查过我的过往，如此你是否能由此推算出，我对你的了解有多少？"

川连沉默了好一会儿才道："在安先生'时光回溯'的香境面前，这等问题怕都不再是问题，除去大香师，无人能比。"

安岚淡淡一笑，眼里带着些许不屑："你还不配谈香境。"她说到这儿，又打量了川连几眼，然后接着道，"很渴望吧，我了解那种感觉，求而不得，煎熬难耐，苦不堪言。"

上天的恩赐，不问才智，不问出身，不问心志，神之一笔，就划下了一道不可逾越的鸿沟。

川连的眸色深了几分，但未言语。

而这会儿，景明又从堂屋内出来，走到安岚身边，问了一句："先生，是否现在将孝哥儿送回三思院？您的房间也都收拾好了，是不是过去看一眼，看有没有什么缺的？"

"一会儿天枢殿的侍女会过来，那些杂事跟她们交代即可。"安岚说着就往景孝暂住的厢房那里走去，同时对川连道，"你也过来。"

那是吩咐的语气，川连的脚步略有迟疑，随后看了眼也跟上的白焰道："她倒是出乎意料地嚣张，她待你也是如此态度？"

她注意到，她们说话时，安岚几乎是无视一直站在一旁的镇香使。

白焰笑了笑，将她刚刚的话还给她："我和安先生的有些事，姑娘看得到；还有些事，姑娘看不到。"

川连看了他一眼，不再说话了。

进了厢房后，安岚走到床边仔细看了景孝一会儿，然后也不看跟着进来的川连，只是开口："把香蛊拿出来吧，该怎么吸他脸上的那块毒血？"

川连回头看了一眼，却发现刚刚明明跟着她进来的景明和白焰，居然都不见了踪影，但房间还是那个房间，一桌一椅，甚至连门窗外面的景色、天光的强弱都没有丝毫改变。

是已经进入香境了？！

安岚回头，川连迟疑了一下，抬起手，便见她掌心放着一只两指大、半指长、接近椭圆的蛊虫，白色，半透明状。

这东西的外形甚至有点可爱，然而安岚面上的神色却比刚刚凝重了几分，这瞧着无害的东西，却给她很危险的感觉，就好似这东西随时都能化成可怕的怪物。

这是一个很平和的香境，并且是从此时此刻真实的场景中复制出来的，并且过渡得如此自然，让人没有丁点察觉，亦找不出一丝不实的迹象，所以这个香境的能量要更加雄浑。

只见川连掌心的香蛊开始微微颤抖起来，身体的颜色也随之越来越淡，一点一点地接近透明。

川连目中亦露出惊异，她这只香蛊很久没有这么兴奋过了。

安岚道："姑娘怎么就敢进入我的香境？"

川连有些不舍地从香蛊身上收回目光，抬起眼："为何不敢？"

安岚道："只要入了香境，我便是这里的神，所有进入我香境的人，生死皆有我来定。"

"这个我知道。"川连微微点头，"不过我不担心。"

安岚问："为何？"

川连道："因为你不会杀我，至于折磨我出气那等事，你应当也不屑于做，所以我自然不用担心。"

安岚道："我为什么不会杀你？"

川连道："因为谁都知道，在给三少爷解毒的这段时间，我都在你的香境内。"

安岚道："那又如何？"

川连道："长香殿既然接受了我的挑战，就等于契约已定，所有人都知道了。在挑战之前，只要不是我主动出手，安先生，或是任何一位大香师杀了我，那便等于是私自撕毁契约。若是往日，先生们擅自撕毁契约，兴许无须付出什么大的代价。但眼下道门正虎视眈眈，先生倘若撕毁契约，便等于是白白给道门送去一份大礼。"

她说完的时候，香蛊正好变成全透明的状态，像一颗椭圆形的大水珠。

川连道："先生收起香境吧，它已经饱了。"

她说完，房间依旧没有任何变化，却隐约听到外面景明和镇香使的声音。

香境消失了，没有丁点痕迹，若非她不提前知道，如何能分辨得出哪是真、哪是假！

安岚问："接下来怎么做？"

川连走到床前，微微弯下腰，将手里已完全透明的香蛊轻轻放到景孝脸上，正对着那块有血迹的地方。

景明进来时，正好看到这一幕，赶紧张口，却被白焰阻止了。

安岚冷眼看着，只见那只香蛊被放到景孝的脸上后，过了片刻，什么动静都没有，景孝也不见有醒来的迹象。景明有些急了，往前一步，但就在这会儿，那只香蛊微微颤了一下，随即透明的身体也隐隐泛出淡淡的红，景明不由得收住脚："这是……"

川连道："它在吸同类的血气，也就是三少爷体内的毒血。"

可是就川连这么一句话的工夫，那香蛊的身体已由透明转为半透明，刚刚显现的淡红也随之消失，身体慢慢恢复了原先的白色，并且有一抹白光从它体内散发出来，不过只是一瞬，就消失了，然后川连将香蛊收起。

景明急道："你做什么？怎么把它收起来了？"

川连将香蛊放在自己掌心，手掌一翻，就将手藏于袖中，再转身看向景明："我说过，这个过程至少需要一个月的时间，今日是第一次，时间自然会短些。再说安先生的香境过于霸道，我的香蛊也需要适应，总归只要安先生愿意配合，三少爷准能无事，景四爷无须如此担忧。"

景明看了看安岚和白焰，然后问："那孝哥儿身上的毒血解了多少？他今天能醒过来吗？"

"起码过半的时间后，三少爷才会恢复意识，这段时间四爷找几个细心的下人，仔细照料三少爷吧。"川连面无表情地说完这句话，就转身往外走。

安岚这才开口："三掌柜这是要回去了？"

川连停住脚步，侧过脸看了安岚一眼："是。"然后又看向景明，"明日再来打扰。"

景明顿了顿，才道："我让人送姑娘回去。"

"不用。"她丢下这句话就出了厢房。

"先生，公子……孝哥儿他……没事吧？"待川连出去后，景明才看向安岚和白焰，眼里满是焦虑和担忧。

安岚往床上看了一眼："她说的应当是真的。"

刚刚那只香蛊在吞噬她的香境时，她能感觉得到那东西的贪婪和急切，只是片刻就已承受不住她香境的力量。如果不是它吸收了同类的血气，兴许会跟上次柳璇玑出手时一般，直接暴亡。

有了安岚这句话，景明才算稍稍放了心，随后肩膀塌了下来。他慢慢走到床边，看着躺在床上不省人事的儿子，片刻后，沉沉地叹了口气："今日明明让他去书院的，怎么又回来了呢，也不与我说一声。"

安岚和白焰对视了一眼，白焰道："这个慢慢再说，今日之事，景二爷那边，四爷打算怎么办？"

景明这才转过身，沉着脸道："我也没想到二哥竟跟他们搭上了关系。"他说到这儿，似想起了什么，正色对安岚道，"我明白此事是针对先生的，但即便如此，先生还愿意救孝哥儿，我……"

安岚轻轻摇头："我既然答应了景公要照看他，自然不会食言。不过孝哥儿有这番经历，兴许也不是坏事。"

景明怔怔，随后微微点头。

只要能跨过生死危机，对日后而言，这样的经历，未尝不是一种福分。

三人刚走出厢房，陆管事就匆匆忙忙地过来找景明："四爷，少爷的三思院小了些，安先生还有侍女要安排……"他说到这儿，就看向旁边的安岚，"广寒先生的白园和景炎公子的泉水居一直空着，这些年也都有专人打扫，里面都是齐整的。眼下白园内的梅花正好都开了，是一年当中景色最好的时候，而景炎公子的泉水居内还有一眼温泉，这个时候住进去亦是正好。"

陆管事是个会说话的，安岚一听，便道："如此，我就暂住在白园，至于泉水居，镇香使过来的时候，可以在那里留宿。"

景明微微点头，陆管事忙应下，又等了一会儿，才道："那小的这就去安排。"

景明便道："那孝哥儿就不用回他的院子了，他在我这里，我也放心些。"

安岚点头，然后道："四爷先去忙吧。"

景府出了这么大的事，又涉及家族内斗，景仲和一干亲戚还在堂屋那儿等着呢。她暂时不想过去，而且这下面的事她也不会直接插手，景明心里明白，揖手行礼，就先一步走开了。

好容易将那些亲戚打发走，景明又去找景仲私下说了几句话，令景仲一脸难堪地离开了他的院子，随后他才坐下，重重地咳了好一会儿，一脸疲惫。

陆管事亲自将刚刚煎好的药端过来，轻声道："四爷还是要保重身体，前几日才感了风寒，身体都还没好利索呢，不可太劳累了。"

景明端起药一口喝了，放下碗时，看了陆管事一眼："刚刚你是故意跟安先生提起白园和泉水居的。"

景孝的三思院虽比不上白园和泉水居，但也绝不至于小到连安先生和几个侍女都安排不过来，更何况一开始安先生就开口说要住在三思院，陆管事却在安排好后又另外提议，自然是有别的意思。

"还是瞒不过四爷。"陆管事笑了笑，低声道，"白园和泉水居在景府的意义非比寻常，自广寒先生和景炎公子相继离开后，那俩院子就一直空着，这么些年，咱府里那几位爷，哪一位不想搬进去住？可是没有天枢殿安先生开口许可，他们就算心里再怎么想，也不敢惹这麻烦。"

景明轻轻摇头："你当安先生看不出你的意思？孝哥儿还不到时候。"

陆管事两手握住一起放在身前，微微点头："我本是想安先生既然愿意就近照看孝哥儿了，那她无论是去白园还是去泉水居住，兴许会开口让孝哥儿也一块过去。这要是孝哥儿真住进去了，还是安先生亲自开口提的，那咱少爷在景府的地位可就站稳了，到时这一干亲戚，还有那里里外外的管事掌柜们，心里可不就都敞亮了？"

景明看了他一眼："白园是广寒先生的地方，当年，除去安先生和大公子，广寒先生从不让别的人住白园，安先生是知道这个规矩的，所以不可能开口让孝哥儿住白园。至于泉水居，你刚刚没听到吗，安先生让镇香使住泉水居。"他说到这里，停了片刻，表情微微有些激动，声音也有些哽咽，"这么些年，泉水居的主人终于回来了。"

陆管事目中难掩惊诧："四爷，这么说，那位镇香使当真……当真就是咱们的大公子？"

景明道："若不是他，安先生如何会让他进泉水居？"

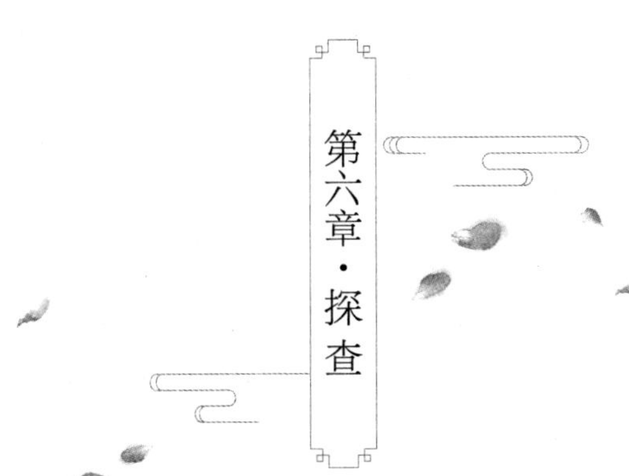

第六章·探查

白焰跟着安岚进了白园后才开口："先生为何要顺着她的意思？"

安岚走到一株白梅树下，微微抬起脸看着落雪的梅花："川连吗？也不是顺着她的意思，从长香殿到景府，一次来回要数个时辰，我没有那么多时间耗在这路上。"

白焰问："先生当真如此看重景孝？"

安岚侧过脸看了他一眼，忽然问："你会回景府，恢复景府大公子的身份，重新执掌景府大权吗？

白焰顿了顿，转头，看了看这白园，沉默片刻，淡淡一笑："先生当明白，这里于我而言，太过陌生了。"

安岚道："这样的富贵放在你面前，你当真都不会心动？"

白焰笑了笑："若单单是富贵，自然是心动的，只是我总能看到和富贵相伴而来的麻烦，这样的烫手山芋，还是不接得好。"

安岚道："既然你不愿回来接手景府，那么景孝对我而言，自然就很重要。"

白焰道："先生可是在怪我？"

安岚轻轻摇头："当初先生教过我，坐上那个位置，很多事情一定要学会怎么抓怎么放，有些人可以毫不犹豫地弃了，有些人则一定要竭尽所能地护着。景孝是景公选中的人，他成长起来，是可以托付重任的。景府的担子

将落在他肩上，这个时候我若不护着他，日后他如何甘愿供我差遣？”

白焰看了她片刻，缓缓地道：“你一定是他最得意的学生。”

安岚看了他一眼，眼神淡淡的，在她眼里的情绪要流露出来的时候，却移开了目光，看向满园的白梅：“我不知道，我有时候甚至不清楚，他究竟是怎么看待我的。”

白焰看着她的侧脸，午后的薄阳落在她身上，光线轻柔，连这满园的梅香都软化在这幽幽冷光中。

许久后，她还是出神般地看着那些梅花，白焰便问：“先生在想什么？”

安岚轻轻地道：“我有点想他了。”

有风吹过，几片梅花落在她单薄的肩上，白焰走过去，抬手拂落她身上的梅花，然后从后面抱住她，在她耳边低声道：“我不够好？”

他声音低沉，带着诱人的磁性，温热的呼吸拂在她耳朵上，立即带出丝丝的酥麻。

然而她的眼睛依旧看着前面，唇边噙着一丝笑，声音淡淡的：“你……自然也有你的好。”

意思是，还是不比以前那个人好？

白焰心里忽然生出几分荒谬的感觉，这世间，最无法战胜的人当真就是自己吗？这还真是有意思！

他收紧胳膊，轻轻咬上她的耳朵，声音含糊地道：“先生似乎不是很满意？”

安岚觉得有些麻又有些痒，微微侧着脸躲了一下，然后道：“别闹，你的镇香令牌还未找回来，可想好了下一步该怎么走了吗？”

白焰在她脸上嘬了一下，才道：“不是在道门手里就是在川连那儿，如果先生不着急拿回来，那就先看看他们费尽心思拿它，究竟是想做什么。”

安岚觉得脸上痒，便将脸颊在他肩上擦了擦，然后后背一软，靠在他怀里：“口气这么大，若让你拿回来，你就真能拿回来？”

“这里毕竟是长安，不是南疆，也不是道观。”他在她耳边道，“总不能在自家地方，还任由人占了便宜。”

她侧过脸，瞪了他一眼：“你都安排人盯上了？”

白焰笑着道：“先生也早就安排了人吧？”

安岚收回目光："他们不是那么容易看得住的，还有之前玉瑶郡主留下的那些人，如今都由天下无香的人差遣。"

白焰道："我知道。"

这时，景府的下人在院外敲了敲门，小心翼翼地道："安先生，天枢殿的源侍香和侍女到了。"

安岚轻轻拍着白焰的胳膊："好了，你去忙吧，我——"

白焰却忽然掰过她的脸，一下吻了上去。

梅花雪花纷纷落到他和她身上，直到她觉得呼吸有些困难了，他才结束那个吻，手指轻轻抚着她有些红肿的唇道："今晚我来找你。"

安岚胸口急促地起伏着，没理会他的话。

而这时，鹿源等人已经快走到白园了，白焰笑了笑，才慢慢放开手，又替她整理了一下衣服，然后才道："我先去忙了。"

他打开院门的时候，鹿源正好抬手要敲门。

看到是他，鹿源放下手，微微颔首，白焰也略点了点头，就出去了。

"先生！"鹿源有些急切地走进来，看到安岚的身影后，才稍稍放了心，"您当真答应为景三少爷解毒？"

安岚转过脸："若不为他解毒，他必死无疑。"

鹿源走过来道："可那香蛊是太过阴毒的东西，先生又要日日以香境饲养它，实在太耗精神了。"

安岚："香蛊实在太过诡异，日日饲养，正好可以多了解几分，未尝没有益处。"

鹿源却还是不赞同："我还是觉得此事不妥！"

安岚看向他："你了解香蛊？"

鹿源看着安岚轻轻摇头："我没有饲养香蛊的能力，但我知道香蛊应当不仅仅会吞噬香境。"

安岚问："还会什么？"

鹿源沉默了好一会儿，才道："南疆有一种从不外传的秘法，叫种蛊。"

"种蛊？"安岚沉思许久，微微皱着眉头道，"我在书上看到过，南疆人有时候会将某种蛊虫种在身体里，由此获得特别的力量。"

鹿源沉默地点头。

安岚道："你的意思是，川连日后有可能将那只香蛊种在她自己体内，因为那香蛊吞噬了我的香境，所以川连也会由此获得香境的能力？”

鹿源道：“先生，我无法确定。”

安岚道：“暂且说她的目的就是如此，但那书上还有记载，种蛊的反作用亦很大，几乎每个被种蛊的人，最后都会被蛊虫反噬，并且是很短的时间，一般不会超过三年。也就是说，只要被种了蛊，最多就只剩下三年的时间了。”

鹿源道：“所以我无法确定，先生，我只是不希望您以身犯险。”

安岚沉默了一会儿，不欲再继续这个话题，便问：“你去找鹿羽了？”

鹿源顿了顿，才道：“已经命人去了，找到她会马上带她过来，任凭先生发落。”

景孝是怎么从书院回景府的，他在来的路上已经听说，之前种种，即便鹿羽真有异心，但只要没做出什么实质性的事情，安先生或许都能不予计较。但这件事，不仅伤到了景孝，还拖住了先生，先生断无可能再网开一面。

不想安岚却道：“不用带她过来了。”

鹿源一怔：“先生？”

安岚道：“如果她想走，那就让她走吧，我会吩咐下去，不会有人为难她的。”

鹿源心里一惊：“先生！”先生这是要放过鹿羽？！

安岚道：“你去安排吧。”

鹿源迟疑了片刻，才开口：“先生，是……不想我为难？”

安岚看了他一眼，淡淡地道：“我这些年多亏有你。”

鹿源怔住了，胸腔霎时涨满热意，好一会儿，他才稳住情绪，微微垂下脸道：“多谢先生！”

安岚点了点头，就转身往东厢房走：“我去歇一会儿，一个时辰后叫醒我。如果蓝靛来了，记得叫醒我。”

鹿源跟在她身边，仔细打量她的脸色，见她面上确实带着几分倦意，便道：“三少爷身上的毒血，若是能有别的法子解，先生能否不再饲养那香蛊？”

安岚进了房间，接过侍女捧上的热棉巾敷了一下脸，然后一边擦着手一边道：“景孝身上的毒血，你有别的法子解？”

鹿源道："香谷的大祭司司徒镜，应当是可以解此毒的。"

安岚握着热腾腾的棉巾，面上露出沉思："司徒镜。"

鹿源道："南疆有位乡绅曾中过香蛊毒血，听说后来是大祭司出手救了他。"

安岚放下棉巾，让侍女都出去，然后看着鹿源道："你能找到司徒镜？"

鹿源微微抬起眼："他应当就在天下无香内。"

安岚道："天下无香从掌柜到伙计，以及内院的下人，总共十八个，哪一个是他？"

鹿源轻轻摇头："我不知道，如果他不想露面，我也无法确定。"

安岚道："如果你能找到他，你就能让他给景孝解毒？"

鹿源无法回答。

安岚淡淡一笑："他既然就在天下无香内，那自然知道川连的目的，甚是川连所做的这一切，就是他授意的。若是如此，你觉得你能让他改变主意？"

鹿源沉默了许久，终于开口："我可以试一试。"

安岚看向他，却发现他垂下了眼睛，并且在这一刻，他全身似乎都紧绷了起来，她甚至能感觉到他心里陡然生出的恐惧。

"我还记得，刚刚遇到你的时候，你即便面上一派平和，眼里的恐慌却怎么都藏不住。"安岚的语气里露出几分不解，"这么多年过去了，你又身在天枢殿，为何还那么怕他？如今的你，不可能还会受制于他。"

鹿源抬起眼道："先生，我并非是怕他。"

安岚问："不是怕，那是什么？"

鹿源又垂下眼，安岚看了他一会儿，轻轻一叹："我明白了。"

有些时候，我们不怕前方有多少艰难险阻，只怕回头再看来时路。因为那条路上，记载了太多我们不愿面对的东西，那些东西成了这辈子都抹不去的梦魇，无论如今的我们有多么强大，当年那个还是孩子的自己，其实一直都留在心里。

只要一想，神思就会瞬间飞回去，就好似另外一种形式的香境降临，虽然不会被困死在里面，却能如影随形。

安岚道："你不用为此事去找他，我也想借着景孝这件事，探一探川连的深浅。”

“先生！”鹿源抬起眼，目中神色复杂，说不清是关切是感激还是焦虑，“川连……川连，也有可能就是司徒镜！”

安岚道：“我正好也想确认这个。”

鹿源怔然，安岚轻轻打了个哈欠：“你先下去吧，我要睡一会儿。”

鹿源默了默，低声道：“是。”

只是他退出去前，安岚又道：“鹿羽……你尽量劝她离开吧。”

鹿源停下，转过身，恭恭敬敬地行礼：“是。”

川连回到天下无香的时候，已是下午了，川乌和川谷都在店里等着，待她进来后，即将店门关上。两人一同随川连入了后院，川乌才开口问：“安大香师是不是应了您的提议？”

川连将香蛊取出，放在掌心给他们看。

两人一瞧，眼里即冒出光，川谷笑着道：“都说安大香师不仅有颗七窍玲珑心，还有杀伐决断的魄力和手段，可如今，还不是被咱三妹牵着鼻子走？”

川连道：“谈不上被牵着鼻子，我觉得她更像是顺水推舟。”

川乌道：“顺水推舟？她想做什么？”

川连道：“无非是想查出我们的身份和目的。”

川乌有些急了：“那——”

川谷却拍了拍川乌，嗤笑着道：“着什么急，且让她查着吧，三妹又不是不知道她那点把戏。如今重要的是，香蛊终于找到了饲主。”

川乌想了想，眉头微皱：“若单单是那个小丫头，倒也不惧，只是她身边那位镇香使，还有那位源侍香，都不是简单人物，更何况他对咱们也有一些了解。”

川连看了手里的香蛊一会儿，便收了起来，然后问：“找到鹿羽了吗？”

川谷道：“已经命人给她传话了。”

川连抬起眼：“只是传话？没有命人去找？”

注意到她的语气沉了几分，川谷即正了正面上的神色，解释道：“因鸽子楼和刑院的人一直盯着，为不坏她的事，我就没派人过去。不过今儿这事一出，天枢殿的人怕是也猜出来了，我这就命人去带她回来。”

川连道：“鹿源应该早就派人去了，你最好快些，别让他抢先了。”

川谷正色道：“是，我亲自过去！”他说完就往外走，川乌在后面问一句：“要不要我跟你一块？”

“不用。”

川连重新拿出那只香蛊，嘴里吩咐道：“你给我在外面守着，无论谁来，都不得打扰我。”

川乌郑重应下，然后轻轻退了出去。

鹿源是在一家戏园子里找到鹿羽的，他进去的时候，她正坐在角落的桌子那儿独自喝酒，戏台上咿咿呀呀地唱着风花雪月，她嘴里不时跟着低声念上一段，若仔细听，会发现她的嗓子一点不比那台上的花旦差。

鹿源走到她跟前，鹿羽抬起脸，看了他一眼，微微一笑，那笑容带着几分冷嘲，又带着几分了然：“这么快就找过来了，不愧是源侍香，坐吧，这张桌子我已经包了。”

鹿源拿走她手里的酒杯：“别喝了，起来跟我走。”

鹿羽却将手放在桌上，托着一边腮看着他：“跟你走？跟你回去，好让你跟安先生讨赏吗？”

鹿源皱了皱眉：“今日之事先生并不与你计较，已经吩咐下去了，不会有人为难你。”

鹿羽微微一怔，却也没有站起身，只是打量了鹿源一会儿，问：“然后呢？”

鹿源道：“我送你离开长安。”

鹿羽目中的嘲讽之意更浓了：“让我离开长安就是她的不计较？这要是照朝廷的说法，应该是叫……流放吧，是犯什么罪的人，才会被流放呢？”

鹿源看着她道：“你是真当先生不知道你是谁？可即便如此，先生这些年还是留你在身边，更不曾亏待过你。”

“那都是托你的福，源侍香。”鹿羽似笑非笑地看着鹿源，“不过你的福泽也还是不够大，先生对我，说弃了也就弃了。对一枚弃子还这么费心，特意让你来送我离开，也是难为她了。”

鹿源眼里露出几分愠怒：“你当明白，先生此时让你离开是为你好，你若不走，难道他们就不会来找你？先生能放过你这一次，若有下次，她还能再放过你？！”

鹿羽拿起另外一个酒杯，又给自己倒了杯酒，有些不屑地道：“到底什么才是对我好，我心里明白得很，不用你来告诉我。至于安先生，她如此宽宏大量，究竟是为了我好，还是为了你呢？”

鹿源看她眼里又露出那等嫉恨的神色，沉默了一会儿，放缓了声音：“小羽，是你一直不愿真正站在先生那边。”

鹿羽没理会他的话，慢慢喝了一口酒，然后自顾自地道：“在山下的这几天，我总会想起小时候，那时每次他一发疯，你都会第一时间冲过来护着我和娘，那时候你也很小，抗不过他，但他多少还是会因此收敛几分。”她说到这儿，忽然笑了一笑，挑着眉看他，眼里带着清清楚楚的恨意，“你是不是以为那个时候的他就是最可怕的？其实不是，有你在，是他最好的时候，在你走后，在你把我和娘丢下一去不回后，才是他真正可怕的开始，真可惜，你没能见识见识。”

鹿源的脸色有些苍白，喉咙发紧，说不出话来。

鹿羽接着道：“我们身上流着一样的血，可为什么每次你的运气都那么好，你受不了那个家的时候，有人带你离开；你学得一身本事后，马上就能遇到安大香师，并轻易就能获得她的信任。”

鹿源有些艰难地开口：“小羽……事情不是你想的那样，当年我一直想回来找你和娘，只是我无法离开。”

鹿羽道：“一开始我很想你，我想去找你，可我不知道去哪里找，你一句话都没留下就走了。你能抛下我和娘，我没你那么狠心，我抛不下她，我一直守在她身边，直到她闭眼的那一刻，我才离开的。”

鹿源面无血色地坐在她对面看着她，想问，却又不敢问出一个字。

鹿羽带着一种凌虐的快意看着他：“几乎没人知道鹿家的那些丑事，大家看到的都是鹿家表面上的光鲜，只有你知道，那无法挣脱无法逃离的噩梦有多可怕。你走的时候，我才六岁，从那时候起，我就觉得活着真没意思。”

鹿源张了张口，只是接着他就站起身，之前的痛苦和挣扎瞬间褪去，他面上恢复淡然。

他看到了川谷。

川谷摇着扇子走过来，打量了鹿源一眼："真巧，源侍香也来听戏。"

鹿源道："二掌柜来听戏？"

川谷道："不是，我来找人。"

鹿源问："找谁？"

川谷往他身后示意了一下："喏，找到了已经。"

鹿源转头看了鹿羽一眼："她是天枢殿的人，二掌柜找她何事？"

川谷拿扇子在手心拍了拍："我请她去天下无香做客，源侍香要一起吗？"

鹿源道："二掌柜请回吧，她不会去的。"

川谷微微挑眉，看向鹿羽："鹿姑娘不肯赏脸？"

鹿羽站起身："既然二掌柜诚意相邀，我又怎好拒绝？"

鹿源转头，面露不悦："小羽！"

鹿羽看着他笑了笑："源侍香，你好自为之。"

鹿源沉下声："小羽！"

鹿羽不再看他，离了座就要跟川谷走，鹿源却侧身拦住她："你不能去！"

鹿羽嗤笑："你难道不知，我本就是从那里来？倒是你，忘了自己的来时路吗？"

鹿源不由得皱了一下眉头，川谷在一旁饶有兴致地看着。

鹿源还是没有让开，鹿羽往前一步，踮起脚在他耳边低声道："你忘了，背主的人是你，你是个习惯了背叛的人！"

鹿源身上一僵，鹿羽拍了拍他的肩膀，就转身走到川谷身边。

戏园子里不知什么时候进了很多面生的客人，只是台上的大戏正唱得热闹，台下的人正看得起劲，故而也没多少人往他们这边注意。

川谷带着鹿羽离开的时候，也给鹿源留下一句话："大祭司说了，你差不多也玩够了，别真让他亲自去请你回去。"

鹿源站在那儿，面无表情地看着他们离开，直到手下的人不解地过来问："源侍香，我们要不要去追？"

鹿源缓缓地道："不用了。"

"那羽姑娘她？"

鹿源道："天枢殿再没有这个人了。"

他手下的人一时有些不解，他们可都知道，羽姑娘是源侍香的亲妹子。

“回去吧。”鹿源说着就往外走。

先生该起来了，蓝靛应该也去白园了，镇香使那边却不知是什么情况，接下来还有许多事要忙……

安岚没有睡多久，太阳将落山的时候，她醒了，正好蓝靛过来了。天太冷，她下了床，捧着手炉倚在熏笼上，侍女将一身寒气的蓝靛请了进来。

“先生。”蓝靛走到她跟前行礼。

安岚微微颔首，请她坐下，让侍女给蓝靛递上热茶：“下雪了？”

蓝靛喝了一口茶后，点点头：“刚下，不大。”她说着就将茶盏放到一边，然后道，“还是查不到孔雀的踪迹。”

安岚抱着手炉，没说什么。

蓝靛直接问：“川连如此费尽心思，让先生为她饲养香蛊，先生可想过她的目的究竟是什么？”

安岚的手指轻轻在手炉上弹着：“你觉得呢？”

蓝靛道：“属下猜不出具体的目的，但属下能确定，这必定是山魂计划中重要的一环。”

安岚微微点头，还是没说什么。

蓝靛接着道：“当初如果真是广寒先生制订了山魂计划，先生可知，广寒先生此计划的最终目的是什么？”

安岚沉默了一会儿，抬起眼：“除了报仇外，或是毁了这长香殿，也或者是一统七殿。”

蓝靛道：“广寒先生的仇已然得报，但如今南疆香谷和道门联手启动山魂计划，毁了长香殿对他们没有任何好处，如此他们的目的自然就是，将长香殿整个抓在自己手里。”

安岚道：“这等野心，道门也不是现在才有。”

蓝靛道：“但是眼下他们却很安静，道门虽然现身了，也带了川连上香殿立下了战书，但至今他们都没有任何动作。”

安岚沉吟一会儿，问：“有何不对？”

蓝靛问：“先生觉得，川连有和大香师一战的能力？甚至能战胜两位大香师？”

安岚道："你以为他们会暗算我们？"

蓝靛道："没错，如果他们不在这方面做手脚，等到挑战那日，川连凭什么获胜？"

安岚道："然而他们什么都没有做，在我们等着他们动手的时候，他们却反常地无比安分。"

蓝靛道："是的，属下还查了，道门带过来的确实就那几个人，再加上香谷的人以及玉瑶郡主留下的那些刺客，即便他们真想动手，也是远远不够的。"

安岚道："时间还有很多，兴许他们并不着急动手。"

蓝靛道："时间确实还有，但是他们要对付的是五位大香师，并且此事不允许失败。"

安岚道："不是五位大香师，我们五人当中，有人已是他们的同盟。"

蓝靛道："先生心里明白，这样的同盟绝不可能超过两位，很可能就只有一位。"

安岚看了蓝靛一会儿，片刻后问："你想说什么？"

蓝靛站起身，微微欠身，郑重地问："我想问先生，是否知道山魂计划的详细情况，以及川连此次设计让您饲养香蛊的真正用意。"

安岚微微摇头："这都是我一直在查的事情。"

蓝靛顿了顿，便道："先生，我需要知道孔雀究竟是谁。"

安岚看了蓝靛一眼，蓝靛道："山魂计划是广寒先生当年设计好的，而孔雀又是广寒先生为此计划的实施特别派去香谷的人，也就是说，如今最了解山魂计划，最清楚香谷和道门接下来每一步行动的人，就是孔雀。"

安岚神色未变，这个她自然想到了，但她没有开口。

蓝靛接着道："先生，如果只是一味等待，伺机而动，很容易陷入被动的境地。"

安岚抬起眼："孔雀的事，你为何来问我？"

蓝靛道："因为源侍香，他是您身边的侍香人，我必须经过您的许可，才能审问他。"

安岚沉默了一会儿才道："你还怀疑他是孔雀？"

蓝靛道："如果先生相信他不是孔雀，那属下亦相信他不是，但种种迹象表明，他跟孔雀必有关联，在他进入天枢殿之前。"

安岚轻轻叹了口气："你应当知道，他是背了旧主，才来到我身边的。"

蓝靛点头，虽然她查不出鹿源的旧主究竟是谁，但她知道那个人在南疆，并且很可能就是南疆香谷里的人。

安岚接着道："我之前答应过他，不查探他的身份，不窥视他的过往，若日后有任何事情涉及他的过往，关系到他的旧主，我亦不能让他做出出卖旧主之事。"

蓝靛微怔，房间内陷入沉默，良久，她才开口："如此说来，源侍香确实是从南疆香谷出来的。"

安岚没有说话，片刻后，蓝靛又道："但，如果他跟孔雀没有关系的话……"

安岚遂看了她一眼，蓝靛亦看向安岚："先生，镇香使本是广寒先生，如此，山魂计划其实就是镇香使设计的。"

安岚道："他已经忘了过往的一切。"

"如果……"蓝靛神色凝重，声音也低了几分，"如果他并未忘呢？如果那都是他用以迷惑先生的呢？"

安岚眉头微蹙，目中隐隐露出几分不悦："镇香使为何要多此一举？"

蓝靛的神色无比认真："其实属下对此一直就怀疑，或许因为镇香使只是失去了香境的能力，所以他唯有'忘掉'过往，才能以全新的身份回来。"

安岚微微皱起眉头，蓝靛却未停下，接着道："先生可曾想过，如果他才是山魂计划真正的实施者，而他现在又在先生身边，这是多么可怕的事！"

安岚沉默许久，闭上眼，叹了口气："你是不是想太多了？"

蓝靛道："先生，属下之前查探的所有关于孔雀的消息，基本都是来源于镇香使那边的人。如此，反过来一想，这完全有可能是镇香使故意透露给我的，若这些消息是假的，那么孔雀很可能就是一个凭空捏造出来的人，或许，这世上，根本就没有孔雀这个人！"

安岚倚着熏笼，面上神色莫测。

蓝靛接着道："属下并非是随意猜测，关于孔雀，刑院动用了那么多人力，却都查不出这个人的丁点蛛丝马迹，这实在让人难以相信。而镇香使那边，就连福海和施园几位，他们对孔雀的了解，也跟属下查到的一样多，先生，没有人见过孔雀。”

安岚身子往后一靠，沉思片刻，缓缓地道：“没有孔雀这个人吗？”

蓝靛道：“若真有，属下觉得更有可能，孔雀就是镇香使！”

安岚遂看了她一眼，眼神如刀。

蓝靛对上安岚的目光，神色坚定：“我知道先生不愿听属下说这些，但是为着先生着想，即便会惹怒先生，属下还是要再次提醒，先生要小心镇香使。”

安岚沉默良久，闭上眼，轻轻吐了口气，然后道：“你说得不是没有道理，但你说的这些，也一样不能确定。”

蓝靛道：“属下会继续追查下去的。”

安岚微微点头，蓝靛告退出去后，她从榻上起身，打开窗户，看着外面的飘雪和满园的冷梅。

她知道，天枢殿内不止一个人跟蓝靛有一样的想法，但只有蓝靛敢当着她的面说出来。

她心里微微有些烦躁，并非是因为蓝靛的话而动怒，在不利于自己的情况下，所有敢于直言并敢于坚持自己心中想法的人，无论对错，她认为这都值得敬佩，亦有惺惺相惜之意。

坚持自己，从来不是件容易的事。

晚饭后，鹿源回来了，来见安岚的时候，安岚看他脸色不好，便道：“鹿羽去了那边？”

鹿源垂下脸：“请先生责罚。”

“我为何要罚你？”安岚给他倒了杯茶，示意他坐下，“既然是她的选择，那就随她，只是你需要明白，此后你们立场不同，下次再见时可能就是明明白白的敌人了，你可有准备？”

鹿源坐下，接了安岚的茶，喝下后，又站起身道：“我明白。”

安岚打量了他一眼，见他面色有些苍白，便道：“回去休息吧。”

鹿源抬起眼：“先生……不问了？”

安岚道：“还需问什么？”

鹿源顿住，片刻后深揖，轻轻退了出去。

然而蓝靛却等在外头，待他出来后，冷眼看着他道：“鹿羽的事，若非先生开口，你知道她现在会在哪里吗？”

鹿源没有说话，蓝靛走到他跟前，打量着他道：“先生这些年待你不薄，今日出了这种事，看在你的面上，她甚至放了鹿羽。”

鹿源道：“先生的恩情，我从不敢忘。”

蓝靛道：“你不敢忘，但你又为此做了什么？”

鹿源看着蓝靛，眼神平静：“蓝掌事想说什么？”

蓝靛道：“先生一直在找孔雀。”

鹿源道：“我也在找。”

蓝靛微微眯起眼：“曾经我以为你就是孔雀，但后来我算了算时间，广寒先生当年派出孔雀前往南疆香谷，至少是八年前，甚至有可能是十年前。那个时候，你不过是个小少年，应当不足以担此重任。”

鹿源道：“那蓝掌事还怀疑我什么？”

蓝靛道：“如果你真的不是孔雀，那么孔雀究竟是谁？当真有孔雀这个人吗？为什么刑院一点蛛丝马迹都查不到？”

鹿源道：“蓝掌事应该去自省才是。”

蓝靛摇头：“如果真有孔雀这个人，但刑院怎么都查不到，我思来想去，只有一个原因，那就是他一直以来，就有别的身份做掩盖。”

鹿源神色淡淡，似乎并不意外听到这句话。

蓝靛盯着他道：“你心里的想法跟我一样，甚至你已经有了怀疑的对象，如果你当真不知道孔雀是谁的话。”

鹿源抬起脸，看着夜色中的白梅：“蓝掌事是有了新的怀疑对象？”

蓝靛看了他一会儿，负手道：“我本不欲与你讨论此事，但先生很信任你，是我想象不到的信任。”

鹿源面上微微动容，片刻后道：“先生对蓝掌事的信任，并不下于我。”

蓝靛道：“所以你我之间不应该存有芥蒂，特别是此事关系到先生的安危，你更不可在此事上存有私心！”

鹿源道：“鹿某未曾存过私心。”

蓝靛道：“既然不存私心，为何不将你知道的都说出来？因此事兴许关系到你的过往，所以先生遵守承诺，从不多问你一个字，但你就能这么心安理得地接受先生待你的好？”

鹿源沉默了许久，才道：“我确实不知道孔雀是谁。”

蓝靛道：“那你怀疑是谁？”

鹿源沉默不语。

蓝靛问：“是镇香使吗？”

鹿源还是沉默。

蓝靛转头看他：“若真是镇香使，你可明白日后事情会演变成何种地步？！”

鹿源问：“先生亦怀疑镇香使吗？”

蓝靛转回脸，看着跟前的白梅，微微皱了一下眉头：“先生似乎不愿怀疑镇香使。”

鹿源道：“那蓝掌事不妨就先信任镇香使。”

蓝靛又转过脸，打量了他一会儿：“你还未说你究竟怀疑谁。”

鹿源轻轻叹了口气：“兴许天下无香里会有答案。”他说完，就转身走了。

蓝靛看着他的背影，原来你真的出自南疆香谷。

入夜，安岚正准备歇息时，忽闻到一缕梅香，她才抬起脸，就看到窗户一动，随即一个人影从窗外闪身进来！

她怔了怔，站起身，诧异地道：“好好的门不走，你跳什么窗？”

白焰将折下的梅花插入她屋内的春瓶内：“不想惊动你外头的侍女。”

安岚微微挑眉：“你当这样就没人知道了？”

她的话才落，外面就传来一句话：“先生？”

安岚只得道：“没事。”

白焰低低一笑，走到她身边：“你身边的人本事不小，如此我也就放心了。”

安岚任他握着手，睃了他一眼：“这么晚过来，就为试探我身边的人？”

白焰道：“也不是，还有一件事想告诉你。”

安岚坐下：“什么事？”

白焰坐到她身边：“谢蓝河的母亲蓝七娘病了，而且病了有一段时间。”

安岚一怔，片刻后才问：“什么病？严重吗？”

白焰道：“具体是什么病倒不清楚，只是听说似乎病得不轻，并且许多大夫都看不出病因。”

安岚道：“难怪他前段时间常回谢家，只是，你为何特意过来告诉我这事？”

白焰道：“李道长在医理上有不浅的造诣。”

安岚问：“所以谢家请了李道长去给蓝七娘看病？”

白焰点头：“没错。”

安岚沉思片刻，又问：“谢家是什么时候去请的李道长？”

白焰道：“李道长一进长安，谢家的人应该就去接触了。”

安岚问：“当时就请到了？”

白焰摇头：“这倒不清楚，鸽子楼查到的是，李道长是今日下午才过去的。上午从景府离开后，他就直接去了谢府。”

安岚抬起眼，烛台上微微跳动的烛火映在油亮的高几上，泛出淡淡的暖光，明亮而澄净，宛若琉璃，好似她印象中那个少年的眸子。

这一天，谢府也留了客。

李道长给蓝七娘施完针后，再仔细替她把了把脉，然后才让身边的弟子收好他的药箱。

谢蓝河从中午开始，就一直守在这里，见李道长起身后，即走过去：“怎么样？”

李道长神色淡淡的，示意出去说。

从傍晚开始，旁边的厢房里就已摆好酒菜，只是李道长等人一直没过来用膳。可现在他们进去，那桌上的酒菜竟还是热腾腾的，好似才刚刚端上来。

谢蓝河请李道长坐下，给他倒了杯酒，李道长却抬手一挡：“喝不了，还是换茶吧。”

谢蓝河便让下人将酒撤了，再拿起旁边刚刚沏好的六安瓜片，轻轻放在李道长跟前。

李道长拿起茶盏，慢慢喝了一口，然后长长地吐了口气，好似要把这一日的疲劳都吐个干净。

谢蓝河等他放下茶盏后，才再次开口：“请问道长，我娘她如何了？”

李道长看了谢蓝河一眼，沉吟了一会儿才道：“令堂的病况，谢先生知道几分？”

谢蓝河道：“应当是从夏天开始就不舒服，当时只是以为吃坏了肚子，后来才知道是身体里长了不好的东西。吃了几个月的药，一开始看着还有好转，但越往后越不行，如今连喝药都困难。”

李道长叹了口气，又摇了摇头。

谢蓝河一怔，忙问：“难道我说得不对？”

李道长道：“病症倒是说得差不多，只是令堂这病，可不是今年才有的。老道若是没有看错，令堂的病起码有八年了，能忍到现在，不容易啊。”

谢蓝河愣在那儿，半晌才开口：“八年？怎么可能？”

李道长有些怜悯地看了他一眼：“这等病，本就是不治之症，不过一开始应当是用对了药，给压住了，所以才能一直瞒着先生您，如今是到了强弩之末。”

谢蓝河眉头紧蹙，面上依旧是不敢相信的表情：“我娘她……为何要瞒着我？”

“为何要瞒着您？”李道长轻轻摇头看着谢蓝河，“谢先生可还记得八年前您在哪儿？在做什么？”

八年前？

八年前，蓝七娘忽然带他去找谢云大香师，随后他终于进入了长香殿，跟在大香师身边，成为开阳殿的传人。可是，接着长香殿突起风云，几位大香师纷纷陨落，谢云大香师亦因此命悬一线，那时他即便还很稚嫩，谢云大香师也不得不将开阳殿交托于他……

见谢蓝河陷入追忆，李道长便道：“掌管一个香殿，绝非易事，令堂比任何人都清楚这一点，所以她不想让你为她的事而分心。我想，令堂当年一定要你进香殿，应当是她也明白，她看顾不了您多久了。”

谢蓝河回过神，神色僵硬，良久，他不自觉地抬手抹了一下脸：“可，这府里的人难道也都不知道？”

李道长缓缓地道：“当时谢云大香师忽然离世，长香殿面临重新分权，您资历尚浅，天枢殿的安先生虽也一样，但她能得天权殿的净尘先生全力帮助，天璇殿的柳先生亦偏向于她，就连玉衡殿也跟安先生有那么一层道不清说不明的关系在，故崔先生不可能会对她不利。所以在当时那个情况下，只要能保证您在大香师的位置上坐稳，牢牢掌握住开阳殿，谢家是愿意付出任何代价的，配合令堂瞒您，自然……所有人都心照不宣。”

谢蓝河一时间觉得脑子里有些纷乱，不由得站起身，在屋里走了几步，一时想去蓝七娘房里看看，一时又想叫谢家所有人都过来，好好说清楚这件事。

李道长没再理他，拿起筷子，开始吃饭。

谢蓝河终于站住，负手而立，怔怔地看着烛台上跳动的烛火，慢慢冷静了下来。

即便他现在就把谢家所有人都责罚一遍，甚至杀了几个阳奉阴违的，又能如何？

直到李道长放下筷子，清茶漱口后，谢蓝河才转过身，重新坐下看着李道长：“道长今日给我娘施针后，我娘她明显好了许多，药也能喝了。”

李道长却摇头：“不过是让她减轻些痛苦罢了，这等病，老道也是无能无力。”

谢蓝河神色僵硬，放在桌上的手微微颤抖，两手紧握成拳：“您一定有法子救她的！”

李道长看了谢蓝河一眼，轻轻叹了口气：“谢先生过去那八年过得不轻松吧，如今算是能稳坐那个位置了，终于想着回头好好孝敬母亲，然而……”他说到这儿，又摇了摇头，声音里带上些许感慨，“谢先生想开些吧。”

谢蓝河的眼圈有些红了，但片刻，他就将胸腔内的情绪硬压下去，再次道：“你一定有法子救她的！”

李道长却没再说话，慢慢地喝了三杯茶。

谢蓝河问：“你想要什么？”

李道长放下茶杯，抬起眼：“令堂已然药石无用，老道确实无能为力，但若谢先生非要留住令堂的话，有个法子或许可行。”

谢蓝河忙道：“你说！”

李道长看着谢蓝河道：“唯有种蛊续命。”

谢蓝河微怔。

李道长接着道："令堂如今不仅是身体将近油尽灯枯，精气神也都将耗尽，所以蛊虫非香蛊不可。"

谢蓝河缓缓开口："香蛊，南疆人的东西。"

李道长道："没错，是他们的东西，所以即便谢先生想用此法，老道也无法许诺给谢先生。"

谢蓝河沉默片刻，看着李道长问："当真能续命？"

李道长道："谢先生若是怀疑，可以去刑院打听打听。"

谢蓝河顿了顿，又问："条件？"

李道长道："这个，就需要谢先生和天下无香的人去谈了。"

次日，安岚用完早膳，去看景孝时，正好碰到景仲从景明的院子里出来。

"安先生。"景仲远远就看到了安岚，赶紧加快几步上前行礼，"先生起得真早，昨儿夜里下了雪，不知住得可好，白园里的地热烧得够不够暖和？"

"挺好。"安岚微微点头，再看他一眼，"你来看景孝？"

景仲抬起脸，轻轻叹了口气："都是十三那小子闯下的祸，昨儿四弟忙着照看孝哥儿，无心计较别的，所以我今儿将十三拎了过来。四弟宅心仁厚，不忍责罚他，我就让他跪在那院中，总归孝哥儿一日不醒，他就一日跪在这里。"

安岚微微挑眉："今日还下着雪呢。"

景仲一脸愤愤地道："那小子自小就被他母亲给宠坏了，出了这等事，不好好教训他一番，他都不知自己错在哪儿，以后不知还会闯出什么大祸！"

安岚道："景二爷倒是舍得。"

景仲又叹了口气："看到孝哥儿一直没能醒过来，我更是心疼，而且此事还不得不麻烦先生……"他说到这里，深深地作揖，"我先替四弟和孝哥儿谢过先生！"

安岚待他起身后，才淡淡一笑："此事该怎么谢我，四爷心里明白，二爷不必放在心上。"

她说完，就往里进去了。

景仲站在那儿，看着她远去的背影，面色阴沉。

安岚走到后院，果真看到景流跪在院中，到底是个十岁的孩子，虽顽劣的时候确实让人觉得无比可恶，但此时一看，也同样让人觉得不忍。

也不知景仲是不是故意的，景流若真在自己叔叔院子里跪上一天，且不说景二奶奶从此会恨死四房，就说这府里上上下下，怕是都会觉得景仲处事公正，不偏私，即便是自己的亲儿子，做错了事也照样罚；而景明，则太过狠心。

安岚在景孝厢房前的走廊下站住，景明正好从屋里出来，看到她后，即过来行礼："外头冷，安先生请先进屋，我还有点事要办。"

安岚往景流那儿看了一眼："他的事？"

景明微微点头："二哥下了严令，十三若敢站起来，回去就打折他的腿，连接骨的大夫都已经请在府里了。"

安岚略有诧异："二爷还真狠得下心！"

景明轻轻摇头："这份心意，我实在是不好领受啊。"

自己的儿子被伤成那样，他心里当然是恨的，但越是这个时候，他越是不能随意动怒，否则孝哥儿醒来后，怕是境况会更加艰难。再说此事的罪魁祸首并非景流，冤有头债有主，他心里比任何人都明白。

景明的话才落，安岚就看到几个下人从另外一个屋子里出来，手脚麻利地在景流周围搭建起一个遮雪挡风的围帐，接着一个孔武有力的仆从将景流整个抱起来，另一个下人将厚厚的垫子铺到地上，再让他跪到垫子上面，火盆也搁在他旁边。

景流有些害怕，又有些窃喜，同时还有些不确定，自己是不是能这么跪着？

这样跪着比刚刚舒服了千万倍，而且有了围帐遮挡，即便他趁没人看着的时候偷懒坐下，也容易得很，只是这样回去后，爹会不会还要打折他的腿？

景明对安岚略一颔首，就出了走廊走到景流那儿。

安岚微微眯起眼睛，看着景明过去同景流说了片刻的话后，景流显然是接受了这份好意，乖乖地烤着火，舒舒服服地跪在围帐里面。

安岚唇边露出一抹笑意，难怪当初景公会选择四房。

回来将安岚请进厢房后，景明面上才露出深深的担忧：“孝哥儿昨儿一整晚都是这样，丫鬟们给他喂了点流食，能吃下的也就小几口。”

安岚走近去仔细看了一会儿，问：“大夫怎么说？”

景明摇头道：“大夫也瞧不出个究竟，怕是只能看川连那边了。”

“已经派人去天下无香了？”

“一早就让陆管事跟着马车去了。”

才说着，下人就进来通报，川连已经到了，正随陆管事往这边进来。

安岚转身，不多会儿果真看到川连的身影，她是逆着光走进来的，初始身影有些模糊，直到走到跟前后，她的脸才渐渐清晰起来。安岚不由得打量了她一眼，目中露出些许疑惑，刚刚那一瞬，她似乎觉得川连看起来有些不大一样，只是再仔细一瞧，那等感觉又消失了。

“安先生真早。”川连朝安岚微微点头，然后看景明一眼，“请四爷先出去，待安先生的香境结束后再进来。”

景明询问地看了安岚一眼，安岚点了点头，景明遂揖手轻轻退了出去。

川连走到景孝床前，看了一会儿，然后就翻出掌心的香蛊：“三少爷的气色瞧着不大好，安先生开始吧。”

只是她刚抬起眼，忽然就对上安岚的目光，漂亮的凤目带着微微的冷意，漆黑的眸子宛若万古寒夜，在目光相撞的瞬间即被吞噬！

川连踏上天下无香的台阶，看到川乌和川谷在店铺里等她，她进了店铺后，面对川乌和川谷关切的问候，面上露出几分疑惑，她有心想说点什么，只是刚一张口，心里那等怪异的感觉就消失了。

她走到后院，拿出香蛊，命川谷去找鹿羽，又命川乌在外面守着不让任何人进来。

川乌领命退出，将房门轻轻关上。

川连走到屋内的桌案前坐下，取出一个桃木碟子，将香蛊轻轻放在碟子里，然后取出一把黑色的匕首。可就在这会儿，桃木碟里的香蛊突然动了一下，身体开始抖动，川连一怔，遂放下匕首，将香蛊重新放回自己手掌心，观察了片刻后，她抬起眼，神色中带着恍悟，眼里亦带着惊叹：“安先生好厉害的香境！”

屋内无人答话，川连又将目光落到香蛊上：“安先生难道忘了，香蛊既然能吞噬香境，有它在我身边，我自然就可以分辨出真实与虚幻。”

桌上的匕首消失了，接着房间里的桌椅床榻也随之慢慢淡去，安岚的身影出现在她面前。

川连叹道：“时光回溯，当真是百闻不如一见。”

安岚没有说话，只是凝神看着她。

川连淡淡地道：“安先生想窥视我的话，还需要再加把劲才行。”

景明在外头听到屋里有对话声，正好这会儿白焰也过来了，他便试探地往里问：“安先生，镇香使已经到了，我等能否进去？”

安岚开口，眼睛却还是看着川连：“进来吧。”

门打开，川连转头看了看外面的天光，忽然问：“安先生能随意掌控香境里的时间，那是否可以做到一梦千年？”

刚刚她在香境里起码有半个时辰，但明显现实里并未过去多久，顶多一盏茶的工夫。

安岚未答，只是将目光从她脸上转开，落到景孝身上：“他现在这样，连喂食都困难，怕是很难坚持到恢复意识的时候。”

川连一边将手里的香蛊放到景孝脸上，一边道：“先生不必担心，三少爷的情况会一日比一日好的，只管叫下人尽心伺候着便是。”

景明走过来，看着香蛊趴在自己儿子脸上，眉头紧蹙。

待香蛊上的红光一闪而过，身体恢复半透明的状态后，川连又将香蛊收起。

景明忽然问：“姑娘用此法给我儿解毒，待他醒来后，身体是否还会跟从前一样？”

川连看向景明：“景二爷放心，只要三少爷能在这个月内醒过来，我保证他和以前一般，绝不会留下任何伤害。”

景明顿时皱了皱眉：“姑娘的意思是，我儿这个月内也有可能醒不过来？”

“三少爷能否醒过来，一半在我，一半在安先生。”川连说着就看了安岚一眼，“我这边自是会每日都按时过来，但安先生在接下来的时间里，会有什么变动，却是我不能保证的。”

安岚没说话，景明赶紧道："安先生已经在景府住下了，姑娘能保证兑现自己的承诺就好。"

川连嗯了一声，然后看向一直没有开口的白焰一眼："镇香使能否送我出去，我有几句话想请教。"

白焰看了安岚一眼，安岚没有表态，白焰淡淡一笑，就朝川连做了个请的手势。

出了景明的院子后，川连才问："镇香使进过安先生的香境吗？"

白焰道："进过。"

"能否告知是什么样的情况？"

"姑娘想问什么？"

川连转头看他："……你身处其中，能否辨出虚实？"

白焰想了一会儿，才道："或许能。"

川连问："或许能？此话何解？"

白焰没有看她，一直看着前面："在安先生的香境内，你以为是你辨出了虚实，又怎知那不是先生让你辨出的？毕竟在那里，她才是那个世界的主宰！"

川连忽然站住，只是片刻，又迈开脚步："兴许对你是如此，但对我，安先生可不会有此等善意。"

白焰笑了，这才看了她一眼："对我是善意，但同样一件事对姑娘你，却不见得就是善意。"

川连面无表情地道："镇香使的扰心之言，同样不下于安先生的香境。"

白焰颔首而笑："过誉了。"

此时正好将她送到景府外，白焰便站住，目送她下了台阶。

川连忽然回头："入了她的香境，你当真只能任她来主宰你的一切，绝无还手之力吗？"

白焰只是微笑，并不回答。

川连也没有逼问，探究地看了他一会儿就收回目光，转身上了马车。

回到天下无香，景府的马车离开后，川连才进了店铺。

此时川乌和川谷都不在店内，也不见别的伙计，她却在那摆满各种异域香料的架子后面，看到一个男子的身影。她店内所有来自异域的香，都用琉璃瓶保存着，精致的、鲜艳的瓶子，集中放在一处，异彩纷呈，美得叫人不敢造次。

可那个男子很随意地拿起其中一个，看了一眼，又随意地放回去。很平常的动作，平常得漫不经心，甚至有点微微的烦躁。

川连走过去："原来是谢先生。"

谢蓝河转头："三掌柜回来了。"

川连微微点头："先生来此，是要买香？"

谢蓝河道："是有事要请教三掌柜，不知可方便？"

川连道："荣幸之至，谢先生请里面谈。"

进了后院的堂屋后，川连请谢蓝河入座："不知谢先生有什么事，是我能帮上忙的？"

谢蓝河开门见山地道："我想请教三掌柜种蛊之事。"

"种蛊……"川连道，"谢先生对这个感兴趣？"

谢蓝河打量了她一眼，接着道："我母亲病重，所有大夫都束手无策，李道长说过一句，南疆有种法子可以救我母亲——种蛊续命。"

川连沉默了好一会儿，才开口："我们确实有种蛊续命。"

谢蓝河的手不自觉地握了一下："什么病都能救？"

川连道："不是救，谢先生，续命不是救命。"

谢蓝河微顿，随后道："请三掌柜指教。"

川连道："我不清楚令堂的情况，但种蛊续命，不同于大夫的去病医人。大夫除病，病人自然康复，此后能活多久，便看此人的阳寿有多少、造化有多大。而种蛊续命，主要看的是香蛊，香蛊活，则寄主活，香蛊死，则寄主死。"

谢蓝河微微皱起眉头，那双漂亮得宛若琉璃的眼睛蒙上一层阴影："是否被种了蛊的人，即便是命保住了，但病痛还是存在的？"

川连道："病在，只是被香蛊给压住了，所以痛也会消失，身体看起来跟健康时差不多。唯一的隐患就是，无法保证香蛊能坚持多长时间，如果香蛊死了，那么寄主也会在那一瞬死去，死前基本不会有任何征兆。"

谢蓝河依旧皱着眉头："香蛊怎么会忽然死去？那种蛊能续多长时间的命？"

川连道："种蛊续命，损耗的本来就是香蛊，每时每刻都在耗损香蛊的精气神，所以总有消耗殆尽的一刻。续命的时间需要看寄主的情况和香蛊的情况，如果真想延长续命的时间，除非有人能日日饲养香蛊，充足它的精气神，那香蛊为寄主续命的时间自然就会加长。"

谢蓝河问："如何饲养？"

川连道："经玉瑶郡主命案一事后，谢先生对香蛊的特性当有了一定的了解，香蛊会吞噬香境，故香境对它而言，就是最好的养料。"

谢蓝河垂下眼，沉默了片刻才抬起眼，正色道："能否麻烦三掌柜去看一看我母亲的情况？"

川连道："谢先生今日的来意我大概清楚了，只是……且不论令堂的情况如何，现如今，我手里只有一只香蛊。"

谢蓝河道："种蛊续命需要几只香蛊？"

川连道："一只即可。"

谢蓝河问："如此有何为难处？"

川连道："谢先生还不知道昨日景府里发生的事？"

谢蓝河问："何事？"

川连打量了他一眼："景三少爷中了毒，只有香蛊能救，并且还需要安先生以香境饲养香蛊才可，从昨日起，安先生就已经开始饲养我手里的这只香蛊了。"

谢蓝河道："香蛊的饲主，应当不会只能有一人。"

川连道："确实。"

谢蓝河又问："景三少可需要种蛊？"

川连道："不需要。"

谢蓝河道："既然不需要，那此事也就不相冲。"

川连道："确实不算相冲，只是……此事有两点为难，其一，景三少爷的毒至少需要一个月时间才能解干净，看谢先生如此着急，我不知令堂能否坚持一个月；其二，谢先生怕是还不清楚，培育出一只香蛊，究竟有多困难，香蛊对我们而言，是至宝。"

谢蓝河道："三掌柜尽可开条件，至于其一……只要你我之间能谈妥，也有解决之法。"

川连看了谢蓝河一会儿，旁边的水开了，她便开始煮茶。

“我知道，谢家底蕴深，谢先生又是开阳殿的大香师，香蛊再怎么珍贵，只要谢先生开口了，还是能买得起的，只是……”川连说着就将第一杯茶放到他面前，“现如今，这只香蛊对我而言很重要，已不是钱能衡量的。”

谢蓝河拿起那杯茶，却没有喝，只是轻轻闻了一闻茶香：“难不成，那只香蛊对三掌柜而言，比香殿还要重要？”

川连倒茶的动作微微一顿，她抬起眼：“那么谢先生呢？于你而言，是令堂重要，还是香殿更重要？”

谢蓝河放下茶杯，目光飘向窗外，久久不语，清俊的眉眼中暗含忧郁。

川连拿起茶杯，轻轻吹了吹，仔细品了一口，然后道：“景三少爷对安先生的重要性，自然是比不上蓝七娘对谢先生您的重要性。只是，此等重要能否比得上香殿在您心里的分量，我却不知。因而我的答案，就取决于谢先生您的答案。”

谢蓝河收回目光，再次看向川连，眼神里带着探究。

这姑娘的相貌并不出色，并且面上一直没什么表情，说话的时候语气和神态也都不带什么情绪，照说各方面看起来都很不起眼，但又奇异地让人难以忽略她。她的身份和来历都是个谜，让人看不透，更掂量不出她究竟藏着多少张底牌。

被谢蓝河这么打量着，川连依旧不见一丝拘谨，不急不缓地道：“我听说，当年令堂为了让您回到谢家认祖归宗，并进入长香殿拜到谢云大香师座下，是豁出了一切，这样的母亲，当真是令人敬佩。”

还有后来这八年，她一个人忍着病痛，皆是为了他。

川连放下茶杯，接着道：“不过是场交易，照说对谢先生也无任何利益的损害，还能让令堂恢复健康，何以如此为难？”

谢蓝河道：“你们的野心不小。”

川连微微点头：“摊开了说也无妨，我们的野心是不小，不过但凡进了那里的人，又有哪一位是没有野心的，只看敢不敢去实施心里的想法。我只需谢先生与我正式结盟，必要时候，相助一把，如此，香蛊我自当为谢先生双手捧上。至于景府那边，也无须谢先生多虑，我自会处理好，定能让令堂安享晚年。”

谢蓝河问：“你们有多少胜算？”

川连轻轻扬了一下嘴角："胜负皆在五五之数，如果谢先生能加入进来的话，胜算当能达到八成。"

谢蓝河只是微微挑了挑眉，没有就这个回答表态。

片刻后，他又问："事后呢？"

"事后？"川连看了他一眼，"胜了之后吗？开阳殿上上下下自然都还是谢先生您的，至于别的，我们可以慢慢再商议。长香殿这么大的摊子，我毕竟是远道而来，确实很难一下全都收入囊中。"

谢蓝河打量了她许久："我想知道，想跟我合作的人，究竟是谁。"

川连道："等到您真的决定加入我们的时候，自然能知道我是谁。"

谢蓝河眉头微蹙，沉默不语。

川连也不在意，转头看了看天色，便道："如果谢先生难以马上做决定，也无妨，您可以回去慢慢考虑，我并不着急。"

片刻后，谢蓝河起身告辞，川连将他送出门："谢先生，想好了，随时可以过来找我。"

谢蓝河微微颔首，就上了马车。

回到谢府，他先去看蓝七娘，刚好蓝七娘醒了过来，瞧见是他后，虚弱地道："你怎么还在这儿，我都好得差不多了，你快回香殿去吧。"

谢蓝河给她掖了掖被子，轻声道："香殿也没什么事，我多陪陪您。"

蓝七娘不由得一笑："还哄我，这都年底了，香殿能没什么事吗，你又是大香师，往年可都是忙得脚不沾地的。"

谢蓝河将椅子挪近些："这几年我也调教出了几个能抵事的，虽是年底了，但年年都是一样的流程，那些小事他们知道怎么做，不然我养着他们何用？"

蓝七娘看着挺拔俊秀、面上皆是自信的儿子，心里倍感欣慰："也是，我儿都是大香师了……没想到一晃就这么多年过去了，真好，你没让娘失望，娘终于能安安心心地走了。"

谢蓝河忙道："娘您胡说什么，不过是小病了一场，就开始胡思乱想了。"

蓝七娘笑了笑，从被子里伸出枯槁的手，放在谢蓝河的手背上，轻轻拍了拍："娘的身体娘心里清楚，你也别难过，这些年我过得很好。这府里上上下下，没有一个不是敬着我的，连老太太都哄着我，什么好东西都先送到我这里让我先挑，娘真的过得很好、很满足。若说还有一点放不下心的，那就是你的终身大事。”她说到这儿，轻轻叹了口气，歇了一会儿，才接着道，“你是大香师，按说不必着急，那香殿里也没咱下面这些规矩，只是在为娘的心里，总还是希望你能成个家，生几个儿子。”

谢蓝河道：“现在说这些做什么，您好好养着身体，我定能让您看到那一日的。”

谢蓝河离开天下无香没多久，川谷回来了，听说谢蓝河亲自上门拜访，便笑着道：“这位谢先生倒真是个孝子。”

川连将香蛊放在桃木碟子里，拿在手中一边看着，一边道：“也是个有野心的人。”

川谷道：“有野心就行，就怕他无欲无求。”

川连道：“他和开阳殿的上任大香师一样，行事向来低调，但不容小觑。当年他坐上大香师之位时，根基浅，境况差，身边又没长辈帮忙扶持，可这些年下来，他却将开阳殿牢牢地握在自己手里，就连谢府上上下下，也都信服于他。”

川谷道：“这么说来，他倒跟当年的广寒先生有得一比。”

川连想了想，微微摇头：“白广寒当年的境况，要比他难上数倍，并且白广寒当年可是一直受困于涅槃香境，其煎熬程度，难以想象，却无人知道这一点。论其心性城府，谢蓝河比白广寒要逊色不少，不过日后的路还长着呢，他尚年轻，若真是聪明人，自然会走得比白广寒更远。”

川谷微微点头，想了想，便问：“那么，谢蓝河会答应吗？”

川连轻轻摸了摸盒子里的香蛊：“他没有拒绝的理由，我们跟他没有仇，跟他有仇的是天枢殿。”

川谷道：“之前我等示好过几次，他没有任何回应。”

川连道：“当时是时机未到，他还不清楚道门已站在我们这边，自当要慎重些。”

川谷点头，只是想了想又道：“我还是不明白，您为何能确定他一定会站在我们这边？”

川连道：“因为当年，谢云大香师是死在安岚和白广寒手里的，这件事注定了他不可能站在天枢殿那边。而我们的出现，以及道门的表态，正好是他做出选择的最佳时机，如此，他也有机会将谢云大香师的死，给谢府和开阳殿一个交代。谢云于他而言，既是长辈，亦是恩师，对他有再造之恩，他能不声不响地忍这么多年，应当是谢云临终前的交代。但如今他已经站稳脚，自是可以开始算旧账了，否则那道坎他怎么过得去？”

“既如此，刚刚他为何不直接就答应了？”

“这么大的一笔买卖，总要好好想想怎么来谈价。”

川谷笑了，拿着折扇拍打着掌心：“长香殿的五位大香师，谢蓝河我们已争取过来了；崔飞飞有清耀夫人看着，也不用担心；安岚正在饲养香蛊；这五减去三，就剩下柳璇玑和净尘，不过这两位您也已经准备好对付他们的法子了。”

“崔飞飞……”川连微微抬起眼，却又沉默下去。

川谷一顿，便问：“崔飞飞怎么了？”

川连思忖了一会儿才道：“崔氏的女人，都是外表柔弱内心刚烈。当年崔文君大香师曾与整个家族对抗过，还差点被从族谱上除名，即便如此，她也没有丁点妥协过……那个女人，终其一生，从未对任何事任何人低过头。崔飞飞的行事虽不像崔文君那么过激，但她当年亦是为了能入长香殿，坚决拒绝家族给她安排好的亲事，这样的女人，崔家不一定能看得住，你盯紧点，发现她有异动要即刻来报。”

“是！”

蓝七娘重新睡下后，谢蓝河才从她屋里出来。

只是他刚刚回自己的院子，才坐下，还不及喝上一口水，他派出去的侍香人雨霖铃就回来了。

“先生。”雨霖铃进门行礼后，就从袖中拿出一个小竹筒递给谢蓝河，“南郡那边回信了。”

谢蓝河接过，打开看了一眼，沉吟片刻，才问：“你查到的呢？”

雨霖铃道：“南疆香谷确实有种蛊续命的异术，刑院的藏书中也有记载，当年续命成功的人，现在能找到的有两位，就写在南郡的回信里。”

谢蓝河又将目光落回到手里的密信上，信中提到那两人的情况，续命成功后与常人无异，神智并没有受到影响，只是平日的生活比以往讲究了些。

片刻后，谢蓝河又问：“景府那边是什么情况？”

雨霖铃道："景三少爷还昏迷着，安先生从昨日开始就直接住在景府了，镇香使如今也在那儿。还有，鹿羽姑娘叛了，似乎还被天下无香的人给接走了，安先生没有留，但安先生对鹿源侍香的信任依旧。眼下安先生住在景府里，天枢殿内殿的日常庶务，基本就是源侍香在全权打理。"

谢蓝河问："景三少爷中的是什么毒？"

雨霖铃道："听说是香蛊的血毒，是十三少爷和三少爷玩闹时，十三少爷不慎将香蛊拍在了三少爷脸上，导致三少爷中毒昏迷。"

谢蓝河微诧："安先生和川连当时没有起矛盾？"

雨霖铃道："即便此事是川连策划的，景府却没有任何证据，而且明面上，川连还是受害者。要救三少爷，还得需要川连的援手，兴许是基于此等考虑，安先生才忍住没有翻脸。"

谢蓝河沉吟许久，低声道："景府都被她给拉拢了，他们当真将安先生算计进去了？"

雨霖铃想了想，道："眼下看着，安先生确实是被这件事给拖住了，并且时间着实不短。"

谢蓝河又问："镇香使那边可有什么异动？"

雨霖铃道："看起来跟往日没什么两样，只是如今安先生住在景府了，所以他进出景府也勤快了起来。"

沉默了片刻后，谢蓝河才道："下去吧，继续盯着，也别忘了还在山上的那两位。"

"是！"

傍晚，蓝靛来景府找安岚："先生，谢先生今日亲自去了一趟天下无香，在里面待了近半个时辰。"

安岚问："他去找川连了？"

蓝靛点头："还有，雨霖铃在暗中找刑院的人打听种蛊续命之事。"

安岚抬起脸，顿了顿，才道："他母亲已到弥留之际了？"

蓝靛道："估计确实是不好了，我命人去问了几位给蓝七娘看过病的大夫，都说她熬不过这个冬天。"

安岚沉默许久，轻轻叹了口气："看来，长香殿这五人，只剩下四人了。"

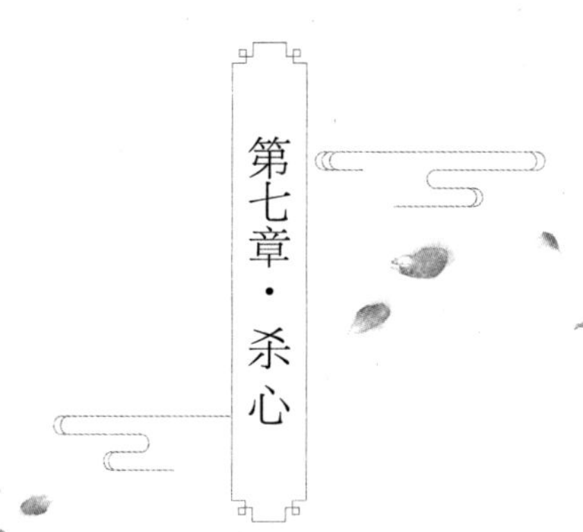

第七章・杀心

三天后，清华池的别院内，崔飞飞给清耀夫人抚琴，琴声悠扬，然一曲终，清耀夫人却道："神不守舍的，你有心事。"

崔飞飞抬起眼："天下无香用景三少爷困住了安岚，再借蓝七娘说服了谢蓝河答应与之结盟，母亲觉得，他们下一个目标会是谁？"

清耀夫人道："这件事与你无关，你只管看着便是。"

崔飞飞顿了顿，又道："倒是忘了，其实他们的第一个目标是我，用和崔氏的一场交易，换来我的冷眼旁观。"

清耀夫人道："我们并不亏。"

崔飞飞微微蹙眉："眼下看着是不亏，只是结果究竟如何，还得是走到最后才能得知。"

清耀夫人问："你在担心什么？"

崔飞飞道："母亲难道不讶异，他们这一步一步，全都算得恰到好处！"

清耀夫人淡然道："若连这点本事都没有，他们凭什么敢跟长香殿叫板，我们崔家更不可能与之交易。"

崔飞飞："母亲，我总觉得不妥。"

清耀夫人眼神微厉："有何不妥？"

崔飞飞想了想，却问："老太爷拿回崔家那块地了？"

清耀夫人道："已经拿回一半，道门和老太爷另外立了契约，剩下那一半等事成后再归还。"

"漕运呢？"

"昨日收到你父亲的信，你兄长安排的人，已顺利接手清河漕帮几个重要的堂口，这段时间帮里的人事一直在变，也出过几起事，不过都闹得不大。眼下事情虽一直是朝有利于我们崔家的方向发展，但也不能过于乐观，这段时间是最关键的，需要你的人继续配合。所以你现在不管心里是怎么想的，都得照我说的做，有什么事，都要等你父亲应允了后再做打算！"

候在一旁伺候的梅侍香将脸垂得更低些，掩饰自己忍不住皱起的眉头，以及眼里的不满。

清耀夫人此语，实在太不尊重崔先生了。

倒是崔飞飞，面上并无一丝不悦，她似乎早就习惯了清耀夫人这样的语气，也料到她母亲会是这种态度，她只是轻轻叹了口气，然后微微一笑："母亲放心，我并没有什么别的想法，只是关心一下家里。"

清耀夫人顿时缓了面上的神色，随后意识到自己刚刚语气不太好，便拉住崔飞飞的手，轻轻拍了拍她的手背哄道："这件事对咱崔家太重要了，老太爷是亲自盯着的，你父亲更是不敢有丝毫马虎。你是知道的，此事若有一点儿闪失，你父亲在老太爷心里的位置，可就不比你二叔了。这些年，你的事，无论是你想到的还是没想到的，前前后后你父亲和你两位哥哥都替你给办了……"

崔飞飞道："娘，我心里都明白的。"

清耀夫人顿住，仔细看了崔飞飞一眼，就叹笑了一声："娘知道你心里明镜似的，也是娘这几天太紧张了点，行，咱都不说这些了，娘跟你说说宫里那几位娘娘争风吃醋的事儿。"

崔飞飞静静地听着，不时笑上一笑，刚刚的那点分歧顿时就消散了。

出了别院，回长香殿的路上，崔飞飞才低声道了一句："南疆和道门如此野心，能让我崔氏在清河进一步壮大，又怎可能真的留我在玉衡殿？"

梅侍香心里一惊，抬起眼，压低了声音："先生的意思是，他们还会对您动手？！"

崔飞飞道："总不能一直留着我，成为最后的威胁。"

梅侍香半跪着替崔飞飞理了理裙摆，迟疑着道："可他们不是已经跟崔家做了交易，夫人也保证过——"

崔飞飞道："母亲那么聪明的一个人，怎么会想不到这个？"

梅侍香面上的神色终于变了："那夫人怎么？"

崔飞飞叹了口气："事有轻重缓急，对母亲而言，家里的事、父亲和哥哥的事，自然要比我的事重要些。"

她忽然间明白姑姑当年的心情了，也明白一直以来，她为什么那么那么地仰慕姑姑了。即便一开始姑姑并不怎么看重她，后来又总是将目光落到安岚身上，她心里也没有怨言。因为姑姑比谁都勇敢，比谁都活得明白，也活得简单。

入了长香殿，她就是长香殿的人了，坐上了玉衡殿大香师的位置，玉衡殿就以她的意志为主，但同时玉衡殿也是她的责任。

只是在这之前，她是崔家的女儿。

所以，当玉衡殿和崔氏有利益冲突时，她到底要以哪一边为主？

家里让母亲过来，自然是要确保她必须优先考虑崔氏的利益，香殿的事，主要以配合崔氏为主。

梅侍香听了崔飞飞这句话，隐约有些明白，但似乎又了解得不太真切，眼里有些困惑："先生？"

崔飞飞却淡淡一笑："我真想念姑姑啊。"

梅侍香搬出个小杌坐在崔飞飞旁边："您真是个重情义的，这都好些年了，也就您还记得她。"

崔飞飞笑了笑："姑姑跟家里的关系一直不怎么好，别说父亲了，就是老太爷，也不怎么使唤得动姑姑，这也算是他们的一块心病吧。"

之所以会这样，就是因为每当有利益冲突时，姑姑首先考虑的，永远都是玉衡殿的利益，而不是崔氏的利益。以前她还有点不了解，觉得姑姑是不是真的有点自私，可就在刚刚，她忽然就明白了。

姑姑的一生，都将主动权握在自己手里，无论是家族的胁迫，还是所爱的男人的背叛，就连女儿的身世，都未能让她的内心动摇过。

这和一个出嫁的女人在面临娘家和夫家的矛盾时，有相似之处，但也有本质上的不同。

她们，并非是嫁入了香殿，而是主动选择了香殿，也被香殿所选择。

她是玉衡殿的主人，玉衡殿亦是她的归宿、她的心血，有生之年，他们相依相存。她死后，玉衡殿自然会迎来新的主人，但以她的意志为主的玉衡殿，也会跟着消失。

长香殿之所以存在，从来不是因为这些巍峨的殿宇，也不是因为那些珍贵的香材，而是因为有大香师。

姑姑向来以此自豪，以此为傲。

回到玉衡殿，站在高高的露台上，看着远处的云海，她真的很想念那个女人，无比希望她此刻就在自己身边，因为她忽然发觉，她以前并没有真正了解过姑姑，现在，她亦不知道自己能不能做到姑姑那样。

露台上的风太冷，才站了一会儿，就觉得脸冻得有点僵了，崔飞飞重重地呵出一团白雾，然后转身回了寝殿。刚要更衣，梅侍香却进来道："先生，道门的两位弟子前来拜访，已经在殿门外了。"

崔飞飞微怔："道门弟子？"

梅侍香道："就是上次随李道长一块上香殿的那四位弟子中，略年长些的两位，一位叫云凡，一位叫云宫，两人长得还有点像，听说是堂兄弟。"

崔飞飞转过脸："他们来做什么？"

梅侍香道："说是受了家里长辈的话，给先生送东西来的。"

崔飞飞面露疑惑："我又不认识他们家长辈，为何给我送东西？"

"先生，他们刚刚是从天璇殿出来的。"梅侍香说着就上前一步，低声道，"先生的疑惑我也问了，他们说是咱家老太爷夏天时曾去过云家，当时送了他们见面礼，所以他们这趟来长安，他们家里的长辈便也给先生您备了份薄礼，让他们务必送到先生面前。"

崔飞飞奇了："老太爷夏天拜访了云家，怎么母亲从未跟我说起过，这个云家……可是南郡的那个云氏？"

梅侍香点头："就是南郡云氏。"

南郡云氏亦是地方豪族，兴许名声比不上清河崔氏，但根基不浅，势力亦不容小觑，崔氏与其也有些往来，只是交情并不深。

"他们早上去拜访了柳先生？"

梅侍香点头："听说本来是来拜访先生您的，只是早上您没在香殿内，所以他们才去了天璇殿。从天璇殿出来后，又走到咱这儿，听说您回来了，便来求见。”

崔飞飞问：“柳先生接见了他们？”

梅侍香道：“听说是接见了一会儿。”

崔飞飞想了想，便道：“让他们进来吧。”

梅侍香领命出去，不多会儿，就领着两个男子进了侧厅。

崔飞飞仔细打量了他们，上次在天玑殿虽已见过，但当时因有李道长和川连在，别的人她就未多注意。

两人看起来都是二十四五的年纪，衣着得体，相貌不俗，虽不能跟谢蓝河和白焰等人比，但看起来也有一身翩翩公子的气韵。并且两人当中，穿紫衣的那位看起来要更出色些。

梅侍香在崔飞飞身边低声道：“紫衣那位是云宫，云家三房的长子，听闻云家老太爷很是看中这个孙子，兴许云家的下一位家主就是他了。另一位是云凡，他虽是云宫的堂弟，但更像是云宫的随侍。”

待他们行礼后，崔飞飞微笑着请他们坐下，让人上茶。

云宫刚坐下就开口道：“今日来得有些唐突，希望没有打扰到崔先生。”

崔飞飞道：“我离开清河多年，母亲从未与我说过云家与我崔家的关系，我也不知两位今日会过来，若知道，今日就不下山了。”

云宫忙道：“不敢，其实我和五弟本是先去拜访崔夫人的，只是这两天我们几次过去都不巧，没能碰到夫人，后又听错别人的传话，以为夫人是来香殿找先生了，所以今日我便和五弟一块来香殿拜访，唐突之处，还请先生见谅。”

崔飞飞笑了笑道：“原来是不巧，难怪母亲不曾提起过。”

云宫将云凡手里的匣子接过来：“之前崔老太爷来云家做客，送了晚辈许多厚礼，家中的长辈听说此次我来长安，便也给崔先生备了份薄礼，祖父千叮咛万嘱咐，让晚辈定要送到先生面前。”他说着就打开手里的匣子，“知道先生这香殿是汇集了天下珍奇，再者先生出身高贵，旁人眼里的瑰宝，在先生眼里怕都是俗物，所以家里就给先生准备了几卷书籍，希望先生莫要嫌弃。”

崔飞飞也没有让侍女去接，只是笑着道：“礼尚往来是应当，只是这份礼，云老太爷给崔家的几位晚辈准备就够了，我离开清河多年，无须特意给我准备。”

云宫道：“先生家里的几位兄弟姐妹都有的，老太爷说了，既然大家都有，自然不能单单落下崔先生。”

崔飞飞打量了他一眼，他亦抬起眼看向崔飞飞，目光坦然，眼神里隐隐露出几分审视，但并无攻击性。

片刻后，崔飞飞让梅侍香过去接了那几卷书。

云宫微笑欠身，恭恭敬敬地捧上，然后就道：“既然先生刚回来，想必是乏了，不敢再叨扰先生，云宫告辞。”

崔飞飞看了他一眼，也没有留，就让旁边的侍女送他们出去。

待那两男子走出殿门后，梅侍香才有些不解地看向崔飞飞：“先生，他们送这几本书是什么意思？”

崔飞飞拿起匣子里的那几本书翻了翻，都是保存完好的孤本，并且早就已经绝版，有两本甚至是她的藏书阁里都没有的，这里的任何一本拿出去，都是有市无价。

片刻后，崔飞飞将手里的书放下，问了一句：“这位云公子成亲了吗？”

梅侍香一怔：“没有吧，听说李道长身边的四位弟子都还未成家……”只是她说到这儿，忽地就顿住，然后有些诧异地看着崔飞飞，“先生，难不成咱老太爷的意思是——”

崔飞飞道：“我也到了该成亲的年纪，若是照下面的习俗，都已经晚几年了。”

梅侍香有些嫌弃的语气：“老太爷给您挑了那位云公子？这等人，怎么配得上先生您！”

崔飞飞想了想才道：“老太爷当年好似也是这么给姑姑安排的。”她说着不由得笑了一笑，“我记得，有段时间姑姑忽然就断了崔家的一应诉求，出了清河，崔家的人无论做什么事，几乎步步受阻，事事不顺，玉衡殿那段时间也受了不小的损失，老太爷大发雷霆，最后却也奈何姑姑不得，那件事便不了了之了。”

梅侍香小心地看着崔飞飞：“先生？您——”

崔飞飞又笑了笑：“我是不会像姑姑那么激烈，再说老太爷到底是不是这个意思，我也不确定，只是母亲到底知不知道这件事？为何之前一句都没与我提过？”

梅侍香道：“兴许夫人本身就不赞同这件事，我看那位云公子，虽说也算得上一表人才，但配先生您，那是远远不够的。”

崔飞飞忽然好奇：“那你觉得什么样的人才能配得上我？”

梅侍香一愣，想了良久，才道：“起码，得是谢先生那样的人吧，或者，或者镇香使那样的也……”她说着就偷偷看了崔飞飞一眼，讪讪地笑了笑。

崔飞飞道：“早听说这香殿里，惦记镇香使的人不少，看来是真的。”

梅侍香忙道：“奴婢只是觉得他很像景炎公子。”

崔飞飞道：“好了，无论他是谁，如今的镇香使都只能是安先生的人，你没看出来吗？你这等话要是传到安先生耳朵里，我可保不住你。至于谢蓝河，他和我又哪里配了，如今我连他心里在想什么都看不清。”

第八天的香境结束后，安岚在川连收起香蛊时道了一句：“它似乎长大了些。”

川连便也看了掌心里的香蛊一眼，不冷不热地道：“托安先生的福。”

她说着就要收起，安岚却忽然抬手，伸出食指和中指，一下压住她的手腕。川连停下要收起香蛊的动作，但面上并不惊，眼里亦没有丝毫诧异，只是询问地抬起眼。

安岚看了那只香蛊一会儿，它比八天前明显大了一圈，兴许是习惯了些，也兴许是在香境中与它接触得多了，她对这东西，不知不觉中没有了最开始的厌恶，取而代之的，是一丝好奇。

片刻后，安岚才问：“以前，有人这么饲养过香蛊吗？”

“以香境饲养吗？”川连摇了摇头，“在我这里没有，安先生是我遇到的第一个真正的香境饲主。”

“这么说，你之外，还是有的？”

川连道：“香蛊对驯蛊者是至宝，关于香蛊的一切，对外都是秘密，旁人很难打听到详情。就如同香境的源起源灭，旁人都无法从大香师这里得知。”

安岚的目光从香蛊上离开，落到她脸上：“驯蛊者？”

川连道：“就是培育蛊虫的人，有人称之为驯蛊者，也有人称之为蛊师。”

安岚探究地看了她许久，缓缓问出一句：“那么，你口中所说的饲主，究竟是什么？”

川连回视安岚，眼里露出几分淡淡的讥诮：“安先生以为呢？”

安岚沉默了一会儿，又将目光落在香蛊上，目中带着探究，但压在川连腕上的手指一直没有放开。

川连又道：“安先生是否想触摸它？”她说着就特意将手往安岚的方向移了移。

安岚一下收回手，两手负于身后，眼睛盯着川连道：“之前你一直防着我，不让我触碰它，如今怎么忽然变了？”

川连便收回掌心里的香蛊，面无表情地道：“我并无此意，是安先生多想了。”

安岚微微挑眉，却这时，景明在外头道：“先生，可否进去了？”

安岚往床上看了一眼：“进来吧。”

房门被推开，景明和白焰先后走了进来，景明如往常一般快步走到床前仔细看了一会儿，又试探地喊了景孝几声，然而景孝依旧没有任何回应。

川连道：“三少爷的气色一日比一日好，脸上的血迹亦明显淡了许多，四爷不必担心，再过七日，三少爷就能恢复意识。”

景明看了川连一眼，面上神色复杂，没说什么，只是微微点了点头。

川连看了白焰一眼，也没再说什么，遂告辞。

回白园的路上，白焰问：“先生刚刚在房间里和川连说了什么？”

“问了几句关于香蛊的事。”安岚进了白园后，并未进屋，而是站在院中看着满园的梅花，“她故意避开问题，没有回答。”

白焰有些担忧：“你是不是觉得有什么不对劲？”

安岚摇头：“倒也没有。”

白焰走到她前面，转身，抬起她的下巴，仔细打量她的脸：“真没有任何异样？”

风拂过，雪白的梅花纷纷落到他肩上，她看着近在咫尺的俊颜，忽然往前一步，贴在他身上，推开他的手，抬起胳膊揽住他的脖子，让他低下头。

她在他唇上轻轻碰了碰，再衔住，品了一会儿，松开，接着又含住，一点一点地吮吸。

白焰被她挑逗得火起，耐着心与她逗弄了一会儿后，就按住她的后脑，猛地转过身，将她压在梅花树上，反客为主，重重地吻下去。

直到他将手伸进她衣服里，梅花和雪花落了两人满身后，她才推了他一下，转开脸，张着嘴有些急促地吸着空气。他却还在她脖子上轻轻磨蹭，低哑着声道："前两天晚上找你，你都把我赶走，怎么今天忽然这么主动？"

他的手还在她衣服里揉捏，她推了一下，没推动，便瞪了他一眼："前两天是月事来了，留你能做什么？"

白焰笑了："我又没说要做什么。"

安岚又推了他一下："你轻点，松开，疼！"

白焰抽出手，狠狠地抱了她一下，在她耳边道："你就是故意折磨我！"

安岚待他放开手后，自顾自地整理衣服，没理他。白焰看她又恢复成这冷冰冰的模样，心里又是气又是笑，替她将鬓角的发丝勾到耳后："好了，说说正事吧，川连怎么了？你到底察觉到了什么？"

安岚平缓了呼吸后，看了他一眼，却反问一句："刚刚感觉如何？"

白焰一怔："嗯？"

安岚嗔了他一眼，白焰顿时会意，却又有些不解，便低低一笑："感觉自是很好，情难自禁，你若是愿意，现在可以继续。"他说着，也不等安岚再白他一眼，就接着问，"为何问这个？和香蛊有关？"

安岚舔了舔唇："有点说不出的感觉，不知是不是错觉。"

白焰问："什么感觉？"

安岚道："我对那东西，没有之前那么厌恶了。"

白焰琢磨了一下这句话的意思，然后道："你的意思是，你被它……影响了情绪，或是喜好？"

安岚摇头："也不是，好似接触得久了，熟悉了些，兴许是我多想了。"

白焰拿下落在她发上的梅花："所以你刚刚吻我，是在确定你的喜好是不是真的受到了影响？"

安岚转头看他，眼睛黑白分明："不是，我就是忽然想吻你想抱你。"

有点出乎意料的直接，白焰不禁一顿，片刻后，伸手将她揽进怀里：

"如果担心，我们就终止这次的计划，景孝那边，我再想别的法子。"

"我不是担心，只是有些好奇。"安岚靠在他怀里，看着飘落的雪花，"再说谢蓝河已经与他们结盟，我倒想看看，川连的这只香蛊，最后是要种在谁身上。"

白焰轻轻抚摸着她的胳膊，声音淡淡的，带着几分怀疑："谢蓝河当真为他母亲选择了种蛊续命？"

"他之前一直不知他母亲身患重病，整整八年。"安岚有些感叹，"蓝七娘不是个简单的女人，只是她却不知，她儿子现如今知道后，心里的那份愧疚，必是难以承受，所以谢蓝河绝不可能眼睁睁地看着蓝七娘离世。"

白焰垂下眼："天下无香的人准备的这只香蛊，最后当真会用在蓝七娘身上？"

安岚道："我不知道，不过……接下来谢蓝河应当也会开始以香境饲养香蛊。"

白焰道："这几日川连并未和谢蓝河接触，再说单是你的香境，那只香蛊就已饱腹，还需吸收景孝体内的毒血来帮助消化，如此它还怎么还吞得下别的大香师的香境？"

安岚道："以前或许不行，但它如今长大了一圈，胃口自然也会跟着变大。"

白焰看了她一眼："你试过了？"

安岚微微点头："它的吞噬能力确实一日比一日强，川连应当也知道我在试探，但她并未阻止，她似乎是……乐见其成。"

白焰眉头微蹙。

安岚说着就摇头："我直觉有些危险，所以一直没有往深了试探，但我觉得，用不了多久，它再吞噬谢蓝河的香境应当也会没问题。香蛊通过吞噬香境而强，香蛊强，续命才长久，为了蓝七娘，即便此事有些匪夷所思，谢蓝河也不会拒绝。"

白焰思忖许久，还是没有说话。

安岚转头看了他一眼，问："你在想什么？"

白焰便看着她道："我想在，若是让你停止饲养香蛊，你会不会听？"

安岚一怔，沉默了一会儿才问："景孝怎么办？"

白焰道："既然谢蓝河愿意饲养香蛊，那为景孝解毒的事，不如就请他代劳。”

安岚微微皱了一下眉头：“他会答应？”

白焰仔细看着她：“他会不会答应，就要看我们怎么去谈。”

安岚顿了顿，移开目光：“你打算去跟他谈？”

白焰看着她，目光未有稍离：“你的意思？”

安岚收回目光，又看向他：“川连那边呢？你觉得她会答应？”

白焰道：“如若她真要在景孝这件事上表现得没有旁的目的，那她就不会反对。”

安岚道：“但如果川连让我以香境饲养香蛊的目的，是为了消耗我的精力，以便她年后挑战大香师一事能顺利进行，她就不会答应。”

白焰问：“已经八天了，你觉得饲养香蛊对你的精力可有明显的耗损？”

安岚被问住了，再次沉默。

白焰道：“我能感觉得出来，你的精神依旧很好，并未有耗损，如此你我以为的事情并未成立，那么川连让你饲养香蛊的目是什么？如果不能确定这件事，我们之前的计划，就有可能全都失去作用。”

安岚微微皱了皱眉头，这几天她亦有些困惑，川连做这件事情不可能没有目的。只是这些天她的感觉一直很好，并无任何不妥之处，所以她更加好奇，因而近几天，她就开始一点一点地试探香蛊的吞噬极限。

片刻后，她才开口：“且不论川连会不会答应，谢蓝河那边，你打算怎么说服他？”

白焰道：“他并非完全相信天下无香的人，只要不是十足的信任，我们就还有机会改变他的态度。”

安岚又问：“若最终川连和谢蓝河都拒绝呢？”

白焰道：“总得先去试一试。”

安岚沉默，然而这一刻，她有些不明白自己为何沉默。

白焰也不催她，只是安静地抱着她，轻轻抚摸着她的肩膀。

良久，安岚才开口：“你去找谢蓝河吧。”

白焰低下头，在她鬓角轻轻吻了一下：“我现在就去。”

安岚沉默地点头。

只是就在白焰要转身出去时，安岚忽然又问一句：“你的镇香令牌查得如何了？”

白焰停下脚步，回头道：“施园查到的消息，镇香令落在天下无香，待我找谢蓝河后，就去确认此事。”

他说完便出去了，安岚在白园里慢慢踱着步子。

不知过了多久，蓝靛出现在她身后：“先生？”

安岚转过身：“那天镇香使的镇香令牌，当真是不慎丢失的？”

蓝靛道：“据镇香使所说，确实如此。”

安岚问：“事后你可有去查过？”

蓝靛道：“当时属下也让人去查探了一番，只是因此事有大香师暗中插手，所以属下没办法完全确认事情是不是真如镇香使所说。”

安岚轻轻叹了口气。

蓝靛抬起脸：“先生为何有此一问？可是先生察觉出镇香使有了什么异样？难道镇香令是镇香使故意丢失的？”

安岚摇头，只是在刚刚那一瞬，她脑子里莫名地闪过一些念头。

蓝靛目中隐隐露出些许诧异，先生这一问，几乎可以说是在怀疑镇香使了！刚刚到底发生了什么事？先生为什么会忽然怀疑起镇香使？

就在蓝靛要再次开口询问时，安岚却道：“没事了，你下去吧。”

蓝靛只好忍住心头的疑问，退了出去。

谢蓝河有些意外白焰会来找他，他走到正厅门口，看到里面那个既熟悉又有些陌生的身影时，神思有片刻的恍惚。

镇香使白焰究竟是不是广寒先生，他其实并不在意，这个人的身份从来与他无关。但他记得，当年他初入长香殿，这个人的影子在他心里，是无法企及的，因为那是宛若神祇般的存在。可后来他却进了开阳殿，拜到谢云大香师座下，彻底断了他和天枢殿的缘分，若非谢云最后死在了白广寒和安岚手中，他和他们，真的就再无交集。

六年过去了，他也成了大香师，可是如今面对这个人时，当时的那种感觉竟还有丝丝缕缕存在心里。

听到声音，白焰转头，从椅子上站起身，面含浅笑：“谢先生。”

时光不曾在他身上留下痕迹，即便身份变了，可他风华依旧。

谢蓝河抬步走进去，打量了他一眼，请他坐下：“镇香使忽然到访，不知所为何事？”

白焰开门见山：“听说谢先生前几日去了天下无香。”

谢蓝河神色淡淡的：“镇香使的消息真灵通。”

白焰笑了笑：“谢先生行事坦荡，旁人想要打听什么，自然不难。在下今日过来，也与此事有关。”

谢蓝微微眯了眯眼，没有接话。

谢府的下人送上热茶，轻轻放在两人旁边的茶几上，然后又轻轻退了出去。

谢府前院正厅的窗户很是宽敞，大门亦开着，午后的阳光斜照进来，有一束光正好落在茶几上，天青色的细瓷顿时呈现出一种玉质的光泽，光线略强了几分，遂隐约可见里面缓缓舒展开的茶叶。

谢蓝河朝白焰做了个请的手势，白焰拿起茶盏，微微颔首，拨了拨茶碗盖后又慢慢放下。

他未有拐弯抹角，几句话就将今日的来意道明了。

“让我现在就接手饲养香蛊，帮景孝解毒？”谢蓝河有些意外，探究地看着白焰，“这不是安先生的事吗，镇香使为何会来找我？安先生可知道？”

白焰道：“她知道，亦赞同。”

谢蓝河微顿：“为何？”

白焰道：“谢先生难道不想早点让令堂脱离病痛的折磨？”

谢蓝河微微蹙眉：“镇香使这是求人的态度？”

白焰低眉浅笑：“谢先生误会了，在下并非是在求先生，而是给先生一个好的建议。”

谢蓝河打量了白焰片刻，微微抬眉：“何以见得？”

白焰道：“种蛊续命，关键在蛊，只是眼下谢先生可清楚那只香蛊究竟是何情况？是大是小？是强是弱？据川连所言，以香境饲养香蛊，能使香蛊强壮。谢先生是大香师，应当清楚香境对大香师而言意味着什么。以在下浅见，香境并非五谷杂粮，其性属灵，香蛊日日食之，会因此有什么改变，谢先生可知道？川连可曾细说过？安先生饲养出来的香蛊，再被谢先生接手，当真会适合给令堂续命之用？如果谢先生真决定要给令堂种蛊续命，那么早点接触香蛊，多了解其性，岂不是更加稳妥？”

这个男人将这些话用平静温和的语气缓缓道来，令人不由随之意动。

谢蓝河沉默许久，才道："镇香使此番言语，当真是煞费苦心，只是这些说到底，也只是镇香使的臆测。"

白焰淡淡一笑："谢先生难道不这么想？令堂命在旦夕，即便是臆测，先生难道不想多几分保障？"

谢蓝河看着白焰道："镇香使这是在为我着想？"

白焰摇头："谢先生是聪明人，怎会不知我是为谁着想，谢先生只不过刚好是那个可以接手的人。"

谢蓝河道："安先生为何不愿再饲养香蛊？"

白焰道："为年后川连挑战大香师之事养精蓄锐。"

谢蓝河道："所以让我来接手，难道我不需要为年后的挑战做准备？"

白焰道："谢先生当然不需要。"

谢蓝河道："镇香使这么确定？"

"若不确定，在下今日就不会来谢府。"白焰轻轻一笑，神色舒缓，"其一，令堂对先生来说，毋庸置疑是比那挑战之事更加重要；其二，既然谢先生已经与香谷结盟，到时即便先生参与挑战，一切也都早有安排。"

谢蓝河微微眯了眯眼，那双漂亮的眸中隐隐露出几分不悦，但他没有发作，只是沉默。

片刻后，白焰又道："夜长梦多，先生若不早点拿到香蛊，如何确保它会一直活着？"

谢蓝河垂下眼，抬手，将旁边茶几上的茶盏端起，轻轻揭开茶碗盖，氤氲的茶香顿时弥漫整个大厅。

白焰正要将手里的茶盏放下，却忽然大雨倾盆，他浑身瞬间湿透，他的眼睛被雨水打得不由得闭了一下，再睁开，洒满阳光的谢府大厅已然不见，他脚下是一叶扁舟，漂浮于烟波浩渺的江面上。天下着大雨，小舟正在慢慢下沉，冰冷的江水漫过他的脚面，一点一点吞没他的小腿……

雨声如雷，漫天而下，天地连成一片，光线暗淡，宛若末日。

白焰再次闭上眼，用了几息时间，勉强适应了这番突变后，再睁开眼，就看到谢蓝河翩翩然立在船头，手里撑着一把油纸伞，一脸淡然地看着他："镇香使既知道我已经与香谷结盟，还敢只身前来找我，难道就不怕？"

不过一句话的工夫，水就已经没过白焰的大腿，在这里，自然界的规则似乎也失去了作用，船带着他的身体在慢慢下沉。

白焰隔着雨帘看着谢蓝河："谢先生想杀我？"

谢蓝河没有说话，只是看着白焰一点一点下沉，直到江水将没过白焰的鼻子时，他才缓缓开口："广寒先生，当真失去香境的能力了？"

白焰没有回答，此时他也没法回答，因为水已经没过他的头顶，他甚至连挣扎都没有，只见宽大的衣袍在水里散开，宛若一朵盛开的花，美丽又脆弱。

谢蓝河浮在江面上，垂下眼看着白焰离他越来越远，面上无动于衷。

这个曾经高不可攀的男人，当真要死在他手里了，他想过很多次，却没想过会这么容易……

只是就在这时，雨突然停了！

谢蓝河移开伞，抬起眼，却见炙热的阳光猛地照射过来，他赶紧将伞移回，同时闭上眼。

而待他再睁开眼，浩浩荡荡的江水消失了，船也不见了，他脚下踩着的是坚硬的大青石板，石板上还湿漉漉的，周围亦有不少积水。

这里是热闹的长安，千年雄城。

谢蓝河依旧撑着伞，看着前面不远处的女子，微微颔首："安先生。"

安岚看了谢蓝河片刻，才开口："你要杀他！"

谢蓝河看了一眼站在安岚身边，毫发无损的白焰一眼，叹道："你来了，我就杀不了了。"

安岚问："因为谢云先生？"

谢蓝河看着安岚道："我并不喜欢打打杀杀，只是这件事，我总得给自己一个交代。"

安岚道："连我一起？"

谢蓝河沉默了片刻，轻轻摇头："你们俩在一起，我没有把握能胜。"他说着就转身离开，一边走一边道，"镇香使，你的提议我会考虑的。"

待他的身影消失在长街的尽头，白焰遂回到谢府的大厅，只是此时这厅内只余他一人，对面的位置上，谢蓝河已经不见，留下茶一盏，茶香依旧。

白焰从谢府出来，便看到安岚的马车停在门口。

白焰走过去，车门打开，风卷雪飞，安岚在里面看着他，他轻轻一笑，抖落身上的雪花，就上车去。

待他坐下后，安岚才开口："你难道真的不怕？"

白焰微微抬眉："即便是死过一次的人，再次面对死亡，也还是会怕的。"

安岚看了他一眼，似嗔似怒："那你还触怒他！"

白焰道："有些话，只能那么说，不直指其心，无法使其意动。"

安岚道："难不成，你以为他不会真的杀你？"

白焰忽然抬手抚上她的脸，低眉浅笑："谢蓝河这样的人，欠不起别人的恩，担不起别人的情。当年谢云对他有再造之恩，谢云的死是他迈不过去的槛，为此，他会杀我，也会杀你。"

安岚发怔许久，微微蹙眉："谢蓝河是什么样的人？"

白焰将手放下，顺着她的胳膊握住她的手："我了解过他的成长历程，其生母身份低贱，他亦因此身份卑微，母子在外相依为命十多年，生活捉襟见肘，还时常受人辱骂，一直就过得不易。这是幸亦是不幸，他才情极高，故而心高气傲，不堪忍受。而最后让他改变泥泞之境，让他站到如今这个位置的人，不是他父亲，而是谢云大香师。一个一无所有的少年，面对这样的恩情，要怎么去还？"

安岚转头，看向窗外，手心微微寒凉。

一无所有，身陷绝境的时候，面对那样的恩情，要么不敢受，要么就会决定用一生去偿还！

白焰与她十指相扣，声音低缓："他跟你不一样。"

安岚顿了顿，回头："有何不一样？"

白焰低低一笑，眼神温柔："他没你好看。"

安岚顿时冷下脸，但随即又嗔了他一眼，然后合上眼，往后一靠，良久，才慢慢睁开，唇边露出一抹清浅的笑意，诸般往事从那双秋水般的眸子里缓缓划过。

哪里不一样？

年少的时光，足以影响一个人的一生。

心志不够强大的人，便有可能受困一世。

谢蓝河还未真正挣脱那些过往，她则已开始了第二次全新的旅程，再不畏过去，亦不会再为曾经的自己而愤怒，而迷茫。

白焰牵起她的手，无声地吻了吻。

安岚又看了他一眼，微微挑眉："你怎么不问我是什么时候过来的？"

白焰笑了："应当是我出来不久，安先生就跟着过来了。"

安岚问："你是猜的，还是真的发现了？"

白焰眉眼含笑："猜的。"

安岚问："当真？"

白焰笑道："在下对先生说的全是实话。"

安岚却有些不快："你就这么确定我会跟着你、护着你？"

白焰眼里的笑意渐深："直觉而已。"

安岚打量了他一会儿，问："你真的没法破开他的香境？"

白焰道："谢蓝河是大香师。"

安岚问："你难道不是？"

白焰道："在下是镇香使。"

安岚看了他许久，终于没有再逼问，转开眼道："谢蓝河若真想杀你，其实用不了那么久，他刚刚主要是在试探你。"

白焰再次与她十指相扣："他很谨慎，也还好安先生来得及时。"

他神色慵懒，眼里却含着笃定，安岚不由得生怒："即便是在香境内，仅凭武力也有一定的概率可以打破困境，寻得生机，可刚刚你什么都不做是为什么？"

白焰朝她眨眨眼："你不是一直想知道谢蓝河的香境世界是什么吗？"

每位大香师都有属于自己的香境世界，那是他们的心之归宿，是他们生成香境的规则所在，由此能幻出万千变化。比如安岚的人间烟火，比如柳璇玑的大漠流沙，比如净尘的海中莲华……崔飞飞的香境世界她虽也不是很清楚，但大致了解与森林和百兽有关，唯有谢蓝河的香境世界，她不曾真正见识过。

安岚顿了顿，才道："他确实很谨慎，虽说刚刚我入侵了他的香境，但他并不打算与我交手，所以我也不过是窥视了一角而已。"

白焰道："能有此收获已是难得，更何况，我们今日的收获还不单单只是这些。"

安岚抬起眼，迟疑了一会儿才道："你是说饲养香蛊一事？"

白焰点头："他既然答应了要考虑，就说明确实是意动了，用不了几天，他应当就会来景府。"

安岚不觉就皱了皱眉头，心里隐隐生出几分烦躁，然而她沉默了片刻，终是忍住什么也没说。

傍晚时分，谢蓝河出现在天下无香内。

川连请他上榻，隔着桌几对坐，桌几上的紫金香炉中正有白烟袅袅而出，无风自舞，妖娆多姿。

川连一边给香炉内添上一粒香丸，一边道："安先生请你现在就饲养香蛊？"

谢蓝河点头，目光追着她的动作，眉头微蹙，以他严苛的要求，现在添香丸，略早了些。

川连盖上香炉，询问地看了谢蓝河一眼："若是为令堂种蛊续命，谢先生能早些饲养香蛊，确实是有益无害，只是……安先生那边提出的要求，却是谢先生还要先为景孝解毒，如此，谢先生也能答应？"

"若是为我母亲，没什么不能答应的。"谢蓝河正襟危坐，看着川连道，"我只是想知道，对此事，三掌柜怎么看？安先生当真是为了养精蓄锐，所以才忽然提出让我接手饲养香蛊的？"

川连垂下眼，片刻后又抬起，看着谢蓝河，只是她的眼睛无神，几乎有点空茫。

"当然，我费尽心思能让她答应饲养香蛊，自是为了耗费她的精气神，所以这件事……"川连说到这儿，似心里盘算了一下，才接着道，"还请谢先生尽量晚些再答应。"

谢蓝河道："既然此事当真有利于我母亲，我又有什么理由拖延？"

川连道："令堂的命，我定能保住，谢先生也不能只顾着自己的事情，总得要为我们考虑一下，毕竟我们已经结盟。这件事，须双方都能得利，事情才能办好，谢先生想要种蛊，也离不得我，不是吗？"

谢蓝河沉默了片刻，问："晚些是多久？"

川连道："今天已是第八天，安先生也有些着急了，如此，就拖到第十五天吧，那时候景孝应当也能清醒了。"

安岚的马车回到景府后，白焰没有随她一起进去，而是让人另外备了自己的马车。

安岚看了看天色，此时暮色已降，寒风渐起，街上车马冷清，便问：“你还有事？”

“还得去一趟天下无香，确认镇香令一事。”白焰看着她道，“快些进去吧，天黑后会更冷一些，别冻着了。”

目送他离开后，安岚往旁问了一句：“蓝靛呢？”

旁边的殿侍道：“还未回来。”

安岚沉吟片刻，转身进了景府。

白焰下了车后，天下无香的店铺门已经关了，他站在马车旁边看了一会儿，然后踏上台阶，正准备敲门，抬起手时，却发现这门是虚掩着的。

他的动作微顿，随后还是轻轻敲了三下，但店内并没有人出来应门。

片刻后，白焰便推开门，走了进去。

店铺内点着一盏纱灯，光线迷蒙，货架上的琉璃瓶子闪着微光，充满异域风情的纱帘顺着过堂风翻飞起舞，冬日的空气里弥漫着妖娆的香，幽冷寒凉。

白焰一直走到后面，进了院子，店铺的后院比想象中大，回廊蜿蜒，院子有四进，只是他走了大半圈后，还是没看到一个人，但每个房间的窗户都有灯光透出，橘红色的暖光，像一团团被包住的火种。他走到一处挂着银色风铃的檐下，轻轻碰了碰那风铃，遂有清脆的铃音划破这静得诡异的院子。

白焰拨弄了那风铃两下后，就收回手，站在檐下，看着越来越浓重的暮色。

待铃音在风里消散时，回廊那头才出现一个披着斗篷的人影，无声无息，宛若鬼魅。只见他在走到离白焰约一丈远的地方时就停下了，白焰转身，依旧只能看得到他帽子下一截精致的下巴。

司徒镜先开口：“镇香使忽然光临此地，难不成是想通了？”

白焰打量着他道：“你究竟是故意保持神秘，还是真的见不得人？”

司徒镜道：“你对我很好奇。”

白焰道：“有一点。”

司徒镜的声音里似乎带着一丝笑意：“只要你答应和我站在同一边，你这点好奇心我随时能满足。”

白焰笑了：“我这点好奇心其实并没有那么重要。”

司徒镜问："那么对你而言，究竟什么才重要？钱、权，还是女人？或者是，你以往的一切？"

白焰道："此时此刻，镇香令令牌对我就很重要。"

司徒镜沉默了一会儿，然后传出一阵极沉闷的笑，好一会儿后他才道："原来镇香使真弄丢了镇香令？这可是大事，只是为何来问我？"

白焰道："听说在你这儿。"

司徒镜问："听谁说？"

白焰道："谁说不重要，重要的是眼下镇香令确实在你这里吗？"

司徒镜沉默了一会儿，才冷冰冰地道："不在。"

白焰微微点头："如此，那打扰了。"

他说着就转身告辞，司徒镜一怔，忍不住问："你什么意思？"

白焰淡然道："只是前来询问镇香令的下落，大祭司以为在下是何意？"

司徒镜慢慢地走过去，挡住他的去路，声音里带着几分讥诮："只是如此？"

白焰道："只是如此。"

司徒镜问："那要是镇香令在我这儿呢？"

白焰道："那便请大祭司归还。"

司徒镜问："我若不给呢？"

白焰道："若不归还，就请大祭司说明要留下镇香令的缘由。"

司徒镜沉默了片刻，又发出一阵沉闷的笑声，这一次，他笑了许久才停下，然后往前一步，好奇地问出一句："镇香使，你究竟凭什么以为，你能对我提出这样的要求？"

他问出这句话后，不等白焰回答，又往后退了一小步，接着道："还是，你依旧是大香师？"

风有些大、有些冷，吹得风铃猛地发出一阵叮铃咣当的声音。

白焰往那儿看了一眼，淡淡地道："我让人去查了十二年前南疆香谷的一些事情。"

司徒镜似一下陷入了沉默，直到铃音再次响起时，他才开口："你查出什么了？"

白焰道："一些有趣的事情。"

司徒镜缓缓开口："比如？"

白焰道："比如上一任大祭司是怎么死的。"

司徒镜再次陷入沉默，并又往后退了一步，整个人全都没入阴影中，声音森寒："看来镇香使的消息也不是很灵，上任大祭司早在三十年前就已经死了，是寿终正寝。"

白焰淡淡一笑："三十年前死的那位，是上上任大祭司，也就是南疆香谷的第三十七位大祭司，而您，准确来说，应该是第三十九位大祭司。"

司徒镜有些不敢相信："你——想起来了？"

白焰接着道："当年白广寒和你有过约定，他助你除去上任大祭司，而你……"

不等白焰说完这句话，后院突然响起刀剑声，并伴随着一声奇怪的哨响。司徒镜的身影当即往后一闪，眨眼间消失在走廊的阴影中，白焰并没有去追他，只是转身往后看了一眼，目光微凝。

谁都没想到天下无香后院围墙的拐角处有个暗门，暗门后面还有一间屋子，因其地理位置设得很巧，所以那是个很难被人发现的小屋，也是个看起来很不起眼的小屋。

刚刚白焰在天下无香的院子里转了大半圈，都没有注意到后面还有这么一间小屋。

而此时，这屋子的前面，除了川乌和川谷外，几个天下无香的伙计也纷纷赶了过来，个个面上皆是一脸惊怒。

川乌怒瞪了川谷一眼："你怎么让她进去了？"

川谷此时的脸色也很是不好，他盯着那屋子的门，却又不敢轻易进去："她早就发现了这里，刚刚是故意让我们以为她受伤了。"

川乌亦盯着那扇门："现在怎么办？我们进去？"

川谷道："不可，这个时候香蛊最容易受惊。"

川乌急道："那女人都进去了，她若对香蛊不利……大祭司怪罪下来，我们都得死！"

川谷道："景府的三少爷还需要香蛊解毒，她不会……"川谷话才说一半，突然就停住了，忙单膝跪下，"大祭司！"

这个身影出现得无声无息，差不多是到了他们面前，他们才发现。

川乌一怔，也赶紧跟着跪下。

司徒镜没有看他们，只是看着前面那屋子，声音宛若浓夜般低沉：“谁进去了？”

这是一间外面看着普通，但里面的布局和摆设都极为古怪的房间，推开门进去，里面竟分了内外两个圆。两个圆是由一扇又一扇接连在一起的屏风隔开的，每扇屏风上都刻着无比繁复的图案，通体刷上油亮的朱漆，那连成一片的浓郁红色，猛地一看，让人有种喘不过气的感觉。

华丽，但无比压迫。

外面那些人没有追进来?

蓝靛顿了顿，谨慎地绕了一圈，然后从两扇错开的屏风间走进内圆，遂见里面有个半人高的台子，台子周围立着七盏长颈灯，灯上火光煌煌，将整个房间照得无比明亮。她凝神抬步，慢而谨慎地往那台子走去。

她让人盯着天下无香已久，这座后院也亲自反复观察了许多日子，早就注意到了这个古怪的屋子，只是一直没有机会靠近。今夜司徒镜被镇香使拖住了半刻钟，才终于让她寻得了机会。

这里究竟藏着什么秘密?

真是越是靠近，越觉得诡异。

走近了才发现，那台子上刻着一只孔雀的图案，她脚步微顿，眯了眯眼，果然，鹿源说得没错，天下无香和孔雀关系匪浅!

她再往前走两步，才看清楚那台子原来是个水池子，里面正满满盛着一池水，水上浮着一小片桃木，桃木上卧着一只拇指大小、椭圆状、通体莹白的东西。

蓝靛站住，不觉皱了皱眉头，这东西难道就是——香蛊？!

就是这么不起眼的一只虫子?

她没亲眼见过香蛊，但听安先生描述过。

这就是安先生饲养的那只香蛊吗？这东西不是应该川连随身带着吗？难道川连每次带回来，都是将香蛊放在这么诡异的地方?

屋子外面，川乌和川谷等人都还跪在地上不敢起身，司徒镜也没有开口让他们起来，只是沉默地站在那儿，不知在想什么。

良久，他才开口："今晚，还有谁过来了？"

川乌看了看川谷，川谷连头都不敢抬，一直垂着脸，小心地道："包括镇香使，一共四个人进了天下无香，不过只有刑院的蓝掌事闯进了这里，另外两个受了伤，逃走了。"

司徒镜道："你们还让人逃了？"

川谷道："蓝靛忽然奔向这里，属下只好先来追她，逃走的那两个，属下也已经让人去追了。"

司徒镜又沉默了一会儿，才问："镇香使呢？"

片刻后，才有一个人影急急忙忙地走过来，低声道："镇香使离开天下无香了，去拦他的人，全都被打伤了。是鸽子楼的人来接应他，而，而且镇香使并没有真的离开，他还在附近。"

他到底想做什么？司徒镜微微抬起脸，看着头顶浓重的夜幕。

他真的想起来了？恢复了大香师的能力？

不，不可能！

司徒镜收回目光，看向前面的屋子，那个男人若真想起了一切，恢复了能力，刚刚怎么没有叫出他的名字？

或者，他只是发现了什么？他是什么时候开始跟蓝靛联手的？

镇香使和刑院掌事不是一直相互猜忌吗？难道安岚那个蠢女人做了什么，让他们暂时言和了？

因司徒镜久久不说话，川乌忍不住开口："大祭司，那女人进去有、有半刻钟了。"

但此时他们什么动静都听不到，也猜不到里面到底是什么情况。

香蛊在这个时候最脆弱，也最敏感，故此时没人敢进去，万一跟那女人缠斗起来，惊到香蛊，谁也担不起这个责任。可若一直就这么等下去，那女人一时出不来，一怒之下在里头伤了香蛊，那他们这些人也一样都别想活了。

川乌开口时，川谷害怕得闭了闭眼。

不过他们没有等来预想中的怒火，而只是听司徒镜冷幽幽地道："能进到这里也算是她有本事，如此让她死在里面，也不算辱没她。"

川乌和川谷都诧异地抬起脸，一时间都琢磨不透大祭司这句话的意思，难道是让他们现在就进去杀了蓝靛？

但接着司徒镜就吩咐："去将千娇百媚取来。"

川乌一怔，川谷顿时会意，此时屋子里存着许多虫卵和冬眠的白蚊，千娇百媚能唤醒它们。只要那屋里的白蚊苏醒，蓝靛就绝对没有活路，并且此法还不会惊到香蛊。

蓝靛再往前两步，看了那只香蛊许久，发现它一直是一动不动地卧在那儿。若非能看到它的身体一直在微微起伏，她都要怀疑这东西是不是还活着。

为什么会将香蛊放在这地方？外面还设了铜墙铁壁，为何她进来后，他们又没有追进来？究竟有何用意？

蓝靛顺着那台子外围走了几步，随后注意到那池子里水的颜色有些奇怪，这水，竟隐隐泛着绿光，又因为烛光的映照，绿色时而变成黑色。

水里似乎有东西！

蓝靛站住仔细看了一会儿，只是这池子太深，她无法看清楚里面放着的到底是什么。

她正打算抽出随身佩戴的匕首，试一试这池水是不是真有什么古怪时，忽然听到周围有动静！

她停下动作，仔细一听，却又什么都听不到了。

难道刚刚是错觉？

蓝靛还是往后退了两步，慢慢转身，谨慎地打量周围，又退到屏风外面，仔细听着外面的动静。

她不清楚为什么外面的人没有追进来，但猜测应当跟房间里的那只香蛊有关，那池水也有古怪。既然进来了，她定要查清楚这里究竟藏着什么秘密，竟能令天下无香所有人都如此紧张。蓝靛微微蹙眉，此时那位大祭司应该也在外面了，镇香使拖不住他太长时间。

千娇百媚已经握在司徒镜手里，川谷头微垂，恭恭敬敬地往后退了两步。

司徒镜有一双很漂亮的手，只是在夜幕下，那双手显得有些苍白。

川谷看着那双漂亮的手打开瓶盖，一股奇异的香气顿时从瓶口中逸出，川乌不由得往后退了一小步，有些紧张地盯着前面的屋子。

他知道白蚊的可怕，白蚊本来就是专门用来守护香蛊的东西，十只白蚊就能置人于死地，并且死状极恐怖。冬天被忽然唤醒的白蚊很难控制，万一从屋子里跑出来，大祭司又不管他们死活的话，那他们这些人也一样难逃死路。

蓝靛再次听到屋里又出现了刚刚那等动静，很细微的声音，她能确定是来自这屋内，但不知究竟从哪里传出来的。

一种对于危险的直觉让她脊背发凉，她将匕首紧紧握在手里，凝神听着周围。

那些声音是从屏风那里传出来的，她抬头，就看到所有屏风都浮现出一粒一粒的白点，并且那些白点正以眼见的速度连绵成片，眨眼间就覆盖住了那些华丽的花纹，无比诡异！

那细微的声音越来越明显，再伴着这样的画面，让人毛骨悚然。

蓝靛微微眯起眼，往前一小步，终于看清那些白点是一种形状怪异的虫子，比米粒大不了多少，每一只背后都长有一对翅膀，那些声音就是它们扇动翅膀时发出来的。

是白蚊！

蓝靛往后退了数步，后背几乎要贴到门上，神色凝重，居然有这么多！

这围成一圈的屏风原来是温养它们的巢穴，此刻它们几乎是倾巢而出，司徒镜必是用了千娇百媚。如此紧张，又如此谨慎，要置她于死地，这房间里到底藏着什么秘密？

蓝靛从身上拿出一个小瓶子，里面是无香花提炼出来的花露。之前因玉瑶郡主一事，大家都知道了南疆香谷白蚊的厉害，也知道只有无香花才能抑制千娇百媚唤出的蚊虫，故安先生早命人去寻了无香花。自开始查探天下无香始，她身上就一直带着无香花露，只是她没料到天下无香里竟有这么多白蚊，这点无香花露怕是不够……

蓝靛取出一条手绢，将花露倒在手绢上，然后用手绢严严实实地包住自己的口鼻和脖子，再将剩下的花露涂抹在裸露的皮肤上。

就在她倒出无香花露的时候，那些正要离开屏风朝她飞过来的白蚊果真安静了些，但它们也并未退回去，只是覆在屏风上，团团转，显得非常焦躁，并且还有新的白蚊不停地从屏风里钻出来，一层又一层，那一扇扇屏风几乎整个都变成了白色。

蓝靛虽不惧，但看到此景，亦不觉头皮发麻。

这里不能久留，她眼下只能去确认那水池子里到底放了什么东西，然后杀出去！

就在她小心挪着步子的同时，外面，司徒镜轻轻咦了一声。

那女人身上竟带了无香花！果真是有备而来，那就更留她不得。

片刻后，司徒镜开口吩咐："备火炉。"

川谷一怔，同川乌对视了一眼，都从对方眼中看到了惊诧之意。

千娇百媚在大祭司手里，房间内的白蚊必是已经苏醒了，但此时大祭司还让他们备火炉，说明里面那个女人身上带了东西，抑住了白蚊的活动，如此，只能以火催发千娇百媚，令白蚊疯狂。

烧得红彤彤的火炉很快被送来，司徒镜将手中的千娇百媚放上去，随后手指轻轻弹着瓶口……

屋内，蓝靛几乎屏住呼吸，两眼一动不动地盯着屏风上那些密密麻麻的白蚊，脚步微挪，一步一步慢而谨慎地走过去。

就在她靠近屏风的时候，屏风上那些白蚊更加躁动不安起来，拍打翅膀的声音亦随之大了几分，只见它们就要朝她飞扑过来，蓝靛随即将手里的瓶子往前一挡，那些白蚊极其厌恶无香花露的味道，又不甘不愿地飞回屏风上，在上面团团转。朱红色的屏风上，白色的图案不时变化着，时而飞起，时而落下，让人看着胆战心惊。

蓝靛终于又回到了池子旁边，然而就在她抽出匕首，要碰到那池水的时候，那些白蚊的声音突然变大了！

嗡——

她转头，就看到几乎所有的白蚊都离开了屏风，宛若一层白色的绸布猛然间被掀起，再化成无数密集的白点，气势汹汹地朝她飞来！

糟了！蓝靛的瞳孔猛地一缩，此时她即便想退出屋外也已经来不及了，因为退出去，就等于是主动撞上那些蚊群，她身上的血会在瞬间被吸干！

可就在蚊群将要撞上她的那一瞬，她周围突然砰地开出一地的花，花枝如藤蔓，婀娜地往上生长，妖娆地抽芽吐蕊，幽幽地闪着荧光的蓝色花瓣，眨眼间就开满了整个房间！

之前还十分疯狂的白蚊似碰到了什么可怕的东西，拼命地避开那些花朵，潮水般地退回屏风上。然而那些花枝还在生长，像是有了自主意识般，欢快地从地板上蔓延到屏风上，再缠缠绵绵地往外，从窗缝门缝间钻出去。

白蚊疯狂地退回屏风巢穴内，来不及退回去的，全都被蓝色的花朵一一吞噬。

蓝靛只觉心脏一阵狂跳，刚刚，她真的是死里逃生。

只是这些花，为什么会忽然……她盯着那些花朵，随即神色一凛，先生！是先生来了！

屋外，司徒镜等人看到了从门窗内钻出来的花枝，看着那些花枝接二连三地吐出一朵朵娇嫩的花骨朵，再炫耀似的在他们面前绽放！

川乌和川谷大惊，慌忙看向大祭司。

这、这不是无香花吗？这里怎么会忽然出现无香花？这不可能啊！

不等他们问出声，忽然又听到一生长唳，他们顺着声音的方向抬头，遂看到无星亦无月的夜空中，一只大鹏展翅而来，眨眼间，就落到他们前面的屋顶上。大鹏背上坐着一个女子，从房间内钻出的无香花似见到了主人，摇着身子，兴奋地爬上屋顶，乖巧地在她周围开出一朵又一朵艳丽的花。

司徒镜抬首，看着安岚："安先生的香境，当真是百闻不如一见。"

安岚轻轻抚摸着大鹏的脑袋，看着依旧披着斗篷的司徒镜："大祭司亦不简单，在我的香境内，依旧能做到不露脸。"

司徒镜道："安先生深夜到访，如此大手笔，所为何事？"

安岚道："大祭司是明白人，自当知道我为何事而来。"

司徒镜道："是为屋里那个女人？她今夜擅闯天下无香，我留下她在情在理。"

安岚淡淡地道："现在你留不住了。"

司徒镜道："安先生好大的口气，难不成先生真以为就这么一场香境，便能吓住我？"

安岚道："我知道大祭司能力非凡，但我现在随时可以让蓝靛拍死里面那只香蛊，她此时若是动手，即便是您，也阻止不了。"

司徒镜沉默了片刻，才道："安先生难道不顾景三少爷的性命了？"

安岚道："大祭司以为，对我而言，是景三少爷重要，还是刑院的大掌事重要？"

她这句话刚落，遂有一枝无香花大摇大摆地爬到司徒镜的脚边，高傲地扬起头，花朵瞬间张大，对着千娇百媚的瓶子，一口吞了下去！

她才是用香的王者，入了她的境，就只能听从于她，这就是她的无香花全面压制千娇百媚的具象表现，毫不客气，霸道又嚣张。

看到这一幕，天下无香里的那几位伙计，感觉自己的眼珠子都要掉出来了。

所有人都不敢吱声，只听到那朵无香花嘎嘣嘎嘣的吞噬声，这样的声音对天下无香的人而言，同样令他们毛骨悚然。不知为何，他们每个人都不由自主地代入那个被吞噬的瓶子，这个荒谬的想象令他们几乎想立马转身，远远地逃离这里。

川谷压住心头的震惊，仔细观察自己周围的一切，这还是天下无香的地方，除了多出来的无香花，这院子中的一草一木都没有改变，就连左侧台阶上那一角缺损的位置都一模一样，然而这里却是安大香师的香境，是她可以翻手云覆手雨的世界！

这到底是什么样的力量，能复制出一模一样的现实世界，再困住所有人，为己所用？

司徒镜道："安先生以为，动了我的东西后，你们还能全身而退？"

安岚道："能不能，需做了才知道，问题是，大祭司到底舍不舍得让我动你的东西。"

她问得没错，无论她们能不能全身而退，她都能命蓝靛直接杀了那只香蛊，而这个命令一下，他就无法阻止。

司徒镜只考虑了片刻，便道："我放她走，今夜这件事，你我双方都当没发生过。"

川谷大为诧异，川乌也震惊地抬起脸，大祭司这是让步的意思？！

安岚道："可以。"

霎时，数不清的无香花攀到司徒镜等人面前，疯狂地抽枝吐芽，眨眼间就长成了一堵花墙，挡住了他们的视线。

川谷忍不住出声："大祭司？！"

司徒镜沉默地看着那堵花墙，今夜只要香蛊没事就行，这笔账，日后有的是时间好好算，而且，现在已经是第八天了。

司徒镜没有开口，天下无香的人自然不敢有任何动作，同样紧张地保持着沉默。

蓝靛所在的屋里，无香花在慢慢消退，同时安岚的声音在虚空中传来：

“不要碰里面的东西，现在就出去。”

蓝靛顿了顿，再看一眼那池子和桃木上的香蛊，记住每一个细节，然后回头，毫不犹豫地穿过屏风，推开门走了出去。

挡在司徒镜等人面前的花墙消失了，屋顶上的大鹏和那个女子也不见了，而火炉还在，千娇百媚的瓶子也还在，刚刚的一切，就好似所有人都做了同一个梦，一场既美丽又恐怖的梦。

司徒镜拿起装着千娇百媚的瓶子，倒了倒，里面已经空了，之前是满满的一瓶香露。川谷等人皆惊惧得不敢言语，司徒镜什么都没说，放下瓶子，走向那个房间，轻轻推开门走了进去。

蓝靛当然已经不在这里了，他走到池子边，正好看到香蛊产下一颗卵，落到那池碧幽幽的水里。

香蛊没有任何异动，说明这池水没有被碰过。

司徒镜出来后，川谷小心翼翼地走过来，低声问：“大祭司，当真放过那个女人？”

司徒镜道：“不着急。”

川谷垂下脸：“是。”

白蚊的事若是传开，势必会引起恐慌，他不希望这个时候被太多势力干涉，这件事最好控制住他和长香殿之间，他知道对方亦是希望如此。

蓝靛刚出天下无香，就看到了安岚的马车，她即走过去单膝跪下：“先生！”

她以为今晚只有镇香使会来，却不想连先生也过来了。

安岚的声音从马车内传出：“先回白园。”

“是。”蓝靛起身，旁边的一位殿侍就走过来，请她去另一辆马车。蓝靛这才看到不远处还停着一辆马车，走近了才发现，这是镇香使的马车。

马车内，白焰让安岚躺在他腿上，帮她轻轻按着两边的太阳穴，低声问：“为什么不让蓝靛看清楚那里面的东西再出来？”

安岚闭着眼睛道：“无香花露不多了，再等下去，若司徒镜添上了新的千娇百媚，我就压制不住那些白蚊。如果那些东西真的被全部唤醒，死的可不仅仅是蓝靛。”

白蚊若是失控，周遭的百姓也会跟着遭殃，这里是长安城，天子脚下。

事情闹大了，天下无香自然讨不得好，但长香殿也脱不开干系，最重要的是，她不想把无辜的人拖进来。

白焰道："那些东西终究是祸害。"

安岚微微睁开眼，问了一句："这条街上一共有多少户人家？"

白焰道："这里是西市斜街，总长三百一十三丈，商户不少，街道两侧都算的话，超过两百户。"

安岚沉默了一会儿，开口道："那就以天下无香为中心点，将方圆百丈内的房屋全都买下，若有不愿卖的，就签一年的租约，让他们尽快搬走。"

白焰微顿，随后微笑："是。"

安岚道："此事不用声张。"

白焰道："明白。"

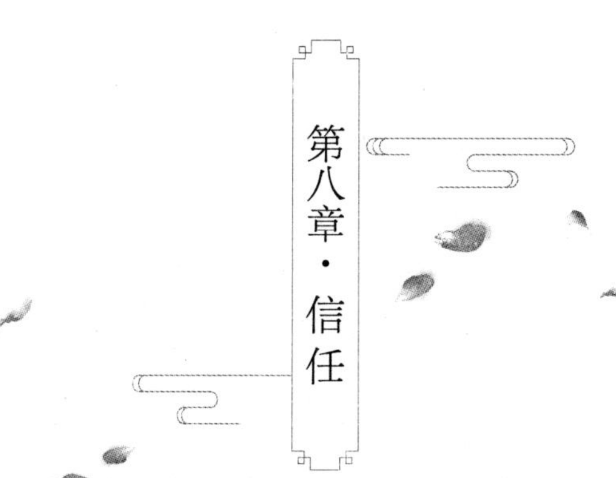

第八章 · 信任

回到白园，蓝靛即过来请罪，安岚摆摆手让她起来："说说你在里面都看到了什么？"

她的香境在入了香境的人看来，与现实一模一样，其实那只是入香境者眼里心里对周遭世界的映射，并非她也能由此看到那个地方的一切。她只能根据每个人的情绪反应来推测出个大概，所以即便她能救蓝靛，但并不清楚蓝靛当时究竟看到了什么。

蓝靛遂将那个房间里面的情况总体描述了一遍，安岚听完，微微蹙眉："一池绿色的水？"

蓝靛点头："是的，水里面有东西，应当是里面那东西改变了水的颜色。"

安岚看了白焰一眼："你觉得会是什么？"

白焰一边给她递上茶，一边道："我倒是知道有块东西，能将满池的水都映成绿色。"

安岚接过茶，淡淡地道："镇香令。"

白焰微笑着点头："是。"

蓝靛诧异，有些不解："将镇香令放在水里，再将香蛊置于水上，他们是要做什么？"

安岚问："你进去的那个时间，那只香蛊看起来是什么样的状态？"

蓝靛道："一动不动，非常安静，只是身体有微微的起伏，也不知是不是睡着了。"

安岚道："大小、形状画出来。"

蓝靛即走向桌案旁，研墨，然后提笔，片刻后就将画好的纸张送到安岚面前。

她的笔触很细腻，纸上的那只香蛊几乎是呼之欲出。

安岚看了两眼，问："它当时就是这般大小？"

蓝靛点头："差不多就这般大小。"

安岚道："看起来比早上时又长胖了一些。"她说着就交给白焰，"你看是不是？"

白焰接过看了一眼："是大了一圈，身子也明显更圆润些。"

"长得这么快？"安岚沉吟片刻，对蓝靛道，"南疆那边还没消息传回来？"

从一开始，她就命人去查关于香蛊的一切，之前传回的消息是已经联系上一位专门培育香蛊的老者，只是要让他开口，还得一段时间。

蓝靛道："不太顺利，可能要迟几天。"

安岚再看向白焰："你觉得那水里放的就是镇香令？"

白焰道："我没见过那池水，不过，镇香令确实就在司徒镜手里。"

安岚问："他承认的？"

白焰道："算不上是承认，但也没有否认，以他的心性，说话如此模棱两可，镇香令必是在他手里。"

安岚手里握着茶杯，眉头微蹙："他们千方百计地拿到镇香令，是为了香蛊，那么镇香令对香蛊到底有什么用？"

白焰道："香蛊既然能吞噬香境，镇香令对它有别的作用，也就不算稀奇。"

蓝靛看了白焰一眼，对安岚道："属下会尽快查清这件事！"

安岚微微点头，白焰唇边噙着笑，没有异议。只是接着安岚就转过脸对他道："街道那件事，你快去准备吧，你手里可用的人不少，我就不给你安排人手了。"

白焰一怔，微微挑眉："你是让我现在就去？"

安岚道："时间紧迫。"

白焰往外看了一眼："现在是晚上。"

安岚问："有困难？"

白焰："……"

安岚又道："那就让蓝靛帮你……"

白焰站起身，一脸生气却又百般无奈地道："我这就去，你，高兴就好！"

安岚看着他的背影轻轻笑了笑，她今晚确实是累了，好好休息要紧，不适合再折腾。

而蓝靛等镇香使出去后，才又道了一句："先生，属下在那里还看到了一幅孔雀图。"

"孔雀图？"

"孔雀图是刻在水池子的台面上的，就连周围那七盏灯也是类似孔雀的造型。"蓝靛说着就将那孔雀图画了出来，递给安岚，"先生，如果孔雀真的在天下无香，那属下怀疑，南疆香谷的大祭司就是孔雀。"

安岚看着那幅图，久久沉默。

"如果司徒镜真的是孔雀，那么当年广寒先生派去南疆的人，就是现如今的大祭司。"安岚抬眼看向蓝靛，"这样有点说不通。"

蓝靛道："兴许之前的情报有误，那些消息大都是镇香使的人通过各种渠道传过来的，难保不是他们故意误导。"

安岚晃了晃手里的图纸："那依你的推测，这件事该怎么看？"

蓝靛道："依属下看，如果司徒镜果真是孔雀的话，那么当年孔雀和广寒先生之间，更有可能只是合作关系，如此，前后这种种推测就都能成立的。所以广寒先生同孔雀的合作关系，也因广寒先生的死亡而告结，可如今广寒先生忽然换了身份归来，但又不愿再回到当初那个位置，一直坚持只用镇香使的身份，故而孔雀即便知道镇香使就是广寒先生，却也不想再联系镇香使，受其牵制。"

安岚沉默不语。

蓝靛接着道："当年广寒先生和孔雀的合作应当是源于山魂计划，只是后来广寒先生终止了山魂计划，但孔雀并没有放弃，因为这个计划的最终目标实在太诱人了，所以他千里迢迢地从南疆来到了长安。"

安岚问："那他为什么选在这个时候过来？之前那几年为何没有丝毫

动静？”

蓝靛道：“兴许是因为广寒先生不在了，他需要别的帮手，这几年的时间，正好让他找上道门结成同盟，以确保万无一失。而且，南疆香谷的人自入了长安后，所做的一切事都绕不开香蛊，就连盗走镇香令亦是为了香蛊，所以属下推测，司徒镜之所以选择在这个时间入长安，原因之二就是因为镇香令的出现。镇香令兴许就是山魂计划里，最不可缺少的东西。所以当初广寒先生会找上孔雀，也是因为广寒先生的山魂计划，除去镇香令外，还必须有香蛊，才能顺利执行。”

安岚轻轻叹了口气：“即便你的推测都是真的，却还是无法弄清楚香蛊吞噬香境和需要镇香令的真正目的。”

蓝靛沉默了一会儿，又道：“如果镇香使当真是忘了一切，属下的这些推测，他应当也能想到，兴许，会比属下知道得还要多些。”

安岚看了蓝靛一眼：“还有呢？”

“如果镇香使并非真的忘了过去，那么就说明镇香使至今一直隐瞒着这件事。”蓝靛抿了抿唇，眉眼凌厉，道出四个字，“其心可诛！”

这四个字落下时，安岚抬起眼，定定地看着蓝靛，房间里一片寂静。

良久，安岚才慢慢闭上眼，抬手按了按眉心：“今晚你还同镇香使合作了。”

蓝靛道：“是的，如果他今晚不答应的话，属下便可以确定他确实是包藏祸心，而不是现在的怀疑。”

安岚道：“他难道猜不出你这样的用意？”

蓝靛道：“即便猜到也无妨，属下的主要目的是查探天下无香。”

安岚不由得笑了笑，又抬手按了按眉心，蓝靛迟疑了一会儿，忽然道：“属下有一事不明，请先生解惑。”

安岚放下手：“什么事？”

蓝靛道：“先生为何不用香境探一探，镇香使是否真的有所隐瞒？”

安岚沉默了许久，才道：“你不懂。”

蓝靛道：“属下愚钝。”

安岚看了她一会儿，想了想，便道：“有句话，国士待之国士报之，我待你尚且如此，待他又怎么会有所区别？更何况，他确实并未做过不利于我的事，我自是不会用香境去窥视他内心。”

蓝靛一怔，随后垂下脸道："是属下愚昧了。"

安岚道："你忠于职守，永远保持冷静，我同样离不得你。"

蓝靛顿了顿，眼里微微有几分激动。

安岚道："去休息吧，今晚你必也是累了。"

蓝靛应了声是，就轻轻退了出去。

安岚靠在大引枕上，刚刚她没有说完的是：没有人会喜欢别人窥视自己，无论他心里是否有愧，无论那个窥视的人是谁。

而且，她和白焰之间的关系，并非是上级和下级那么简单。她对他的感情，包含了太多的过往在里头，他对她却不是，他对她，仅仅源自他是白焰，无关别的身份。所以他们之间的信任，除去基于感情外，更重要的是基于对彼此的尊重，他已然表明他是站在她这边的，也明言已忘了所有过往，而她也接受了，那就不能再有所怀疑。

她默认蓝靛等人监视他，只是香殿的例常事务，除去大香师，香殿内所有人都无权拒绝，所以那样的监视和她亲自去窥视，性质完全不同。

兴许她真的那么做了，他也不会因此就与她反目，或是恼怒于她，但一定会改变对她的看法。

应当是会……失望吧。

如果她被人如此对待，也定会无比失望，她看上的人，怎么连这点勇气这点魄力都没有？对所有人都抱有怀疑，时时刻刻都过得战战兢兢，如履薄冰，看似强大，实则脆弱。

她也不想过于依赖香境，从而失去她最不应当丢失的直觉和判断，以及自制力。

次日，安岚特意一早就去看景孝，他的气色看起来确实是一日比一日好，脸上的血迹已经淡去了七八成，就是依旧昏迷着，让人放心不下。

在等川连的时候，安岚问了景明一句："道门的买卖有没有进入长安？"

只要是长安城里的买卖，基本绕不开景府，所以关于这方面的事情，从景府这里打听，会容易很多。

"应该还没有。"景明摇头，随后低声道，"昨晚听镇香使说了，先生想买下西市斜街的那片地？"

安岚微微点头："你让人配合好镇香使，注意别透露消息给景仲那边，这件事能悄悄办完最好。"

景明点头："我明白，我会让下面的人另外挂出几个名号分批去办。西市斜街也有景府的产业，正好有一部分是我负责的，另外一小部分是几位子侄看着的，这几天我会想办法将他们手里的东西全都收回来。房屋卖主那边，我也会交代好不让他们声张。"

圈下西市斜街这件事，以香殿的财力，绰绰有余，但涉及买卖之事，还是景府更为拿手，也更能做得符合她的要求。唯一可惜的是，景府目前并没有一个真正有手腕魄力的当家人。景孝还小，景明虽有几分手腕，但魄力不足，并且身体不好，不能操劳太多，所以这件事以白焰为主导，算是完美地解决了他们目前的缺憾。

正说着，就看到陆管家带着川连进了院子，安岚抬眼看过去，今日天放晴了，川连也换了身相对鲜亮点的裙子，是嫩嫩的鹅黄色，裙摆上还绣着喜鹊踏梅的纹样，腰身扎得很紧，显得腰肢纤细、身材高挑，只是她那张脸依旧是僵着的，不带任何表情。

她走过来后，微微颔首："安先生。"

安岚略点了点头："川连姑娘的脸色有些苍白，是昨晚没睡好？"

川连冷淡而客气地道："我的脸色一直就这样，多谢先生关心。"

安岚打量了她一会儿，转身进了房间，川连如往常一样跟进去，景明替她们关好门，亲自守在外面。

川连拿出香蛊，置于掌心，安岚仔细看了一眼，却见那香蛊和昨天早上差不多大小，并没有蓝靛描绘出来的那般胖乎乎圆润润。

川连问："安先生，有问题？"

安岚这才抬起眼，看向川连，随即，房间里的摆设变了，桌椅床榻香几盆架等都如雾般散去，消失，光影交替中，一扇扇朱红色的华美屏风相继出现，光滑的大理石砖，软厚得没过脚踝的波斯地毯，也被一一抹去，取而代之的是打磨平整的青灰色地砖。

川连立于其中，看着这一幕，眉头微蹙，但她什么也没说。

然而，这个香境还未完成，屏风围起，地砖生成后，房间的正中央忽然升起一个台子，古朴的造型，却雕刻着华丽的孔雀纹，紧接着台子周围出现七盏长颈的孔雀灯，上面的火光突地亮起，台子上的水池亦随之盛满一池水，水光幽碧，上面漂浮着一片桃木，桃木上了出现一只圆胖的香蛊。

川连手掌心上的那只香蛊忽然动了动，似乎有些困惑。

安岚走到那水池子旁，看着桃木上的那只香蛊："川连姑娘觉得这只香蛊如何？"

川连没有走过去，只是开口道："安先生难道忘了自己昨晚答应过什么？"

安岚回头看了她一眼："我说过的话、应下的事，从未忘过。"

川连道："那安先生这又是何意？"

安岚道："一场香境而已，只要不是攻击香蛊和姑娘您，我起什么样的香境，姑娘应当都无权左右。而且，我更好奇的是，昨晚我答应的是大祭司司徒镜，当时川连姑娘并不在场，怎么会知道我答应过什么？"

川连道："我的两位兄长都在场，他们自会告知于我。"

安岚点了点头："原来如此。"然后绕着那个台子走了一圈，再看向川连，见川连还站在原地不动，便微微一笑，"川连姑娘不过来看看？"

川连道："不用了，既然只是一场香境，我在哪里都一样。"

安岚也不勉强，又问："川连姑娘觉得这个地方怎么样？是否能以假乱真？"

川连顿了顿，才道："安先生的香境无人敢小觑，在安先生的香境里，真与假已经没有明显的界限了。"

安岚垂眸一笑，抬手放在水池子的台面上，轻轻抚摸着上面的孔雀图，没有再言语。

川连，你还是大意了，你不了解香境，不清楚它的源起，就敢如此贪心，要一次又一次地身处其中。

见安岚忽然沉默下去，川连忍不住开口："安先生为何不说话了？"

安岚转头看她："川连姑娘想让我说什么？"

川连顿了顿，才道："安先生今日的香境，似乎别有深意。"

安岚看着她，面带微笑："我每一次的香境都有它该有的含义，就看川连姑娘能不能领悟了。"

川连忽然有点不想看安岚此时的笑容，移开眼道："安先生的深意，实在让人难以捉摸。"

安岚道："何必如此自谦，川连姑娘可是要挑战大香师的人。"

川连又看了她一眼，只是此时香蛊已饱了，身体又变得圆胖起来，此时一看，倒是跟水池子上的那只香蛊差不多。

川连遂道："请安先生收起香境吧。"

安岚道："急什么，多喂它一点不好吗？"

川连道："它已经饱了。"

安岚道："川连姑娘这是着急了？为什么？前几日可不这样。"

川连道："香蛊对我而言是至宝，它若有一点不测，我自是会着急，倒是先生，今日此等态度又是为何？"

安岚再看了她掌心的香蛊一眼，笑了笑："好奇而已。"

她话才说完，周围的景象就全化成了纱雾，清风回旋，两人遂回到了景孝的房间中。

景明推开门进来的时候，白焰也过来了，川连正好将香蛊放在景孝的脸上。

安岚看了白焰一眼，川连只是看着自己的香蛊，片刻后，就将香蛊收起，转身告辞。

景明有些不解，却也识趣地没有多问，只是命管家送川连回去。

待川连离开后，白焰才看了安岚一眼："怎么？"

安岚淡淡一笑："她露出马脚了。"

川连回到天下无香的时候，依旧是一言不发，她隐隐觉得刚刚在香境内，安岚定是发现了什么，但她又不知道安岚到底发现了什么。一路上她都在细想这件事，可琢磨了许久，还是找不到究竟是哪一点不对劲。她在香境内一直很谨慎，也一直保持着清醒的状态，她不曾被迷惑过，从始至终也都不曾做过什么不该做的，更没说过什么不该说的。

可是，安岚为什么会露出那样的神色，还是……她是故意装出来迷惑她的？

昨晚刚刚出了那件事，所以今日故意将其利用起来，借此扰乱她的神思吗？

她很希望事实就是如此，可是，心里却总有一个声音告诉她，事情不会这么简单。

此时景府这边，白焰不解地看了安岚一眼："发现什么了？"

安岚一边往白园走，一边问："你猜，我刚刚给她起了什么香境？"

白焰微微挑眉，一边帮她挡开压低的梅花树枝，一边道："这要我如何猜得出来，安先生是故意为难在下了。"

安岚看了他一眼，眼角眉梢都含着笑意："猜错又不会罚你，猜对了倒是可以给你个奖励。"

她这一笑的风情，当真是令满园的梅花都黯然失色，白焰心里一动，微微眯了眯眼："先生先说说，要给我什么奖励？"

安岚瞟了他一眼："难不成你还想挑？"

"按说先生无论赏什么，在下都是高兴的，只是，这赏赐和赏赐，总会有所区别，先生若是能赏个合乎在下心意的……"他说着，就靠近去，在她耳边低声道，"我自当会更加殚、精、竭、虑……没准真就能猜中了。"

他说到中间那个词的时候，似乎是将声音含在舌尖上，唇微启，就轻轻弹了出来，弹到她耳郭上，带着温热的呼吸，令她整个耳朵连带整张脸都隐隐有些酥麻。

也只有他敢这么调戏她！

那么顺其自然地接着她的话，那么正大光明的态度，却又带着那么婉转暧昧的眼神。

安岚怒瞪了他一眼，但这样的怒容却藏不住微微泛红的脸颊，寒雪白梅下，她看起来是既娇艳又冷傲。

白焰还不知死活，继续低哑着嗓音问："说说，到底是什么奖赏？"

安岚瞪了他一会儿，似笑非笑地问："你想要什么奖赏？"

白焰垂眸看了她许久，因背着光，使得他那双眸子看起来比平日还要深幽，特别是此时这么安静地凝视，无形中就含聚了一股力量，宛若深夜的大海，无声无息中，足以吞没一切。

梅香愈是浓郁就愈是凛冽，不知过了多久，安岚隐隐觉得呼吸有些不畅，不自觉地想要移开目光，却就在这会儿，他忽然抬起她的下巴，脸更加靠近她，鼻尖轻轻触着她的鼻尖，一点一点磨蹭地道："安先生很懂得勾起男人的贪心，却又总是不愿将人喂饱了，真是叫人又爱又恨。"

安岚先是看了看他的唇，然后抬眼，对上他的眼睛："你不是乐在其中吗？"

白焰微微扬起嘴角，低低笑了起来，随即趁着安岚不留神，忽然就吻了下去。

然而他看着不客气，实则很温柔，温柔到有些漫不经心，但就是不放开她，时而蜻蜓点水，时而水乳交融，缠缠绵绵，反反复复，几次刚刚离开，却是换了个方向再次吻住，最后将她的唇磨蹭得明显肿了起来，他才总算抬起头，让她顺利地换口气。

“晚上再继续。”他拇指轻轻摩挲着她的下唇，声音低哑，暗含笑意，“先生愿意给奖励，在下定会尽心尽力地伺候好先生。”

安岚忽然张口，一下咬住他的手，他未动，眼角眉梢温柔得醉人。她在上面咬出一个深深的牙印，才放开，然后若无其事地道：“你还没猜呢。”

白焰捏了捏她的下巴：“是不是昨晚蓝掌事闯进去的那个房间？”

安岚怔住了，拍开他的手，打量了他一会儿，问：“你怎么知道？”

白焰道：“猜的。”

安岚问：“为什么会猜这个答案？”

白焰微笑地看着她：“这么说，我是猜对了。”

安岚打量着他问：“你很了解香境？”

白焰故意看着她不说话，直到她眼里隐隐露出几分急躁后，他才开口：“其实只是推测而已。”

“如何推测？”

白焰道：“昨晚先生给天下无香里的每个人都起了一场盛大的香境，却在回来后，又问了蓝掌事那个房间里的具体情况。”

他说出这句话后，安岚大概就明白了，心里既感慨他的心细，又隐隐有几分失落。

白焰接着道：“这就说明先生其实并不清楚天下无香里的具体情况，可是，昨晚先生还是能用香境影响他们，甚至让他们误以为他们所处的香境里的一草一木，都是是先生构造出来的。而实际上……他们在香境里所看到一切熟悉的东西，应当只是他们每个人心里对周遭环境的记忆，所以先生的香境，在他们看来，和现实一模一样。”

安岚道：“接着说。”

白焰道：“川连显然并不知道这一点，所以，先生今日给川连展现的香境，应当是一个先生没有去过，但川连必然去过的地方，并且还不能让川连心里产生怀疑。所以，只有昨晚蓝靛闯入的房间符合这个条件。”

安岚问：“为什么是那个房间，不是天下无香的后院？她那里的后院我也没进去过。”

白焰道：“因为先生说了，川连今日露出了马脚。”

安岚微微挑眉，示意白焰继续。

白焰便道：“蓝掌事的人找过天下无香的伙计打探里面的情况，鸽子楼的人也做过同样的事情。这段时间下来，我和蓝掌事得出一个共同的结果，便是天下无香的那个房间，除了大祭司，没有人有资格进去，就连天下无香的三位掌柜，也都没有这个资格。能进那个房间的人，只有大祭司司徒镜。”

安岚静默许久，直到一阵寒风夹着枝头的积雪卷来，她才开口：“所以司徒镜就是川连，你觉得惊讶吗？”

白焰想了想，摇头：“有点惊讶，但又觉得在情理之内，司徒镜的身份本就是个谜，他会是任何人，也都不足为怪。”

安岚看了他一眼，心里的警钟忽地敲了一下，便道：“之前我与你有过一场交易，如果我将孔雀找出来，你便将广寒先生留给你的那封信交给我。”

白焰沉默了一会儿，才慢悠悠地开口：“安先生想说……”

安岚忽然抢着道：“司徒镜就是孔雀。”

白焰微微扬眉，未表态。

安岚又道：“若我说得没错，请镇香使谨遵承诺。”

白焰笑了：“在下也一直在查这件事，如果他是，这到底算是先生找到的，还是在下查到的呢？”

安岚淡然道：“先说出来的人是我，镇香使自己慢一步，怪不得别人。”

那张小嘴还红肿着呢，就马上翻脸不认人了！

白焰靠在梅花树上，两手抱在胸前，唇边噙着笑，眼神慢悠悠地打量着她：“你就那么想看白广寒留下的东西？”

安岚顿了顿，撇开脸冷着声道：“这是我的事。”

白焰微微眯了眯眼，看着她，没有说话，良久，唇边才又勾起一抹笑：“今夜就任你看个够。”

深夜，白焰下床倒了杯热茶，回到床上后，看到安岚懒洋洋地侧趴在枕头上数着自己的头发，圆润的肩头和一截白腻腻的胳膊都裸露在锦被外。他递给她茶水，并替她拉好被子。

安岚喝了大半杯茶后，就起身将衣服披上，白焰拉住她："去哪儿？"

"洗澡。"她说着就往外吩咐侍女备热水。

"这么晚了，小心着凉，明儿早上再带你去泉水居泡温泉。"

"就这么睡，不习惯。"

白焰笑："何必多此一举，这次洗完了，下次难道还要再洗？"

安岚不理他，白焰无奈，只得也跟着起身。

约半个时辰后，安岚才又回到床上歇下，这才觉得浑身酸软，倒在暖烘烘软绵绵的床榻上，再不想起来。看到白焰也一身清爽地跟着回来，大摇大摆地爬上她的床，她遂睃了他一眼，眉眼暗含风情。

白焰盖好被子后，将她揽过来，捏了捏她又滑又软的小手，浅笑低吟："都被你看光了还想赶我走！"

安岚白了他一眼，在他怀里调整了一下姿势，让自己靠得更加舒服些："司徒镜那边，你查到了什么是蓝靛没能查到的？"

这讨债的来了！

白焰在她腰上暗暗掐了一把，才开口道："我早就怀疑他是孔雀，比你以为的要早很多。"

安岚瞟了他一眼，眼神冷幽幽的，没接他的话。

白焰笑了笑，接着道："进天枢殿之前，我就已经派人去了南疆，司徒镜是南疆香谷的第三十八任大祭司，但实际上真正的司徒镜早在十多年前就已经死了，应当就是死在了现在这位司徒镜，也就是孔雀手里。然后孔雀代替了司徒镜的身份，所以照顺序的话，孔雀其实是第三十九位大祭司。"

安岚问："你是如何从这谋杀上位的事情就判定他是孔雀的？"

白焰道："因为真正的司徒镜不是那么好杀的，孔雀当时找了帮手，而那个帮手就是白广寒。白广寒应该也是在那个时候制订了山魂计划，两人都需要对方的帮助，所以由此达成了同盟。"

安岚默了一会儿，又看了他一眼："孔雀是广寒先生的人这个虚假消息，是你故意让人透露给蓝靛，进而迷惑我的？"

“也不能这么说，最初我确实没法确定，孔雀究竟是不是广寒先生的人，而你……”白焰说着就看了她一眼，轻轻一笑，“你只要听到白广寒的消息，就会变得特别迷人，蓝靛又一直在旁虎视眈眈，我不抛些消息给她，她岂能轻易放过我？”

安岚道：“你以为你抛出的诱饵很成功？”

白焰轻轻抚摸她的头发：“当然不敢这么认为，蓝掌事的直觉很准，嗅觉也很灵，你很会挑人。”

安岚淡淡地道：“蓝靛是当年广寒先生给我挑的人。”

白焰：“……”

安岚翻了个身，轻轻打了个哈欠，闭上眼睛：“我们知道司徒镜的身份，能对他构成实质的威胁吗？”

白焰将手枕在脑后，思忖了片刻才道：“可以利用，但是南疆距长安有千里之遥，而且司徒镜这十几年，在南疆的声威极重，基本上已经牢牢掌控住了整个香谷。要想借此事伤到他，动摇他的地位，不是短时间内能办得到的，至少很难在他挑战大香师之前有实质性的变化。”

安岚微微蹙眉，睁开眼，面上露出沉思。

白焰看了她一眼，伸手轻轻顺了一下她秀美的眉毛：“想什么呢？”

安岚道：“我在想这个消息，倒是可以交给蓝靛……”

白焰微微挑眉，安岚转头看着他道：“为探清香蛊的情况，蓝靛的人抓到了一位香蛊师，只是一直没法让他开口。照那位香蛊师的年纪，是跟随过真正的司徒镜的，如此，孔雀谋杀司徒镜并取而代之一事，应当能令他改变态度。”

白焰道：“那便照你说的办。”

安岚就要起身，白焰忙按下她，有些无奈地道：“多晚了，明早再说！”

安岚只得又躺下，只是过了一会儿，她疑惑地问了一句：“孔雀为什么要替代司徒镜？既然是谋杀，便是秘密进行的事，那他以自己的真实身份坐上大祭司的位置，有何不可？”

白焰道：“孔雀在香谷的身份十分特殊，他是司徒镜的影子，永远没有资格坐上大祭司的位置，主人死了，影子就连存在的必要都没有了。”

“影子？”

“贴身护卫，死士一类。”

安岚微怔：“所以，无论是孔雀还是川连，其实都是化名？他有真名吗？”

白焰道：“影子怎么会有名字？”

“那他究竟是男是女？”

“影子也不会有性别。”

“你不知道？”

“不知道。”

之后的五天，川连并未等来安岚的任何动作，多方思索下，她觉得那天应当就是安岚在故弄玄虚，她差点着了道，竟真因此心神不宁起来。索性时间也差不多了，她随即就让人传话给谢蓝河，可以开始准备了，今日已经是第十四天，明天景孝应当能醒过来。随后，她又让人给天枢殿送了一封信。

与此同时，道门的李道长领着两位弟子去拜访了清耀夫人，清耀夫人盛装接待，宾主相谈甚欢。李道长在别院坐了约半个时辰才告辞离开，而他们刚出别院，就看到崔飞飞从马车上下来。

李道长遂站住，崔飞飞有些诧异，看了别院门口一眼：“李道长是刚从别院出来？”

李道长微笑着点头，一脸慈爱地打量了崔飞飞一眼，以一副长者的口吻道：“老朽和清耀夫人也算得上是同门，记得当年在南郡看到郡主时，郡主还是个被抱在怀里的小娃娃呢，一眨眼，就这么大了。”

崔飞飞更加诧异：“母亲怎么会是道长的同门？”

李道长道：“都是几十年前的事了，郡主那会儿还未出生，自然不知。”

崔飞飞迟疑了一下，这会儿跟在李道长身后的云宫上前两步，揖手行礼，微微一笑：“崔先生。”

崔飞飞着急进去问她母亲关于李道长和云家的事，略点了点头，就直接进了别院。

云宫也是天之骄子，又拜师李道长，头顶上不知戴了多少光环，此时在大庭广众下被如此对待，面上多少有些难看。

云凡走到他身边道：“到底是郡主，还是大香师，傲气些也正常。”

云宫待李道长上了马车后，才冷哼一声："也就看她的身份在那儿，不然……"

崔飞飞刚下马车，清耀夫人就知道她来了，早让人换上了女儿喜欢的茶点，然后起身迎出厅门，走下台阶，牵住崔飞飞的手笑着道："娘今儿还想去香殿找你，没想你这就过来了。"

崔飞飞进了暖阁坐下后，才道："我在门口碰到李道长和他的两名弟子了。"

清耀夫人一边给她倒茶一边开口："还真是巧了今日，李道长跟你说什么了？"

"他说您和他曾是同门。"崔飞飞不解地看着清耀夫人，"这是真的？我怎么从不知道？"

清耀夫人笑了笑："他也没说错，不过那都是几十年前的事了，我小的时候身体弱，三岁时被家人送到了道观里，拜了位师父，并在里面住了几年。我出嫁前师父就过世了，我嫁入崔家没多久，崔家跟道门的关系弄得有些僵，所以我也就没再提小时候的事。"

崔飞飞恍悟，只是又问："那李道长今儿怎么忽然拜访您来了？"

清耀夫人给她倒了茶，又给她夹了两块点心："崔氏和道门的关系，如今渐趋于缓和，他自然也就想起了我这个师妹。来，这是娘特意给你做的花果茶，你快趁热喝一口，还有这些点心，昨儿花了我一整天时间，别等冷了再吃。"

崔飞飞便拿起茶杯，仔细尝了几口，又拿起一块点心吃了，然后笑着道："母亲的心思和手艺还是这么巧，什么花儿在您手里都能变出美味来。"

清耀夫人也拿起一杯茶，叹息般地道："我没有你这样的天赋，能登上大香师的位置，也不能像男人一样随意外出，当家做主。嫁了人就只能待在后院，整日里闲着无聊，也就只能琢磨琢磨这些吃的喝的。"

崔飞飞有些不知该怎么接这话，别的妇人说日长无聊她是信的，但她母亲说这等话，她只能保持沉默。母亲虽不像父亲和兄长们那样在外办事，但这些年崔氏上下，哪一件事离了母亲的眼睛？就连长安城这边，那宫里，母亲一样是长袖善舞。

沉默了一会儿，崔飞飞便笑了笑："李道长今儿来找您，就只是叙旧？"

清耀夫人哧地一笑："当然不是，他主要是带他那两位弟子给我看看。"

"云宫和云凡？"崔飞飞问，"为什么……给您看？"

清耀夫人看了崔飞飞一眼，这一刻，她真真切切地是满眼的骄傲："当然是因为我生了个好女儿，云家动了心，道门亦是想促成这件事，知道我在长安，自然就说到我跟前来了。"

崔飞飞不禁蹙了蹙眉头："前几日，云宫和云凡也去了玉衡殿，是带着礼物来的，说是云家长辈托付的。他们借着老太爷的面子来，我不好推拒，便收了。"

而且当时她还不是很确定，云家是不是那个意思，现在一看，倒是有些后悔自己太轻率了。

清耀夫人似知道崔飞飞心里在想什么，便道："你是什么身份，你能收他们巴巴送上门的礼，就是给他们天大的面子，谁也不敢借此事嚼什么舌根。"

崔飞飞有些看不明白清耀夫人对这件事是什么态度，便道："听说前段时间，老太爷去了云家。"

清耀夫人点头："老太爷去的时候我还不清楚，回来后一说，我才知道的。"

崔飞飞问："老太爷具体怎么说？"

清耀夫人放下茶杯："今日刚收到老太爷的信，云家老太爷已定了下一任家主，就是云宫。"

"哦。"

"所以你祖父觉得，那云宫也算是勉强配得上你了。"

"母亲也认可？"

清耀夫人看了崔飞飞一会儿，此时崔飞飞这般平静的态度，让她稍微有些意外，她以为崔飞飞听到这个事后，多少会表示出点不情愿，或是表示出几分恼怒，却不想都没有，第一次，她发觉自己有点看不懂自己的女儿了。

于是她笑了笑，用一副安抚的口吻道："在娘看来，那云宫自然是远远配不上你的，不过平心而论，云公子那样的人品相貌，再加上他的家世、师从，也确实是世间少有的。”

崔飞飞垂下眼，看着碟子里精细小巧的点心：“所以母亲赞同这件事？”

清耀夫人道：“当然不能这么轻易就答应他们，再说，娘还要问问你的意思，娘自小最疼的就是你，这种事，娘肯定要先跟你说的。”

崔飞飞抬起眼，淡淡地道：“母亲，您忘了，我不仅是您的闺女，还是玉衡殿的大香师。”

清耀夫人微顿，随后一笑：“这娘怎么可能会忘？”

崔飞飞将腰背挺得更直些，神色温和地开口道：“若只是您的闺女，这事女儿确实没有理由反对，但身为玉衡殿的大香师，这件事，还望母亲以后都不要再提了，至于祖父那边，就请母亲帮忙解释几句吧。”

清耀夫人慢慢放下手里的茶杯，静静地看了崔飞飞许久，一开始她眼里微微有几分讶异，只是片刻，那些讶异以及没有表露出来的愠怒，就尽数收起，转为温和与慈祥。

她的女儿真的长大了，在她还没有察觉的时候，就已经张开了羽翼。看着那张与自己有几分相似的脸，和那双与她一样平静的眼睛，清耀夫人知道，现在她想让那双羽翼收回来，如以往般听从她的调遣，再不是件容易的事情了。

她需要花更多的时间和更多的心思，孩子长大了，总是会不听话的。

清耀夫人轻轻笑了笑，笑容里带着几分宠溺：“你不满意云公子？”

崔飞飞摇头：“谈不上满不满意，我只是不想拿自己做这样的一场交易。”

清耀夫人嗔了她一眼：“说什么话呢？这是婚姻！什么交易？”

崔飞飞不愿跟她母亲绕圈子，她也知道自己绕不过，便直接道：“母亲明白我说的是什么意思，这件事我已经做了决定，不会再改，母亲不必在为此多费口舌。”

清耀夫人一时无言，这是第一次崔飞飞反驳她时，用上这样直接又坚定的态度。那一瞬，她似乎隐隐看到了崔文君的影子。

从别院出来后，崔飞飞轻轻嘘了口气，登上马车前，她抬首看了看微晴的天，此时的天空是淡淡的灰蓝色，阳光稀薄，时而会更亮一些，但很快就又收了回去，在那屋檐墙角留下浅淡的影子。

她忽然间觉得心情很好，又呼出一口气后，心里那点愧疚也随之淡了几分，于是上了马车，却没有马上回香殿，也没有往宫里去，而是去了景府。

安岚有点意外崔飞飞会过来，请她进白园后，才问："崔先生是路过，还是特意过来的？"

崔飞飞看着满园的白梅，赞叹了几声后，才道："原是路过，但也是特意来看看你。"

"看我？"安岚略有不解，"看我什么？"

崔飞飞笑了笑："我并无他意，就是忽然想起你，就想过来看看，不知你最近过得如何？"

安岚依旧不明白崔飞飞是什么意思，但也不再表露，礼貌地微笑点头："多谢崔先生关心，我在此处，过得挺好。"

崔飞飞又是一笑，再次将目光转向那满园的白梅："是啊，这里真是个好地方。其实我来长安之前，就已经知道白园，却一直未能有幸进来看一看，今日是第一次进来。

安岚闻言便道："崔先生若感兴趣，可以随意走走。"

崔飞飞看向她："能否请你陪我走一走？"

安岚起身："请。"

两人默默地走了一会儿，还是崔飞飞先开口打破沉默："金雀姑娘最近有来这儿吗？"

安岚道："她在香殿也有差事，年底又是事情最忙的时候，没什么重要事，不会下山。"

崔飞飞点头："也是。"

一下子，竟又找不到话题可聊了，气氛略微有些尴尬，安岚琢磨不透崔飞飞这次特意来找她，究竟是什么事。她和崔飞飞之间的关系，当真说不上亲近，但也不算陌生，毕竟她们十几岁的时候就认识了。最开始，两人的身份可谓是天壤之别，但很快就成了竞争对手，再后来一同入了长香殿，分别拜入大香师座下，再后来……各自登上大香师之位。

就在她沉思的时候，崔飞飞忽然道："以前，我一直都很羡慕你。"

安岚一怔："羡慕我？"

崔飞飞停下，笑着点头。

安岚跟着站住，面露不解："羡慕我什么？以前我只是个香奴，身若浮萍，你却是郡主，千金之尊。"

崔飞飞道："是啊，我是郡主，偏偏却羡慕你，这说出来都叫人难以相信，连我自己都不愿相信，所以我以前从来不提，故而也没有人知道。"

安岚更是不解："那现在怎么忽然提起这事？"

崔飞飞看着她道："因为我觉得我不再羡慕你了。"

安岚打量了崔飞飞一会儿，默了默，便道："那……恭喜崔先生。"

崔飞飞又看了她一眼："你为什么不问发生了什么事？"

安岚道："崔先生若想说，自然会说，我问不问并不重要。"

崔飞飞顿了顿，不由得一笑："我不信你心里就一点都不好奇，但我真做不到你这般隐忍，既然想知道，问一下又有何妨？"

安岚淡然道："隐忍……其实习惯了后，自然就能做得到。"

崔飞飞不解。

安岚唇边浮现一抹笑，笑容很浅，透着淡淡的追忆："你是郡主，无法体会那种感觉，如果想要什么东西，都是一开口就能得到，谁又会忍呢？"

崔飞飞微怔，片刻后道："不是，即便我一出生就被封为郡主，也有得不到的东西。"

安岚看向她，崔飞飞接着道："你不是郡主，你也无法体会那种感觉。"

安岚沉吟稍许，遂笑了："确实是，这世间，本来就是各人有各人的苦，也各人有各人的福。没有谁真的能对谁感同身受，自己忍得了、受得住、觉得好就行。"

崔飞飞道："是啊，所以我不再羡慕你了。"

安岚道："你以前真是太抬举我了。"

崔飞飞道："彼此！"

两人相视一笑。

往回走的路上，崔飞飞关心了一句："景三少爷眼下如何了？"

安岚折下一枝梅花："还未醒，如果不出什么意外，明天应该就能醒了。"

崔飞飞问："你觉得……会有什么意外？"

安岚看了崔飞飞一眼："道门和香谷的人做出什么事，我都不会意外。”

崔飞飞迟疑了一下，才道：“你多加小心。”

安岚轻轻一笑，将崔飞飞送出白园的时候，把手里的梅花递给她：“多谢你来看我。”

崔飞飞接过梅花，道了谢，然后便转身离去。

不多会儿蓝靛过来了，听说崔飞飞来过，有几分讶异，但她有自己的事情要报，也就没急着问。孔雀谋杀上任大祭司司徒镜这个消息，帮了她很大的忙，那位老蛊师这几日已有松口的迹象了。

蓝靛一边随安岚走进屋内，一边道：“天下无香里的伙计们自那天晚上后，几乎都换了，原先我们能联系上的人都没了踪迹。”

“意料之中。”安岚淡淡一笑，“那位老蛊师怎样了？”

蓝靛道：“已经送到城外的枫林庄安顿好，看样子也差不多要开口了，最多三天，香境和镇香令对香蛊的作用，就都能从他嘴里知道。”

安岚问：“小心别让天下无香和道门的人听到风声。”

蓝靛道：“属下明白，这件事一直就只有那几个心腹在办。”

安岚微微点头，蓝靛迟疑了一会儿，问了一句：“听说崔先生来过，是不是出了什么事？”

安岚摇头：“她就是只和我随意闲聊了几句，也没久留。”

蓝靛略有不解：“崔先生和先生向来少交往，这个时候忽然来访，又不明指何事，是什么意思？”

安岚道：“我感觉她这次来，是为传达善意的，你让人去查一查，玉衡殿这段时间到底出了什么事。还有，别忘了清耀夫人那边，这段时间她不可能闲着呢。”

蓝靛应下，即起身去安排。

差不多同一时间，鹿源也接到了司徒镜的信。

鹿源看完，就将信扔进了炭盆里，火舌慢慢吞没信纸，最后化为一堆灰烬。

片刻后，他起身走出屋外，久久地看着长安城的方向，漆黑温润的眸中闪过一丝痛苦。

那个人进长安的第一天，他就知道了，但他装作什么都不知道。

他的态度，在他进入天枢殿的第一年，就表明得很清楚。他以为那人会派人来杀了他，或是用另外的法子折磨他，可是都没有，那人反而将鹿羽也给他送了过来。这些年，他无论做什么，那人都没有过问，也不曾给他送来过只言片语。

现在，那人终于要见他，没有威胁，没有恐吓，只是如常地给他送来一封信，信上的措辞一样简简单单，没有一个多余的字，也没有一句警告之言。然而仅是这样，他心里就难以抑制地生出了丝丝恐惧。

闭上眼，好像又回到了那个时候，堕入无尽的黑暗，偶尔抬头看到头顶的阳光，都好似一场幻觉。

山上的风很大，腊月寒冬的北风更是像刀子一样凛冽，他是水一样温柔、花一样美丽的男子，就连香殿里的侍女都不忍看他脸色苍白，特意走过来轻轻道一句："源侍香？"

鹿源睁开眼，那一瞬，那双漆黑的眸子似润了一层水光，只是他轻轻一眨眼，唇边就已带起一抹浅笑，他面上笑容显露，令周围的寒风也随之温柔了几分。

那侍女的脸不禁红了红："您在这儿站了许久，可是有什么需要？"

鹿源道："让人备车，我要下山一趟。"

"是。"

鹿源的马车刚进长安城，蓝靛就收到了消息，随后将这消息送到了安岚面前。

这段时间，如果没有安岚的传唤，或是经安岚允许，鹿源是不能下山的。

然而安岚听闻此事，面上并无异色，只是问了一句："他去了哪里？"

"西市一个叫魅的艺姬馆，之前司徒镜曾在那里落脚。"蓝靛说完，见安岚没有言语，便问，"是不是需要属下……"

安岚摇头："你什么都不用做，也不用跟着进去。如果他真的是去见司徒镜，凭他们俩，你的人根本探听不到他们说话的内容。"

蓝靛道："那香殿那里，是不是要暗中准备一下，万一源侍香真的存有异心，或是……被迫做一些不利于先生的事，先生不得不防。"

安岚支着脑袋沉吟了片刻，抬起眼道："将你派过去暗中盯着鹿源的人都撤了。"

蓝靛一惊："先生！"

安岚道："香殿那边也不用做任何安排。"

蓝靛深感不解："先生这是为何？"

安岚接着道："今夜子时之前，他若是没有来见我，你再做安排。"

蓝靛明白过来，遂应下，只是退出去前，安岚又问了一句："鹿羽呢？"

蓝靛道："之前是在天下无香，经那个晚上的事后，她也被送出去了，现在就在魅馆，源侍香应该也都知道。"

安岚道："找人看着她就行。"

"是。"

鹿源是从后面的小门进的魅馆，刚一进去，就有妆容精致的艺姬前来给他领路，但他并不是第一次走进这里，进入长安的第一年，他就已经来过这儿。如今四年过去了，这里看起来还是跟以前一样，没什么改变，只是多了几个生面孔。

走到走廊转角处时，他忽然看到了鹿羽，不由得站住。

鹿羽已不再是之前在香殿时那等素雅的装扮，她换上了鲜艳的裙子，佩上了华丽的首饰，妆容亦比之前艳丽了许多，依旧是那么漂亮，只是如今的她，看起来更像是一朵带毒的罂粟。

兴许这才是她真正的样子，以前那个天真直爽，又带着几分娇憨的少女，都是她伪装出来的。

鹿源站在鹿羽面前，平静地看着她，默然不语。

鹿羽倚在栏杆上，似笑非笑地看着鹿源："还以为你不来了呢。"

鹿源看了她良久，才道："你在这里过得很好？"

鹿羽嗤笑："当然。"

鹿源问："比在天枢殿的时候还要开心？"

鹿羽又是一声冷笑，似不想回答他这么幼稚的问题。

然而鹿源接着问："即便再给你一次选择的机会，你还是会选择这里？"

鹿羽有些不耐烦地皱了皱眉，却见鹿源依旧那么认真地看着自己，她想了想，就收起本要说出口的话，又琢磨了一会儿，才道："难道你以为我是被迫无奈，才回到这里的？”

鹿源没有说话，鹿羽看着他，露出嘲弄的表情：“你总是喜欢这么自作多情，偏人家就是不领你的情。没错，天枢殿是个挺不错的地方，我在香殿这几年，也算过得开心，若说一点都不想回去，那是假的。鹿源，我会有回去的一日，待大祭司登上长香殿，坐上大香师的位置上时，我自然会回去。”

鹿源问：“你就是为了这个理由而回到这里的？”

“这个理由还不够吗？”鹿羽勾起嘴角，略带几分得意地着看他，“既然你这么希望我回去，你就回来这里帮我如何？大祭司说了，到时那香殿内一样有我们兄妹俩的位置。”

鹿源忽然转过脸，看向外面的天，良久，轻轻一叹：“既然是你选择的路，希望你此生都不后悔。”

他说完，就收回目光，从鹿羽身边走了过去。

鹿羽慢慢收起面上的笑容，盯着他头也不回的背影，目中露出恨意。

天色渐渐暗了下去，白园里一直很安静，不曾有访客到来。

用晚膳的时候，白焰过来，却看到她在窗户下插花。粗陶窄口的坛子里随意插上两枝俊俏的白梅，她手里拿着一把精致的小剪刀，眼睛看着坛子里的梅花，面上神色认真，漂亮的脸蛋微微偏着。

白焰走过去，盘腿坐在她身边：“怎么不吃饭？”

安岚问：“你觉得是再剪一刀，还是就这样？”

白焰笑了：“这种事也值得琢磨这么久？”

安岚看了他一眼，然后又将目光落回到梅花上：“若论风雅，谁能及得上当年的景炎公子？”

白焰：“……”

片刻后，他轻轻一笑，伸手，在那花枝上随意折下一朵开得正好的白梅，插到她发上，然后他身体微微往后，看着她和梅花，就这一笔，那花即添了灵动，她亦因此入了画。

白公子的手，亦能生魂，风雅不减当年。

“鹿源回天枢殿了。”两人用晚膳的时候，白焰一边给她夹菜一边道，

“我刚从山上下来，正好碰到他。”

安岚慢条斯理地吃完他夹过来的菜，又喝了小半碗汤，然后才放下筷子，问了一句：“你们说什么了？”

白焰摇头，也放下筷子：“都在马车里，没下车。”

安岚让人将桌子收了，接过香茶漱口，然后起身走到香炉旁，换了一种更幽静的香。

白焰坐在那儿看着她：“现在距离子时还有一段时间，蓝靛也没有任何动作，旗殿侍长那边也很安静，你依旧相信他会来见你？为何会如此信他？”

安岚回到榻上：“你不相信他会来见我？”

白焰微微眯眼，唇边噙着一丝笑：“坏丫头，你先回答我的问题。”

安岚侧过身，抱着手炉靠在大引枕上，瞥了他一眼：“因为他亦是相信我。”

白焰挑眉：“难道白广寒没有教过你，相信一个人会不会背叛，靠的不是直觉，而是你能否给他，他真正需要的东西？”

安岚手支着头，微微偏着脸看他，嘴角微扬，那眼神带着几分挑衅：“正好，他需要的东西，我确实能给。”

白焰知道她又想气他，笑了笑，垂下眼，端起茶盏轻轻吹着。

安岚问：“你呢？你觉得……他会不会过来？”

白焰看了她一眼：“你现在该考虑的难道不是，如果他当真叛了，你应该如何应对此等局面吗？”

安岚看着他：“现在轮到你回答我的问题。”

白焰慢慢放下茶杯，眼睛也一直看着杯子里的茶水，片刻后才道：“今晚他一定会来白园，但究竟是为何而来，这才是最重要的。”

安岚问：“你以为他会是为何而来？”

白焰抬起眼：“现在轮到我来问。”

安岚白了他一眼，白焰笑着道：“你相信一个男人会因为爱慕而选择忠诚？”

安岚看了他许久，才道：“当然不会，爱慕往往只限于感情和欲望，而忠诚，则涵盖了信念、价值、理想。鹿源不是那种能被感情蒙蔽了眼睛的人，与其说他是忠于我，不如说他是忠于自己的信念，而他亦相信我能明白。”

她说这些话时，眼神平静，面上带着一种难言的、令人挪不开眼的柔光。

白焰默了一会儿，才道：“这样的人更危险。”

安岚看着他，眼睛微微眯了眯，唇边浮出一抹笑：“是啊，这样的人更危险。”

白焰与她对视了一会儿，亦是轻轻一笑：“到你了。”

安岚问：“你觉得他今夜会为何而来？”

白焰站起身，走到她身旁，垂下眼看着她：“送消息，只是，这个消息要么是真的，要么是特意骗你的。”

安岚想了想，抬起眼：“街道的事进行得如何了？”

白焰坐到她身边，靠近去看她：“很顺利，一个月内，无论能不能买下那些房子，也都能先让他们离开，只是这么大的动作，还是会引出一些问题。”

“什么问题？”

“周围那么多人忽然搬走，天下无香的人不可能不察觉。”

“天下无香附近的商铺，找你的人接手即可，营业照旧，离得远些的先搬走。剩下的，到需要他们搬离的时候，我会让你再去安排。”

“你有没有想过，万一司徒镜将那些白蚊挪了地方，那该怎么办？”

“只要香蛊还在天下无香，那些白蚊就不可能离开。”安岚沉吟着道，“我估计，年后他挑战大香师，如果失败，很可能会用上那些东西进行报复。”

“为何不借用官府的力量？”

“太多势力参与进来，更容易伤及无辜，也更难掌控。”安岚说着就瞟了他一眼，“难不成你想借用官府的力量？”

白焰笑着摇头：“只是问问。”

安岚白了他一眼：“时候不早了，你回去吧。”

白焰不由得失笑：“当真是无情！”

只是他说着就站起身了，但随之又弯下腰，忽地在她脸颊上亲了一口，并轻轻捏了一下她的下巴：“有事叫我。”

白焰出了景府后，刚要上马车，就看到前面不急不缓地过来一辆马车，青灰色的车厢，非常地不起眼，他便站住看着。

不多会儿，那辆马车在景府侧门停下，从车厢内下来的果真是鹿源。

“源侍香来得真是时候。”

鹿源朝白焰微微颔首：“这么晚了，镇香使是要去哪儿？”

“有点事。”白焰淡淡一笑，“安先生已经等在里头了，源侍香快进去吧。”

鹿源站在那儿看着白焰离开，眉头轻轻皱了一下。对这个男人，他和蓝靛的感觉一样，从一开始就带着警惕与怀疑。可一直以来，对方任何事情都做得滴水不漏，他们找不到一丝有力的证据。

但越是如此，他就越是怀疑。

鹿源走进安岚房间的时候，安岚正靠着熏笼倚在美人榻上，闭着眼睛，看起来似乎已经睡着了。鹿源只看了一眼就垂下眼睛，毕恭毕敬地行礼，轻轻出声：“先生。”

安岚睁开眼，看了他一会儿，微微调换了个姿势，也不说话。

鹿源依旧垂着脸：“鹿源今日不经先生允许，擅自下山，请先生责罚。”

安岚有些懒洋洋地道：“不用说这些虚的，你知道什么事我会罚你，什么事不会。”

鹿源顿了顿，道了一声“是”，然后抬起眼，接着开口：“我收到香谷大祭司的信，他命我去见他。”

“所以你去了。”

“是。”

“为何？”

“我……不希望对他的恐惧还继续存在自己心里。”

“你以为面对他了，你就能消除那些恐惧？”

“我希望如此。”

“结果呢？可如你所愿？”

鹿源沉默许久，眼里神色复杂，良久，千言万语才汇出三个字：“好多了。”

安岚笑了笑：“是吗，那就好。”

鹿源看向安岚，微微张口："先生……"

安岚问："他找你什么事？"

"让我给他带一个人回去。"

"谁？"

"胡巴。"

"胡巴是谁？"

"就是蓝靛手里的那位老蛊师。"

安岚倚在熏笼上，想了想，才问："他怎么知道那位老蛊师在我手里？这件事蓝靛做得很隐秘，而且据说那位老蛊师在很多年前，就被司徒镜驱逐出香谷了。"

鹿源道："胡巴身边有位又聋又哑的仆人，那是大祭司安排的人。"

安岚道："胡巴身边没有仆人。"

鹿源道："蓝掌事的人找到胡巴时，他身边那位聋哑仆人就偷偷跑了，所以被蓝掌事带过来长安的，只有胡巴。从蓝掌事找上胡巴开始，大祭司就收到了消息，并且做了后续安排。"

安岚目光微转："后续安排？"

鹿源道："就是杀死胡巴的安排。大祭司并不希望先生您从胡巴嘴里知道，任何关于香蛊的事。"

安岚沉吟片刻，问："胡巴在蓝靛手里，司徒镜原先安排的人已经逃了，他要怎么杀胡巴？"

鹿源道："还有一个人藏在蓝掌事身边，或许就是被蓝掌事派去审问胡巴的人之一。"

安岚微微挑眉，未言语。

鹿源看着她道："先生，为能入主长香殿，大祭司准备了很多年，而且这个计划，最初时真正的推手是广寒先生，广寒先生撒手不管后，接手的人就是大祭司。"

安岚问："既然司徒镜要杀胡巴，为何又要让你从我这儿带走胡巴？"

鹿源道："胡巴身上有大祭司想要的东西，我猜应当也和香蛊有关，只是大祭司一直没能拿到，所以当年他驱逐胡巴的同时，又暗中安排眼线跟在胡巴身边。胡巴被蓝掌事带走后，为了防先生您知道得更多，大祭司就动了杀心，之所以至今一直未动手，应当是因为蓝掌事还未撬开胡巴的嘴。如果我无法带走胡巴，大祭司便会下令动手。”

安岚问：“他许了你何事？”

鹿源垂下眼：“……如果我替他完成这件事，他与我之间，就一笔勾销。”

安岚微微坐直了，探究地看着他：“仅是如此？”

鹿源微微点头。

安岚将胳膊放在熏笼上，手支着脑袋，微微侧着脸打量他：“一笔勾销？既然你入了香殿，那么即便他想找你的麻烦，也得经过我才行，难道是你觉得我不如他？”

“不是！”鹿源抬起脸，深深地看着安岚，“先生，在……鹿源心里，没有谁能比得上您。”

安岚看着他不说话。

鹿源垂下脸：“即便再过三天，蓝掌事也无法从胡巴嘴里问出任何有价值的消息，香谷的人对香蛊的执念，非这边的人能理解的。最终，胡巴要么是死在蓝掌事手里，要么是死在大祭司的手里。”

安岚道：“既如此，那司徒镜又有何担心，无论如何，我都听不到任何我想知道的事。”

鹿源道：“因为这件事，大祭司比您还要关心。他比您更加关心，就比您更加紧张。”

安岚问：“所以反正胡巴什么都不会说，干脆我就让你把胡巴带走？你这么想？”

鹿源道：“带胡巴走之前，我会让他将先生想知道的一切都道出，并为蓝掌事找出那个内奸。”

安岚道：“蓝靛都不能让他开口，你能？”

鹿源微微点头：“是的。”

安岚问：“你凭什么能？”

鹿源久久沉默，最后在安岚目光的威压下，单膝跪了下去：“请恕属下不能说。”

安岚身体往后一靠：“即便我让你说？”

鹿源垂着脸，依旧沉默。

这样的安静，令人很不舒服，他单膝跪下的身影看起来亦是无比沉重，几乎是带着绝决。

片刻后，安岚问："司徒镜给你多少时间？"

鹿源抬起眼，见安岚面上并无愠怒，才小心地开口道："三天，超过三天，如果我还没能带走胡巴，胡巴就一定会死。"

三天，也正好是蓝靛预估能让老蛊师开口道出一切的时间。

安岚道："如果司徒镜也想从胡巴嘴里套出什么事，那我更不能让你将胡巴交给司徒镜。"

鹿源道："我明白。"

安岚问："所以？"

鹿源道："先生，我保证大祭司即便见到胡巴，也无法从胡巴嘴里问出任何事。"

安岚微微挑眉。

鹿源道："胡巴只忠于上一任大祭司。"

终于，安岚往外吩咐了一句："把蓝掌事叫来。"随后她又打量了鹿源一眼，让他起来。

次日，在安岚给香蛊起第十五次香境的时候，鹿源也见到了那位老蛊师。

枫林山庄是天枢殿下面的产业，也是当年景炎公子留下的地方。这庄子外面看着很普通，里面看起来也很普通，但只有了解这个庄子的人才知道，里面处处设有机关，若没有熟悉这里的人带路，即便是侥幸进来了，怕是也没命出去。

蓝靛将鹿源带到后面一间普通的客房前，推开门："就在里面。"

鹿源道："请蓝掌事在外面等。"

蓝靛瞥了他一眼："带你过来，是照先生的意思，但先生并未说我需听你的。"

鹿源一脸平静地看着蓝靛："有别的人在，他什么都不会说。"

蓝靛道："我不能相信你！"

鹿源道："你只需相信先生就行。"

蓝靛冷冷地看着他，鹿源接着道："先生需要尽快从他口中知道关于香蛊的事，否则不会答应让我过来。"

蓝靛盯着他："给你一刻钟。"

鹿源却道："我出来之前，任何人都不能进来。"

蓝靛沉下脸，鹿源叹了口气："蓝掌事，你可以不信我，但你要相信，我对先生的关心，丝毫不逊于你。"

蓝靛抿住唇，看着他进去。

客房很干净，里面也没有放着什么刑具，床边的背靠椅上坐着一个老人，很老的老人，头发已经全白，面上沟壑纵横，身上的衣服也皱皱巴巴的，还带着一股熏人的怪味。鹿源进去的时候，他正闭着眼睛，一动不动，也不知是在睡觉，还是已经死了。

这副模样，也难怪蓝靛拿他没法子，这一看就是一只脚已经迈入棺材的人了，随便碰哪里，都有可能要了他的命。而且他根本就不怕死，如果给他上刑，他万一耐受不住，也随时能自己结束自己的命。

鹿源进来的时候，他的眼睛还是闭着的，直到走至他身边后，他突然就睁开了眼，混浊的双眼有些震惊地盯着鹿源。

鹿源安静地站在那儿，任他打量。

良久，胡巴才开口："你活不久了。"

鹿源道："是。"

香室内只有一席一案一香炉，安岚跪坐于一边，看着香炉上升起的袅娜青烟。

川连走过去，坐在安岚对面，亦看着那香炉："先生今日这场香境，似乎很简单。"

"对我而言，其实都一样。"安岚说着就看了川连一眼，然后看向川连手中的香蛊，"对它而言，亦是一样。"

川连面露沉思："先生指的是，香境之本源？"

安岚抬起眼："你以为，香境的本源是什么？"

川连道："难道不是先生的心境？"

安岚没说话，川连将掌中的香蛊轻轻放在案上："这些天我自先生这儿接触到的香境，都很平和、安定，里面的一草一木、一桌一椅都透着一股极强大的自信，几乎是坚不可摧，实在令人佩服。"

安岚看着她："你也不是毫无长进。"

川连打量了安岚一会儿："是不是从未有任何事，能影响到先生的心境？"

安岚看向她，唇边噙着一丝笑："你想通过影响我的心境，从而破了我的香境？"

若是如此，那她对香境的理解未免太过粗浅。大香师的香境世界一旦建立，大香师心境的变化，只会改变香境的形式，或许会由温柔的风化为猛烈的火，由春花秋月转为风霜雪雨……仅凭这样，是不可能破得开香境的。

川连摇头："不敢有此妄想。"

安岚看了她一眼："你一直很自信，看来是另寻了捷径。"

川连问："安先生为何对我有如此敌意？"

安岚淡淡一笑："你们远道而来，难道是怀抱善意？"

川连道："难道安先生对每一个有意于长香殿大香师位置的人，都抱有敌意？"

安岚道："我的态度并不重要，重要的是，有意于这个位置的人，是否真的有能力，而不是想要鱼目混珠。"

川连沉默一会儿，点头："安先生说得是。"

安岚垂下眼，看着趴在案上的香蛊，片刻后，道了一句："它似乎没什么精神。"

川连审视地看了安岚一眼："兴许是累了。"

"累了？"

"吞噬先生的香境，再为景三少爷清除毒血，对香蛊而言，并非是轻松事。"

安岚闻言没有说话，她总觉得，从前几天开始，她似乎能感知到香蛊的变化，是精神了些，还是虚弱了些，是在兴奋，还是贪心……她都能有所察觉，是因为这东西吞噬了她香境的关系吗？

安岚在看香蛊的时候，川连也一直在沉默地观察安岚，两人各怀心事，却都不道破。

这一次，不用川连提醒，安岚就在适当的时候结束了香境。

香席撤去，川连什么也没说，站起身时，光影交错，她们回到了景孝的房间内。

景明走进来时，面上带着焦虑和期待，两眼直勾勾地追着川连的动作，当川连将香蛊从景孝脸上拿开时，他即上前两步，侧身坐在床沿。

景孝脸上的血迹果真消失了，然而他却还是没有醒，景明连叫了几声，依旧不见任何回应，他不由得转头看向川连，面露薄怒："这是怎么回事？"

川连没说什么，慢条斯理地收好香蛊，景明遂站起身，却就在这会儿，景孝忽然嗯了一声，像是梦呓，景明一愣，赶紧又坐回去。

不多会儿，景孝慢慢睁开眼，只是瞳孔有些扩散，景明叫了他几声他都没反应过来。

川连道："三少爷身上的毒血并未清除干净，接下来还需要大香师的配合。"

景明转头："他现在这是没听到我的声音？"

川连道："应当是听到了，只是三少爷毕竟昏迷了半个月，忽然醒来，反应慢几分也正常。四爷若是不放心，可以请大夫过来看看，总之别忘了，三少爷身上的毒血并未清除干净，要完全恢复，还得半个月时间。"

她说完就告辞，景明想留都留不住，安岚便示意景明先照看景孝，她去送川连。

上马车前，川连最后交代道："如果安先生当真不想再饲养香蛊，记得告知谢先生，明天，包括未来的半个月都要准时，只要错了一天，三少爷身上的毒血就永远都没法清除干净了。"

安岚道："我会转告。"

川连微微点头，又打量了安岚一眼，眼神暗含深意，但什么也没说，转身就上了马车。

鹿源走到离胡巴约三步远时停下，胡巴看了他一会儿，又开口："你走近些，我看看，真是许久没看到有人种命蛊了，这等手法不简单啊。"

鹿源便又往前一步，胡巴忽然抬手，抓住鹿源的手腕，拉到自己鼻子跟前，仔细嗅了嗅，又闭上眼，好一会儿后才放开鹿源的手腕，微微点头："果然是命蛊，蛊虫的血气还是最霸道的。"他说着就抬起眼，眼神紧紧地盯着鹿源，"是谁给你种下的？"

鹿源没有回答，只是问了一句："您能解吗？"

胡巴打量了他许久，眉头慢慢皱起，似在回忆，好一会儿后才道："这么漂亮的脸蛋，我好像见过，让我想想……啊……想起来了……你不就是那个小家伙？！大祭司身边那个漂亮的小家伙！可怜的小家伙！"

鹿源的脸色有些苍白，抿着唇，神色冰冷。

胡巴怪笑了几声，随后连连摇头："啊，不对不对，他不是司徒镜，不是司徒镜，他是司徒镜的影子，是影子吞了司徒镜，代替了司徒镜，可怕！真可怕！"

鹿源看他的眼神已经有些混乱了，就再问："你能解命蛊吗？"

胡巴愣了一愣，眼睛再看向鹿源，打量了他许久，才缓缓摇头："解不了，你身上被种下的是蛊王。小家伙，你知道蛊王是什么吗？"他说着，上身忽然微微向前倾，低声道，"就是命蛊中最强大的那只，被种在你身上了，除了给你种蛊的人，别的人都解不了。"

鹿源暗暗握了握拳："你不是号称能解所有的蛊？"

胡巴怪笑了起来："我没有说过这种话，那都是别人说的。你身上的是蛊王，不是我解不了，而是找不到比蛊王更强的蛊来降服它。小家伙，你知道蛊虫的特性吗？你降服不了它，就得跟它同归于尽！"

【未完待续】

图书在版编目（CIP）数据

镇香令：全3册 / 沐水游著. -- 南京：江苏凤凰文艺出版社，2018.7
ISBN 978-7-5594-2228-6

Ⅰ. ①镇… Ⅱ. ①沐… Ⅲ. ①长篇小说－中国－当代
Ⅳ. ①I247.5

中国版本图书馆CIP数据核字(2018)第119331号

书　　名 镇香令（全三册）
作　　者 沐水游
选题出品 北京记忆坊文化
责任编辑 姚　丽
特约策划 暖　暖
特约编辑 单诗杰 莫桃桃
责任监制 刘　巍 江伟明
封面绘图 Eno.
封面设计 80零 · 小贾
版式设计 天　缈
出版发行 江苏凤凰文艺出版社
出版社地址 南京市中央路165号，邮编：210009
出版社网址 http://www.jswenyi.com
印　　刷 三河市祥达印刷包装有限公司
开　　本 670毫米×970毫米 1/16
字　　数 814千字
印　　张 48.5
版　　次 2018年7月第1版，2018年7月第1次印刷
标准书号 ISBN 978-7-5594-2228-6
定　　价 108.00元（全三册）

影视版权抢订热线 010-57194853

MEMORY HOUSE

记忆坊文化

镇香令

旧颜

ZHEN XIANG LING

I

沐水游 著

江苏凤凰文艺出版社
JIANGSU PHOENIX LITERATURE AND ART PUBLISHING, LTD

目录

ZHEN XIANG LING

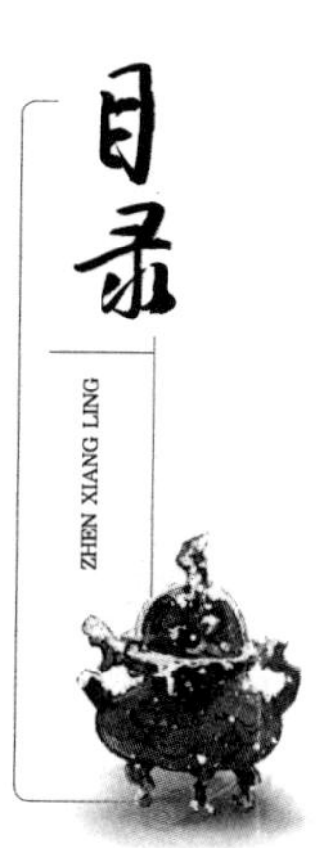

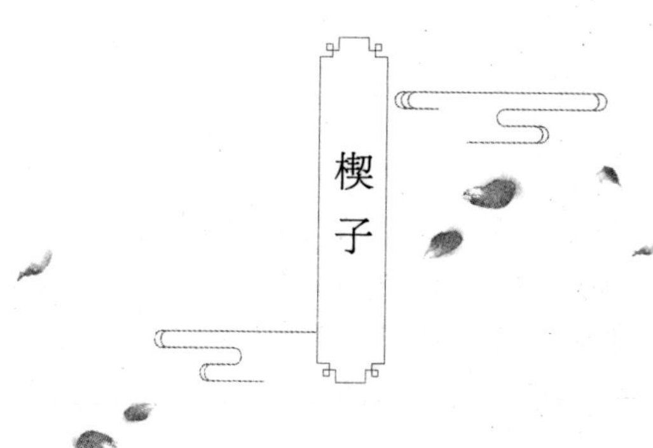

楔子

立冬这日，积攒大半个月，堆了满天的乌云突然撕开一个口，一轮红日毫无征兆地从里蹦出来。阴云未退，那红日却像是浸了血，明艳得近乎妖异，日头照在景府那一排排的朱漆廊柱上，晃得人眼晕。

“事出反常必有妖啊！”景仲站在屋檐下，往骊园那边看了一眼，轻轻摇头。

骊园是景府专门用来供客人休憩之所，自景公过世后，骊园已两年没有住过人了，今日却忽然迎来一位贵客——镇南王府的玉瑶郡主。

然而景府和镇南王府并无往来，不过兴许三十年前景公在南疆时，和镇南王打过交道。但这么多年，他从未听景公提起过镇南王，今日玉瑶郡主忽然上门拜访，还提出明日要祭拜景公，让他实在琢磨不透是什么意思。

难道他那几个兄弟叔伯，这些年来一直暗中和镇南王有往来？还是这是景公生前埋下的一步棋？

猜不出！猜不出！

他坐上当家人的位置不久，里里外外许些事情都还没完全掌控，上上下下的人心也还没有完全收服，眼下最不愿看到的，就是意料之外的事情发生。

“二爷，老太太那边已经让人传饭了。”见他久站不动，他身边的长随吴兴便走过来提醒一句。

今日是二老太太的七十大寿，因景公过世未满三年，府里就没有办宴席，但阖府上下还是要一起简单吃几桌的，何况今日还多了位贵客。

景仲收回目光，负手下了台阶，只是刚迈出两步，就看到他的夫人姚氏一脸急色地从前面走来，人还没走到跟前，就已慌张地开口："二爷，不好了！出事了！"

景仲心头猛地一跳，等姚氏走近了才皱着眉头问："出什么事了？"

姚氏惨白着脸，颤着声道："郡主，郡主死了！"

景仲一愣，随后低喝："你胡说什么！"

姚氏呼吸急促："是真的，我，我亲自去看过，真真的！"

景仲瞪着眼睛看着姚氏，压低声音："好好的人怎么就……究竟怎么回事？"

姚氏紧张又无措地道："郡主下午陪老太太说了会子话，然后就去骊园歇下了。刚刚老太太传饭，我便去骊园请人，哪、哪知丫鬟们怎么叫都叫不醒，接着就听到屋里传来哭声。我进去一瞧……人是好好躺在床上的，可居然，居然没了呼吸，手和脸也是冰冷冰冷的，二爷，我也不知道怎么就……你说这，这好好的怎么就……"

景仲不等姚氏说完，就已经往骊园赶去："出了这等事你不在那儿看着，那些下人懂什么，万一传出什么来，你简直是——让人去请大夫了吗？郡主身边的人呢？你问过没有，郡主是不是原就带着什么隐疾？"

"已经让人悄悄去请大夫了，我是怕丫鬟们说不清楚，就先让王嬷嬷在那儿看着，郡主带过来的那几位丫鬟都吓坏了，没问出什么来，也没说郡主以前有过什么不适。"姚氏一边紧跟着景仲一边道，"二爷放心，这两年府里清净了许多，骊园那边更没什么闲杂人，就几个丫鬟，我都让王嬷嬷看住了。"

景仲阴着脸问："郡主带来的那几个侍卫知道了吗？"

"应该还不知道，他们都在前院住着，骊园里的丫鬟们都被看着，后院的事没那么快传过去的，老太太估计也还不知道呢。"

景仲的脸色并未因此缓上半分，脚步还越来越急，心里甚至忍不住祈祷——无论如何，郡主都不能在景府出任何事，必须，千万，丁点事情都不能有！

然而老天爷并没有听到他的祈愿。

玉瑶郡主死在了景府！

这位镇南王最宠爱的郡主，才刚到长安，就不明不白地死在了景府，而且死的时候，浑身上下没有半点伤口，也无中毒的痕迹，死前身着盛装，面容平静，宛若熟睡过去般。

这样的消息是瞒不住的，也不可能瞒得住，景府当天就报了官。

于是关于此次命案的种种消息和猜测，以景府为中心，迅速往外蔓延，像野火一样燃烧起来。

玉瑶郡主究竟是怎么死的?

为什么会死在景府里?

凶手是谁?

谁有这么大的胆子?

谁又有这么大的本事?

镇南王洛冥山原是南疆之主，一直是朝廷的心腹之患，二十年前正式归顺朝廷后，圣上才封其为王，授予金印。由此，唐军顺利入驻南疆，稳住南方边境。

眼下——

谁能为这件事负责?

景府若交不出凶手，尽早给镇南王一个交代，镇南王会因此做出什么样的举动?

景仲已不敢继续往下想。

“最迟两个月，镇南王派出的人就到长安了。”吴兴垂首站着，微微弯着腰，小心翼翼地道，“二爷，如今怎么办才好?”

已经七天了，官府的人什么端倪都查不出，又因郡主身份特殊，不能进行尸检。而现在郡主的尸体还留在骊园，各方压力接踵而至，宫里都传了话，一定要查个水落石出，否则——

否则什么?没有具体的后话，却更让人胆战心惊。

如今阖府上下人心惶惶，各院都紧闭门窗，再没人敢往骊园那边走，就是下人经过也都会远远绕开。

景仲把茶杯拿在手里使劲捏了捏：“景孝呢?”

景孝是他的侄儿，当初景炎大公子外出数年未归，连景公病重都未见回来，府里都猜测大公子是在外头遭遇不测，回不来了。不得已，景公临终前将当家人的位置指给了景孝，但景孝毕竟是个年仅十五岁的少年，而且景公一过世就大病了一场，在床上躺了数月，于是这当家人的位置才落到他手上。

吴兴道：“三少爷出去了。”

景仲抬起布满血丝的眼睛："出去了？去哪儿？"

"天还没亮三少爷就出门了，也没跟旁人说要去哪儿，出去时身边就带了个小厮。"吴兴说到这里，将声音压低了几分，"老奴猜，可能是去长香殿，找天枢殿的那位了。"

"什么？他去那儿能做什么，若被人看到了怎么办？他不知道那几个南疆人就在府里，时时等着看我们能出什么乱子，好抓住点什么把柄呢！"景仲将茶杯砰地放到几上，站起身，焦躁地在房间里来回踱步，"跟在景孝身边的那几个人是怎么当差的，也不知道拦着？！"

玉瑶郡主死的当天早上，天枢殿的安大香师就在景府，幸好当时安大香师是私下前来，这事南疆人还不知道，不然景府此时会更难办。

景仲沉着脸走出屋外，抬首，看着远处朦胧的青山，那里即是大雁山，长香殿的所在。

翻开唐国的历史，甚至往上追溯到唐之前的数个朝代，他们会发现，那些已然发黄，甚至已残破不堪的书籍里，寥寥数笔所记载的时光中，或多或少，都留下了长香殿的影子，留下了大香师们的绝代风华。

在凡夫俗子眼里，那座山上永远蒙着一层神秘的面纱，那香殿中的人，都带着一层神秘的气息，而香殿里的大香师，更是一种游离于红尘俗世之外的存在。

但实际上，长香殿和俗世的关系，从来就没有分开过。

七大香殿，各有各的家族背景，各有各的势力范围。

自景公起，景府和天枢殿就是互依互存的关系，安大香师又是景公生前为景炎大公子选中的媳妇，是正经下了聘书、交换了婚帖的。

虽说现在景府和天枢殿的关系，已不似景公在世时那般亲密了，并且自景炎公子失踪后，安大香师和景府的关系也慢慢疏远了，但在外人眼里，景府、天枢殿、安大香师，三者依旧是一体。

而且世人皆认为，大香师是那云端之上的人，他们无所不能。若想让一个人无声无息地死去，对大香师来说，不过是一念之间的事。

所以就凭景府和安大香师的这层关系，眼下玉瑶郡主的死，越是查不出原因，大家伙心里就越会往那方面想，只是因大香师地位超然，又无凭无据的，暂时还没有人敢说出口而已。

可若官府再查不出什么来，景府再不给一个交代，时间一久……指不定会出什么乱子，那些南疆人可不是什么善茬儿。

景仲在原地来回踱着步子，几次想要吩咐点什么，却张了张口，又闭上。

他这个当家人的位置，至今都没能完全坐稳，最重要的原因，就是一直没有真正得到天枢殿安大香师的认可。

长香殿，大香师……

当日安大香师曾来过景府一事，绝不能说出来！

无论如何，能压得住一天是一天！

景仲再次对吴兴强调，表情有些狰狞，吴兴慌忙点头："老奴明白，绝不敢透露半个字。"

此事若被南疆人知道，那无论安大香师有没有杀害玉瑶郡主的动机，他们都会认定，景府和安大香师就是害死玉瑶郡主的凶手。

退一步说，即便此事真是安大香师所为，只要安大香师想撇干净，亦非难事，但对景府来说，就真是大祸临头。

景仲阴沉着脸，自言自语般道："怎么偏偏是镇南王？"

若是别的王侯，凭着对长香殿的敬意、对大香师的敬仰，他暗中斡旋一下，兴许还有商量的余地。但如果是镇南王，就绝不可能，那可是一匹嗜血的野狼，连景公都不愿与之打交道。

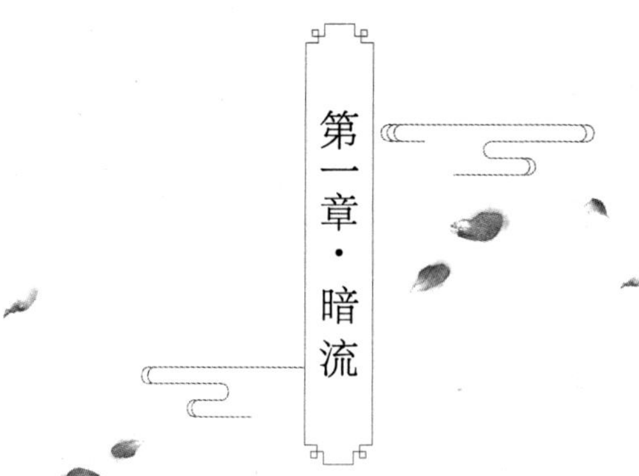

第一章·暗流

玉瑶郡主死的当晚，天开始飘起雪花，连着下了七日。

第八天，雪终于停了，阳光从云层后面透出来，浅浅淡淡的，洒在大雁山上，积雪反射出来的光，使得这座山又添一层神圣之色。

一双缀着银丝的素缎软鞋，踩着金色的晨晖，缓慢地走在天枢殿冷灰色的长廊内。长廊尽头是观云台，视野辽阔，能看得到远处繁华的长安城，以及天地间最绚烂夺目的霞光。

这是独属天枢殿的美景，也是这五年来，独属安岚的美景。

但今日，却有人与她同享了，并且还比她早到一步。

山雾中，站在观云台上的男人依旧一身素袍，简朴得跟香殿格格不入，却又奇异地契合此处的美景。

安岚踏上观云台时，他转过身，面上沐着金辉，一缕笑意自唇边逸出，爬上眉梢，再浸到那双深幽的眸子里。他眼睑微垂，徐徐看向她，目中波光潋滟，足以乱人心神。

她站住，他朝她微微颔首："安先生今日来得早。"

安岚走过去："镇香使也来赏雪？"

白焰将目光落到前方："此处雪景确实不错，不过在下是特意在此等候先生的。"

安岚微顿，看了他一眼："查到什么了吗？"

玉瑶郡主命案一事，至今被蒙着重重迷雾，表面上看是景府撞上了大麻烦，然实际上，这事是冲长香殿，并且明显是冲天枢殿而来的。

郡主死得太离奇，行凶者丁点蛛丝马迹都没留下，如今，几乎所有经手此案的人，心里都存有一个不敢说出口的疑惑：这等能耐，除了大香师，还有什么人能办得到？

景府出事当天，安岚即命镇香使负责查探此事。

所谓镇香使，镇，即是以力量压制，以武力震慑；手握镇香令，可监管香殿外务，亦可兼理香殿内务，除大香师外，无须听命于任何人。

天枢殿本没有镇香使一职，整个长香殿，自有记载以来，也不曾出现过这个位置。香殿的内务和外务从来都是分开的，是安岚开了先河，她压下所有反对的声音，指定眼前这个男人为镇香使。

她把镇香令交给白焰的时候，天枢殿，甚至另外几个香殿都传出强烈的反对声，柳璇玑为此问了她三句。

你是否确定自己交出去的是什么？

你又能否确定他接过去的是什么？

身为大香师，万象皆由心生，若这两种情况都无法确定，那镇香令的权力将会无限扩大，到时，你是否还能掌控他？

白焰点头："玉瑶郡主到长安前，曾在合谷停留过半日，当时他们一行是十五人，但到了长安城后，就只剩下十四人了。"

"少的那个是谁？为何未一起进城？"

"是个丫鬟，据说是染了风寒，怕给郡主过了病气，并且当时病症不轻，不适合赶路，所以就被留在合谷养病。"

"那丫鬟现在还在合谷？"

"今早收到消息，人已经不见了。"

"是死了？"

"正在查。"白焰摇头，"即便没有死，想要找到她也不是易事了。"

安岚沉吟片刻，再问："你觉得那丫鬟，跟玉瑶郡主的死有什么关系？"

"现在还说不好。"白焰笑了笑，又看向她，"不过我今早还听到一个传闻，据说玉瑶郡主这次来长安，是为一纸婚约而来。"

"婚约？"

“当年景公和镇南王曾有过做儿女亲家的约定，并且景公还写下文书字据，他日若是违约，捧上合谷的香田和寤寐林为补偿。”白焰说到这里，稍停了一下，看着她，接着道，“如今谁都知道，景公的两个儿子，一位是白广寒大香师，已死多年；另一位景炎公子，已失踪数年，并且景炎公子未失踪前，也已定亲，但定亲的对象不是玉瑶郡主，而是安先生您。”

安岚对上他的眼睛：“我从未听说景府和镇南王有婚约，你是如何打听到这等消息的？”

“消息是从南疆人那里传出的，用不了一天，想必该知道的人都会知道。”

安岚转头，看着远处云彩间的霞光，神色淡淡：“倒是个极好的理由，如此，我杀人的动机也有了，想必证据他们也都准备齐全了，到底是冲着我来的。”

合谷的香田和寤寐林，曾经是景公的私产，后传给景炎公子，随后景炎公子又交付给了安岚。

白焰仔细打量着她，却未在她脸上找到一丝愠怒，那张精致的脸蛋，宛若上好的白瓷，美得冰冷。

两人沉默了片刻，他先开口问：“先生打算如何应对？”

安岚没有回答，只是看着远处，似被霞光所吸引。耳边传来那样温和的声音，语气里却透着一丝疏离，那是陌生人之间独有的情绪。

良久，她才道：“景孝想见你，一早就过来了，一直在前殿等着。”

白焰想了想：“景孝？是景府的那位三少爷？”

“嗯，景炎公子失踪后……”安岚收回目光，看了他一眼，“景公等不到景炎公子回来，临终前重新指定了继承人，不过那孩子握不住这样的大运，前年病了一场，手里的权力就被他二伯景仲给夺走了。”

“他为何要见我？”

“你以为呢？”安岚面上忽然浮现一抹笑，笑意微凉，似这山间的风，又冷又迷人，“见与不见都随你，不过你若是去见他，只能以镇香使的身份。”

白焰微笑着颔首：“在下明白了。”

安岚忍不住问：“你明白什么了？”

白焰唇边噙着一丝笑：“眼下想确认我身份的人，想必不少，主要是那位南疆的大祭司，至今未现身，安先生是想借我把他引出来。”

安岚看着他，未言语。

白焰唇边的笑意慢慢收起，那双看过来的眼睛，分明是清澈的，但仔细一瞧，却又让人看不清里面到底藏着多少情绪，似潺潺的流水，又似冷冷的冰刃。

终于，安岚收回目光，道了一句："时候不早了，你既想见他，就别让他等太久。"

白焰回过神，颔首告辞，安岚转身下了观云台，重新走上那条冷灰色的长廊。

"安岚姑娘。"

却这会儿，他在身后喊了她一声，并且改了称呼。

她回头，便见他看着她道："姑娘身子单薄，出来时应多穿点，如今天已入冬，山上寒风彻骨，此处的景色再美，也不宜贪恋。"

他说完，揖手行礼，然后才转身离开。

安岚隔着风，看着他渐行渐远的背影，心里隐隐生出几分愠怒。

此处景色再美，也不宜贪恋。

说得如此轻巧！

你真当你能一直这样下去？

只是云霞下，那个洒然的背影终是和她心里的那个影子，一点一点，慢慢地重合起来。

景炎公子是谁？

是她的伯乐、她的恩师，是她曾经最强大的支持者，同时还是她的——未婚夫。

他几乎占据了她生命中，全部重要的角色。

他培养她，爱护她，算计她，他所做的一切都是为了要她的命，最后却又倾其所有地成全了她。

他用最狠的心，在她的生命里刻写最深的情。

他亦用一条命，回报了她所有的情。

白焰又是谁？

一个和景炎公子长得一模一样的男人！

可，当真只是如此？

安岚回了凤翥殿后，正要去香室，侍女却走过来道："先生，蓝掌事求见，已在厅内等候多时了。"

长香殿内，除去七大香殿外，还有一个极其特别的机构——刑院。

刑院负责探明真相，也负责掩盖真相。

如果说大香师是负责长香殿光鲜亮丽的一面，那么刑院就是专门负责解决长香殿所有阴秽污浊之事。

初始，刑院是在天枢殿大香师的意志下诞生的，由大香师亲自指定规则，使其强大。自此，刑院的每一任掌事，都是来自天枢殿的意愿，其余六殿不是没想过要染指这个位置，但从未真正成功过，而天枢殿和其余六殿最大的区别，就在于此。

刑院现任的掌事是蓝靛，受命于安岚。

安岚接过蓝靛呈上的新名册，扫了几眼后，就道："这不是前段时间定下的名单吗，既然是你院里的人，他们的差事你看着安排就行，不用特意禀报我。"

蓝靛垂首应声："是。"

安岚将名册合上，放到一旁，却见蓝靛还没有离开的意思，便问："还有事？"

蓝靛抬起脸，眼里意外地露出几分迟疑。

刑院的掌事，虽是女子，年岁亦不大，但心思缜密，更不缺杀伐决断之能，坐上掌事之位数年，经手的事情没有一件是做得拖沓的，因而逐年更得安岚的看重。所以，此时她在安岚面前露出这等神色，倒是让安岚略微沉默了一下，才道："说吧。"

蓝靛垂下眼："镇香使隐瞒了一些事。"

安岚没有开口，蓝靛不敢抬起眼打量她的神色，等了一会儿，见安岚既没有询问，也没有斥责阻止，就接着道："先生去景府当日，镇香使也离开了香殿，去见了一个人，那个人……是司徒镜。"

南疆香谷的大祭司，复姓司徒，名镜。

安岚还是沉默着，她没有问蓝靛要证据证实所言不假，也没有问白焰去见司徒镜所为何事。

蓝靛也没有继续往下说，只是垂首站在那儿，腰背笔挺。

良久，安岚才开口："司徒镜是何时入的长安？"

"至少一个月前，他行踪不定，属下是今早才收到确切的消息，也是多亏了镇香使，司徒镜才被我们查到。"

"入城至少一个月，那就是不止一个月。"

“应当是。”

“我知道了。”安岚微微颔首，“既然找到他的行踪，那就留心看着。”

蓝靛应下，抬起脸时，见安岚转身，忍不住又开口：“先生！”

安岚站住，转头询问地看向她。

蓝靛迟疑了一会儿，终于开口：“属下是否可以暗中监视镇香使？”

安岚微微挑眉：“我若说不可，你当真就不会盯着他了吗？”

蓝靛垂下脸：“只要先生吩咐。”

安岚沉吟片刻，笑了：“随你吧，你若有本事盯住他，那也是你的能耐。”

若无镇香使，玉瑶郡主的事，应当是由刑院全权负责。可如今，不仅多了一位镇香使，其手里的镇香令还能使动刑院。权力的分割和变动，会有人不服不忿，本在意料之中。况且，她也想知道，那个人，接下来会怎么应对这些不便。

蓝靛退出前，安岚又问了一句：“蓝掌事，你不惧他吗？”

白焰坐上镇香使的位置，那些反对的声音之所以没有掀起风浪，除去这是她的决定外，还有一层原因，那些人对那张脸，心里多少还是存有几分畏惧。

蓝靛抬起眼：“我是奉先生您为主。”

刑院掌事，一生只认一人为主。

香殿的大香师若换人，刑院掌事必是要跟着换的。

景孝刚一回府，就被专门等他的吴兴拉到一边，又是着急又是无奈地道：“我的哥儿，您可算是回来了，二爷找您呢，快去吧。”

景孝往景仲院子的方向快步走去：“我也要找二伯。”

吴兴瞧他神色有异，遂压低声音：“孝哥儿是见着安大香师了？”

景孝微微点头，吴兴赶紧追着问：“那安大香师说什么了？府里这事……骊园里停的那位，该怎么安排？”

景孝皱着眉头：“没说这事。”

吴兴一愣：“没说这事，那说什么？”

景孝没回答，面上郁郁的，脚步加快，吴兴赶紧追上：“孝哥儿，这好容易见着那贵人一面，您不说这事，还能说什么呢，这可是大事啊……”

景孝忽然收住脚步，转头看了吴兴一眼，那双眼睛里明明白白透着警告。他是主子，吴兴即便是他二伯身边的人，那也是奴才，没有奴才这么追着主子问话的。

吴兴被他这一看，不由得就住了嘴，面上僵了一僵，讪讪地道："二爷等着您呢。"

景孝冷哼了一声，才重新往前走去。

吴兴特意落后两步，看着他的背影，心里冷笑：不过是个毛头小子，身子骨都没长实呢，就摆起主子的款了！香殿那位贵人若真看重你，景府这当家人的位置，至于被咱二爷拿去吗？真是不知深浅！

景孝进了书房后，看到书房内除了他大伯、二伯、三伯外，他的父亲竟也在，并且几个人都没有说话，异常安静，静得他推门的声音听起来都要比往常大了几倍。

景仲瞥了景孝一眼，不等他行礼，就开口道："这件事，安先生就是不想管，也不得不管了。"

景孝一怔，询问地看向自己的父亲。

景明窝在一旁，重重地咳了几声，才将玉瑶郡主的婚约一事道了出来。景孝去长香殿没多久，玉瑶郡主身边的嬷嬷就带着几名侍卫找过来，拿出婚书，给景府再添上一层厚霜。

景孝听完后，愣了半晌才道："这……是真的？"

景仲冷嘲着道："就算是真的，大公子如今也不在了，他们即便拿出老太爷的文书，景府也算不得毁约。"

景孝脑子里忽然浮现出那张脸，于是僵硬地开口："可是，我好像……看到六叔公了！"

一语惊天！

书房内死一样地安静了一瞬，才有人开口："你是说大公子？"

景炎公子是景公年近六十才得的儿子，因此年纪虽不大，但辈分很高。比如景仲，比景炎大了十岁有余，却要称景炎一声六叔。兴许是因为这样大家都觉得别扭，后来景府上下就都改口称其为大公子。

景仲强压住心里的紧张，却难掩语气里的恐慌："你是在哪儿看到的？"

景孝道："在香殿。"

书房内又是一片死一样的安静。

景明咳了一声后，跟着问："孝哥儿，你确定是大公子？"

景孝这一下没有马上回答，迟疑了一会儿，才有些犹豫着道："我、我……不确定。"

听到景孝说不确定，景仲提起来的心稍稍松了松，只是景明却接着问："怎么不确定了？难道大公子你还认不得，到底是不是？！"

景仲瞥了景明一眼，不悦地压了压嘴角，冷着脸道："想必是孝哥儿看错了，倘若真是大公子，这么多年了，难道还不知道回府里看看？不说前两年老太爷过世，就说眼下这般情况，都不能撒手不管的。"

景明知道他二哥说得有道理，只是心里到底不甘，于是也不接话，只管看向景孝："你且说说，到底是怎么一回事？你在香殿看到什么人了？"

景孝绷着肩膀站在那儿，头微微垂着，眉头紧蹙。当年六叔公离开时，他还不满十岁，而十岁之前，他和六叔公的接触并不多。在他少时的记忆中，六叔公，父亲和伯父们所称的大公子，是个……让他仰望的人，亦是他非常崇拜的人。

六叔公对他们这些小辈的态度极为亲和，从没有摆过长辈的架子，无论对谁都是笑脸相迎。他没有见过六叔公责骂或是责罚过谁，甚至没有见过，或是听说过六叔公跟谁动过气，但也从来没有人敢因此在六叔公面前放肆，即便是府里最爱耍混、脾气最暴躁的大伯，在六叔公面前，也不敢造次。

他以前曾有过困惑，为什么年纪比他父亲小那么多的六叔公，能让所有人都敬着，又怕着。有人说是因为老太爷的关系，也有人说是因为大香师的关系。

然而，如今老太爷已过世，白广寒大香师也已杳无踪迹，六叔公亦已失踪五年。但现在，此时此刻，他的叔伯们提到六叔公时，面上的表情还是如以前一般，又敬又怕！

见景孝久不出声，景明有些着急地问："孝哥儿，你难道不记得大公子长什么模样了？"

景孝抬起脸："我……我记得的。"

其实那人的五官眉眼究竟是什么样，他当真是不大清楚了，他描绘不出来，但要说是忘了，却又不可能。他不知该如何解释，只是在天枢殿内，看到镇香使的那一瞬，他无法说服自己那不是六叔公，但同时，他亦无法确定，那就是六叔公。

那张脸，初一看，和他记忆中的那个人几乎是一样的，只是感觉又完全不同，再看，确实真的是完全不同的人。

他不知道，想不明白，究竟是，还是不是？！

景明也糊涂了："既是记得，如何又不能确定！"

“父亲和大伯、二伯、三伯应当都知道，天枢殿现如今多了位镇香使，是安先生亲自指定的。”景孝有些迟疑地开口，“那位镇香使，长得很像六叔公……只是，我看着看着，似乎又不怎么像了。”

景大爷按捺不住暴脾气，忽地拍了一下桌子，瞪圆了眼珠道：“你说的到底是个什么球，什么叫长得像，看着又不像？”

景仲已不自觉地站起身，在屋里踱了几步，然后回身盯着景孝问：“你跟那位镇香使都说了什么？”

景明也道：“你就从头说说。”

景孝点头，一边回想，一边道：“侄儿今日去天枢殿，本是为着府里的事去找安先生的，只是安先生似乎无意插手这件事，只让侍女出来传话，说是官府会查清真相的，让我无须忧心。我向安先生告辞后，将出天枢殿时，无意听到两个侍女私下聊到镇香使，一个说镇香使像景炎公子，一个说像广寒先生。我当时心里极是吃惊，就返回去求安先生，让我见一见镇香使。”

“广寒先生？！”景明微诧，景仲面上的表情也微微一变。

景公此一生，最值得骄傲的事情，并不是创下这泼天的富贵，而是养了两个绝伦逸群的好儿子。

天枢殿的上一任大香师白广寒，是景炎公子的孪生兄弟，两人虽然长得一模一样，却从未有人将他们搞混过，实在是两人的气质差得太远。景炎公子儒雅风流，接人待物总是彬彬有礼，眉眼亲和，笑容明媚；白广寒大香师则孤高清寒，似傲雪寒梅，看人时目中带霜，令人不敢轻易靠近。

景大爷也站起身，指着景孝问：“那你见着他后，他可认得你？”

景孝轻轻摇头。

景明有些不甘心，再问一句：“当真不认得，还是、还是他兴许有什么难言之隐，所以装作不认得你？”

景孝还是摇头：“我当时也是这般想的，只是依孩儿观察，镇香使不像是装的。”

景仲抢过来问：“那他究竟是谁？怎么会出现在天枢殿内？又是怎么当上镇香使的？你都跟他说了什么？”

景孝转头道：“侄儿当时没问这么多，不过，这应当都是安先生的意思。”

提到安大香师，景仲顿住了，景炎公子和安大香师是有婚约的，两人定亲之前，其渊源就不浅。大公子失踪这么多年，私下里都传是在外遭遇不测回不来了，如今忽然出现一个长得那么像的人，安大香师要将此人安排在自己身边，倒也不难理解。

只是，若真如此，玉瑶郡主的那张婚书，倒是很容易解决了，如果……如果此时大公子，不，一个真假难辨的大公子出现的话，那婚约这事，倒是可以有个交代。总归玉瑶郡主已死，而眼下大公子亦未娶妻，那么景府无论如何都算不上毁约。

景仲想了又想，心里打定主要，便又问：“确实很像？”

景孝点头，只是跟着又道：“侄儿实在是不好说，当年侄儿亦是见过广寒先生的，广寒先生和六叔公不也是很像，但他们……”

这话书房内几位都明白，不由得相互看了一眼。

景大爷便有些不耐烦地挥了挥手：“行了，依我看，指定不是。像老二刚刚说的，若真是大公子，哪能不回来？”

景仲点头：“不过既然有这么一个人，咱们也要见一见才行。再说今日南疆人都拿了郡主的婚书过来，提到了香田和寤寐林，我说不得，也要去见一见安先生了。”

景仲清楚大香师不是说见就能见的，即便他如今是景府的当家人，但大香师若不想见他，也完全不用卖他什么面子。

但他更清楚，这等时候，已然顾不上什么面子了。且不论玉瑶郡主的命案一事该怎么解决，仅是景孝带回来的这个消息，他就不可能再坐得住，无论如何，他都得去香殿看个究竟。

只是他动身前，景三爷还是劝了一句：“要不先让管家上去打声招呼？”

景府即便不是什么皇亲国戚，但景府的脸面，也不比那些宗亲王族差多少。特别是景公还在世，大公子亦没有离开时，这长安城内，哪家王侯不卖景府三分薄面，更有人想着各种法子上门巴结。

刚刚景孝上去都没见着安先生的面，那还是景公临终前托付安先生照看的孩子呢……但景孝是小辈，见不着大香师也损不了颜面，左不过是又被人看轻几分罢了，而且说来说去也是府里的事。

但若景仲上去也吃了闭门羹，那他这当家人的颜面，可就不怎么好看了。日后府里有异心、不服管的那些人，怕是更会动歪心眼。

景府的大爷景壮、二爷景仲、三爷景禄，都是二房所出，一母同胞，四爷景明则是三房那边的。二房蠢材多，但人丁兴旺，小一辈的哥儿姐儿更是不少；三房则多是明白人，偏人丁凋零，景明还是个病秧子，三房还有一位五爷，却又是个什么都不管的主儿，可怜景孝的身子骨也像他父亲。

所以景公临终前，等不回景炎公子，最后选了景孝，也是无奈之举。

而事实也证明，景孝目前确实担不起这样的大任，送至面前的权力，还没等握住，轻易就被自己的伯父给收走了。

其实景仲也没多大才干，但比起景大爷的暴脾气没脑子、景三爷的贪财好色，他起码识时务，知道面子这种东西，要和不要主要看面对的是什么人。对大香师这等云端之上的人，他绝对能自己把自己的脸皮扒下来，先踩上几脚，再若无其事地贴回去。

天枢殿偏殿大厅内，鹿源给景仲沏了一盏茶："景二爷，先生此时在香室内，之前交代了不可打扰。"

景仲忙欠身，伸出双手去接那杯茶，脸上亦带着小心翼翼的笑："不急不急，不敢打扰先生，我就在这儿等着，若先生出来了，劳烦源侍香帮我通报一声，就说有要事求见。"

鹿源微微颔首，唇边挂着笑："那就请景二爷在此稍候。"

"好的好的。"景仲被那笑容看得心都酥了。

他不知道安大香师去哪儿找的这么个宝贝，一个男人，却生得一双如此漂亮的鹿眼，平日里看人的时候就水水润润的，这一笑，更是软得叫人不知怎么好。

景仲一直站着，等鹿源出去后，复坐下。

一个时辰后，鹿源走到安岚跟前，欠身道："先生，他还在厅内候着，看起来并无一丝不满或是不耐烦。"

安岚轻轻盖上香盒："也是午膳的时间了，依他平日在景府的膳食，给他送去。"

她确实极少插手景府的事，但景府的一切，她都有关注。因为那毕竟是景公临终前托付于她的，也是景炎公子最后交到她手里的东西。

"是。"鹿源应下，又问，"先生这边可要传饭？"

安岚沉吟一会儿，从香席上站起身："传饭到云隐楼。"

云隐楼是镇香使住的地方，离凤翥殿不远。

只是她走到门口时，却又停下，偏过脸问了一句："镇香使……此时可在云隐楼？"

她对香殿外的景府了如指掌，却对住在香殿内的那个人，无法完全掌握。

鹿源一怔，镇香使的事，他无权过问。

安岚也似只是随口一问，并未等鹿源回答，就迈过门槛，往云隐楼走去。

安岚走后，鹿源又在那儿站了一会儿，好看的眉毛微微蹙起，他看着安岚的背影，不觉轻轻叹了口气。

他知道镇香使今日在云隐楼，如今的云隐楼，殿内殿外，不知有多少双眼睛日夜盯着呢。这段时间，因镇香使的出现，天枢殿原本平稳的形势，忽然变得莫测起来，人心也都因此有些浮动，先生却似乎并不以为意。

蓝掌事为此担忧，他也担忧，只是蓝掌事的担忧和他的担忧有些不同。

安岚到的时候，白焰正好在院中练剑，她便未出声，安静地站在一旁看着。

无论春夏秋冬，大雁山的景色都是唐国一绝，千古以来，多少名卷都是出自此山此景。

安岚成为大香师后，自然是赏过不少以大雁山为主题的传世名作，但直到此时，她才发现，眼前这个身影，才是这幅水墨画中，最具灵性的一笔。

白焰最后一招，身若游龙，枝丫上的雪花飞起，寒剑一转，剑尖衔住一片雪花，对着安岚直直地刺过来。

鹿源领着送膳食的侍女进入云隐楼时，正好看到这一幕，脚步即加快，宽大的袍摆霎时卷起路上的积雪，身子瞬间就挡在了安岚面前。

白焰的剑在距鹿源眉心三寸前停下，然后收起，赞赏地一笑："源侍香好快的身手。"

鹿源神色不变，那双黑黝黝的鹿眼依旧含着温柔，只是开口时，语气明显带着几分指责："镇香使身手再好，今日也是放肆了。"

白焰看向安岚："先生受惊了？"

"未曾。"安岚看了他一眼，转身进厅，"过来用膳吧。"

鹿源摆好膳食后，微微欠身，就退了出去，却没有离开。

白焰透过窗户，往外看了一眼，再收回目光看向安岚："源侍香担心我会对先生不利。"

安岚一边盛汤，一边道："你无须放在心上。"

白焰却问："那么先生呢，是否放在心上了？"

安岚放下盛汤的勺子，抬起眼："你指什么？"

白焰伸手，接过她的勺子，帮她将碗里的汤添满，没有回答这个问题，而是接着又问一句："先生找我何事？"

安岚没开口，白焰照样没有催。进屋后，温热的饭香已化去他身上的寒气，此时他眉眼间挂着浅淡的笑意，搁了勺子后就拿起筷子，很自然地给她夹菜，语调里带着几分慵懒和随意："别喝太多汤，不然一会儿吃不下饭了。"

安岚看着他夹菜的动作，抿了抿唇，片刻后问一句："今日准备的这几道菜，可合公子的口味？"

白焰特意看了两眼摆在桌上的四菜一汤，笑着赞道："此等佳肴，岂能是不合口味的？"

安岚抬起眼："你还没吃。"

白焰便夹了个白玉丸子送进嘴里，慢慢品了一会儿，然后微微点头："肉质嫩滑，嚼起来又有劲道，难得！"

"味道如何？咸了还是淡了？"

"刚刚好。"

安岚便也给自己夹了一个白玉丸子，却吃了一口后，就放下筷子，淡淡地道："五年没做这个，盐放多了。"

白焰一顿："这是姑娘亲手做的？"

"吃菜吧，这小白菜看着不起眼，却是用高汤浇熟的。"安岚说着就将那道菜往他面前推了推，"是从天香楼里请来的老师傅的手艺，这道菜在他手里超过三十个年头了，不是随便能吃得着的。"

白焰却将那几个丸子都夹到自己碗里，悠然自得地道："姑娘的手艺也不差，这长香殿，怕是没人有我这样的口福。"

安岚看着他连着吃了两个丸子后，接受了他的夸赞，淡然道："这倒是。"

即便是以前，也只有景炎公子能尝到她的手艺，虽然她做得并不好。

这一顿饭，吃得是意外地和谐，除了开始这几句外，两人接下来就再没什么交谈，都认真地用完午膳，饭后品茶时，安岚才接着开口："今晚我要去景府走一趟。"

"一个人？"

安岚点头。

白焰轻轻搁下茶碗盖，改了称呼："先生需要我做什么？"

安岚不急不缓地道："南疆香谷对长安来说，是个很神秘的地方，即便是南疆人，对香谷也说不上了解。香谷里的人一直都避世而居，长香殿流传下来的文字里，对香谷的记载亦是极少。那些有限的只言片语，也多是劝告后人，不要轻易与南疆香谷为敌，特别是面对香谷的大祭司，需慎之又慎。”

白焰安静地听着，没有发表任何意见。

“据说香谷的大祭司，虽没有大香师那等迷惑人心，幻化天地定人生死的能力，但其能耐亦不小于大香师。”安岚慢慢品了一口茶，抬起眼，“我不想在这个时候同他碰面。”

白焰这才开口：“先生指的是司徒镜？”

“是他。”安岚手里拿着茶碗盖，轻轻拨着杯口，上好的瓷胎发出丝缎一样的声音，“我知道，他一直在等我出香殿，只要我动身，他就会跟上。”

白焰问：“难道先生怕他？”

“景府毕竟是景公的毕生心血，也是景炎公子最后托付给我照看的地方。”安岚看着他道，“公子倾其所有地栽培我，再将自己的所有都交付于我，我总不能看着景府陷入这样的旋涡。”

白焰默然不语。

“玉瑶郡主死得离奇，我需要去看个究竟，但不能让他们因此多做文章。”安岚放下茶杯，“所以我需要你拖住司徒镜，别让他来打扰我。”

白焰唇边浮出一抹浅笑，片刻后才道：“自当从命。”

安岚微微点头，然后站起身。

白焰送她出去，却走到门口时，问了一句：“先生不打算问一问？”

安岚站住，侧过身看他：“问什么？问你和司徒镜是什么关系吗？”

白焰没有回答，外面的雪光映在他脸上，将他的五官描绘得愈加迷人，还有那双眼，在光与影的交错中，眸色深不见底，让人看不出年纪、看不透心境。

安岚忽然抬起手，轻轻抚上他的脸：“司徒镜入长安不止一个月，而你……在长安也有一年多了，你们会认识，我不奇怪。”

抚在脸上的手，冰凉而柔软，奇异的醉人，他没有避开她的动作，也没有进一步地迎合。

没有人能拒绝大香师的示好，唯独他例外。

安岚的手在他脸上停留了一会儿，手指顺着他的脸颊轻轻滑到他的下巴，然后离开：“傍晚时分我会过去。”

他们站在门口说话时，候在院中的鹿源将他们所有的动作都看在眼里。

安岚说完，就转身离去，鹿源遂跟上。

白焰走出屋檐，目送他们离开，阳光落在他脸上，暖暖的，却盖不去他脸上微微的凉意，他垂下眼，片刻后摇头一笑。

“先生要出门？”太阳将落山时，鹿源出现在安岚寝殿外，欲言又止。

安岚点头，就要上马车，鹿源终是忍不住往前一步：“先生能否让我跟着？”

安岚转头看了他一眼：“不能。”

鹿源面上一红，水润的眼睛流露出明显的担忧，坚持道：“我绝不会打扰先生做任何事，只求能时时跟在先生身边，在先生用得上时，能尽绵薄之力。”

“你回去吧。”安岚面无表情地留下这句，就上了马车，放下帘子。

鹿源站在原地，失落地目送马车离开。

“她要做的事，岂是你能阻止的？”不知何时，蓝靛走到他身边，同他一起看着那辆远去的马车，淡淡地道了一句。

鹿源没有转头，一会儿后，却忽然开口问：“镇香使白焰，是个什么样的人？”

蓝靛沉默了许久才道：“跟安先生一样的人。”

鹿源转过脸，面上带着几分不认同。

“以后你就知道了。”蓝靛说完便转身。

鹿源却在她后面问了一句：“蓝掌事，你是谁的人？”

蓝靛忽然站住，转身，盯着鹿源，声音森寒：“念在你是先生身边的人，我且饶过你这一次！”

鹿源目中并无惧色，他认真看了蓝靛一会儿，然后揖手：“是我鲁莽了。”

蓝靛忽地冷笑一声：“你呢，源侍香，你又是谁的人？”

鹿源抬起脸，微微蹙眉。

“我知道你跟先生坦白过你的一切，但你当真确定自己的位置吗？”蓝靛说完这句话就离开了，暮色的渲染下，她的背影看起来有几分迷离。

许久，鹿源才收回目光，轻轻道：“你怎么会懂，我当然是先生的人。”

景府的骊园里种了很多红梅，不过现在还不到花开的时候，树枝上只看得到几个花骨朵，零零落落的，完全没有那让人神往的冷傲姿容。

乌金西沉，安岚踩着最后一点余晖走进骊园。

她以前来过骊园一次，在她还只是天枢殿的侍香时。那时景炎公子住在景府的白园，她当时没有资格入住白园，于是便在骊园安歇。

不过那次正好赶上满园的红梅怒放，那景色，美得让人心悸。

安岚一步一步往里走，眼睛扫视过每一个角落。依旧是外檐斗拱、朱漆廊柱，每一处都是精巧华美匠心独造，即便是王侯将相入住此处，也不会辱没了身份。

只是，院子还是那个院子……但如今这里门窗紧闭，院中冷寂，外头守园的婆子只窝在自己的小屋里，偶尔听到些声响，也绝不探出头瞧一眼。玉瑶郡主带过来的那几个丫鬟，眼下也还住在这里，在郡主的死因没查出来之前，她们怕是都不能离开。

除此外，前院那边还有八个南疆侍卫，日夜轮值，时时盯着骊园，以及整个景府的动静，就好似在特意等什么人一般。

这些日子，除了接待官府来查案的人外，景府的人能避开这里就尽量避开，因而，只要有人往这边靠近，就瞒不过那些南疆侍卫的眼睛。

然而安岚一个人都没有惊动，就走到了骊园的堂屋前。

此时堂屋的大门是关上的，里面放了一副棺木，是南疆人命景府给准备的，不过玉瑶郡主并未入殓，尸体就放在棺木旁边。七八天过去了，也不知那尸体成了什么样，幸好眼下是冬天，不至于太难看。

据闻这些天，没有人敢轻易动郡主的尸身，即便是大夫和查案的官差来了，也只能站在一旁看几眼，余的，皆由郡主的贴身丫鬟口述。

安岚走到门口时，没有急着推开门看个究竟，而是收住脚步。

在她踏上台阶的时候，就隐隐感觉到些许不对劲，越是靠近堂屋，这种感觉就越是明显。

她还是第一次碰到这样的情况。

从她进入景府的那一刻开始，她就起了香境，她虽身在骊园，但其实是行走在自己的世界中，只要她不愿，就没有人能看见她，更不可能有人能接近她。

但这危险的感觉来得那么突然，就好似有什么人，或是什么东西要闯入她的香境世界！

难道别的大香师也过来了？会是谁？

安岚看着眼前紧闭的门，眉头微蹙，不对，不是有人要闯入她的香境，而是……安岚目中露出诧异，遂往后退了一步。

不是另外一位大香师，那是什么？

那种冰冷的、黏腻的、焦躁的，正在四处寻找，试图扑上来一口吞噬掉的感觉，究竟是什么？！

大香师的香境是由心而生，故翻云覆雨，也只作用于生灵，生灵的灵性越高，就越抵抗不了香境。因而这天下，几乎没有人能逃得过大香师的香境。而能对抗香境的，也只有其他大香师的香境。

可是，此时却出现了未知的情况，堂屋里面有什么？

就在这时，旁边厢房的门开了，两个丫鬟从里出来，一个手里端着一盆水，一个捧着一叠棉巾。

“雪都停了，怎么还这么冷？”

“都入冬了，肯定是一天比一天冷，快走吧，别磨蹭了，早点做完早点回去歇着。”

“嗯。”

见她们是往堂屋这边走来，安岚便往旁让开两步，看着她们走到自己刚刚的位置。两个丫鬟都是十七八岁的模样，都生得很好看，一个圆脸，一个瓜子脸，此时那圆脸的丫鬟露出几分怯意，轻轻道了一句：“咱也不知接下来怎么办，要是——”

瓜子脸丫鬟马上制止她：“嘘，别多嘴！”

圆脸丫鬟赶紧收声，只是脸上的忐忑并未减少。

安岚微微眯了眯眼，看着她们推开堂屋的门。

长安城东区的枣树巷口，有一家专门卖羊肉火锅的铺子，铺子很是简陋，差不多就是用油布搭起来的棚子，除了头顶，前后左右都敞着风。棚子下摆着几张桌子，每张桌子上都搁着一个小火炉，炉子烧得旺旺的，羊肉在锅里翻滚，浓郁的香味飘散在这寒凉的冬夜，吸引那些在夜里赶路的人。

白焰夹起一片羊肉尝了尝，然后道：“可以吃了。”

此时与他同坐一桌的，是个穿着斗篷、戴着帽子的人。那斗篷很大，将整个人都罩住，那斗篷的帽子也很大，几乎盖住了整张脸，只露出一截精致的下巴。

“你找我，就是请我吃这个？”

白焰笑了笑：“人间烟火，别有滋味。”

“你知道，我从来就不喜欢羊肉。”

白焰喝了口汤："汤很鲜，既然来了，就尝一尝。"

"她今晚去了景府。"

白焰拿起筷子，慢条斯理地又夹起一片羊肉。

"原来如此，是她让你来拖住我的。"

白焰吃了半碗羊肉汤后，抬起眼："没错。"

"你觉得你能拖得住我？"

白焰将剩下的半碗汤喝了，又盛了一碗："可以试试？"

"试试？"司徒镜忽然低低笑了一声，"你，不是我的对手。"

白焰唇边也挂着一抹笑，没说话，炉火映在他脸上，那抹笑意似也随之亮了几分。他今夜出来，依旧是一身简素的棉袍，不过加了件披风。披风上缀着一圈毛领，他吃东西时，将披风的领子解开了，就搭在肩膀上。他看起来很随意，身上甚至没有佩剑，丝毫没有给人危险的感觉。

司徒镜还是微微垂着脸，宽大的帽檐遮住他的容颜："我不想跟你动手。"

"那就吃碗羊肉汤。"白焰说着就给他盛了一碗，放在他面前。

司徒镜在阴影后面盯着他："你为何要屈尊听命于她？"

"屈尊了吗？我未曾觉得。"白焰淡淡一笑，递给他一双筷子。

司徒镜看着那双筷子，忽然又阴恻恻地笑了："你知道我为什么还不走吗？"

白焰把筷子放在他跟前："你给她设了陷阱。"

"你知道！"司徒镜微怔，随后点头，"你猜到不奇怪。"

白焰又喝了半碗汤后，觉得差不多了，便放下筷子。

司徒镜在阴影后面看着他："你不担心？"

白焰拿出钱，放在桌上，然后站起身，看了看夜幕："晚了，回去吧。"

司徒镜抬起脸，然而斗篷的帽子实在太大，旁人依旧看不清他的脸："你要回去？"

白焰道："夜里太冷了。"

司徒镜慢慢站起身，别桌的食客不由得往他这边看了一眼，随后又赶紧收回目光。不知为何，每个人在看过去的那一瞬，心里都莫名生出几分惧意，那恐惧的感觉像一条冰冷的毒蛇，它慢慢游过，然后突然抬首，对着你吐出红色的信子！

司徒镜问："你不想去景府看看？"

“看什么？”白焰反问一句，语气很是平淡，显得有些漠不关心。

没人能看得透他的心意，司徒镜沉默片刻，离开桌子往前一步，然后似想起了什么，低低地发出一段怪异的笑声：“有意思！”

白焰没理他，将披风系好，就转身走入夜幕中。

“官府是查不出凶手的，不用等镇南王的人到长安，景府就会供出她。”

白焰已经走远了，司徒镜并未跟上，他的声音却似影子般，慢悠悠地从后面传来：“凶手就在长香殿。”

白焰一个人走在入夜后的长安城内，不知何时，天空忽然飘起雪花，不过片刻，路面就全都白了，他身后慢慢留下一行浅浅的脚印。

雪越下越大，街上空无一人，两边的店铺全都打烊了，夜空中只有零落的几点星光，时隐时现，好像随时都会消失。

他站住，抬起脸，看着这场突如其来的鹅毛大雪。

街道、屋檐、楼台，全都一点一点染了白，似一场无声的盛宴。

雪花落在他脸上，很快就化了，冰冷的感觉让他的思绪无比清晰，他的嘴角慢慢上扬，俊秀的容颜浮现出浅浅的笑意，那笑容宛若开在夜里的昙花，无比安静，无比惊艳。

一辆马车自雪夜中行来，车轮碾在积雪的路面上，发出咯吱咯吱的声音。

不多会儿，马车在他旁边停下，车门开了一道缝，从里面传出一个比这雪花更冷，亦比这雪花更柔软的声音：“镇香使，请上车。”

白焰笑了笑，走过去，车门打开。

美丽又神秘的女子，携着温暖的光缓缓而来，不容置疑的邀请，成为这雪夜里最吸引人之处。

白焰无法拒绝，上车后，安岚往自己旁边示意了一下：“坐过来。”

白焰便将自己的披风解开，再将车厢内的炭笼往她跟前挪了挪，然后才在她身侧坐下：“安先生怎么知道我在这儿？”

安岚微垂下脸，声音有点恹恹的：“路过碰巧看到。”

白焰打量了她一眼，发觉她脸色似有些不好，本就很白皙的脸，此时几乎没了血色，眉头亦是微微蹙着，因眼睑微垂，所以两扇浓密的睫毛挡住了她眼里的神色。

白焰问：“先生不舒服？”

“没有。”安岚抬起脸，“司徒镜可有与你为难？”

“没有。”白焰摇头，又问，“可是景府一行不顺利？”

“不是。”安岚眼睛看着炭笼一会儿，然后转过脸，看向他。

此时两人是挨着坐在一起的，她这么一转头，两人的视线就离得更近了，车内的烛光很亮，他几乎能看到她肌肤下细细的血管。

安岚垂下眼，看着他披风下的手，伸手去握住。

白焰顿了顿，没有拒绝。

她贴住他的掌心：“手这么冷，你在外面站了很长时间？”

她的手比他小很多，白皙又柔腻，他不由得轻轻握了一下：“也没多久。”

安岚与他十指相扣：“你站在雪夜里想什么？”

白焰沉思了一会儿，轻轻一笑：“也没想什么，只觉得那一刻很安静，雪花落在脸上，感觉意外地好。”

她紧紧贴着他的掌心，良久后，才道：“司徒镜跟你说什么了？”

白焰道：“凶手在长香殿。”

安岚松开他的手，翻过他的手掌，看着他掌心的纹路问：“你信吗？”

白焰任她摆布：“一半一半。”

安岚轻轻描摹他的掌纹：“一半一半？”

白焰觉得掌心有点痒，顿了顿才道：“凶手在长香殿，不一定就是长香殿的人；凶手在长香殿，是长香殿的人，但不一定就在长香殿。”

司徒镜的话里有玄机。

“是吗……”安岚似乎并不在意，手指还在他掌心上轻轻描摹，食指顺着他的生命线一直划到他手腕，没有停下。

白焰将手一转，就握住了她的手，止住她撩拨的动作，语气却是比刚刚柔了几分：“安先生呢，在景府看到什么了？”

“什么都没有看到。”安岚抬起脸，朝他笑了一笑。她是冷漠惯了，此时这一笑，宛若冰雪消融，眼角眉梢间都带上了妩媚，靠得这么近，有种难言的吸引力。

白焰沉默地看着她。

安岚低声道：“镇香使，你弄疼我了。”

白焰垂下眼，慢慢松开她的手：“什么都没看到？”

“确实没看到特别值得注意的东西，不过有些东西，不是用眼睛去看的。”

安岚挽起袖口，露出一小截纤细白皙的手腕，轻轻揉了揉，“兴许司徒镜说的没错，凶手就在长香殿。”

白焰看着她那截比雪还要白的手腕：“发现了什么？”

“大香师来过的痕迹。”安岚将袖子放下，声音轻缓，“是一小段零碎的香境，那香境好似被撕碎了一般，就停留在那里。”

“是什么样的香境？”

“只是一小段香境，又破碎得太厉害，而且有好些天了，看不出是何种香境，不过，我猜……应当是杀人的香境。”

白焰思忖了一会儿，又问：“看得出是哪位大香师的吗？”

安岚摇头，闭上眼：“如果大香师有意隐瞒身份，是很难从这样零碎的香境中找到他的。”

“那段香境需要多长时间才会消失？”

安岚想了一会儿：“至少一个月。”

一个月的时间，官府再查不出点什么，定会派人请大香师了。玉瑶郡主的身份实在太敏感，死得又那么离奇，怕是用不了几天，官府的人就会前往长香殿。

她能看得出来，其余几位大香师自然也是能够的。

那么，凶手会是谁？

真的是某位大香师吗？

之前去过景府的那位大香师是谁？又是什么东西，将那位大香师的香境撕碎了一角？

长安城离大雁山有段距离，加上是夜里行车，需要的时间会更长些。

出了城门后，安岚便闭上眼睛小憩。

车夫驾驶得很小心，但是车厢还是有些摇晃，她便稍稍侧过身，靠在他肩上。白焰垂下眼，只见她脑袋动了动，纤细的手从斗篷里探出，轻车熟路地摸到他的手，再轻轻挽住。

他看着她的动作，微微挑眉。

从第一面开始，她就对他表现出了强烈的占有欲，在他面前，她的言行举止没有丁点遮掩，更谈不上矜持。她从不会追问他的事情，她会自己去查；在香殿内，她既完全信任他，却又允许别人暗中监视他；她不过问他和司徒镜的关系，却在一开始就防备着司徒镜，同时又不阻止他和司徒镜的交往。

在天枢殿，她有去云隐楼找他的时候，但更多的时候是待在自己的凤翥殿内。

随心所欲，若即若离，让他亦是难猜她的心思。

他正沉思的时候，马车忽然晃了一下，她挽住他胳膊的手轻轻往下一滑，遂握住了他的手掌，他正要反握住她的手，让她往里坐些，别颠了下去。

却不等他握紧她的手，车厢里的灯忽然就灭了，眼前一片昏暗！

白焰紧握住她的手，只是随即眼前的昏暗淡去，视线逐渐清晰，他来到了一个种满梅树的陌生院子，此时太阳已落山，园灯还未亮起，周围的一切都被笼罩在一层薄薄的夜幕中。

她还在他身旁，依旧握着他的手。

白焰微怔之后，即意识到这是她的香境，环顾了左右："景府骊园？"

"是骊园，时光回溯的香境。"她拉着他的手，往前走过去。

那两个丫鬟推开门，她和他站在门外看着堂屋里正发生的一切。

"这都第八天了。"圆脸丫鬟小心翼翼地将棉巾浸在水里，拧干，递给瓜子脸的丫鬟，颤着声道，"郡主怎么还跟……"

"闭嘴！"瓜子脸丫鬟忙低呵，"少说话多做事！"

圆脸丫鬟声音里带着哭腔："姐姐，我实在是害怕！"

瓜子脸丫鬟心里也有些犯怵，不过她越是紧张，嘴巴就越毒："你怕什么，咱们从小就伺候郡主，人活着的时候你都没怕，死了你倒知道怕了，难道怕郡主忽然醒过来咬你一口？"

"姐姐，你、你、你快别说了！"

"快擦……"

两个丫鬟进去的时候，就将堂屋里的灯给点亮了，郡主的尸体就正对着堂屋的门躺着，故站在门口就能看得一清二楚。

然而，那哪里像死了八天的人？

即便没有靠近，却依旧能看得清，躺在床上一身盛装的妙龄女子，似只是熟睡过去般，仅仅是脸色比常人苍白些罢了。

那两个丫鬟拿棉巾给玉瑶郡主仔细擦了一遍身体后，就收拾好东西，匆匆离开了。

"那是南疆的一种药水，名叫千娇百媚，专门给死人用的，为保尸身不腐，只有贵族能用得起。"白焰低声道，这些天他负责查探此事，故那两个丫鬟此时做的事情，他很清楚。

安岚点头，没有说话，似在等着什么事情般。

果真，那两个丫鬟前脚才刚刚离开，就看到玉瑶郡主的床周围浮起片片微光，那光并不纯粹，乍一看很是斑驳，再仔细一瞧，发现里面竟然有破碎的印象！

白焰诧异："那是什么？"

安岚道："是一角被撕碎的香境，郡主临死前，有人在这里起过一场香境。"

白焰微微蹙眉，在那几片破碎的光片中寻找蛛丝马迹。

天之骄女的脸在光片中闪过，缀着珍珠的绣花鞋踩在开满鲜花的草地上奔跑着，蝴蝶在她裙裾边飞舞，那是娇憨的玉瑶郡主，成群的仆从围绕着，鲜艳的胭脂贴脸，大红的花轿抬起……随后是凛冽的飞花，光片碎得厉害，聚在一起又分离……

"是出嫁？"

"应当是。"安岚淡然道，"玉瑶郡主和景府有婚约。"

白焰不语，片刻后，遂见那些光片又聚成几片隐约可见的景象，却还是某个场景的一角。和刚刚不同，再不是那样欢乐幸福的景象，而是透着一股恐怖的气息。

被扯破的嫁衣、落了满地的珠宝首饰、倾盆的大雨、斩下的巨斧，还有顺着雨水汇集成河的鲜血。

光片突然间碎成光点，随后消失。

一种看不到的危险猛地袭来，似从阴地里钻出的怪物，黏稠，贪婪，凶猛！那感觉就像侵入身上的每一个毛孔，白焰的瞳孔猛地一缩，握紧安岚的手，却就在这时，他们回到了车厢内。

明亮的烛光、精致的炭笼、柔软的靠垫，以及车轮发出的咯吱咯吱的声音，这一切都那么真实、温暖。

白焰静默一会儿，轻轻嘘了口气，然后才看向安岚："这就是安先生刚刚在景府骊园所看到的一切？"

安岚点头："我没有进屋细看。"

因为最后的感觉太危险了，在没弄清楚原因之前，她不会妄动。

白焰问："玉瑶郡主就是死于那场香境？"

安岚沉吟道："你觉得呢？"

白焰沉思良久："如果香境里的血是郡主的，那么郡主就是死在了香境内？"

安岚道："没错，如果她在香境内死了，那么现实中她确实也是死了。这等死法，大夫看不出究竟，仵作亦是查不出死因的。"

白焰却问："既然大香师的香境杀人如此容易，为何要有出嫁那一段？"

安岚摇头："我亦是想不明白这一点。"

零碎的片段，反使得事情更加扑朔迷离起来。

"最后那危险的感觉……"白焰又看向她，"是当时你的香境遭袭？"

安岚点头："所以我离开了，那东西没碰到我。"

"是另外一位大香师？"

"不像。"安岚摇头，随后又有些迟疑，"不是很确定。"

白焰道："那么，这就是司徒镜设下的陷阱了。"

安岚看向他："他承认？"

白焰道："他承认也没用，看不到又摸不着的东西，又何来证据？"

安岚微微点头，垂下眼沉思时，看到自己的手还被他紧抓着，便轻轻动了动手腕。白焰亦往下看了一眼，松开手，就见那如雪的皓腕上已红了。

回到天枢殿，已近子时，鹿源一直候在凤翥殿门口，看到安岚的马车后，面上的表情终于一松，忙走过去："先生累了吧？"

只是先下来的却是镇香使，鹿源顿了顿，朝他微微颔首。

安岚下车后，白焰才揖手道："今晚多谢先生了，早些歇息吧。"

安岚点头，未多言，下了车就直接回了寝殿。

鹿源将早备好的热茶送上："景二爷一直等到天黑才告辞。"

安岚将茶盏放在几上，把旁边的手炉拿过来，两手抱着："你都跟他说了什么？"

鹿源立在一旁，轻声慢语地道："就是好言安抚了几句，不过景二爷对景公签下的文书很是担忧，走之前，希望先生能给句话，好断了南疆那边的心思。"

安岚垂下眼，看着手炉上的花纹："他怎么说的？"

"景二爷的意思是，景公这辈子就两个儿子，一位是白广寒大香师，一位是景炎公子，那文书上倒没有指定，将来要娶玉瑶郡主的是哪一位。但是白广寒大香师定是不可能的，且不论广寒先生如今何在，仅是这大香师的身份，天枢殿若真的认了这份婚约，那么天枢殿和镇南王府的关系就复杂了。”鹿源说到这里，看了安岚一眼，接着道，“因而就只有景炎公子了，只是景炎公子当初已定了亲，并且如今他们也找不到景炎公子。如果眼下能有一位长得跟景炎公子很相似的人出面，同景府一起表明，景炎公子实际上并未定亲，不然也不会至今未成婚，如此，景府也就不算失约。总归玉瑶郡主已死，这事有了个说法，那么无论是婚约还是失约，这事也都过去了。”

安岚问：“所以景府是想请镇香使出面？”

“是，景二爷告辞的时候，还提出想见一见镇香使，只是那时镇香使未在殿内。”

安岚唇边忽然浮起一抹似有若无的笑意：“既如此，他怎么来找我？还耐心地等那么长时间？”

鹿源道：“景二爷的意思是，此事自当要先问您的意思，镇香使愿不愿意，还不是要看先生您点不点头。”

安岚轻轻描画手炉上的花纹：“我不反对，就看镇香使愿不愿了。”

鹿源沉吟一会儿，应下：“是。”

安岚放开手炉：“我乏了，你出去吧。”

“是。”鹿源又应了一声，却没有马上走。

安岚抬起眼：“还有事？”

鹿源的目光落在她手腕上：“先生的手怎么了？”

安岚垂下眼，将袖子拉下：“没事。”

鹿源问：“是镇香使做的？”

安岚又抬起眼，看着他，神色淡淡的。

鹿源垂下眼，面上似有隐怒，却含着不露，缓缓行礼：“夜深了，先生歇息吧。”

他的外表是柔弱的、漂亮的、精致易碎的，一个微微难过的表情，就能引起女性的怜惜，让人忍不住想要对他好；当然，也有可能会让人想加倍地欺负他、玩弄他、掌控他。

是天堂还是地狱，似乎只在别人一念之间，但实际上，是在他手里。

这是上天赐予他的能力，他自成年后，就很好地掌握了这等能力。天枢殿内，几乎所有侍女，甚至是香师，都会不自觉地对他有几分偏袒和维护，除了安

岚和蓝靛。

不过当初安岚会把他放在身边，除去他有过人的辨香本事外，多少也有这样的原因在。

安岚净面后，准备上床时，侍女拿着一盒香膏进来："源侍香让我给先生，这是他新调配的，擦手用，睡之前在手上涂一点，明日早上起来两手的肌肤会无比光滑。"

安岚往那侍女手中看了一眼，示意她放旁边。

侍女即将那盒香膏小心地搁在床边的高几上，然后才轻轻退出去。走出殿外后，看到鹿源还等在外面，便走过去笑着道："先生收下了，搁在床头呢。"

鹿源行礼："有劳姐姐了。"

侍女笑道："我可有份？"

鹿源道："自然是有的，已经让人送到姐姐屋里了，先生身边的几位姐姐都有。"

"你这般贴心，叫人想不疼你都不行。"

屋内，安岚拿起那盒香膏，又看了看自己还有些红的手腕，想了一会儿，将香膏放回去，然后歇下了。

翌日，白焰就被告知了景府那边的意思，又听说安岚并不反对，他便没有多考虑，点头应下了。

中午，景府就收到镇香使将前来拜访的消息，景仲被这消息砸得有些愣住。他没想到这般容易就说动了安先生和镇香使，不，其实连说都没有说，他昨儿个只不过上去等了一天而已，最后连安先生的面都没见着。

昨儿回来的时候，他还为此焦虑不已，却不想今日事情竟有如此大的转机！

景大爷听说后，马上有些紧张地问："这事要不要跟老太太说一声？虽说是假的，但咱们怎么也要弄得像真的一样，不然怎么糊弄那帮南疆人？"

景仲激动之后，慢慢冷静下来，想了好一会儿才道："不急，先别声张。"

景大爷不解："怎么？"

旁边的景三爷眼珠一转，想明白了一些，就道："大哥你糊涂啊，这等事自然不能大张旗鼓地说，你忘了，这家……原本是谁当的！"

景大爷一怔，随后面上露出恍悟，喃喃道："还真是忘了，是啊，不能声张。"

如果真是景炎公子回来了，又大张旗鼓地说出去，那景仲这当家人的身份岂不尴尬了？到时这家究竟谁来当？里里外外的那些管事究竟要以谁的话为主？

只是景大爷想了想，还是不放心："就算咱不往外说，别人也一样会知道，那几个南疆人还能给捂住了不成？还有府里上上下下几百双眼睛，哪个不能看见？"

"所以我们得跟他慢慢商量，看怎么做既能将南疆人挡回去，还能借他的口，把这个位置名正言顺地让出来。"景仲说着就微微眯了眯眼，一副老谋深算的表情，"毕竟，他如今是天枢殿的镇香使了，再管府里的事，也不合适。"

景三爷立马附和："二哥说得对！"

景大爷也跟着道："不错，好好跟他说，要多少银子随他开价！"

这话才落，吴兴就带着一脸古怪的表情进来道："二爷，镇香使来了。"

景仲等人闻言都不自觉地绷直了腰身，景大爷甚至在地上踮了一下脚，下意识地想站起身，但屁股刚刚离开椅子，就回过神，又坐下了。

景三爷也是抬了抬臀部，又赶紧收回去，还往里挪了几寸，然后有些不自在地道："这镇香使，在那天枢殿究竟是个什么身份？咱们该如何接待？"

景仲轻轻咳了一下，就从椅子上站起身："毕竟是天枢殿的人，又是安先生亲自指定的，自当不能轻慢了。"

更何况，他们如今是有求于人。

景大爷和景三爷一听确实是这么个理，于是都跟着站起身，正好这会儿看到门外有个身影缓缓行来。

景仲刚露出的笑容即僵在脸上，景大爷和景三爷的脸色也变了，两人慌忙看向他。

"老、老二，他——"

白焰已经跨过门槛，施施然走进正厅，看了他们三一眼，然后朝景仲揖手："听闻景二爷相邀，白某没有来迟吧？"

景仲回过神，忙道："没、没有，镇……镇香使请！"

白焰颔首微笑，也朝他做了一个请的动作。

景大爷和景三爷还有些没回过神，面上惊愕又惊慌的表情也没收回去，白焰坐下后，景大爷首先忍不住，张口就问："你、你是谁？"

景三爷这才回过神，朝景大爷打了个眼色，景仲也有些不悦地看了他一眼，但景大爷这冲劲上来，可不是能轻易就收得住的，只见他说着就往前一步，瞪着白焰道："你究竟想干什么？"

白焰没有回答他的话，只是转头看了景仲一眼，目中带着疑问。

景仲有些尴尬地咳了一声："大哥，快坐下吧，怎可对镇香使无礼？"他说着就给景三爷使了个眼色，景三爷压住心头的震惊，上前两步拉住景大爷，勉强笑着道："二哥说得对，咱坐下说，坐下说，好好说。"

景大爷还是在等着白焰，只是看着那张脸，看着那脸上似笑非笑的表情，不知怎么，他的心不自觉地哆嗦了一下，立马就泄气了。

待景大爷坐下后，景仲才略带几分歉意地解释道："让镇香使见笑了，实在是因为您长得太像我们府里的一位公子，所以这一看到您，难免就有些失态了。"

白焰道："是长得太像景炎公子？"

景仲只觉得自个儿胸腔里的心脏猛地提了一下，心头那复杂的、惊慌的情绪几乎要掩饰不住。

景大爷接过他的话，只是再开口时，声音却不自觉地降了两度："没错！"

下人捧上待客的茶，白焰接过，轻轻拨了拨茶碗盖："还有人说白某长得像广寒先生。"

景大爷张了张嘴，一时不知该如何接这个话，景三爷眼珠转了一下，便道："所以，白公子果真……跟我们府里的景炎公子没有半点关系？"

白焰看向他，面对那张脸，景三爷只觉自个儿的心肝颤了颤，赶紧讪笑了一下，硬着头皮问："还是白公子，其实也……认识景炎公子？"

白焰无声地勾了勾嘴角，那张俊秀的脸上露出一个似嘲讽又似怜悯的表情，景三爷顿觉如坐针毡。

白焰转头看向景仲，微微挑眉："景二爷今日请我过来，就是为了问这个？"

有的人，即便没有动怒，却只需一个眼神，就能让别人紧张万分。

当年的景炎公子就是如此，即便他待人永远是彬彬有礼，面上从不缺笑容，但就是没人敢在他面前造次。

而眼前这位镇香使，也有这种特性，但又有些不同。

景仲暗暗审视着，眼前这个身份神秘的公子，确实长得跟景炎公子几乎一模一样，但……比起景炎公子，他身上少了一些自小养尊处优所带来的浮夸，多了一些说不清的质朴，不，也不能说是质朴，他不知道该如何形容。

这个男人，比景炎公子更难看透，更加深不可测！

“当然不是，镇香使莫怪，实在是失态了，安大香师钦点的人，在下怎么会对其身份有异议？”景仲赶紧赔着笑道，“在下请镇香使过来，是有别的事想与镇香使商议商议。”

景大爷皱眉，景三爷立即对景大爷轻轻摇头，用口型道：“听二哥的。”

白焰道：“景二爷请说。”

景仲点点头，忽然叹了口气，然后才道：“如今景府出了什么事，想必镇香使也都听闻一二了，实在是那南疆人欺人太甚，不然在下哪里敢去侵扰安先生，实在是没法子了，也幸得安先生念着旧情，愿意让镇香使前来相助。适才在下与府里的几位兄弟都商议好了，希望……”

白焰忽然打断他的话：“景二爷可是苦恼两日前，镇南王府的人忽然拿出一纸婚约，指景府失约，命景府依承诺付出代价？”

景仲只得收住话：“没错，这事说起来，其实跟安先生也有些关系。”

白焰道：“据我所知，景炎公子确实有过一门亲事，不过早已退亲。”

景仲顿了顿才道：“我也是这么跟镇南王府的人说的，可他们却说，镇南王并不答应退亲，所以这门亲事还是作数的，直嚷嚷着让我们赔钱赔人。”

景大爷接着道：“没错，简直是晦气！他们把死人带进来，让景府吃了哑巴亏，如今那尸体还停在府里，他们不让我们靠近，官府也不让动，你说这叫什么事！如今还有胆子打上香田和痫痳林的主意！”

白焰看向他，不急不缓地道：“景大爷好气魄，只是为何还能被人欺成这样？”

景大爷即绷住脸：“你说谁——”

景三爷忙拉了他一下，赔着笑问：“不知镇香使有何法子，如今景府还不想跟他们撕破脸，毕竟……郡主的命案还未水落石出呢。”

白焰问：“他们可有景公的信物？”

景仲忙道：“有的，那确实是大老太爷的东西，再加上大老太爷亲笔写的婚书，所以我们才为难。”

白焰问：“景公生前送出去的东西究竟有多少，你们可知晓？又如何辨出他们拿出来的那个东西，就是景公为这门亲事送出的信物？”

景大爷和景三爷面面相觑，景仲迟疑了一会儿，才道：“那婚书内有指明信物特征，所以……”

白焰问："景二爷当真看清楚了？"

景仲一时回答不出来，景大爷即道："那现在就叫他们拿过来，我们再好好瞧瞧！"

景仲询问地看着白焰，白焰没有表示反对。

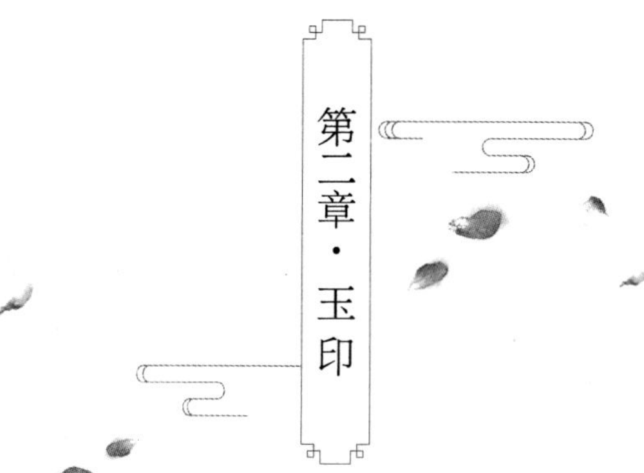

第二章·玉印

然而派去骊园的下人却回来道："那些南疆人说了，要等负责此案的陆大人在场，他们才会将信物和文书拿出，景府若想再次确认，就自请派人去刑部请陆庸。"

言下之意，便是暗指景府在找机会毁了文书和信物，所以必须有官府的人在场看着，顺便做证。

景大爷当即骂道："真是给脸不要脸的东西！"

景仲也皱了一下眉头，又看了白焰一眼，见白焰还是那般好整以暇地坐着，没有任何表示，他只得主动开口："那些南疆人就是这般难缠，什么事都要为难一下，您看，这要是去请陆庸大人，可能还得等上好些时候，不知镇香使今日时间可充裕？"

白焰淡淡一笑："能有官府的人在一旁做证，究其真假，岂不更好？"

景仲顿时恍悟："镇香使说得是，在下这就让人去刑部请陆大人！"

他说着马上往旁吩咐一句，让吴兴骑快马去刑部，无论如何一定要将陆大人请过来。

吴兴领命出去了，厅内遂静了下来，白焰慢慢品着茶，不言语。

景大爷几次想开口，却不知为何，话都到嘴边了，却看着那张脸，就是死活都蹦不出一个字，几次下来，额上居然都冒了汗。景三爷亦是想说点什么，但一样找不到合适的话，于是看来看去，最后也选择了闭嘴。

景仲此刻的心情就更是复杂了，镇香使来之前，他做再多的心理准备，似乎都起不了作用。事情也丁点没有依他预设的那样去进行，原本他是希望镇香使能先表明自己并非景炎公子，然后照他们的意思来假扮景炎公子，最后再同南疆人交涉。

但现在……这位镇香使如此暧昧的态度，究竟是抱着何等心思？

他不好问，也不敢问，更怕问出自己最害怕的答案。

于是景府这三位爷，都不约而同地选择了沉默，气氛有些尴尬。

不知过了多久，白焰忽然放下手里的茶盏，这动作令景仲等人没来由地一阵紧张。

白焰却只是往厅外看了一眼，景仲遂跟着看过去，就看到景四爷领着景孝正往这边过来。

景大爷当即皱起眉头：“他来干什么？”

今日镇香使来景府这件事，他们是故意瞒着景明的，却没想四房那边的消息也挺灵通。

景明领着景孝进了厅内，看到白焰后，亦是愣了一愣，片刻后才对景仲道：“有贵客临门，二哥怎么不告之一声？”

景大爷抢了一句：“这谈的是府里的正事，你又不是管事的，告诉你做什么！”

景三爷轻轻咳了一声，看向景仲，景仲对景明笑了笑：“大哥说得没错，今日谈的是正事，四弟你身体不好，我便没拿这些事烦扰你。不过你既然过来了，那就见一下吧，这位就是天枢殿的镇香使，白焰白公子。白公子，这是舍弟，行四。”

他特意将白焰二字咬得重一些。

景四爷看向白焰，顿了顿，才拱手作揖，缓缓躬身，微微垂下脸：“久仰……”

他的声音有些激动，但被硬压制着，随后就轻轻推了推景孝：“孝哥儿还不快见过公子！”

景孝忙行礼：“晚辈见过公子！”

这初次见面的称呼，让景仲等人全都不自在起来，景大爷想呵斥景明是什么意思，只是话到嘴边了，又不知道要怎么说，这口气憋在胸腔里，憋得脸都红了、气也喘了，偏还是没法发作出去。

景三爷同景仲对望了一眼，都在对方眼里看到了担忧和不安。

白焰倒没有什么特别的反应，他似乎已经习惯别人面对他时，总会有几分失态的表现，所以他稍微应酬了几句后，就不再说什么。

景孝站在景明旁边，眼里隐隐露出几分失望，只是这会儿他父亲却对他轻轻摇了摇头，让他沉住气。景孝立马板正了脸色，耐心候在一旁，站得笔挺。羸弱的少年，努力地成长，像一株小小的翠竹。

白焰这才看了他一眼。

约莫过了一个时辰，吴兴终于将陆大人请到了，不多会儿，南疆人也从骊园出来，还是由玉瑶郡主身边的花嬷嬷为首，领着四名南疆侍卫，板着脸走入厅内。

花嬷嬷是个五十出头的妇人，身材高大，五官冷硬，嘴角两边有两道很深的法令纹，面上未施粉黛，却在眉心点了一粒朱砂痣，这让她看起来有些怪异。眉心点朱砂痣，在南疆是身份尊贵的象征。花嬷嬷能跟在玉瑶郡主身边，千里迢迢来长安，负责安排郡主的一切衣食起居，自不会是个普通的仆妇。

花嬷嬷进来后，先是冷着眼扫视了一下厅内的人，目光在白焰身上停了片刻，然后看向景仲："景公白纸黑字写得清清楚楚的事，景府已是失信在前，如今又想找什么借口来毁约？"

景大爷就要张口，景三爷赶紧按住他，景仲同样是板着脸道："我们大公子的这门亲，早在十多年前就退了，何来失信，何来毁约？"

"我们王爷可没答应退亲！"花嬷嬷冷笑，"如今婚书信物具在，难不成景二爷是要死皮赖脸地不认了？！"

景仲看了白焰一眼，然后才道："是不是真的信物，还未可知！"

花嬷嬷从椅子上站起身："景府这是真打算赖账了？"

陆庸微皱着眉头看着这一幕，他这些天一直在苦苦思索玉瑶郡主的命案，试图找出点蛛丝马迹，刚刚景府的管家忽然火急火燎地来找他，说是景二爷有急事，他还当是案子有了什么线索，哪想过来后看到的却是这等扯皮之事。

他正要找个由头离开，却在这会儿，座上的那位公子开口了："想赖的是哪方，就看那信物究竟是真是假。"

陆庸不由得就打消了离开的念头，他是三年前因机缘巧合，被破格提拔到刑部，之前一直在一千多里外的一个小县做个铺头，所以先前既不认识景炎公子，进了长安后也没听说过白焰。但此时白焰一开口，不知为何，他就觉得这件事，值得他花时间看下去。

白焰说着，就看向景仲："景公在婚书上指的信物是何物？"

景仲道："是一块玉印，和景公生前手上戴的扳指，以及景公的私印是出自同一块玉石，同一块软香玉，而且玉印上的刻纹，正好可以跟景公私印上的刻纹对接。"

软香玉因天然生香而被视为稀世珍宝，只北山才出产，数量及其稀少，并且开采出来的原石，绝大部分都含有杂质或是裂纹，最后切割打磨出来，能有鸽子蛋大小，成色均匀的，就算是大运气了。

五十年前，景公收到一块差不多拳头大小、通体幽蓝、异香扑鼻的软香玉而名震长安。

后来景公就用那块软香玉刻了一对玉印，余料做了一枚扳指。

玉印见的人不多，但那枚扳指，景公生前一直戴在手上。

景公过世后，那枚玉印和扳指就被景仲收起来了，前几日花嬷嬷拿出那枚玉印，景仲看到后，脸色就变了。景公留下的那枚玉印因为是他收着的，所以他非常熟悉，花嬷嬷拿出的玉印不会有假，确实是软香玉，并且和景公的玉印同出一块原石。

后在花嬷嬷的逼迫下，他拿出景公的玉印当场对证，两枚玉印的花纹确实天衣无缝地契合在一起，景仲等人才真的坐不住了。镇南王府占了理，玉瑶郡主又死在了景府，景府当真是陷入了非常被动的地步。

花嬷嬷阴恻恻地看着他们："我们王爷知道景府定会赖账，所以才特意让老身带着郡主来长安讨个说法，顺便也祭拜一下景公。却哪里想到，景府不仅不认账，居然还直接对郡主痛下杀手！"

"你住口！"景大爷拍案而起，怒目圆瞪，"案子还没查清呢，老子还没说话呢，你们就急不可耐地要泼脏水了！再说，谁知道这件事是不是镇南王故意设局，要陷害景府！"

"陷害？"花嬷嬷冷笑地盯着他，"我们郡主可是王爷的掌上明珠，是王爷的心头肉，平日里说上一句都舍不得，就是那天上的星星，我们王爷都愿意摘下来哄郡主开心，你居然说我们王爷拿郡主来设局，简直是狗胆包天！"

景大爷大喝："老乞婆，你骂谁狗胆？"

花嬷嬷沉下脸："一个小辈就敢在我面前如此放肆，不给你点教训你是不长记性的。”

其实景大爷的年纪看起来跟花嬷嬷不相上下，但花嬷嬷从一露脸，就将自己的地位和辈分摆得很高。玉瑶郡主死后，南疆这一行人对她更是唯命是从，倒叫人闹不清，这么一个不起眼的婆子，在南疆究竟是什么身份，故而景仲一开始也是对她礼敬三分。

只是景大爷本就是个浑人，脾气上来了更是什么都不管的主，这辈子除了不敢在景公和景炎公子面前放肆，他还真没怕过谁。

花嬷嬷的话一落，立在她后面的一名南疆侍卫就站了出来，陆庸正打算开口制止，却没想那侍卫的动作及快，竟在眨眼间就到了景大爷跟前，抬手就要给景大爷一个耳光。

景仲的脸色当即一变，没想到南疆人竟真敢在景府动手！

陆庸立马站起身，只是有人的动作比他更快。

就在那南疆侍卫的手将要碰到景大爷的脸时，一个茶碗盖突然就飞了出去，碰到那南疆侍卫的手腕，只听一声细微的咔声，接着就是茶碗盖摔到地上的碎裂声，声音尖锐得有些刺耳。候在一旁的下人先是蒙了一下，随后才回过神，吓得腿都有些软了。

那南疆侍卫的手腕顿时扭成一个怪异的角度，然而他却没有叫一声，动作也没有停下，居然抬起另外一只手，还打算教训景大爷。

而同样，他刚抬起另一只手，同茶碗盖配套的那个茶杯就飞了出去，碰到他的手肘，这一次骨骼碎裂的声音非常明显，几乎每个人都听到了，所有人心头都随之一颤。

那侍卫的两只手都断了。

陆庸有些震惊地转头，看向此外唯一还坐在椅子上的人。

花嬷嬷也看向他，沉着声问：“阁下是谁？”

白焰面带浅笑：“到底，这里是长安，这里是景府，礼让是我唐人一贯秉持的美德，只是我们的礼让，似乎总会被有些人误会成软弱可欺，有些人确实应该受点教训。”

“你不是景府的人。”花嬷嬷盯着他，“你凭什么管这档子事？”

“就凭他是老子请来的！”景大爷这才回过神，脖子都粗了，喘着气，撸着胳膊道，“好啊，这可是你们先动手的，来人——”

景三爷慌忙上前拉住他，一边使眼色一边低声劝道：“大哥咱先记着，先记着，别着急。”

白焰慢悠悠地道：“这景府是受安先生庇护的，当初跟景炎公子定亲的人亦是安先生，镇南王要为难景府，就没想着问一问安先生答不答应？”

景仲听到这里，心里终于微微松了一口气。

“原来真是天枢殿搞的鬼。”花嬷嬷这才一声冷笑，看向陆庸，“陆大人，你都听见了，这可是天枢殿的镇香使亲口承认的，这件事，天枢殿始终参与其中。据闻香殿的大香师都有改天换地、杀人于无形的神奇本事，眼下郡主的死因你们迟迟查不出，也没有发现任何蛛丝马迹，定是天枢殿的安大香师行的凶！唐国若真律法严明，自当马上上大雁山捉拿凶犯！”

白焰看了陆庸一眼：“如此臆测就能于人定罪实为荒唐，更何况杀人首先需要动机，安先生连那位郡主是何人都未曾听说过。”

花嬷嬷道：“当初景炎公子同我们郡主是有婚约在身，却又同别的女人定亲，景公承诺的毁约补偿，也随之都移到了安大香师名下，如今安大香师为了保住那些东西，可不就是最好的杀人动机？”

陆庸看向白焰，白焰对花嬷嬷道：“景府已说过，景炎公子同郡主的这门亲早已退了，若是镇南王当真没有答应退亲，那就请拿出当初的定亲信物。”

花嬷嬷微抬了抬下巴，站在她身后的侍女即从袖中拿出一个锦盒，垂首递给花嬷嬷。花嬷嬷接过，缓缓打开，只见里面放着一枚蓝幽幽的玉印，片刻，有淡淡的异香缓缓散开。

花嬷嬷像看死人一样看着他们：“请景二爷将另外一枚玉印拿出来对一对吧。”

“不急。”白焰从袖中拿出一个锦囊，打开，从里取出一枚一模一样的玉印，放在几上。

景仲等人一时间都有些呆住了，花嬷嬷的脸色也微微一变。

白焰拿出的这枚玉印，不仅颜色、形状、大小，连玉印上的纹饰都与花嬷嬷拿出来的那枚一模一样，也同样带有异香，那香味似悠远的时空，轻轻一缕，就能令人失神。

景仲、景壮和景禄三人心头大震，景仲甚至不敢看向白焰，比起花嬷嬷、比起镇南王，他此时更不解，亦是惊惧，镇香使怎么会有这样的一块玉印！

“这——”景明忍不住上前一步，抑制不住心头的激动，看了看那块玉印，又看了看白焰，“这玉印，怎么会在镇香使这里？！”

景大爷这才回过神，只是他脑子转得慢，瞪圆了眼睛张嘴就道：“怎么会有两个？你们俩的到底谁真谁假？”

不假思索的话，往往能点中要害。

花嬷嬷冷笑：“你拿出这么个东西是何意，难不成你想说自己是景炎公子？”

景仲暗暗倒抽了口冷气，景大爷和景三爷的脸也白了几分，倒是景四爷和景孝的脸上浮出几分异样的潮红，仔细看他俩，袖子下面的手都在微微颤抖。

白焰慢条斯理地道：“这是安先生交予我，让我今日拿出来做个明证，景炎公子当初退亲后，其定亲信物已然取回。”

花嬷嬷又是一声冷笑：“一派胡言！”

白焰看向景仲：“景公在婚书上是否有指明，定亲信物的两枚玉印，是出自同一块软香玉原石？”

景仲似还没怎么回过神，先是愣了一愣，随后才赶紧道：“没、没错，确实是指明两块玉印出自同一块原石。”

白焰这才看向花嬷嬷：“你可知，软香玉最大的特点是什么？”

花嬷嬷沉着脸：“阁下最好别在这儿装神弄鬼，别人怕长香殿，我们王府可不怕！”

白焰似没有听到她这些话，接着道：“并非所有的软香玉，都天然带有香味，实际上软香玉分为无香玉和芯香玉。”他说到这里，就看了陆庸一眼：“据闻陆大人曾在北山任职，不知我说的可对？”

陆庸不由得打量了他一眼，然后才认可地点头：“没错，在下之前任职的地方因靠近北山，所以对此等名玉倒是略知一二。那里的人都知道，所有带有异香的软香玉，都是玉之心，也就是芯香玉。据说每一块芯香玉，外面都包裹着其十倍量的无香玉。”

白焰点头，看向陆庸：“那么陆大人可知，这芯香玉最大的特点是什么？”

陆庸看了花嬷嬷一眼，才道：“这个，以前倒是听玉工们说过，每一块芯香玉的香味都是不一样的，除非它们出自同一块原石。”只是陆庸说到这里，顿了顿，又补充道，“不过此事我也只是听说，从未证实过。”

白焰笑了笑，收回目光，看向景仲：“辨香对长安城的人而言，从来就不是稀罕事，这两枚玉印，究竟哪个是真哪个是假，如今辨一辨便可知，就麻烦景二爷将景公生前留下的玉印请出来吧。”

景仲应下，正要动身，花嬷嬷却喝道："慢着！"

随她一起过来的那几名侍卫随即挡住了景仲的去路。

景仲面上露出怒容，但没有发作，不自觉地看了白焰一眼。

花嬷嬷沉着脸道："辨香？！真是可笑，这天下谁人不知长香殿是个中权威，唐人对长香殿已到了盲目膜拜的程度，满长安城的香师，哪个敢拂了长香殿的意思？你们就是说一坨屎是香的，怕是也没有人敢说半个不字！"

白焰问："那依你的意思，这是辨不得了？"

花嬷嬷沉默了一会儿，才道："要辨也可以，但辨香的人不能全由你指定。"

白焰点头："这是自然，如此，你我各寻三人如何？"

花嬷嬷道："可以，不过镇香使不可选天枢殿内的人参与辨香。"

"可以。"白焰点头答应，然后看向景仲，"去准备吧，到时将景公留下的玉印和这两枚玉印放在一起，由辨香者辨出究竟哪两枚玉印的香味相同。"

"这倒真是个好法子，三枚玉印放在一起，到时也没有人知道，哪一枚是镇香使拿出来的，哪一枚是镇南王府的，杜绝了徇私的可能。"景仲连忙点头，随后问，"不知镇香使要请哪三位来辨香？我这就命人去请。"

白焰遂说了三个人名，然后看向花嬷嬷："王府的人初来长安，若是没有适当的人选，在下倒是可以为你们介绍几位。"

花嬷嬷冷着脸道："不必。"她说着，也朝旁边的侍女吩咐了几句，那侍女连连点头，然后就出去了。而同那侍女一起动身的，还有胳膊和手都受伤的那名南疆侍卫，去请人还需要一段时间，花嬷嬷便命他下去处理伤口。

只是他将走到门口的时候，白焰忽然喊住他："不知这位小兄弟如何称呼？"

那侍卫站住，有些不解地转头看向白焰，顿了顿才道："寒立。"

白焰道："寒兄弟跟在郡主身边的时间还不长吧？"

寒立一怔："你怎么——"

只是他话还没说完，就被花嬷嬷一声叱喝给阻断了："还不快下去！"

看着寒立出了正厅后，白焰才看向花嬷嬷："立功心切，不过是时运不济，何必多做责备。"

花嬷嬷打量了他好一会儿才问："你是如何看出他被选为侍卫的时间不长？"

白焰看了一眼此时立在她身后的那三名侍卫："他和这几位的节奏感差了些，显然磨合的时间不够。"

花嬷嬷不禁皱了皱眉，很想再问一句"你还知道些什么，还看出些什么"，但到底是忍住了。

那边，寒立回到自己的房间后，也没唤人帮忙，咬着牙将自己的两只手都给掰正了，然后煞白着脸，砰地倒在床上。巨大的疼痛使得他的脑子有些混沌，眼前不时闪过那个俊雅的男人最后对他说的那句话，接着又闪过花嬷嬷那张阴沉的脸。

忽然，门被人从外面推开，他旋即从床上坐起身："谁？"

"是我。"进来的是个丫鬟，圆圆的脸上带着担忧，"我听说你受伤了，给你拿些药过来，怎么样，伤得很重吗？"

寒立看来的人是巧儿，紧绷的肌肉遂放松下去："没事。"

巧儿进来后，将门轻轻关上，再快步走到床前："是伤到哪儿了？谁伤的你？景府谁有这个能耐？"

寒立挪了一下身体，让她坐到自个儿身边，稍稍抬了抬胳膊，疼得皱紧眉头："天枢殿的镇香使。"

巧儿将带来的药膏和纱布等物取出来放在床上，一一打开："是两只手都折了！就抹这些药行吗？要不我去求嬷嬷让你出去找大夫看看？"

寒立摇头："用纱布包一下就行，你帮我扎得紧些。"

巧儿给他抹药膏的时候，满是担忧地道："可这到底是伤了筋骨。"

"这点伤养几日就行。"寒立还是摇头，抬起眼看着巧儿道，"这个时候不能再去烦嬷嬷，否则……"

巧儿将纱布紧紧地缠在他手腕上，用力打了好几个结："我知道，因寒大哥的事，嬷嬷也迁怒于你了。你放心，有机会我会跟嬷嬷好好解释的，寒大哥喜欢郡主是他的事，怎能怪罪到你身上？你又不知道，再说你也管不了。"

寒立咬着牙，将受伤的胳膊伸直了："你千万别在嬷嬷跟前提我大哥！"

巧儿使劲扯着纱布，嗔了他一眼："知道啦，不提就不提，如今郡主走得这么不明不白的，我们心里都难受着呢。这几日若不是我拦着，朱儿姐姐早就替郡主教训他们了。也不知这些唐国官员是怎么查案办案的，都这时候了，还不将景府的人全抓起来，摆明了是偏袒，还说什么唐国律法严明，真是笑话！等咱王爷的人到了，有他们好瞧的！”

寒立面上一直郁郁的，片刻后才道：“唐人对我们一直就有偏见，这种事情他们肯定是要相互偏袒的，不过今日我们也不是没有收获，这事不止跟景府有关，天枢殿定是跑不了关系的。”

巧儿赶紧抬起脸：“果真如此？”

寒立点头，两眼认真地看着她：“郡主的死，定要他们付出代价。”

巧儿点头，轻轻摸着他已经包扎好的手：“还有你的伤，这笔账必须要讨回来！绝不能任由他们欺负！”

寒立用另一只受伤的手轻轻盖住她的手背：“我不要紧，你别难过就好。”

巧儿看着他摇头：“那天枢殿的镇香使，究竟是什么人？”

寒立垂下眼，看着自个儿的两只胳膊，沉默了许久才道：“那人……深不可测，我不是他的对手，就是菊侍卫他们几个加一起，也不见得会是他的对手。”

巧儿面上惊诧：“这般厉害？难道他也是大香师？”

寒立摇头：“他不是大香师，今日大香师并未露面。”

“不是大香师就这般厉害了……”巧儿目中透出浓浓的担忧，“这次嬷嬷把信物拿给他们看了，他们怎么说？”

寒立顿了顿，才道：“那镇香使也拿出了一枚玉印，跟嬷嬷那枚一模一样。”

“什么？”巧儿惊诧地抬高了声音，“这怎么可能？！”

寒立将刚刚发生的事情大致说了一遍。

巧儿惊讶得捂住嘴：“这——真要通过辨香来论真假？”

“已经派人去请能辨香的人了。”

巧儿着急道：“这儿咱们人生地不熟的，嬷嬷能去请谁？那些人岂不是都听长香殿的？”

寒立摇头：“我不知道，嬷嬷命我回来，怕是不想让我再去丢她的脸，你想法子过去看看，嬷嬷不会责怪你。”

巧儿有些抱歉地看着他，然后张开胳膊，忽地把他抱住，将他的脸按在自己胸口：“你别担心，有我呢！”

寒立溺在那片柔软馨香之地，片刻后，微微抬起脸，在她脸颊上亲了一下，柔声道：“去吧。”

巧儿也亲了他一口，有点舍不得，但还是站起身，整了整衣裳，就出去了。

寒立在屋内坐了许久，试着动了动胳膊，还是疼得厉害。那人的劲道拿捏得很准、很巧，还很快！他紧皱眉头，面上露出阴郁之色，一个镇香使就有这般身手，那么大香师究竟是个什么样的存在？

正厅这边，在等待辨香的香师前来的时候，白焰走出厅外，随意在走廊内看看，景府虽不能跟天枢殿比，但此处的一屋一檐都足够精巧华美，实为难得一见。

因刚刚露了那一手，没人敢轻易靠近他，即便他看起来比当日的景炎公子还要温良无害。

只有景明，犹豫了片刻，才走过去，揖手行礼。

白焰回了一礼："听闻景四爷身体不好，这外头风大，怎好出来？"

景明抬起脸，看着白焰道："在下有些时日没见安先生了，心里一直挂念着，今日有幸见到镇香使，冒昧打听一句，不知先生可好？"

白焰微微一笑："我所看到的安先生，都很好。"

景明迟疑着问："镇香使……难道不常跟安先生见面吗？"

白焰唇边依旧挂着浅笑，看向一边的景孝："这些日子，三少爷想必很辛苦。"

听到白焰点了自己的名字，景孝忙走过去："多谢公子关心，景孝并不觉辛苦。"

白焰问："听闻那枚玉印，景公原本是留给你的，为何如今却在景二爷手里？"

景孝垂下眼："是景孝无能，当初以为熬不过那场病症，二伯对景府亦照顾周到，所以就……"

白焰点头，景明在旁暗暗叹了口气，事情其实没那么简单，只是都已经过去了，如今情况便是如此，多说无益。不过，只要大公子还在，就什么都是可以挽回的。

只是白焰又问："既然你是景公托付给安先生的，难道安先生未曾指点你一二？"

景孝忙道："公子莫误会，若无安先生，景孝今日怕是站不到这儿，景府也不会一直这么安稳。"

景公过世至今，景府都不曾出过什么大事，乱也只限于家中之事，并且只是小乱，掀不起什么风浪。即便景仲当家，对三房也顶多是暗中为难一下，不敢过分。

此时景大爷瞧着景明和景孝在跟镇香使套近乎，心里有些着急，想去听听他们都在说什么。只是正要蹭过去呢，却发现景仲一直在忙着吩咐下人这呀那呀的，还不时跟景禄嘀咕几句，一副忧心忡忡的模样，根本不关心别的。

景大爷又瞅了瞅镇香使那边，看着那张熟悉又陌生的脸，心里有些犯怵，犹豫了一下，到底没敢去蹭听，就转身往景仲那边走去："老二，怎么了？慌里慌张的！"

景仲却拧着眉头，什么也不说，就是叹了口气。

景大爷看向景三爷："到底怎么回事？老三你说！"

景三爷低声道："也不知镇香使怎么想的，三位辨香者，居然分别请了天璇殿、玉衡殿和开阳殿的人。天璇殿和玉衡殿咱且不论，那开阳殿和天枢殿一直就不对付啊，而且开阳殿的大香师谢蓝河，那可是谢家的人，谢家跟咱景府，这些年从没有过什么好脸。我就不明白了，就算南疆那老婆子说了，不能请天枢殿的人，那不是还有天权殿嘛，就算不请天权殿的人，外头也有不少有名的香师，镇香使怎么偏偏就挑了开阳殿？"

景大爷一听，脑子也有些转不过弯来："这、这是真的？镇香使当真这么说的？"

"可不是！"景仲道，"都已经派人去请了。"

景大爷瞪圆了眼珠子："那这三殿分别都请的谁？不会真将谢家那小子请过来吧？还有天璇殿和玉衡殿，又都有谁？"景大爷说着就侧身往两边看了看，"那些人要都来了，咱这、这怎么招待？今日可什么都没准备！"

景仲摇头："镇香使没有明说要请哪几位，只是让人带话给源侍香，估摸着，这人选是让源侍香拿主意了。到时来的会是谁，眼下是一概不知，你说怎么准备？"

景三爷琢磨了一会儿，低声道："源侍香是安先生身边的人，你说，会不会就是由安先生来安排？若真是由安先生出面去其他三殿请人的话……请来的人，甭管是谁，身份必定是不低的！"

景仲觉得脑袋都大了，往旁吩咐："让下人们都机灵点，一会儿不管来什么人都不能有丝毫怠慢，赶紧让人去门口净水洒街，再叫几个人去将香室、香席、香器等东西都备好，别到时先生们吩咐下来，一个个都手忙脚乱的。"

管家领命出去了，景大爷嘀咕道："若来的都是大香师，怎么说也是咱景府的面子，就是如今这府里停着个死人，你说这叫什么事？"

"死人……"景仲往白焰那儿看了一眼，"依我看，镇香使今日就是为这死人来的。"

景三爷点头，迟疑了好一会儿，悄声道："二哥，你看他会不会就是——那位？"

景仲也含着声音道："长得实在是太像了，但没道理啊，如果真是他，为什么不直接承认了，他若回来，谁还敢……"

景大爷低低哼了一声："这般藏着掖着，说不准是安先生故意弄这么个人来让咱们瞧瞧！"

景仲夺走景府的当家权，安大香师一直就没有明着表示过什么，他们之前曾小心翼翼地试探过几次，却什么都没试探出来，没人猜得透安先生究竟是什么心思。

若说安先生对景孝不关心，在景孝病重那段时间，她就不会派人过来贴身照顾。但要说她真将景公的托付放在心上，又怎么会任由景府的当家权落到二房手里，并且事后一句过问的话都没有。

如此这般高高在上、冷冷俯视的态度，让他们这颗心，从未有一刻安妥装在肚子里。

陆庸坐在清漆花梨木的圈椅上，一边喝着茶，一边仔细打量这里的每一个人。眼下这些人面上看着平静，但没有一个不是在打着自己的算盘。

他接手这桩命案前后还不到十天，就察觉这命案疑点重重，牵扯的事情，也绝不仅仅是一桩亲事和一些赔偿那么简单。

景府似乎疑点最大，但照常理推论，他们应当最无辜，景府即便真想杀人，怎么也不会选在自己府里；南疆人面上看着最悲愤，但实际又是最冷静的，自己的主子都死了，却完全没有一点失去主心骨的慌乱；而大枢殿，此事看起来跟他们一点关系都没有，无论是作案动机和作案时间，还是人证物证，都找不到，偏偏他们的嫌疑又是最大的。

他们各自的目的究竟是什么？

玉瑶郡主到底是谁杀的？

动机？死因？

陆庸将杯里的那点茶水都喝完后，就站起身，走到景仲身边："景二爷，今日这辨香之事既然跟玉瑶郡主有关，那么陆某就不得不慎重些，劳烦景二爷给我派个下人，替我去衙门叫几个人过来。"

景仲知道免不了这一遭，即招手叫一个小厮过来，指给陆庸："陆大人有什么差事，就直接指派他吧。"

"多谢！"

巧儿寻过来的时候，花嬷嬷只是坐在椅子上抬了抬眼，倒没有开口斥责。她赶紧过去给花嬷嬷捏了捏肩膀，然后悄悄将花嬷嬷身边的菊侍卫拖开几步，问："我听说一会儿要辨香，嬷嬷请了谁？难道嬷嬷认得这长安城的香师？"

菊鑫先是往花嬷嬷那儿看了一眼，见花嬷嬷没什么表示，才低声道："嬷嬷是交代朱儿姑娘出去请的，好像……镜大人也在长安。"

巧儿诧异，随后惊喜："大祭司？"

菊鑫点头："若真请来咱们南疆香谷的人，就不怕长香殿玩什么花招。"

而此时，景府要辨香的消息，也不知怎的，就传了出去。

如今景府因为命案一事，早就成为整个长安城的瞩目所在，眼下竟又传出南疆人和天枢殿要比一比辨香，而且还是给一块玉石辨香，这消息顿时在长安城的各大香行和勋贵圈炸开了！

几乎所有人都在第一时间动身赶到景府，这会儿他们不仅不再忌讳景府是命案现场，还使出浑身解数，要进去占个位置，以便能目睹这场难得一遇的辨香会。

景仲在听到下人报出一个又一个来客的名字后，脸都黑了。

那些人都是不好得罪的主，劝又劝不走，毕竟他们都是铁了心地要进来看热闹，就在他急得不知如何是好的时候，下人又跑回来报："天枢殿的源侍香到！"

以往源侍香每次到景府，都是替安先生传话的，故景仲等人一听就忙迎出去，只是他们刚走出正厅，就看到源侍香走进来的身影。

景仲面上已堆起笑，就要迎上去，可还不及下台阶，那源侍香却忽然转身，往另一边的走廊行去。

景仲怔了一下，不由得收住脚，跟着过来的景大爷和景三爷也都随之站住。

巧儿跟着菊侍卫走出正厅，遂看到冬日的薄阳下，一位白衣男子缓缓走入景府碧瓦朱檐的廊内。长香殿的衣饰从来推崇简单素雅，衣服上不会有过多的花纹，但用料绝不马虎，每一针每一线，都是用尽奇巧。

今日的阳光并不好，像雾一样，浅淡而且漂浮不定，令人心情不畅。

然而这样的光线落到那袭白衣上，却反射出一团柔和的白光，竟令那昏暗的长廊也随之明亮了几分。

巧儿往旁走了几步，找到一个适合的角度，看到了源侍香的正脸。那是一个像花儿一样柔软，似林中白鹿一样纯净的男子，那样的风姿仪态，根本不是这凡尘俗世应该存在的男人。

这就是长香殿的魔力吗？！

巧儿将目光落到白焰身上，却不由得皱了皱眉头，明明是同样的距离，可她看过去的那一瞬，居然没法看清那个男人，只看到一个银灰色的影子。她微微眯起眼，片刻后，那人的身影才在她眼中慢慢清晰起来。

同样风姿卓绝，却是完全不同于源侍香的男人。

她不明白自己刚刚是怎么回事，为何会忽然看不清，巧儿又皱了皱眉头，不是她眼睛的问题，而是……那个人故意将自己藏起来，不让人注意到，只有特意去寻找时，才会发现，他无论站在何处，都让人无法忽略。

宛若被迷雾笼罩的深潭，那样绝美的景色，想走近去看，却又叫人心里莫名地生出怯意。

鹿源走到白焰跟前，打量了他一眼："镇香使究竟是何意？"

白焰不答反问："源侍香没请到人吗？"

鹿源顿了顿，才道："已经在路上了。"

白焰微微颔首："有劳了，不知源侍香请的都是谁？"

鹿源同样不答反问："为何让别殿的人参与进来，镇香使是嫌此事还不够复杂？"

白焰有些漫不经心地问："源侍香在担心什么？"

鹿源面色如常："在下担心安先生会因镇香使的任性妄为，而陷入未知的麻烦。"

白焰眼睑微垂，唇边噙着一丝笑意："源侍香多虑了。"

鹿源道："但愿如此。"

白焰抬起眼："人都是源侍香亲自去请的？"

鹿源转头往正厅那儿看了一眼："在下不敢擅自做主，将此事禀了安先生后，才命人将镇香使的话如数传到那三个香殿，至于各香殿会让谁过来，待会儿就知道了。”

白焰轻轻赞了一声：“源侍香果真小心谨慎。”

鹿源收回目光道：“只要事关先生，无论何事，鹿某从不敢有丝毫马虎。”

景仲见源侍香跟镇香使聊起来没完没了，一时也不敢上去打扰，偏这会儿外头还聚了一堆得罪不起的权贵，管家怎么劝都劝不走。他急得原地转了两圈，抓着景三爷问：“这事怎么就传出去了？”

景三爷哼声道：“还能有谁，那老太婆从一开始就没安好心，肚子里一直憋着坏呢。二哥你就别犯愁了，不管是谁传出去的，今日这事咱们怎么也瞒不住，这段时间不知道有多少双眼睛盯着咱景府呢。”

“行行，先不计较这个，但眼下怎么办？谁出去请他们离开？景仲看着景三爷，“老三，你跟那几位王爷交情好，去劝劝，这毕竟不是什么宴席，是咱府里的私事。”

景三爷忙摇头：“别，我这要出去，他们怕是直接就冲进来了。”

景大爷道：“我们到底怕什么？他们想进来看那就让他们进来吧，反正进一个也是进，进一群也是进。”他说着就悄悄往陆庸那儿指了指。

景仲低声道：“陆大人以前没见过大公子，那些人可不一样。”

外头那些王爷王孙，还有各府的公子哥儿、各大香行的老板，以前可都跟景炎公子打过交道，而且有好几位跟景炎公子的交情还不浅，若进来看到镇香使……

景三爷道：“算了，迟早是要看到的，就算今日拦住了又如何，你没瞧着那几个下人的表情吗，从镇香使进来，他们就都管不住自己的眼珠儿了。”

景仲沉默了一会儿，终是叹了口气，往旁吩咐了几句，让管家去将客人好生请进来。

景大爷道：“你也不必太担心，他若真是大公子，早就承认了。既然刚刚在咱们面前都不承认，那也不会在那些人面前说什么不该说的，他不说，外人多半也就将他当成有几分像罢了。”

景三爷连连点头：“大哥说得有道理，咱别自己吓唬自己，先乱了阵脚。”

景仲说不出什么，只能也跟着点头，然而他心里明白，事情不可能这么简单地顺着他的心意来。

不多会儿，景府的管事就将十多位衣着光鲜的贵客迎了进来，只是此时看过去，那一行人里的气氛实在是有些怪异。明明眼里的兴奋和激动压不住，却碍于景府当下的境况，面上不得不收敛着，于是就好似商量好了一般，每一位面上的表情，因过于严肃，看起来反像是来奔丧。

景仲在心里咒骂了几句，刚安顿好这些贵客，就听到下人慌忙跑进来报："二爷，天璇殿的柳先生、玉衡殿的崔先生、开阳殿的谢先生，到、到、到了！"

景仲的脸瞬间僵了一下，而这厅内厅外的人则都不由得抽了一口气，刚刚进来的那十几位客人，更是抑制不住激动，才刚刚坐下，又全都站起身。三位大香师同时莅临景府！他们今日厚着脸皮进来，当真是来对了！

今日这场辨香，倘若错过了，定会后悔终身。

花嬷嬷懒懒地抬了一下眼皮，从鼻子里极不屑地哼了一声。此时这厅内，唯一还坐着的，就她一人，故看起来无比惹眼，这声冷哼，听起来也无比清晰和刺耳。

有人本想开口斥责，但被旁边的人给按住了。进来之前他们就商量好了，今日毕竟不是一场普通的辨香会，涉及景府旧日的恩怨，他们能旁观已是有幸，进去后，能不多事就不多事，以免给景府招惹是非。

一个女人究竟美成什么样，才能称之为颠倒众生？

所谓的绝色，每个人心里都有一套自己的标准，所有在史书上留名的美人，如今也再无人知道她们的具体容貌，那足以倾国倾城的一颦一笑，也不过是存在于让人联想翩翩的诗词歌赋中，意境优美，却过于虚幻。

所以，当天璇殿的柳璇玑大香师走入众人的视线时，所有人都觉得，书中那些缥缈华美的文字，似乎瞬间都活了，变得生动而具体起来。

她缓缓而来，唇边含着一抹不羁的笑，那样艳丽风流、张扬肆意的容颜神韵，令人不敢过多打量，就已自惭形秽地垂下眼。

大香师与普通人最为显见的不同，兴许就是时间待他们格外恩厚，那催生华发的光阴，却不足以在他们脸上留下丁点痕迹。

时光似乎只会让他们更加成熟美丽，却不会令他们虚弱衰老。

玉衡殿的崔飞飞大香师跟在柳璇玑身后进来的时候，那些王公勋贵们当中，有好几位以前是见过丹阳郡主的，还有几位跟崔氏是世交。丹阳郡主自小就是个美人胚子，如今脸还是那张脸，但稚气已然褪去，自信写在眉眼间，再不是那个漂亮的、永远提着一口气让自己保持仪态端庄的小郡主了。

阳光落在她白净的脸上，使得那明亮的眉眼愈加生动，光彩照人。

最后一位走进来的是开阳殿的大香师，谢家公子谢蓝河。

谢家是长安城的世家，根基深厚，此时在景府的这些人，多多少少都跟谢家打过交道，同样有好几位和谢家也是世交，故而他们很清楚这位谢大香师的来历。

他并非在谢府出生，十五岁之前，一直以私生子的身份跟着母亲生活。被接回谢家后，谢家主母容不下他们母子，他自然也被所有兄弟姐妹瞧不起。

那个清秀俊俏、沉默寡言的少年，此番再回想，就好似前生前世。

谢云大香师的风采，他已完完全全地继承下来，并且更加年轻，身上带着无限的可能。

有人由衷低叹："命运这二字，当真叫人敬畏。"

翻云覆雨，改天换地，就好似大香师的香境，轻易就被卷入，却又无法看破。

旁边的人轻轻点头："可不是，论起来，天枢殿的安大香师，其出身更是连当年的谢公子都不如。"

"坐上那个位置，还论什么出身，天上人间已然不同，您大小也是个王爷，但您能在安先生面前摆出王爷的架子？"

"哪里能，安先生若肯赏脸，本王是真心愿将半个王府相赠。"

"原来寿王是惦记上了安先生！"

"李兄莫要乱说，怪我一时嘴快。"

"明白明白，不过安先生当年是定了亲的，这定亲的对象，可不就是这景府的大公子！"

说到这儿，旁边一位耳尖的即凑过来道："说到景炎公子，你们觉不觉得那边那位——"他说着就往不远处的走廊那儿示意了一下，"穿着灰色披风的那位，你们看，他是不是像一个人？"

"有些远，看不清楚，在下听闻那位是天枢殿的镇香使，陈兄是觉得他……"

"刚刚进来时，他正好往这儿看了一眼，让我给瞧着了，你们猜，像谁？"

寿王迟疑着道："像景炎公子？"

"没错，就是景炎公子，我虽只是晃了一眼，但看得真真切切的，确实是景炎公子！那张脸一模一样！”

“不会吧，不是说景炎公子失踪了吗？若是回来了，景府怎么也没传什么消息出来，再说今日这事不就是——”

寿王道：“今日这辨香，果然不简单。”

“难怪来了这好几位大香师，会不会安大香师一会儿也会过来？”

寿王面上露出疑惑：“当真是景炎公子？他怎么成镇香使了？这些年他都去了哪里？”

他跟景炎公子的交情并不深，只是打过几次交道，但他一直很欣赏景炎公子。后来听说景炎公子失踪，又听闻怕是在外头遭遇不测的消息后，还因此惋惜了好一阵。

柳璇玑进来后，不看其他人，第一眼就看向长廊，崔飞飞和谢蓝河也是一样。

镇香使的到来，在长香殿卷起一股暗流。只是白焰从进入天枢殿到现在，一直就不曾跟他们打过照面，但这并不影响那些在暗中滋生悄悄流传的闲言碎语，一句不落地传进了他们的耳朵里。

柳璇玑当即转身，走入碧瓦朱檐的长廊。

崔飞飞站在原地，谢蓝河也没有动身，但两人都还是看着那边。

崔飞飞问了一句：“是他吗？”

谢蓝河道：“兴许是，兴许不是。”

崔飞飞看了他一眼：“你可希望是他？”

谢蓝河有些冷淡地道：“此事与我无关，我对此没有任何希望。”

崔飞飞笑了笑，片刻后忽然道：“我知道你心里怎么想的。”

谢蓝河本是要走开，听了这句话，就看了她一眼：“我心里怎么想的？”

崔飞飞又往长廊那儿看了一眼：“若真是他，你必定是不希望他还能回来。”

谢蓝河问：“为何？”

崔飞飞收回目光：“你和安岚是同类人，又曾经相互扶持过，本不该是如今这样……不冷不淡的关系，皆是因为他。”

谢蓝河道：“你很笃定。”

崔飞飞想了想，轻轻摇头，大方地道：“兴许是我想多了，你莫介意。”

谢蓝河面上神色依旧淡淡的，并无半分介意的影子。

而长廊这边，柳璇玑已走到白焰跟前，鹿源转过身，行了一礼："柳先生。"

柳璇玑将目光从白焰脸上移开，看了鹿源一眼："安岚那丫头没过来？"

如今的情形，也就只有她敢这么称呼安大香师。

鹿源道："先生未说要过来。"

柳璇玑笑了："是吗，没准早就来了，那狡猾的小丫头，不知这会儿在哪儿偷偷看着这边呢。"她说着就又看向白焰，"你说是吗？"

白焰微笑着摇了摇头："在下不清楚。"柳璇玑微微眯着眼打量他，用那副慵懒又迷人的嗓音慢悠悠地道："不知道吗？这天底下，最了解她的人，不应该就是你吗？"

白焰道："柳先生太看得起在下了。"

"是吗？"柳璇玑往前走近一步，再绕着他走了一圈，唇边的笑意似酒般醉人，"我还担心低看了你呢，镇香使。"

白焰依旧泰然自若，唇边甚至也浮上一抹浅浅的笑意。

柳璇玑离他近在尺咫，看着他的眼睛道："你说，怎么就那么巧，那丫头就看到你了呢？"

白焰眼睑微垂，对上那双咄咄逼人的美目，缓缓地道："这天下，很多事情本就那么巧，不是吗，柳先生？"

柳璇玑看了他一会儿，慢慢退回去，抬起手，食指从自己下唇轻轻拂过，勾起一缕发丝："嗯……你的胆子当真是不小，不过，是不是能降得住那丫头，还不一定。"

白焰唇边笑意不减："柳先生不过去吗？正厅那儿已经摆好席位了。"

"着什么急，南疆那边的人不是还没到吗？"柳璇玑轻轻笑了两声，那声音低沉而妩媚，"还是你怕我在这儿？"

白焰道："柳先生如此风采，在下确实有几分惧意。"只是此言他说来却是平常，眉眼神色亦是不见丝毫拘谨慌乱。

柳璇玑眯起眼："怎么，我长得这般可怕？"

白焰忽地一笑："柳先生难道不清楚自己是何等模样？"

柳璇玑拿手指轻轻顺着垂在胸前的头发，眼睛打量着他道："我想知道，在你眼里我是何等模样。"

白焰道："绝色倾城。"

柳璇玑笑了，霎时艳光四射："跟安岚比如何？"

白焰笑着摇头："两位先生各有千秋，无法比较。"

柳璇玑瞟了他一眼，眸光如水，媚色横飞："那你更喜欢哪一种？是我这样的，还是她那样的？"

白焰目中的笑意深了几分，片刻后，揖手道："这个，恕在下不能说。"

柳璇玑兴致上来了："为何不能说？"

白焰道："在下是不愿，也不敢得罪了大香师。"

柳璇玑微微眯起眼，轻轻叹了口气："这可如何是好，镇香使这般一说，我就更想知道了。"

白焰含笑不语，他嘴里说不敢得罪，但看起来又哪有一分是不敢的。

比起当年那事事考虑周全、做事滴水不漏的景炎公子，他更多了一份真正的任性随心。

柳璇玑忽然道："白公子，你来我身边如何，我也给你一个镇香使的位置。"

一直站在旁边微微垂首听他们说话的鹿源，直到这一刻才忽然抬起眼，柳先生这话说得很认真，不像是在开玩笑。

然而白焰看起来并不意外，但也不见惊或是喜，只是如常地摇头："多谢柳先生厚爱，在下才刚刚习惯天枢殿，还不想换地方。"

鹿源轻轻蹙了蹙眉，似并不满意白焰说的这句话。

柳璇玑有些惋惜地道："我怎么就比那丫头慢了一步，什么宝贝都能被她给捡了去，当真叫人不甘呢。"她说着就转头，看向鹿源，柔声道，"不然鹿公子去我的天璇殿如何？我定会比安岚更疼你的。"

鹿源赶紧垂下脸，揖手道："鹿源惶恐，不敢受柳先生垂青。"

柳璇玑眉毛轻挑，从鼻子里哼出一声，似嗔似怒地道："如此死心塌地，若是那丫头突遭不幸死了，难道你们还要继续留在天枢殿？"

鹿源抬起脸，顿了顿才道："柳先生说笑了。"

柳璇玑倒真是依他的话笑了起来："天有不测风云，人有旦夕祸福，谁又说得准这祸什么时候来呢？你看那玉瑶郡主，也是金枝玉叶，还不是说死就死了。"

鹿源道："玉瑶郡主如何能跟安先生比？"

柳璇玑笑着道："是不能比，那么当年的广寒先生呢，此时那些人还一直在窃窃私语的景炎公子呢？他们两位，比起安岚那小丫头如何，可有逊色半分？但如今人呢？"

她说这句话时，并未看白焰，也未看鹿源，那双能勾魂摄魄的眼睛，这一瞬似乎是穿过了时光，看向不知名的、遥远的地方。

长廊内有片刻的沉默，冰凉的空气里莫名地添了几分悲伤。

鹿源抬起眼道，神色柔和："这天下惊才绝艳者有几何，然鹿某只认得安先生。"

白焰无声地笑了笑，未言语。

此时，院子那边又有了新的动静，是南疆人请的辨香者到了。

崔飞飞和谢蓝河已经走上正厅的台阶，闻此动静，便都站住，转过身。

不多时，景府的管家就将两男一女请了进来，都是生面孔。只是他们走近后，之前进来的那些客人中，却有人认出了他们来。

"咦，这好像是天下无香的人！"

"天下无香？"

"半年前新开的一家店，在西门大街上，明明那店里卖的都是香品，偏那店铺的牌匾上写的却是天下无香。"

"哦，这么一说，我有些印象了，走在前面那男子似乎就是那店里的掌柜，我见过一次。"

"天下无香，这口气听着倒是不小。"

"可不是，一开始觉得有点不对劲，但慢慢一琢磨，又觉得是更加不对劲。"

"嘘，他们来了。"

只见三人目不斜视地进了正厅后，先朝椅子上的花嬷嬷行了一礼，随后花嬷嬷旁边的侍女，才向景仲等人介绍了他们三位的身份。原来三人都是天下无香的东家，两个男子里略高的那位叫川乌，面相阴柔的那位叫川谷，站在他们中间的女子叫川连。

花嬷嬷看着景仲道："人都到齐了，可以开始了吧？再拖下去，我这把老骨头受得起，但我们王爷可没什么耐心。"

景仲道："请三位先入座，容我去请镇香使和三位大香师进来。"

刚刚坐下的川乌忽然开口："是长香殿的大香师要与我们辨香？"

他的话才落，门口就传来一串妖娆的笑声，片刻后，那笑声化作妩媚的春风，伴随一抹绯色的身影由远而近："我们只是来看热闹的，与你们辨香的是香殿的香师。"

这话里明明白白带着些许轻视的意味，川乌心头生出几分愠怒，正要开口，只是视线一晃，看清了走进来的那个女人后，他那已经滚到舌尖的话，就忽然全都收了回去。

柳璇玑、崔飞飞和谢蓝河一一入座，镇香使亦重新回到自己的位置，四人正好都坐在南疆人对面。

次席的宾客按捺住心头的激动，悄悄打量他们。此时他们方知，原来那三个天下无香的东家，也是来自南疆，南疆那边请来的两男一女，男的年纪都在三十以上，女的则未满双十。三人的衣着打扮跟唐人没什么不同，并且说话也不带一点口音，但即便如此，他们看起来还是跟长安城格格不入。

长安的千年底蕴，极尽的奢靡繁华，宛若牡丹国色，娇艳而霸气，轻易就能令人心生折服。他们三位，容貌亦是不俗气，衣着亦是华丽，那通身气质看起来也绝非是泛泛之辈，却流露出一种令人警惕的、不愿亲近的、阴寒的冰冷。

川乌的目光似黏在柳璇玑脸上般，直到柳璇玑坐下后好一会儿，他才开口："你就是天璇殿的柳璇玑！"

随柳璇玑一起进来，为景府辨香的黄香师即道："柳先生的名字岂是你能随便叫的！"

柳璇玑却不甚在意，兴致缺缺地打量了川乌一眼，就落到他旁边的川谷身上。川谷较之川乌俊俏几分，他五官生得阴柔，眉眼间隐约有几分风流媚态，若跟一般人比，也算得上是个美男子了。

只是若论风流妖娆，这天下又有谁比得上当年的百里大香师。即便是单论五官的精致俊俏，谢蓝河、白焰、鹿源，哪个不是个中翘楚，仅这几人就已难分伯仲。就算是景府的景孝少爷，那也是个可人儿，除此外，今日过来的宾客，也不乏有人模狗样的。

故柳璇玑看了两眼，就失去了兴趣，目光懒洋洋地落到川连身上。

第一眼，看起来有些不起眼，但再一看，柳璇玑的眼皮就微抬了抬，目光微闪了闪，唇边勾起一抹意味深长的笑，可真像从阴寒沼地里走出来的人儿，再木讷的表情也掩不住眼底那又黏又湿的冷意。

安岚那丫头也是个冷性子，这几年还故意学白广寒那一套，生生将自己堆成了个冰雪团子，每次叫她见了，她都想上去好好揉弄一番，跟眼前这位完全不一样。

嗯，有意思了……

柳璇玑在打量川连的时候，川连也抬起眼，却没有特意去打量谁，只是目光随意地从柳璇玑、谢蓝河、崔飞飞、白焰以及鹿源脸上一扫，然后就垂下眼，一句话也不说，看起来很安分。

被黄香师斥责了一句，川乌面上露出几分讪诮，不过也没有再说第二句。

川谷却忽然开口："怎么不见天枢殿的大香师？"他说着就看向白焰。

白焰没有开口的意思，鹿源道："此事不必惊动安先生。"

川谷笑了，笑容里带着一丝邪气："果真跟传言一样，天枢殿确实是压了其余六殿一头，如今连摆的架子都不一样。"

这话明显带着挑拨之意，但无论是柳璇玑还是崔飞飞，或是谢蓝河，三人面上都无动于衷，就是鹿源，目中也无丝毫波动。

倒是一旁的景仲等人，肚子里的那颗心被颠了好几回了，手心都出了汗。事情还没开始呢，似乎就闻到了火药味，心里忐忑之余不免有几分恍惚，不知今日究竟会出什么事，事后又能不能收拾妥当。眼下事情的发展，似乎已经完全脱离了他的掌控。

这事，无论如何，都走到这一步了，得赶紧了结了。

于是景仲开口道："这辨香，不知由哪边开始？如何辨？"

说到正题了，次席的宾客遂都竖起耳朵，尽量睁大眼睛，生怕错过一丝一毫。照说，他们这些世家子弟，是闻着香长大的，又因自小爱香，所以这辨香，他们并不陌生，即便是大香师的香会，他们当中也有人有幸受邀参加过。但给石头辨香，却都是头一次见识，之前更是听都没听过。

软香玉天然带香他们是知道的，有人家中的收藏里亦有软香玉，他们也曾把玩过，却从未特别注意辨别其香味。其实，在他们看来，所有软香玉的香味都是一样的。

花嬷嬷之前一直像老僧入定，耷拉着眼皮，这会儿忽然就抬起眼，扫了柳璇玑等人一眼，最后目光落在白焰身上："你们辨香的法子跟我们不一样，所以这辨香，你我双方各用各的法子。"

白焰看向柳璇玑他们："三位香师可商量好了？"

黄香师微微颔首，看向长香殿外的两位香师道："黄某这段时间在配一份新的香方，其中一味香选的就是软香玉，只是真正的软香玉不仅珍贵，而且极其难寻，蒙柳先生爱惜，今日赐予我这千载难逢的好时机。两位若不嫌弃，就以我这份香方为准，来试一试这两块软香玉的真假。"

此事之前就已商议好，那两位香师自是没有反对，现在说出来，只不过是让在座的明白这辨香是怎么个辨法。

香方讲究君臣佐辅，职位正确了，调配出来的香才是完美的；职位乱了，君不是君，臣亦非臣，那出来的香要么有问题，要么香方已换，有经验的香师一辨即知其中差别。而职位的正确，自然就跟香品的选择和用量有关，软香玉的香味在大多数人闻起来都一样，几乎没有人能辨得出其中细微的差别。但关于软香玉，自古就流传着一句话，只有同出一块原石的软香玉，其香味才是完全一样的。

这一样与不一样，就是从它们跟别的香碰撞融合的结果所得。

白焰朝景仲点了点头，将手里的玉印放在桌上，景仲心里轻轻叹了口气，小心地呈出景公留下的玉印，花嬷嬷也将镇南王的玉印取出。随后景府的管家将三张系了棉线的纸笺，分别送到他们跟前。

三人都在纸笺上写下自己的记号，封上，再分别系在自己的玉印上，放在同一个盘子里。然后景府管家当着大家的面，在那漆盘下放了个陀螺样的东西，随后转动盘子，三枚玉印在大家的目光中转成一道残影，片刻后，慢慢停下。

"这——玉石当真也能入香？"宾客当中，有人悄悄问了一句，语气难掩诧异。这天下，能用于合香的，花草树木有之，飞禽走兽有之，或是直接取其本体，或是取其分泌之物，再经提炼与炮制，用心注神，才得那一缕香魂。

但凡爱香之人，都认为香是凝天地精华而生，聚纯阳之气而合，所以这些香材无论贵贱，皆是源自生命，故而香有灵性。

"本土倒是有所耳闻，长香殿自古就有以玉石入香的香方，只是此类香品极少示于人前，多半都是大香师的偶尔兴起之作，唯有缘者方得一见。"

闻者轻叹，旁边又有人问："如此说来，那岂不是金银铜铁也都可入香？"

"阁下难道不知，对大香师来说，万物皆可入香。"

"在下确实听过这等传言，但……现在参与辨香的可不是大香师，虽说黄香师亦非等闲之辈，但毕竟未能迈过那道门槛，如何能以万物为香？"

"你又如何晓得这不是大香师的意思，依我看，今日这场辨香，定不会让我等失望。”

“那是那是……”

黄香师于案上摆好香器后，抬起脸看向景仲：“黄某需要一点玉粉。”

这是要从玉印上磨下一点玉粉，景仲虽之前就知道需如此，但此刻心里还是迟疑了一下。这毕竟是景公留下的最重要的玉印，平日里连他夫人都轻易看不得，即便是他自己，观摩一番也要轻拿轻放，不敢有丝毫大意，生怕碰着一点，现如今却要让玉匠动手去磨。

这实在是……不自觉地，景仲又往白焰那儿看了一眼，却见白焰朝旁边的玉匠颔首，景仲暗暗吸了一口气，才开口道：“那就请吧。”

年过半百的玉匠朝这些贵人行了一礼，再看向花嬷嬷那边，见对方没有表示反对，这才捧着自己的工具上前去。

软香玉之所以有个软字，即是因为它的硬度是玉石中最低的，琢玉的砣器可以轻易磨去它的一部分。

众目之下，玉匠轻轻吐了口气，然后慎之又慎地拿起一枚玉印。

不消片刻，三份同等量的玉粉就都被分别盛入做好标记的瓷碟中，厅内的异香似乎比刚刚浓了几分。

黄香师上前细细看了一番，微微颔首，然后看向川乌：“阁下可是也要用这玉粉来辨香？”

川乌似不屑回答，只是瞥了他一眼，神态极为傲慢。

黄香师也不生气，回到香席重新坐下后，看了柳璇玑一眼。柳璇玑微微颔首，黄香师便朝另外两位香师做了个请的手势，然后打开香盒，请在场的几位大香师确认，此香盒里三份新调配的香品，皆是同样的合香。

一般没有完成的香品，是极少拿出来示人的，更何况这还是来自天璇殿未完成的香品，甚至，这是不是出自柳大香师之手，还不一定。所以别说是在座的宾客，就是崔飞飞和谢蓝河，接过黄香师的香盒时，心里都多了几分慎重。

片刻后，崔飞飞抬起脸，赞道：“黄香师好奇巧的心，这样的香，实在让人期待其成品会是何等惊艳。”

黄香师忙道：“崔先生过奖了。”

谢蓝河未多言，只是微微点头，算是认可了。

因崔飞飞这句赞叹，在座的宾客愈加按捺不住，就是那川家三兄妹亦都抬起眼，目光灼灼地盯着那三个香盒。

而当香盒送到他们手里时，他们面上的表情是一种不太正常的认真，神色敛住，连呼吸都小心了几分。白焰默不作声地看着，沉静的目光在川连脸上停了一会儿，然后落到花嬷嬷身上。

花嬷嬷似乎有点不耐烦，正紧紧地锁着眉头，唇抿得紧紧的，嘴角两边的法令纹愈加深了。

许久之后，川家三兄妹才放下香盒，相互看了一眼，川乌同谢蓝河一样，什么也不说，只是微微点了点头。但不同于谢蓝河的平静，他目中藏着按捺不住的激动，只是面上不表。

倒是川谷和川连，放下香盒后，就都垂下眼，神色收敛得很小心仔细。

黄香师拿香匙取玉粉时，景仲只觉得自个儿的心脏控制不住地加快跳动，呼吸都跟着急促起来，他不停地往白焰那儿看，希望能得到一个安心的眼神或是提示，但什么都没有等到。

“那么一丁点玉粉加进去，能起到什么变化？”景大爷向来对这等风雅之事少根筋，实在没耐心欣赏那几位香师调香时慢吞吞的动作，转过头对景三爷道，“你说他们能闻出什么来？一样不一样，有个什么准没？再说合香难道不需要窖藏吗？”

景三爷低声道：“这等事你我如何有答案，且看着吧，既然大香师在这儿，这事定是要有个让南疆人心服口服的结果的。”

“南疆人不安好心谁都看得出来，就是他……”景大爷拿嘴朝白焰那儿偷偷努了努，“我看不清他安的什么心，今日这事与景府有利是最好，否则——”

景三爷轻轻摇头，他也是看不明白，眼下这情况，谁又能看得清呢。

约一炷香的时间后，三份玉粉已分别合入香品，三位香师同时点炭焚香。

明明很是安静，却似有无声的弦音在拉紧，次席的宾客都伸长了脖子，有人甚至忍不住抬起屁股，川家三兄妹也都抬起眼，所有的目光都落到那三位香师的双手上。

火苗轻微闪了一下，古朴的香炉一下活了起来，最细微的声音、最轻柔的动作都化成了最优美的流线，庄重的表情、精致的服饰，以及那被夹起的香丸，都成了牵动人心的那根弦。

宾客们都不自觉地提了一下气，崔飞飞和谢蓝河面上的神色亦比刚刚认真了稍许，柳璇玑唇边却含着一抹似有若无的笑意，每个看向她的人，几乎都会自作

多情以为她是在对自己笑，然后兀自慌乱。

景仲绷紧了腰背，心里不停地盘算着今日的这一切事情，细细琢磨其中的端倪。景明亦是面带紧张，同时又暗暗有几分期许，景孝分神往白焰那儿看了一眼，但他看不懂白焰面上的表情，那淡然的神色，似并不在意，又似早已成竹在胸。

香丸放入香炉，动作轻得似羽毛。

却几乎令所有人都觉得，自己的心被叮地拉了一下！

第三章·辨香

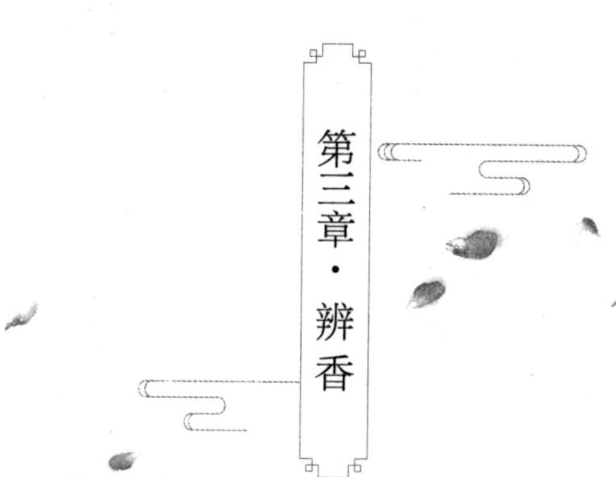

最初时，有梦一般的香味袭来，闭上眼，那味道又宛若遥远的歌声，让人心醉神迷。然而不过呼吸间，那梦渐渐驳杂，那歌声亦慢慢重叠，梦境有了裂痕，歌声的音律亦开始模糊颤抖，这美好的一切似被拂乱的湖面，转眼就搅碎了一汪春色！

有人心里叹息，此等香品，真应该一份一份，单独细品才好。

香既有灵性，那越是上等的香品，其性自是越孤傲。

相互无承让，王不见王。

唉……

许多人心里正隐隐惋惜着，但也不过是一念之间，那驳杂的梦和纷乱的歌声又开始各归其位，前者略略退了几分，后者则渐渐明晰，就好似有歌女在自己跟前轻轻吟唱，吟唱这春花秋月，吟唱那长安繁华。

所有人的心神在那一瞬都恍惚了一下，随后看到淡淡的轻烟自那三个香炉中逸出，初始似雾，轻轻的一缕，婀娜柔软，宛若少女纤细的腰肢；接着又升出一缕，慢慢细化，两道香烟如双龙戏珠，在香炉上盘旋；再接着又是一缕，然这一缕香烟在升起一半时，忽然化作火凤，摆出长长的凤尾，与龙共舞！

香烟越来越浓，也越来越奇异，一团一团，散去又聚来，源源不断，缭绕不绝。

座中宾客皆是惊得失了神。

香品的不同，以及制作手法的不一，便会有有烟和无烟之分。

出烟的香品，同样也有单烟、双烟、团烟、云烟、多色烟等之别。

在座的宾客中，有人曾见过双龙戏珠和五色香烟，但却没有哪一次，能像他时此刻眼前所见的香烟这般，宛如神迹，那羽翎、凤尾、龙角、五爪、长须，都在那腾腾升起的香烟中一一显现，追逐、缠绕……

不知是谁，忽然低声道了一句："不一样！"

旁边的人没回过神，不知道他在说什么，但有人经他提醒，这才注意到，三个香炉的香烟，只有第一个和第二个显现出了龙和凤，第三个香炉未见有火凤，只有双龙戏珠，聚了又散。

即便没有点明，但大部分人都明白是怎么回事了。

三个香炉里的香都加了玉粉，因为有两份玉粉同源，所以其香品的表现自当是一样的。

没有人愿意出声打断这样一刻，所有人都静静地、认真地、虔诚地看着那香烟由浓转淡，再深深吸气，想要留那最后一缕香。

崔飞飞慢慢闭上眼，轻轻一叹，直到最后的余香散去后，她才睁开眼。

柳先生，非常不简单啊！

谢蓝河从香炉上收回目光，看向白焰，今日天璇殿的这份香确实让他意外，但他更关心天枢殿的镇香使，此时的心里究竟是什么滋味。

然而没有人能揣摩得出白焰的心绪，余香散尽后，他即赞叹："今日真是不虚此行。"

黄香师朝他微微颔首，然后看向花嬷嬷，抬起手，示意了一下第一和第二个玉碟："这两份玉粉是同源，其对应的两枚玉印便是出自同一块原石。"

花嬷嬷沉着脸，冷声道："素闻长香殿的把戏多，今日一见，果真名不虚传。"

如此挑衅的言语，当即惹怒了不少人，有人即怒道："老太婆，你这话是什么意思？！"

花嬷嬷却闭上嘴，甚至看都没有往那边看一眼，一副不屑与之说话的神态。

这下连寿王都生出了几分愠怒，却在这时，花嬷嬷身边的侍女开口道："同源的究竟是不是这两份玉粉，还需我们辨别过才能确定，您几位说了可不算的。"

有人冷笑："难道是由你们说了才算？笑话！"

花嬷嬷忽然开口："聒噪！"

有人就要站起身，今日来的这些宾客，有哪个是好相与的，连景仲都不愿得罪他们。

白焰看着花嬷嬷，不急不缓地开口："请吧，南疆的辨香手法，在下也想见识一下。"

柳璇玑懒洋洋地笑道："我可是最讨厌磨磨蹭蹭的人。"

川乌看了她一眼，收回目光，看向川连。

川连点头，从袖中拿出一个约莫手掌长、三指宽的黑漆盒子，小心而郑重地放在跟前的案几上。

有人低声问："这是什么？"

川连没有抬眼，两手在那黑漆盒子上轻轻抚了两下，然后打开，将里面的东西小心地拿出来。

待众人看清那是什么东西后，都有些愣住了。

与此同时，骊园这边，寒立见巧儿去了许久都不回来，外头也没有任何声响，有些坐不住，便站起身，想出去找守院的人问问，正厅那边此时是什么情况了。

只是他刚打开房门，就看到门外站着一个女子，年轻貌美，如雪花一般，看着柔软，却带着沁肤的冷意。

他一惊，不由得往后退了一步，随后才反应过来，即收住脚，警惕地看着她问："你是谁？"

安岚没有进去，只是站在门口打量了他一眼，然后开口："玉瑶郡主是你害的？"

寒立心里倏然一惊："你是什么人？你不是景府的人！"

她是谁？是景府里的小姐吗？她是怎么进来这儿的？进来时守在外面的侍卫没有发现她吗？

安岚接着道："看来不是，不过应当跟你有关系。"

寒立忍着痛，将刚刚包扎好的右臂悄悄移到身后，摸到别在后腰的匕首："你是长香殿的人？是大香师？"

安岚道："不用白费力气，现在你的双手拿不了兵器，我不会对你如何，只是过来看看。"

寒立只得将手臂收回，这一番动作，又疼得他额上冒出一层冷汗。他不知道那位镇香使是怎么做到的，只用了一个杯盖和一个茶杯，竟然就废了他一双手！而刚刚在厅内他并未看到这个女子，那么她又如何知道得这么清楚？

“果真是大香师吗？难道是天枢殿的安大香师？”寒立站在门内打量她，在确认她是大香师后，他反倒不像刚刚那么紧张了。

安岚道：“是我。”

虽是他已经猜到了，但听到她承认，寒立还是有些意外。

为什么来找他？她都知道什么了？

沉默了一会儿，寒立又往里退了一步，再微微侧开身：“安先生请进。”

安岚并未进去，只是看着他问了一句：“你身上带了什么东西？”

寒立心里又是一惊，却不动声色：“大香师不是无所不知的吗，何不自己找答案？”

安岚目光在他腰上扫了一眼：“你很希望我出手。”

寒立看着她，以一种探究的口吻道：“大香师的香境，确实……令人好奇。”

安岚的目光又落到他腰上：“你不是好奇。”

寒立微微侧了一下身，并将胳膊放在腰侧，似要挡住她的目光：“那安先生以为是什么？”

安岚抬起眼，忽然问了句不相干的话：“你兄长可还在长安？”

寒立霍地看向她，瞳孔猛地一缩，目中顿时显露出杀气。

安岚似乎毫无察觉，接着道：“玉瑶郡主生前倾心于他，但郡主香消玉殒后，他却一直没有露面，你觉得，我能不能找到他？”

寒立悄悄将右脚往后退了半步，脚跟微微垫起，眼下他的双臂确实使不上力，但杀人的法子还有很多，而他本就精于此道。

安岚的语气依旧不急不缓：“长安城百万人，想要从中找出一个人，实属不易，更何况对方还有意躲藏。”

“看来安先生今日是来者不善。”寒立道出这句话的同时，整个人突然离地而起，右腿以电光石火之势攻向安岚，同时靴子上射出三枚暗器！

他知道，长香殿的大香师有改天换地之能，那宛若神迹的香境就是大香师凌驾于凡俗之上的最大倚仗，但也正因为有了这样的依仗，长香殿的大香师几乎都是养尊处优的贵人，若失去香境，随便一个粗使的丫鬟婆子都能将他们撂倒。

他似乎断定安岚不会起香境，而事实也如他所料，安岚确实没有动用香境，她就站在那儿看着他出手。而当三枚暗器射出的时候，她即便想起香境，也已经晚了，香境能影响人的意识和行为，却不能令已射出的暗器回头，甚至不能改变它们的轨迹。

带着倒钩的暗器泛着乌光，锋利而冷硬，若扎进身体里，即会紧紧抓住血肉，难以取出！

射出的暗器速度有多快?

没有人算过，但谁都知道，按照两人如此短的距离，凭一个没有任何身手的弱女子，绝不可能避得开。

寒立在射出暗器时就已确认这一点，他不担心事后怎么解释，他现在只想先杀了对方。

但他似乎忘了一件事。

身为大香师，香境确实是他们最大的倚仗，却不是唯一的倚仗。

只要大香师愿意，他们甚至无须动用香境，就会有无数人愿意为他们赴汤蹈火。

所以，那三枚暗器在距安岚约一尺的时候，就被另外三枚暗器给打飞到一边去了，速度快得只听到一声叮，危险就已经消除。

寒立砰地摔到地上，他下意识地用胳膊撑了一下地面，就疼得浑身冷汗，刚刚接好的骨头又移位了。他咬着牙，挣扎着站起身，一抬眼，就看到安岚身后出现了一个黑衣女人。他仅看一眼，就嗅到了熟悉的味道，那是熟悉了在暗中行走，在刀尖舔血的人才能嗅得到的味道。

蓝靛上前两步，侧过身，微垂着脸道：“先生没事吧？”

安岚摇头：“去看看他身上藏着什么东西？”

她能感觉得到那东西一直在蠢蠢欲动，带来莫名的危险，让她直觉不能动用香境，同那晚她夜探骊园时的感觉一样，阴冷，潮湿，黏稠，让人恶心。

蓝靛颔首，遂转身，没有丝毫迟疑地走到寒立跟前。

寒立往后退了两步，似乎有所顾忌，蓝靛搜他身上时，他并未反抗，任蓝靛从他怀里掏出一个约三指宽的小盒子。盒子是用某种木头制成的，很轻，很滑，也很硬，并且还带着一种淡淡的香气。

蓝靛将盒子拿到安岚跟前，安岚没有伸手去接，只是看了一眼，然后看向寒立：“这是什么？”

寒立忽然笑了一下："安先生何不打开看看？"语气里有种说不出的挑衅。

蓝靛瞥了他一眼，安岚又将目光落在那盒子上，片刻后开口："南疆香谷有一种用密法饲养的虫，这等虫对香气异常敏感，听闻，它们甚至能吞噬香境。"

蓝靛眼里闪过惊异，甚至有些惊骇，南疆香谷的事她这两年一直在暗中查探，也曾打听到这等传闻，但她觉得是谬传，可先生似乎并不这么认为。

寒立靠着身后的方桌，微微喘着气，打量着安岚道："安先生知道的不少，真叫人意外。"

安岚接着道："据说待它们化蝶后，产下的卵，还有更大的用处。"

寒立抿着唇不说话。

正厅这边，黄香师等人看到，川连从盒子内取出来的，居然是三只蝴蝶。

只见那蝴蝶在盒子里的时候，是包成一个茧的形状，颜色只是淡淡的粉，但从盒子里出来后，遂看它们微微颤抖了几次，随后慢慢舒展，蝶翅一点一点打开，颜色亦开始发生变化，逐渐由粉转红，泛起流光，越来越艳丽，随着蝶翅完全展开，飞到川家三兄妹的手指上轻轻扇动时，翅膀已变成血一样的红色，并且每扇动一下，周围似都有萤粉散落。

这样的小生命，美得太过诡异，一时间，这厅内竟无一人说话。

良久，黄香师才开口问："这是什么？"

川乌有些嘲讽地瞥了他一眼，然后看着停在自己手指上的蝴蝶道："这是我们南疆香谷的香蝶，可分辨这天下所有香，无论它们的香味有多细微的差别，只要不是同源，它们就都能辨得出来。"

宾客中有人喃喃道："香蝶，这……从未听说过！"

在座的本就有人不满南疆人这样傲慢的态度，此刻再听他们这句"能辨天下所有香"，如此大的口气，心里更加反感，于是即有人应和道："没错，狗也能辨味呢，无论香的臭的都能辨。"

川乌正要发怒，他旁边的川谷却笑了起来，不屑地道了一句："今日可算亲眼见着了什么叫孤陋寡闻，坐井观天。"随后不等别人接话，他就看向柳璇玑，似笑非笑地道，"他们不知道这香蝶，但柳先生不会不知道吧？"并且说着又转头看向白焰，"想必镇香使心里也是清楚的。"

柳璇玑看着他们手上的那三只血色的蝴蝶，缓缓开口："香蝶以南疆秘法培育，一生只认一种香，至死不渝。"

柳璇玑说出这句话时，在座的宾客都有些怔住，有人甚至忘了礼仪，不自觉地站起身，身体向前倾，想看得更清楚一些。他旁边的人虽觉得如此行为不妥，倒也没有出言劝阻，只是低声道："还真是天下之大，无奇不有。"

一直未出声的寿王犹疑地开口："既然说这香蝶能辨天下所有的香，却为何又说它们一生只认一种香，此言似乎相互矛盾，不知几位能否解惑？"

川谷将目光从几位大香师身上扫了一遍，最后却落到白焰身上，手指轻轻抬了抬自己的香蝶："听闻镇香使能耐不小，不如就请镇香使为各位解惑吧！"

白焰微微颔首，缓缓开口："南疆香蝶自古有之，但数量稀少，并且不易繁衍，所以极少被带出香谷，故知道的人不多。据闻它们擅辨香，却不轻易尝香，成年后一般由主人选香来细心喂养，香品选得越是珍贵，日后香蝶产卵就越是顺利。若在这期间，香品有所改变，即便只是稍微调一下香方，它们食下后都会直接暴血而亡，所以香蝶也被称为血蝶。"

川谷往自己的香蝶上轻轻吹了一口，扫了众人一眼："很好，镇香使和柳大香师都承认了香蝶辨香的能力，所以诸位心里应当清楚了，今日辨香，只有我们的答案才没有任何异议可言。景二爷也应当明白，今日辨香，无论结果如何，我们的损失都不小。"

景仲张了张嘴，好一会儿才道："这香蝶……"

川谷却插进他的话："香蝶不会让你赔，只是希望景二爷记得，到时结果出来，又有这么多人做证，莫要再赖账了。"

景大爷可憋不住了，拍着案几道："什么赖账？赖什么账？啰哩吧唆的，还辨不辨了？一个一个阴魂不散纠缠不清！赶紧辨完赶紧滚出去！"

花嬷嬷抬了抬眼："镇南王府向来讲理，但若是碰到不讲理的，我们也不怕，景大爷嘴巴这么硬，不知以后骨头是不是也能这么硬？"

景大爷气得就要站起身，但被景三爷拉住了："跟个老太婆较什么劲，别跟她一般见识。"

景大爷这才坐下，气呼呼地看向川乌三人："你们赶紧的，开始吧。"

这一轮的香蝶辨香很简单，便是将三份玉粉分别喂给三只香蝶，然后收起所有玉粉，以及那份玉粉所对应的玉印，接着由香蝶去寻找另外一枚同源的玉印，如此，必然有一只香蝶是寻不到玉印的。最后为了确认那份玉粉所对应的玉印是独有的，他们会给香蝶喂食另外一份玉粉，如果香蝶吃了另外那份玉粉后暴血而亡，那么结果便被确认无疑了。

刚刚黄香师已证明第一枚玉印和第二枚玉印是同源，但玉印上的标记还未揭开，所以此时大家也不知道这两枚玉印都分别属于谁，更不知道景公当年定下的那份婚约，是否还有效。

而现在，就看川氏三兄妹是再次证明这个结果，还是推翻这个结论。

首先从川乌开始，他取了第一份玉粉后，景仲便当众将第一枚玉印用陶瓷罩子严严实实地罩住，移到一边。

香蝶也是在众目睽睽之下，以头轻点着川乌沾在指尖上的玉粉。因香蝶小，一次所食不多，不过片刻，就停止了进食。川乌将自己指尖上的玉粉擦拭干净，随后就看到香蝶在他指尖上开始轻轻扇动翅膀。

那泛着流光的蝶翅有一种迷幻的美，看起来是那么脆弱，又那么诡异，而且还带着阵阵异香，众人都不由得提着一口气，连呼吸都放轻了。

香蝶忽然离开川乌的手指，扇着翅膀飞了起来，划出一道优美的弧线。

有人悄悄吸了口气，忍住惊叹。

香蝶飞到两枚玉印上头，绕着它们，慢慢盘旋。

景仲等人的眼珠子紧紧盯着那只诡异的蝴蝶，整颗心都提了起来，如果香蝶停在第二枚玉印上，那就证明刚刚黄香师的答案是对的。即便他们此时并不确定，黄香师的答案是否对景府有利，但两相比较，景仲不会蠢到去相信南疆人会安什么好心。

只见那香蝶越飞越低，在两枚玉印间来回绕了两圈，最后，居然停到了第三枚玉印上头！

景仲瞳孔微微一缩，景大爷差点跳起来，被景三爷使劲拉住。

黄香师面上也露出了诧异，随后皱了一下眉头，有些迟疑，又有些忐忑地看了柳璇玑一眼，却见柳璇玑连眉毛都没有动一下，面上还带着一种饶有兴致的表情，丝毫看不到介意的神色。

另一边，白焰亦是如此，倒是在座的宾客，被这两个不同的结果弄得愣了一下后，就开始窃窃私语起来。

南疆人辨香的结果是，第一枚玉印和第三枚玉印是同源！

这下，究竟谁对谁错？

岂不是又回到了原点？

川乌也没有说什么，召回自己的香蝶后，才有些冷嘲地瞥了对面的黄香师等人一眼。

接着是川谷，他取了第二份玉粉，景仲沉着脸，把第一枚玉印放回原位，将第二枚玉印罩住移到另一边。

不多会儿，川谷手指上的香蝶也扇着翅膀飞起，同样飞到那两枚上空，只是这一次，那香蝶徘徊了片刻，就舍了那两枚玉印，重新飞回到川谷手上。

他的答案是，第二枚玉印是独有的。

景仲的脸色越来越难看，景三爷亦是一样，景大爷则重重地喘了好几口气，才没跳起来，景明面上的担忧也明显了几分，他看向白焰，可是白焰依旧没有任何表示。

轮到川连了，她取的是第三份玉粉。

景仲拿起罩子的手都有些颤抖，他感觉自己几乎都能预料这一次，川连的香蝶会停在哪一枚玉印上。

果真，担心什么偏偏就来什么。

川连的香蝶最后停在第一枚玉印上面，看到这个结果，宾客们的私语声顿时大了几分。

“这、这……到底谁的答案才是正确的？”

“是啊！”

若真是南疆人，那岂不说明长香殿不如南疆香谷？

且不说大香师们接不接受这样的结果，就是他们也接受不了啊。

“莫急，不是还有一次吗？”寿王开口道，最后一次是换玉粉喂食香蝶，看香蝶是否真的会暴血而亡。

寒立脸上带着几分嘲讽：“安先生心里好奇，却不敢打开看一看？”

安岚沉默了一会儿，似乎真的在斟酌这个问题，片刻后，朝蓝靛微微颔首。

蓝靛先是仔细看了一眼手里的盒子，然后搁在旁边的桌上，她不确定这盒子里是否藏了机关，会不会一打开，里头就射出暗器或毒气，因此打开的时候，她已做好避开和反击的准备。

但是，盒子打开后，什么危险都没有发生。盒子里没有暗器，也没有毒气，盒子里面只有一只蚕蛹。

再仔细一看，那并非是真的蚕蛹，只是形状类似而已。

那是一只用翅膀将自己蜷成团的蝶，包在一起的翅膀泛着淡淡的粉，翅膀上还有奇怪的纹路，初一看，并不怎么起眼，但若多看两眼，就会让人觉得这东西

既漂亮又诡异，而且还有种奇异的香气。

蓝靛动了一下那盒子，见那“蚕蛹”往两边滚滚，但没什么动静。

她将盒子呈到安岚跟前，安岚看了一会儿，低声道：“已经成蝶了。”随后她抬起眼，看向寒立，“你养的？”

寒立抿着唇，未吭声。

安岚朝那盒子伸出手，却在手指要碰到那“蚕蛹”时停下，手指改落到盒子的盖上：“南疆香蝶向来是由专人饲养的，这东西需要饲养者投注全部心血，才能保证它们顺利繁衍，这等差事无论如何，都不会落到一位刺客身上。”

寒立依旧未说话，只是眉头不自觉地颤动了一下，他刺客的身份是个秘密，就连巧儿和菊侍卫他们都不知道。可眼前这个看起来弱不禁风的女人，却每一句都点中要害。他的身份若被透露出去，这天子脚下的长安城，必是不能容他的。

安岚接着道：“寒刃才是真正的侍卫，为何郡主却让你替了他的位置？”

寒刃就是寒立的兄长，兄弟俩从小就被选入镇南王府，长大后一个成了郡主身边的侍卫，一个也是王府里的侍卫，但真正的身份却是个刺客。

终于，寒立开口：“安先生既知道我的身份，又何必在此白费口舌，想知道什么，用大香师最擅长的手段不是更简单便捷？”

安岚道：“你是说起香境，诱你说出一切？”

寒立闭上嘴，表情有些淡漠。

安岚打量着他道：“今日之事，是你特意安排的，还是只是顺水推舟？”

寒立目中闪过一丝诧异，顿了顿，才道：“在下听不明白安先生这话是什么意思。”

安岚唇边忽然露出一抹凉凉的笑意：“你以为，我只是凭着上天赋予的这香境的能力，就顺顺利利地坐上了大香师的位置？”

寒立心头忽然浮起一丝不好的预感。

“那天，你知道我来过骊园，只是可惜……”安岚说着看了一眼盒子里的“蚕蛹”，略微停了一下，才接着道，“可惜什么呢？没抓到我？还是……没抓到我的香境？”

寒立不由得皱起眉头。

安岚抬起眼，看着他：“你，或者你背后的那人知道我定会再来的，今日你们几乎所有人都去了前院正厅，我怎么可能不趁此机会，再来骊园看看？所以你特意让自己被镇香使打伤，并将来看你的那丫鬟支开，然后一个人在这里等我。”

寒立缓缓地呵了一口气：“我等安先生做什么？在下既不认识安先生，以往更无恩怨过节。”

安岚点头：“没错，这就是我最开始始终想不明白的一点，因而，思来想去，似乎唯有香境才能解释，而刚刚也证实了我的想法没有错。”

“在下听不明白安先生的意思。”

“你一直在诱我起香境，从一见面就想杀我，到刚刚故意不回答我的问题，却提示我用更简便的法子找答案。”安岚说着，就盖上那个盒子，并接了过去，“有人在玉瑶郡主身边起过香境，但你们都不知道那人究竟是谁，也没有任何可以呈现的证据。”

寒立皱起眉头，良久才道：“真不愧是大香师。”

这算是夸赞了，但安岚面上并无一丝得意，她手里握着那个盒子，神色淡淡：“你和花嬷嬷都想找出那个人，但你和花嬷嬷的目的似乎并不一样。”

寒立忍不住问了一句：“如何不一样？”

安岚看着他道：“你们都想证明玉瑶郡主是被香境杀死的，花嬷嬷应当是确信这一点，所以她要的只是证据，正好你也想要这份证据，但玉瑶郡主真的是死于香境吗？”

寒立微微眯起眼：“不然安先生以为郡主是如何死的？”

安岚却没有再回答他这个问题，沉吟片刻，示意了一下手里的盒子：“此物借我一用。”

她说完就转身离去，寒立忙要追出去，却被蓝靛拦下。而在他被蓝靛打晕之前，听到那女子冰凉的声音从远处传来：“我与你并无冤仇，你若想通了，可以来找我。”

正厅，川乌和川连都将第二份玉粉喂给了自己的香蝶。

景仲死死地盯着那两只血色的蝴蝶，那红艳欲滴的翅膀每扇动一下，他的心就被提起一下，一点一点地被提得老高老高。

片刻后，那两只香蝶并未现出异样，有人悄声道：“这算怎么回事？难不成是那三枚玉印都是出自同一块原石？”

“若是如此，刚刚吃了第二份玉粉的香蝶，怎么不见停留在任何一枚玉印上？！”

"依我看，这什么香蝶辨香，就是以讹传讹……"

只是他话还未说完，就见停在川乌和川连手上的那两只香蝶，突然砰地炸开，直接化作一团血雾!

这变化来得太快，就是一瞬间，让人完全来不及反应，所有人都被吓了一跳。

"这、这是——"

"死了？"

"这怎么突然就……"

川连取出手绢，又轻又仔细地拭擦自己的手，川谷看着他们手上的血迹，有些惋惜地叹了一声，然后才道："如此，想必诸位都看明白了，第一枚玉印和第三枚玉印才是同源。"

大家似乎都还没回过神，一时间，没人说话。

花嬷嬷这才开口："景二爷，可以撕开玉印上的标记了，看看同源的这两枚玉印，究竟都是谁的。"

景仲却迟迟不愿撕开玉印上的标记，被花嬷嬷身边的丫鬟催了一下后，才转过脸看向白焰，可白焰却没有给他任何表示，他只得看向黄香师，硬着头皮道："不知黄香师能否接受这个结果？"

他这一问，就是将难题踢给了黄香师，如果黄香师敢点头，那便是承认自己的辨香技能输给了南疆人。若今日只是一场单纯的辨香，并且没有大香师在场，那么无论谁输谁赢，都没太大所谓。

但在座的任何一位，心里都清楚今日不是一场普通的辨香，更何况，今日还有三位大香师在此。且不论景府和镇南王府的恩怨，单就镇香使请动了三位大香师，那这场辨香就可以说是长香殿和南疆香谷的一场较量。

所以黄香师绝不敢，也不可能接受南疆人定的这个结果，因为这就等于承认长香殿不如南疆香谷。

于是黄香师坐直了，郑重地说："南疆香蝶的辨香之法确实让人耳目一新，但也仅此而已。"

川谷似笑非笑地道："黄香师此言，却叫我听不明白了，难道是指柳大香师和镇香使刚刚所说的都是错的，我们这些宝贝儿完全没有辨香的能力，刚刚就只是给诸位做了场别开生面的戏？"

黄香师忙道："在下并未这么说，川谷先生何必曲解我的意思？"

“是曲解吗？”川谷轻轻摸了一下香蝶的翅膀，挑着眉毛看过去，“那黄香师就说说何为正解？”

不想这会儿谢蓝河忽然开口：“不如你来说说，适才三位香殿香师的辨香，如何就屈于那三只虫子之下了？”

川谷微诧，这位年轻的大香师从露面开始，就一直秉持着沉默的态度，一副事不关己的神色，不想这一开口，就是毫不客气地质问，且说话时那双忽然看过来的眼珠，竟隐隐泛着琉璃般的光泽，让人呼吸忽地一窒。

而不等川谷回答，谢蓝河又接着道：“柳先生和镇香使并未说错，香蝶确实会辨香，不过刚刚有一位客人所言不差，猫犬亦会辨味，然那又如何？猫与犬若是能令在座的诸位尊其一声‘先生’，那今日这场辨香，自然就是阁下胜了。”

在座的宾客当中，有四五位跟谢蓝河打过交道的，寿王和谢蓝河更是有些交情的，一直以来，这位年轻的大香师给他们印象，都是一副谦谦君子的模样，故谁都没想到谢先生竟还会这般埋汰人。那样温润俊俏的一张脸，嘴巴却还能这般刻薄，简直叫人又爱又恨。

有人心里憋着笑，面上不表，白焰却无所顾忌，唇角一扬，眼角眉梢即溢出满满的笑意，俊雅的容颜愈加迷人。他不同于谢蓝河，他身上并非是年轻人特有的锋利，而是一种经时光沉淀出来的，令人倾慕的风华，他的一举一动，都让人无法忽略。

川乌即问：“镇香使笑什么？”

白焰道：“在下觉得谢先生所言颇有意思，亦不是没有道理，不知三位觉得如何？”

这时川连抬起眼道：“香蝶辨香，一生一次，至死不渝，这句话的意思是，香蝶辨香，对可生，错赴死。”她说到这里，看向柳璇玑，又看了看白焰，再看了看黄香师和另外两名香师，“一开始柳先生和镇香使就已对香蝶辨香表示认可，但我们，却并未表示相信三位香师的能力。”

黄香师的脸色顿时有些难看，两外两位香师亦是一样，这样公然的质疑，等于当众在他们脸上甩了一巴掌。

景大爷愤怒了，拍案而起：“怎么好的赖的都让你说了，臭丫头，你当自个儿是谁啊，轮得到你来评论个高下！”

花嬷嬷喝道：“景府难道想仗着人多，颠倒是非？”

景大爷瞪圆了眼睛：“老太婆——”

景仲忙走过去，抬手压在景大爷肩膀上，忍着气道："川姑娘既然不认同，刚刚就不该答应辨香，辨完了，结果不同，断没有空口白牙就说三位香师屈于你等之下的道理！这等荒谬的评判，景府第一个不答应。"

川连遂问："那么景二爷以为，眼下应当以哪个结果为准？哪个结果能服众？"

景仲一时答不上来，他当然是希望以黄香师这边的结果为准，可是话将出口时，他忽然想起玉印上的标签还未揭，万一第一枚和第二枚玉印就是景公和镇南王的，那他岂不是搬起石头砸自己的脚？

川连看了川乌和川谷一眼，川谷便开口道："既然大家都为难，那就不争这个了，我们愿意退一步，请几位大香师出手如何？"

众人顿时来了精神，一个个竖起耳朵。

柳璇玑唇边噙着一丝笑："这是何意？"

川谷即朝柳璇玑揖手："素闻大香师的香境可幻化天地，可追溯本源，正好今日三位先生都在此，无论哪一位出手，只要让在座的诸位都看清楚、看明白究竟哪两枚玉印是同源，我们都不会有二话。"

众人遂万分期待地看向柳璇玑，恨不能直接代她答应下来。

柳璇玑笑了，媚眼如丝，眼波飞向白焰："镇香使，你觉得如何？"

白焰似思忖了片刻，却没有回答柳璇玑，而是问向川连："香蝶绝不可能辨错香？"

川连摇头："绝不会。"

"如此，在下有一事不明。"白焰往她手上看了一眼，"既然香蝶不会错，那么刚刚两位给香蝶喂食第二份玉粉时，香蝶又怎么会食用？"

在座的宾客愣了一愣，随后就有人跟着点头，景仲等人亦是恍然，难怪他们刚刚总觉得有点不对，却一时又琢磨不透究竟哪不对劲。

然而此一问似乎在川连的预料之中，只见她不慌不忙地道："香蝶绝不可能辨错香，但饲养者可以让它们食用任何香。"

白焰点头，接受这个解释，又问："香蝶是否每日都要食香？"

川连道："化蝶之后，只要已经开始了喂香，那就一日都不可断。"

白焰再问："如此说来，只要香蝶被喂食了某种香，那么即便将此香藏起来，香蝶还是能准确地寻到它的所在？"

川连点头："没错，只要不是离得太远。"

白焰笑了："那么，就试一试如何？"

川连一时不明白他的意思，微微蹙了蹙眉。

白焰却转过脸，看向厅外，然后站起身，迎出去。

众人下意识地跟着看过去，遂看到一个模糊的、纤细的身影，背着外头的雪光，缓缓走进厅内。

看清来人后，寿王不由得也跟着站起身，心跳无法自控地加快。

其实，单论容貌，天枢殿的安大香师并非是他见过的最美的女子，论性情，她更谈不上温柔可人善解人意，自他见她第一面起，她一直就这副冷若冰霜的模样，但她身上似乎带着一种魔力，让他无法不被吸引。

而若论地位、论身份、论才情，玉衡殿的崔大香师又比她差上哪一点。

可面对崔飞飞，他有的只是尊敬，并无一丝旖旎妄想。

白焰将安岚请到自己原先的座位上，让她坐下，然后自己略往后退半步，站在她旁边。

柳璇玑眯了眯眼睛，唇边勾起一抹笑，饶有兴致地看着他们，这可真是难得见到的一幕。

崔飞飞微诧后，便朝安岚落落大方地一笑："可是早就到了？"

安岚没说话，只是朝崔飞飞和谢蓝河微微颔首，又往柳璇玑那儿看了一眼，然后才看向对面三人，最后将目光落在川连身上。

川连亦看着她，片刻后目光往下移，落到她手里的盒子上，随后川连抬起眼，目中已露出警惕。

安岚没有跟任何人打招呼，直接打开手里的盒子："正巧，这里也有一只南疆香谷的香蝶。"

川连面带不善地看着她："你是从何处得来的？"

安岚没有回答她的问题，而是侧过脸，往旁问了一句："镇香使可知道如何喂食香蝶？"

白焰道："略懂一二。"

川氏三人，包括花嬷嬷等人，面上或多或少都露出惊异。

香蝶的饲养之法，向来是秘不外传的，即便是香谷里的人，知道的人亦是有限，天枢殿的镇香使怎么可能会？！难不成，香谷的秘法真的流出去了？

安岚便将手里的盒子递给白焰："开始吧。"

花嬷嬷忽然站起身，沉着脸道："为什么你会我们南疆香谷的秘法？"

白焰先看了看手里的盒子，然后才抬起眼微微一笑：“在下不才，不过是正好认识一位会这个的朋友，因而学得些皮毛。”

花嬷嬷咄咄逼人地追问：“什么朋友？是男是女？姓什么叫什么？”

白焰道：“恕难奉告。”

花嬷嬷的脸色更加难看，白焰却没再看她，手指逗弄了几下盒子里的香蝶，便见那香蝶开始舒展翅膀，片刻后，颤巍巍地飞起，落到他手指上。

对面的南疆人脸色皆是一变，他们从未见过，香蝶会停在香谷以外的人的手上！这一幕给他们造成的震撼，几乎可以说是达到了惊恐。

白焰命景仲将第一份玉粉拿来，如刚刚川氏三兄妹那般，用手指轻轻沾了一点。

川乌差点就要站起身，川谷亦是不自觉地握紧手，川连则是抿着唇，盯着白焰的动作。

白焰给香蝶喂食玉粉的时候，交代景仲将三枚玉印都罩上。

花嬷嬷忽然道：“容不得你如此戏弄我们香谷的香蝶！”她说话的同时，就示意自己身边的侍卫动手。可不等那几个南疆侍卫站出来，蓝靛已经带着四名殿侍走了进来，瞬间就封住了他们的去路。

厅内的气氛陡然紧绷到极点，宾客们皆屏住呼吸，景仲等人亦是不敢出声。

花嬷嬷目光扫向安岚，寒着声问：“安先生这是何意？”

安岚淡淡地道：“坐下。”分明是黑漆漆的一双眼珠，但看过来的时候，花嬷嬷却觉得那双眼睛似含霜带雪，让人心里不由得就生出几分凉意。

而就这几句话的工夫，白焰已喂手上的香蝶吃了玉粉，接着他轻轻地、有节奏地动了动手指，不消片刻，那香蝶就扇动翅膀从他手指上飞起。

花嬷嬷正要给旁边的侍卫打眼色，白焰看了她一眼，似笑非笑地道：“谁若敢起别的心思，在下保证，他在动手之前，双手会齐腕断掉。”

他这话说得温和，又轻得似羽毛，却每个人心里都不禁打了个哆嗦。

景大爷等人此时还想不明白白焰要做什么，但也都识趣地闭上嘴巴，眼睛只顾盯着那只香蝶。只见那香蝶离开白焰的手指后，就直接飞向川连，香蝶绕了她一圈，然后轻轻落在她手上。

川连却一眼都没有看手上的香蝶，而是面无表情地看向安岚：“安先生，真是令我意外。”

安岚瞥了她一眼，就看向蓝靛。

旁边的川谷要起身，蓝靛比他快了一步，一下抓住川连的手，将她的手掌翻开，在她小指的指甲里找到了一丁点玉粉。

景大爷有些蒙，脑子转不过弯来，忙问这到底是怎么回事。

景仲的脑子还是要灵活些，琢磨了一会儿，即又惊又怒地道：“难不成，川姑娘刚刚是在作弊？”

景大爷问：“作弊？她作了什么弊？”

景三爷这会儿也想明白了，站起身道：“原来如此，最开始时，川姑娘看着是取了第三份玉粉，可实际上给自个儿香蝶喂食的，却是藏在指甲里的第一份玉粉。”他说着就看向川乌，此时蓝靛带过来的殿侍已将川乌制住，并且也发现了他藏在指甲里的玉粉。

于是景三爷冷笑一声，接着道：“这般看来是清楚了，川乌掌柜指甲里藏着的应当是第三份玉粉，而当时川乌掌柜看着是取了第一份玉粉，给香蝶喂食的却是第三份玉粉。难怪香蝶会在吃了第一份玉粉后，就飞到第三枚玉印上，实际上香蝶吃的就是第三份玉粉，找到的当然也就是第三枚玉印。”

众宾客哗然，川谷皱着眉头道：“玉粉取了多少，取的是哪一份，诸位刚刚并非没看到，何来藏匿？何时藏匿？景三爷又怎么判断，这指甲里的那丁点粉末就是玉粉，又如何断定，它们分别是哪一份的玉粉？空口无凭，毫无根据！”

景大爷这下终于想明白了，顿时怒发冲冠：“好个阴毒的心思，玉粉怎么取的，你还有脸问，你当老子是傻的吗？你们手里本就有一枚玉印，前几日亦逼着二爷拿出玉印给你们验证，当时验证的时间可不短，又有好几个人围着看，想必就是在那个时候动了手脚！”

花嬷嬷呵斥：“放肆！空口白牙就想污蔑人！”

安岚若无其事地看向景仲：“景二爷，揭开玉印上的标签吧。”

景仲微微弯下腰，低头恭敬地应道：“是。”

“慢着！”花嬷嬷从椅子上站起身，盯着景仲道，“今日辨香，先前就说好双方各请三人，如今你们却忽然多出一人，如此公平已失！”

安岚看了蓝靛一眼，蓝靛抓住川连的手，抬高一些：“镇南王府从一开始就心怀鬼胎，如今却想要公平？南疆香谷只会玩这等小把戏，却妄想跟长香殿一较高下？当真是可怜又可笑！”

被当面揭短，花嬷嬷面上却无一丝赧色，甚至没有半点不自在：“他们三位行事既然有失妥当，那么今日这结果就更不能作数，老身也不愿耽误诸位的时间。今日之辨香，要么改日换人再辨，要么就有劳几位大香师出手，只是……”她说着就看向安岚，不冷不热地道，“安先生可能需要避嫌了。”

说来说去，还是绕不开香境，安岚身体往后一靠，没在意花嬷嬷的话，将打量的目光从她脸上移开，在川氏兄妹三人身上扫了一遍，最后还是落到川连身上。而她看过去的同时，川连正好也朝她看过来，并且两人的眼神对上后，川连不仅没有闪躲退避，那看过来的眼神里还带着一丝审视和探究。

被蓝靛抓住手腕，当众揭示她指甲内藏有玉粉，也不见她有半点惊慌。那么寡淡的一张脸，找不到丝毫特色，但看起来却又有几分说不出的怪异。

天下无香的三掌柜吗？

对上川连的眼神后，安岚心里忽然生出那晚在骊园碰到的感觉，冰凉，黏腻，贪婪，蠢蠢欲动！

“呵呵呵……”这会儿柳璇玑忽然笑了，“岚丫头，我今日只是来看戏的哟。”

安岚回过神，看向柳璇玑：“今日之事，哪里能劳动柳先生，柳先生只管坐着看戏。”

“嘴巴这么甜，可真叫人欢喜。”柳璇玑微微眯眼，瞟了一眼站在她身后的那两男人，脸上的笑容愈加妩媚，“其实想让我帮忙也不是不可以，只要你将他们当中，随便哪一位送我便行。”

此时站在安岚身后的，一位是白焰，一位是鹿源。

安岚往后瞥了一眼，淡淡地道：“无须如此麻烦，他们若是愿意跟随柳先生，柳先生随时都可以带走。”

柳璇玑顿时不乐意了，细眉高挑，似嗔似怒地道：“才刚夸你嘴巴甜，这就变着法子向我炫耀了，真当我不敢出手抢吗？”

安岚唇边露出一抹浅笑：“难得柳先生看得起，我这哪里是炫耀，这是骄傲。”

她极少笑，特别是在人多的场合，连脸上的情绪波动都是难得一见，刚刚那浅浅一笑，不知令多少人恍然失神。坐在一侧的寿王不由得握紧了手，良久才悄悄地、轻轻地嘘了口气。

花嬷嬷冷着脸道：“几位先生若都不愿，那么景二爷是决定改日再重新准备一场辨香了？”

安岚依旧没有看她，而是看向景仲：“还等什么？今日辨香要的不是公平不公平，而是确切的答案。”

“是，是！”景仲忙应声，直起腰身后，挑衅地看了花嬷嬷一眼，然后才走到供桌前，当众揭开了三枚玉印上的标记。

第一枚是景公留下的玉印，第二枚是镇香使拿出来的玉印，第三枚才是镇南王府的。

看到如此结果，景仲忍不住哈哈大笑，擦了擦手掌，就将两枚玉印捧在手上，转过身，对着众人道：“诸位请看，镇香使送过来的这枚玉印，和景公留下的这枚玉印才是真正的同源！景某在此多谢诸位今日为我景府做了见证，不想这等小事还惊动了几位先生，实在是不胜惶恐。”

花嬷嬷怒道：“我们王爷的玉印怎么可能是假的？更何况当日的婚书明明还在，上面白纸黑字写得清清楚楚！”

安岚转头看向陆庸：“陆大人，今日之事，烦请您事无巨细，一一记录在案。以便日后无论是官府还是镇南王亲自来，此事都有据可查。至于到时王府认不认、服不服，都与今日的事实无关。”

陆庸不由得问：“那与何事有关？”

安岚淡淡地道：“当然是各自的能耐大小。”

她说完就站起身：“为了这信物的真假，耽误了好些时间，就不再打扰陆大人查案断案了。景府毕竟与我渊源不浅，希望郡主的命案水落石出时，陆大人能让人去天枢殿告之。”

陆庸也站起身：“一定。”

安岚道了句“多谢”，然后侧过脸对白焰道：“那香蝶，能否召回来？”

白焰双唇微启，看似在吹口哨，但又听不到声音，片刻后，竟看到那只香蝶朝他飞回来，乖乖地落在他手上，慢慢收起翅膀，蜷起身体，不消片刻，就又恢复成原先蚕蛹的模样！

“真没想到……”川谷盯着白焰，凉凉地道了一句，“天枢殿的镇香使和南疆香谷也有这么深的交情，不然怎么会我南疆香谷的秘法？不知镇香使以前去没去过南疆，之前是不是认识玉瑶郡主？”

白焰看了川谷一眼，将香蝶放回盒子里，没回答他的问题。

川谷似笑非笑地道：“不好回答，还是不敢回答？”

白焰有些漫不经心地道：“阁下还不够资格。”

既是镇香使，那就不是任谁来问话，他都得回答。

川谷皱了皱眉头，白焰已经看向景仲，略一颔首："告辞。"

景仲忙弯腰揖手，嘴里万分感激。

谢蓝河见事情到这差不多就结束了，便也站起身，崔飞飞亦是一样。

只是就在他们转身要离开时，川连忽然开口："恐怕镇香使还不能走，安先生也欠我们一个解释。"

她说着就走过去，挡在安岚面前。

安岚扫了她一眼："解释？"

川连看向白焰手里的盒子："那是我们香谷的香蝶，别处不可能会有，安先生是从哪儿得来的？"

安岚道："需要向你交代？"

川连道："若是不能交代，就只能请安先生将此香蝶留下了。"

安岚道："你要如何留？"

川连看着她，寡淡的脸上忽然浮现嘲讽的笑："我或许不能留下安先生和镇香使，但这景府，总有人能令安先生自愿留下。"

无须安岚开口，蓝靛就已上前推开川连，从正厅往外即自动开出一条路。

外头天光正好，雪光及亮，将景府的红墙碧瓦照得比春日时分还要鲜艳。

川连没有跟蓝靛硬碰硬，就着蓝靛的力道往后退了几步，川乌和川谷亦只是在一旁看着，连花嬷嬷都选择了沉默。

此时这厅内，迟钝点的人还有些茫然，但那些对事件发展的反应敏感些的，已经隐隐觉得，今日之事不会就这么善了，毕竟今日参与辨香的其实不仅仅是景府和镇南王府。仔细论的话，应该是景府、天枢殿、镇南王府，还有南疆香谷，兴许另外三个香殿也算在内，而他们各自的目的，亦都不像表面看着那么单纯。

那份几十年前的婚约，无论真假，都不过是个开场罢了。

至于玉瑶郡主的死，究竟是个意外，还是有预谋的，真正在意的人，根本不在他们这些人当中。

安岚走到门口，抬脚，缀着银丝的素缎软鞋跨过高高的门槛，轻轻踩在门口的大理石板上。

而就在这会儿，她，包括厅内的人都听到一阵嗡嗡的声音，似乎又有一些呲呲声夹杂在其中。那声音不大，不仔细听几乎听不到，可若仔细一听，似乎又会觉得自己听错了，只是不知为何，当感觉到这些声音后，心里会因此生出一种莫名的恐惧，就好似自己周围被什么看不见的东西给围住了。

安岚在门口站住，白焰和鹿源则跟着走出去，蓝靛留在厅内，有意无意地看着川氏三人。谢蓝河亦是先崔飞飞一步往外走，柳璇玑倒是不急，一直像个称职的旁观者，旁观着今日所发生的一幕幕。

安岚问："是什么？"

不等有人回答，就看到后院那边有个丫鬟跌跌撞撞地跑出来。看到正厅门口的人后，她也不辨是谁，就急急忙忙地往这边冲，面带惊恐："二、二爷，后、后院有、有好多蚊虫！好多！"

景二爷忙走出来，皱着眉头低声喝道："大冬天的有什么蚊虫，即便有看到，自去找些驱蚊水四下洒一洒便可，如此慌张成何体统？"

"是好多！"那丫鬟勉强收住面上的惊慌，"老太太和太太们都吓到了，不知怎的就……"

似为了证明她的话不假，后院竟隐隐传来女人的惊叫声。

景二爷的脸色顿时有些难看起来，他不清楚后院究竟发生了什么事，就算真有些蚊虫，就能乱出这等动静？主要今日有这么多客人在，若真出了什么不体面的事，那日后景府的脸该往哪儿搁？简直是一波未平一波又起！

景二爷朝吴兴使了个眼色，吴兴会意，赶紧领着几个丫鬟婆子去后院看个究竟。

随后景二爷回过身，朝寿王等人揖手道："府内妇人素来胆小，凡事都喜欢大惊小怪，让诸位见笑了。这个，今日辨香已经结束，照理本该留诸位在府内用茶，只是这段时间府里实在是不便，故不敢多留诸位，还请莫怪！"

寿王等人亦是揖手道："景二爷太客气了，是我等今日多有打扰，贵府既然还有事，那我等就先告辞。"

其实他们都不想走，但主人已经这么委婉地送客了，而且此时后院那还传出那等惊慌声。都是出身高门大户，各自心里都明白面子比什么都重要，特别是涉及内院，故这个时候是不能再留了。

一干人向几位大香师一一告辞后，就有些恋恋不舍地随景大爷往外去了。只是寿王从安岚身边经过时，还是忍不住停下，道了一句："前段时间有人送本王一块奇楠香，说是极好的绿奇楠，但本王瞧着却像黑奇楠，过几天打算找几位好友到府里仔细看看，安先生若是得空，能否赏脸前来指点几句？"

安岚道："天枢殿有位姓叶的香师对奇楠香很是痴迷，见解亦是不凡，王爷定下品香的日子后，我让叶香师前去赏鉴可否？"

寿王心里一阵失望，笑了笑："那就有劳安先生记着，届时本王恭候叶香师光临。"

安岚微微颔首，寿王这才转过脸，看向白焰，顿了顿才道："镇香使实在像本王以前认识的一个人。"

白焰只是淡淡一笑，不打算应这句话。

寿王想了想，终是作罢，揖了揖手，就转身离开了。

跟在寿王后面的那十来位贵客，亦是有些踌躇，只是看到白焰面上的表情实在太过淡然，便也都选择将疑惑装进肚子里，客气地告辞。

不过今日他们出了这个门，都不用等到明日，外头关于景府、长香殿、镇南王府以及南疆香谷之间的恩恩怨怨，定会流言四起。包括长香殿上下，也一样会被各种猜测占满。

仅刚刚白焰喂食香蝶一事，其实惊诧的不仅是南疆人，长香殿的人，包括鹿源、蓝靛，兴许还包括别的几位大香师，心里都难免一惊，进而疑惑：镇香使白焰，同南疆香谷究竟是什么关系？

如果他当真跟南疆香谷关系匪浅，安先生又对他如此之信任，日后香殿会不会因此生出什么隐患？万一镇香使的心并不完全在天枢殿这边，那后果……

怀疑的种子一旦被种下，要想拔除，就极难了。

寿王等人刚离开，吴兴就从后院匆匆赶回来，急步走到景二爷身边低声道："二爷，后院确实忽然出现很多蚊虫，还有很多蝴蝶，一群一群的，密密麻麻，怎么赶都赶不走！太太让丫鬟们将门窗都关上，但都不怎么抵用，好些丫鬟婆子都吓蒙了，几个小的姑娘哥儿都在里头哭呢。"他说着就把手伸出给景二爷看，压低了声音，"二爷你看，被咬后又红又肿的，二老太太也是吓得慌了神，在屋里直掉眼泪，说景府是招惹了什么不干净的东西，太太和丫鬟们都哄不住。"

景仲的脸色变了几变，随后猛地转过身，瞪着川氏三人怒道："是你们干的！"

川谷冷笑："我们可没这么闲，景二爷说话要讲证据，陆大人可在呢，难不成景府要当着陆大人的面仗势欺人？"

景仲怒冲冲地往前一步："南疆最擅驱使蚊虫，今日你们又在我府里，不是你们还能有谁？你们到底想干什么？"

川谷又是一声冷笑，却不再开口辩解。

而这时，白焰忽然开口："确实不是他们所为。"

景仲愣了一愣，转头，有些不明所以地看着白焰，这句话换作任何一个人说，他都不会相信。

陆庸这会儿也已走出正厅，感觉后院那诡异的声音越来越明显，便道：“究竟是怎么回事，镇香使若是知道其中缘由，不妨直说。”

白焰往花嬷嬷那儿看了一眼，然后抬起眼，看了看天空：“那些东西，其实是玉瑶郡主带来的，没想到在这如此寒冷的冬季，竟然也能唤醒冬眠的蚊虫蛾蝶。”

景仲顿觉头皮一阵发麻，若非是白焰，他都忍不住要破口大骂了。

而送寿王等人出去的景大爷这会儿回来，正好听到这句话，顿时蒙了，即三步并作两步冲过来道：“什么，什么玩意儿？她、她是怎么带来的？好家伙，她想干什么？这都多少天了，闹了一出又一出！有完没完了，这是死了都不安生！”

花嬷嬷一声厉喝：“放肆！”

“你放屁！”景大爷怒目瞪回去，“死老太婆，我忍你很久了，一肚子坏水的老东西，刚刚动手不成，这会儿又闹出什么幺蛾子来，你真当景府是软柿子，想怎么捏就怎么捏不成？”

景仲这会儿总算是换了口气，让景三爷挡住正撸起胳膊要动手的景大爷，又命吴兴带人去后院帮忙，然后再看向白焰：“镇香使能否说得明白些？”

陆庸也道：“镇香使刚刚那句话究竟是什么意思？”

白焰收回目光，看了花嬷嬷等人一眼：“诸位兴许不知道，南疆那边，身份尊贵的人死后，入殓前都会用一种叫‘千娇百媚’的香露，据闻此等香露能让尸体不腐不烂，甚至不会僵硬，即便过两三个月，也能令那尸体看起来就像还活着一样。”

此时忽然刮过一阵寒风，打着卷袭来，有人禁不住打了个哆嗦。景大爷也被这阵阴风吹得清醒了些，同景三爷面面相觑，眼里皆是不敢置信。

玉瑶郡主的尸体虽然一直停在骊园，但自报官后，他们就再未过去看一眼，而实际上南疆人也不会让他们随意靠近骊园，因而他们皆不知道骊园里的情况。此时一听，再细细一想，简直不寒而栗。

至于陆庸，听了白焰这番话倒不意外，他是负责这桩命案的，故玉瑶郡主的尸体是个什么情况，他心里自是清楚，而他也因此晓得了南疆贵族的某些风俗习惯。只是他心里还有不明白的，便接着问：“镇香使特意指出‘千娇百媚’，难道此时后院的那些蚊虫，是‘千娇百媚’引出来的？”

白焰道：“没错，本以为冬天不会有蚊虫出没，没想到‘千娇百媚’还是能将它们唤醒，并且还能聚集如此之多。”

陆庸微微皱起眉头：“若真如此，那南疆贵族每次用‘千娇百媚’的时候，要如何应付如此之多的蚊虫？”

白焰道：“在南疆，有一种极为珍贵的花，名为无香花，据闻此花正好能压制‘千娇百媚’，故使用‘千娇百媚’时，必须烧一点无香花，如此蚊虫便不敢靠近。只是无香花一旦离开南疆就无法成活，玉瑶郡主入长安时，自是没法带上无香花，兴许也没想过要准备这些。”

景大爷这下总算是听明白了，暴跳如雷，冲着花嬷嬷大声道：“死老太婆，果然是故意的！分明是恶人，居然还想反咬景府一口，好歹毒的心！”

候在花嬷嬷身边的巧儿忍不住开口辩解：“我们给郡主用‘千娇百媚’的时候很是小心，而且现在是冬天，本不该招来这么多蚊虫的，招来蚊虫对我们能有什么好处？我们也不知道怎么会这样！”

景大爷骂道：“你少在那儿假惺惺……”

景仲只觉脑仁儿疼得厉害，赶紧问白焰：“有没有解决的法子？求镇香使和几位先生想想法子，那声音都传到前头了，如此多的蚊虫，后院的女人孩子们定是要吓坏了！”

白焰道：“景二爷求错人了，能解决那些蚊虫的人，是他们。”他说着就看向川氏三人。

景仲一怔，遂跟着转过脸。

川乌却冷着脸，没有看他，川谷则是一声冷笑：“我店内的‘天下无香’便是由无香花提炼而成的，只是今日这事并非我们弄出来的，凭什么让我们收拾？”

景大爷道：“都是你们南疆人闹出的幺蛾子，你们还敢推卸？”

川谷哈哈一笑：“景大爷好荒谬的话，难不成只要是长安城的人，无论做了什么事，你景大爷都要负责吗？即便是杀人放火，你也都兜着揽着？”

景大爷一时语塞，景三爷即道：“既然是开店做买卖的，那么就请川掌柜开个价吧，您店内的‘天下无香’，我景府都买了。”

川谷看了川连一眼，川连这才开口：“我们不卖。”

景大爷和景三爷都是一愣，景仲问：“为何不卖？”

川连道："不想卖便不卖。"

川谷跟着点头："没错，总归长安城可没有强买强卖之事，你说是吗，陆大人？"

陆庸皱起眉头道："其他恩怨诸位暂且放下，眼下这事万不能置之不顾，这蚊虫影响的不可能只有景府，若是扩散开来，后果不堪设想，届时谁负得起这个责任？"

川谷冷笑："该谁负责谁负责，总不会强安在我等头上。"

后院的声音断断续续地传来，景仲只得开口问："你们要如何才肯答应相助？"

川连抬起眼，看向安岚："很简单，只要安先生交代手里的香蝶是从哪儿来的，以及镇香使说出究竟是如何学得我南疆的秘法，教你的人又是谁。"

安岚微微眯了眯眼，她那天暗中探访骊园后，心里的疑问一直未能解开，那能撕碎香境的东西到底是什么？是不是跟传言中的香蝶有关？所以今日辨香，是她和白焰设的局，他们知道花嬷嬷定会去请天下无香的人，他们也知道天下无香的人即便带来香蝶，也帮不了花嬷嬷。

所以在寒立故意动手时，白焰顺了他的意将他打伤，寒立借口处理伤口，回去等安岚的同时，安岚也在等他。

刑院之前就查出了寒立和寒刃的身份，知道寒立曾帮香谷卖过命，亦知道寒刃和玉瑶郡主有私情，寒刃失踪后，她不确定寒立和花嬷嬷等人是否一条心，因此要亲自去见一面确认一下。

那一面之后，她确定寒立和花嬷嬷各有打算，所以她可以断定，花嬷嬷等人并不知道寒立手上也有一只香蝶。

如果她将拿到香蝶的经过如实说出，南疆人就会借此抽丝剥茧，保不住会查出她之前曾暗中探访过骊园。到那时，那个在玉瑶郡主身边起香境的人无论是谁，她的嫌疑都会是最大的那一位，若到了那一步，南疆人就绝不可能放过这个机会。

所以花嬷嬷他们总在设法要他们起一场香境，唯如此，才能有机会抓住什么蛛丝马迹。至于川氏三人，他们当然也不清楚这些事情的种种细节，但他们察觉到这其中藏着诸多内情，所以一定要安岚交代香蝶的来处，以及白焰是向何人所学喂食香蝶的。

硬逼不得，便让整个景府作为筹码！

这场较量，当真是你追我赶，难分上下。

川连提出的这个要求在景仲听来很正常，并不过分，所以他就焦急地看向安岚，嘴唇动了动，只是见安岚一脸淡漠的表情，到底也没敢催上一句。

然而那嗡嗡声越来越明显，好些人甚至觉得身上开始有点痒，不自觉地拿手挠了起来。景孝也觉得身上难受，正要抬手往自个儿身上挠，白焰瞥了他一眼："忍着，别去在意。"

景孝即将手放下，然而已经开始往自己身上挠痒痒的那几位，已经停不下来了，有人急躁地道："怎么回事？为什么越来越痒了？"

景明忽然猛烈地咳嗽起来，腰佝偻着，他身体最弱，此时身上的不适比别人都要厉害，但他一直强忍着。景孝赶紧转身伸手去扶他，而就在他回身的那一瞬，忽然看到后院的天空一群密密麻麻的黑点腾空而起，几乎铺天盖地地往这边扑来！

景仲等人也跟着回头，所有人的瞳孔都猛地一缩，有胆小的丫鬟已经忍不住惊叫，不由自主地往外跑。与此同时，后院的惊叫也开始此起彼伏，之前的小恐惧好似仅是个开幕，可怕的事情此时才正式上演！

"镇香使——"陆庸一声怒吼，然而已经来不及了，那群蚊虫组成一波黑影，眨眼睛就将这里吞没了！

所有人都四下逃开，大部分人逃回厅内，砰砰砰地将门关上。

可是任何门窗都挡不住那些不知从何处来的蚊虫，它们细小而残暴，能咬噬一切，并且源源不断，蜂拥而至，从门缝里、窗棂间，像细沙一样钻进去，缝隙随之越来越大，越来越大！

惊叫声和惨叫声充满整个景府，有人想喊大香师救命，有人想抓住川氏三人拼命，可是他们的眼睛都被那密密麻麻的蚊虫给挡住了，两手怎么乱挥，眼前所看到的都是数不清的黑点，他们找不到别人，也辨不清方向，只能不停地往后退，最后总会撞上和他一起往后退的人，结果要么是摔到一起，要么是被撞得更加晕头转向！

而就在那些群蚊虫扑过来的一瞬，白焰的反应比鹿源快了一步，当即转身，掀开身上的披风，自安岚身后将她整个包住。

黑暗在那一刻来临，他垂下脸，在她耳边道："别怕。"

她靠着他的胸膛，微微眯着眼睛看着眼前这诡异的一幕："怎么回事？"

那嗡嗡的声音听得人心里非常烦躁，视线似乎也因此模糊了几分。

白焰见她并未惊慌，略松了松揽住她的胳膊，低声道：“你看出来了，蚊虫的数量其实并没有那么多，是它们的气味和翅膀扇动的声音，影响了这些人的五感，在他们心里种下了恐惧的种子，心志弱的，足以因此疯掉。”

后院的惊叫声越来越大，已经有丫鬟从后院跑出来了，但她们跑出来后又完全没有方向，哭喊着乱成一团。

安岚问：“如何解决？”

他在她耳边道：“起香境，安抚住这府里的人，至于川氏三人，交给鹿源和蓝靛，看他们的样子，身上应该带有‘天下无香’。”

他说话时，温热的呼吸抚上她的耳郭，她侧了侧脸：“你知道如何用‘天下无香’？”

“知道。”

白焰的声音刚落，景府的天空突然就下起了鹅毛大雪，伴着呼号的北风，雪花成片成片地打着卷，从门窗的缝隙飞进去，眨眼间，那屋内似也下起了大雪，所有桌椅都被覆上厚厚的雪花，就连那些蚊虫也被那无穷无尽的雪花吞噬，无力地落到地上。

雪花落了他们满身满脸，冰冷的感觉贴上肌肤后，惊慌失措的人们这才微微醒过神，茫然地抬起眼，就看到天空中黑与白交织在一起，不停地撕扯和吞噬。黑点组成狰狞的面孔，卷成可怕的旋涡，在空中横扫，却总是来不及冲出去，就被漫天漫地的雪花无声无息地湮灭！

树上的花开了，知名的不知名的花儿一朵朵绽放，从树枝一直蔓延到墙上屋檐上，绿藤也长出来了，鲜艳的、娇嫩的颜色映着雪光，散发出迷人的光。似乎还听到了鸟儿的叫声，清脆的、明亮的，甜美得似乎能净化人的心灵。

刚刚惊慌失措几乎要发疯的人全都静了下来，一个个都抬起脸，看着这美好得不可思议的一幕，眼神慢慢平静下来，脸上逐渐露出幸福的表情。

隔着风雪，安岚看向崔飞飞，崔飞飞伸手接住一片落下的雪花，远远地朝她一笑：“我帮点小忙，安先生莫见怪。”

安岚颔首，鹿源已经截住川氏三人，蓝靛从他们身上搜出香盒时，川连张开被冻得发紫的嘴唇，似笑非笑地道：“这……就是……大香师的……香境？果真，不可小觑！”

安岚踩着雪花走过去，站在她面前，抬起手，在她脸上轻轻抚了一下。

川乌和川谷似被安岚这个动作刺激了，就要过去，然而他们的双脚却瞬间被冻在地上，并且那冰层还顺着他们的双脚，一点一点往上蔓延，他们的脸色以眼见的速度失去血色，慢慢转青。

安岚看着川连道："你这张脸，有问题。"

川连笑了："是，比不上安先生美。"

安岚摇头，仔细看她："很少有人在我的香境内，还能不露真容的，你是谁？"

川连没有说话，不过此时她想说话也有些困难了。

安岚沉默了一会儿，才往后退了半步，打量着川连，慢慢地道："司徒镜大祭司？"

川连只是一笑，既不承认，也不否认。

鹿源大吃一惊，忙挡在安岚前面。

那黏腻的、阴冷潮湿的感觉又来了，并且这一次还伴随着啃噬的声音。

安岚不禁皱起眉头，崔飞飞亦是一怔。

片刻后，漫天大雪消失了，花儿也不见了，就连那些让人头皮发麻的蚊虫蛾蝶也都通通消失了。

景仲等人蒙了好一会儿才回过神，左右看了看，才有些结巴地道："这，刚刚，怎么回事？"

"爹，你看。"景孝在地上发现了一些蚊虫的尸体，遂指给景明看。

陆庸等人亦走过去，仔细看片刻后，抬起脸，他们一时间竟分不清，刚刚那一切，究竟哪些是真哪些是假。

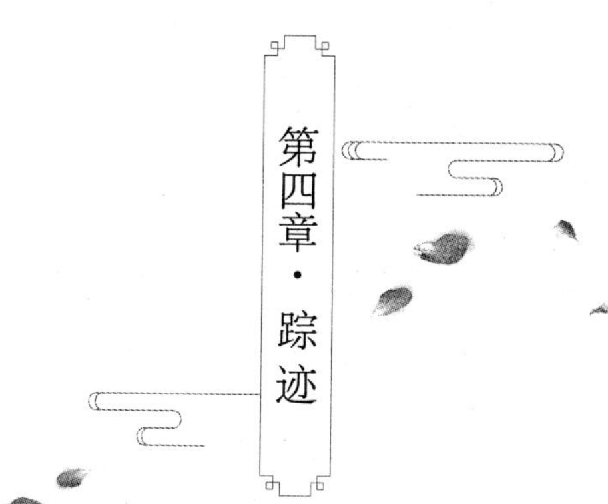

第四章·踪迹

地上的蚊虫尸体并不多，但除此外，还有许多模样怪异的蛾蝶，通身白色，半透明的翅膀上布满回形纹路，它们除了颜色和个头不一样外，看起来跟之前的香蝶很像。

白焰已松开安岚，此时他手里握着一个圆形的香盒，镂空的盒盖打开，一缕白色香烟自香盒内升起，那白烟又细又长，似柔软的飘带，顺着微风婉转曲折，画出柔美灵动的弧线，徐徐往上飘了近一丈高，才慢慢散于天地间。

安岚抬眼，默不作声地看着他。

他的神色平静而专注，脸微微仰起，温雅从容的目光落在那缕白烟上，雪光从他脸的另一边照过来，勾勒出他侧脸完美的线条，风卷起他的披风，更显得他身形修长，这一刻是那样安静，安静得让人不忍打扰。

她想起了景炎公子，想起那个在满天星斗的夜下，站在凤翥殿露台上的身影。

然而这样的静默也就持续了数息时间，后院即传出哭声，声音倒不大，但很杂很乱，听得出哭的人很多。这些日子景府本来就冷清，骊园里停着一具不相干的尸体，已是晦气至极，眼下后院再传出这等断断续续的哭声，简直是又加了一层寒霜。

景三爷领着几个还算镇定的管事，急忙转身去后院，负责安抚妇孺和收拾残局。

景仲看着地上那些蛾蝶的尸体，铁青着脸，瞪着川连和花嬷嬷等人："你们平白无故招来这些东西，莫不是以为景府是任你们为所欲为的地方？"

花嬷嬷面上毫不愧色，眼里甚至还露出几分快意："景二爷莫着急，如今有件更重要的事，需要陆大人还有几位先生一块好好查看，做个评定。"

"你还有什么了不起的事？"景大爷一声暴喝，"这些乱七八糟的东西你不好好给个交代，你今日什么事都别想做！"

花嬷嬷冷笑，瞥了白焰一眼："镇香使这么大的能耐，你们难道还怕这点蚊虫？"她说完特意看了川连一眼，顿了顿，目光落到川乌和川谷身上，略带几分不满地嘲讽一句，"几位也是好能耐，这般轻易就将香盒给了别人。"

川乌眉头微皱，川谷却是微微一笑："嬷嬷还是先解决自己的事吧，我们的事，倒不劳嬷嬷费心。"

花嬷嬷瞥了他们一眼，然后转头看向陆庸，忽然问了一句："陆大人接手郡主这桩命案，也有十余天了，可查出我们郡主究竟是怎么死的？"

陆庸一怔，片刻后才道："此事官府正在查。"

花嬷嬷冷笑："没有伤口没有病症，人就这么不明不白地死了，陆大人就没怀疑过什么事情吗？"

陆庸顿了顿才道："具体案情，官府自会查探，本官不便与你在此讨论。"

花嬷嬷喝道："你难道不知大香师的香境可以杀人于无形？"

景大爷怒道："刚刚辨香时就已经说明白的事了，你还不死心，你真当这么大一屎盆子自己想怎么扣就怎么扣？"

花嬷嬷扫了景大爷一眼："景大爷嘴巴放干净些，免得日后也死得不明不白。"

景大爷气得两眼差点鼓出来："你——"

景仲拉住他，轻轻摇头。

花嬷嬷微微抬起下巴，看向白焰："镇香使对南疆如此了解，想必也听说过香蛊。"

白焰慢慢盖上香盒，淡淡地道："香蝶产下的卵，孵化后，同样是用香以秘法饲养，养到最强壮时，再将数百只强壮的幼虫放在一起，令其相互残杀，最后活下来的那只，便是香蛊。"

"果然知道得不少。"花嬷嬷盯着他问，"那么你是见过香蛊了？"

白焰抬起眼："这倒没有，不过想必马上就能见识一番了。"

花嬷嬷抿着唇，脸色很是阴沉，她看不透这个男人。对方明明看起来是那般温和，眼神亦是平静，没有半点冷酷和阴霾，但似乎就因为太过平静，反让人看不清里面究竟藏着什么样的情绪。这样的未知，老实说，让她心里莫名地生出些许惧意。

片刻后，花嬷嬷收回目光，扫了安岚等人一眼，然后看向陆庸：“香蛊其中一用，就是对付大香师的香境。”

柳璇玑靠在廊柱上，还是那副事不关己的样子，妩媚的双眼饶有兴致地看着这一幕。花嬷嬷说出香蛊的时候，她面上没有丝毫诧异，倒是崔飞飞，听了这番话后，目中露出几分惊异，谢蓝河则只是微蹙了蹙眉。

陆庸听了花嬷嬷这几句话，怔了一怔，不过不等他出声，花嬷嬷就从袖中拿出一个朱砂色的小圆筒，小心握在手里示意：“这是郡主离开南疆时，王爷给她的香蛊虫，这一路上，郡主都随身携带。对你们长安的人来说，大香师的香境无根无源亦无解，捉不到摸不着，亦求不得，但对香蛊而言，香境却是它最好的养分！”

陆庸皱起眉头：“你说这些究竟是何意？”

“何意？”花嬷嬷冷笑，“当日我们郡主临死前，有大香师在她面前用了香境，郡主就是死在那香境中的，所以你们无论如何都查不出原因！可惜的是，他没想到，我们郡主身边带着一只香蛊，并且那人当时的香境被香蛊撕下了一部分！”

陆庸又是惊诧又是怀疑：“你说的——”

“正巧，刚刚几位先生也起了一场香境，也被香蛊撕去了一些。”花嬷嬷说着就看了看安岚和崔飞飞，阴恻恻地道，“是你们两位吧，还有别的人吗？”

安岚没说话，崔飞飞蹙起眉头，而今日跟随崔飞飞一起过来的那位香师，面上露出怒容，挡在崔飞飞面前，看着陆庸道：“陆大人就任由这老妇在此妖言惑众？崔先生是什么身份，容得她如此编排？”

“急什么？”花嬷嬷摩挲着手里的朱砂圆筒，“是不是胡言乱语，诸位一块去骊园看一看便可知晓。”

景仲这才忍不住开口：“去骊园看什么？！”

花嬷嬷冷声道：“自然是看当日害死我们郡主的香境，究竟是出自哪一位大香师之手。”

花嬷嬷这话一出，景仲不由得就住了口，一是惊，二是惧。

惊是惊花嬷嬷竟敢提出这等要求，惧是惧这件事若真如花嬷嬷所言，那么到时又得翻出多少事情来？那位大香师会是谁？当真是安先生吗？若真是安先生，那景府肯定是脱不得身了，到时他要怎么办？

就是陆庸，此时也沉默了。花嬷嬷这话说得简单，所举出的凭据也只是一些超出常理范围的东西，即便他以前曾断过一些玄虚诡异的案子，但那些案子所涉及的人，大都是平头百姓，故他的话能管用。但郡主这桩命案，涉及的人，无论哪一方、哪一位，都不简单。

景府挂着长安首富的名，即便景公不在了，但根基还在，人脉产业也都还在；大香师就更不简单了，且不论他们那无根无由、神秘莫测的能力，单论地位，这可是连王孙公爵都要小心礼待的人。若无说得过去的理由，大香师是他一个小官员随意指使得动的吗；至于南疆镇南王府，情况更是复杂，这死的不是普通人，是堂堂一个王府的郡主。此事闹大了，上头肯定不乐意，但化小了，镇南王那边就更交代不过去。

这是块烫手山芋，所以谁都不愿沾，推来推去最后推到他手上。

斟酌了好一会儿后，陆庸才开口："嬷嬷之前说的这些事，可有能让我等现在就看得见的证据吗？"

花嬷嬷阴恻恻地看了他一眼："老身所说句句属实，陆大人莫不是怕了，不敢履行自己的职责？"

陆庸道："仅凭一两句话，更何况你又是郡主身边的嬷嬷，故这些话自然当不得证据。"

花嬷嬷冷哼一声："大香师的香境就是证据，你们去了骊园便可知晓，更何况……"她说着就看向安岚，"这位安先生心里很清楚，刚刚的香境是不是被撕了一角？"

安岚神色漠然，没有承认，也没有否认。

花嬷嬷看着她，眼里的讥讽更浓了，随后眼睛一转，看向崔飞飞："素闻玉衡殿的崔先生喜欢花鸟，其香境宛若仙境，所以刚刚那些花儿鸟儿，就是崔先生的香境吧？"

崔飞飞顿了顿，才轻声道："花嬷嬷身在南疆，不想对长香殿竟颇为了解。"

花嬷嬷冷冷地笑了一声："刚刚崔先生的香境也被撕了一角，只是陆大人不信，崔先生能否给说句公道话，老身究竟有没有说谎？"

崔飞飞一怔，不由得看向安岚，安岚却没有看她。

鹿源抬起水润的眼睛，往崔飞飞那儿看过去一眼，眼神柔软，似想说什么，却最终也没任何表示。

崔飞飞看了鹿源一眼，顿了顿，收回目光，微微点头。

景仲等人看到崔飞飞点了这一下脑袋后，手脚都凉了，可是他们又不能呵斥和阻止，于是慌忙看向陆庸。

陆庸想了想，问了花嬷嬷一句："你要如何证明郡主那日所遇到的香境，是出自哪一位大香师之手？"

花嬷嬷分别扫了几位大香师一眼："几位先生心里明白，出自同一人的香境，即便是残留的痕迹，都是可以自动融合在一起的。刚刚两位先生的香境，一位是飞雪，一位是花鸟，无论哪一位，只要跟骊园里残留下来的香境融合，那杀死郡主的凶手，自然就是那位先生了。"

她说到"融"时，在场的几位大香师，没有人有异议。香境的融合，别人不明白，他们心里却很清楚。

出自两个人的香境，是不可能真正融合在一起的。两个香境的碰撞，要么是对抗、较量，险象环生，只为分出胜负；要么是一方经过另一方的允许，将将自己的香境以辅臣的身份进入对方的香境内。就如刚刚安岚和崔飞飞，安岚的飞雪是君主，崔飞飞的花鸟则是辅臣。

"融"是什么，是你中有我，我中有你，不分彼此。

在场的所有人，能真正体会到香境之"融"的，怕是只有安岚一人。

当年景炎公子倾其所有地培养她，甚至对她付出了一颗真心，就是为了最后能让两人的香境能"融"在一起。

陆庸便看向安岚和崔飞飞："下官职责所在，既然花嬷嬷所言不差，能否请两位先生移步骊园？"

崔飞飞点了点头："陆大人带路吧。"

陆庸朝崔飞飞欠了欠身，再看安岚，见她并未表示反对，就对景仲道："景二爷也一起过去吧。"

景仲此时都有些茫然了，左右看了看，见谁都是一脸沉默，只有那几个南疆人一脸要得逞的表情，他心里憋屈得火烧火燎的，却实在拧不过这形势，也想不通几位大香师究竟是怎么个意思，只得沉着脸，一句不说，抬步往骊园走去。

这一动身，川氏三人即跟在花嬷嬷等人后面，除此外，还有柳璇玑和谢蓝河，都没有落下。而陆庸竟也没有阻止他们，默许这些看似不相干的人跟着一块去骊园。

其实，说到香境，刚刚花嬷嬷只提到了安岚和崔飞飞的香境，她手里的香蛊也只撕下了她们两人的香境，柳璇玑和谢蓝河的香境还没个影呢。只是花嬷嬷兴许是清楚，想让另外两位大香师起香境，并非易事，所以她也就没着急，而她不提，陆庸自然也是识趣地不去提，总之另外两位大香师愿意一块去骊园，对他而言是好事。

一行人虽是往一个方向走，但因为不同伙，相互间的距离还是离得很远。

安岚从花嬷嬷说话开始，就再没开口，旁人也瞧不出她究竟是担心，还是根本就漠不关心。

越靠近骊园，地上的积雪就越厚，看得出来有好些天没人清扫这里了。

安岚今日没有穿靴，所以走得有些慢，鹿源一直配合她的速度，小心地跟在她身边，并一直保持落后她一步的距离。而原本走在后面的白焰却忽然上前，走到安岚一侧，与她并肩而行。

鹿源不由得蹙了蹙眉头，但片刻后，就垂下眼，本分地跟在后面。

白焰放慢自己的速度，低头，看着她道："不必担心。"

安岚抬起眼，落入视线的是他面上的浅笑，那笑意清淡随意，好似这冬日的薄阳，有种别样的体贴。

安岚默了一会儿，才道："我看起来像担心吗？"

白焰打量了她一眼，笑意爬上眼角眉梢，用只有她听得到的音量道："不像，是我希望安先生能担心，如此我才能多关心。"

安岚睫毛微微一颤，慢慢看向他，然而他却已收回目光看向前方，只是唇边依旧噙着一丝笑。

安岚问："你是何意？"

白焰便又微微侧脸看过来，目中含笑，眸光潋滟："安先生以为是何意？"

这一眼的风流，当真是十方净土莲华色，足以摄魂夺魄，即便是当初的景炎公子，怕是也自叹不如。

然而最可恶的是，他似有意又似无意，却真真看准了她的心，一句话一个眼神，就直接剥开她的层层外衣，干净利落。

安岚心头突然生出几分恼意，于是抿着唇不说话。

而此时也正好走到骊园门口，门口台阶上的积雪一样无人清扫，已经被踩出一层又硬又滑的冰了。

前面玉衡殿的侍女小心地扶着崔飞飞踏上台阶。

白焰便也朝安岚伸出手，客气又体贴地道：“安先生慢点走。”

安岚看着伸过来的那只手，瞥了他一眼，顿了顿，才将自己的手放到他的掌上。

白焰微微一笑，轻轻握住，跟着她的脚步，低声道：“恼了？”

安岚目视前方，面无表情地道：“什么？”

白焰沉默了一会儿，扶住她的手稍稍一松，开口时依旧是压低了声音，但语气却变得无比正经起来：“是在下唐突了。”

安岚顿了顿，才道：“没有。”

白焰遂嗯了一声，这个音初时且低且沉，后面却带着一点点微微上扬的尾音，同时还含着一丝丝笑意。

安岚顿时更恼了，进了骊园后，略一用力，抽回了自己的手。

白焰依旧跟在她身边，若无其事地道：“花嬷嬷敢让你们过来，定是有法子让香境融在一起。”

安岚长长地呼吸了一下后，才道：“因为香蛊？”

白焰道：“我并未见识过，但据闻香蛊可以让两个香境融合在一起，当然，仅限于小小的一角，不过今日，这小小一角就足够了。”

安岚道：“一条虫子，能吃得下那一角香境也算是不错了。”

白焰看了她一眼：“看来先生胸中自有沟壑。”

安岚未作声，只是看了他一眼，眼神有些复杂。

长香殿如今的五位大香师，唯她的香境，非其他四位能比。而清楚这个秘密的，除去她外，便是景炎公子了。

他们一行人来到骊园的时候，寒立正好从晕厥中醒过来，听到动静后赶紧挣扎着起来，不想出去一看，就看到这么多人，一时有些怔住。

花嬷嬷没理他，只有巧儿赶紧跑到他身边，低声道：“手还疼吗？”

寒立摇头，一直看着花嬷嬷那边，嘴里不解地道：“怎么回事？嬷嬷怎么将他们都带过来了？”

巧儿便将刚刚的事简单说了一遍，然后扶着他道：“你的手才刚接上，先进屋歇着吧，到时我跟你说。”

寒立却迈开脚往前走：“我去看看！”

巧儿顿时有些为难：“有菊侍卫在，你不用担心的。”

她知道寒立跟那几个侍卫不怎么处得来，眼下寒立又受了伤，她很担心寒立这么过去，万一菊侍卫嫌他麻烦，日后给他苦头吃。

因巧儿一直拉着他，寒立担心会引起菊侍卫的注意，然后命他回屋去，只得垂下眼，放柔了声音道：“你放心，我不会碍着他们的，我就在外头看。嬷嬷将他们都带到骊园了，我总不能干坐在屋里等着。”

巧儿见他态度坚决，迟疑了一下，只得松开手：“那你就在外头看着，有什么事都别勉强，交给菊侍卫他们。”

那边，花嬷嬷和陆庸都走到了堂屋门口，陆庸停下，看了花嬷嬷一眼。

花嬷嬷却什么话都不说，命丫鬟推开门，然后才道：“诸位进去后只需看着就成，只是到时凶手现行时，诸位，还有陆大人，可千万莫要包庇。”

门开了，那副棺木一下子撞入众人视线，此时分明是白天，但那屋内却阴森森的，外头的雪光照进去后似乎马上就被吞噬掉，这一幕令好些人猝不及防，不由得都倒抽一口冷气。

而待他们再看到玉瑶郡主时，心里的震动及惊诧已经无法掩盖，全自眼神里流露出来。

竟——竟似还活着般！

即便知道是怎么回事，但这场景依旧让人觉得无比诡异，崔飞飞有些害怕，不由得就往后退了两步，不慎撞到了站在她身后的鹿源，鹿源及时往旁让了一步，所以两人只是衣服摩擦了一下。

崔飞飞转过脸，有些不好意思地道：“抱歉！”

鹿源忙垂下脸：“崔先生言重了。”

崔飞飞看着他，迟疑了一会儿才低声问：“你……怕吗？”

她今日过来，只带了一位侍女和一位香师，那侍女的年纪比她小许多，那位香师则是位年纪长她许多的男子。原以为一行人众多，也没什么可惧的，却没想此时看到这一幕后，恐惧会那么容易滋生出来。

鹿源抬起眼，看到那张明媚的脸上确实多了一分惧意，便体谅地开口道：“崔先生若是不介意，可以站在我身后。”他说着就特意往前一步，再挪了一下脚步，便将崔飞飞半个身子挡在了自己后面。

崔飞飞看着他的背影，低声道：“多谢！”

鹿源没有应声，似并未听到。

而此时，花嬷嬷已拿出朱砂小圆筒，拧开筒盖，然后上前，轻轻放在玉瑶郡主身侧。片刻后，遂看到一只长着触角、通身鲜红的虫子从圆筒里露出半个身子。屋里的气温似乎一下子降了许多，几位香师甚至忍不住打了个哆嗦，就连陆庸，脸色也比刚刚凝重了几分。

又过了片刻，他们发现这屋里的光线似乎也跟着暗了，有人正要问究竟是怎么回事，可不等他开口，忽然看到郡主周围慢慢浮现出一些零碎的光片。

花嬷嬷沙哑着嗓音开口："香蛊能保留撕下的香境，诸位仔细看清楚了，这就是置郡主于死地的香境。"

柳璇玑眉毛微微一挑，谢蓝河则轻轻皱了皱眉头，陆庸不禁往前一步，余下的人目中都露出惊异。这个残缺的香境跟那天晚上安岚看到的差不多一样，只是毕竟又过去几天了，此时比她那晚看到的，还要零碎和模糊，残缺的香境里看不到任何一张脸。

紧接着香蛊又吐出了一小片雪景，就是刚刚众人经历的那场鹅毛大雪中的一个小小角落，再来就是闪着露珠徐徐绽放的鲜花。

这是非常神奇，又极为诡异的一幕。

三个完全不同的香境，宛若从现实中分离出来的独立世界，以一种不可思议的形态展现在他们面前！

那些不停在他们面前聚合又碎裂的光片，那些忽而出现又忽而消失的画面，那些从虚空中传来的笑声和哭声，一切一切都让人分不清真假。

它们明明就在眼前，却又好像不存在的；而既不是真实存在的，却又是真的发生过的。

这究竟是站在真实中看虚幻，还是站在虚幻中看着那唯一的真实？

有人面上神色莫测，有人眼中却是痴了。

三个香境初始相互间都有些排斥，但慢慢地，就开始往一起靠。

先是那些柔软的雪花，改变了飘落的方向，往闪现玉瑶郡主裙摆的香境那边飘。雪花是半透明的状态，簌簌地往下落，落到鲜红的裙摆上，落到青翠的草地上……

这两幅画面似乎就要"融"在一起了！

鹿源目中露出担忧，蓝靛也微微蹙了一下眉头，景仲更是难掩面上的紧张，额上甚至冒出了汗珠。

然而，就在那雪花落到裙摆上时，忽然就穿过了裙摆，继续往下飘落，一直落到消失不见。落到青草地上时也是一样，那片片雪花并未覆在青草地上，而是穿过了青草地，继续往下。

没有！

这两个香境并没有融合在一起！

它们看似相交了，但其实还是各自独立存在的！

鹿源轻轻闭了闭眼，松了口气，蓝靛也收起已经摸出的牛毛细针，景仲直接抬手擦了擦自己的额头，刚刚那一刻，他感觉自己起码减寿三年。

而花嬷嬷眼中却闪过一丝惊异，不由就侧过脸看了白焰一眼，阴冷的眼睛里露出十足的怀疑，以及愤怒。

只是，就在那片片雪花穿过光片中的裙摆和青草地时，他们忽然看到，那片青草地上开出一朵鲜艳的山茶花，并且随着花朵的绽放，整片青草地都被山茶花淹没，霎时成为一片花的海洋，娇嫩的花瓣随风飞扬，越上天空，越过院墙，最后落到那一袭鲜红的嫁衣上。跟着花瓣一起飞来的，还有一群羽毛鲜亮的小鸟。最后，嫁衣被撕碎，鲜血泼洒了一地时，天空中还传来清脆的鸟鸣……

崔飞飞看着这一幕，已然忘了害怕，面上全是不敢相信。

鹿源转身回头看她，她有些茫然地抬起眼："这怎么可能？"

花嬷嬷深呼吸了一下后，冷冷地瞥了安岚一眼，然后才看向崔飞飞，不阴不阳地道："老身正想问崔先生，这是怎么回事呢。"

站在崔飞飞身边的香师呵斥："放肆，你有什么资格如此质问崔先生？"

崔飞飞回过神，看向花嬷嬷，顿了顿才道："我亦想知道这究竟是怎么回事，那个并非我的香境。"

花嬷嬷皮笑肉不笑地呵呵了两声："老身知道崔先生亦是郡主，并且出身清河崔氏，这等尊贵，自是谁都不敢轻慢。若是旁的事，老身当然小心翼翼，不敢有一句得罪了崔先生，但事关我们郡主的死因，老身就是豁出这条命，也要弄个明白！"她说到这里，面上露出厉色，声音也随之高了几分，"崔先生为什么要害死我们郡主？"

"放肆！"玉衡殿的崔香师顿时往前一步，怒瞪花嬷嬷，"谁给你的胆子在此胡言乱语，无论是丹阳郡主还是崔先生，都岂是你能随口污蔑的？"

崔香师亦是来自清河崔氏，在玉衡殿多年，对崔家忠心耿耿，对崔飞飞更是既敬重又关爱。

“随口？”花嬷嬷指着那几个香境，“证据就在此，诸位都看到了！几位大香师都在此，两个香境既然能融在一起，便说明它们就是出自同一人之手，所以崔先生还想否认吗？”

寒立站在门外，看着里头正上演的这一幕，有些惊讶，也有些不解。

他一直以为花嬷嬷盯住的是天枢殿的安大香师，为何眼下忽然就换了目标？换成了玉衡殿的崔大香师，此事就有很多地方都说不通了，单问崔先生为何要杀玉瑶郡主，他们就找不到合适的理由。

而且清河崔氏跟南疆从未有过交集，崔先生跟玉瑶郡主更是八竿子打不着，很多事情都说不通，理由站不住脚，怕是会弄巧成拙！

然而他即便心里着急，但此时此刻，他什么也做不了，只能安静地看着。

面对花嬷嬷如此咄咄逼人的态度，崔飞飞反倒冷静了下来。兴许旁人都看到了她的宽厚大度，而忽略了她当年能接手玉衡殿、坐稳大香师这个位置，靠的可不仅仅是家族的势力。若只是那等一遇上什么事，就只能任人宰割的软弱女子，她如何能有今日。

沉默片刻后，崔飞飞忽然问：“景二爷，玉瑶郡主死的那天，是什么日子？”

景仲没想到崔先生会忽然问自己，愣了一下，才道：“那日正巧是立冬。”

崔飞飞又问了旁边的崔香师一句：“崔叔，立冬那日我在哪儿？”

崔香师面上顿时恍然，目中露出欣慰：“立冬那日您一早就去了宫里陪太后，一直到太阳将落山才出宫，这进出宫的时间，宫门那里都是有记档的。”

皇宫离景府有数十里，即便是坐马车，也得一个时辰。

隔着这么长的距离，施展香境杀人，这话说出来大家都觉得荒唐。更何况崔先生当时是在陪太后，并不是一个人凝神清修。

花嬷嬷面上的神色终于有些不好了，她一时忘了崔大香师和宫里的关系，其实也不是她不谨慎，而是刚刚她根本没料到安岚的香境居然不能“融”！连大祭司都算错了！所以她情急之下，才咬住了崔飞飞，却没想到这也不是个软柿子。

“这小虫子，倒是有点意思。”柳璇玑忽然开口，眼珠儿在花嬷嬷一行人身上溜来溜去，“竟然能撕下香境，那么是不是‘融’香境，也是靠它呢？”

花嬷嬷冷着脸道：“柳先生想多了。”

“我嘛，只是有点好奇。”柳璇玑轻轻笑着，手抬起，翘起兰花指，“我一好奇，就想将事情弄个明白呢。”

她的话刚落，就见那朱砂小圆筒周围，约莫巴掌大的地方忽然间化作了沙子，并且那沙子还在往下陷，那小圆筒瞬时就被下陷的流沙埋了一半！

朱砂圆筒里的香蛊似乎开始急躁起来，原本只是趴在筒沿上的身子一下弓起，身上的颜色霎时变得赤红，脑袋猛地一扬。离得近的那几人心头顿时生出难言的恐惧，竟都不由得往后退了一步。

柳璇玑笑了："有意思，果真是个既有灵性又十分凶猛的小东西。"

花嬷嬷见柳璇玑似有杀心，大吃一惊，下意识地就要上前，只是她刚迈开一步，就发觉自己的身子在不由自主地往下陷！她往下一看，就看到自己脚下竟都变成了流沙，慌忙抬脸欲求救，可身边的人全都不见了！

她孤身一人来到了荒凉无垠的大漠，太阳在头顶炙烤，阳光的猛烈程度甚至扭曲了视线，身体里的水分好似一下子被抽干，唇上爆起硬皮，嗓子顿时说不出话来。

她反射性地挣扎着要往上爬，可刚一动，身体下陷得愈加厉害，沙子像火一样烫，而下陷的速度并未有丝毫减缓。

几乎没有人在直面死亡，并且在品尝这个过程的时候，还能保持冷静。

花嬷嬷无比清晰地意识到，自己就快要死了！

她努力张嘴，用尽力气，总算喊出几个微弱的声音："救、救……命！"

可是没有人，没有人会回应，也没有人能救她。

这里是望之不尽的沙漠，是炙热得可怕的太阳，是发白的天空，是带着火的空气，是只有她一人，身陷流沙的绝望。

不过是几个眨眼的工夫，流沙就已经吞到她腰部，可以预见，用不了多会儿，流沙就能将她整个吞没。而她完全陷进去后，可能还不会马上就死，她会感觉到无法呼吸，无法动弹，恐惧会浸满她身上每一个毛孔，她无能为力，只能在绝望中等待死亡的恩赐！

花嬷嬷再次张嘴："救……"

在花嬷嬷品尝死亡的时候，景仲等人瞧见的，只是她忽然就怔怔地站在原地，表情呆滞，目中隐隐露出惊恐。

再瞧她身后那群南疆人，也差不多都是一样的状态。

柳璇玑，天璇殿的大香师，擅音律，但不爱琴不爱筝，独爱铁琵琶。绝色容颜生性妖枭，前一瞬与你玩笑，下一刻很可能就直接要你的命。

成为大香师时，她开出的香境世界为大漠流沙。

如果陷入流沙，除非破开柳璇玑的香境世界，否则生死就真的在她一念之间。

她真会杀了这群人吗？

安岚沉默地看着这一幕，谢蓝河也一直没有说话，崔飞飞紧张地抿着唇，目中一直在犹豫，是不是要出手阻止，这毕竟不是小事。

他们不敢肯定柳璇玑会不会真的下杀手，但他们都知道，柳璇玑是真敢。

只有香蛊周围方寸之地的沙子，是所有人都能眼见的，只见那朱砂小圆筒越陷越深，圆筒里的香蛊想要逃出去，但似被什么给束住了，左右乱撞，竟就是逃不出那小筒！

片刻后，却见它慢慢消停下来，之前那三个已经逐渐模糊的香境，忽然恢复原先的清晰。

它这是要“融”香境！

安岚目中隐约露出几分恍悟，原来如此，现在是它被柳璇玑的香境困住了，要想摆脱，单单撕下一角是无用的，因为它撕下的香境，柳璇玑一样能控制。故香蛊只有“融”入这一角香境，才有可能真正摆脱它。

究竟是有意识的，还是本能的行为？抑或是，这一切，都是有人在控制它？

安岚越琢磨越是吃惊，那香蛊若是有意识，简直让人不寒而栗！

一点点绿意将那沙子慢慢覆盖，从中跑过的鞋子沾上了细沙，新娘的嫁衣也被扔在沙地上，泼洒出的鲜红的血将沙子慢慢染红……

居然，真的又“融”入这两个香境！

柳璇玑低低笑了起来：“看来我猜得果真没错，都是这小东西作的妖，也忒叫人讨厌了。”她说到这里，忽然侧过脸，瞥了一眼站在差不多最外圈的川氏三人，鲜红丰润的嘴唇微微扬起，“还敢跟长香殿叫板！”

柳璇玑的话一落，众人遂看到那香蛊突然就躺了下去，那些香境也随之消失，花嬷嬷等人即醒过神，但面上还留着劫后余生的恐惧和茫然。

片刻后，花嬷嬷一声怪叫，冲到香蛊跟前：“这、这怎么……怎么死了？”

巧儿和几个南疆侍卫全都蒙了，景大爷这才一声大喝：“老妖婆，大家伙这会儿总算是看明白了，你就是拿这东西来装神弄鬼，妄图嫁祸景府，真是人算不如天算，自作聪明反露了马脚。”

站在外头的寒立看到这一幕，面上神色愈加凝重，悄悄往后退了几步。

柳璇玑叹了口气：“养成一只香蛊，不知要花费多少时间和心思，就这样放弃了，倒真没意思。”

“是你！”花嬷嬷回过神，被气疯了，就要跟柳璇玑拼命，只是马上被蓝靛给拦住了，柳璇玑轻轻顺了顺自己的头发，看也不看花嬷嬷一眼，纤腰一扭，就转身往外走。

而她这一走，屋里的人也都不由自主地跟上。

安岚迈过门槛时，低声问了一句：“川连为什么没出手，她难道不是司徒镜？”

但刚刚在她的香境中，川连明明未露真容，除去大香师外，极少有人能做到这一点。

白焰道：“回去再与你细说。”

安岚抬起眼看他，他唇边浮起笑意，低声道：“是你来云隐楼找我，还是我去凤翥殿找你？”

分明是很正经的话，不知为何，叫他这么一说，就多了几分暧昧的味道。

只是不等安岚回答，景仲忽然有些不解地道了一句：“这里，怎么没看到那些蚊虫和白蛾的尸体？！”

景大爷一时有些蒙：“什么，什么尸体？”

景孝已经蹲下身，仔细找了找，片刻后站起身：“奇怪，果然没有，刚刚那些蚊虫就是先从后院生起的，玉瑶郡主日日用‘千娇百媚’，照理骊园的蚊虫应该是最多的，怎么一只都看不到？”

陆庸也仔细往周围看了看，沉思许久，就转身看向白焰：“不知镇香使对此有何见解？”

在场的人当中，川氏三人和花嬷嬷等人，应当也清楚其中的缘由，但经过刚刚发生的事，陆庸第一个想问的，只有白焰。

白焰听此一问，淡淡地道：“这个，在下也不甚清楚，只能靠陆大人好好查查了，兴许能由此查出郡主的真正死因也不一定。”

陆庸听了这话，深深皱起眉头，他觉得白焰话里有话，但明显白焰不想把话说透，至少不会在此时此刻，当着这么多人的面将话说透，于是他也不再多问，只是神色凝重地点点头。

柳璇玑已经直接往外走了，走之前跟谁都不说一声，当然也没有任何人敢拦她。

景仲赶紧小步跑过去，客客气气地将她送出骊园外，要不是骊园内还有一堆人，他定是要一直送出府外的。不得已，只得命吴兴好生将柳先生送出去，然后又目送了一会儿，直到景大爷吆喝着喊人将花嬷嬷等人全部拿下，他才赶紧转身。

景府的护院，几乎都是景炎公子亲自培养出来的，其能耐自是不必说。要不是有这些护院在，这些天出了这么多事，这满府上下怕是没人能睡上一个安稳觉。

景仲回身，就看到府里五个护院已将花嬷嬷等人团团围住，景大爷已经拉着嗓子催他们了，但他们并未动手，似乎在等着真正发号施令的人开口。

景仲原准备奔过去阻止景大爷的动作一下顿住，不由得往白焰那儿看了一眼，看着那张脸，他说不清自己心头是什么滋味。

而此时的花嬷嬷，捧着已经不中用的香蛊，心中又是不甘又是愤恨，她没有搭理景大爷，只是有些茫然地回头，看了一眼玉瑶郡主的尸体，面上怔怔的。她不知自己这一通折腾下来，究竟得到了什么，郡主是她从小看着长大的，却在进了这里后，忽然就不明不白地死了。而此事分明是长香殿所为，如今凶手就在眼前，她是费了多少心思才走到这一步的，怎么就徒劳无功了？！

好像每个人都达到了自己的目的，只有她，只有她可怜的郡主——

花嬷嬷突然阴恻恻地笑了起来："凶手还未找到，你们一个个就想把自己摘干净了！呵呵呵……还想抓我等，凭什么，陆大人？"

陆庸本以为景大爷那样冲动地开口拿人后，这里马上会展开一场殊死搏斗，他整颗心在那一瞬都提了起来，双方若是再有什么死伤，那这件事情会更加复杂。

幸好事情并未朝这么坏的方向发展，或者说，因为景府的这些护院，跟一般人家的护院不一样，他们真正听命的人，并非景大爷，也不是景二爷，所以事情才没有失控。

崔飞飞看接下来便是陆大人和花嬷嬷等人之间的事了，这桩离奇的命案，她虽也关心最终的结果，但无意窥探太多，柳璇玑走后，她便也跟着告辞，谢蓝河亦是一样。

安岚也没有多留，玉印的事，不管花嬷嬷嘴里承不承认，辨香的结果有那么多人做了见证，镇南王府再没有翻盘的可能。至于玉瑶郡主是不是死于香境，眼下还有待进一步去查，但南疆人想借香境嫁祸于她的可能性，也在刚刚全被抹去了。

论起来，今日之事，唯一让她感到意外的，是柳璇玑。

她不知道柳璇玑为什么会出手，是为证明长香殿不容外人冒犯，还是仅仅是一时兴起，抑或是，有别的原因？

至于那川氏三人，她独独介意川连，无论是在现实中还是在香境内，她觉得对方面上似都戴着面具，川连究竟是什么人？是司徒镜吗？

安岚抱着手炉坐在马车内，一点一点回想。

刚刚柳璇玑是不是也察觉到了川连的奇怪之处，所以特意杀了那只香蛊来试探？

她想了好一会儿，轻轻摇头，然后掀开窗帘往外看了看。

白焰的马车已经往另外一个方向去了，她要回长香殿时，他没有一起，只说还有事，就一个人先走了。

蓝靛也不见了影子，此时紧紧跟在她车外的，就只有鹿源。

见她忽然掀开车窗帘，鹿源即打马上前："先生有什么吩咐？"

安岚摇了摇头，正要放下窗帘时，似忽然想起什么，就问了一句："鹿羽快回来了吧？"

提到自己的妹妹，鹿源面上不禁露出几分笑意："是，再有五六天就该回来了。"

安岚点点头，随口道："她出去这几个月，你心里必是很担心。"

鹿源垂下眼，笑了笑："只是担心她办事不妥，怕她给先生添了麻烦。"

安岚嫌车厢闷，干脆就倚在车窗上，不偏不倚地道："她的天分确实没你高，心性也不如你，那些事本应是由你负责的，你该明白，事情做得越多，地位提升得就越快。你在我身边，虽也享用一些特权，但同时也是一种束缚。"

鹿源目中露出一丝惶恐："属下并未感觉有丝毫束缚，至于鹿羽，确实是我过于纵容她了，她这次回来，若事情办得有一丝不妥，先生只管罚，我……属下绝不会替她求情。"

"不觉得有束缚吗？"安岚看了他一眼，"这么说，你是想走大香师的路？"

大香师的天赋，倒也不都是从小就显现的，长香殿内的古书有记载，曾有两位大香师，是中年以后，天赋才忽然显露。因而，所有跟在大香师身边的侍香人，心里暗暗有那样的期盼也不奇怪。而这等期盼若是被人点出来，或是尴尬，或是急于否认，也都是正常的表现。

然而鹿源听了这句话，却怔了怔，那双水润的眼睛有些慌乱地闪了闪，片刻后才慢慢垂下："鹿源只愿一生都跟在先生身边，若能如愿，即便是大香师之位，也不换。"

这下轮到安岚怔住了，她转过脸，认真地看了一眼鹿源。

他还很年轻，不过二十出头，迎着阳光，他脸上的肌肤看起来甚至比女孩儿的还要娇嫩。这样的外表，像是汇聚了天地灵秀，即便是站在人堆里，也总是能让人一眼就注意到他，只是生得这样的容貌，若是出身卑微，多半命运多舛……

她忽然想起自己以前在源香院时，随着年纪增长，越来越出落，怎么也藏不住，于是危险也越逼越近。当时，绝境之下，她遇到那个人时，也是希望能永永远远留在他身边的。

马车在西坊区一家曲艺馆前停下，白焰下了车，从侧门进去，径直往里走。

这家曲艺馆从外面看不大，很普通的一个门脸，装潢简单，招牌也旧了，但进了里面才知道，这里头别有洞天。

树木极多，即便是冬天，叶子都掉光了，但只看那密密的枝丫，就可以想象春夏时的浓荫绿意。还有迷宫一样的回廊，以及数不清的房间，回廊的拐弯处还冷不丁地分划出或大或小的院子、天井。有的院子和围墙的拐角处，还开了通往另外一条街的小门。不熟悉这里的人，很容易一进去就迷路，绕来绕去，好容易找到能出去的门，却也很可能不会是来时路。

白焰绕了几个圈，来到一个不起眼的小院前，不等他敲门，里头就传来："请进。"

声音一落，门就自动开了。

这院子里种了棵老槐树，尽情舒展的树枝四处延伸，交错地搭在屋檐上，冬日稀薄的阳光穿过枝干，落下一地斑驳的浮光。一个戴着斗笠的男人就坐在那光斑下，面前摆着火炉和茶具，正有板有眼地煮茶。

白焰走进来的时候，司徒镜正好倒出第一杯茶，摆在对面，然后做了个请的手势："上次你请我吃羊肉汤，这次我请你喝茶。"

白焰坐下，拿起那杯茶闻了闻："好茶，但是煮的时间过了。"

司徒镜拿起自己那杯喝了，摇头道："是吗，我怎么喝起来都一样？"

白焰轻轻喝了一口，然后放下杯子："找我什么事？"

司徒镜手里转着空杯子："你什么时候学会的？"

白焰问："你是说香蝶还是'天下无香'？"

"天下无香"确实可以杀死千娇百媚引来的蚊虫蛾蝶，但如何使用"天下无香"，是有很深的讲究的。"天下无香"只是南疆人带来的一种香品，普通人用的话，不过是香味有点特别的香品罢了，不会有别的作用。

刚刚在景府发生的那些事，或者说那样的局面，本是无解的，辨香的结果定是景府毁约，香境的融合也定是将凶手的嫌疑明明白白地指向安岚。

可是，先是因为白焰会饲养香蝶，使得辨香的结果变了，接着又因为他懂得如何用"天下无香"，又解除了景府的危机，最后，安岚的香境也超乎大家意料。

司徒镜道："都有。"

白焰笑了笑："去年。"

"去年？"司徒镜想了想，才道，"那时候我是找过你，但我记得我并未教过你这些，也未曾与你解说过。"

"确实没有，但你跟我提过几次，也在我面前展现过。"

司徒镜放下茶杯，重新倒入茶水，顺便也给白焰添满："只是看过几次，你就摸清了里面的门道？"

白焰道："事后自然也下了一番功夫，其实也只是学会点皮毛，远未窥探其精髓，你又何须在意？"

司徒镜忽然抬起脸，看了白焰好一会儿，才认真地道："你真是个可怕的人，你从那时候就已开始谋划今日之事！"

白焰看着那张寡淡的脸，不禁笑了，摇了摇头："我未曾谋划任何事，只是兴趣所致罢了，正巧今日碰上，所以便用上了。"

司徒镜打量了他许久，判断他话里的真假，白焰完全不在意，神色自若地品着茶。

"那么，你当时遇到安大香师，也是巧合？"

白焰慢慢地喝了半盏茶后，才道："一半一半。"

司徒镜问："一半一半？"

白焰摇头："安先生毕竟是个姑娘家，我又不知阁下究竟是男是女、是敌是友，若只是我自己的事，说说也无妨，但关系到安先生，就不便与你讨论了。"

司徒镜沉默了一会儿才道："是男是女有何妨碍，至于是敌是友，白公子，选择在你手里。”

白焰垂目一笑：“大祭司高看在下了。”

司徒镜道：“你当真就只想当个小小的镇香使？永远在她之下？”

“这个位置能带给我的东西，和你所以为的，并不一样。”白焰说到这里，就放下茶杯，“好了，该问的都问了，该说的也都说了，天色已晚，你若是不留饭，我便告辞了。”

司徒镜却又给他续上一杯茶：“你说得没错，不对等的东西，无论是地位，还是情感，步调都很难达成一致。她心里积了太多旧情，她真正想要的，你给不了。你知道她心里想的那个人是谁，你骄傲自负，无论那人和你是什么关系，你都不愿成为他。但到了这一步，你已经入了长香殿，而她不仅是大香师，且她的能力、权力、心计，还有诱惑力，都属上乘，你无法完全掌控主动权和决定权。白公子，如果你真是被她吸引了，那么到时你更会来帮我，我等着。”

安岚回到天枢殿后，一直等到晚饭时间都过了，白焰还没回来，她便让人去云隐楼留话。

天黑后，她刚沐浴出来，正躺在软榻上晾头发，侍女在旁边给她轻轻拭擦发梢上的水珠，鹿源进来道：“先生，蓝掌事回来了。”

“让她进来吧。”

蓝靛进去后，行了一礼，却不说话。

安岚便让侍女退出去：“说吧。”

蓝靛上前一步：“天下无香里，川连虽只是三掌柜，但另外两位掌柜都听她的，只不过她平日很少露面，店里的事也都是那两位在打理，所以接触到的人也不多。至于她的身份路牒，都没有问题，官府那儿都有记录，名义上，她确实是那两位掌事的妹妹。”

安岚问：“她跟司徒镜有什么关系？”

蓝靛道：“目前还找不到有什么直接的关系，只是……镇香使出了景府后，就去了西坊区的曲艺馆，而天下无香的店铺就开在西坊区的大街上。”

安岚抬起眼看她：“你跟上镇香使了？”

蓝靛道：“跟到曲艺馆，没有跟进去。属下之前查到，司徒镜在那里有个落脚处，镇香使这次去，应该就是去见司徒镜的。”

安岚拿手支着脑袋，想了想，也没说什么。

蓝靛又道：“还有一事，属下觉得应该跟您说一声。”

安岚有些困了，垂着眼睑问：“什么事？”

蓝靛道：“是关于羽侍香和镇香使的。”

“鹿羽？”安岚抬起眼，“她和白焰有什么事？”

蓝靛道：“三个月前，羽侍香出去办差的时候，走到半路，马忽然受惊，正好那时镇香使路过，便替她拉住了受惊的马。为此，羽侍香非常感激镇香使，有结交之意，特意告诉镇香使自己是长香殿的人。”

安岚轻轻打了个呵欠：“我知道了。”

蓝靛微微欠身，就退了出去。

蓝靛出去时，看了看守在外头的鹿源，便走过去道：“收到鹿羽的信了。”

鹿源点头，蓝靛打量了他一会儿，才又道：“你早知道鹿羽见过镇香使，并且还有意结交。”

鹿源不说话，蓝靛笑了，低头一边调整护腕上的银扣，一边道：“我没猜错的话，这件事你心里是乐见其成的，并且一直没有告诉先生。”

鹿源轻轻叹了口气：“这香殿上下，有几个人能抵得住蓝掌事的猜测揣摩？”

蓝靛抬起眼：“怕了吗？小事而已，说不说都没有必要，先生也不会为此责怪你。”

鹿源道：“被蓝掌事盯上，即便是心中无愧，却也忍不住要惧三分。”

“果真是急了。”蓝靛勾起嘴角，目光在他脸上扫了扫，“她跟你不同，她是自小被宠着的主儿，一直以来走得顺遂，运气又足够好，还没做什么呢就跃到了侍香人的位置，以为天高地阔任由自己翱翔呢，哼！看好她，否则——若日后出了什么事，我不会手软。”

蓝靛说完就转身，鹿源怔了一会儿，直到蓝靛走远了，才在她身后道：“多谢。”

这是警告，虽听着有些不近人情，但他明白蓝靛主要是在提醒他，否则蓝靛完全可以什么都不说，就冷眼看着。

白焰回来的时候，夜已深，因安岚之前命人传话到云隐楼，他便又往凤翥殿去。

进去后，安岚已在榻上睡着，一头长发垂到地上，有些凌乱地落在雪白的毯子上，再往上看，面上未施粉黛，但肌肤胜雪、眉黑如黛，呼吸安静，看起来比平日多了几分柔软。

他停下脚步，斜靠在门口。

侍女忙上前轻轻唤了两声，安岚这才动了动脑袋，醒了，但没有睁眼。

侍女道："先生，镇香使来了。"

她不转头，也不起身，只是将眼睛张开一条缝，片刻后才道："让他进来，你退下。"

"是。"

侍女小心地走到白焰身边，做了个请的手势，然后就悄悄退了出去。

白焰走到安岚身边，垂下眼："先生若是困了，就先歇下吧，有什么事，明早再说。"

安岚也不说话，睁开眼看他，左手从毯子里探出，微微抬起。

她的眼神有点刚睡醒的迷蒙，似还分不清状况，但再看那目光，似乎又有点清凌凌的，像是心里什么都明白，如此矛盾的神色糅杂在一块，透着一种魔力，宛若黑夜里涨潮的大海，无声无息，却无比浩大。

他的眼睛慢慢落下，看着那只纤纤玉手，顿了顿，上前握住，扶她起来。

安岚靠着大引枕，揉了揉眼睛，才道："去找司徒镜了？"

白焰点头："是。"

安岚看他还站着，便道："坐吧。"

只是她这软榻旁边并无椅子，要坐，只能坐在她的榻上。

这样的夜晚，她钗环尽卸，长发披散，身上还带着沐浴过后的幽香。

见他有些迟疑，安岚笑了，笑得浅，带着十足的慵懒："白天时倒不见你这般扭捏。"

白焰不禁也是一笑："白天的场合，在下绝不可能失控，但眼下……"

安岚特意微微歪着脑袋看他："眼下如何？"

"眼下，先生如此颜色，在下实在担心定力不足。"白焰叹了一声，便撩袍坐下，"但愿不会在先生面前失态。"

安岚没有动，看了他好一会儿，也没瞧出他这话究竟几成真几成假，心里微恼，便移开眼睛道："说吧，查出什么了？川连究竟是什么人？"

白焰道："先生可知，司徒镜和天玑殿上的一位大香师是什么关系？"

“百里翎？”安岚怔了怔，重新看向他，想了一会儿才道，“我听说百里翎以前去过南疆，如此说来，百里翎和司徒镜认识？”

白焰道：“虽无确凿证据，但百里先生和司徒镜的交情应当不浅，而且，先生可知道百里先生的香境是什么？”

“千镜，千镜世界。”安岚喃喃道，“镜？司徒镜！这两者有什么关联吗？”

白焰摇头：“即便是南疆人，也只知道香谷大祭司复姓司徒，镜是他到了长安后才给自己取的名字，以前叫什么，没有人知道。”

安岚有些诧异：“如此说来，他们当真交情不浅，那么，司徒镜是为百里翎而来的，是为报仇？还是？”

百里翎当年死在了景炎手里，也可以说是死在了安岚手里。

这其中恩怨，说来就长了，长香殿光鲜华美神秘出尘的表皮下，不知藏有多少利益的争夺和权力的较量。

而这些恩怨的背后，谁又知道能牵扯出多少陈年旧事。

白焰道：“是不是报仇还不能确定，即便真有此心，也不仅仅是为此而来。”

安岚问：“莫不是为了天玑殿大香师的位置而来？”

天玑殿和道门的关系很深，当年百里翎就是出自道门。百里翎死后，天玑殿虽名义上归他们五位大香师共同接管，但实际上，天玑殿的实权，大部分还都在道门手里。

之前蓝靛曾查到，南疆人这几年开始暗中接触道门的人。

如果真是盯上了那个位置，又找到一个差不多合适的人，由道门的长老出面……

白焰道：“或许还不止。”

安岚抬眼：“不止？难不成……他们还想要整个长香殿？”

“百里先生最初的目的是什么？”

安岚怔了怔，陷入长久的沉思。

那个绝世妖娆、放荡不羁的男人，那样的一张脸、那样的性情，生前不知祸害过多少人，不知令多少人为他疯癫痴狂。

那样的人，谋划了那么多事，潜藏了那么长时间，真正想要的，绝不只是一香一殿。

其实，但凡大香师，又有几个心里丁点没有那样的想法？

权力是毒药，稍有不慎，就会越陷越深。

守不住心，就会被欲望吞噬，到时即便想回头，也已经无路可走。

安岚慢慢坐起身，摸了摸已经干了的头发，拿起放在枕边的梳子，搁在手里转了转，然后递给白焰。

白焰微诧，只是随即就笑了笑，伸手接过。

安岚侧过身，把几个大引枕摞在一起，趴在上面，将后背留给他。

白焰捧起她的头发，轻轻梳了两下，手中的头发即变得如绸缎般顺滑，在烛火的映照下泛着水样的光泽。他五指穿过其中，柔软的乌发看似缠住他，实际是他忍不住要握住。

他一边梳着，一边用手顺着，指尖不时碰到她的脖子，她还是那么懒洋洋地趴着，他便开口，声音低沉："安岚姑娘把头发养得极好。"

只要不是谈正事，他就会改称呼，安岚对此也没什么异议。

安岚闭上眼睛："嗯，太长了，有点麻烦。"

他用梳子轻轻按摩她的头皮："难道还需姑娘自己动手？"

他的按摩恰到好处，令她这些天因睡眠不好积累起来的疲惫和胀痛，都舒缓了，片刻后，她有些含糊地道："你如何学得这手法？"

"以前身体不好时，大夫便是这般为我按摩，久而久之便学会了。我看姑娘眼下隐约泛青，面露疲惫，想是最近睡眠不佳，平日里常常这么梳头，可以缓解不适。"

今夜的烛火无比温柔，将屋里的一切都添了一层暖意，她许久没说话，似已经睡了过去，他便没再开口。约一炷香的时间后，他放下梳子，修长的手指在她头部几个大穴上轻轻按压，片刻后，帮她将一边的头发拨到耳后，露出正睡着的半张容颜。

此刻的她看起来非常柔软，像个孩子，毫无防备，简直让人难以想象，这样一个年轻的女子，竟是那个心有七窍，凡人无法望其项背的大香师。

他垂着眼睛看了一会儿，眼神温柔，许久后才收回手，却就要站起身时，她忽然开口："这就走了？"

他一怔，随后轻轻一笑："我以为姑娘睡着了。"

她慢慢睁开眼，却没有起身，依旧是背着他趴在引枕上，半眯着眼睛斜觑他。她这个动作，显得眼尾很长，而且眼神迷离，乌黑的长发被拨到耳后，露出那一小截纤细的脖颈，白得耀眼，浑身上下都透着一种让人迈不开腿的妩媚。

“嗯……”好一会儿，她才微微侧过身，拿手支着脑袋，身子依旧倚在引枕上，像是没完全睡醒的模样，“事情还没说完。”

白焰眸色幽暗，安静地看了她一会儿，才问：“还想问什么？”

她似真睡迷瞪了，竟又慢慢闭上眼。

她的皮肤本就白，加上这几年养尊处优，脸上的肌肤看起来更似羊脂玉般柔腻，似真能吹弹可破。今夜烛光如昼，他又离得这么近，才发现她的睫毛又长又翘，闭上眼睛时，能看得到两片睫毛各投下一小片淡淡的影子。

他的目光从她的眼睫毛滑到她的鼻子上，最后落到那两片唇上，目光久久流连。

她忽然睁开眼，抓住他目中隐隐露出的贪色。

难得！

她笑了，笑容并不大，未露齿，只是唇角微微扬起，迷离的目中透着一丝了然。

突遇她的目光，他竟也未见慌乱，面上一片坦然，甚至带着一点点肆无忌惮的打量，审视，探究，以及无声的较量。

许久，她才开口：“景府的事还未解决，即便我杀人的动机和嫌疑都洗清了，但景府和天枢殿的利益还是绑在一起的。”

白焰看着她，轻轻缓缓地点头：“这个不用担心，已经同陆大人通过气了，接下来无须天枢殿再做什么，只管交给官府去办，如此也能省掉许多麻烦。”

安岚抓着几缕自己的头发，卷在手指间玩：“骊园里有动静了？”

白天时，景府那因“千娇百媚”引来的蚊虫，独独避开了骊园，这怪异的现象，被指出来后，骊园里的人不可能按捺得住。

白焰道：“说到这儿，花嬷嬷似乎真不知情。”

“不知情？”安岚停下把玩头发的动作，“你是说，她也不知道为何那群蚊虫独独放过了骊园？”

白焰点头：“这段时间，花嬷嬷每日都在玉瑶郡主的房间内点一片‘天下无香’，但那点用量，在面对如此大群的蚊虫时，仅能保证郡主的房间不受侵扰，骊园不可能一只蚊虫都没有。”

安岚沉默了一会儿才道：“我一直觉得，这件事的古怪，从一开始就出在玉瑶郡主身上。”

白焰没说话，片刻后，安岚又道："寒立有什么动静？"

寒刃和玉瑶郡主的关系，以及寒刃的职位在郡主动身来长安前忽然被调换，偏被替上的人是寒立，这一切都透着古怪。而且，蓝靛查到，寒刃偷偷跟着玉瑶郡主来了长安，但如今查不到他的下落。

白焰摇头："若他真有问题，最多忍过今晚，明天就该有动静了。"

陆庸已经找到头绪开始查了，有天枢殿的帮助，很快就能查出点蛛丝马迹。若真跟寒立有关，他不可能眼睁睁地看着这件事查到自己身上。

"那就等着吧。"安岚淡淡地道，想了想，又问，"川连，是司徒镜吗？"

白焰沉吟一会儿才道："可能是，也可能不是。"

安岚微微挑眉："你也无法分辨？"

白焰道："司徒镜是个谜一样的人，即便是镇南王，怕是都不知他的性别。"

"当年，倒是从未听百里先生提过有这么一个人。"安岚沉思了片刻，摇了摇头，不再说什么。

白焰看了她一会儿，见她面上露出倦容，便道："夜深了，先生该歇息了。"

安岚微微抬眼："今日辛苦镇香使。"

白焰笑了，站起身："不辛苦。"

他说完，就行了一礼，退了两步，然后转身出去。

只是他刚刚走出几步，身后忽然靠过来一个柔软的身体，一双玉手从后面抱住了他，霎时温香扑鼻。他顿住，回身，她即滑入他怀里，胳膊缠上他的脖子，令他低下头。

她仰着脸贴近他，身后长发倾泻，眼波如水，鲜润的红唇越来越近。

妖精!

惑人!

他胳膊立即收紧，将她嵌入怀里，唇覆上去，本是打算先浅尝一番，谁料这一触碰便是火花四射。他想攻城略地，她似能游刃有余，他扶住她的后脑，胳膊圈紧，那柔软的身躯宛若没了骨头，似再一用力，那纤腰就能被掐断……

不知究竟过了多久，她的脸忽地往后一仰，即获得呼吸自由，然后在他怀里娇喘着，在他耳边低声，诱惑着道："如何？"

他扳过她的脸，深深地看了她一眼，就要继续，她却拿一只手抵住他的唇，似笑非笑地看着他："白公子，这事，没那么便宜……你觉得无辜，但我也是……会恼的！"

说完，她就忽地在他怀里消失了，他一愣，猛地转头，才发现自己竟已出了凤翥殿，身后哪里还有那软玉温香的身影，只有夜风，只有余香。

竟是……一场香境吗？还是，真的发生过？

这一夜，白焰反常地失眠了。

他向来心如止水，但回了云隐楼后，闭上眼，眼前就会浮现出那两片鲜润的唇瓣、柔软的身躯、纤细的腰肢、缠住他的双手、吐气如兰的呼吸，以及她迷离中又带着了然的眼神，冷清凌厉却又妩媚多情，浑身上下都充满了魔力的矛盾……

妖精，真是妖精！是修炼了多少年？

他躺在床上，睁开眼，无可奈何地一笑。

这一夜注定要躁动。

星光从窗外透进来，雾一样的迷离，多像她的眼神。

他忽然想到之前司徒镜说的那句话："她的能力、权力、心计，还有诱惑力，都属上乘，你虽自负，却也无法完全掌控主动权和决定权。"

星光隐退，白焰再次闭上眼，片刻后，似乎感觉她在轻轻抚摸他的身体，柔软又冰凉的纤纤玉手。他未动，良久，一声叹息，低而沉，略微满足，又略微遗憾。

这一夜，难以入眠的，还有天璇殿的黄香师。

黄香师自景府回来后，就接到几位香友的香席邀请，因柳璇玑没再安排他什么事，他又很想将今日的所见所闻同几位好友分享，于是赶紧赴约去了。

一直到天黑后，黄香师照旧整理今日的香品。

黄香师是个细心的人，每次用过多少香品，送人的又有多少，他心里都记得清清楚楚，故这一整理，他就发现香品少了一份。

而且少的不是普通的香品，而是今日他带去骊园的那份，经柳先生亲自指点才调配出来的，还未取名的香品。

他记得箱子里是放了四份的，在景府用了三份，应该还有一份，怎么——难道记错了？不可能，这种事情他不会记错！

黄香师细细回想了一遍，然后唤来他的侍女和侍香，问有谁进过他的香室，动过他的香品。

侍女和侍香皆摇头，他仔细盘问，确认他们未有说谎，心里更加疑惑。

难道是，当时景府因蚊虫之乱，所以他慌乱中将那份香品落在景府了？

若是如此，也便算了。

虽说调配这份香品所用的香料中，有几味单品香甚是珍贵，却也不至于让他巴巴地再去景府讨还回来。

只是，不知为何，他心里又隐隐有些不踏实。

要不要跟柳先生说一声呢？

黄香师有点犹豫，但又怕告诉柳先生后，被斥责粗心，身为香师，居然连香品都看管不好。

于是想来想去，黄香师决定不说，就当没这回事。

然而，那份失踪的香品其实并未落在景府，而是落在了川氏三人的手中。

玉印所用的那块软香玉，是南疆香谷找给镇南王的，并在景公退亲要收回信物之前，找了能工巧匠，比照原件，丝毫不差地复制了出来。

他们知道景府手里有玉印，所以借景府毁约之由，逼迫景府求助于天枢殿，一模一样的玉印，又都是由软香玉雕琢而成，唯有辨香才能定出真假。

除去香蝶外，大香师的香境应当也能马上辨出玉印的真假，但安岚是天枢殿的大香师，花嬷嬷会以避嫌为由，不让安岚出手。而另外几位大香师，地位超然，景府的一些陈年旧事，还不值得他们出手，安大香师也不会为了这点小事欠下人情。

所以，唯有正常的辨香，这件事才能顺利进行下去。

但想要软香玉顺利入香，其合香内必须以一种石粉为媒介才可真正与别的香品混合在一起，得到真正的挥发。

那种石粉，他们不知道长香殿的人叫什么，但大祭司为其取名为——山魂，整个天下，唯有大雁山才有。

今日他们真正的目的，就是确认，大雁山是不是真的有山魂。

至于辨香的输赢、花婆婆的恨、玉瑶郡主的死因，他们并不在乎，也不关心。而那个过程中，虽然出了点意料之外的事，但他们的目的还是达到了。

“果真是山魂吗？”川谷站在川连旁边，等了近一个时辰，一直等到川连慢慢抬起脸，睁开眼后，才小心地问了一句。

川连点头，目中露出狂热："没错，就是它！"

川谷长舒一口气："那么，接下来就需要联系那位黄香师了。"

川连点头："小心不要打草惊蛇。"

"是。"川谷应下，想了想，又问，"玉瑶郡主那边，要不要关照一下？景府和天枢殿是绑在一起的，给景府添点麻烦，天枢殿一样会头疼。"

川连沉默一会儿，才道："你看着办，若是帮不了，务必马上放手，这个时候不可惹麻烦。"

"明白。"

寒立在骊园养了两天，两只胳膊上的伤一直没见好转，手腕的关节反而还肿了起来，巧儿看着心疼不已，忍不住去求花嬷嬷，让寒立出去找个大夫瞧瞧。

花嬷嬷这几日心烦，骂了巧儿一顿后，禁不住巧儿软磨硬泡，心里也知道他们此行带的人手不够，如果寒立再倒下，就越来越没人可用了，于是终于点头，给了他们半天时间。

然而，巧儿领着寒立去了医馆后，却忽然困得睡了过去，寒立随即将医馆学徒的衣服换上，然后悄悄离开了医馆。

但他出了医馆后，也没直奔哪儿去，而是饶有兴致地逛起了长安城。在茶楼听了书，在酒楼吃了酒，还去看了胡姬跳舞，从东市走到西市，从西门大街溜到朱雀大街，随后又去了百精坊看海外来的奇珍异宝。

就这么东南西北地游荡一阵，前后换了好几套衣服，扮演了好几种角色，一直到黄昏降临，夜幕将笼罩大地时，他才悄悄潜入一条巷子，装作自然又小心翼翼地摸到了一个落了锁的院门前。

他没有钥匙，可能有钥匙但也不打算开门，左右看无人后，即轻轻一跃，就直接跃过院子的围墙，进去了。

冬天，院子里的树都光秃秃的，露出又黑又硬的树枝和树干，看着让人觉得心都要冷上三分。

寒立走到右耳房前，推开门进去。

不多会儿，耳房内传出他低低的声音："太阳一落山，我就送你出城。"

片刻后，一个虚弱的声音呵呵地笑了两声，又过了良久，才道："你不如杀了我。"

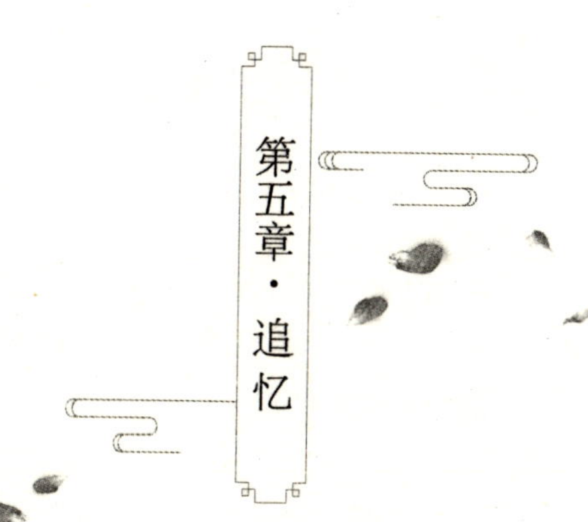

第五章·追忆

寒立看着躺在床上瘦得已经脱了形的人，几乎认不出这个人是他大哥。

曾经在他眼里无所不能，无论出了任何事，都会站在他前面，替他扛下一切的人，如今变成了眼下这般——生不如死！

寒立转过脸，深呼吸了一下。

无论如何，好歹是活着，只要还活着就好，现在这些事情总会过去的，死了就什么都没有了。

郡主是什么身份，他们是什么身份，就算他们跑到天涯海角，最终也是死路一条。更何况，他们两人分明已私订终身，郡主却还是无法违抗王爷的命令，就为了一纸婚约来到长安。

良久，寒立道了一句："我知道你恨我。"

寒刃躺在床上费力地笑："我不恨你，我恨我自己！"

寒立没听过这么凄凉这么绝望的声音，这声音像一把刀子，突地就刺进他心里，让他即便知道此时时间紧迫，也不得不沉默了一会儿，才又接着道："马车我已经安排好了，照顾你的人也找好了，我扶你出去，今晚就走。"

他说着就走过去扶起寒刃，寒刃想反抗，可是此时的他几乎就只剩下一口气了，那里反抗得了。

寒立抓住寒刃的胳膊，却发现即便是隔着厚厚的棉衣，他竟还是能感觉得到衣服下面的骨头有多明显。他大哥曾是个多么强壮的人，王府那么多侍卫，没有

一个是他大哥的对手，如今却被折磨成这人不人鬼不鬼的模样。

他暗暗咬了咬下颌，心里对玉瑶郡主，简直是恨之入骨！

“你让我，去见她一面，就一面。”寒刃无法反抗，只能一边跟着寒立走出屋外，一边开口苦求，“让我见见她，我都听你的。”

“不行！”寒立没有看他的眼睛，“即便我想，也没办法办得到，首先景府就进不去，还有那个院子里，菊侍卫他们几个一直都在，我怎么带你进去？”

他说着，就让寒刃先坐在屋外的栏杆上，接着道：“你先在这儿等一会儿，我出去看看周围有没有人，再叫马车进巷子里。”

寒刃看着寒立转身，忽然喊了一声：“小弟。”

寒立顿住，转身。

寒刃却没有看他，眼神空洞洞的，不知看向何处，好一会儿才干哑着声音道：“你知道吗，这几天，我一直很后悔，很后悔……”

寒立忍不住问：“后悔什么？”

寒刃慢慢垂下眼：“后悔没有认清自己是个多么卑劣，多么软弱的人，最后……终于是害了她。”

寒立皱着眉头道：“你不必自责，做这一切的都是我，我才是那个最卑劣的人。”

寒刃摇头：“你错了，从我一开始，禁不住私心，向郡主表白心迹，就已经是在害她了；后来又禁不住贪欲，任她与我私订终身，更是将她推向万劫不复的境地；再后来……”寒刃说到这里，声音已经哽咽，喉咙上下动了动，再难说下去，只是抬起脸，目中隐约闪着水光。

“我想见她最后一面，不然，死不瞑目。”

此时正好是黄昏与夜晚交接之时，朦胧的色彩笼罩天地，让一切看起来都是那么神秘、那么悲凉。

“我去叫马车。”寒立觉得自己不忍再看下去，这是他的大哥，他最崇拜的人，若是可以，他愿意为他去死，唯见不得他变成现在这样，于是转身就走。

寒刃没有再挽留，眼睛一直看着天空。

寒立又是直接跃出院墙，然后悄无声息地走出小巷。

然而，寒立出去没多久，寒刃忽然对着虚空开口：“让我见郡主一面，我可以告诉你一个秘密。”

虚空中没有人，自然没有人回答他。

只是，过了一会儿，寒刃又接着道："我知道，你看着我有好几天了，出来吧，我现在这样，也做不了什么。"

片刻后，那院子的拐角处果真走出一个人影，也不知他在那儿多长时间了，刚刚寒立居然没有发现。

白焰慢慢走到寒刃跟前："怎么发现我的？"

寒刃吃力地笑了笑："我也很奇怪，都快死了，直觉却比以前无病无灾的时候更准。"

白焰又问："你刚刚怎么不说？"

寒刃这才抬起眼，也打量了白焰一眼："阁下不像是蠢笨之人，竟问出这等话！他既然都发现不了你，自然不是你的对手，告诉他又有何用，说了也只会害了他。"

白焰打量着他："你并没有受伤，看着也不像是病了。"

寒刃却没有搭理这句话，他知道自己时间不多，于是开门见山地道："你能带我悄悄进入骊园？"

白焰摇头："景府的护院本就不简单，如今骊园除了有南疆那几位侍卫外，还有官府的人，寒立说得没错，带着你，没法悄无声息地避开他们。"

寒刃问："你，不是大香师？"

白焰摇头，却问："你说的秘密，是指什么？"

寒刃打量了他好一会儿，才道："你不是大香师，但你还是有法子带我进去，让我见郡主，是不是？"

白焰道："这得看你的秘密有多大。"

寒刃笑了："足够大。"

白焰却连眉毛都不动一下。

寒刃忽然有些难受地喘息了几次，然后才道："跟这一切都有关的一个秘密，郡主的死，除了我，对他们而言，无足轻重。"

白焰依旧不为所动。

"我是南疆人，祖祖辈辈都是，这个秘密说出来，我就是背叛，不仅背叛了王府，也背叛了南疆。"寒刃说着就闭上了眼，"我现在，能说的，只有这些。"

外面已经听到马车的声音了，接着听到寒立在门外开锁的声音，白焰往后退了两步："今晚。"

寒刃睁开眼，本已死灰的眼睛在那一瞬，一下露出光彩：“一言为定。”

白焰的身影刚一消失，寒立即推开门进来。

只是他进来后，却扫了这院子一眼，然后还走几步看了看，再看向寒刃。寒刃还是那副面如死灰的模样，眼里毫无生机。

他觉得是自己多心了，便走过去，扶起寒刃：“走吧，大哥。”

寒刃没有反抗，也没法表示反对，他看起来已经放弃了一切，包括他自己。

为以防万一，寒立直接送马车出城，幸好一路上都没有发生任何意外，看着马车出了城门，顺利走远后，他才松了口气，转身赶回医馆。

巧儿在医馆醒过来时，有点蒙，发现天都要黑了后，差点一下从床上跳起来。正好这会儿寒立用肩膀推开门进来，看到她醒了，便走过去道：“肚子饿了吧，你睡了一个下午，午饭也没吃什么东西，我刚刚去旁边饭庄给你买了点吃的，在桌上，你先吃点垫垫肚子，一会儿咱们就回去。”

“我……”巧儿坐起身，左右看了看，“我怎么睡着了？这是哪儿？”

寒立走过去，将桌上的食盒打开，推到她跟前，然后又给她倒了杯水：“是医馆后面的客房，这段时间你太累了，出了那么多事谁心里都不踏实，一歇下来就能入睡，看你睡得沉，我也不忍心叫醒你。”

巧儿看到他手上缠着厚厚的纱布，忙接过他手里的杯子：“你的手怎么样了？大夫怎么说？”

寒立道：“没事，就是之前因为两只手都受伤，所以自己接的时候错位了，才一直没见好转。”

巧儿松了口气，握住他的手拉到自己跟前，娇嗔地瞟了他一眼：“我也怀疑你没接好，还想请菊侍卫帮你看看的，但又怕说了你不高兴。”

寒立硬邦邦地道：“不敢劳驾菊侍卫。”

巧儿扑哧一笑：“我就喜欢你这臭脾气！”

寒立脸色一缓，将食盒里的点心拿出来：“吃吧，吃完我们就回去，再晚的话嬷嬷该生气了。”

巧儿点头，拿起一块点心，先送到他嘴里，然后才给自己也拿了一块，只是吃着吃着，不由得又叹了口气：“也不知咱王爷派的人什么时候能到长安，等人过来了，咱就可以好好出口气了，郡主的死因，定要查个水落石出！”

寒立没说话，只是面无表情地微微点头。

景府的白园曾是白广寒大香师的歇息处，因白广寒身份尊贵，所以这地方比较清静，并且有单独出入的小门，是景府里相对独立的存在。

白焰走到白园的小门前，抬手，轻轻敲了两下，然后又敲了三下。

来开门的是鹿源，见到他后就开口："先生等你多时了。"

白焰走进去，鹿源即将门关上。

白园比骊园大许多，院中种了许多白梅，只是现在梅花也还没开，满园都只能看到光秃秃的树枝。安岚就站在一株梅树下，此时夜幕已降，气温比白天又冷了许多，如今屋内都开始烧炭火和地龙了，但她却连斗篷都不披就站在外头。

昏暗的光线下，那个身影看起来有些不真实。

白焰走过去："外头冷，先生回屋里去吧，小心着了凉。"

安岚转头看了他一眼，那眼神看起来也有些不真实，似在看他，又似穿过他看向回忆中的某个点："我记得，刚跨进那道门槛时，我在这里起过一次香境。"

白焰没说话，安岚收回目光，又看着那株梅花树，接着道："那时这树梅花开得正好，风一过，花瓣像雪一样飘起，树下有一壶酒，有两个酒杯，有一人独饮。"

听她的声音里带着浓郁的追忆，他沉默了一会儿才道："先生好才情。"

安岚顿了顿，回头看他，唇边露出一抹笑，但眼神却有点冷淡，又有点不满，片刻后又道："我还在此长跪过，但当时广寒先生还是不见我。"

白焰一顿，问："为何？"

安岚转身，往屋里走去："不知道！"

白焰："……"

两人进了温暖如春的房间后，安岚又往已经摆好大引枕的软榻上一靠，并闭上眼，好似真打算就此歇息了。

白焰看着那张精致的小脸，不禁想起昨晚的旖旎，他忽然分不清，昨晚那一切是否是真的，是他真的吻了她，还是她故意起了一场香境，抑或是，那一切都只是他自己的绮思？

但是，她丁点要提的意思都没有，态度也没有任何变化。

良久，他终是一笑，放过了这个问题，开口将刚刚跟寒刃的交易说了出来。

安岚睁开眼："秘密？是关于什么的秘密？镇南王府，还是南疆香谷？"

白焰道："虽说镇南王之前跟景公确实打过交道，也差点成为儿女亲家，但镇南王府毕竟是朝廷管辖的范围，王府若有什么事，首先就绕不过官府去，唯有南疆香谷，才是真正的灰色地带，他们神秘而避世，不为外人所了解，但他们对长香殿又知之甚多。"

安岚道："是跟香谷有关，但他只是个王府的侍卫，你相信他？"

"把这些事前后串起来看，确实有几分可信。"白焰想了想，接着道，"经查，他和寒立都曾在香谷待过一段时间，相较别的王府侍卫，他们对香谷有一定的了解。"

安岚沉吟一会儿，又问："香谷，香蛊？连读音都相同，南疆人很擅养这些东西……据闻那些奇怪诡异的东西，都是从香谷里传出来的，之前你暗示过陆大人，陆大人已经着手往这方面查了吗？"

白焰点头："寒刃原是镇南王府的第一高手，想伤他不容易，我刚刚仔细打量了，发现他身上并未带伤，经他和寒立的对话判断，他也不像是病了。"

"所以你怀疑……"安岚微微蹙着眉头，"是南疆人使了蛊虫自己动的手脚？"

白焰点头："唯有这样才解释得通。"

安岚又问："南疆人为何针对他？寒立为何又要说，这一切都是他做的，他才是最卑劣的人？"

白焰沉吟片刻，才道："兴许今晚就能让一切真相大白。"

安岚倚在引枕上，手支着脑袋："他应当知道，此时回来，无论郡主的死跟他有没有关系，都等于是自投罗网，单是私情这一条，镇南王就不可能放过他。"

白焰道："情之一字，谁又能解释得清楚？"

安岚抬起眼，看向他，眼神淡淡，却又似含着一团火。

白焰顿了顿，接着道："寒刃和玉瑶郡主之间，说来也是让人叹息。"

玉瑶郡主其实一开始并不受宠，她是镇南王的第四位夫人所生。只是四夫人生她的时候已经失宠，并且生产后不到一年，就病逝了。而玉瑶郡主一开始并没有郡主的封号，出生时因排行十二，所以乳名就叫小十二。

许是因为四夫人的死，唤起了镇南王最后一丝怜悯，于是他开口让王妃抚养小十二。只是王妃膝下已有两个儿子三个女儿，加上之前跟四夫人的关系也不好，故小十二在她那里，并未得到善待，王妃不好违抗王爷的话，把人接过来后，就命两个丫鬟婆子照看着，按时给口饭吃罢了。

至于镇南王，对女儿的那点怜悯心，没几天就被新入府的妖姬美妾给拉走了。王妃虽不至于去为难一个小孩子，但王妃的孩子，以及别的姬妾所生的孩子却不会那么听话。而孩子间的欺压，有时候并不会比成人间的欺辱温和半分。而这样的欺负，一直到小十二十岁那年，才有了转机。

那年王府的香塔到了换人的时间，按照习俗，王府必须从王爷的孩子中再选一位新的守塔人去接班，王妃权衡之下，挑中了小十二。

香塔是镇南王为香谷建的，为方便香谷和外界的联系所用。因香谷的人不喜欢出入人多的地方，所以香塔的选址比较偏僻，因而没有人愿意去那里枯守。府里的孩子一旦被选中，若无意外，接下来的二三十年里，命运就会跟那座塔绑在一起了，此后还论什么锦绣前程，良缘美眷？虽说到老了后，可以得王府一辈子的供养，但这点福利，哪个锦衣玉食的孩子能答应。

小十二有爹跟没爹一样，自然顺顺利利地领了这个差，说来也不知是幸还是不幸，不过对当时的她来说，去做守塔人，至少摆脱了熊孩子们的欺负。

至于寒刃，当时已经十五岁，第一次接任务，任务虽是成功了，但因经验不足而惹了麻烦，被人一路追杀，最后逃到了香塔内，又不慎跌落到水渠里。幸好那时小十二就在水渠边，赶紧跑过去救人，只是她那时人小力微，寒刃身上又受了伤，根本没法救上来。

小十二想喊人救命，寒刃担心会引来追杀的人，不让她出声。

那个时候，向来胆小怯弱的小十二，也不知自己是哪儿来的勇气，即便已经吓得浑身颤抖，也一直没有出声。

于是两个半大的孩子，素昧平生，一个趴在雪地里，一个浸泡在几乎要结冰的冷水里，紧紧握着对方的手，一言不发。

而那天，正好是除夕夜。

夜幕降临的时候，他们看到远处的天空绽放出绚丽的烟花，小十二认出那是王府的方向，她还是没有说话，也没有放开手，只是抬起脸默默地看着那边，像是看着另外一个世界。

两人坚持了将近一个时辰，追杀寒刃的人终于离开了，寒刃也积攒了最后一点力气，从水渠里爬了上来。

那个时候，寒刃并不知道小十二是王爷的闺女，只当她是香塔内的普通丫鬟。因这份救命之恩，他时常会悄悄来看她，瞧她过得不好，每次都会给她带些吃的玩的，并偷偷带她到附近风景好的地方去玩。

小十二从出生开始，除了奶娘外，还没有人能像寒刃这般，待她这么好过。并且这份好，完全是出自真心。

如此，两人即便说不上是两小无猜，却也算得上是青梅竹马了。

那时小十二还觉得，她若能一直这样，别说是二三十年，就算是一辈子，她也愿意，求之不得。

只是三年后，大祭司有一次出谷，在香塔落脚时，不知为何，小十二竟入了他的法眼，于是将小十二带进香谷做客。这个消息传到王府时，镇南王这才想起自己还有这么个争气的闺女。待三个月后，小十二从香谷出来时，镇南王亲自去接自己闺女回府，并上书圣上，给小十二讨了个郡主的封号，从此，小十二就成了玉瑶郡主。

册封郡主那日，玉瑶郡主跟镇南王提出了一个请求，自己挑选侍卫。如此小事，镇南王心情正好，怎么可能不答应，马上将府里的好手都叫过来，让闺女只管挑。

寒刃原本也是刺客，玉瑶郡主知道他想要的是什么生活，于是一句话，就改变了他的身份，让他告别了那等刀口舔血的日子。

只是可惜，寒立那时正好在外面执行任务，错过了这个机会。

那时，还没有人怀疑寒刃和玉瑶郡主之间的关系，只是因身份的差距，寒刃虽是日日跟在玉瑶郡主身边了，却反不如之前在香塔时那么亲近。玉瑶郡主心思单纯，又是初次接触情之一物，她一天一天长大，心爱的人又在眼前，哪里能掩饰得太多，即便寒刃小心再小心，却还是被人看出了端倪。

王妃在小十二被接回王府，并被封为郡主后，就视小十二为眼中钉了，如今听到这等风言风语，哪能放过？只是如今玉瑶郡主身份今非昔比，她又摸不清香谷的大祭司对郡主究竟是什么态度，所以在没有实际证据下，也不敢将此事拿出来摆在台面上说。

因而，王妃设了个计，想逼他们自己露出把柄。

玉瑶郡主满十五岁后，王妃就开始大张旗鼓地准备她的亲事，玉瑶郡主这才慌了，她真正意识到，她和寒刃这辈子真的不可能在一起。恐惧令人绝望，令人走投无路，她鼓起勇气半夜去找寒刃，要与他私订终身！

而王妃的人早就准备好了，就在那儿等着呢，可是，没有人知道那晚究竟发生了什么事。

王妃派去的人全都莫名其妙地咽气了，玉瑶郡主和寒刃则相安无事，没有人抓到他们之间的把柄。只是，镇南王却忽然想起，他几十年前曾跟景公定下一门亲，如今玉瑶郡主又正好到了年纪。

一年后，玉瑶郡主就带那纸婚约，离开南疆，前往长安。

而在玉瑶郡主动身前，王妃将寒立找了过去，悄悄说了些话，然后又寻了个借口留下寒刃，再让寒立替上寒刃的位置。

之前，没人知道玉瑶郡主是带着什么样的心情来长安的，此后，也再不会有人知道了。

安岚听完玉瑶郡主的平生，沉吟了片刻，开口逐一分析："玉瑶郡主去过香谷，并且是被大祭司带去的，出了香谷后，她的地位马上有了颠覆性的变化。那镇南王并非蠢人，即便再虚荣，也不可能仅仅因为大祭司另眼相待了郡主一次，就重新挑自己的另一个孩子，去代替玉瑶郡主的守塔人身份。多半是两人有了什么协议，玉瑶郡主或许清楚，也或许被蒙在鼓里，协议内容为疑点一。"

白焰点头："还有可能，玉瑶郡主对协议的内容，只知其一不知其二。"

安岚点头："玉瑶郡主受不了自己的亲事已然逼近，心爱之人却没有丁点表示，于是半夜去找寒刃，但她并不知这是王妃故意给她设下的陷阱，照理，他们一定会落到这个陷阱里，但事实却相反，王妃安排的人全都死了，我姑且认为是寒刃下的手。但是，死的是王妃的人，若真是寒刃下手，无论理由是什么，无论他怎么蒙混过去，王妃也不可能会放过他，但偏偏，他确实并未受到牵连。此为疑点二。"

白焰问："先生对此心里可有解释？"

安岚道："应该也跟大祭司和镇南王之间的协议有关，协议的内容里，必定是非玉瑶郡主不可，所以无论发生任何事，郡主都不能有意外。王妃的人是寒刃杀的，寒刃若是被拎出去担责的话，郡主绝不可能置之不理，兴许是豁出性命也要保住寒刃。镇南王为了顺利执行协议内容，自然要压下这件事，故而他们俩都能相安无事。"

白焰拿起火钳子轻轻拨了一下炭盆里的炭："也差不多是那个时候，镇南王想起了他和景公几十年前定下的一门亲事，对他而言，时机到了。"

"没错，镇南王即便本来就要压下这件事，却也不可能放过这个谈条件的机会。"安岚垂着眼，看着红彤彤的炭火，淡淡地道，"他对玉瑶郡主并无父女之情，不然当初也不会让玉瑶郡主去守塔。而玉瑶郡主要想保住寒刃，自然只能去求看似疼爱她的镇南王，由此，镇南王说出了自己的条件，而这个条件，十有八九就是长安婚约之行。”

白焰放下火钳子，抬起眼：“镇南王的本意并不是要跟景府结亲，而是要给景府找麻烦，再经由景府，牵扯到天枢殿。由此看来，玉瑶郡主本就是他安排来景府送死的，但郡主来之前，不可能清楚自己是来送死的，那会是谁下的手呢？”

安岚思忖着道：“不像是花嬷嬷，花嬷嬷也没这样的本事，另外那几个丫鬟和侍卫也一样。这样诡异的手法，怕只能是跟蛊虫那等东西有关，若真如此，要么郡主在前往长安的路上，就被香谷的人做了手脚，但是郡主身边一直有人，陌生人难以接近，除非是……”

白焰对上她的眼睛，片刻后，接着她的话道：“除非是，寒刃下的手。”

他说出了她的心里话，安岚顿了顿，才问：“为什么认为是寒刃？”

白焰道：“还记得玉瑶郡主身边那段残破的香境吗？”

跟她想的一样，安岚沉默地点头。

白焰接着道：“最开始是美好的画面，后来是嫁衣，但接着是凤冠霞帔被撕碎，朱钗插环扔了一地，最后是刑场鲜血和死亡。前面是玉瑶郡主的生活，后面的鲜血和死亡，必是关于寒刃的，或许还有寒立。那个香境的目的，不仅是要分离他们，还要摧毁他们之间的信任和感情，最好是转化成恨。起那个香境的时候，寒刃应该就在玉瑶郡主身边，但是那个香境不是给玉瑶郡主看的，而是给寒刃看的。他在香境中经历的所爱之人，不仅背叛了他，还置他于死地，甚至连寒立都不放过，斩草除根，如此背叛，定然是要恨的！”

即便她也有这样的猜测，但心里还是有疑惑，于是问：“为何你不认为是那香境杀了玉瑶郡主？”

白焰道：“先生心里明白，别的大香师没有杀玉瑶郡主的理由，退一步讲，即便真有要杀郡主的理由，动手时也不可能这么大意。那些香境的痕迹分明是故意留下的，目的就是要嫁祸给你。所以这些事前后串联起来，就只有一个解释，某位大香师跟镇南王，或是大祭司也有了合作的协议，因此在这个香境上出手帮忙。”

“那为何你会如此笃定是寒刃所为？”

“因为寒刃曾说，他恨自己，却未说恨自己什么。”白焰语气轻缓，神色冷淡，“若他恨自己身体虚弱不能自如行动，当时的语气里，定会含有几分愤怒和自责，但他说得很冷静。人只有在明白一切前因后果，接受事实已无可更改，并在心里做了最后的决定，才能在这等情况下，做到如此冷静。”

“什么决定？”

“最后的告别，也或者……”白焰淡淡地道，“无法独活，生死相随。”

“无法？还是不愿？”

“兴许是有不愿的，但更多是已无可选择，他身上已没有多少生机。”

安岚沉默了许久，才道：“疑点三，一个身手不凡的侍卫，为何身体忽然虚弱得连行动都不便了。疑点四，若真是寒刃下的毒手，他究竟是怎么做到的？”

白焰看着她认真又凝重的表情，唇边慢慢浮起一抹笑意，片刻后道：“这些疑点，应该马上就能知道缘由了。”

安岚看了他一眼：“你心里是如何想的？”

白焰轻轻一笑：“我所想的，不是都已经说了，先生还想知道什么？”

安岚看着他问：“若换你是寒刃，你真下得了手？对自己心爱的人？”

白焰默了一会儿，叹一声：“先生此问，太为难我了。”

安岚蹙眉：“你心里没有答案？”

“这等假设，如何能有答案。”白焰笑了笑，无奈地道，“先生莫忽略了，若我们刚刚的猜测都是真的，寒刃下手的时候，是受到了香境的影响和暗示，他已失去了冷静的判断，可以说是他杀的，也可以说是香境借了他的手杀的。凶手是他，亦不是他。”

安岚看了他一会儿，不再说话，表情淡淡的。

不知为何，白焰觉得她又生气了。

寒立和巧儿即便雇了辆车，但当马车走到景府门口时，天也已经黑了。

下了车后，寒立不由得站住，往远处的大雁山看了一眼，面上神色凝重。

巧儿以为他是在担心花嬷嬷生气，便轻轻拉了拉他的胳膊：“别怕，一会儿我去跟嬷嬷说，就说医馆的人太多了，让咱等了许久，所以才回来晚了。”

寒立不动声色地收回目光，勉强笑了笑，微微点头。

他不是担心花嬷嬷生气，而是，那位安大香师夺了他的香蝶后，他心里一直觉得不踏实。每一位被送入长安的南疆刺客，香谷都会送其一只可用来辨别香境的香蝶，可如今他的香蝶被夺走了，万一……

回到骊园时，花嬷嬷果真阴沉着一张脸，巧儿赶紧上前又是低头认错，又是小心奉承。花嬷嬷许是觉得这几天着实是累了，即便看不惯寒立，但也没多做为难，斥责了几句，便放过了他们。

寒立回到自个儿的房间，刚脱下外衣，巧儿就给他端来热饭热菜："是朱儿姐姐给我们留下的，你赶紧趁热吃了。"她搁下饭菜后，就转身去收拾他的衣服。

寒立看着巧儿忙碌的身影，迟疑了一下，开口道："你回去歇着吧，这一天你也挺累的，那些衣服别管了，我过几天自己会洗。而且今日你的活是朱儿姑娘替了你，这会儿你还不过去，朱儿姑娘怕是会恼你，记得跟朱儿姑娘说声谢谢。"

巧儿有些讶异地转头看了他一眼，他这人平日不爱说话，即便是跟她在一块，也是做得多说得少，极少说这么长的一段话，还是这般为她着想的话。

"你放心，我没叫朱儿姐姐白替我干活的，我有许她好处呢。"巧儿抱着他换下的衣服靠过来，忍不住笑着道，"再说我喜欢跟你待在一块。"

寒立轻轻拍了拍她的肩膀："天黑了，嬷嬷知道了会生气的，罚我不要紧，你若是失了嬷嬷的欢心就不好了。"

巧儿想了想，觉得他说得有道理，便有些舍不得地叹了口气："那你赶紧吃饭吧，可别放凉了。"其实她并不怎么愿意回自个儿房间，虽说是跟朱儿一起，但那房间离堂屋很近，不管怎么说，她心里多少是有些害怕的，但是这种话不能说出来，万一传到嬷嬷耳朵里，那她是再不能讨得好了。

寒立点头，要接过她手里的衣服："这几件我还要穿的。"

巧儿皱了皱鼻子："你闻闻，都臭了！"

"等天晴了再洗。"寒立还是接过了衣服，"回去吧，菊侍卫他们都留意着咱们呢，就算你不在意，也别叫人留了话柄。"

"好吧好吧。"

将巧儿送出去后，寒立草草地吃了两口饭，然后往床上一趟，片刻后，慢慢拆掉了手上的夹板。他的伤确实没有完全好，但也没有别人以为的那么严重，他身体的恢复力天生就比一般人强，这个秘密，除去他的师傅外，只有寒刃知道。

白焰将寒刃接进白园时，给他指了一条路："从这里一直走过去，就能看到郡主，你有一刻钟的时间，这个时间内，任何人都不会阻止你。不过你想好了，这是一条有去无回的路。”

他答应带他来看郡主，但没有答应要送他出去，景府想要解脱目前的困境，就等着这个机会呢。

寒刃看着那条不归路，目中没有丁点怯意，反而隐隐露出激动，他什么都没说，抬步就要往前走。

白焰却把手放在他肩膀上：“你的承诺。”

寒刃道：“我要先见了郡主！”

一道冷清的声音从旁边的房间传出来：“到了这里，谁都不会阻止你去见郡主，包括我们。”

寒刃顿住，转头，遂看到左侧房间的门打开，一个清淡的身影从里出来。

夜幕已降，银月如钩，满院寒光。

寒刃怔了怔，低声道：“大香师？！”

安岚没有说话，白焰也没有开口，甚至放开了搁在他肩膀上的手。

寒刃看了看安岚，又看了看前面那条路，这是一条不归路，也是他唯一能赎罪的路。

良久，他低声道：“他们是为山魂而来。”

白焰不解：“什么？”

寒刃已经抬步，走上那条不归路，声音远远传来：“我也不清楚这究竟是何意，只知道这是最大的秘密，郡主和我，都不过是其中的棋子罢了。”

安岚看着寒刃的身影没入那条她开出来的路中，片刻后，走到白焰身边：“山魂？山，指的是大雁山吗？魂又是什么？”

白焰思忖片刻，问：“藏书楼的书籍中，可有提及过‘山魂’？”

安岚轻轻摇头：“我不知道，藏书楼的书太多了，我并未看完，而且，每个香殿都有自己的藏书。”

长香殿的历史比唐国还要久，其藏书浩如烟海，而且每年都有增加，根本没有人能全部看完那些书。

安岚想了想，又道：“不过可以去问一问藏书楼的掌事，天枢殿内，若说博览全书，没人敢跟莲月掌事比，只是这件事，也只能你去问他。”

白焰问：“为何？”

安岚笑了笑：“他嫌我看书少，没学问，难以交流。”

白焰哑然，安岚看了他一眼，又道：“当年他只认广寒先生，我坐上天枢殿大香师的位置后，他是因舍不得那些书，所以才无奈地认可了我而已，幸好这几年他也只专心于藏书楼，没给我惹什么事。”

白焰倒是听说过，莲月掌事常常给安先生脸色看，不过安先生从未有怪罪，他不禁一笑：“先生心胸豁达。”

安岚又看了他一眼，微微扬起嘴角，有些嘲讽地道：“豁达谈不上，我只是敬佩有本事有学问的人罢了，莲月先生的能耐，我终其一生，也是达不到的。”

白焰默默地看了她一会儿，然后抬起眼，看向骊园：“他应该见到玉瑶郡主了吧，如今已阴阳两隔，这样的见面也不知会说些什么。”

安岚淡淡地道：“不过是为了看一眼，看一眼就足够了。”

白焰收回目光，又落到她脸上，只是这一次她没有朝他看过来，而是看着前面，月华洒在她脸上，寒霜一样，又冷又脆弱。

他忽然想抱一抱她。

寒立正在床上打坐，突然被巧儿的叫声给惊得差点走火入魔，他皱着眉头，强硬收了功，然后睁开眼。而此时外头已经起了喧闹，甚至听到花嬷嬷的惊呼声，以及菊侍卫有些惊乱的脚步声。

出事了？！

他心里一惊，刚刚收平的气顿时一阵翻涌，他不得不又坐下。然而不知为何，他似乎无法静下心神，心里莫名有些慌，好像发生了什么他害怕的事情，于是这一着急，舌头就尝到一阵腥甜，竟吐出一口血！

难道是——

寒立擦了一下嘴角，脸色苍白地从床上站起身。

大哥？！

不会吧！不可能的，明明已经送出城去了，他也不可能进得来。

寒立几乎是冲出房间，此时玉瑶郡主停尸的堂屋外头已经围满了人，连陆庸也在。寒立来不及想陆庸怎么会在这里，他着急地走过去，正要进到里面，却被菊侍卫给拉住了：“你别进去。”

里头已经传出花嬷嬷的哭声，偶尔伴有陆庸的几句问话，只是因为围着的人太多，他一时看不清究竟是什么情况，便问：“出什么事了？”

巧儿被扶了出来，刚刚似乎是晕过去了，这会儿醒了人还蒙着。

寒立忙去接住，菊侍卫也搭了把手，并低声才道：“是蛊。”

寒立一愣："什么？"

巧儿却浑身都颤了一下，似这才看到寒立，顿时抱住他的胳膊道："别、别看，别看！"

寒立不明所以，菊侍卫道："没法看了，郡主身体里的蛊虫发作，人都……面目全非了！"

巧儿慌忙点头，她是第一个看到的，简直毛骨悚然。

菊侍卫却又接着道："不过……郡主身边多了个人，究竟是谁，又是怎么进来的。"他说这句话的时候，紧紧盯着寒立，那眼神像是要看穿寒立。

寒立脸色微变："多了一个人？"

玉瑶郡主和寒刃之间的事，知道的人其实不少，只不过因为镇南王的铁血手段，没有人敢提及。但现在毕竟不是在南疆，那些威慑力自然就弱了一些，而且今夜发生了这种事情，郡主身边忽然多出一个人，还是一个死人，并且两具尸体的情况都一样，全都是生前就被种了蛊虫，让人不往寒刃身上想都难。

巧儿忙用力握了一下寒立的手："谁、谁知道，都不能看了。"

菊侍卫淡淡地道："会查出来的，就算我们不查，陆大人也会查。"

巧儿也猜出那个忽然出现在郡主身边的人多半是寒刃，她担心寒立会因此受到牵连，咬着牙道："估计是景府的人，不然他是怎么进来的？"

菊侍卫不愿得罪巧儿，便没理她的话，只是瞥了寒立一眼，道了一句："无论是谁，破坏郡主身体容貌这个罪都是逃不了的。"

在南疆，破坏尸身，等同于掘人坟墓，是大罪。若是罪行被确认，一家人都有可能全部被判腰斩。

巧儿脸色苍白，抓住寒立的手越来越紧，寒立这时面上反没什么表情，只是淡淡地道了一句："我能否进去看看？"

菊侍卫打量了他一眼，就示意自己的手下让开。

巧儿忙抓住寒立："别去看！"

寒立却慢慢推开她的手，默不作声地走进去。

菊侍卫站在巧儿身边，看着寒立的背影，沉声道："没准他真认识那个男人。"

巧儿怒道："你什么意思？"

菊侍卫道："我没别的意思，有些事，大家心里都清楚，我只是想不通，他究竟是怎么进来的。"

巧儿不作声。

菊侍卫又接着道："坦白说，若是他自愿过来的，那我还真有点服他。"

巧儿低声道："你到底想说什么？"

菊侍卫叹了口气："没什么，只是觉得我们几个，接下来不知还有没有活路可走。"

巧儿抬起眼："什么意思？"

"你还看不明白吗，郡主的死多半真的跟景府无关，也跟长香殿无关，是蛊虫，只有我们南疆才有的蛊虫。"

巧儿道："那又如何？"

"傻丫头。"菊侍卫摇了摇头，"你若想不明白，就等着看那位陆大人能不能查出个结果，眼下还是先担心寒立吧，他是逃不过了。"

"你——"

寒立面无表情地走进去，又面无表情地走出来，然后问了菊侍卫一句："是你偷偷放人进来的？"

菊侍卫道："谁都没看到有人进来，你不用怀疑，现在郡主的尸身受损，我们全都逃不过责罚。"

寒立沉默了，片刻后，菊侍卫低声道："这两天官府的人也都在景府，能悄无声息，瞒得过这么多人，若说没有长香殿的大香师帮忙，我都不信。"

香境!

那神秘的、迷惑人心、障人耳目的香境!

几日后，陆庸就着他们尸体的情况，总算查出了寒刃和玉瑶郡主的真正死因。

南疆有一种蛊虫名为同心蛊，是专门为陷入爱情，并发誓绝不背叛，永结同心的男女准备的。

被种下同心蛊的男女，其中一方若是死了，另一方也活不了。

不过同心蛊分雌雄，被种下雄蛊的男人，其内功若借雄蛊更上一层楼后，他便拥有杀死雌蛊的能力，只是雄蛊杀了雌蛊后，他的武功也会因此尽数消失，并且从此身体变得连普通人都不如，一生困于病痛的折磨中。

若两人是死于同心蛊之间的残杀，那么两人死后的尸身，将变得面目全非，惨不忍睹。

玉瑶郡主和寒刃在南疆时，就被种下了同心蛊，后来寒刃因为玉瑶郡主来长安赴婚约，一怒之下杀了雌蛊。所以玉瑶郡主才会莫名其妙地死在景府，并因为这长安城内，几乎没有人了解蛊虫，所以无论是大夫还是仵作，都看不出玉瑶郡主的死因。

安岚看着陆庸的断案结果，淡淡地道："虽忽略了许多事，但总算是找到了凶手。"

白焰道："其实，寒刃不过是被利用了，他只是握刀的手，却不是出刀的人。"

安岚道："那个香境确实是诱因，但他，也确实未能经起考验。"

他心里明白，所以最后回去赎罪，死在了玉瑶郡主面前。

白焰轻轻摇头，眼里透出一丝悲悯。

不要考验人性，这世间有几个人是经得起考验？

要有多坚强的心志、多坚定的信念，才能不受诱惑，才能不被任何事情所左右？

我们都希望在爱情中，能找到那样的人，把我当成你的信仰，让我永不担心会有背叛；也都希望我能成为那样的人，你我同行，情比金坚，不负此生。

可是啊，连神都有堕落为魔的时候，更何况，你我皆凡人。

景府终于顺利摆脱了命案，虽没因此伤筋动骨，但也着实脱了一层皮。

短短半个月，景二爷就瘦了一大圈，头发也白了好几根。只是此事虽然过去了，但对他而言，更大的问题却还没解决，他那颗心依旧是悬在半空。

那位镇香使，究竟是谁？他究竟是不是景炎公子？

玉瑶郡主的尸体和那十几个南疆人都已经离开景府，官府也已经结案，可他的这个疑问，居然还未有明确的答案。

而更严重的是，因镇香使在景府露了面，并且当时看着他待景孝颇有几分亲切，所以景府上下，人心隐隐有不稳之势。这才几天，外头就有几位管事，开始往四房那边走动了。

他暗中让人去查过，可什么都没查到。

该怎么办？

景仲沉着脸在书房里踱步，若真是景炎公子……即便景炎公子不回景府，也不可能看着景府的大权落到他手里，而且看眼下这情形，这股风怕是要往四房那边吹了。

景仲将手放在桌面上轻轻叩着，他要怎么保住这当家人的位置?

今日景明的身体又有些不适，晚上咳得厉害，景孝放心不下，便跟书院的先生请了半天假，中午就收拾书本，早早出来了。

跟着他的小厮石墨道：“孝哥儿，您这忽然要回去，谁也不知道，府里的马车都还没来呢。要不您等等，小的去车行雇一辆马车，如今天冷了，可别您又冻着了。”

“不用，咱走着回去，也没多远，我记得路上有卖烤白薯的，我给爹买几个回去，爹爱吃。”景孝说着就往前走去。

石墨追着他道：“哥儿您还是等会儿吧，要是冻着了，回去四爷可要罚小的。”

“没事，我身体好着呢，大夫也说了，我得多走走才行。”

“那您好歹将帽子戴上，这下着雪呢！”

景孝没理他，加快脚步往前走，雪花落在他脸上，冰凉得有些刺骨，可他的心、他的身体却都是热的。不知为什么，自从见了镇香使后，即便镇香使没有给过他任何关照，也没有给予丁点暗示，但他却觉得，眼前的一切都豁然开朗起来。父亲也是，如今父亲虽是病着，但眼里却比以往有了神采。

还有二伯他们，以往的目空一切都收了起来，府里的下人待他更是加倍小心，管事们亦是想着法子过来，一边讨好一边打探消息。

他知道，是那个人带来了这一切!

那个人什么都没有说，什么都没有表示，就已让魑魅魍魉闻风而动!

仅是知道有那么样的一个人存在，就让他浑身都充满了力量。

烤白薯的摊子就摆在路边，还没走近，就已经闻到那热乎乎的甜香了。

景孝走过去，搓着手道：“老板，给我来四个。”

“公子，就剩下最后三个了。”白薯老板笑着道，“你瞧，这三个还是大个头的，都热乎着呢，要不我都给您包起来，您要是吃得好，明儿再过来？”

景孝道：“老板今儿生意不错，那就给我都包起来吧。”

“好嘞！”

只是这白薯老板的话刚落，忽然一小块碎银砰地落到他的摊位上，接着一个清脆娇俏的声音传来：“要两个烤白薯。”

随即一辆马车才在烤白薯的摊位前停下。

景孝转头，就看到一个漂亮的姑娘从车窗内探出半张脸，微微挑着眉道：“快点儿，我赶时间呢。”

那白薯老板赔着笑道：“姑娘，小的这剩下最后三个，都已经让这位公子买下了，对不住啊。”

鹿羽一怔，把车窗帘都撩开，打量了景孝一眼，又看了看搁在瓮盖上的三个大白薯，就问：“他付钱了？”

白薯老板顿了顿，石墨赶紧掏出铜板放在白薯旁边，他把钱都放在里衣的兜里，刚刚拿的时候有些费劲。

鹿羽哧地笑了：“公子，是我先付的钱，您看着也是个尊贵的人，不好在大街上跟我一个姑娘家抢几个白薯吧。”

石墨不大敢看那张娇俏动人的脸，嘴唇嚅动了一下，垂着眼睑低声道：“你好生不讲理，这白薯，老板已经卖给我家公子了，怎么就成我家公子跟你抢了？”

鹿羽瞥了他一眼，微微抬着下巴道：“说买的时候，付钱了吗？没付钱就不叫买！有买东西不付钱的吗？”

白薯老板为难地看着他们，有些不知该怎么办，那姑娘的马车一看就不普通，这位公子的衣着瞧着也是非富即贵，这两位，他得罪了谁都不合适。

石墨被抢白得红了脸：“你、你——”

景孝按住他，然后对白薯老板道：“就给这位姑娘两个，我只要一个。”

白薯老板顿时松了口气，赶紧道：“好咧好咧，公子心宽。”

他说着就利索地包好了两个大白薯，再拿起那块碎银一并送到马车前：“姑娘，您的白薯，一共六个铜钱，你这银子，小的找不开。”

“那就不用找了，算我请那位公子吃白薯吧。”鹿羽接过白薯，甜甜一笑，有些得意地瞟了景孝一眼，然后才放下车窗。

白薯老板回来给景孝包上白薯递给他：“公子，您的白薯。”

景孝点头接过去，让石墨付了四个铜钱。

白薯老板忙推开：“哎，哎，公子这不能收了，那位姑娘给的银子已经够多了。”

石墨道：“我们公子又没说要吃她请的。”

白薯老板一愣，景孝道：“你收着吧，没有买东西不付钱的。”

他说完就转身走了，石墨跟上来，有些自责地道：“怪我嘴笨，叫哥儿受委屈了。”

“不过是少买两个白薯，算什么委屈。”景孝笑了笑，看着那马车离开的方向，眼里隐隐有几分少年人特有的骄傲，“再说，那是长香殿的人，又是个姑娘家，我让一让她又何妨。”

石墨一怔：“哥儿如何知道那是长香殿的人？”

景孝道：“看马车便知道，多半还是天枢殿的马车。”

鹿羽回到天枢殿后，下了马车，就抱着还热乎的白薯，往凤翥殿跑去。

一进殿门，瞧着鹿源也在，便朝她哥哥眨了眨眼，然后也不等侍女进去通报，就跨过门槛大声道：“先生，先生，我给您买了热乎乎的烤白薯！可香呢！”

只是她刚一进去，就看到白焰从里头出来。

凤翥殿的地板是鸦青色的大理石，殿内垂泻的帷幔则是浓重的朱红色，上面没有丁点纹饰，极简到霸道，气魄压人。但所有帷幔都配有月影纱，每当有风穿堂而过，便有无数白纱随风起舞，透过光，像山雾聚在了殿内，一切都变得影影绰绰若隐若现，这一刻，整个大殿看起来又轻灵得不真实。

那个男人就是从白纱后面走出来的，即便只是素衣乌发，也依旧绝代风华。

鹿羽一下站住，怔怔地看着白焰，直到他走近了，才赶紧开口：“你、你怎么在这儿？”

“羽侍香。”白焰唇边噙着笑，微微颔首，“先生在里面。”

他说完就往外走，鹿羽有些蒙，还想叫住他，却被鹿源阻止了。

只是白焰走了几步后，又回头问了一句：“她，喜欢烤白薯？”

鹿羽有些蒙：“啊？”

白焰想了想，便笑了一笑，不再问，转身走了。

鹿源轻轻拍了一下鹿羽，令她回过神：“你的差事可都办妥当了？”

鹿羽答非所问：“哥，他、他怎么在长香殿？还进了先生的房间？”

鹿源淡淡地道：“他就是镇香使，我在信中与你说过。”

“什么？”鹿羽大为诧异，“他，怎么会是……”

鹿源道：“是先生的决定，你莫要对此有疑，更莫要多问，赶紧进去交代你办的差事，先生这几日很忙。”

鹿羽看着鹿源，眼珠一转，嘻嘻笑了一下，忽然凑近低声道："就你天天惦记着先生，却什么都不敢说，胆小鬼！"

鹿源脸色一沉，鹿羽赶紧闪开，快步走到安岚寝殿门口，收整面上的表情，小心地抱着两个烤白薯，开口道："先生，我是鹿羽。"

"进来吧。"

"是。"

安岚正专注地翻阅一些已经泛黄的宗卷，鹿羽进来后也没抬眼，香炉内青烟缭绕，屋内安静得只听到纸张偶尔被翻过的声音。

此时天光正好，干干净净的光线从窗外洒进，落在那女子身上，虚虚实实地勾勒出她完美的身影，软糯的绸缎反射出柔和的白光，衬得那张脸愈加迷人。而就是这样带着一丝冰冷的美，说话时不愠不火的语气、冷静的眼神、淡漠的表情，恰到好处地让人不敢在她面前造次。

鹿羽无论多骄纵，到了安岚面前，都不自觉地乖乖收起自己的羽毛，即便她有时也会跟安岚撒娇，但总是抱着几分小心，绝不敢越界。

"先生。"她将两个烤白薯放到地上，然后拿出自己准备好的几份宗卷，小心呈上，"这是这三年南边几个大香行的详细情况。"

安岚依旧没有抬眼，只是道了一句："你来口述。"

鹿羽顿了顿，赶紧回想了一下自己准备好的腹稿，然后才小心开口。只是这一次办差的时间较长，事情也多，故而她这一通说下来，有些地方还是说得有些结巴和反复，幸好安岚没有打断她，直到她说完后才给她指出其中几个问题，让她加以解释。

约半个时辰后，安岚总算点头："把宗卷留下，长途车马，你必是累了，回去休息吧。"她说着，就看了一眼那俩白薯，问了一句，"哪儿买的？"

鹿羽赶紧拿起那俩白薯，盛在一个描着花鸟的错金圆盘里，讨好地捧到安岚跟前："回来路上买的，我去年看到先生吃过几次，刚刚在路上正巧看到有人卖，就赶紧下车去买。今儿天特别冷，外面一直下着雪呢，买的时候是刚烤好的，拿着都烫手，可惜现在都有些凉了，要不我拿去放炉子上，给先生烤热了再吃？"

"不用。"因为她屋里烧着地龙，所以这白薯放到现在，虽是凉了，但也还有微微的余温。

安岚说着就接过来，又随口问一句："你回来时是从长安城穿过的？"

鹿羽几乎是不着痕迹地顿了一下，然后才点头：“我担心城外积雪难行，便让车夫穿城而过，宁愿绕远一些，先生是怎么知道的？”

刑院的密探极多，消息的传讯更是让人想象不到的快速，难道她身边一直有人跟着？

安岚道：“这么冷的天，城外不会卖这个。”

鹿羽恍悟，赶紧伸出手：“我来给先生剥吧，别弄脏了您的手。”

却这会儿，殿外又传进来一个咋呼呼的声音：“安岚，我给你烤了几个红薯，给你拿过来啦！”这话才落，一个还来不及脱了大氅的身影就从外头冲了进来。

鹿羽不悦地看过去一眼，面上则笑着道：“金雀姑娘来了。”

“哦，羽侍香回来了啊。”金雀微诧，让侍女帮她脱了大氅，露出抱在怀里的油纸包，眼珠儿滴溜溜地看了看安岚手里的烤白薯，“烤白薯？哪儿来的？”

鹿羽笑着道：“我回来路上看到，想着先生可能会吃，便买了两个，金雀姑娘要不要一块吃？”

金雀一屁股坐到安岚身边，正好压住一个织锦遍地金的香枕，她拿手随意一拨，然后摸了摸安岚拿在手里的烤白薯：“怎么都凉了，我这儿有刚刚烤好的，就用的你上次教我的法子，果木里加了紫茸香，味道果然更好些，你快尝尝！”

她说着就一层层打开油纸包，房间内顿时溢满甜糯的味道。

金雀拿出一个还微微烫手的红薯递给安岚，安岚只好放下手里的白薯，接过她的红薯：“你今儿怎么有时间烤这个？”

“馋了。”金雀说着也给鹿羽一个烤红薯，“羽侍香也尝尝，挺好吃的。”

鹿羽看着金雀坐在安岚身边，位置比她高出一截，笑了笑，伸手接过红薯：“多谢金雀姑娘。”

安岚道：“你去休息吧。”

“是。”鹿羽站起身，行了一礼，躬身退了几步才转身出去。

金雀瞧着她出去后，就把鹿羽的烤白薯，连那错金盘子一块挪到一边，放上自己拿油纸包住的烤红薯：“咱们吃这个！”

安岚看了她一眼，金雀嘿嘿一笑：“我不喜欢她。”

安岚问：“她得罪过你？”

“那倒没有，她知道你跟我好，就算不喜欢我也不敢得罪我。”金雀说着就掰开手里的红薯，一边吃一边道，“我也不明白，你怎么放这么一个人在自己身边？她跟源侍香可不一样，源侍香是个聪明人，也是个好人。她瞧着就是一肚子主意，都没学会怎么藏呢，反倒是学了一身显摆的本事，以为跟着你，天下都由着自己横着走了，也不怕给你惹麻烦。”

安岚吃了一口红薯，不偏不倚地道：“她出身好，才情也算不错，自小被宠着，自然要骄纵些，不过在我面前还知道收敛。”

金雀擦了擦嘴：“丹阳郡主的出身不比她好，郡主的才情更是她八辈子都赶不上的，可郡主当年都没她这般骄纵呢。”

安岚点头：“那倒是。”

金雀瞅了她一眼：“因为她是源侍香的妹妹，又有几分辨香的本事，所以你就让她也进天枢殿？”

安岚点头，金雀道：“那有的是位置安排她，干吗放在身边？这种人，不知道自个儿的斤两，却心比天高，偏长得还不赖。唉，到底是源侍香的亲妹子，那张脸总归是差不到哪里去的，不过以前倒也罢了，现在你就不担心？”

安岚看了她一眼：“担心什么？”

金雀瞅着她一乐：“还能有什么啊，那位镇香使呗，别说你天枢殿了，就是天璇殿那边，好些大姐姐小姐姐都在悄悄谈论镇香使呢。你身边那几位侍香人和侍女，也有倾国佳丽，但都是你亲自挑的，自然个个是明白人，就她是走后门进来的，果真不咋样，源侍香怎么有这么个妹子。”

看她一边说一边叹，安岚不由得笑了：“你都觉得不行，镇香使又怎么会看得上？”

金雀顿时抬高眉毛：“那不一样，柳先生说了，男人看女人和女人看女人是不一样的。”

安岚仔细给她剥了个红薯，递给她：“羽侍香本性不坏，办差也是尽心尽力，我答应过源侍香要多照看她几分，自然不能食言，再说，如今留她在身边也有用。”

金雀接过安岚递过来的红薯，看了安岚一会儿，见她又露出那等不欲多说的表情，便道：“好啦好啦，知道就你心眼最多，我就不给你瞎操心了。倒是景府那边的事，都处理好了吧？那些南疆人可有再出什么幺蛾子？”

安岚点头：“算是处理好了，不过有件事要托你帮我问问柳先生。”

金雀咬了一口红薯：“什么事，你说。”

安岚道：“你问问柳先生，听没听说过山魂。”

鹿羽出了凤翥殿后，就噘着嘴巴对鹿源道："金雀又不是天枢殿的人，怎么老是过来天枢殿？"

"金雀姑娘是先生的好友，不是一般人可比的。"

鹿羽撇了撇嘴："不过是个爱攀附权贵的小人，先生不忘旧友是先生仁义，她却不懂得分寸，竟敢跟先生平起平坐，仗着先生疼她，就拿话挤对我！"

鹿源道："你别多心，金雀姑娘并非你想的那样。"

"我想什么了？"鹿羽赌气加快脚步往前走。

鹿源还想问她这次办差的前后经过，只得追上去，好声好气地哄了一路。

这边，金雀吃饱了，就往安岚身边一躺，瞅着屋顶问："安岚，你跟镇香使打算怎么办？"

安岚正整理桌上的宗卷，闻言，手上的动作微顿。

金雀拉了拉她的袖子，安岚悠悠一笑："平常人家的姑娘，到了我这个年纪，再不嫁人，怕是顶受不住旁人的闲言碎语，可我有何惧？谁敢打他的主意？这于我而言又算是什么问题？"

金雀看着那张带着几分冷意，又带着几分恼意的脸，怔忡了好一会儿，才扑哧笑了起来。

下午，金雀回了天璇殿后，就找到柳璇玑这儿，问出安岚托她的事。

"山魂？"柳璇玑正在调试琵琶上的弦，听了这话，抬起眼，"为什么让你问这个？"

金雀坐在柳璇玑跟前摇头："安岚没说。"

柳璇玑瞟了她一眼："她没说你就不知道问？"

金雀道："要问什么？若是安岚不想说的事，我也问不出来啊。"

柳璇玑伸出手指，在她脑门上狠狠地点了几下："你就向着她吧，我这些年是养了头白眼狼。"

金雀赶紧讨好地凑近："先生别这么说，您知道我的脑瓜子转得慢，真想不了太多的，您要想问什么您说，我再跑一趟天枢殿给您问去。"

柳璇玑白了她一眼，拿涂着丹蔻的指甲在她小嫩脸蛋上划了划，柔声道："也对，你这脑瓜子能问出什么来，你这儿屁股都没动呢，那岚丫头就已经猜出你要放什么屁了。"

“可不是嘛，所以想问什么我就直接去问，我是不会套话的。”金雀嘿嘿笑了，“安岚也知道我不会藏话，所以托我来问问先生您，知不知山魂？”

柳璇玑拨弄了一下琴弦，想了一会儿才道：“从未听过，不过……”

金雀问：“不过什么？”

柳璇玑道：“她是单单只问我吗？净尘、崔飞飞，还有谢蓝河那边，她可有去问过？”

金雀一怔，摇头：“这个，不知道呢。”

柳璇玑叹了口气：“亏你跟她这么好，却凡事一问三不知，我能指望你什么呢？”

金雀一看柳璇玑叹气了，心里不由得有几分内疚，便小心地道：“要不，我再去问问？”

柳璇玑微抬高眉毛，弹出几个试音：“岚丫头怎么不自己来找我，她很忙吗？”

金雀点头：“是挺忙的，而且今儿羽侍香回来了。”

“哦，是那丫头回来了。”柳璇玑忽地一笑，却没说什么。

金雀被她这一笑弄得心里痒痒的，忍不住问：“先生笑什么呢？”

柳璇玑道：“没什么，鹿羽那小丫头是个心气高的，她在岚丫头身边有两年了吧？”

金雀算了算，点头：“快两年了，她进天枢殿比源侍香晚一年。”

柳璇玑拿起琵琶，微微眯着眼睛打量着，嘴里慢悠悠地道：“嗯，等着看好戏吧。”

金雀觉得自个儿的脑瓜子果然不够用了，嘟囔地道：“先生怎么跟安岚一样，总不把话说透了。”

柳璇玑看了她一眼，那双媚眼里透出一丝意味深长的笑意：“想不通的，不正好让你有借口去光头那边厮混？”

金雀顿时红了脸，心虚地道：“哪有厮混来着？”

柳璇玑瞟了她一眼：“几天没见了？”

金雀眼珠儿乱转：“也没几天。”但心里已经开始算上了，好像有十来天了，主要这段时间净尘不在香殿，她想见也见不着。

柳璇玑慢悠悠地道：“你去天枢殿没多久，我就听说他回来了，这会儿应该已经在天权殿了。”

“啊！”金雀顿时抬起脸，一副傻愣愣的模样。

柳璇玑扑哧一笑：“瞧你一副神不守舍的傻样，想去就去，但别让他吃了，否则……”她说到后面，故意留了话。

金雀红着脸道：“先生说什么呢？”

柳璇玑似笑非笑地道：“你既没岚丫头那等心思，也没她那股狠劲，男女之间的事，在她那里说不上吃亏，在你这儿可就不一定了。”

金雀的脸越来越红，柳璇玑曲指在她脑门上弹了一下：“行了，别跟我这儿杵着了，去吧去吧，顺便也问问他知不知道山魂。”

金雀如蒙大赦，赶紧起身告辞。

柳璇玑看着她落荒而逃的身影，不由得又笑了笑，片刻后，站起身走出殿外。

山魂?

跟南疆香谷有关吗?

金雀来到天权殿的时候，天已近黄昏，天权殿的人一看是她，就直接放她进去了。

天权殿的净尘大香师，跟天枢殿上一任大香师白广寒有很深的渊源。他原是个孤儿，二十多年前差点被冻死在路边，是白广寒和景炎外出时恰好看到，于是救了他。三人当天在一家寺庙过夜，因寺庙住持的一席话，白广寒和景炎便将他留在了寺庙。

十年后，寺庙的住持给白广寒传了话：净尘佛缘已了，可接他回归红尘。

于是白广寒亲自去寺里看他，数年后，白广寒扶他坐上了天权殿大香师的位置。

只是他虽已离开佛门多年，却至今还留着一颗光秃秃的脑袋，不知道的人，以为他希望有一天再次归入佛门，而实际上，他的脑袋只是长不出头发罢了。这毛病大夫也看不出是什么原因，幸好这点小毛病也不影响别的，加上他本就生得俊俏，眉眼有神，所以即便是光着脑袋，也一样丰神俊朗。

净尘正准备沐浴更衣，听说金雀来了，即转身迎出去。

“很冷吧？”金雀刚走进殿檐，他就伸出手，贴住她的脸，“今天天有些晚，本想明天再让人去接你的。”

因他是天权殿的大香师，若他去天璇殿找金雀，总免不了要去见一见柳璇玑，否则说不过去。但这种事，一次两次无所谓，若次次都避不开，就有点尴尬了。特别柳璇玑又是让人拿捏不准的性子，妖气不比曾经的百里翎少半分，净尘也是最怕她作妖，所以基本上，都是金雀不劳辛苦地来找他。

只是如今天冷了，净尘心疼她路上冻着，每次都会命人抬着轿子过去，然而金雀又不喜欢这样大张旗鼓，闹了几次后，净尘也只好尽量随她。

"不冷，走一会儿就暖和了。"金雀说着就在台阶上跺了跺脚，又抖了抖斗篷，然后才跟着他进去殿内，"我听先生说你回来了，坐不住，就跑过来了。"

净尘有些羞涩地笑了笑，待殿内的侍香人给她脱了斗篷后，就亲手给她倒上一杯热茶："柳先生可是有什么事？"

金雀接过他递过来的茶，微微诧异："咦，你怎么知道？"

净尘盘腿规规矩矩地坐在她跟前，眼神纯净："不然她哪里会让你这个时候还来找我。"

金雀笑了，点点头："其实也不是先生的事，是安岚的事。"

"安先生？"净尘顿时有些担心，还有些心虚，"莫不是安先生跟镇香使，两人之间出了什么事？"

为着镇香使的事，他如今也有些怕安岚，最近他是能避开天枢殿，就尽量避开。

金雀轻轻啜了一口茶，然后摇头："不是，是我今天去找安岚的时候，她问我……"只是金雀说到这里，忽然顿住，好像忽然想起什么般，眨了眨眼，嘴里的话就停住了。

她并不傻，只是许多事都懒得动脑子，特别是对自己信任的人，她更不会拐心思。但安岚如今的身份毕竟不一般，现在从安岚嘴里说出来的某些事，可不是能逮谁跟谁说的。

就连柳先生都不知道山魂，安岚又如此关心此事，但安岚并未说要去问净尘先生，那她不经安岚的同意，就直接问净尘先生，是否妥当？

"怎么了？"见她说到一半就忽然不说了，净尘不解地问了一句。

"没有……"金雀摇头，迟疑了一会儿才道，"我、我还是先不说了，等我问清楚了再说。"

净尘更是不解："你不是特意过来说的吗？怎么又不清楚了？"

金雀只得讪讪地道："是安岚托我问柳先生一些事，柳先生不知道，便让我过来问问你，我没多想就过来了，只是这会儿才想起，要是安岚并不想让我问别的人，那我就不能多嘴，我还是等问清楚了再……”她越说越不好意思，便将手里的茶杯放下，“谢谢你的茶，我先回去了，改天再来找你。”

“等一下。”净尘忙叫住她，金雀正要起身，闻言又坐下，眼珠儿直勾勾地瞅着他。净尘忽然有些不好意思，喉咙滑动了一下，才道：“那就别说了，不过现在都已经是饭点了，你用了晚饭再回去吧，外面下着雪，再空着肚子出去，会冻着的。”

金雀红了脸，但又故作镇定地道：“那行，我就吃完再回去，反正这会儿回去，他们也都吃完了。”

净尘笑了，笑容干净俊朗，露出一排洁白的牙齿。

金雀傻傻地看了一会儿，就慢慢垂下眼，连耳朵都红了。

吃完晚饭后，净尘亲自送金雀回去，走到路上时，他才想起问：“听说前段时间景府出了点事，安先生都解决了？”

金雀点头：“南疆的一位郡主死在了景府里，事儿闹得好大，估计整个长安城的人都知道了。今儿我问安岚，安岚说都处理好了，别的没多说。”

“你刚刚要问我，后来又不问的事，跟这有关？”

金雀摇头，忽然问：“你回来后，安岚有让人来找过你吗？”

净尘摇头，金雀想起之前柳璇玑说的话，如此看来，安岚应该是只问了柳先生一人。

两人走到天枢殿门口时，净尘站住，看着她微笑：“进去吧，小心些，天都黑了。”

金雀有些舍不得，但又不能再回去走一圈，只得蔫蔫地点头。

净尘忍不住抬手，在她脑袋上摸了摸：“有空我来看你。”

金雀抬起脸：“还是我去找你吧。”

净尘笑了：“好，进去吧，别冻着了。”

金雀往他身后看了一眼，瞧着提着灯笼跟着他们的那些人，都站在约两丈远的地方，便悄悄拉拉他的衣服，示意他低头。净尘不解，便垂下脸，金雀立马踮起脚尖，在他脸颊上亲了一下，然后嘿嘿一乐，这才转身小步跑进殿内。

净尘愣在当场，片刻后，整颗脑袋都红了，瞧着像个大番茄。

第六章・赴宴

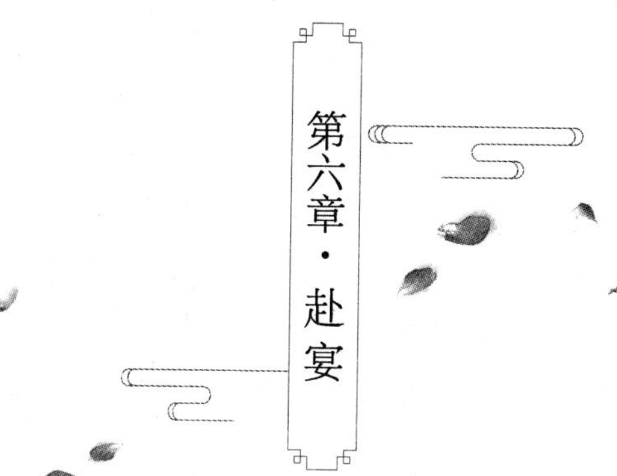

雪花在他肩上落了雪白的一层，他还不知转身回去，跟着他的那几个人也不敢上前多嘴，直到旁边有个声音传来："你难道打算在这儿站一夜？"

净尘这才回过神，顺着声音看过去，便瞧着一个简衣素袍、清俊儒雅的男人站在雪地里，饶有兴致地看着他。

净尘面上露出几分赧色，转身道："镇香使。"

白焰走过去，笑着道："回去吧，人都进去了，还看什么？"

净尘不由得摸了摸刚刚被亲过的脸颊，低声道："这女儿家的嘴唇，挺、挺软的。"

白焰咳了一声，他没想到天权殿的大香师竟会这般纯情，顿了顿，才道："嗯，你们看起来挺配。"

净尘也看了他一眼："镇香使，应该……有经验了吧？"

白焰同他并肩往前走，想了好一会儿才道："有的女人，确实很迷人，难以琢磨也难以把握。"

净尘道："你是指安先生？"

白焰笑了，眼角眉梢都显现出温柔，似这夜里的雪花，洁白而柔软，无声无息，让人心动。

回到天权殿后，白焰在净尘对面坐下，看着他煮茶："查得如何？"

净尘一边看着炉子里的水，一边道："南疆香谷大约八年前，就已经跟道门搭上关系了，只是那时他们的接触并不频繁，直到百里大香师陨落后，道门一时间找不到接替百里大香师的人，才跟香谷的往来密切了起来。”

白焰道：“如此说来，道门是打算在南疆找百里翎的接替者？有人选了吗？”

净尘摇头，水滚开了，他开始放入茶叶：“据查，他们并没有找到拥有香境才能的人，但道门和香谷的往来依旧频繁，似乎还在找。”

大香师最重要的一道门槛，便是拥有香境之才，其次才是背景、人脉，以及心计手腕。没有前面那个条件，后面拥有得再多，都没有入门的资格，但即便拥有了入门资格，若是没有后面的条件加以扶持，也一样坐不上那个位置。

当年的安岚，就是因为无意中显露了香境的才能，所以才被景炎公子看中，景炎公子倾尽所有地栽培她，她才由此坐上天枢殿大香师的宝座。

“已经五年多了，虽说现在还是道门在后面掌控天玑殿的大部分实权，但时间越久，对他们越是不利，没有大香师，天玑殿的权力必然会慢慢被长香殿收回。”白焰说到这里，想了想，又问，“道门有往别的地方寻找接替者吗？”

净尘小心撇去茶汤上的白沫：“兴许有，但据小僧判断，他们的重心还是在南疆香谷。”

白焰沉吟许久：“难道是已经找到适合的人，但因时机不适，故秘而不宣？”

净尘给他倒了一杯茶，轻轻放在他面前：“小僧亦有过这样的怀疑，因此细细打探过，甚至用了一些手段，依旧未发现这等迹象，除非是他们隐藏得实在太好。”

白焰换了个闲散的坐姿，身体微微往后舒展，一边的胳膊放在身后撑着地板，眼睑微垂，安静地欣赏净尘烹茶。清澈的茶汤从纤细的壶嘴里画出一道优美的水线，氤氲的水汽四下逸开，慢慢融进这冬日的寒夜。

茶是好茶，烹茶的手法亦是行云流水，不消片刻，这厅内的蒲苇凳几门窗梁柱，就都被茶香洗了一遍。

白焰拿起茶杯轻轻闻了闻，然后问：“听说过山魂吗？”

“山魂？”净尘抬起眼，想了想，摇头，“跟南疆香谷有关？”

白焰点头：“应该是长香殿的东西，他们为此而来。”

净尘问：“这是……这两日才得的消息？”

白焰道：“寒刃死之前说的。”

净尘放下茶杯，迟疑着道：“金雀刚刚过来，是不是就想问关于山魂之事？说是安先生托她问柳先生的，但柳先生也不知晓。”

白焰点头：“应当是柳先生想知道安先生是否只问了她，还是另外几位大香师都打听了一遍，故特意暗示金雀过来你这儿试探消息。刚刚无论金雀是否对你问出山魂一事，只要金雀回去，柳先生一问，便能得知自己想要的答案。”

净尘恍悟：“难怪，如此说来，安先生是对柳先生……”

白焰道：“那天景府辨香，柳先生看似旁观，但实际颇为主动，并且还对南疆人出手，香蛊亦是死在她手里。此行此举，似毫无顾忌，又似已有谋算。”

净尘不解：“小僧想不明白，那山魂和玉瑶郡主又有什么关系？为何玉瑶郡主还因此赔上了性命？”

白焰没说话，这其中的关系千丝万缕，相互之间看似有关，但一时又理不清其中的利害。

净尘又问：“据小僧此前所查，结合景府命案，香谷显然是来者不善，安先生如何打算？”

白焰沉吟片刻，慢慢开口：“我们不知道山魂究竟是何物，故怀疑，会不会香谷的人其实也不知山魂究竟是何物，只是猜测长香殿内可能有这东西？后经过景府一事，他们终于得到了确认，长香殿内确实有山魂。”

净尘微怔，良久才问：“安先生也这么认为？”

许多想法，她与他皆是不谋而合，白焰点头：“安先生已命人暗中盯住辨香当日，进入景府的每一个人，这段日子无论他们做过什么事、见过什么人，事无巨细，全都要查清楚。”

那些人当中，柳璇玑确实是嫌疑最大的一位。那天用于辨香的三份香品，皆是出自天璇殿的黄香师之手。后来在玉瑶郡主的尸身前，香蛊融合香境时，也是柳璇玑忽然出手杀了香蛊。说来那些事分明与她无关，但她的态度相对几位大香师最为特别，究竟只是一时兴起，还是另有原因？谁也不敢断定。

净尘悚然一惊：“若真如此，那金雀岂不——”

白焰摇头：“柳先生现在绝不会对金雀姑娘如何，她很清楚金雀姑娘和安先生之间的关系，若她真和香谷有暗中的交易，为不让人起疑，她对金雀更是要与从前无二。山魂便是安先生借金雀的口，明着去试探柳先生的，若真与柳先生无关，她更不会拿金雀姑娘出气。柳先生的性情虽然乖张，但也不屑做有失身份、有失水准之事。”

净尘纠结了好一会儿，微微蹙着眉头道："安先生既然有所猜疑，为何不提点金雀，让她小心？"

白焰道："金雀姑娘和安先生不一样，她心里藏不住事，这等不确定的事，说予她知道，对她是百害无一利。"

净尘不得不承认白焰说得没错，金雀心里有什么全都写在脸上，而安先生，分明也是个年轻姑娘，偏这些年修炼得越发老成，简直跟眼前这位镇香使一样，面上看着温和平静，其实心里不知打了多少坏主意。

白焰接着道："香谷和道门暗中结盟，为的就是天玑殿，兴许山魂对他们找到大香师的接替者，有着至关重要的作用。"

自景府辨香一事后，黄香师这段时间可以说是炙手可热，他家的门房每天都能收到一摞打着各种名目的请柬，有的甚至直接派人过来请，非让他去露个脸不可。

即便黄香师入香师一行已将近二十年，并且三年前就已获得天璇殿的香师玉牌，正经是长香殿的香师了，但因他不擅与人交际，出身也不算尊贵，又不会来事，故他在长安城的香事圈内，甚至不如很多还没有香师玉牌的人混得开。

故而这么多年，分明在一个圈子里，但很多时候，同行办香会或是张罗一些宴席时，大家甚至会忘了请他，也因此，他总是与许多机会失之交臂。

而这一切，都在景府辨香一事后，有了突破！

立冬这日，黄夫人乔氏接到了一张以往想都不敢想的帖子，厚重的朱红底色、耀目的鎏金花纹、极品沉香熏制出的观音纸，上面落下的每个字，都透着一种来自世家大族特有的矜贵和傲慢，这是慕容家当家夫人的生日宴请柬。

黄夫人拿到那张请柬后，简直有些不知该怎么办："老爷，这、这、这个我去不去？这请柬真是慕容夫人送出来的吗？那之前他们家放出的那些话，难道是要收回去？"

黄香师接过那张请柬，沉默地看了许久，然后抬起脸，只是不等他开口，屋外就传来一阵激动又急切的声音。

"爹！娘！"黄嫣嫣一脸激动地跑进来，姣好的脸蛋上带着不正常的潮红，"娘，我听说慕容夫人给您送了请柬，是不是真的？"

黄夫人怜爱地看着激动得不能自持的闺女："在你爹手里呢。"

黄嫣嫣已经瞧见黄香师手里的请柬，忙走过去，声音里已带上哭腔：

"爹——"

黄香师是最见不得闺女掉眼泪的，甚至仅仅是红了眼圈，他就已经投降了。

夫妻俩年近四十才得了这么一个闺女，宝贝得不行，从来舍不得说一句重话。即便女儿刚出生时，黄家还不是那么富裕，他们也从未让闺女吃过一丁点苦，并且平日里的吃穿用度，几乎都是照着大家小姐的标准来的。

可是，这个他捧在手心里疼了十多年的闺女，在慕容家眼里，却连个丫鬟都不如。

黄嫣嫣和慕容家的四公子慕容勋，于今年春天的一次香会上认识。

当时春光正好，屋外桃花正盛，香会后两人不约而同地去林子里赏花，不可避免地遇上，于是相约而游，故而有了一次简短的交谈。

慕容氏家世显赫，传闻其祖上是前朝王族，且如今族内亦有人在朝为官，常伴天子左右，故其后辈子弟无论是相貌还是谈吐，都属众人目光的焦点。

因此自那一面后，黄嫣嫣就似着了魔般，茶不思饭不想，一日比一日憔悴下去，乔氏看在眼里疼在心里，费了无数口舌，紧哄慢哄，最后才从丫鬟口中得知了原因。

春日游，杏花吹满头。

陌上谁家年少，足风流。

妾拟将身嫁与，一生休。

纵被无情弃，不能羞。

黄夫人知道闺女心病的缘由后，却并未因此松口气，反而更加发愁。那慕容勋黄夫人是见过的，当真是如珠似玉般的人物，倘若她回到青春少艾的年纪，看到那样的少年，都难保不会春心乱撞，更何况是情窦初开的闺女。

但慕容家的门槛之高，岂是她这等人家能宵想的，自古两家结亲，讲究的是门当户对，即便黄香师已获得天璇殿的香师玉牌，黄家也是远远不能跟慕容家相提并论的。

时下世人皆爱香，故而香师的地位很受人尊敬和推崇，但也正因为如此，唐国的香师何其之多，长香殿的香师亦不在少数。所以，在同等条件下，机会永远太少太难求。

更何况，慕容家也出过几位极有名气的香师，因而区区一个黄香师，慕容家又何尝会放在眼里。

故而黄夫人知道闺女的心事后，反而保持了沉默。

只是她却没有想到，那慕容勋对自己闺女竟也是痴心一片！

春日香会那一面后，慕容勋对黄嫣嫣亦是念念不忘，为此甚至暗中买通了一位香行的大掌事和几位香师，托他们安排几次香会和茶会，再借香行或是香师的口去请黄嫣嫣。

由此，两人后来又见了几次。

再后来，他们已无法满足于这样的见面，开始希望能日日厮守，一生相伴。

听黄嫣嫣的贴身丫鬟说，慕容勋本是跟黄嫣嫣商量好，他先回去求家里的老祖宗，老祖宗向来疼他，从不舍得他受一丁点委屈，凡事都顺着他的意思办。所以这件事若会由老祖宗出面，跟他的母亲慕容夫人提，那么慕容家应该很快就会请媒人到黄家去提亲，到时他们就可以顺理成章地长相厮守了。

可没想到，还不等慕容勋跟慕容家的老祖宗开口，那慕容夫人不知从何处听到了风声，竟忽然命人将慕容勋看了起来，然后自己也借着一次特别的香会，特意换上盛装，去见了黄嫣嫣。

那当然不是一次愉快的见面，那日黄嫣嫣回来，简直是面如死灰，羞愤得几欲自尽，可一是舍不下心上人，二是舍不下爹娘，最终只能日日以泪洗面。

而慕容夫人对黄嫣嫣的羞辱，也辗转传到了黄夫人耳朵里，黄夫人当时是气得浑身发抖，却又无可奈何。门当户对这道鸿沟，岂是她凭着满心的怨怒，就能跨过去的？

所以，当黄夫人忽然收到慕容夫人的生日宴请柬时，内心的震惊可想而知，而黄姑娘知道后，心头的惊喜，又岂是言语可以描绘的？

而黄夫人收到慕容家请柬的第一时间，天枢殿就收到消息了。

安岚听了蓝靛的汇报后，问了一句："慕容家安排人了吗？"

"都已经安排好了。"蓝靛点头，随后又道，"先生是觉得，黄夫人一定会带黄姑娘去赴宴？"

安岚道："机会难得，这不仅对黄姑娘而言是个千载难逢的机会，对黄旭、对黄家而言，亦是一样。"

黄旭便是天璇殿的黄香师，如今已五十有三，平头百姓出身。家里用了三代的努力，才勉强培养出他一个秀才老爷。他考中秀才的时候，才二十二岁，虽不算早，但也不算晚，本以为科举之路就此顺利打开，却没想，后来他花了近十年时间，竟只证明了自己在科举这条路上，真的是走到了头。

幸好他在看清这一点后，还能坦然承认，并且说放就放，彻底死了心，然后走上了香师这条路。

只是香师这条路，一点都不比科举容易，没有人脉、没有家世，同样寸步难行，他感叹怀才不遇已多年，不知多少次梦想过……

而慕容家的门第，以及日后的助力，却是他连以往做梦时都不敢宵想的，可如今，竟就看到了这一线可能！

蓝靛道："虽说人手都已经安排好，但先生既然关心此事，难道不想亲自去看看那日会发生什么事吗？那慕容夫人的请柬，亦给先生送了一份，而且送来的还是洒金的请柬。"

慕容家的请柬向来分两种，朱红底为一般客人，洒金请柬则是专门为身份尊贵的客人准备的，届时，慕容府上的管家在看到这些请柬时，自然清楚该如何安排人手、如何招待。

越是讲究门第的，这种臭规矩就越是烦琐。

安岚问："他们往这边送了几张？"

此时她说的这边，并非指天枢殿，而是长香殿。

蓝靛心里明白，开口道："五位大香师都送了，另外还有一张送到了云隐楼。"

"镇香使也没有错过，慕容家办事果真精细。"安岚抬起眼，"黄夫人定是会带着黄嫣嫣去赴宴的，却不知柳先生想不想也去凑个热闹，她若是去的话，倒是有意思了。估计那慕容夫人送出请柬时，也想到了这一层。"

蓝靛问："先生的意思是……慕容夫人当真是想跟黄家结亲？"

安岚淡淡一笑："那就要看柳先生愿不愿去赴宴了。"

蓝靛明白安岚的意思，不由得一笑："说得也是，下面那些世家大族，哪个不想跟大香师搭上关系。对慕容家而言，黄家的门第是差了些，但若能借此跟柳先生建立关系，他们怕是求之不得，更何况那位慕容公子又不是嫡出的，论起来，反而是慕容家占了便宜。"

只是，柳璇玑会去吗？

就在安岚提到柳璇玑的时候，柳璇玑也正好掂着那张洒金请柬，漫不经心地问了一句："慕容氏与天璇殿有过交情？"

站在她旁边的侍香人流夕道："跟先生的话，还谈不上有什么正经交情。"

柳璇玑晃了晃手里的请柬，然后扔下："那怎么忽然送这么一张请柬过来？"

流侍香道："往年也是都有送的，只是先生一直没有兴趣，便没有送到先生跟前。"

柳璇玑眉毛一挑，眼儿一眯，媚色横流："嗯，这次怎么特意送到我跟前？"

流侍香微微一笑："慕容氏有意结交先生。"

柳璇玑身体往后一仰，倚在铺着白狐儿毛的美人靠上，手指轻抚着自己的头发："有意结交我的人可以绕长安城好几圈，为何要选慕容氏？是谁的意思？"

流侍香微微倾身，垂下脸："先生误会了，并非是流夕挑选了慕容氏，而是这件事有点意思，流夕心想先生或许会感兴趣。"

柳璇玑打量了她好一会儿，缓缓道出一个字："说。"

流侍香不敢抬头，依旧垂着脸道："慕容夫人给其余四位大香师也送了请柬，包括天枢殿的镇香使，而除此外，天璇殿还有一位香师也收到了请柬。"

柳璇玑拿手支着下巴："谁？"

流侍香道："黄旭黄香师。"

柳璇玑道："那天去景府辨香的黄香师？"

流侍香点头："是，自那天后，黄香师在长安香圈内就成了炙手可热的人物。"

柳璇玑笑了笑："哦，都热到如此程度了。"

"外头都传闻黄香师颇得先生您的青睐，连先生新研制出的香方都能交予他，所以……"流侍香说到这里，小心翼翼地抬起脸，"些许人便从他身上打主意，希望能由此结交上先生您。"

柳璇玑抬起眼："新香方？"

流侍香道："就是黄香师当日用于辨香的香品，因黄香师说那香品并非完全出自他之手，是经先生您的提点才调配出来的，所以大家便都以为那是先生您的香方。"

柳璇玑笑了："他倒是个聪明的。"

流侍香欲言又止，柳璇玑则接着道："不过，仅凭这一点，就能让慕容氏动了心思？"

流侍香道："仅凭这一点就已足矣。"

外头不知多少人借着大香师的名号招摇撞骗呢，上当受骗的不在少数，而黄香师在景府辨香一事，是有许多人做了见证的，而且当时几位大香师都在场，最终辨香的结果又是以黄香师的为准。

慕容氏会动心，很正常。

流侍香对此一点都不觉得诧异。

柳璇玑似忽然失去了兴趣，有些懒洋洋地道："如此说来，黄香师如今是颇有底气了，那这生日宴他若是不去，慕容氏岂不是颜面丢尽了？"

流侍香道："依属下看，黄香师多半是会去的，那毕竟是慕容氏，更何况……"

见流侍香说了一半忽然停下，柳璇玑瞟了她一眼："嗯？"

流侍香即接着道："黄香师的闺女黄嫣嫣，同慕容家的四公子慕容勋情投意合，只是因门户不对等，慕容夫人不允许，慕容勋被看管了起来，黄姑娘已然相思成疾。黄香师和黄夫人眼下是心急如焚，无论是为自己还是闺女，都不会放过这个机会。"

居然还有此等事，柳璇玑果真来了兴趣，眼睛微微眯起："接着说。"

流侍香又道："慕容夫人便是想借此机会，试探一下先生您对黄香师，究竟有几分看重，判断的依据，当然是您会不会去赴宴。黄香师应当也能想到这一点，若属下猜得没错，黄香师定会前来求见您。"

只是这会儿柳璇玑却抬起眼，看了流侍香一会儿，那眼神有些冷淡，还带着几分讥诮。

流侍香忙垂下眼，上身前倾得愈加厉害："属下并非擅自做主，而是属下听闻，近几日天枢殿那边似乎特别注意黄香师，并且安先生似乎有要赴宴的意思，故而属下才将这张请柬送到了先生面前。"

柳璇玑又笑了，刚刚无声无息汇聚起来的紧张气氛，因她的这一笑，瞬间一扫而光。她甚至低低笑出两声，一脸妩媚地看着流侍香："为何如此紧张，我又不会吃了你。"

流侍香不敢说话，就在这会儿，外头的侍女报金雀来了。

柳璇玑顿时皱起眉头，似有些烦躁又似有些无奈地道："这丫头又有什么事？"

流侍香默默地看了一眼柳璇玑此时的表情，然后垂下眼睑，直到金雀进来后，她才抬起脸礼貌地笑了一下。

金雀没想流侍香也在，便收住脚："啊，先生在谈事情吗？"

流侍香跟在柳璇玑身边最久，内殿中的许多事，几乎都要经过流侍香的手，所以只要流侍香在先生身边，十有八九是在谈正事。

柳璇玑扫了金雀一眼："你多久没陪我出去看戏了？"

金雀不解地道："先生不是不爱看戏吗？长安城的戏园子先生就没有去过的。"

柳璇玑嗤笑："编造出来的戏，我当然不爱看。"

金雀询问地看向流侍香，流侍香却只朝她笑了笑，什么都没说。

柳璇玑又问了金雀一句："你从天枢殿回来的？"

金雀立马点头，又看了流侍香一眼，才道："安先生说，明日她要出门，今日要早些休息，只能改天再来听您的曲子，望先生莫见怪。"

柳璇玑面上倒是丁点不悦都没有，但流侍香听得此言，心里却暗暗吃惊。

慕容夫人的帖子是先送到她手里的，她刚刚才拿给先生看，但先生似乎早就知道，并已经让金雀去打探安先生的意思！

而不等她想明白这件事，外头的侍女又进来报，黄香师求见。

柳璇玑即瞟了流侍香一眼："你猜得没错，他果真是来啦。"

金雀直觉事情有点不大对劲，正犹豫要不要退下，就看到黄香师从外头匆忙地走进来。令人感到意外的是，他进来的时候，手里还拿着一张朱红色的请柬。行过礼后，黄香师就将关于请柬的事一五一十地道了出来，并请求柳璇玑给他拿个主意，他是去，还是不去。

流侍香心里暗暗冷笑，先生说得果真准，这黄香师确实是个聪明的人。

黄香师很清楚慕容夫人为什么要给他夫人送这张请柬，即便他夫人心里一万个愿意去赴宴，他闺女甚至激动得几乎要晕过去，他亦是为此心潮澎湃，但他苦熬这么多年，蹉跎半生，后幸得大香师的一些指点，直至晚年才有所成就，因而眼下这份所谓的"机会"，还不至于就能冲昏他的头脑，让他乱了方寸。

慕容家明显是醉翁之意不在酒。

"请柬是送到你夫人手里的，你却来问我你夫人该不该去。"柳璇玑笑了，拿手支着下巴，饶有兴致地打量着他道，"你是觉得我闲得慌吗？"

黄香师不敢抬起脸，一直保持垂首的姿势，腰向前倾着："学生虽愚钝，却也明白慕容氏是看在先生的面上，才给内子送了这张请柬，学生本是不愿内子去凑这份热闹的，实在是……实在是内子着实心疼闺女，为此在家里与我哭闹不休，学生不得已，才厚着脸皮前来向先生讨教。”

柳璇玑漫不经心地笑着道：“你闺女与这又有何干系？”

自家闺女那点事，实在说不上光彩，就算唐国民风再如何开放，这等私相授受之事，到底是有碍名节。特别是，若真是从他口里道出，那他姑娘的名声，万一弄不好，就整个毁了。

可是，柳先生已经问了，他能不说吗？

他确实可以不说，只是若不说，他就别想从柳先生这里获得一丁点帮助。但即便他如实说了，却也不等于柳先生就会对他施以援手，选择权从来就不在他手里。

想要超出自己能力范围的东西，若无论如何都不舍放手，那就只有赌一把。

至于赌注，他已然不敢多想。

黄香师开口之前，迟疑地看了一下站在一旁的流侍香和金雀，却见一个一脸漠然，一个满脸不解，全都没有要回避的意思，而柳先生也没有开口让她们退下。

黄香师心里叹了口气，依旧垂着脸，低声将这件事的前因后果全都道了出来。

不知这一刻，他是否感觉到屈辱。

金雀面上露出诧异，但眼里并无丁点讥诮或是鄙夷。

柳璇玑听完后，淡淡一笑：“我只问你一句，你想不想去？”

这句话几乎是一针见血，前面提出黄夫人的哭闹，后面又推出闺女情根深种，说到底，都是给他自己找的借口罢了。

欲望，是藏不住的。

黄香师沉默许久，终于抬起脸，小心地看了柳璇玑一眼，然后又垂下，暗暗咬着牙，揖手道：“学生不希望错过这个机会，兴许是学生的眼睛已被眼下繁花似锦的表象给蒙蔽了，望先生能给学生指条明路！”

柳璇玑笑了：“原来如此。”

黄香师垂首立着，保持恭敬的姿势。

柳璇玑眼珠儿转了转，便道：“跟慕容家结亲，可不是件轻松的事，你确定你闺女受得了？”

黄香师轻轻叹了口气："学生并非不知，那等人家的媳妇难做，只是嫣儿如今已被情爱蒙蔽了眼睛，无论如何也劝不住。"

"果真是父女，都有赌徒的心态。"柳璇玑微微眯起眼睛，手指卷着一圈头发，似笑非笑地道，"毕竟是我天璇殿的人，既然想，那就去吧，如此我也能去看看戏，看看慕容家究竟有多着急。"

黄香师几乎是不敢相信地抬起脸，随后又赶紧低下头，深深弯下腰，恭恭敬敬地行了一礼："多谢先生！学生、学生没齿难忘！"

柳璇玑淡淡地道："你是天璇殿的香师，这个面子该有的，但我不会帮你保这份媒，故而你需自己琢磨清楚，慕容家真正想要的是什么，你能否给得起。"

黄香师顿了顿，深揖道："是，学生明白。"

黄香师出去后，柳璇玑给流侍香打了个眼色，流侍香会意地微微颔首，也退了出去。

金雀有些愣怔地走到柳璇玑身边，小心地道："刚刚黄香师是求了先生什么，我怎么没听明白？"

柳璇玑看着她，懒洋洋地道："求我给他撑腰，让他把戏做全了。"

金雀更加糊涂了："什么戏？"

柳璇玑瞟了她一眼："明儿你随我一块去，便能看到了。"

"去哪儿？"

"慕容家。"柳璇玑说到这里，想了想，又自言自语般地道，"兴许还能看到真正做这出戏的人，究竟是谁。"

还有安岚那丫头，为何要特别关注黄香师？

翌日，安岚起来后，听到天璇殿那边的消息，什么也没说，换好衣服，走出殿外看着远处的雪景。

片刻后，白焰走过来，站至她身边："要去慕容家？"

安岚点头："你也去？"

白焰摇了摇头："你去看看就可以了，用不着把我也捎上。"

安岚看了他一眼："你去哪儿？"

白焰道："去天下无香看看。"

安岚问："有什么事？"

白焰淡淡一笑："你不是怀疑川连和司徒镜的关系嘛，我去看看。"

安岚忽然有点不愿他过去，只是一时又想不出什么好的理由，便只能沉默着。

白焰打量了她一眼，低声道："即便房间里和车里都暖和，但怎么也要在外头走上几步，出门时尽量穿暖和些。"

安岚顿了顿，才道："既然都要出去，那就一起走吧。"

白焰却又道："不用，我与羽侍香一道，她刚刚找我，请我捎带她一段。"

"鹿羽？"安岚微异，"她要出去？"

白焰问："怎么，不是你安排了她差事？"

安岚淡淡地道："她办长差回来，太累了，求我让她休息两日。"

白焰略一沉默，随后笑了笑："你若不愿，我便让人去回了她。"

安岚瞥了他一眼："与我何干？"

白焰："……"

鹿源走过来打破两人间的沉默："先生，马车已备好了。"

安岚遂转身，面无表情地下了台阶。

马车将下山时，安岚往外问了一句："江南那边的香品，近五年情况，以及每一位香师的具体情况可都整理好了？"

鹿源正跟在她车旁，闻言即上前道："目前只整理出了个大概，先生现在要看？"

安岚将车窗推开，眼里带着几分冷意："何时能整理清楚？"

鹿源温声道："天黑之前，我定能放在先生案前。"

江南之行是鹿羽代了他，故这些记录都在鹿羽那儿，其中还有一部分需要跟刑院的人对一下，照例，这些东西在七天内整理出来即可，却不想这一次先生忽然提出，还要得这么急，让他有些措手不及。

安岚嗯了一声，就关上车窗。

鹿源往旁交代了几句，就掉转马头往回走，赶到鹿羽的院子时，正好碰到她要出去，他即叫住她："你要出去？"

鹿羽却对着鹿源转了一圈："哥，你看我今儿这身好不好看？"

她今日特意换了件簇新的裙子，领子上缀着一圈白毛，衬得那张小脸儿愈加娇俏。

鹿源似没有看到她雀跃又期待的表情，走过去接着道："哪儿都别去了，将你江南之行的案卷都拿出来，整理清楚给我。”

鹿羽一怔，随后皱了皱鼻子：“干吗啊，不是说好三天后才给你的吗？”

鹿源看着她道：“你现在有别的差事？”

鹿羽下巴微抬：“先生放了我两日假，今天我要出去，已经跟镇香使说好了。”

鹿源眉头微微一皱，温润的眸子里露出几分不悦。

鹿羽抿嘴一笑，上前两步，拉住他的袖子轻轻摇着道：“好啦，我知道你想讨好先生，等我回来就给你整理，很快的，但现在真不行。”

鹿源反握住她的手腕：“你要跟镇香使出去？去哪儿？”

鹿羽很少看到鹿源这么严肃的神色，心里莫名有些胆怯，下意识地要挣开他的手，但挣了两次，却发现完全无法挣脱，于是就赌气道：“我为什么要告诉你，先生都没有管我，你凭什么管我？”

鹿源再次问：“去哪儿？”

鹿羽怔了怔，鹿源从未这么对过她，简直像个陌生人。

鹿源将她推进院中，示意下人将院门关上，鹿羽有些慌了，忙道：“我只是跟镇香使说先生交代我入城办差，要早早出门，正好他也要进城，便问能不能坐他的马车，他答应了，就是这样。”

鹿源微微松了手上的力道，脸上的神色也缓了下来：“你竟拿先生当借口！”

鹿羽又挣了两下，还是挣不开，想发怒，又担心会错过了时间，便忍着气道：“先生不会介意的，哥，你快放开我，我要来不及了！”

鹿源倒是真的松开了手，却道了一句：“将江南一行的案卷全部整理完，你才能出去。”

鹿羽一边揉着手，一边恨恨地道：“要整理你自己整理去，先生都不催我，你催什么？”

她说着就往外走，可走到院门前，却发现院门竟从外锁住了，她赶紧拍了几下，没有任何人应声。

“你——”鹿羽转过身，看着身后的鹿源，睁大了眼睛，“你让人锁上的？你想干什么？”

鹿源一脸平静地看着她：“事情不做完，不能出去。”

鹿羽不敢相信地道：“凭什么？”

鹿源淡淡地道："天黑之前，将东西整理好。"

"我为什么要听你的？"鹿羽被鹿源的态度激怒了，走过去狠狠地推了他一下，"你以为你是谁，你跟我一样，都是侍香，你凭什么指使我，凭什么命令我？"

鹿源身体没有动，面上依旧平静："别白费力气，早点做好，你便能早点出去。"

"要做你自己做！"鹿羽几乎是尖叫着，"快让人将门打开，我要出去！"

鹿源沉默地看着，没有任何表示。

鹿羽又推了他一下："你到底想干什么？"

鹿源还是没有动，鹿羽便歇了，后退两步，打量了他一会儿，忽然一声冷笑："知道吗，我最讨厌你这副样子了，从小就是。装模作样，骗了所有人，也骗了我。"

鹿源的眉毛终于动了一下，鹿羽接着道："不过你应该不记得小时候的事了，你这么无情无义的人，怎么可能会记得？你以为我现在叫你一声哥，你就真把自个儿当成我大哥了？自以为可以事事管着我了？"

鹿源的脸色慢慢变得苍白，但他依旧不说话。

鹿羽似乎很满意看到他这样的表情，心里甚至生出几分得意："鹿源，娘是因为你才死的，你知道娘临死前，都说了些什么吗？！"

鹿源唇色雪白，一双眸子黑不见底，那神色让人有些不忍去看，然而鹿羽却死死地盯着他，眼里透着快意："你知道她是怎么死的吗，是被活活打死的，我给她洗身子的时候，才发现她身上没有一块地方是好的，就连……"

"够了！"鹿源忽然开口，"别说了！"

鹿羽笑了："她想见你，她常跟我说，都快忘了你的样子，只有看到我，才依稀记得你的模样。"

鹿源垂下脸，肩膀微微颤抖。

"你以为让我进入天枢殿，让我成为安先生的侍香人，就是补偿我了？你做梦！你欠我的，永远都还不清！"她说到这里，就往前两步，盯着他道，"你说过，无论我想要什么，只要你能办得到，就一定满足我。"

鹿源不由得偏过脸，似不敢看她，鹿羽抓住他的手："我只问你，你说过的话，做不做数？"

过了好一会儿，鹿源才苍白着脸，看着她道："镇香使不是你能接近的人，趁早打消这个念头。”他本还想说一句“我是为你好”，但话将出口时，还是忍住了。

那一瞬，鹿羽眼里忽地迸出一股恨意：“为什么？！”

鹿源没有回答，鹿羽看了他好一会儿，才问：“因为安先生？”

鹿源依旧没有任何表示，他的沉默代表太多东西，她无法看清，因而心里的恨意愈加浓重，于是抬起下巴张口道：“那我亲自去问先生，倘若先生确实命我不得接近镇香使，那我定会照办，但是你算什么，凭你也能命令我？”

鹿源依旧沉默着，即便脸色苍白，目中神色复杂，却也没有为鹿羽这几句挑衅而有所意动。鹿羽忍不住上前去打他，一开始鹿源默默受着，直到她拔出藏在袖子里的匕首，他才出手夺走她的匕首，并掐住她的双手令她无法动弹，然后一脸平静地道：“无论你想做什么，必须先把江南之行的东西整理好。”

鹿羽既出不去，又挣脱不得，气得浑身发抖，狠狠地瞪着他道：“鹿源，你就是个疯子，是个疯子，你从小就是个疯子，跟爹一样是个疯子，是个变态——”

鹿源忽然加重手上的力道，鹿羽顿觉得手腕一阵剧痛，一下收住嘴里的话。

然而他的声音依旧温和：“你若不愿，便由我去整理，你在旁看着。”

鹿羽看着那双看着自己的眼睛，不由得打了个哆嗦，被他拖着走了几步后才回过神，心头的恼恨愈加重了，但这次她却管住了自己的嘴巴，没有再刺激鹿源，她知道真正的疯子，一旦发起疯来有多可怕。

此时，黄府也处于一种异样的紧张中。

黄嫣嫣自知道能和母亲一起去慕容家后，激动得整整一个晚上没能合眼，故第二日早上起来，看到镜中那张略有些浮肿发红的眼睛时，她更加慌了，几个丫鬟被她指使得团团转，却越帮越忙，最后连她自个儿都不知该做些什么好。

一会儿担心衣服的颜色会不会太素，一会儿担心首饰会不会太普通，一会儿又担心见着了慕容夫人该说些什么，然后还一边期待一边忐忑，到时会不会见到慕容勋……

直到黄夫人过来看她时，她竟连衣服都还没换，头发也只梳了一半，妆奁里的首饰几乎全都摆了出来，却拿不定主意要戴哪个。

“这是这么了？”黄夫人一瞧闺女的眼睛红红的，赶紧走过去，不悦地看着旁边的丫鬟：“你们是怎么伺候的，这都什么时候了，不知道姑娘今儿要出门的吗？”

两个丫鬟也不敢辩解，嗫嚅了一下嘴唇，就垂下脸。

黄夫人何尝不知自个儿闺女在紧张什么，斥责了下人两句后便罢了，摆手道：“行了，去重新打盆热水过来，再去我屋里将那套黄水晶头面拿来。”

待丫鬟都出去后，黄夫人才将搁在床上的一件鹅黄色的裙子拿起来，在黄嫣嫣身上比画了一下，笑着道：“十样锦出的衣裳，还全都是蜀绣的针法，而且这颜色最衬你，既鲜艳娇嫩又不显俗气，慕容夫人瞧了，指定喜欢，来，娘帮你换上。”

“娘——”黄嫣嫣抓紧黄夫人的手，“要是，要是她还不喜欢我怎么办？”

黄夫人心里暗暗恨着，但面上只得笑着安抚道：“怎么会，她既然给咱送了请柬，自然是已经改变了看法，再说我的女儿哪里不好？”

黄嫣嫣低声道：“娘，我还是担心。”

她忘不了慕容夫人当初看她的眼神，每次回想，她都有种透不过气，身上忍不住颤抖的感觉。

黄夫人轻轻拍着她的手道：“别担心，娘保证，今儿慕容夫人见了你，一定比娘待你还要亲。”

黄嫣嫣不解地看了黄夫人一眼：“为什么？”

黄夫人先是叹了口气，随后又笑了笑：“因为这一次，是她有求于我们，所以她敢对你不亲吗？指定是将你当成亲闺女一般看待。至于你跟四公子的事儿，她更不会拦着，怕是会比我们还要着急呢。”

黄嫣嫣愈加诧异，几乎忘了刚刚的紧张：“她怎么会有求于我们？那是慕容家的当家夫人啊，她能求咱们什么？”

黄夫人看着女儿天真又娇俏的脸蛋：“嫣儿，你不知道你爹爹有多了不起，如今连慕容家都要求着你爹了。”

“爹？”黄嫣嫣想了想，一会儿后小心地问，“因为天璇殿的柳先生？”

她虽是在深闺，但黄香师如今的名声，她并非一点不知，只是从未想过，爹爹的这番成就，竟连慕容氏都要另眼相看。

黄夫人骄傲地点头，凑近去，压低声音道：“今儿连柳先生也会赴宴，这完全是看着你爹的面子上才肯给慕容夫人赏这个脸，嫣儿，柳先生这是在给你撑腰呢！”

黄嫣嫣低声惊呼，不敢置信。

黄夫人道：“所以，那慕容夫人敢对你不亲吗，傻闺女？”

“爹爹真的……”黄嫣嫣简直有点不知怎么办好，一时高兴，一时激动，“娘，你快给我换衣服，我头发还没梳呢，这可怎么办，可来得及吗？”

“来得及来得及。”

慕容夫人完全没想到，天枢殿的大香师竟会赏脸。不仅慕容夫人惊诧，就是整个慕容府，都为安大香师的到来而震动。

几乎全府出动，就连早早上门的那几位客人，也都跟着一块迎出门外。

安岚下车，进入正门、二门、大厅、仪门、过堂，一直到慕容夫人的延寿堂，都有一群人小心翼翼地陪着。慕容夫人更是直接起身出了延寿堂，走到二门那儿恭迎，且见着安岚后，就马上牵住安岚的手嘘寒问暖，完全像个亲切的长辈，丁点看不出两人其实只是第一次见面。

这样的热情，大部分人做来多少会显得突兀和刻意，让人尴尬，可是放在慕容夫人身上，看起来却无比自然，就好似她跟安先生本就是知交。

只是安岚进了二门后，就不动声色地抽回了手，慕容夫人也没有一点不自然，面上依旧带着满满的笑。

毕竟是来得早了，慕容夫人也有别的客人要招待，安岚又不愿一直让每个进来的人悄悄打量着，送上寿礼后，便要起身告辞。慕容夫人哪里会放人，赶紧命人请安岚去院子里逛逛，慕容家的园子，或许面积比不上寤寐林大，但景致却不比寤寐林逊色。

安岚未曾见识过，便没有拒绝。

慕容夫人松了口气，趁着更衣的机会，跟身边的嬷嬷道了一句：“来的竟是天枢殿的安先生，你说这是为什么？往年送了那么多请柬，都无法让她赏脸，今日却来得如此突然！”

只是这话才刚落，就听到丫鬟慌忙找过来报：“夫、夫人，天璇殿的柳先生来了！”

黄香师一家几乎是跟柳璇玑同时到达慕容府的，只见天璇殿的马车还没停稳，慕容府的管家就领着几个下人围了过去，那样的殷勤和小心翼翼，倒将黄香师一家忘到一边去了。

黄嫣嫣有些艳羡，又有些敬畏地往柳璇玑那儿看了一眼，黄夫人则悄悄拉了一下自己的丈夫："老爷，您不去跟柳先生打声招呼吗？"

这个时候黄香师若是走过去，慕容府的那些人可不就会对他们另眼相看，之前有多瞧不起他们，现在就得有多敬着他们。

然而黄香师却瞪了黄夫人一眼，低声道："你懂什么？"说完就只是往柳璇玑那微微欠身，以表敬意，然后便领着妻女进了慕容府。

原本今日只是慕容夫人的生日宴，按旧例，接到请柬的人家，一般是由女主人携晚辈前来赴宴，男客一般不会前往，但今天例外，因为慕容府的大老爷慕容云海最近收了一款奇香，还特意请人算了日子，定于今日开香，故才有黄香师等男客都随其夫人一同前来赴宴。

进了慕容府后，黄夫人还是有些可惜地道："老爷，适才若是过去跟柳先生说几句话，那有多好，您如今不是都能跟柳先生说上话了吗？"

"妇人之见。"黄香师低声交代，"你和嫣嫣进了这里，记得少说话，多看多听。"

柳先生是个只凭自己喜好做事的人，他接触先生的时间并不长，还摸不准先生的脾气。刚刚他若是过去打招呼，柳先生自然不会不理他，但柳先生会说出什么样的话来，他却不知道，万一弄巧成拙，被慕容府的人瞧出不好来，岂不是搬起石头砸自个儿的脚。

更何况，如今不忿他的人随处可见，他凡事都要更加谨慎才行，多一事不如少一事。

将到延寿堂时，黄香师便随慕容府的下人，转身去了专门招待男客的鹿园，黄夫人领着黄嫣嫣继续往里走，只是她们刚刚踏上延寿堂的台阶，就看到柳璇玑已经在里面了，慕容夫人正陪着她说话，余的女客亦都是满面笑容地在一旁陪着，不时插上几句，气氛很是热络。

没有人发现黄夫人和黄嫣嫣，正好领着她们的丫鬟不知因何事，被另一位丫鬟给叫走了，都没来得及交代一下旁的人，余的丫鬟又都各有各的活，于是两人一时有点尴尬，停在门口，不知该怎么进去。

还是柳璇玑眼尖，往这边扫了一眼，就微微眯起眼，似笑非笑地道："哪儿来这般水灵灵的姑娘？"

慕容夫人这才看到黄夫人和黄嫣嫣，她身边的大丫鬟忙满脸笑容地迎过去："这就是黄夫人和黄姑娘吧，那几个小丫鬟也太偷懒了，人都来了竟不知通报一声，叫夫人和姑娘在这儿吹了风，下去非好好敲打她们一通不可！黄夫人您快些请进，黄姑娘小心脚底下。”

慕容夫人也露出亲切的笑容，待黄夫人领着黄嫣嫣与她见礼后，她就朝黄嫣嫣伸出手：“想不到黄香师有个这般水灵的姑娘，快过来我好好瞧瞧。”

黄嫣嫣暗暗诧异，几乎要认不出这个满目慈爱的贵妇人，就是那个对她冷眉冷眼，说出来的话句句似刀的慕容夫人。

黄夫人笑着推了黄嫣嫣一下：“夫人叫你呢，愣什么。”

黄嫣嫣回过神，才朝慕容夫人走去，微微欠身再行一礼。

慕容夫人托起她的手，将她从头到脚夸了一遍，然后对柳璇玑笑着道：“这应该是沾了天璇殿的福气，你瞧这孩子，比我家那几个丫头还要乖巧水灵。”

柳璇玑唇边噙着一丝笑，示意了一下站在自己旁边的金雀：“是她自己的造化，天璇殿可养不出这般水灵的孩子，我那儿出来的都是些憨货，怎么教都学不乖，我一直发愁呢。”

金雀眨了眨眼，反应过来是在说自己，便道：“先生又开始埋汰我了。”

在座的贵妇人都配合地笑了起来，慕容夫人瞧着金雀，也是一通赞叹：“金雀姑娘的灵气是先天就有的，非后天养成，怪不得能得柳先生的喜爱。”

虽是恭维之语，但这话亦不是随便能说的，不过刚见面，她对金雀的评价就说到了点上。柳璇玑看了慕容夫人一眼，忽然道：“听说岚丫头过来了？”

慕容夫人怔了一怔，这才反应过来柳璇玑说的岚丫头，是指天枢殿的安先生，便点头：“是比柳先生早到一步，安先生喜欢清静，这会儿应当在花园里赏雪景呢。”

“听闻慕容府的花园不逊于寤寐林。”柳璇玑说着就站起身，“我也去看看。”

慕容夫人忙站起身，意欲陪同，却被柳璇玑谢绝了，而她从黄嫣嫣身边过时，特意伸手在黄嫣嫣脸上轻轻捏了一把，然后眯着眼睛，轻轻哼了一声：“果真水灵。”

黄嫣嫣有点蒙，金雀跟在柳璇玑身后，有些无奈自家先生这等爱作妖的性子，便朝黄嫣嫣露出一个善意的微笑。

慕容府的花园虽不比寤寐林的大，但也不小，柳璇玑一直走到湖边的拱桥上，才看到对面亭子里安岚的身影。

柳璇玑没走过去，就站在那儿看了两眼，然后眯着眼睛道：“哦，鹿源没跟在她身边？”

金雀是想过去找安岚的，但自个儿主子不挪步，她也只好站住看着：“源侍香兴许是有差事，不跟着有何奇怪？”

柳璇玑笑了：“嗯，也不见那羽丫头，这样热闹的地方，她以往不是最爱的吗？”

金雀撇了撇嘴：“那倒是，她向来喜欢混这种地方，安岚也不管她。”

柳璇玑侧过脸，瞟了她一眼：“小雀儿，你是不是吃她的醋？”

金雀瞅着柳璇玑道：“先生说什么呢？”

柳璇玑笑了，伸手捏了捏她的脸：“你可真有趣，难怪岚丫头至今待你如初。”

金雀往后退着躲开柳璇玑的手，却这会儿，忽然听到从旁边经过的丫鬟低声道：“听说那位镇香使生得极好，你看到人了吗？”

“没有，梅姐姐她们瞧见了，都说好得没法形容，我好想去看一眼。”

“我也是！”

待那两个丫鬟走开后，金雀才道：“镇香使也来了。”

柳璇玑笑了：“哦，热闹了。”

镇香使是和天下无香的三掌柜一同来的，慕容云海今日摆香席，竟也请了天下无香的掌柜，因川乌和川谷都有事，故来的是川连。

“看来景府辨香之后，炙手可热的不单是黄香师。”柳璇玑一边走下拱桥，一边道，“不过慕容云海倒是第一个对南疆人发出正式邀请的。”

金雀见柳璇玑面上表情莫测，便道：“先生不喜欢那南疆人吗？”

柳璇玑瞥了她一眼：“小雀儿，能让我喜欢的人可不多，你可要乖乖的。”

金雀认真地道：“是。”

柳璇玑道：“镇香使跟那几个南疆人倒是挺熟。”

金雀慢慢收起面上的笑容，目中露出忧虑：“是啊，也不知安岚清不清楚这是怎么回事。”

柳璇玑走到水榭内，命候在外头的丫鬟去热一壶酒过来，然后坐在烧得暖暖的榻上，看着对面亭子里的安岚，似笑非笑地道：“她兴许以为自己很清楚，但那个男人又哪里是那么容易看得清的，这赌注，她下得太大，若是输了……”

然而她说到这儿，忽然就不说了，金雀正听得心都跟着提起来呢，这一下直接悬在了半空，于是赶紧追问：“安岚赌什么了？怎么会输？若是输了会如何？”

柳璇玑斜眼看她，嘲讽似的反问一句：“你不知道她在赌什么？”

金雀顿时哑然，她当然知道，这么些年，从源香院到长香殿，她和安岚从未真正分开过，她们相互见证了彼此的成长。

她知道，安岚在赌那个男人的心。

柳璇玑淡淡地道：“交出去那么大的权力，等同于将自己一半的命门交到了对方手里，有朝一日他若真有异心，面对那样的男人，你觉得岚丫头的胜算能有多少？若真到了兵戎相戈的地步，她始终是无法征服他，便只能分个胜负，但你觉得她对他能下得了杀手？”

金雀听得脸色都变了，好一会儿才结巴着道：“先、先生别胡乱猜测啊，镇香使不是没异心吗？他对安岚挺好、挺忠心的不是吗？您别想得那么极端，而且镇香使干吗要有异心，安岚对他多好啊，能给他的安岚都给了。”

“瞧把你吓的。”柳璇玑忽地就笑了，“且不论镇香使为何跟南疆人走那么近吧，南疆香谷在长安乃至整个唐国，百姓都是鲜有听闻的，故他们想在长安站住脚绝非易事，即便挂了个‘天下无香’的牌子，也同样鲜有人问津，即便是景府辨香后，有不少人知道了他们的存在，却也不等于他们就能进入长安香圈。”

每个圈子都有自己的壁垒，眼睛看不到，却比任何东西都要坚固。

金雀若有所悟：“今日慕容家的邀请，等于给了天下无香进入长安香圈的资格。”

丫鬟将热好的酒送过来，倒入杯中，小心呈上，柳璇玑接过后，一口就干了，然后晃着手里的杯子，笑眯眯地道：“若慕容家之前跟天下无香没有任何关系，那么今日慕容云海会给天下无香发请帖，镇香使又陪同前来，你觉得，镇香使会不会是其中的牵线者？”

金雀怔住了。

柳璇玑自己又倒了一杯热酒，一边饮一边接着道：“景府一事就已看出，对方来意不善，但镇香使却为何还要帮他们？”

金雀干巴巴地张了张嘴，片刻后才道：“也、也没准只是碰巧同时到达慕容府，所以才一起进来，这怎么就说是镇香使在帮他们呢？”

柳璇玑眯着一双半醉的眼睛：“既然都要来慕容府，为何不跟岚丫头一起？”

金雀又怔了怔，才道：“没准是有事耽搁了。”

柳璇玑呵呵笑出声：“当然是有事耽搁的，就是不知究竟是什么事了，岚丫头能看得清吗？哎呀，我拭目以待呢。”

两人在这儿说了半天，慕容夫人那边的宴席已经开了，慕容夫人身边的丫鬟忙找过来请她们过去，柳璇玑却觉得就在这儿喝点小酒、逗逗她的小雀儿挺好，便拒绝了，同时又命丫鬟再多送几壶酒过来。

也只有她，明明是给人祝寿来的，却在主人的宴席摆开后，连去露个脸稍微做做样子都懒得。

“先生，您不能喝多了。”金雀一看最先送来的那壶酒居然已经空了，忙抢过她的杯子，“您万一喝醉了，我怎么送您回去啊？”

柳璇玑干脆直接拿起酒壶，就着壶嘴往嘴里倒。

那放荡不羁的动作、妖娆的神态、绝世的容颜，水榭外偶然经过的下人顿时看得呆了。金雀知道完了，先生这是性子上来了，劝不住了，只得苦着一张脸站在一旁。

先生这副样子她是见惯了的，可是今儿这地方毕竟不是天璇殿，一会儿醉了，可千万别闹出什么丢脸的事情来，不然她回去定会被殿侍长和那几个侍香人念叨死！

其实，在柳璇玑看到安岚的时候，安岚也看到了她们，只是柳璇玑没过去，她便也没过来。不过这会儿瞧着柳璇玑这么豪迈地喝酒，她便吩咐身边的人去跟慕容府的人要些解酒药，给金雀送去。

只是她吩咐的话才落，就看到亭子外走来一个男人，却是前段时间给她送了请柬的寿王。

殿侍本要上前拦住，安岚摇了摇头，他便又退下了。

李钰进了亭子后，就揖了揖手，笑着道：“听说安先生也来了，本工还不信，不想竟是真的，看来是王府里的景色不够好，无法吸引安先生。”

“王爷说笑了。”安岚微微倾身，然后又坐回去，“前院香席不是已经开始了吗，王爷怎么出来了？”

“那里闷得很，便出来走走。”李钰经她的许可后，坐到她对面，看着她道，“不过安先生也不感兴趣吗？我看到镇香使了，身边还带着上次在景府看到的那位姑娘，安先生不打算过去看看？”

安岚笑了笑："看什么？"

李钰一顿，打量了她几眼，随后也笑了："确实没什么可看的，在先生面前，他们可是班门弄斧了，倒不如这园子里的雪景可爱。"

安岚笑而不语，李钰忽然有些紧张起来，犹豫着是邀请她一起逛一逛园子好，还是就只在这儿聊天更好。

而不等他想明白，那候在一旁的殿侍忽然走到安岚身边，低声道："羽侍香来了。"

安岚微微抬眼，片刻后，果真看到鹿羽穿着一身红披风，仰着脸走进花园的身影。

寿王也跟着看过去，皑皑白雪中，那身明艳的红当真是无比显目，而更显目的是那张与鹿源有几分相似，同时又多了几分娇俏的脸蛋。

如此颜色，这么一路走来，就好似一团跳跃的火焰，不知吸引了多少人的目光。

寿王目中也带着几分赞赏，只是转头再看安岚时，他目中就不仅仅是赞赏了，而是迷恋，是渴求，以及隐藏得极深的敬畏。

若鹿羽是一团跳动的火焰，那安岚则是藏在冰山底下的火种。

再大的火焰，都能被扑灭，可若是冰山都压不住的火种，又岂是一般人能轻易触及的？

慕容府的花园很大，鹿羽看着就是直冲亭子这边来的，只是还不等她走近，鹿源就追了过来。

安岚远远地看着这一幕，有些意外，但她并未因此有任何表示。

鹿源拦住鹿羽，两人似乎起了争执，最后鹿源忽地抓住鹿羽的手，就要将她往外拽，这动作已经有些明显了，寿王不由得又看过去，慕容府的下人以及偶尔出来透风的客人，也都纷纷往他们那边看过去。

寿王不由得又看了安岚一眼，安岚便往旁吩咐："让她过来。"

鹿羽是鹿源的软肋，怕是没到生死之境，他都狠不下心对她。

鹿羽是带着一脸的委屈和不忿走进亭子的，只是当瞧见安岚那双清凌凌的眸子后，她满身的气焰莫名地就全都熄了。

安岚也没有理她，只是看向鹿源，鹿源却垂下眼，似不敢看她。

鹿羽的下巴顿时又抬了起来，本想狠狠地告上一状的，只是因寿王也在，她只得低声道："本不该不请自来打扰先生的，只是源侍香实在欺人太甚，所以才来求先生替我主持公道。”

她说着，特意看了寿王一眼，那眼神明显是请寿王回避一下。

然而寿王哪里会听她一个小丫头的意思，他敬着安岚，却不等于安岚下面所有人，他都要老老实实地敬着。

安岚也没有让寿王回避的意思，听了鹿羽这话，淡淡一笑：“他如何欺负你了？”

鹿羽见安岚笑了，胆子便大了几分，又往前一步，似不忿又似撒娇地道：“他老指使我，态度还那么强硬，先生，我是听您的，又不是听他的。”

鹿源不说话，安岚便道：“是吗，那以后他无须再管着你了。”

“真的？”鹿羽眼睛一亮，即看向鹿源，“你看，先生可都开口了！”

然而鹿源却忽然抬起脸，恳求地看向安岚：“请先生念在她年少无知的分上，收回成命，属下——”

“你说什么呢！”鹿羽一下打断他的话，嗤笑道，“我说得没错吧，你果真没将先生的话放在心上，先生都当着你我的面开口了，你竟还反对！”

安岚唇边噙着一丝笑，寿王看着鹿羽眼里藏不住的得意，不禁暗暗摇头。

被保护得太好了，这姑娘还不清楚安先生刚刚那句话究竟是什么意思，可就连他都知道，天枢殿的几位侍香人当中，一直是以源侍香为首的。

天枢殿包括鹿家兄妹在内，一共六位侍香人，但能常常跟在安先生身边的，只有源侍香。羽侍香之所以也能不时地出来露个脸，不过是因为源侍香的关系，明眼人一看，心里便都清楚，偏偏就这个当事者完全不自知。

天枢殿的职责分工非常清楚，侍香人向来只管安先生亲自接手的事情，而以安岚的态度，源侍香已是侍香人之首，那么只要是侍香人，必然是要以他为首，接受他的管束的。

安岚见鹿源已经明白，便道：“行了，若是为这事过来的，那说完就回去吧。”

鹿源只得收住心里的话，偏鹿羽竟又道：“先生，我还有另外一件事呢。”

鹿源脸色微变，想要阻止，然而安岚却已经开口：“何事？”

鹿羽便又看了寿王一眼，见寿王还是不识趣，只能开口道：“是私事，王爷能否先回避一下？”

寿王扬了扬眉，片刻后，站起身笑着道：“如此本王便好好看看这园子里的雪景，安先生，失陪。”

安岚微微颔首，待他出去后，才看向鹿羽，那神色平淡得让人心里发虚。

鹿羽本来满肚子的话，不知为何，一看到安岚这等表情，忽然间就说不出口了。

亭子里陷入短暂的沉默，而安岚也不催，她似乎有无尽的耐心，并且有时候，她甚至冷静得可怕。

而她越是冷静，鹿羽心里就越是急躁，眼睛不自觉地避开安岚的眼神，看向亭外，忽然就看到了白焰的身影。

那个男人，似乎无论何时，无论离得有多远，看起来都是那样与众不同。

鹿羽暗暗呼吸了一下，才道："先生，我能否接近镇香使？"

鹿源在心里叹了口气，他拦得住今日，拦不住明天。

安岚看了鹿羽一眼，片刻后，慢慢笑了起来。

那笑容有种说不出的美，那样的美丽明显比往日更甚，然而鹿羽却看得心里莫名一阵发虚，甚至有点发慌。

"为什么问我？"

鹿羽顿了顿，才嗫嚅道："我、我——"

她不自觉地看向鹿源，然而鹿源却只是沉默地看着她。

安岚又道："与其问我，不如你直接问他。"

她说着就往旁吩咐，去请镇香使过来。

旁边的殿侍领命出去了，白焰因身边还跟着川连，他也还有些事需要私下打探，并未打算往亭子这边过来，不想就看到了朝他走过来的殿侍。

既然是安先生请，他没有拒绝的理由，只是川连竟也跟着一块走了过去，而那位殿侍也没有阻止。

白焰进了亭子后，微微欠身："先生找我？"

安岚似笑非笑地道："羽侍香有话要对你说。"

白焰看向鹿羽，然而鹿羽在安岚提出让镇香使过来时，就已经慌了，这会儿更是整张脸都红了起来，原本利索的嘴巴，一下说不出话来。

白焰见她久久不开口，便问："羽侍香有何事要说？"

这哪还能说！

更何况，刚刚才走了一个寿王，现在又来了一个川连，也不知她跟镇香使是什么关系。

鹿羽一脸窘迫，她不敢质疑安岚，只能向鹿源求救，偏她忘了，安先生刚刚才开口，她的事，鹿源无须再管了。所以此时无论她看过去多少次，当着安先生的面，鹿源都只能保持沉默。

白焰察觉出不对劲，就询问地看向安岚，安岚却没有看他，面上也没什么表情，一副事不关己的模样，然而他似乎忽然就明白了，目中隐隐露出一丝笑意。

安岚睃了他一眼，捕捉到他眼里的笑意，面上的神色即冷了几分。

白焰深深地看了她一眼，然后收回目光，看向鹿羽，正想说若没什么事，他就先失陪。只是鹿羽这会儿终于开口了，并且脸上重新露出笑容："也不是什么大事，就是想跟镇香使道个歉，刚刚出门时说好与您一道的，偏临时有点事被绊住了，当时也没来得及跟您说一声。"

白焰笑了笑："不碍事。"

鹿羽又道："您没等太久吧？"

白焰又看了安岚一眼："在下知道安先生身边的人都很守时，羽侍香没有出现，必定是有更重要的事，故而也没有多等。"

鹿羽也笑了一笑："那就好。"

白焰道："当是你们先生教得好。"

鹿羽尴尬地点头："是，自然是先生教得好。"

安岚这才开口："今日是慕容夫人的寿辰，你们贸然前来已是失了礼数，既然话已说完，就回去吧。"

鹿源即应声："是。"

鹿羽却迟迟没有吱声，安岚看向她，声音平缓，语气淡而冷："你还有话没问？如今镇香使就在这儿，你想问什么只管问。"

鹿羽无法，只得垂着眼道："没有了。"

安岚道："那就随源侍香一块回去。"

鹿羽垂下脸，不甘不愿地应了一声"是"。

他们出了亭子后，安岚看向川连："想不到还能在这里看到川连姑娘。"

川连微微颔首："听说安先生在这儿，便过来打声招呼，安先生果真会调教人。"

安岚漫不经心地道："见笑了，川连姑娘似乎对我天枢殿的人很感兴趣？"

川连道："以长香殿之名，但凡是做香的，谁也不敢说自己没有一丝好奇心。"

安岚忽然问："你觉得鹿羽如何？"

川连道："安先生指的是刚刚那位姑娘？"

安岚点头。

川连道："看着是个挺天真单纯的姑娘。"

安岚笑了："是吗？"

川连表情木讷，总让人觉得她的话，敷衍的成分太多。

正好这会儿，慕容云海那边有人来请，川连便道一声"失陪"，然后就转身出了亭子，也不跟白焰打个招呼。

安岚看向白焰，不说话。

白焰眼里慢慢溢出笑意，上前两步："我不是说了，你若不愿，我便不会让她上车。"

安岚冷着脸看他："我可说过此话？"

白焰眼里的笑意盛不住了，漫溢到脸上："是没说过。"

安岚定定地看了他一会儿，就侧开脸，看向亭子外的雪松。

白焰看着她的侧脸，他似乎第一次发现，她竟如此之可爱。

亭子里陷入一种奇异的沉默，两人似乎都知道对方心里在想什么，却都没有开口。

良久，白焰忽然道："川连确实是司徒镜的人。"

安岚一怔，转回脸："查清楚了？"

白焰却又摇头："并没有查到确实的证据，但从种种迹象看，应当不会错。"

安岚沉吟一会儿，才道："如此说来，她也是为山魂而来的，司徒镜在暗，她在明……慕容氏跟这件事有关吗？"

白焰道："慕容云海今日展现出来的异香，就是她送的，价值不菲。"

安岚道："难怪，但是她为何要选慕容府？长安城那么多爱香的世家，为什么偏偏是慕容府？还是……跟黄香师有关？"

景府辨香时黄香师胜出，接着柳璇玑就对南疆人出手，接着黄香师接到慕容夫人的请柬，同时慕容云海也对川连发出了邀请。

这一切，都跟山魂有什么关系？

两人正琢磨的时候，忽然听到远处传来一阵喧哗。

前面出事了？

安岚站起身，走出亭外，往声音传来的方向看了一会儿，殿侍正要过去询问，她却看到寿王从那边过来。

寿王走到安岚身边，朝白焰微微颔首，然后道："黄姑娘似乎是魔怔了。"

安岚不解："魔怔？"

寿王解释道："刚刚慕容四公子来给慕容夫人祝寿时，黄姑娘忽然当着众人的面，跟慕容四公子表明了心迹，并说出非君不嫁之语，黄夫人惊吓得差点当场晕过去，还惊动了在前院的黄香师。黄姑娘说完后，似乎就醒过神来，甚是羞愧，不愿再待下去，闹着要回去，众人倒是有劝的，只是大都被惊住了。"

安岚怔住，这等魔怔，听着倒有点像是中了香境。

今日慕容府上是有两位大香师在场，但她们两位都不在宴席上，更何况，这等恶作剧，大香师没有理由去做，更不屑去做。

所以，寿王便只用"魔怔"来定义。

不过无论是何因，黄姑娘的名声算是完了，若是慕容勋能娶她还好，若是不行，那日后黄姑娘想议亲，起码今日在座的这些人家，都不会答应了。

这个时候，不说黄夫人是怎样的心情了，就是慕容夫人，也被气得脸色铁青，就连慕容勋亦是被吓到了。至于黄嫣嫣，当真是连死的心都有了，她是真不明白自己怎么会说出那样的一番话，即便那确实是她的心里话，但她怎么可能、怎么可以当众说出来？

黄夫人脸色难看，起身跟慕容夫人告辞，带着面无血色的闺女匆忙离开，而走出大门后，才想起丈夫，正想请慕容府的下人去通知一声，就看到自个儿丈夫也匆匆忙忙地从慕容府里找了出来。

黄夫人像是看到了救星，忙走过去："老爷——"

"什么都别说，先回去。"黄香师说着就往车厢看了一眼，他闺女已经坐进车厢内了，他想了想，就走到车厢前面，坐到车夫的一侧。

黄夫人见慕容府的下人一直看着她这边，赶紧收起面上的慌乱和惨淡，也上了马车，今日这事，必须得好好商议商议，否则……

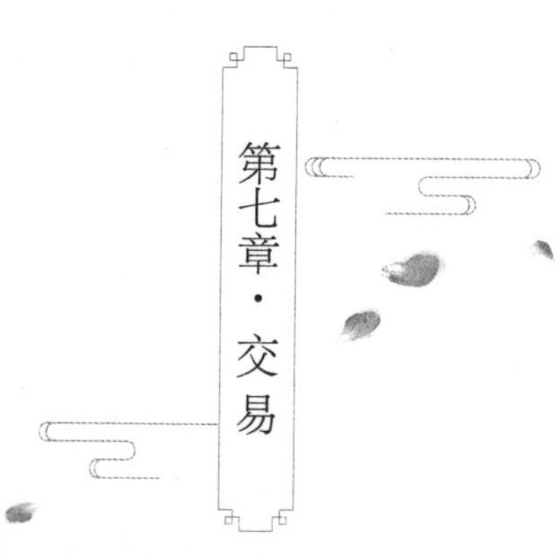

第七章 · 交易

在慕容夫人强大的自控力和社交手腕下，黄嫣嫣刚才的事情就好似一个不起眼的小插曲，他们离开后，当着慕容夫人的面，大家都很识趣地不再去提，就好似什么事都没发生过一般，这场寿宴，最终还是做到了宾主尽欢。

但黄嫣嫣在慕容府的言行，毫无意外地成了各府邸茶余饭后的谈资，自然而然，慕容勋也不能幸免，毕竟在宴席上，黄嫣嫣不仅仅说了非卿不嫁，亦当着慕容勋的面，道出了他许下的山盟海誓，非卿不娶！

回到黄府后，黄嫣嫣一句话也不肯说，直接跑回自己的房间，并将自己锁了起来，连丫鬟也不让进。

“究竟是怎么回事，嫣儿不是跟在你身边吗，你是怎么看着嫣儿的？怎么就出了这等事？”回府后，黄香师即黑着脸斥问黄夫人，“今日本是可以跟慕容氏拉近关系的，你竟然……我在前院忽然听到你们在后院……”黄香师说到这里，已经气得有些说不下去了，手指颤抖地指着黄夫人，最后一甩袖，“闺女的名声还要不要了？我黄家的脸还要不要了？”

黄夫人也是满肚子委屈：“老爷，我、我真的不知道嫣儿是怎么了，当时她就坐在我身边，慕容四公子刚进来的时候她还好好的，谁知就在慕容四公子将出去时，嫣儿突然就站了起来，说、说了那些话，我当时也是蒙了。”

黄香师气得来回走了两步，指着黄夫人道：“你就不会先堵住她的嘴巴？”

“我有阻止的，可是嫣儿当时还推了我一把，差点将我推到地上。”黄夫人说到这，忍不住哭了起来，“老爷，老爷，如今不是追究这个的时候了，您想想法子，咱们怎么善后啊？嫣儿以后可怎么办啊？”

黄香师气得拍了一下桌子：“这还怎么善后，那宴席上有多少人你不知道？那些人又都是什么身份，他们的嘴我堵得住吗？堵得住吗？！”

黄夫人捂住脸呜呜地哭起来：“那可怎么办，我的嫣儿怎么办？可怜的孩子，不知她心里有多苦，竟魔怔成这样！”

“那慕容勋到底给她灌了什么迷魂汤？”黄香师被妻子哭得心烦，在房间里来回走了几圈后，才道，“这件事，除非慕容家能顺水推舟地成全了这门亲，事情才能圆满，否则日后两家怕是都不能再来往了，嫣儿更是……”

黄夫人赶紧道：“那、那我赶紧找媒人去慕容府说亲！老爷，他们会答应的吧？”

黄香师却拧着眉头沉默，黄夫人心里焦急，推了一下他的胳膊：“老爷您说句话啊，之前慕容夫人都给咱发了请柬，今日、今日柳先生也过去给您撑腰了，他们、他们本来就是要接受咱家嫣儿的不是吗？”

黄香师还是不说话，黄夫人又道：“对了，刚刚、刚刚柳先生也在慕容府的，柳先生还当着慕容夫人的面，赞过咱家嫣儿呢，老爷，您去求求柳先生，求柳先生保这份媒吧，柳先生那么看重您，您去求她，一定可以……”

“够了！”黄香师呵住黄夫人的话，“你当柳先生是什么人，是你想求什么都可以的吗？！”

黄夫人也急了，不管不顾地哭着道：“我这不也是为了嫣儿，她都魔怔成这样了，我就这么一个闺女，万一嫣儿想不开，有个三长两短，您叫我怎么活？”

黄香师又何尝不心疼闺女，可他明白，柳先生既然提前说了不会保媒，他现在再去求也没用，更何况，今日这等事，实在不光彩，他就算想，也没脸去求。

良久，黄香师才叹了口气：“先找媒人吧，让媒人上慕容家说亲。”

黄夫人止住哭声，小心地问：“找媒人能行吗？那慕容家能答应吗？”

“这又不是嫣儿一个人的事！”黄香师话里带着愤怒，“若不是他家养的好儿子行为不正，使劲给嫣儿灌迷魂汤，能出今日这样的事？”

黄夫人一边擦着眼泪一边道：“若是柳先生能做这个媒人……”

黄香师烦躁得想发火，但看到妻子满脸的泪痕，却是心里一软，终是忍住了，耐着心道：“柳先生一开始就看出了我的贪心，即便如此，先生还是答应去赴宴，这已经是极大的恩惠，我若是再得寸进尺，便是贪得无厌了，更何况先生先前就已经明说过，她不会保媒。先生说过的话，极难改变，所以别再提求柳先生保媒这件事了。”

安岚一回到天枢殿，就看到鹿源垂首候在她的寝殿内，而她的桌案上放了几筒新的宗卷。

白焰是随安岚一块进来的，鹿源却没有看白焰，只是朝安岚行礼：“江南之行的东西已整理好，请先生过目。”

安岚瞥了那几个宗卷一眼，再看向他：“你有事？”

鹿源微微抬起眼，水润的眸子里带着一丝乞求：“一点小事，先生先忙。”

他说着就要退出去，安岚却问：“鹿羽呢？”

鹿源站住：“先让她回房间了，先生还未吩咐，属下还不知该如何安排她。”

总之，侍香人是做不得了。

鹿羽是回了天枢殿后，才知道这个事的，她先是愣住了，接着是不信，随后就要跟鹿源闹。可直到那一刻，她才真正明白，鹿源在天枢殿究竟有多大的权力。鹿源只是说了一句话，原本跟着她的那些人就全都退到了一边，无论她如何叫喊、如何威逼利诱，都不为所动。

至此，她才真的慌了，知道闹是闹不出结果了，于是就开始哭着求鹿源帮她，最后甚至搬出了他们的母亲，搬出了他离家那些年，她们母女的生活境况来求他。

他的出身、他的过往、他抛下的母亲和妹妹，是他烙在心底的伤，是他这辈子都迈不过的槛，每提一次，那个伤口都会加深一分。

鹿源进退两难。

安岚道：“下面的香院很缺人手，让她挑一个吧。”

鹿源怔了怔，垂下脸，慢慢地跪了下去：“小羽性格骄纵，她下去香院，定会将我的身份搬出来，香院的人不知内情，怕是都不敢管束她。”

安岚在案边坐下，一边翻着那些宗卷，一边道：“如此说来，只能将她送到更远的地方了。”

鹿源垂着脸道：“属下斗胆，求先生将她依旧留在香殿。”

安岚放下手中的宗卷，看向他：“你觉得我的处罚太重了？”

鹿源将脸垂得更低：“属下不敢。”

安岚问："你可明白我为何要罚她？"

鹿源慢慢抬起脸，眼睛安静地看着安岚，久久不答。

安岚唇边浮起一抹笑，但笑容并没有扩到眼里："你以为我都是为了镇香使？"

白焰就站在一旁，听了这话，表情微顿，遂看了她一眼，她坐得笔直，说话时身体一动不动，像个冰雕的人儿。

鹿源垂下眼，安岚淡淡地道："她若真这么天真，倒也罢了，未必不是福分。"

鹿源即听出安岚这是话里有话，再次抬起脸："先生的意思……"

安岚这会儿却看向白焰："镇香使觉得呢？羽侍香该继续留在殿内吗？"

白焰道："看先生的意思。"

安岚道："我在问你的意思。"

白焰看了鹿源一眼，想了想，才道："若依我之见，先生就留下她吧。"

鹿源目中露出些许诧异，安岚看了白焰一会儿，沉吟片刻，便道："以后让她跟着花容在外殿伺候。"

凤翥殿分外殿和内殿，她的寝殿为内殿，只有侍香人和有资历的侍女才能进内殿，花容是凤翥殿的侍女长史，主要在外殿伺候。

鹿羽从侍香人一下降为侍女，还被分在外殿，这样的惩罚说轻不轻，说重也不重。她虽不能再进内殿，但毕竟是留在了天枢殿，而且是留在了凤翥殿，还是有机会见到安先生的，日后能否恢复侍香人的身份，也不过是安先生一句话罢了。

鹿源俯下身："多谢先生！"

安岚道："去跟她说吧。"

"是。"鹿源站起身后，又行了一礼，同时也向白焰微微欠身，然后就要退出去。

安岚又道："既然我之前说了，她的事你无须再管，此话不改。"

鹿源微顿，随后应下："是。"

他不能管，花容却可以管，花容能压得住鹿羽，倒也不用太担心。

鹿源退出去后，安岚再次看向白焰："你是否觉得，我是为她要与你同乘一车，才下如此惩罚的？"

白焰笑了："先生显然不是为这个。"

安岚微微扬眉："那我是为了什么？"

白焰却又摇头："先生身边的人，我并未都了解。"

安岚直勾勾地看着他："那你又怎知我不是为了你？"

白焰顿了顿，垂眼看着她："若真如此，我会很高兴。"

安岚示意他坐下，坐到自己身边，然后才面无表情地道："是吗？"

白焰不禁又笑了，黑漆漆的眼睛盯着她："绝无虚话。"

安岚与他对视了一会儿，待他面上的笑慢慢褪去，就转开脸："即便你貌似潘安，她也不是那么天真单纯的人，鹿源之前应该警告过她，还追她追了一路，她却依旧任性而行，看着是不是还真像是痴傻？"

"所以你怀疑她是故意装傻？"白焰说着就伸出手，握住她的下巴，将她的脸转过来，"既如此，为何还要留在身边？"

他手上的力道并不重，拿捏得恰到好处，既不会让她不舒服，也不会让她轻易避开。

"那你呢？你刚刚为何说可以留下她？"

"因为源侍香甘愿当着我的面跪下求你，甚至求我，说明他确实非常在意这个妹妹。鹿羽不过是个不怎么听话的小丫头，你若真想拿捏住，又有何难？但源侍香不同，你需要这个人，所以不能将他的心往外推。"他一边说，一边靠近，拇指轻轻地、慢慢地摩挲着她的下巴，"你真以为我会被那样的小丫头吸引？安先生是不是太看低了自己？"

安岚没有开口，看着他一点一点靠近，最后毫不犹豫地贴上她的唇。

她的心怦地一跳，手不由得握紧。

他是第一次仔细地去品这个吻，与他想象中的一样，也与那晚似真似幻的感觉一样，甜软滑腻，诱人沉沦。

良久，他才结束了这个吻，捧着她的脸仔细打量。

她闭着眼睛喘息了许久，才慢慢睁开眼，轻轻掰开他的手："你在想什么？"

"想你。"他手指轻拂过她裸露出来的脖子，声音沙哑。

她身上微微一颤，他看了她一眼，眸子幽暗："你还未说，为何留下鹿羽？想看她是不是真的在装傻？"

安岚道："也有你说的原因。"

白焰笑了笑，又问："你怎么知道鹿羽不是天真的人？"

“她父亲的性格极为暴烈，长年殴打她们母女，八岁之前她过得并不好，后来她能被她伯父收养，都是她自己的功劳，她伯母本是不愿的。”安岚握住他的手，垂下眼道，“能在恶劣的环境中，自己找到出路的孩子，都不会是天真单纯的，后来她在她伯父家得了多大的娇宠，也不是白白得来的。”

白焰看着她沉默了一会儿，微微点头，然后转开话题：“今日在慕容府，那位黄姑娘，当真是魔怔了？”

安岚摇头：“若不是魔怔，就是香境的作用，但今日那里除了我，慕容府就只有柳先生可以……”只是她说到这里，忽然顿时，似想起什么般，表情有些凝滞。

白焰不解：“怎么了？”

安岚迟疑了一会儿才道：“会不会，有别的人——”

白焰立即明白她想说什么，便道：“你是说，有别的人也能起香境，有大香师之才？”

安岚微微皱起眉头，许久，又摇头：“若真如此，那人为何要针对黄姑娘？”

而就在安岚为此不解时，柳璇玑此时也陷入这样的怀疑中，但她亦觉得这样又解释不通。

安岚忽然问：“川连今日来慕容府，只是为了能顺利进入长安香圈吗？”

“她既然打了长香殿的主意，进入香圈便是必需的条件。”白焰说到这儿，想了想，又问，“若真有人可以起香境，那个人会不会就是川连？”

安岚摇头：“算一算时间，黄姑娘魔怔的时候，川连才刚刚走出凉亭，我没感觉她有任何异样。而且，她为何要捉弄黄姑娘？”

白焰闻言便道：“既如此，眼下就无须再琢磨了，先看黄家会如何应对。”

鹿羽听鹿源说完后，不敢相信地摇头：“为什么？我究竟做错了什么？先生竟连见我一面都不愿，就将我降为外殿侍女？！”

鹿源看着她道：“我警告过你的，你却未当回事，还一意孤行。”

鹿羽怔怔地看着他：“就因为镇香使？”

鹿源沉默，鹿羽面上忽然露出个似哭又似笑的表情：“先生果真对镇香使有意？！”

鹿源没有接这句话，而是道：“你收拾一下东西，搬到盛瑞轩去，那边的房间已经让人给你空出来了。”

盛瑞轩是凤翥殿侍女的居所，虽说天枢殿没有一处是不好的，即便是侍女们的房间，也比许多高门大院内的小姐们的闺房还要精致奢华，并且天枢殿年年都有修缮，无论任何角落都不存在破败的可能。

但盛瑞轩毕竟是集体居住的地方，并且只有内殿的侍女才是一人一间房，外殿的侍女都是两人一间房的，如何比得上侍香人的居所，一人有一个独立的小院。

鹿羽环视了一下自己住了将近三年的房间，再转头，看向窗外，只见梅影横斜，香绝檐下。她这院子虽不大，景致却极好，走出房间，就能看到飞入苍穹的凤翥殿。

“我不信！”鹿羽摇头，往后退了一步，“我不信先生会这么对我，一定是你在先生面前说了我的坏话！先生若真对镇香使有意，为何之前我在慕容府时，先生却不说？！”

鹿源没有在意鹿羽的指责，只是平静地道：“小羽，你还不明白吗，先生心里想什么，都无须与你说。”

鹿羽反问：“那先生是都与你说了？先生说她喜欢镇香使，不许任何女人接近镇香使？”

鹿源沉默着，鹿羽冷笑一声，眼里带着敌意：“你都是猜的，原来你也不够资格，凭你想得再多，都没用，呵，你比我还可怜！”

鹿源淡淡地道：“今日你可以住在这儿，好好整理自己的东西，明天就搬过去，以后我会常过去看你，需要什么就跟我说。”

他说完就转身，他原是有心多说几句，但现在的鹿羽怕是什么都听不进去，只能日后找机会慢慢提点。而且刚刚安先生说的那句话，让他心里隐隐有些不安，似乎安先生并非是因为镇香使才惩罚鹿羽的，而是怀疑鹿羽有异心！

这个想法让他震惊，小羽怎么会——

白焰要起身离开的时候，安岚忽然问：“为何吻我？”

白焰眼神微异，打量了她一眼，然后轻轻一笑：“你从来都是这么直白吗？”

安岚不语，只是看着他，等他的回答。

白焰收起面上的笑容，认真地看着她：“可是觉得我冒犯了你？”

安岚道："没有。"

白焰在她脸上轻抚了一下，低声道："因为你，总让我无法拒绝。"

只是因为她让他无法拒绝，不是因为他对她情不能自已!

两句话似乎是一个意思，但终究是有差别的，因为起始点不一样。

安岚静静地看了他一会儿，正要抬手，却这会儿，侍女在外道："先生，蓝掌事来了。"

他便收回手，安岚袖中的手暗暗握了握，然后重新坐正了，冷着脸道："让她进来。"

白焰站起身，很自觉地告辞。

蓝靛和他的关系一直处于一种微妙的状态中，因他的出现，使得刑院的权力被分割了，蓝靛身为刑院大掌事，心里自然是不忿的，但这是安岚的决定，并且他的行事很有分寸，蓝靛在的时候，他会自觉避开，所以蓝靛至今未明着表示出什么不满。

安岚也没有留白焰，她如今是乐见眼下这样的平衡的。

白焰出去的时候，蓝靛并未看他，只是当他从她身边走过时，她忽然开口道了一句："镇香使如今来得比以前勤了，是只为了先生，还是为了别的?"

白焰唇边噙着一丝笑意，也未看她，亦未停下脚步："蓝掌事辛苦!"

蓝靛侧过脸，看着他从容地往外走，光从外头照进来，使得他的背影看着愈加高大挺拔，这样的画面其实很熟悉，跟当年广寒先生还在的时候，一模一样。

蓝靛压在心里的那份担忧，此时又隐隐浮出一角。

即便这段时间他都没表现出什么异样，但这样的男人，真的会甘心于一个镇香使的位置吗?

"景二爷去见了川连?"安岚听了蓝靛查到的消息后，想了想，就问，"在哪儿见的?天下无香?"

蓝靛摇头："是在一家景二爷不怎么常去的茶馆，自己一个人去的，好像是不想让人知道。"

"辨香那日，景二爷对那些南疆人可谓是恨之入骨。"安岚唇边忽然扬起一抹笑，"知道他们说了什么吗?之前他们可有过别的接触?"

蓝靛道："玉瑶郡主的命案之前，我们的人并未对景府有这么严密的监视，故并不知在那之前他们有没有过接触，不过玉瑶郡主命案之后，他们是第一次在府外见面。因不确定川连的能耐，我们的人很小心，所以……只听到他们提到了景孝和镇香使的名字。”

“景孝和镇香使？”安岚想了想，才道，“景二爷这是着急了？”

蓝靛问：“先生的意思是？”

安岚道：“因着镇香使的出现，景二爷这段时间定是为着手中的当家大权吃不香睡不着，只是他能找上川连，倒是有几分意外。”

“需要敲打一下景二爷吗？”

“不用，先看他们要做什么。”

“是。”

景二爷回到景府后，景三爷立即找过来，关上门，悄声问：“二哥，你去都跟她说了什么？”

景二爷有些疲惫地往太师椅上一坐，喝了口茶，然后才道：“她说她愿意帮我，除去镇香使，和安先生！”

景三爷心里悚然一惊，好一会儿才紧张地问：“你答应了，她打算怎么帮？”

镇香使的出现、府里风向的改变，令他们的危机感一天比一天重。景孝那小子，更是一日比一日鬼精，就连景四那病痨子的腰杆子，也跟着一日比一日直了起来，那些管事更是会见风使舵。

景仲手里的当家权，实在是岌岌可危了。

景二爷摇头，神色阴郁：“她具体要怎么做，并未与我明说，只是表示可以结盟。”

景三爷皱起眉头：“那、那咱们——这结盟具体是如何说的？”

景二爷使劲捏了一下眉心：“之前安先生的意思还有些模糊，但镇香使已经出现，景府的当家权迟早是要从我手里脱离出去的，即便他们不表态，但你看看如今这府里里里外外，真正听话的还剩下几个？三房也是动了心思，藏都藏不住！”

景三爷道：“可不是，若非如此，咱们何至于……走这样的险棋？”

景二爷叹了口气：“若真让三房得了势，你觉得咱们会是什么下场？景孝那小崽子，吃过一次亏，面上不表，心里可全都记着呢，还有景明，这么些年的怨恨，只要得了势，岂会善罢甘休？！”

景三爷想象了一下，脸色都变了。

景二爷接着道："他们若能成事，景府依旧是香殿最紧密的盟友，目前分配情况不变，但权益优于另外几个世家。"

"优于另外几个世家？"景三爷琢磨着最后这句话，"此话何意？"

景二爷看了他一眼，就用手指沾了沾茶水，在桌上点了七个点，然后画了一个圈将那七个点都包住。

景三爷还是不解，只是过了一会儿，面上一惊，张了张嘴，却连声音都不敢大了，尽量压低了道："他们……野心这么大，可这、这怎么可能？！"

景二爷道："听闻是……"他说到这儿，掌心向上，做了一个捉住的动作，"拿到大香师的命脉了，就等着合适的时机！"

景三爷震惊："当真？！"

景二爷看着桌上逐渐干掉的水痕："若非如此，他们如何敢有这样大的野心？"

他说这话的同时，脑海里又想起川连跟他说的那几句话——

"你分明是景府嫡亲的血脉，何必受制于一个跟景府毫无血缘关系的人，甚至为此要交权给一个乳臭未干的后辈！这本来就是你的东西，为何要看他人脸色行事？更何况，你真要看着景府日后再不姓景？"

景三爷忽然问："既然有这么大的本事，那是不是玉瑶郡主那事，其实还另外藏着蹊跷？"

景二爷抬起眼："无论如何，此事都与景府无关了，莫要再提！免得节外生枝！"

景三爷一惊，忙点头："是是，不能再提了。"

景二爷随后又垂下眼，看着桌上已经干掉的水痕，眉头拧得紧紧的。

景三爷便道："他们没有大肆许诺，听着倒是有几分靠谱，但谁能确定他们就一定能成事？二哥心里是怎么想的？这事，咱究竟能不能答应？"

答应了，事情若能成，其利暂且不说，起码他这当家人的椅子是坐得稳稳的了，并且以后再不用看着上头的脸色行事；但若不答应，迟早有一日，景二爷要将这当家人的位置交出去，到时他们就只能任人宰割。

景二爷也拿不定主意，想叫府里的心腹来商量，却又担心这事知道的人多了，会让安先生的人察觉出不对劲来。他当家几年了，知道天枢殿一直有安排人在府里，虽然他不知道究竟是谁。那藏在暗中的人且不说，明面上，起码三房那边，就有人盯着呢，这种事不小心不行，否则……

景三爷也觉得不好让太多人知道，便道：“二哥，咱们下决定吧，总归眼下这老悬着一颗心的日子，老子实在是过腻了！”

景三爷还是偏向于与南疆人结盟，彻底脱离景炎公子的影响，那个人即便消失了，影响力却还在，但凡有一点风吹草动，就马上让人心浮动。

景二爷手指轻轻敲着桌面，发出沉闷的声音：“这件事，暂时别告诉大哥，他嘴巴不牢，被人一激，就容易什么都说出来。”

景三爷知道他二哥是下决心了，即点头：“我晓得的，二哥你放心，平日里我也会看着大哥的，不让他随便说。”

两日后，黄夫人请了个体面的媒人去慕容府说亲。

那媒人在慕容府倒是坐了一刻钟，只是带回来的话，却让黄夫人愁得要白了头发。

慕容府倒是没有拒绝这门亲，毕竟黄小姐是在他们府里出的事，他们也不忍看着一个年轻女子被逼得走投无路，但他们不能接受这样一个女子做四公子的嫡妻。

这话是什么意思，就是黄嫣嫣想嫁进慕容府可以，但顶多做个贵妾。

“荒唐！”黄香师听说了这么个意思后，气得脸都白了，“他们这是、这是不仅要糟践我女儿，还糟践我黄家！”

再怎么说，他如今也是天璇殿的挂牌香师了，外头有多少人敬着，他闺女就是做诰命夫人都可以，慕容家那小子惹出那么多事，如今居然还想要他闺女做妾！欺人太甚！

黄夫人也红着眼道：“可这怎么办，这还是托了媒人的面子，他们家才应允了这事。嫣儿亦是为此伤心，但嘴里又没有说要拒绝，我、我实在不知该如何劝她！”

黄香师在房间里走了几圈后，甩着袖子道：“总之，绝不能是妾，什么贵妾贱妾，还不都是妾？你给媒人备份大礼，让她想想法子，既然慕容家没有一口就拒绝，就说明还是有商量的余地的。”

黄夫人抹着眼泪点头：“就听老爷的。”

黄香师道：“此事尽量办得快些，都年底了。”

多拖延一日，对黄嫣嫣的名声就多损上一分，如今就是黄香师都不大愿意出门，只要是认识的人，没有不知道这件事的。有嘴欠的还故意上来，以关心的名义打探虚实，若非他要顾着体面，不知多少次跟人大打出手了。

黄夫人亦是明白，这些天她更是对外宣称抱病，一心扑在这件事上。

然而媒人第二次去慕容府，却是无功而返，慕容府还是原先的意思。

黄夫人不甘心，备了更丰厚的两份礼，再请一位媒人，让两人一同去慕容府游说。

其实，至此，黄香师已经觉得丢脸至极，但没办法，这件事明显吃大亏的是他闺女，他不想舍下脸都不行。

兴许是皇天不负苦心人，第三次，慕容府虽然还是没有答应，但口气似乎有所松动，并且有所暗示，两个媒人赶紧到黄府知会黄夫人。

许媒人坐到黄夫人身边，推心置腹地道："女儿家要抬高身价，嫁人后能不能得夫家高看一眼，其实还是得看娘家能舍得多少。毕竟嫁过去后，姑嫂妯娌间都会有个比较，您说是不是？"

黄夫人顿时明白了，即道："这个您放心，我家老爷这些年也攒下些家业，我们又只有这么一个闺女，嫣儿的嫁妆我是早就准备好了的。说起来，他慕容家虽是家大业大，后辈子弟却是不少，可不是每一个手里都能那么阔气。"

坐在另一边的王媒人笑着点头道："可不是，黄夫人是个明白人，您这份疼孩子的心，这整个长安，真数不出几个能像您一般的，我们也都是有女儿的，比起您，还真是不如。"

许媒人接着道："还不是黄姑娘招人疼，就是我看着都喜欢，要不是我儿子已经娶亲，我就是拉下这张脸，也得跟黄夫人求一求呢。"

黄夫人听得高兴，面上笑开了："我们嫣儿自小就聪明乖巧，她爹教她辨香调香，她学得也快，要不是我舍不得，她十岁那年就送她去香殿跟着柳先生了呢。"

"还有这等事？哎哟，能得柳先生青睐，那可不是一般人能有的福气！"王媒人说完就朝许媒人使了个眼色。

许媒人跟着道："虽说黄姑娘没能跟随柳大香师，不过黄香师如今也是柳先生跟前的红人了，这些年黄香师研制出来的香方亦不少，黄香师又有心教黄姑娘，这么说，单黄姑娘学得的黄香师这身本事，那身价是足足够了呢！"

黄夫人听着她们的话，隐约琢磨出点什么，迟疑了一下，便道："慕容家那边，是不是有什么具体要求？"

两位媒人相互看了一眼，许媒人才道："慕容夫人很喜欢含烟舞，若是黄香师愿意让黄姑娘带着这张香方嫁入慕容府的话，那黄姑娘确实配得上嫡妻的身份，慕容府定不会怠慢了。”

“含烟舞”就是之前在景府辨香时，黄香师用的那款合香，当时他还未取名，后来请示了柳璇玑，柳璇玑便随口给取了这个名。

黄夫人怔了怔：“原来他们想要我家老爷的香方！”

王媒人笑着道：“您刚刚也说了，您就这么一个闺女，黄香师那张香方，最终不也是要传给黄姑娘的吗，其实早给晚给不都一样？”

黄夫人想了想，才道：“这事，得……先跟我家老爷说一声才行。”

王媒人道：“那是当然，这缔结姻缘，必定是要两家都商量好，都满意了才行。”

许媒人道：“那您就先跟黄老爷商量商量，事后给我们句话。”

家传的香方给女儿的嫁妆压箱底这样的事情，也不是没有，但鲜少有。这等东西，基本都是传男不传女，思想根深蒂固，虽说黄香师膝下无儿，但要将自己毕生的心血拱手送出，怕是也不容易。

这天下，有很多技艺，之所以失传，就是因为觉得无人可传，宁愿自己带入棺材。

果然，黄香师一听这个要求，顿时沉下脸：“简直是痴心妄想！”

黄夫人嗫嚅着道：“老爷您先别生气，其实慕容家会提出这样的要求也是可以预料的，如今您的含烟舞是千金难求，谁不动心？”

“哼！”黄香师坐下，“让他们死了这条心。”

黄夫人走到黄香师身边：“可是咱们嫣儿怎么办？这几天她天天哭，我早上去看，她眼睛还肿着呢！”

黄香师寒着脸，不作声。

黄夫人低声道：“要不，您这会儿去看看嫣儿，我估计又在哭呢。”

黄香师脸色缓了几分，只是过会儿又瞪着黄夫人道：“难道你想让我答应？！你知道慕容家想要的是什么吗？那是我的命！可你说给就给？！”

黄夫人顿时红了眼圈：“我当然不想给，可这不都是为了嫣儿吗？您和我就这么一个闺女，为了闺女，有什么不能舍的？您难道就不心疼闺女，就任着外头那么多的流言蜚语将她逼得出不来门？”

“我、我怎么不心疼闺女？”黄香师有点被堵住，喘了好一会儿才道，“他

们要是提出要别的香方，我定是二话不说就应下的，但含烟舞不行！”

黄夫人道：“这是为何？怎么就含烟舞不行？”

黄香师道：“你又不是不知道，这款香，是柳先生给取的名！”

黄夫人道：“那又如何？名字是柳先生取的，但香是您调配出来的，香方是您研制出来的，您要给谁不给谁，柳先生难道还能管？”

黄香师含着一口气，好一会儿才道：“总之，就是不行！”

“为什么不行？”黄夫人不死心地追问，“您难道真的不顾闺女的死活？”

黄香师不说话了，沉着脸，唇抿得紧紧的。

黄夫人接着道：“即便您把香方交出去，您这身本事不一样还是在的，那外头的人一样是要敬着您的。老爷，咱就嫣儿这么一个闺女，您就真不管她？百年后，您难道真要带着那些东西入土？”

“不是我不管女儿，而是这个香方……”黄香师终于开口，却说了一半，又收住了。

黄夫人追问：“这个香方怎么了？”

黄香师沉默一会儿，顶不住追问，便叹了口气：“你不知道，含烟舞，我调配了一半，一直没能成功，后来是柳先生无意中看到了，帮我给调配出来的，香的名字也是先生取的。所以这款香，严格来论，应当是柳先生的香，不是我的香。只是先生不计较这些虚名，又因我也是香殿的香师，有意扶我一把，所以才……”

虽然他在外头也说含烟舞是经柳先生指点才调配成功的，但是，话里话外的意思，还是这款香主要是出自他的手，而这么想的人也不在少数。

黄夫人怔了一会儿，才小心地道：“既如此，那不也还是老爷的香吗，既然先生都不计较了。”

“你懂什么。”黄香师看着她道，“因为是在我手里，先生才不计较，但那慕容府跟天璇殿是什么关系？丁点关系也没有，我却要将先生的香方送给慕容府？！这像话吗？若是先生知道了，会是什么后果，你想过没有？”

黄夫人几乎感到绝望，犹豫了一阵，还是忍不住道：“柳先生……或许根本不在意这等小事，再说，只要老爷您不在先生跟前说，谁还会大肆宣扬不成？慕容家得了便宜，想偷偷捂着都来不及呢！”

黄香师瞪着黄夫人：“你的意思是让我偷偷地答应慕容家，再偷偷地给他们送出我手里的香方？”

黄夫人低声道："您也别这么说……"

"那你叫我怎么说？！"黄香师大声呵斥，"他们家不要脸，我还要脸！再说，你当柳先生是可以任由你糊弄的人吗？柳先生若想知道这件事，还需要我特意跑到跟前去说？"

黄夫人顿时收声了，黄香师却还是不解气，接着道："你让他们趁早死了这条心！"

当天，黄嫣嫣从黄夫人嘴里知道慕容家的要求和父亲的态度后，倒也没有闹腾，也没有埋怨黄香师，只是垂泪道："娘，是女儿没有这等福分，您和爹也别再为我操这份心了，是女儿不孝，让您和爹丢脸了。"

黄夫人看着已经瘦了两圈的女儿，心里是刀割一样的疼："好孩子，你别难过，我在劝你爹呢，你爹不是不疼你，兴许过两天他就想通了，你别着急。"

黄嫣嫣躺在床上不说话，眼睛也不转动。

黄夫人心里急得不知该怎么好，黄嫣嫣却忽然笑了一下，看着床帐喃喃道："娘，您说，我和四郎下辈子还有缘分吗？"

黄夫人看着闺女这副样子，一下哭了："嫣儿，娘知道你和四公子这辈子一定是有缘又有分的，不用等到下辈子！"

安岚听说慕容夫人跟媒人提出的这个要求后，便问了一句："那含烟舞的香方，究竟是黄香师的，还是柳先生的？"

蓝靛道："据查，一开始是黄香师的想法，但一直没能调配成功，柳先生知道后，指点了他一下，才终于调配出来。照香殿的规矩，这张香方黄香师是无权吞为己有的，应当交予香殿。只是柳先生似乎一开始就不怎么在意这件事，所以才纵容了黄香师。"

安岚道："不属于天璇殿，倒是好办了，你想法子拿那张香方来给我看看。"

蓝靛道："是。"

安岚想了想，又问："黄嫣嫣的事，还查到什么了？"

蓝靛道："黄嫣嫣有两个贴身丫鬟，一个叫兰芷，一个叫桂香。听兰芷所述，似乎是因为桂香很支持黄嫣嫣和慕容四公子的事，所以这段时间，黄嫣嫣跟桂香要更亲些。黄嫣嫣当日随黄夫人去慕容府赴宴途中，因想如厕，马车便在一个酒楼旁边停了段时间，当时是黄夫人和桂香陪着黄嫣嫣进酒楼的。后来属下也去那酒楼打听了一番，目前……并未听到有什么值得特别注意的地方。”

安岚忽然道：“桂香支持黄嫣嫣和慕容勋？一个丫鬟，怎么支持？”

蓝靛道：“她倒也没做过什么，主要是常常在黄嫣嫣跟前说慕容四公子怎么好，怎么情深意重之类的话来哄黄嫣嫣开心。”

“查一下桂香。”安岚吩咐了一句，沉默了一会儿，又道，“那家酒楼周围的街道民宅，常去酒楼光顾的客人，甚至那段时间进出净房的人，都不能落下。”

“是！”

三天过去了，黄嫣嫣一日比一日不好，黄夫人实在看不下去了，冲到黄香师面前道：“您真要为了一张香方，眼睁睁地看着女儿去死吗？您究竟是多狠的心啊！您去，您现在就去看一看嫣儿，看一看咱闺女都成什么样子了！您还捂着那方子！”

黄香师岂是不知自己闺女什么模样了，但他不敢过去看，生怕一看，就什么都不顾了。于是他只有沉默，眉头拧得紧紧的，脸上的肌肉在微微抖动。

“老爷，您、您说句话啊！”黄夫人推着黄香师，“算是我求您了老爷，您救救嫣儿吧！”

“你——”黄香师站起身，“你让媒人去慕容府传句话，这个香方我给不起，也不能给，让他们换别的要求，哪怕是狮子大张口，想要渝中那块地，也行！”

那块地，可是他家祖上传下来的肥田，黄香师这些年又陆陆续续扩大了不少。

黄夫人一下说不出话来了，她没想到自个儿丈夫能舍得那块地。

然而黄香师心里的苦，此时已难以表述，他是真心疼爱自己闺女，不忍心自个儿闺女变成如今这副模样。

只是那张香方，于他而言，意义重大。他是已经过了五十岁的人了，人生还剩下多少？哪个香师不想成为大香师？即便明知不可能，却还是忍不住要想，欲望压都压不住。而他用了大半辈子，才终于得到大香师一时半刻的青睐，即往前跨了一大步。如此收获，简直让他欣喜若狂，他怎么能在这个时候冒险，去得罪香殿，得罪先生？

女儿的幸福和自己毕生的梦想，究竟要选哪一个？

只是，这一次，媒人似乎觉得这实在是个难差，心知慕容府不会答应，有意推脱，连黄夫人的礼都退了回去。

黄夫人不得不亲自上门，求了又求，好话说尽，最终说得许媒人勉强答应再去试一试。

又三天后，一个下雪的日子，许媒人从慕容家出来，就直奔黄府。

“这样的天气，实在是辛苦了！”黄夫人请许媒人坐下后，亲自递过去一杯茶，“快喝口热茶，暖暖身子。”

她很想马上知道，结果究竟如何，但一时又不敢问，就想能不能先从许媒人脸上看出点端倪，然而许媒人面上什么都不表，接过茶，慢慢喝了两口后，才叹了口气：“您这里，真是什么样的好茶都有！”

黄夫人忙道：“您要是喜欢，一会儿带两斤回去。”

许媒人笑了笑，没有拒绝，将茶盏放下后，就开口道：“唉，这一次，我可真是磨破了嘴皮。”

见她说到这儿又停下了，黄夫人只得道：“您就说吧，别再卖关子了，那慕容家究竟是怎么回答的？应下了吗？”

许媒人见黄夫人急了，便笑着道：“我是厚着脸皮在他们府里磨了将近一个上午，最终他们也没有应下，不过，倒是愿意稍微松口了。”

慕容府松口的消息也传到了天枢殿，同时，蓝靛将香方拿到手了，不过并不是完整的香方，上面只有调配含烟舞所需的香材和各自的分量，并无调配的顺序和细节。香殿内，但凡重要的香方，每位香师都会将最重要的那一步记在心里，除非必要，否则从不会落笔写出来。

而所有完整的香方，都存放在香殿的内殿中，只有大香师可随意翻阅，别的香师或侍香人若想看，需经过大香师的允许才可。

安岚拿着含烟舞的香方，看了一眼后就放下：“慕容家退步了，愿意只拿一半香方？”

蓝靛点头：“他们想要的，就是先生手里拿的这张。”

安岚问：“黄香师答应了？”

含烟舞最重要的那一步，是柳璇玑调配的，若无柳璇玑，含烟舞不会出世。也就是说，即便慕容府的人拿到这半张香方，若无大香师之才，他们也调配不出真正的含烟舞。

黄香师心里必是明白这一点，他要是真心疼他闺女，就不会不答应。

而且，只给半张香方，以后即便是柳先生知道了，黄香师也好给个交代。毕竟含烟舞一开始就是源自他的想法，所以这半张香方，也可以算是他自己的东西，他自然可以自行做决定。

蓝靛点头："黄香师确实松口了。"

安岚便又拿起那张香方："恐怕慕容氏一开始，真正想要的就是这半张香方。"

只是如果他们一开始就提出这个条件，黄香师一定不会答应，所以他们才会一开口就要完整的香方，如此拉锯一番，最后再退一步，黄香师接受起来，就不会那么难了。

蓝靛问："先生觉得这半张香方有什么问题吗？"

安岚轻轻摇头，这半张香方上，所用的香材有二十八种，名贵香材居多，但若论名贵，内殿香格里存放的那些完整香方，好些所用到的香材比这上面所写的要珍贵多了，并且有许多香材现在已经找不到，更有一些，她甚至没见过更没听过，就连书里也没有记载。香材看着没有问题，君臣佐辅的搭配，她看着也不算出格。

这是一张很正常的香方，慕容府为何想要这张香方？

这张香方跟山魂有什么联系吗？

还是，她从一开始就想错了方向？

黄香师和慕容府的人，本就只是单纯为自家儿女打算罢了，根本没有夹杂着别的心思在里头？

安岚沉吟了好一会儿，才道："让鹿源进来，你去忙吧，桂香那边尽量查清楚有没有问题。"

蓝靛对香并不怎么了解，涉及香材的辨认等事，就不再需要她了。

"是。"蓝靛应下，退了出去。

不多会儿，鹿源走进来，安静地站在安岚身边，等着她的吩咐。

安岚眼角的余光看到他缓缓行来，白色的衣摆垂在地板上，反射出微微的柔光，忽有一瞬的晃神。

广寒先生当年，亦总是一身白衣。

"先生？"见她久不出声，鹿源便低声开口。

安岚收回神思，将手里的香方递给他："你可认得这些香材？"

鹿源恭敬地接过，仔细看了一会儿，点头道：“十种普通的单品香，十八种名贵香，其中六种极为稀少，还有两种是极难寻的石矿香。”

软玉香便是石矿香的一种，不过并非所有石矿香都来自天然原石，有一些是植物或是动物身体的某些部位，因机缘巧合没有腐烂，再经时光千万年的洗练而石化后含有异香的，也算石矿香。

安岚点头：“一一去查这些香材，都是怎么进天璇殿，又是怎么到黄香师手里的。”

“是。”

鹿源应声后就要退下，安岚却又问一句：“鹿羽怎么样了？”

鹿源道：“已经搬到盛瑞轩去了，花容这几天也只让她在外殿候着，没让她做别的。”

安岚看了他一眼：“她没跟你闹？”

鹿源道：“先生放心，我不会让她由着性子胡来。而且经过这一次，她心里应当明白了自己的分量，不会再像从前一般。”

安岚淡淡地道：“她若要闹，便随她去，你明白我的意思？”

鹿源抬起眼，那双漆黑的眸子安静地看着她，片刻后才道：“我明白，先生放心，我不会让任何人伤害到先生丁点。”

他说完就出去了，安岚慢慢靠在背后的大引枕上，闭上眼睛。

次日，蓝靛送来桂香的消息，一下打消了安岚之前的犹疑，慕容府和黄香师，果真跟山魂脱不开关系。

慕容夫人寿宴那日，桂香陪黄姑娘进酒楼，在黄姑娘进净房的时候，曾与一位不明身份的人接触过，最后查出，那人很可能是南疆人。

“看来，黄姑娘那天忽然闹肚子，怕也是早就安排好的。”蓝靛一边说，一边分析，末了问，“需要逼问一下桂香，关于那个神秘人的身份吗？”

安岚问：“桂香是什么出身？”

蓝靛道：“她是黄府的家生子，她爹娘原本都只是做粗活的，家里兄弟姐妹好几个，到了年纪都被送到黄府，只有她被挑中，最后还成了黄姑娘的贴身丫鬟。”

“如今她家里如何？”

“她娘前年病了，应当是花了不少银子，两个兄弟又都不成事，她家里如今就指望着她的月例。”

安岚道：“不用问了，她不会知道多少。”

不过是拿钱办事的，该知道的不该知道的，都不会知道。

蓝靛点头，安岚想了想，便往旁吩咐：“去请镇香使过来。”

侍女应声出去，蓝靛顿了顿，才道：“先生想让镇香使参与此事？”

上次景府命案，镇香使就已经插手进来了，现在这件事，竟又——

安岚抬起脸，看着她道：“你放心，他不会抢你的权，刑院的掌事是你。”

蓝靛沉默片刻，才道：“先生，我并非担心镇香使会夺刑院的权力。”

安岚问：“那你担心什么？”

蓝靛看着她道：“我担心的是，他会夺您的权！”

刑院掌事一生只侍一主，她的命运是跟安大香师紧紧绑在一起的，只要安先生稳稳坐着大香师的位置，她又没有异心，自然不必担心手里的权力会失效。

安岚垂下眼，给香炉里添了一块香丸：“何以有此等担忧？”

她轻轻盖上香炉盖，片刻，遂见雾一样的轻烟翻腾而起，香气浓烈，芳甜中含着甘苦，徐徐间，弥漫了一殿。

蓝靛道：“因为属下想不明白，他为何会接受这个镇香使的位置。”

安岚抬起眼：“他回来时，你并未反对，为何现在态度变化如此之大？因为我予他镇香使之位？”

蓝靛道：“这是原因之一。”

“原因之二呢？”

“其二是，他一直暗中留有自己的势力，他接了镇香使之令后，那些本是早已死了的人，全都活过来了。并且，属下至今还未查清，他手里究竟留有多少人。”

安岚看着香炉上面翻腾莫测的轻烟，淡淡地道：“此事我知晓，那些人，既然已经在香殿的名册上被画去名字了，就再与香殿无关；再者，当初他们为香殿付出的劳苦，亦可换他们不再回来的自由。”

蓝靛沉默着，面上却是欲言又止。

安岚看了她一眼：“还有原因之三？说吧，无论说什么我都不怪你。”

蓝靛顿了顿，忽然单膝跪下：“属下最担心的是，先生……情根深种，而对此镇香使更是心知肚明，若日后被他以此为筹码要挟，他暗中又存有那么大的势力，先生到时该如何自处？”

安岚看了她许久，才道："你可知道，大香师一生，要面对多少次危机？"

蓝靛抬起眼，一时不知该如何回答。

安岚本也不是要她的回答："我信他，是我的私事，但你的职责，是永远保持警惕，这并不矛盾，你亦无须为此担忧。倘若日后真有那样的危机，自然是他负了我，只是你，觉得我承担不起这样的后果？"

蓝靛垂下眼："属下不敢！"

安岚道："我能承担任何后果，不过我确实不敢确定，我是否真的能胜出。"

蓝靛抬起眼，却不等她开口，外面有人接了一句："要面对谁？"

蓝靛转头，便看到白焰从门外施施然走进来，她慢慢站起身："镇香使来得好快。"

白焰朝她颔首："正好要过来找先生，半路碰到去找我的侍女。"他说着就看向安岚，"我来得早了？"

安岚道："没有，坐吧。"

蓝靛便行礼退下。

白焰落座后，打量了安岚一眼："先生刚刚是在说谁？"

"说你。"安岚给他倒了一杯茶，放在他面前。

白焰拿起那杯茶："说我？说我什么？"

安岚看着他，忽然笑了，隔着轻烟，那笑容美得不真实，他微微眯起眼。

片刻后，她缓缓开口："说倘若有一天，你我若为敌，我不敢确定自己能胜了你。"

白焰依旧微微眯着眼睛，这个细微的动作使得他的眼尾变得很长，成了斜斜的一道，似画师手下最传神的一笔。

片刻后，他也笑了，笑容在唇边荡开："先生是高看了我，还是低看了自己？"

安岚看着他："你不恼？"

白焰问："我为何要恼？"

安岚微微抬眉，想了想，就放过这个话题，开口将关于黄嫣嫣的事说了一遍，末了道："你去查一下，南疆人在此事中究竟扮演了什么样的角色。"

白焰琢磨了一番后，开口问："先生觉得，那张香方内，很可能就藏着山魂？"

安岚点头："如果此事真跟山魂有关的话。"

白焰问："那慕容府的人，又为何要山魂？"

安岚道："所以也要查一查慕容氏的底，究竟是他们想要那张香方，还是别的人借慕容氏的手去拿那张香方，以便掩人耳目。"

白焰再问："先生觉得山魂究竟是什么？"

安岚道："玉瑶郡主意外死亡，接着黄姑娘在宴席上魔怔，这两件事都疑似跟香境有关。我还猜不出山魂是什么，但必定也跟香境有关。"

白焰手里握着那杯茶，沉思许久，才道："跟香境有关？会是什么样的关系？南疆香蛊能发现香境并吞噬，那山魂呢，会是什么？"

提到香蛊，安岚忽地皱了一下眉头："他们带了多少香蛊进长安？"

白焰看了她一眼，见她目中明显露出厌恶，便轻轻一笑："能吞噬香境的香蛊都是蛊虫里的异种，不是轻易能养成的。他们带香蛊的目的，只怕更多的是为了让自己碰到香境时，辨出真伪来，其杀伤力有限，先生无须惧怕。"

安岚道："我并非是怕。"

白焰笑了笑："是我说错了，先生应当是厌。"

安岚看了他一眼，没说话，一会儿后忽然问："上次交予你养的那只香蝶，现在如何了？"

白焰又道："还活着，精神似乎也还不错。"

安岚点头，又问："寒立还在长安吗？"

白焰道："自花嬷嬷等人从景府搬出去后，他就销声匿迹了。"

"司徒镜呢？"

"一样。"

安岚看着香炉上的轻烟沉默，白焰道："先生无须忧虑，此事迟早会明朗的。"

安岚抬起眼，看了他一会儿，然后站起身："你去忙吧，我去藏书楼看看。"

白焰便跟着起身："在下能否陪先生一块过去？"

安岚顿了顿，点头。

路上，他忽然开口："先生当真想过你我为敌的那一天？"

安岚脚步略缓，转头看他，正好他也垂下眼看过来。

她忽然站住："若我真想过，你待如何？"

白焰亦站住，唇边却带着浅笑："若真如此，我会有些自责。"

她问："为何？"

今日下了小雪，树枝上都挂着冰凌，他们刚从温暖如春的殿内走出来，她又不愿坐软轿，在路上走了这么一小段，鼻子已经冻得有些红了，看起来倒是比平日添了几分娇憨。

他忍不住抬手，微热的掌心轻轻抚上她冰冷的脸颊："不知道。"

她忽然抓住他的手，随后推了他一下，那一瞬，他竟无法维持平衡，直接往后一倒，砰地躺在雪地里。他还没回过神，她就已经跨坐在他身上，居高临下地看着他："你不知道，不知道你还勾引我！"

白焰有些发怔地看着她。

她冰冷的手伸进他衣服里，顺着他的胸膛往下摸，明明是冰凉的触感，却在她行过之后，引出一片火源。

"你——"他终于回过神，想要抓住她的手，然而似有看不见的力量压住了他的胳膊，一时间竟抬不起来。

她臀部往下一挪，移到他小腹下面，她的手亦跟着滑到他硬邦邦的腰上。

他的腰带轻易就被解开了，她分开他层层衣服，已经带上一些温度的手，熟门熟路地游移到他小腹下面。他终于抬起胳膊，上身跟着坐起，一下子抓住了她的手腕。

她抬起眼，对上他的眼睛，呼吸缠绵："感觉如何？"

他喉结上下滚动了两次，声音低沉："在这里合适？"

她的手腕动不得，但手指还能动，于是指尖在他小腹下面划来划去，遂感觉到他小腹发紧，呼吸也比刚刚沉了。她即挪动了一下臀部，他抓着她的手往上移了移，却还是紧紧压在他身上："别胡闹了。"

她看着他，唇边慢慢浮起一抹笑，冰山雪景下，那笑容好似这里唯一的温柔，妩媚又多情，妖枭又不屑。

"我是在胡闹吗？"她靠近他，另一手也贴上他的胸膛，抚摸着滑过他的腰侧，抱住他，"你不是很激动吗？你喜欢这样，我知道你想要。"

他眸色渐深，呼吸渐沉，片刻后，还是低声道："好了，快起来，会着凉的。"

她笑了，被他抓住的那只手忽然间没了骨头，一下就挣脱了他的束缚，再次滑到他小腹下面，有技巧地握住。

他呼吸一窒，眉头微微蹙起，眼睛紧紧地盯着她。

片刻后，他禁不住喘息，不由自主地靠近，想吻她，她却躲开了，他有些恼恨地看她，眸子漆黑如墨。她便转回脸，嘴唇从他嘴角边滑过，来到他耳垂边，低声道："谁能给你这样的感觉？"

他喉咙滚动了一下，她即放开他，收回手，从他身上起来，然后头也不回地走了。

他随即起身要抓住她，但伸出手后，才发现前面哪里还有人。他怔了一下，再低下头，却看到自己身上的衣服是好好的，并没有任何不妥……除了身体的感觉还在。

是——香境，旖旎的香境。

她是故意的！

他收回手，深呼吸了一下，身上还是很热，燥热难熄，他干脆就往雪地里一躺。

天空飘着雪花，落在脸颊上，冰冷的，他忍不住回想刚刚的细节，回想她的眼神、她的表情，她满怀恶意的手，他开始喘息……许久之后，他忍不住笑了起来，笑声由低而高，无奈中夹着愉悦，还有一丝丝的遗憾。

真是个狡猾的、坏心眼的丫头。

而就在这会儿，似乎有人听到他的笑声，顺着声音找来，看到是他后，吃了一惊："镇香使，你、你怎么躺在地上？"

白焰此时已经冷静下来了，眼睛一斜，看到来人是鹿羽，便坐起身，拍了拍身上。

鹿羽忙小跑过去，要给他帮忙，他却挡住她伸过来的手："不用，谢谢。"

鹿羽也不尴尬，神色自若地收回手，笑着打量他："你怎么躺在雪地里，还在这儿，不冷吗？"

"想躺着看看雪景。"白焰收拾好自己后，亦问一句，"鹿羽姑娘怎么在这儿？"

"我办差路过，听到声音就过来看看。"她说着，就忽然往前一步，低声道，"正好我想去找你呢，没想就在这儿遇上了。"

白焰已经恢复谦谦公子的模样："姑娘找我有事？"

鹿羽点头，白焰问："何事？"

鹿羽却狡黠地一笑："现在不能说，而且我还得回去交差呢，镇香使这是要去藏书楼，还是要回云隐楼？”

白焰想了想，就道：“回去。”

鹿羽笑了：“那我交了差后，就去云隐楼找你，是很重要的事。”

白焰颔首，鹿羽这才往后退了一步，转身走了。

白焰回到云隐楼，才换好衣服，鹿羽就过来了，只是她刚进云隐楼，鹿源就从旁边的小路上走了出来，沉默地看着云隐楼的门。

白焰请鹿羽坐下，给她倒了杯茶：“鹿羽姑娘找我何事？”

鹿羽看着他，却忽然道了句不相干的话：“我被先生降为外殿侍女了。”

白焰点头：“我听说了。”

“先生是恼我与你说话，所以才不问青红皂白就罚了我。”鹿羽语气里露出几分委屈，“这一次我来找你，先生若是知道了，还不知会怎么罚我呢。”

白焰道：“那姑娘为何还要来？”

鹿羽看了他一眼，见他目中并无怜惜，只是平静。

鹿羽咬了咬唇，片刻后又笑了：“先生也没有开口禁止我来云隐楼，我为何不能来？”

白焰没有接话，只是慢条斯理地喝了一口茶。

如此疏离的态度，鹿羽一样不觉尴尬，也喝了口茶，润了润嗓子，然后道：“我来，是有件东西想交给镇香使。”

“什么东西？”

鹿羽却又打量了他一眼，然后道：“不过在给你之前，我想问问，你……是不是广寒先生？”

白焰淡淡地瞥了她一眼。

鹿羽道：“这几天我都听说了，原来你跟广寒先生长得一模一样。”

白焰放下茶杯：“我为何要回答这个问题？”

鹿羽道：“因为我要交给你的东西，是广寒先生留下来的，连安先生都不知道。”

白焰看着她，许久，才道了一句：“你家先生罚你也没有罚错。”

鹿羽亦看着他，刚要张开的唇一下抿住，看着像是在赌气，但白焰知道，她不是。

白焰忽然开口：“我不是。”

鹿羽明显一愣，似这个回答远远超出她的意料。

白焰接着道：“鹿羽姑娘请回吧。”

鹿羽勉强回过神，却还是有些怔怔的，她迟疑地看着他：“你，就不想看一看，广寒先生到底留下了什么？”

白焰道：“既然不是给我的，我便不想看。”

鹿羽打量了他好一会儿，随后似赌气般地哼了一声，就从袖中拿出一本薄薄的账册啪地拍在茶几上：“反正我已经拿出来了，也不打算拿回去！”

白焰垂下眼，那是一本有些旧的账册，封皮已经磨损发黄。

鹿羽瞧着白焰不为所动的神色，似真的觉得委屈，一下红了眼圈：“我是不是真的很讨人厌？”

白焰抬起眼，声音平和：“鹿羽姑娘想多了。”

鹿羽的眼泪涌了出来：“那先生为何要如此对我，就连、就连哥哥也不帮我！”

白焰道：“兴许过段时间，安先生就改了主意。”

鹿羽拿手绢擦了擦眼泪：“真的？”

白焰浅浅一笑，没有回答。

鹿羽委屈地撇了撇嘴，站起身：“我那边还有差事，就不再打扰镇香使了。”

白焰亦站起身，将她送出去，一路无话。

鹿羽回到凤翥殿的时候，鹿源在等她，见面就问：“你去哪儿了？”

鹿羽白了他一眼，转身走开。

鹿源却又挡住她：“为何去找镇香使？”

鹿羽顿时沉下脸：“你悄悄跟着我！”

鹿源道：“你若还想回到先生身边，就应当知道自己什么能做，什么不能做。”

鹿羽拧着脖子不理他，鹿源看着她执迷不悟的样子，沉默一会儿，让开身。

白焰拿起那本旧账册，翻开第一页，是六年前一批香材的入库登记。只是这上面的记账写得非常简略，每一种香材只标明了产地和重量，没有经手的人，也没有品质的区分等必须有的明细。

这显然不是一本正规账册，而且这本账册没有用完，只写了前面几页，记了二十余种香材，后面全是空白。

他正要合上封皮时，忽然一张脱线的册页从里掉了出来，落到地上。

他捡起来一看，上面写着一句话：山魂以淬之，可夺天地造化，灭神坛。

他眉头微蹙，看着这句话沉默许久，将这张纸重新放回账册内。

山魂！

这本账册是白广寒的私藏之物吗？

刚刚鹿羽并未说这账册是从哪儿来的，只道是白广寒留下的东西，但是这账册上并未有任何人的署名。

他不确定鹿羽说的是不是真的，但这上面提到了山魂，令他极为意外。这账册若真是白广寒留下的，那就说明，早在六年前，白广寒就已经知道山魂的存在，却为何……安先生一点都不知晓？

反而，南疆人却知道山魂的存在。

白焰思忖良久，又翻开手里的账册，看了看上面那些香材的产地，都是很陌生的地方，但是其中还是有几个地名，他隐隐觉得熟悉。他遂走到书架边，找出几本地理志，仔细查找了一番，终于确定，那几个地方都是南疆的。

他接着将账册上提到的所有产地都查了一遍，这才发觉，涉及的十六个产地，竟有十四个在南疆，另外两个则在南疆边上。

白焰将那张脱页的纸单独拿出，然后走出书房，唤来自己的车夫，将手里的账册递给车夫："你看一看，是否是白广寒的笔迹？"

车夫恭敬地接过去，仔细看了一会儿，点头："确实是广寒先生的字迹。"

白焰问："没有看错？"

车夫将账册递回去："小的曾跟在广寒先生身边超过十年，不会看错的。"

白焰将账册重新收入怀中，车夫也什么都没问，悄悄地躬身退下。

一会儿后，白焰出了云隐楼。

他走到凤翥殿的时候，安岚还没有回来，鹿羽也不在，鹿源请他先在外殿等一等，他却直接往内殿走。

鹿源拦住他："先生不在，我不能放任何人进去，还望镇香使谅解。"

白焰什么都没说，只是将镇香令拿出，对着鹿源。

镇香令，有直接进入内殿的特权。

鹿源顿了顿，往后退了两步，无声地让开。

白焰走入安岚的寝殿，在里面等了近一个时辰，她却还没有回来。他觉得有些疲，便在那张靠窗的长塌上坐下，片刻后，身子斜斜一靠，闭目小憩。

只是这个房间里全是她的味道，他闭上眼睛没多久，就不由得想起刚刚在雪地里的那一幕，那只冰凉又柔软的手，简直像毒……

柔软的，宛若绸缎一样的触感，带着不怀好意的诱惑力，在他身上游走。

不知过了多久，他听到脚步声，轻轻的，像羽毛一样，带着一缕雪香。

他睁开眼，就看到那张冰雪样的容颜。

安岚回来时，听说他在，亦是有些意外。

“先生回来了。”他看着她，嘴角微微翘起，“刚刚先生为何忽然撇了在下？”

此时，他是侧卧在她的榻上，她则站在一旁。

他看着她说话时的表情，似带着一点暧昧，又似带着一点疏离。

这容颜，这情景，令她怔住。

见她久久不说话，只是看着他，白焰不禁笑了，就要起身，不想他才刚一动，她忽然就上前按住他：“别动！”

白焰目中微异，却在她要靠上来的时候，忽然伸出胳膊将她揽过来，往榻上一带，同时坐起身，就让她躺在了榻上。他一手按住她的肩膀，一手扶住她的腰肢，俯视地看着她：“这一次，不是香境。”

她没有说话，看了他一会儿，抬手抚上他的脸，然后食指点在他唇上，慢慢滑下他的下巴，抚过他的喉结，一点一点要探入他的衣襟。

他喉结动了动，终是腾出一只手抓住了她这只不安分的手，往旁一压，然后俯下身吻了上去。

他的吻一开始还有些试探，随着她的回应，他越吻越深，最后几乎带着一点点惩罚性的粗重。她开始呼吸不顺，身体在他身下扭动，他赶紧结束这个吻，看着她重重地喘息，下身紧紧压着她，硬邦邦地顶着她。

她双眸潮湿，似润过水一般，亮得惊人，两片唇也被他肆虐得有点肿，胸口剧烈地起伏着。

他放开她，往旁挪了挪，过了好一会儿，才低低一笑，似叹息。

她待呼吸平顺了，才坐起身，看着他的侧脸：“你来找回场子的？”

白焰又笑了，转头看她：“什么场子？”

安岚抿着唇不说话，此时她的两片唇还微微有些肿，他顿了顿，开口时声音低哑：“是有正事。”

安岚拢了拢微微有些散的头发，站起身，绕过屏风，走到梳妆镜前坐下："何事？"

白焰亦是整了整衣服，就拿出那本账册走到她身边，递给她："你看看这个，是否是白广寒的字迹？"

安岚从镜子里看了他一眼，才转身接过，但翻开封皮后，眼里就露出几分诧异，片刻后，她抬起脸："这账册……你哪儿来的？"

白焰问："是白广寒的字迹吗？"

安岚点头："是广寒先生的字，你……哪儿来的？"

"你再看看这个。"白焰没有回答，又从袖中拿出刚刚那张脱落的纸递给她。

安岚接过去，看了上面那句话，眼里的惊诧又重了几分："这……"

白焰这才道："是鹿羽拿来给我的。"

安岚微怔，看着他："鹿羽？什么时候？"

白焰道："就刚刚。"

安岚没有继续追问，垂下眼沉吟好一会儿，才道："她去江南之前，我让她清理过一些旧物，这册子，可能是藏在其中被她发现的。"

所以，当时鹿羽就悄悄收了起来，但为何今日又拿给了白焰？还有，她知道这上面的意思吗？

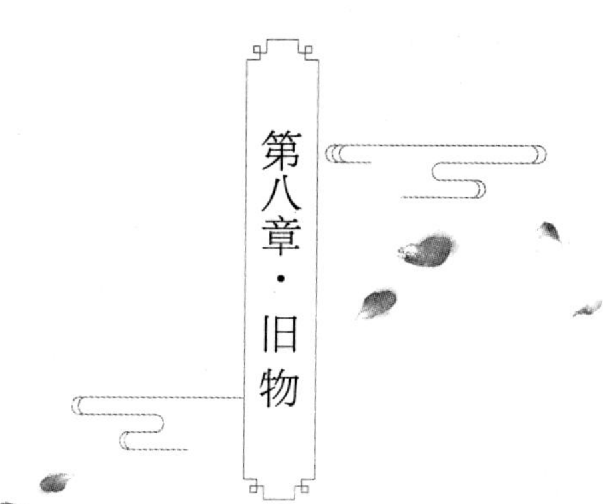

第八章·旧物

鹿羽正在自己房间里对着镜子，正要重新补上口脂的时候，就听到了敲门声。但她没有理，手上的动作也没有受到丝毫影响，更加仔细地将上下唇瓣的轮廓勾出，再一点一点地填上玫瑰色的口脂。

鹿源又敲了一下门，片刻后，再敲两下。

鹿羽依旧看着镜子里的自己，她生得很美，仅这样稍稍添上一点颜色，就更加令人移不开眼，即便是她自己，看着亦觉得非常满意。

她轻轻抿了一下唇，对着镜子试着做了几个细微的表情。

鹿源再次敲门："小羽，开门。"

鹿羽对着镜子笑了笑，随后拿出白色的手绢，将唇上的口脂全都擦了，然后才站起身，走过去将门打开，冷着脸看了一眼站在外面的鹿源，也不说话。

鹿源有些关心地看着她："你在房间里做什么？为何这么久才开门？"

鹿羽赌气般地撇开脸："不想开。"

鹿源打量了她一眼，才道："先生要见你。"

鹿羽即转回脸："真的？"

鹿源点头："走吧。"

鹿羽赶紧走出去，将房门拉上，又整了整身上的衣服，然后自顾自往外走。

鹿源跟上去："你对镇香使说了什么？"

鹿羽看了鹿源一眼："镇香使在先生那儿？"

鹿源道："没错。"

鹿羽笑了笑："果真没错。"

鹿源问："什么没错？"

鹿羽走了一段，才有些得意地道："我将广寒先生的东西，交给了镇香使。"

"什么？！"鹿源一怔，即抓住鹿羽的胳膊，"你把广寒先生的旧物交给了镇香使？"

鹿羽站住，要甩开他的手："是啊，你放手！"

"你为何这么做？"鹿源依旧紧紧抓着她的胳膊。

鹿羽知道自己拧不过他的力道，只得歇了，脸上满不在乎地道："我这么做怎么了？再说大家不都在传，镇香使其实就是广寒先生吗，那我将广寒先生的旧物交给镇香使，也是物归原主。"

鹿源盯着她道："但你做这件事的时候，故意瞒着先生。"

鹿羽嘲讽地看着他："我当然是故意的，我若不瞒着先生，先生现在能见我？"

鹿源静静地看了她一会儿，才又问："你交给镇香使的是什么东西？"

"跟你有什么关系？"鹿羽使劲一下甩开他的手，"真想知道，你可以去问先生，或者问一问镇香使也行。"

鹿源沉默，鹿羽一脸嘲笑的表情："呵，我知道你不敢，你也就敢在我跟前说这说那，管这管那，又变态又胆小！我跟你有这么亲吗，你管我！"

鹿源脸色微沉："你以为你这点小心思，能瞒得过先生？即便这个时候先生愿意见你，对你也只是有害无益。"

鹿羽哼了一声："不劳你操心。"

鹿羽走进凤翥殿内殿的时候，已经全收起在鹿源面前那副骄纵蛮横的样子，低着头垂着眼，一步一小心地走进去，在离安岚约一丈远的地方安静地跪下。

她心里已经想好措辞了，可她等了许久，还是不见安先生开口，于是悄悄抬起眼，然而这一眼，看到的却是一个已经空了一小半的书架。

这是？

她站在书架前发怔了好一会儿，才想起这是广寒先生用过的小书房，刚刚安先生吩咐她，将这房间里的书籍都拿出去晾晒晾晒，免得书页潮了。

于是她赶紧动手，这一忙，就一直忙到太阳将落山，最后她将书籍搬回来，摆上书架的时候，忽然发现两本书中间夹着一本薄薄的旧账册，她好奇地抽出来翻了一翻，就看到脱线那张册页上的那行字，她心里觉得奇怪，便将这本旧账册放到一边，打算明儿拿给先生看。

只是不想第二天安先生出去了，接着，她就领到了江南一行的差事，因忙着出门，这件小事就被忘到了脑后。自江南回来，还不等她想起这本账册，她就被降为外殿侍女了。一直到她收拾自己的东西，要搬去盛瑞轩的时候，才又看到这本旧账册。她想过要将这本账册交给安先生，但她知道，即便花容不拦着她，鹿源也定会拦住，于是她心生一计，将这本旧账册拿到镇香使那儿……

安岚收回香境，让鹿源进来，扶着还未完全醒过神的鹿羽出去，然后才有些疲惫地往后一靠。

时光回溯的香境，可以香境为媒介，进入对方的回忆，看到对方的过往，是最耗费精气神的香境之一。这种香境其实就是一种不太光彩的窥视，她一般不喜欢用，除非必要。

她知道鹿羽是个伪装能力很强的人，所以直接使用了香境来窥探鹿羽是否有所隐瞒。

“怎么样？”不等鹿源扶着鹿羽出去，白焰就已经走过去扶着安岚，想让她躺下歇一歇。

安岚摇头，只是靠在引枕上：“这确实是广寒先生书房里的东西，是之前我让她晾晒书籍时，被她发现的。”

“这么说，她没有什么问题？”

安岚沉默一会儿，却摇头：“或许……”

“何以还不能确定？”白焰不解，香境不是能窥看人心吗？

安岚淡淡地道：“香境只能重现往日时光，并由此来解读人心，从而做出判断。然而人心是这世上最难弄清楚的，有时候，人连自己的想法、感情偏向都弄不清楚，旁人的解读，又怎敢说是完全正确？”

她说着就看了他一眼，白焰不禁沉默。

没错，比如那些悠远的爱，比如他想要的自由，比如眼前的权力，这种种，有时候连他自己都分不清，别人又如何解读。

至于鹿羽是如何发现这本旧账册，从时光回溯的香境内看，似乎也没有什么问题，但这并不代表她自身就真的没有任何问题。更何况，这本旧账册究竟是怎

么出现在白广寒的书房里的，为何安岚之前一直没有发现?

白焰接过那张脱落出来的册页，久久地看着上面那行字："这句话，是何意？为何是出自白广寒之笔？"

安岚道："淬为炼香的方法之一。"

天地造化，应当是指香境；神坛，则是暗指长香殿、大香师!

这是一句给人感觉很不吉利的话。

安岚看着她无比熟悉的字迹，久久沉默。

六年前，她已经遇见他了。

她在他的注视下成长，倾慕他，爱恋他，但当时的他，究竟处于一种什么样的情况？他又都在准备着什么呢？如今想想，她其实并不完全清楚。她曾以为她都知道，然而实际上，她所知道的，只是他让她知道的部分而已。

她微微失神的时候，白焰忽然开口："没有给自己留后路的一句话。"

安岚顿了顿，转头看他："你这么觉得？"

白焰垂下眼看她，淡淡地道："若天地造化指的是香境，白广寒亦有香境之才，他却宁愿毁去，甚至想就此毁灭整个长香殿。心中藏有如此大的仇怨，不给自己留后路很正常。"

安岚怔住，微微蹙着眉头看他。

"怎么了？"白焰浅笑，眉眼间带着几分不易察觉的冷淡，"吓到了？"

安岚抬手抚上他的脸："为什么不给自己留后路？"

白焰安静地看着她，声音温柔："安先生想问的人，已经不在了，你当我是他，但其实如今我只是白焰，已无法给你答案。"

有什么比这更加让她无力，又有什么比这个事实更加让她庆幸。

然无论如何，她只能接受，否则她没有资格与他继续。

她看了他良久，慢慢放下手："我知道。"

他唇边噙着笑，指着她手里的那句话，接着道："你有没有想过，他当时为何要写这句话？又为何这么巧，赶在这个时候，让鹿羽发现并送了过来？"

安岚微微蹙起眉头："你以为？"

白焰道："六年前，白广寒的处境并不好，可谓是危机四伏，权力倾轧和个人恩怨让他无可退路。山魂，兴许就是他找到的一个能令他达到目的的途径，只是代价极可能是玉石俱焚。所以你的出现，给了他另外一种可能后，他便将这个关于山魂的计划搁置了。"

安岚想了想，才道："你的意思是，当时广寒先生的这个山魂计划，很可能还有另外的合谋者，并且极可能是南疆人？"

白焰道："这账册上记的那二十余种香材，几乎都来自南疆，有些香材应当是极其珍贵难得的。而南疆因有香谷和大祭司的存在，长香殿在南疆并没有什么影响力，并且南疆的香材，几乎都掌握在香谷手里。所以即便是大香师，若想拿到如此珍贵的香材，就一定要找香谷。"

安岚惊于他的分析，同时又为他如此淡漠冷静的态度而五味杂陈。

白焰又接着道："这账册上记的二十余种香材，与黄香师那张香方上的那些香材，可有相同的？"

安岚重新看了一遍，点点头："有的，其中有五种香材是相同的。"

白焰问："哪五种？"

安岚指给他看，白焰遂道："那就主要去查这五种香材。"

安岚问："你的意思是……"

白焰道："山魂极有可能就是这五种香材的其中之一。"

安岚诧异："为何？"

"他们既是为山魂而来，眼下又在千方百计地算计黄香师手里的香方，十有八九是因为那张香方和山魂有关。而这账册上也提到了山魂，前面记的那二十几种香材又都出自南疆，并且其中五种香材与黄香师香方里所使用的香材是一样的。"白焰说到这儿，顿了顿，才接着道，"这样的相同，巧合的可能性不大。"

安岚亦觉得他说的有道理，只是一会儿后，忽然问："但是，这账册，鹿羽为何要交给你？只是为了见我一面？她又如何断定，你一定会将这账册拿来给我看？"

"只有两种答案，要么是安排和算计好的，要么是如你所说，她只是为了引起你的注意，给自己争取一个申辩的机会。"白焰说到这里，笑了，"只是你还是没有给她申辩的机会。"

安岚看了他一眼，淡淡地道："我降她为外殿侍女，你觉得我小题大做？"

白焰笑着道："怎么会？她是你的人，你如何处置都是应当的。"

安岚又看了他一眼，不冷不热地道："看来她去找你哭诉了。"

白焰道："是说了几句。"

安岚似笑非笑地道："你倒是有耐心听些不相干的话。"

白焰看着她低声道："吃味儿了？"

安岚立即冷下脸，白焰面上却慢慢浮起笑意，那笑容流淌到眼睛里，令她禁不住有些恼恨。

三日后，鹿源将黄香师那张香方上的二十多种香材，进入天璇殿的经过都查了个大概。被白焰特别提出那五种的香材，一样也是来自南疆的，其中两种是黄香师找了香商高价收的，另外三种则在天璇殿每年要收的香材的清单内。

只是黄香师高价收的那两种香材，因含烟舞的关系，被柳璇玑知道后，柳璇玑便将这两种香材也加入了天璇殿香材的采购名册上，而黄香师也随即将手里剩下的那两种香材，送至柳璇玑面前。

安岚问："跟黄香师做买卖的那个商人是哪里人？"

鹿源道："此人姓钱，叫钱罕，其父是长安人，母亲是南疆人，所以他常年往返于南疆和长安两地，专门收些奇香异香，然后再找到长安城里那些喜欢收集奇香异香的人，高价卖出。"

安岚问："黄香师与他很熟？"

鹿源道："黄香师是他的熟客，两人认识将近二十年了，关系算是不错。听钱罕说，黄香师缺了什么香材，若是香殿暂时没有的，或者不好从香殿拿的，都会托他去找，并且价格给得很公道，所以他也很愿意跟黄香师往来。"

"如此说来，黄香师在调配含烟舞的时候，钱罕应当是知道的？"

"没错，黄香师为了配含烟舞找过他，他当时也习惯性地问了几句，只是那时黄香师还没有给含烟舞起名，只是说要配一款新的合香，需要一些特别的香材。钱罕很是尽心，为了黄香师的那几样香材，亲自跑了南疆两趟。"鹿源说到这儿，想了想，又道，"不过现在钱罕对黄香师却有些疏远了，两人的关系似乎僵硬了好些时间。"

"为何？"

"钱罕喜欢黄姑娘，曾与黄香师提过，但黄香师觉得他年纪太大，没有答应。"

安岚问："钱罕是多大年纪？"

"四十六，仅比黄香师小个八九岁，之前也娶过一房妻子，但十年前就已过世，也没给他留个一儿半女。他这些年因忙着跑买卖，所以也一直没心思娶妻，后来是看上了黄姑娘，只是因年岁相差太大，迟迟不敢表示。"

“钱罕是开口提亲被拒的？”

“倒也没有，据说是黄香师看出了他的意思，直接堵住了他的话，他便歇了这份心。”鹿源微微抬起眼，“直到传出黄姑娘与慕容四公子的事，钱罕以为能有机会，便备了厚礼，找了媒人准备上门提亲，却还是比黄夫人慢了一步。如今慕容家和黄家已经说好这门亲，日子也已经定了下来，就在下月初一。”

安岚略微诧异：“这么快！”

今天正好是十五，离下个月初一就只有半个月时间，慕容府就算再怎么想要那张香方，也不可能这么着急。更何况，对黄姑娘而言，时间这么赶，怕是什么体面的东西都准备不来，日后说出去不也是让人笑话吗。

鹿源道：“含烟舞的香方会随黄姑娘一块进慕容府的大门，黄姑娘之前在宴席上的那件事，外头传得厉害，故对两家而言，此事自然是越快越好。情况特殊，故这个理由，眼下也能说得通。”

安岚沉吟片刻，就问：“钱罕对此事反应如何？”

鹿源道：“钱老板似乎是真心喜欢黄姑娘，知道两家已经定下亲事后，很是消沉，我去找他时，他已经在收拾行囊，打算离开长安了。”

安岚诧异地抬起脸：“离开长安？”

鹿源点头：“应该这几天就动身。”

安岚沉默了许久，慢慢站起身：“离开长安的话，是打算去哪儿？南疆吗？”

鹿源摇头：“我亦问过他是否要去南疆，他摇头，但也没说具体要去哪儿，只是说以后再不回长安了。”

安岚走到屏风前，看着上面的山水，片刻后转身：“你觉得，一个年近半百的男人，在长安做了几十年的生意，并在此建立了无数人脉，这样的人，真会为个小姑娘抛下一切远走高飞？并且这一走，也没打算去南疆！即便他确实有几分真情，但他与黄姑娘既未曾相处过，亦未曾有过任何海誓山盟，不过是他自己远远的单相思而已。这样浅薄的真情，何来如此大的威力？”

鹿源怔了一下，便道：“属下这就去找钱罕！”

安岚道：“我与你一同去。”

鹿源就要命人去准备马车，安岚却摇头：“我坐你的车，也不用随行的人，免得招人眼。”

他们走出凤翥殿的时候，鹿羽正好候在外殿，她遂一脸期盼地看着他们。

只是安岚目不斜视地走了出去，鹿源亦没有往她那儿看过一眼，直到他们都离开后，鹿羽才慢慢收回目光，一脸欲泣的表情。

花容在一旁淡淡地道了一句："安分做好自己的事，先生不是铁石心肠的人。"

鹿羽垂下脸，轻轻应了声"是"。

鹿源上了马车后，面上有些不安，焦虑和自责从眼里流露，使得那双鹿一样的眼睛看起来无比惹人怜。

马车行了一段后，安岚才道："若他真有问题，即便你当时有所察觉，也不定能从他嘴里问出什么。"

鹿源微微点头，只是眼里的自责并未减少半分，安岚也不再说什么了。

约两个时辰后，他们的马车才在钱宅门口停下，只是他们终究是晚了一步，这里已经是人去楼空。

鹿源道："不会走太远，属下立即命人去追！"

安岚站在钱宅的庭院里看了看，摇头："不用追了，他现在未必是离开长安，只是躲了起来。"

鹿源不解，安岚走到院子墙角处，那里摞了一堆石块。

"即将产卵的雪见虫，能养如此难得的东西，此人确实有几分本事。"

雪见虫的卵有异香，又名香圆，是配洛神香的主要香材之一，此物有市无价。雪见虫的母体在产卵之前不能换地方，一换就死。钱罕离开之前，还有心在这里搭个石窝，定是打算回来取香圆的。而之前他与鹿源说要离开，并且走后不再回长安了，也是故意误导对方。

鹿源走到墙角处，果真从石缝中看到了雪见虫的身影，面上神色复杂，没想到自己居然让人三言两语给瞒了过去。

片刻后他才道："我会安排人一直在这儿盯着，这次不会让他逃了。"

雪见虫产卵之前，不喜有人靠近，安岚看了两眼后，就走开了："你知道我为何要找他？"

鹿源思忖了一会儿才道："属下妄加猜测，钱罕应当和南疆香谷有不浅的关系，兴许黄香师的香方，南疆人最早就是从钱罕那里打听到的。属下猜不透南疆人究竟有什么目的，但他们由玉瑶郡主的命案，诱出黄香师的含烟舞，再由黄姑娘和慕容公子的情事，借着慕容府的手，逼着黄香师交出香方。这些事如今想来都有关联，即便钱罕是无意中卷入其中的，可能也是察觉到凶险，所以才要远走避开，故而他离开长安后，并不打算去南疆。”

安岚一边往外走，一边道：“先回去吧。”只是她刚走出钱宅大门，就看到了川连，安岚遂站住，鹿源则往前半步。

川连打量了他俩一眼，然后看向安岚微微点头：“安先生怎么会在这里？”

安岚反问：“川连姑娘怎么也在这儿？”

川连道：“铺子里缺几种香，听说钱宅这边有，便过来看看。”

安岚道：“不巧，钱老板已经不在这儿了。”

“不在这儿了？”川连的眼神似有些惊讶，她面上的表情却还是少得几乎没有，怎么看怎么怪异，“前两天还有人看到钱老板，也没听说他要出门。”

安岚让开身：“你可以进去看一看，里面连仆人都没了，大门亦没有上锁。”

川连走过去，却只是往里看了一眼，没有走进去，随后就转头看着安岚：“安先生也是来买香的？难不成还有什么香，天枢殿没有，钱老板这儿却有吗？”

安岚淡淡一笑，没有回答。

川连也不追问，又道一句：“下雪了，安先生可愿赏脸，去我的天下无香里坐一坐？我的店铺离这里也不远。”

鹿源看着安岚，眼里带着不赞同，但他并未出声。

“那就打扰了。”安岚微微颔首，“麻烦带路。”

川连侧身：“这边请。”

天下无香并未在主街上，而在一个街角转弯处，店铺的门脸也不大，乍一看不甚起眼，与长安城的繁华相比，显得有些格格不入。但进去一看，便发现店铺的主人很是用心，不大的地方，却处处可见精细奇巧。即便是桌上的一块杯垫，也镶着色泽鲜艳的珐琅片，上面还描着活灵活现的山水人物。

不过最引人注目的，还是那一对对整齐排开的香盛，香盛下面铺着鲜红的绒布，绒布上面装点着芬芳吐蕊的白牡丹。这样飘雪的冬天，这样一朵含珠带露的牡丹，可谓价比千金，店主人却如此慷慨，竟折枝放在店内，仅作为装饰。

川连道：“小店而已，不比长香殿的大气，安先生见笑了。”

因黄昏的关系，店内的一切都被镀上一层淡淡的橘色，光影交错，显得更加神秘。

安岚道："这门店的装潢，不怎么像长安城的房子。"

此时店内没有客人，也不见川乌和川谷，川连一边请安岚进里面去，一边道："出门走过那条巷子，就是四海坊市，这店铺我们是从胡人手里盘下的，接过来后也没怎么改，就直接开张了。"

隔着一条巷子的那头，便是艳称天下的四海坊市，金发碧眼的蕃客胡商跋山涉水，不远万里，带着珍宝舞乐、异兽香料汇聚到长安，向黑眼睛的东方人展现他们的异域风情。

"生意如何？"安岚随口问。

川连带着她绕过一张云母屏风，便看到一扇窗，窗下有一张长榻，榻上摆着茶几，几上已经烧好了炉子。

"托安先生的福，还算过得去。"川连嘴里说着客套话，面上却一直没什么表情，她说着就脱了鞋，在榻上坐下。

安岚亦上榻，鹿源负手站在一旁。

川连当鹿源不存在，完全没有要招待的意思，待安岚坐下后，她便开始烹茶。

川连烹茶的动作算得上好看，但不够娴熟，远远达不到行云流水、浑然一体的境界。安岚其实并不精于茶道，但景炎公子喜好这些风雅之物，她耳濡目染，多少也练就了几分眼力。

片刻后，川连倒出第一杯茶，放在安岚面前，做了个请的手势。

安岚正要拿起那杯茶，鹿源忍不住开口："先生！"

川连面上依旧没有表情，但目中却微微露出几分嘲讽。

安岚拿起那杯茶，先观察杯里茶水的颜色，再轻轻闻了一下，然后喝了一口，最后才抬起眼："茶倒是好茶。"

川连也拿起自己那杯茶："刚学不久，手艺还欠佳。"

安岚放下茶杯："刚学吗？"

"还不到半年，连门槛都未摸到。"川连也放下茶杯，感叹道，"茶之道，和香之道一样，易学难精。"

安岚点头："原来川连姑娘不仅对香道感兴趣，对茶道也感兴趣。"

川连摇头："我学烹茶，是听说天枢殿的镇香使精于此道。"

安岚看了她一眼："川连姑娘为了镇香使而学烹茶？"

川连亦看着她道："没错，安先生不乐意吗？"

安岚没有理会她的挑衅，接着问一句："川连姑娘为何对镇香使感兴趣？"

鹿源微微皱了一下眉头，他紧紧盯着川连的同时，也在注意着这店内的情况。此时店内还是没有人，很是安静，安静得能感觉到心跳的声音。

"那样的男人，安先生不也一样感兴趣吗？"川连说到这儿，忽然笑了，然而她这个笑容，很容易让人想到那五个字——皮笑肉不笑。

这么寡淡的一张脸，做出这样的表情，一点都不丑，只是令人觉得无比别扭。

"先生，天色已晚。"鹿源忍不住开口，"该回去了。"

川连却道："我有一样东西想给安先生看看，不知安先生感不感兴趣？"

安岚问："什么东西？"

川连道："看过就知道，不过，只能给安先生看，别的人没资格。"

她说着就下了榻，往里走，并示意安岚跟上。

鹿源忙挡在安岚面前："先生若要去，请让属下跟着。"

安岚面上一迟疑，川连这时回过头："我一介弱女子，安先生若是也害怕，那就回去吧。不过，这可是广寒先生当年遗落在我这里的东西，安先生当真不想看一眼？"

安岚一怔，狐疑地看向川连："广寒先生落在你这里的东西？"

川连站在里屋的门口，看着安岚道："没错。"

安岚不信："广寒先生怎么会有东西落在你手里？"

川连道："是不是，安先生一看不就知道了？"

安岚要下榻，鹿源忙低声道："先生，很可能是个陷阱！"

安岚穿上鞋，稍微整理了一下衣服，然后看向川连。

川连面无表情，眼里带着挑衅和隐隐的期待。

安岚淡淡一笑："既然是广寒先生留下的东西，那就麻烦你好好保管。"

川连一愣，似乎没明白安岚是什么意思，而不等她弄明白，就见安岚说完后就转身往外走。她怔了怔，才开口："你……不想看？"

安岚便停下："既不是留给我的东西，我看它何用？"

川连又是一怔，不过很快她就回过神，忽然笑了："安先生倒是让人意外，如此谨慎，难道是怕我骗你？"

安岚道："今日多有打扰，告辞。"

只是她刚要迈出店门，后面忽然射来一只飞镖，鹿源从袖中弹出一把匕首，同时抓住安岚的胳膊往旁一拽。

只是当他们站稳后，却发现竟已身陷迷雾!

精致的店铺不见了，眼前是一团一团的白烟，带着浓浓的水汽，像升腾的雾。

鹿源见安岚还在身边，他也还抓着她的胳膊，心里稍稍放心，不禁加重了手上的力道，不敢撒手。

安岚没在意胳膊隐隐作痛，她被眼前的浓雾吸引了注意力。

雾气非常潮湿，令人不大舒服，并且川连也不见了，目力所及，都是轻飘飘白茫茫的一片，很是空旷薄弱，但又有几分莫名的熟悉。

安岚惊讶于这份奇异的感觉，她推开鹿源的手，鹿源却不愿放开她，只是将手从她上臂滑到手腕上，神色凝重：“先生！”

眼下所见，令他极为震惊，这似乎是香境，但不知为何，他心里又隐约有几分存疑。除去大香师外，他是接触香境最多的那少部分人之一。大香师的香境，无论是何种表现形态，即便只是一朵花、一片叶、一粒沙，给人的感觉都是一个世界，他们是完整的、深邃的、浑厚的、圆融的。

佛语一花一世界，亦可用来解释大香师之境界。

但这里，即便也分割了现实，独立了一个空间，但给他的感觉却是扭曲的、轻浮的、薄弱的，像随时会碎开一般。

“别紧张。”安岚将另一手覆在他的手上，慢慢抽出自己的手腕，眼睛看着周围，“她伤不了我。”

鹿源想抓紧安岚，只是她仅轻轻一推，他就不受控制地松开了手。

白雾对面传来赞赏：“不愧是安先生，如此自信。”

安岚朝那声音走过去：“你是如何做到的？这好像是我香境的一部分。”

鹿源着急地跟上，想抓住安岚，可几次伸手，都抓了个空。

“安先生好敏锐，居然马上就发现了。”

安岚似在漫无目的地找，但不过片刻，她就寻到了川连的踪迹，并且川连几次要避开，都被她堵住了。

最后川连站住，隔着浓浓的雾气看着她：“我说过，有样东西要给安先生看看。”

安岚亦站住，她们之间的白雾散去一些，她看到川连身边飞浮着一只彩色斑斓的蝴蝶，她打量了一会儿，才开口："难道是香蛊化用了我的香境？这倒真是让人出乎意料！"

她想起之前在景府，南疆人的香蛊吞噬了她的一角香境。

那只香蝶落到川连肩上，川连转头，在它翅膀上轻轻摸了一下："安先生好强的意志，这里本是一个与现实无差的场景，不想到了您面前，竟无法成形，只能是一团雾，您那位侍香人亦是不错。"

安岚神色淡漠，若是香境，不会存在无法成形的问题，只要大香师的香境世界大成，那么万千世界皆由心生，大香师幻化出来的香境，实际就是一个真实存在的精神世界，香境中的生与死，与现实世界是紧紧联系在一起的。

川连从怀里拿出一封信，朝安岚扔过去："想必安先生认得那上面的字迹。"

那封信稳稳地飞过来，安岚接住，打开，看到上面字迹的那一瞬，目中略有诧异。

这是广寒先生的字迹！

又一封广寒先生的信！

她看完后，眉头微微蹙起，只是片刻，面上又恢复之前的淡漠。

信中的内容，足以在长香殿引起惊涛骇浪。

信是七年前写的，白广寒于信中指定川连为传人，并派人去香谷接她。

至于此事后来为何没了声息，信中自然没有下文。

"安先生看到了，我有这个资格。"川连说话的时候，周围的浓雾一直在翻滚，"但安先生无须担忧，我如今过来，并非是为了抢你的位置。"

安岚问："那你来长安有何目的？"

她甚至没有问真假，也不追究后来又发生了什么事，以至于川连到现在才出现。对她而言，这些都不重要，她是个务实的人，不追究前因，不考虑后果，只管当下。

川连道："我请安先生来此走一趟，又给安先生看了这封信，目的很简单，我可以不抢安先生的位置，但请安先生帮我。"

安岚问："帮你什么？"

川连道："天玑殿的位置还是空着的。"

安岚沉默片刻，唇边慢慢浮起一抹笑："你在跟我谈条件？以此为筹码？"

川连问："安先生觉得筹码不够？"

“差太远！”安岚淡淡地道了一句，随着清冷的声音落下，一条不知从何处出现的长鞭卷着浓雾，呼啸地甩向川连！

空气破裂的声音割着耳膜，传递着浓浓的杀意。

川连无法躲避，这里本是她的世界，但在鞭子出现的那一瞬，就已经被安岚掌控，浓雾如水般哗哗地散去，脚下出现坚硬平整的大青石板，一块接着一块，绵延至天际。头顶天空碧蓝，阳光炙烈，这个世界清清楚楚、明明白白！

川连往后退了好几步，手捂住出血的胳膊，差点就跪到地上。

安岚站在阳光下：“这是回敬你之前的飞镖。”

鹿源终于找到了安岚，目中隐约有几分惊慌：“先生没事吧？”

川连慢慢抬起脸，看着安岚，眼里毫无惧意，甚至有一丝期待：“安先生果真了不起。”

鹿源无声地挡在安岚前面，沉默地看着川连。

此时的他看起来无比平静，就好似猎人在看到猎物时，整个人会静得宛若山石，呼吸会比平日更加平稳，手里的弓箭绝不会抖半分。

川连这才看了他一眼，并微微眯了一下眼睛，她之前看低了这个男人。

那样无害的一张脸，原来竟然是个老猎手，还拥有这么冰冷又那么狂热的一颗心。

安岚在鹿源身后道了一句：“回去吧。”

她说着就转身，脚下的青石板慢慢消失，她走出天下无香，鹿源紧随她身后。

此时夜幕已降，长安城点起万盏灯火，她站在马车前，微微抬起脸，看着璀璨的星空，片刻，才上了马车。

川谷打量了一眼川连毫发无伤的胳膊，目中有隐怒：“您为何不避开？”

川连放下袖子：“太快，出乎意料的快，不愧是大香师。”

她胳膊上没有任何伤痕，但那皮开肉绽的痛感却一直在，不停地灼烧着她的身体，原来这就是香境，竟如此真实。

川乌沉着脸，咬牙切齿地道：“这笔账记下了，日后定是要加倍奉还！”

川连道：“她再找钱罕，你们不用拦。”

“是。”

钱罕根本没有山魂，也没有山魂的任何讯息，那五种相同的香材，不过是迷惑他们罢了。

山魂不在任何人手中，就在大雁山，在长香殿。

安岚回到天枢殿后，没有回自己的寝殿，而是去了云隐楼，鹿源没有拦，只是无声地跟在后面。

白焰刚刚沐浴出来，散着头发，身上随意披着件罩衣，光着脚坐在榻上，手里仔细擦拭着一把长剑。安岚进来的时候，他有些意外："这么晚了——"

他没有起身，说话时依旧闲闲地坐在那儿，白衣胜雪，烛光的暖、剑光的寒，衬得那张脸愈加迷人，也愈加令人看不透。

安岚走过去，看了一眼他手里的剑："练剑了？"

白焰道："这剑若不常碰一碰，手会生。"

安岚伸手，接过他的剑，手指轻轻抚摸冰冷的剑身，然后指腹微微一滑，就要碰到刃上，他即抓住她的手："小心。"

他说着就接回她手里的剑，插入剑鞘，再看向她："出什么事了？"

安岚却没有开口，只是站在他面前，一脸探究地看着他。

白焰打量了一眼她此时的表情，微微一笑，烛火似乎都因此明亮了几分。

"怎么了？"他还是坐在榻上，把剑放在一边，"安先生这般不言语，倒像是问罪来的？"

安岚这才开口："你知道川连来长安的目的。"

白焰道："无论是为何，归根到底都是为长香殿而来的。"

安岚抿着唇，沉默了好一会儿，才又道："你与她很熟。"

白焰打量了她一会儿，唇边依旧噙着一丝笑："你今日去找过她？"

安岚皱了一下眉头，他便道："一年前我去过南疆，与她打过交道，但还谈不上什么交情。"

安岚冷着脸看着他："十年前，广寒先生曾给南疆香谷送过一封信，信中指定川连为他的传人。"

白焰微怔："是吗，她将那封信给你看了？"

安岚不语，目中带着薄怒，但并不发作。

她的理智能控制她的举止和决策，却无法控制她的情绪和情感。

白焰垂下眼，笑了："果然是来问罪的，这可如何是好……"

他说着就将她拉近了，看着她的眼睛，低声道："现在这里可不是雪地，先

生打算用香境幻化出漫天大雪吗？”

安岚看到他眼里的戏谑，心里顿时一恼，就要抽出自己的手，不想他却在她膝盖上碰了一下，她顿觉得腿一麻，身体忽然失去平衡。他即借着她的力道往后一拉，同时自己往后一倒，直接躺在榻上，她则有些狼狈地扑到他身上。

他松开手，胳膊往两边张开，垂下眼睛看着她的脑袋，无声地笑，胸膛微微起伏。

安岚抬起脸的时候，他满目含笑地看着她道：“安先生每次都想压我。”

安岚顿觉恼羞，就要从他身上起来，他的胳膊却忽然一收，手掌就压住她的后腰，不让她动：“就算七年前真有那样的一封信又能如何，白广寒最终选的人不还是你吗，怎么这时候还来找我问罪？”

她看了他一会儿，片刻后转开眼：“我不是找你问罪。”

白焰笑了，手掌依旧压在她后腰处。

安岚道：“放开。”

白焰看着她，良久，嗓音低沉：“真要放？”

安岚对上那双熟悉的眼睛，一时说不出话。

她在这一瞬露出的迷茫，令他隐有心动，不禁抬起头，在她眉心轻轻吻了一下，然后才放开手，两只胳膊张开地躺在榻上，看着她。

安岚被那蜻蜓点水般的吻弄得愣了一下，许久，她才从他身上起来，坐到一旁。

白焰也慢慢起身，曲起一条腿，再往后一靠，然后看着她的侧脸：“说吧，出什么事了？一脸的困惑。”

安岚这才转过头看了他一眼：“川连，可有施展香境的才能？”

白焰眉头微蹙，她问出这个问题，他即想到她去找川连时发生了什么，便问：“她在你面前施展了香境？”

安岚摇头：“不完全是。”

白焰不解：“不完全是？”

安岚便将之前在天下无香发生的事道了出来，白焰听完，思忖了一会儿才道：“你觉得是香蛊的原因？”

“香蛊吞噬过我的香境，再进而化用，我也不会太奇怪。南疆秘法之神奇，长香殿的古籍里曾几次警告，莫要与他们往来，非必要，莫交恶。若不是香蛊，那就是川连也有施展香境的才能，不然广寒先生当年为何看中她？”安岚说到这儿，微微蹙起眉头，“之前她是在模仿我的香境。”

白焰问：“既如此，那山魂又有何用？”

安岚垂下眼：“山魂究竟为何物？”

白焰抬手在她头上摸了摸：“不用想太多，迟早能看到答案，回去休息吧，天天这么琢磨，不会累吗？”

她转头看他：“不会。”

白焰：“……”

安岚问：“你要休息了？”

白焰看着她，低声问：“安先生今晚要歇在此？”

她捕捉到他眼底藏着一丝戏谑，便倾身过去，几乎贴着他的脸问：“你呢，你希望我今夜就歇在此吗？你若想，就说出来，我满足你！”

这似在挑衅，又似在诱惑，谁先低头，谁就再无路可退。

两人对视了许久，各自的呼吸都在对方脸上化开，他久久不语，只是微微抬起脸——可就在他的唇将与她的相碰的时候，她忽然就往后一退，站起身，若无其事地看着他道：“夜深了，镇香使好生歇息吧。”

说完，就面无表情地走了。

白焰保持那个动作沉默了好一会儿，然后才重新往后一躺，简直是泥鳅一样的坏丫头！丁点亏都不吃！

三天后，鹿源派去盯着的人发现了钱罕的踪迹。

鹿源进来请示：“先生是打算亲自过去，还是我让人将他带过来？”

安岚看着窗外的雪景，淡淡地道：“一直窝在山上实在无聊，下去走走也好。”

“是。”鹿源应声，就要退出去命人准备，却听安岚又往旁吩咐一句：“让镇香使过来，与我一道下山。”

鹿羽站在外殿门口，看着鹿源陪安岚登上马车，随后又见镇香使的马车也紧随其后，不禁咬住唇，眼圈慢慢红了，以往本该是她陪着安先生出去的，如今她只能看着。

现已是腊月天，山上的风像刀子一样，她在门口站了许久，唇冻得都有些发紫了。花容从她身边过的时候，打量了她一眼：“站在这儿干什么？进去！”

鹿羽垂下眼，却还是没有动。

花容微微皱起眉头："莫犯傻，你若是病了，可是连盛瑞轩都住不得！"

为免将病气过给别人，但凡生了病的侍女，都得搬到另外的地方，直到病彻底养好了，才能回来。还有那病重的，甚至会直接被送到下面的香院去，若真到那一步，想再回来可就难了。

鹿羽这才乖乖转身，随花容进了殿内，只是她刚一进去，眼泪就啪嗒掉了出来。

花容却似没看见，只是淡淡地道一句："去洗把脸，把自己收拾干净，暖阁那里有姜茶，去喝一碗。"

花容并不讨厌鹿羽，虽说鹿羽当侍香人时，多少都会有点娇小姐的脾气，但并不过分，即便有鹿源那样的关系，她也并未因此仗势欺人。而且鹿羽很懂得看人脸色，以往常给殿内的侍女一些小恩小惠，以此收买人心，除此外她还很懂得在先生面前卖乖，而先生看起来似乎也挺喜欢鹿羽的，至少在这之前，花容从未见先生斥责过鹿羽。所以这次，花容也不是很清楚，鹿羽究竟是做了什么惹恼了先生，竟一下将鹿羽降为了外殿侍女。

鹿羽慌忙擦了擦眼泪，有些可怜兮兮地看向花容："我能将明儿的假挪到今天吗？我让唐糖跟我换。"

唐糖是和她同屋的侍女，正好这会儿也在旁边，花容看了唐糖一眼："你答应跟她换？"

唐糖一怔，看向鹿羽，鹿羽昨儿送了她一支镶珍珠的簪子，眼下这点要求她不好拒绝，便点了点头。

花容瞧着鹿羽这副模样，知道她处理好这心理落差，还得一段时间，反正先生今日出门，也不需要那么多人在殿内伺候，便应下了。

得了花容的许可，鹿羽谢了一声，就回了盛瑞轩。

花容看着鹿羽离开后，回头问唐糖："她最近的情绪还这样？"

唐糖点头："这几天还好，已经跟我说说话了，源侍香也挺挂心羽姑娘的，只是羽姑娘总是不领情，源侍香每次找她，她都没给过好脸色。"

花容冷笑："若没源侍香，她能跟你分到一个房间？"

盛瑞轩里住了三十多位侍女，无论哪一位，放到那些高门贵户里，可都是拔尖的，所以一个个心高气傲得很，都不是好相处的主。而且人多的地方，无论你愿不愿意，总是避免不了大大小小的麻烦事，若是同屋的人又不是个省事的，那日子绝好过不起来。

特别像鹿羽这种从高处往下落的，更是大家关注的对象，即便有鹿源在，但鹿羽是得罪了安先生，才会有此惩罚，单是这个理由，就免不了有人会动心思。

唐糖是个宽厚的性子，从不主动惹事，在刑院还有个靠山，盛瑞轩内的那些丫头从不会找她屋的麻烦，所以鹿羽能跟她住一屋，不知省了多少心。

鹿羽回了自己房间，洗了把脸后，却没有休息，而是拿上披风，取了她的腰牌出门去了。

从侍香人降为侍女后，她不仅不能再跟着安先生出门，就连自己想随意下山都不行了。侍女只有在自己轮假的那一天，才能离开大雁山，并且必须在规定的时间内回来，否则就别想再在香殿待下去。

她出香殿的时候，守门的殿侍公事公办地问了一句："是鹿羽姑娘啊，为什么下山？这雪天，下山的路可不好走，您没有马车，要坐香殿的马车，得等一个时辰后才有。"

那守门的殿侍是认得她的，以往她还是侍香人的时候，一见着她，总免不了嘘寒问暖几句，哪能像现在这副嘴脸。

鹿羽心里冷笑，面上却和和气气地道："出去买点东西，我自己走下去就行，路上看到马车再上去，反正这条路也来回走很多次了。"

殿侍道："以前鹿羽姑娘是坐马车来回走，跟用两条腿走可不一样。"

鹿羽忍着气，面上笑着道："没关系。"

"不知鹿羽姑娘是买什么东西，香殿内没有吗？"

"是我们女儿家用的东西。"鹿羽脸上的笑容淡了，声音冷了几分，"您要是想知道更多，一会儿等我哥哥回来，让他跟你说可好？"

见她搬出了鹿源，那殿侍忙笑了笑，一边示意手下打开侧门，一边道："哪敢占用源侍香的时间，门开了，鹿羽姑娘请吧，小心路滑。"

终于出来了，鹿羽长嘘了口气，然后回头，有些恨恨地看了一眼那扇慢慢关上的侧门，暗暗朝那位守门的殿侍啐了一口。

她却不知道，香殿的侧门刚一关上，守门的殿侍即收起那副有些吊儿郎当的表情，转身回了房间，记下了鹿羽离开的时间，以及他们刚刚的每一句对话，包括鹿羽当时的神色，和随身携带的东西。

进入长安城后，鹿羽果真去买了一些女儿家必用的东西，然后顺着那条街，有些漫无目的地往下逛。一路上她面上的表情都是郁郁寡欢，就是经过以往她喜欢的绸缎庄和金楼时，她也表现得兴致缺缺，甚至没有进去看一眼。

和一般侍女不同，她不怎么缺银子，至少那绸缎庄里的料子，只要是摆放出来的，她随便都能买得起。可是她逛了半天，除了先前买了点日常必需品外，手里就再没添别的东西。

一直到快下午时，她终于觉得肚子饿了，正好走到一家酒楼前。这家酒楼为了招揽食客，特意请了说书先生，吹拉弹唱，好不热闹。鹿羽走进去的时候，酒楼里已经满座了，店小二一瞧是个姑娘，也不好请人家姑娘与那些大老爷们拼桌，便赔着笑道："姑娘，不好意思，不好意思，这……小店已经满座了。"

"我要二楼的雅间。"鹿羽看都没看店小二，一边说，一边往楼上走。

店小二赶紧追上她："姑娘，姑娘，不好意思，二楼的雅间也满了。"

鹿羽没搭理那店小二，自顾自地往上走，登上二楼后，绕了小半圈，就看到有个雅间是空的，便径直走进去，坐下，拿出银子扔到桌上："一壶梨花白，两个小菜，你看着上。"

那小二瞧她的行为举止，再看她的衣着打扮，不敢得罪，只得连连赔着笑道："姑娘，这房间已经有客人包下，客人一会儿就过来了，您这……实在叫小的难办！您看……小的给您在一楼腾个位置，您看如何？"

鹿羽的心情着实不好，被这小二一路念叨，烦得不行，一声娇叱："滚！"

小二也不敢滚，还是哈着腰站在那儿："姑娘，这雅间真的已经被人包下了。"

"有完没完？"鹿羽猛地拍了一下桌子，"管他是什么人包下的，我今儿就是要坐这里！"

那小二不知该如何是好，幸得酒楼的掌柜听到声音，赶紧走过来，往小二后脑勺上拍了一下，假意呵斥："怎么招呼客人的，杵着做什么，还不赶紧去上酒菜？"

店小二松了口气，忙应了几声是，可他刚走出雅间，就看到之前包下这个雅间的客人正往这边走来。店小二慌忙给掌柜打了个眼色，偏掌柜这会儿没往他这边看，只顾着在里头给鹿羽赔不是。

店小二没法，只得抬高了声音道："景少爷您来了，天这么冷，还以为您不来了呢。"

景孝笑着道："李先生说书，我怎么可能会落下？"

雅间里头的掌柜忙迎出去，只是景孝已经走到门口了，往里一看，不想会看到鹿羽，面上一怔。跟在景孝身边的石墨也看到鹿羽在雅间内，即皱着眉头道："掌柜的，这个房间我们家少爷不是早就包下了，钱也都付了，怎么还让人坐进去？"

店小二垂着脸，不敢说话，那掌柜又在小二脑袋上拍了一掌："都是这蠢货，楼下的座满了，他便领着这姑娘上了二楼的雅间，偏还忘了这房间是三少爷您包下的，那姑娘刚刚还付了钱，您看这……"

石墨沉下脸："你跟我们说这些干什么，我只知道这房间是我们家少爷早就包下的，现在我们少爷人都来了，难道你还想让我家少爷在这走廊上站着？"

掌柜连忙赔罪："哪敢哪敢，都是手底下的人办事糊涂，三少爷若不介意，我……"

鹿羽这会儿已认出景孝是那个跟她抢烤白薯的少年，便在里头道："你进来吧，算本姑娘今儿请你听书。"

那掌柜脸上即堆上笑，忙附和着道："姑娘慷慨，今儿的酒菜，也算小店送的，望两位都消消气，消消气。"

石墨却道："你放肆，我们家少爷是什么身份，能随便跟个女子在这儿坐着听书？"

掌柜的不敢吱声了，鹿羽却扑哧笑了："你们家少爷什么身份，还怕我讹上你们家少爷了？我一个姑娘家都不怕，你们两个男的倒扭扭捏捏起来！"

石墨就要反讽回去，景孝却朝他摇头，然后对着鹿羽作了个揖："姑娘如此坦荡，又如此慷慨，那景某就恭敬不如从命。"

他认出了鹿羽，虽不知道鹿羽究竟是什么身份，但出行能坐天枢殿的铜顶马车，身份一般不低。他一直想跟天枢殿的人牵上关系，便于日后打听消息，这位姑娘能让他碰上两次，他不想错过这么好的机会。

安岚的马车在钱宅门口停下，她推开车窗往外看了一眼，钱宅的大门还是紧闭着，附近也没有什么人，门口的积雪已经堆很高了。

她下了车后，又打量了周围一眼，然后问："人在里面？"

鹿源点头："是，属下安排的人也都在里面守着，不让别的人靠近这宅子。"

安岚上了台阶，鹿源去敲门，安岚侧过脸问了白焰一句："你觉得，川连知道吗？”

白焰问：“知道什么？”

安岚道：“知道我在找钱罕，知道钱罕已经被找到了，知道我现在在这里。”

白焰笑了笑：“兴许她就在这附近看着呢。”

安岚瞥了他一眼：“你很了解她。”

白焰看了她一眼，顿了顿，才道：“猜测而已，谈何了解。”

他说这句话时，眼里依旧含着笑，并且隐隐带着几分戏谑。安岚收回目光，看着慢慢打开的大门道：“那她为什么没有任何动作？”

白焰问：“你以为她应该要有什么动作？”

安岚一边往里走，一边道：“那五种香材，黄香师都是从钱罕这里买的，如果这五种香材真跟山魂有关，她又是为山魂而来的，定是比我们更紧张钱罕，除非她还不知道我为什么要找钱罕。”

“黄姑娘还未嫁入慕容府，黄香师的香方还未交出去。”白焰沉吟着道，“她不知道那五种香材，也说得过去。”

安岚微微蹙眉：“其实，这些都是推测，但我总觉得有些不对劲……”

白焰道：“想不到的事，就先别想，专心做好眼前的事。”

此时鹿源已领着他们走到钱宅的书房，随后鹿源转身：“钱罕就在里面。”

门被推开，从外往里看，书房里异常昏暗，安岚不由得皱了皱眉头。白焰先跨了进去，然后转头看她，也不说什么，只是微笑着朝她伸出手。

鹿源沉默地看着，眼睑微垂。

安岚顿了顿，伸手放在他掌心，轻轻握住。

钱罕被绑在一张椅子上，嘴巴也被堵着，此时他似乎正在睡觉，还不知道有人进来了。

安岚问：“为何绑着？”

鹿源道：“被我们发现后他就想逃走，还大喊大叫，不好对他下重手，便只好先绑着等先生您过来。”

安岚道：“松绑。”

“是。”

松绑的时候，钱罕醒了过来，睡眼惺忪，忽然瞧着自己跟前又多了几个人，并且相貌皆是不凡，愣了好一会儿都没回过神。

直到他嘴里的布条也被拿开后，他才适应了这房间的光线，视线也比刚刚清晰了几分，随后他将目光落在白焰身上，片刻后，表情微变。

安岚看了看他，又看了看白焰，然后问："你认识他？"

钱罕忙收回目光，有些紧张地摇头："不、不认识。"

鹿源目中已露出怀疑，但他依旧什么也不说，安岚有些意外，又看了白焰一眼，可白焰一样是什么话也不说。

没有人说话，异样的沉默令钱罕越来越紧张，他走南闯北几十年，眼光已非一般人可比，眼前这几个人，他一看就知道完全不同于昨日绑住他的那几个，故而即便此时已经被松绑，他也不敢妄动。

然而，依旧没有人说话。

钱罕终是忍不住，先开口："几位想要什么，就直说吧。"

安岚开口："为何要藏身？"

钱罕顿了顿才道："只是换了个住处，何来藏身之说？"

安岚道："你在长安一共有七处宅子，如果只是想换个住处，为何不在那几个宅子里选一处，反去租个不起眼的房子窝着？"

钱罕闭上嘴，不说话了。

安岚也不逼他，转身在这书房里踱了几步，慢慢地道："你跟鹿源说你中意黄姑娘，因为黄姑娘亲事已定，你不愿再留在此伤心处，意欲离开。"

钱罕看了鹿源一眼："钱某所说皆是真心话！"

"确实是真心话，只是你只说了一部分真心话，留了一部分未说出来，想以此误导别人。"安岚转过身，看着他道，"你中意黄姑娘是真；黄姑娘定下亲事，你为此伤心是真；你欲离开长安亦是真。只不过，这三者并非是真正的因果。你之所以要离开长安，是因为你知道了一些不该知道的事，你害怕，所以想走。"

钱罕看着安岚，摇头一笑："姑娘说的话，我反倒听不懂了。"

安岚看着他，接着道："而你假意离开，又暗中返回，也不是为了取雪见虫的卵，而是……在等我们。"

钱罕神色微变，脸上的肌肉甚至控制不住地抖了抖。

安岚道："你心里明白，他们若真想除去你，你不可能走得掉，我们要真想找你，你也不可能躲得开。"

钱罕还是没有说话，但面上的表情已经不再似开始时那么刻意了，那种刻意的紧张，正一点一点从他脸上褪去，取而代之的是一种真正的，从心底透出来的，蕴含了人生数十年历练的沉稳和谨慎。

安岚再道："他们找过你了？"

钱罕悄悄吞咽了一下干得发紧的喉咙，还是没说话。

安岚走到他面前："你回来，是因为他们的警告，还是想找我们？"

良久，钱罕才深深地叹了口气："怕是我说什么，安先生都不会轻易相信。"

他道出了她的身份，有开门见山表明诚意的意思，同时也是一种试探，试探她会不会接受他的这点诚意。

安岚道："信不信在我，说不说在你。"

钱罕问："安先生想让我说什么？"

安岚问："他们都对你说了什么？"

钱罕道："无论安先生问我什么，我只管如实回答，不能有一丝隐瞒。"

安岚沉默，钱罕亦是沉默。

这话，实在很难理解。

过了一会儿，安岚才再次开口："跟你说这句话的，是天下无香的人？"

钱罕点头。

安岚又问："川连在香谷是什么身份？"

钱罕摇头。

"你可见过香谷大祭司？"

钱罕点头："远远看过一眼，没看清楚模样。"

"是男是女？"

钱罕摇头，面上有无奈："大祭司的情况，不是我能打听得到的，我只是个商人。"

安岚看向鹿源，鹿源从袖中拿出一张纸，纸上写了那五种香材，他将纸张在钱罕面前摊开："可认得这上面的香材？"

钱罕咽了咽口水，微微点头。

鹿源问："你是什么时候开始做这几种香材的买卖的？"

钱罕道："这都是稀缺的香材，很难找，亦不是一般人能买得起的，一般是大香行的掌柜，或是财力雄厚的香师会找这些香材，还有香殿也有找我买的。"

鹿源问："都有谁？"

钱罕道出了几个大香行的掌柜的名字、几个身世显赫的香师，以及黄香师，随后他想了想，接着道："长香殿七个香殿也都有找我的，只不过这几种香材产量都很少，不是年年都能有，即便有，也不够均分，一般是谁先找来，正好我手里有，就给谁。"

安岚忽然问："天枢殿可找过你买这些香材？"

钱罕顿了顿，才点头："有的。"

"什么时候开始找你的？"

钱罕道："七八年前。"

安岚问："当时是谁找的你？"

鹿源看了安岚一眼，又看了一直不出声的白焰一眼。

钱罕迟疑了一会儿，才道："是、是天枢殿的副殿侍，徐一公。"

七年前，天枢殿的副殿侍长确实是徐一公，此人本是最有希望接殿侍长之位的，不想却在后来的一次事故中意外丧命，接着白广寒就失踪了。到她正式接手天枢殿后，天枢殿的人，几乎全都换了。

安岚问："今年，都有谁找你要这几种香材？"

钱罕叹了口气："还是那些老顾客。"

安岚再问："你都给了谁？"

钱罕一下顿住，安岚看着他道："如此稀缺的香材，找的人多，但能拿到手的人必是不多的，你不可能记不住。"

钱罕叹了口气："黄香师、印香堂的谢掌柜、天下无香的川掌柜，还有天枢殿的副殿侍。"

鹿源皱眉："天枢殿的副殿侍？"

钱罕道："就是徐一公。"

钱罕并不知道天枢殿现在的副殿侍已经不是徐一公了，更不知道徐一公在六年前就已经死了。

鹿源看向安岚，又看了看白焰，心里的忧虑慢慢显现在眼睛里。

徐一公若真没死，现在跟在谁身边，又是在为谁找这些香材？

白焰还是没有说话，并且他面上的表情也不见有异，那双眼睛平静得让人猜不出他的心思。

安岚注意到钱罕似乎一直不敢看白焰，便问："你在害怕什么？"

钱罕苦笑了一下："钱某不过是个小生意人，诸位的能耐，钱某哪有不怕的。”

安岚道：“刚刚是我误会了，香谷的人并未为难你，你怕的不是他们。天枢殿与你并无实际冲突，香谷的人既没有为难你，如此，你怕的也不应该是天枢殿。”

钱罕沉默下去。

安岚道：“而你害怕的人，就在这里？”

钱罕沉默。

“是谁？”

钱罕依旧沉默。

白焰似觉得有些无趣，斜倚在桌案边上，一双大长腿交叠着，两手抱在胸前，神色淡淡地看着他们。鹿源打量了白焰一眼，然而他依旧猜不透这个男人此时究竟在想些什么，那淡漠的表情，似将自己完全置之事外，又似特意戴上的一张面具，实则心里另有打算。

钱罕终于开口了，声音有些苦涩，又有些无奈：“安先生想多了，我当真是不愿沾惹麻烦，所以想远远避开。被天下无香的人找到后，知道自己走不了，他们也没有怎么为难我，只是命我等你们，你们问什么我就说什么，我便照办了。”

安岚沉默地看着他，显然是不信他这番话。

钱罕道：“我知道安先生自有法子验证我的话是真是假。”

他在这一行几十年了，大香师的事情，自然知道得比一般人多得多。世人传言，长香殿的大香师能以香起境，可请动诸天神佛，可扭转乾坤，可定人生死……更有种种事迹被传得神乎其神，令人打从心眼里敬畏。

确实，那些事并非讹传，也确实没有人能在大香师面前说谎，因为只要你知道那是谎言，一旦进入香境，就一定会被戳破，除非你自己不认为那是谎言。

钱罕知道，大香师可以查探一个人过往的经历，他还知道那个香境叫时光回溯。

只是极少有人清楚，查探一个人过往的点点滴滴，究竟需要花费多少精力。若没有特定的目标，没有明确的时间，不到迫不得已，没有一个大香师能花得起那无法预估的精力，一点一点地去翻查一个人的过往。

当年有一位大香师曾这么做过，以时光回溯之境，不计代价地一点一点翻查安岚的过往，只为确认她究竟是谁，然而，最终也被挡在一把心锁的门外。

之前安岚之所以会以时光回溯的香境审查鹿羽，是因为涉及的时间很短，目标亦很明确，她要看的仅仅是关于那封信的事，别的一律略过，故而不会损耗太多精力。

良久，安岚才开口："你认识他？"

她说着就往白焰那儿看了一眼，白焰面上还是刚刚那副表情，并且也看着钱罕，等着他的回答。

钱罕顿了顿，才道："钱某以前曾见过白广寒大香师和景炎公子，亦听说他们两位已、已不在长安数年了，故刚刚忽然看到这位……实在是惊讶，也不知这位公子究竟是、是哪一位。"

"惊讶？"安岚探究地看着他，"你不是惊讶，而是恐惧，为什么？"

钱罕愣了一会儿，眼神闪躲，最后认命般地道："既然安先生问了，我也不得不说，当初钱某的买卖是托了景炎公子，门路才越来越广，后来……后来听说景炎公子外出远游，一直未归，景府的当家人时常做些糊涂账，很多老主顾听说我跟景炎公子有交情，便都过来关照了我的买卖。"

他说得吞吞吐吐，不过意思大致说清楚了，就是他本来是靠着景炎公子才发了财的，结果却趁景炎公子不在后，去抢景府的生意，故如今忽然看到一个长得跟景炎公子一模一样的人，自然会心虚。

这理由，勉强也说得过去。

不过若顺着他说的意思，查探他六七年前跟景炎公子交往的大致状况，兴许还能找出点别的蛛丝马迹，但不知为何，安岚并未打算动用香境。

片刻后，安岚问："你还打算离开长安？"

钱罕小心地道："钱某确实在长安待得腻了，这些年赚的银子也够了，趁如今还能走，想到别的地方去看看。"

安岚道："不用着急，如今天寒地冻的，出行不便，还是在长安好好过个冬，等来年天气暖和了再做打算不迟。"

这是不许他马上离开，至少在明年春天前，他哪儿都不能去的意思。

钱罕脸色微变，却不敢说什么。

安岚说完，就转身出去了，鹿源无声地跟上，白焰沉吟片刻，也起身离开。

走到马车前，鹿源问："先生，回香殿吗？"

安岚点头，上车前道了一句："镇香使坐我的车。"

然而她说这句话时，并未看白焰，白焰正要走向自己的马车，闻言停下，往这儿看了一眼，鹿源亦看向他，沉默以对。

白焰进入车厢时，安岚正隔着纱窗，看着外面。

“想什么呢，这么出神？”白焰说着就坐到她身边。

“想你。”安岚开口，分明是旖旎的两字，却被她说得有些漠然。

白焰背靠着车厢的另一边，毫无顾忌地看着她的侧颜，那样的精致秀美，眉眼间又带着几分冷意，如此神韵有种说不出的迷人，那纤长浓密的睫毛只需轻轻一扇，似乎就能扇动旁人的心。

“想我什么？”他问。

“想你还有多少事，是我不知道的。”安岚说完这句话后，才回头看了他一眼。

“我以为你都知道。”白焰淡淡一笑，“你想知道什么？”

安岚看了他一会儿，才问：“你想要山魂吗？”

白焰扬眉：“我甚至不知道山魂究竟是什么。”

安岚未说话，只是看着他，那表情，说不出是信，还是不信，只是眼里隐隐带着一丝探究。片刻后，她又转头看着窗外，眉头微微蹙起。

他却伸出手，握住她的下巴，将她的脸转过来：“安先生似乎在怀疑我另有图谋。”

“不是。”安岚顺着他的手劲转过脸，“我从不怀疑你。”

白焰微微眯起眼：“这好像也不是信任。”

安岚道：“你还是说错了。”

白焰挑眉，安岚握住他的手，拿开，再与他十指交缠：“我信任你，同时也确信你另有图谋。”

白焰认真地看着她的眼睛，安岚这时却忽然问了个不相干的话：“我相貌如何？美不美？”

白焰怔了怔，特意仔细地打量她，目光在她脸上来回轻扫，许久后才道：“极美。”

安岚又问：“美到什么程度，足够让你神魂颠倒吗？”

她如此认真的表情，白焰不由得笑了：“几乎。”

安岚道：“几乎，便是没有，所以我怎么会认为你不是另有图谋，才来到我身边呢？”

白焰面上笑容不减：“那么安先生以为，我在图谋什么？”

安岚道："无论什么，我都不在乎。"她说着，抬起另一手，伸出食指，顶住他的胸口，接着道，"这里，骄傲不减，我从不担心。"

白焰微怔，遂沉默。

【未完待续】

图书在版编目（C I P）数据

镇香令 : 全3册 / 沐水游著. -- 南京 : 江苏凤凰文艺出版社，2018.7
ISBN 978-7-5594-2228-6

Ⅰ. ①镇… Ⅱ. ①沐… Ⅲ. ①长篇小说－中国－当代
Ⅳ. ①I247.5

中国版本图书馆CIP数据核字(2018)第119331号

书　　名 镇香令（全三册）
作　　者 沐水游
选题出品 北京记忆坊文化
责任编辑 姚　丽
特约策划 暖　暖
特约编辑 单诗杰 莫桃桃
责任监制 刘　巍 江伟明
封面绘图 Eno.
封面设计 80零 · 小贾
版式设计 天　缈
出版发行 江苏凤凰文艺出版社
出版社地址 南京市中央路165号，邮编：210009
出版社网址 http://www.jswenyi.com
印　　刷 三河市祥达印刷包装有限公司
开　　本 670毫米×970毫米 1/16
字　　数 814千字
印　　张 48.5
版　　次 2018年7月第1版，2018年7月第1次印刷
标准书号 ISBN 978-7-5594-2228-6
定　　价 108.00元（全三册）

影视版权抢订热线 010-57194853